火心傳人

玻璃王座系列三

HEIR OF FIRE

莎菈·J·瑪斯/著　甘鎮隴/譯

SARAH J. MAAS

再次謹以此書獻給蘇珊——

妳的友誼讓我的生命更為精采

也讓此作擁有生命。

特拉森
狼族部落
鹿角山脈
北海
N
歐索魯克
羅薩梅爾
歐林斯城
蘇利亞
安納斯考爾山脈
波朗斯山脈
冰封荒野
波朗斯
安多維爾
鹽礦
勒恩山脈
梅亞城
亞達蘭
大海
歐克沃森林
亞拉拉特山脈
菲力安峽谷
銀湖
裂際城
安尼爾
前往
溫德林
艾弗利河
白牙山脈
莫拉斯
芬海洛
貝爾海文
梅勒桑德
死亡群島
骷髏海灣
卡拉酷拉
勒瑞巴
伊爾維
伊爾維草原
班加利
石岩沼澤

亞瑪洛斯
冰封荒野
摩爾拉廢墟
摩爾拉叢林
西部荒野
女巫王國
荊棘崖
艾瑞利亞
帛丹諾叢林
貧瘠之地
歌唱沙地
歐羅灣
尤爾帕
赤紅
沙漠
靜默
刺客
巴爾格
綠洲
大裂隙
山卓城
黑色沙丘
諾爾
羅斯
黑沙
熔岩之流

I

灰燼之繼承人

HEIR *of* FIRE

第一章

諸神在上，這個破王國實在熱得要命。

又或許這是因為瑟蕾娜．薩達錫恩從上午開始就懶洋洋的躺在陶瓦屋簷上，以一臂遮眼，任憑陽光慢慢烘烤——就像城中貧民因為負擔不起磚爐而放在窗臺曝晒的生麵團。

而且，看在諸神的分上，她受夠了在這裡被稱作「疙瘩餅」的麵餅，那種帶有洋蔥味的乾硬口感就算大口喝水也沖不掉，她只希望這輩子能不用再吃一口。

不過最主要的原因是，她奉了至尊皇帝、全地之主——亞達蘭國王之命，於兩星期前抵達溫德林，來到主城「瓦雷希」後，只買得起疙瘩餅。

盤纏耗盡後，她只好從小販的手推車偷取疙瘩餅和葡萄酒。而在那之前，她瞥了一眼那座戒備森嚴的石灰岩城堡、菁英侍衛，以及在乾燥熱風中傲然飄蕩的鈷藍旗幟，她就決定**不殺**這次的行刺目標。

所以她只好靠偷來的疙瘩餅……和葡萄酒過活。這種酸味紅酒來自瓦雷希城牆外圍那片起伏山丘的眾多葡萄園，她原本一喝就想吐，但現在非常、非常享受這種味道，尤其在她決定**不再在乎任何事情**的那一天開始。

她把手伸向身後的斜面陶瓦，試圖抓起今早帶上屋頂的陶製酒甕。她不斷摸索，然後——開口咒罵。他媽的酒呢？

她用兩肘撐起身子，感覺周遭天旋地轉又刺眼奪目。鳥群在上空盤旋，遠離某隻白尾鷹——牠整個早上都棲息於一旁的煙囪，等著掠奪下一餐。下方的市集街道以色彩和喧囂交織而成，到處都是不停嘶鳴的驢子、揮舞手中商品的商人、身穿本地或外國服飾的人群，還有車輪壓過鵝卵石地的喀啷聲。可是酒到底在——

啊，在那裡，為了避免曝晒而塞在一片厚紅瓦下，跟幾小時前所放的位置一樣。今早，她為了觀察兩條街之外的城堡圍牆而爬上這棟巨型室內市集的屋頂，又或許是為了觀察其他情報，只不過她後來意識到自己只想癱睡在陰影中，儘管這片陰影正在被溫德林的無情烈日持續焚毀。

瑟蕾娜拿起酒甕灌下一大口，但發現甕中早已空空如也。她猜這也算是某種祝福，因為她已經**爛醉如泥**。她需要清水，還有更多疙瘩餅，可能還需要藥物來處理她昨晚在城中某間酒館造成的裂唇和顴骨擦傷。

瑟蕾娜呻吟一聲，翻身改成趴姿，打量四十呎下的街道。她已經摸清楚那些負責巡邏的衛兵模樣——牢記他們的臉龐和武器，還有駐守於高聳城牆的那些衛兵。她記下他們的輪班規律，還有他們如何開啟通往城堡的三道巨門。看來艾希里弗家族歷代都格外重視人身安全。

她從港口趕來瓦雷希後，已經過了十天。一路疾行並不是因為她渴望早日殺掉行刺目標，而是因為這座城市極為龐大，似乎最適合讓她避開移民官的耳目；她沒參加他們為難民準備的愛心就業計畫，而是從他們的眼皮底下消失。來到溫德林首都後，她終於能做些其他事情，畢竟她在海上的幾星期心情低落，成天只是躺在擁擠寢室的小床上，或是以近乎宗教狂熱的態度打磨武器。

妳只是個懦夫，娜希米雅曾對她說過。

每劃過一下，磨刀石都發出共鳴。懦夫，懦夫，懦夫。這兩個字在航程中一路緊隨。

她曾發誓要解放伊爾維。因此，在稍微放下絕望、憤怒和悲痛的心情時，在暫時不去思索鎧奧、命運之鑰和自己丟下的一切時，瑟蕾娜決定在靠岸後進行一項計畫，這是為了解放被奴役的王國，不管這項計畫聽來多麼瘋狂而且不可能成功：找出而且摧毀亞達蘭國王用來建立恐怖帝國的三把命運之鑰。為了達成這個計畫，她將樂意自我毀滅。

只有她和國王應該被毀滅，除了她和他之外，沒有其他人應該喪命；除了她的靈魂之外，沒有其他靈魂應該被玷汙。只有怪物才能消滅怪物。

如果她是因為鎧奧的一片好意才會誤打誤撞的來到這裡，那她至少要趁這個機會取得所需答案。久遠之前，惡魔大軍把命運三鑰打造成工具，這三把鑰匙因為過於強大而被藏匿數千年，幾乎消失於歷史洪流，但當時的艾瑞利亞曾有某人在場，也就是永生精靈的玫芙女王。玫芙當然無所不知，畢竟她的年歲悠久得更甚塵土。

因此，瑟蕾娜這項蠢計畫的第一步很簡單：找到玫芙，得知如何摧毀命運之鑰，然後返回亞達蘭。

這是她起碼該做的，為了娜希米雅——為了……其他人。她的心中其實早已空無一物，只剩灰燼、深淵，以及她刻進血肉中的堅定誓言，向那位見過她真實一面的摯友許下的誓言。

在溫德林最大的港城靠岸後，她不禁佩服那艘船在接近岸邊時採取的安全措施——他們靜候某個無月之夜的到來，把瑟蕾娜和其他亞達蘭難民婦女塞進廚房後，將船駛過堡礁的祕密航道。這種做法也不難理解，畢竟這片堡礁是阻止亞達蘭軍團接近這片海岸的主要防禦，而這也跟她以御前鬥士的身分前來執行的任務有關。

這是令她牽掛的另一項任務。國王曾向她保證，只要她無法取得溫德林的海軍防禦計畫，而且在溫德林每年一度的仲夏舞會刺殺溫德林的國王和王子，鎧奧和娜希米雅的家人將遭處決，她必須想辦法加以阻止。但當船靠岸，婦女們被趕上岸、接受港口官員的盤查處理後，她已經把那些思緒推到一旁。

難民婦女大多身心受創，眼神仍透出她們在亞達蘭時承受的恐懼。所以，雖然她在靠岸時趁亂從船上消失，她還是逗留在附近的一處屋頂上，看著婦女們被護送前往某棟建築——尋找新家和工作機會。然而，她擔心溫德林的官員可能把她們送去城中某個人煙稀少處，予以販賣或傷害，畢竟她們是被屏棄的難民，沒有任何權利，沒有任何發言權。

但她在此逗留不只是因為多疑。如果換做娜希米雅，她就會留在這裡、確認這些難民的安全。意識到這點，瑟蕾娜因此留在港口、多做觀察，等確認那些婦女平安無恙後才踏上前往首都的路。「查明如何侵入城堡」只是她在決定如何執行計畫的第一步時……還有試著不再思念娜希米雅時拿來消磨時間的活動。

前往首都的一路上既順利又簡單。她藏身於一片片小樹林和一間間糧倉，如飛影般穿過鄉間。

溫德林，這片土地充滿神話與怪物，還有活生生的傳奇與夢魘。

這個王國本身是一片溫暖粗砂和茂密森林。越接近內陸的山丘，林木更顯翠綠而高聳。首都周圍的海岸和土地十分乾燥，彷彿一切都被烈日烤乾，只有最強韌的植被才得以生存。這片土地跟她離開的那個潮溼又寒冷的帝國不同。

這裡物資豐饒、繁榮富裕。沒人出手強奪，沒人緊鎖家門，而且人人微笑以對，雖然她並不特別在乎旁人是否對她微笑。隨著日子一天天過，她發現自己突然很難對任何事情感到在乎。她在離開亞達蘭時所感受到的決心、憤怒或**任何情緒**已經消退，被啃咬心中的空虛感吞噬。

跋涉四天後，瑟蕾娜終於看到聳立於山麓對側的巨大主城，瓦雷希，她母親的出生地，朝氣蓬勃的王國核心。

雖然瓦雷希比裂際城乾淨，而且各個社會階級之間的貧富差距不大，但這裡一樣是主城，也擁有貧民窟和小巷、娼妓和賭徒——她也沒花多少時間就找到它的陰暗面。

此刻，在下方的這條街上，負責巡邏市集的其中三名衛兵停步閒聊，瑟蕾娜把下巴枕於雙手。跟這個王國的其他衛兵一樣，這三名衛兵都披戴輕甲，也攜帶不少武器。聽說溫德林士兵被永生精靈訓練得殘酷、狡猾又敏捷，而出於種種原因，她不打算親身求證。他們確實看來比一般的裂際城哨兵更為警覺——就算他們還沒發現她這名刺客藏身於此。但在這些日子裡，瑟蕾娜知道自己只會給自己帶來威脅。

就算天天領受烈日烘烤，或在城中的噴泉廣場梳洗，她還是能感覺到亞奇·芬恩的血滲入她的肌膚和髮絲。就算瓦雷希總是人聲鼎沸，她還是能聽到亞奇在城堡地道中被她刺穿身軀時發出的呻吟。就算有葡萄酒和高溫陪伴，她還是能看到鎧奧；當他發現她是永生精靈，體內充滿足以自我毀滅的恐怖力量，還有她的內心多麼虛空而黑暗時，他的臉龐因恐懼而扭曲。

她常在想，不知道他有沒有想出她在裂際城碼頭時告訴他的謎語，而且如果他查出真相……瑟蕾娜一直沒讓自己想那麼遠。現在不是時候，她不該考慮鎧奧、真相，或讓她打從靈魂深處變得虛脫疲憊的其他事情。

瑟蕾娜輕戳裂唇，然後朝市集衛兵皺眉，這個動作讓嘴巴更痛。她活該挨這一拳——她昨晚在酒館找人打架時狠踹一名男子的下體，力道強勁得幾乎讓他的睪丸跳上咽喉，他喘口氣後進入狂怒狀態，雖然這種說法略顯保守。她把手從嘴邊放下，再觀察衛兵片刻。他們拒絕收下商人提出的賄賂，也沒像裂際城的衛兵和官員那般欺負民眾或以罰金做為威脅。她目前見過的每一名官員和士兵都一樣……好。

就像溫德林王儲迦蘭・艾希里弗那樣是個好人。

出現某種惱怒的情緒，瑟蕾娜朝衛兵、市集、煙囪那隻白尾鷹，還有住在城堡裡的那位王子吐舌頭。她只希望自己沒這麼早就把葡萄酒喝乾淨。

來到瓦雷希的第三天，她就已經查出如何侵入城堡，但在那之後已經過了一星期，因為七天前發生的某件事破壞了她的所有計畫。

一陣涼爽微風吹過，帶來附近的小販陳列的香料氣味——肉豆蔻、百里香、孜然，還有檸檬馬鞭草。她深吸一口氣，讓自己這顆被烈日和酸酒搞暈的腦袋接受這陣芬芳的清理。鐘聲從遠方的一座山間小鎮飄來，城中某座廣場的一支吟遊樂隊開始演奏愉悅的曲子。娜希米雅一定會很喜歡這裡。

周遭世界突然消失，被心中的深淵吞噬。娜希米雅永遠看不到溫德林，永遠無法漫步於香料市集，永遠聽不見山間鐘聲。一種沉重感壓在瑟蕾娜的胸口上。

當時來到瓦雷希時，那項計畫原本如此完美。在觀察皇家城堡防禦措施的那幾小時內，她考慮該如何去找玫芙、取得關於命鑰的情報。一切原本順利又完美，直到……

直到該死的那一天，她注意到衛兵每天下午兩點在南牆留下的防禦破綻，她牢牢記下那道大門的機件如何運作。她棲息在一棟貴族房屋的屋頂時，清楚看到迦蘭・艾希里弗策馬通過那道大門。

令她愣住的，並不是他的模樣、他的橄欖膚色和黑髮，不是那雙雖然相隔一段距離卻依然清晰可見的青綠眼眸——那種色澤跟她自己的眼眸一模一樣，她走在路上時戴兜帽就是為了不讓旁人注意到自己的綠眼。

不。真正的原因是民眾的歡呼。

他們為他**歡呼**，為他們所愛的王子歡呼。他綻放迷人微笑，一身輕甲在豔陽下閃閃發光。他和身後的隨行士兵們策馬前往北海岸，準備繼續突破海上封鎖。**突破海上封鎖**。這位王子——她的暗殺對象——負責突破由亞達蘭海軍布下的封鎖線，而他的人民也因此**愛戴**他。

她尾隨王子一行人穿過城中，跳過一個個屋頂。只要一箭射進他那雙青綠眼眸之間，他就必死無疑。但她一路跟到外牆，歡呼聲愈加震耳。興高采烈的民眾拋出鮮花，人人都以這位完美到不能再完美的王子為傲。

她來到城門時，他們剛好開門讓他通過。迦蘭·艾希里弗驅馬奔入夕陽，前往戰場和榮耀，為了良善和自由而戰時，她停留在那面屋頂上，直到他成了遠方的一顆斑點。

然後她走進最近的一間酒館，挑起她這輩子最血腥殘酷的一場架，直到城中衛兵被叫來，她在其他人都被套上頸手枷之前已經及時消失。鼻血滴到前襟，她把血吐在鵝卵石地上，然後做出決定，她決定**什麼都不做**。

她的計畫毫無意義。娜希米雅和迦蘭原本能解放全世界，娜希米雅原本應該還活著，這對王子與公主的組合原本可能擊敗亞達蘭國王，但是娜希米雅已死。有迦蘭這種深受愛戴、能做出一番大事的繼承人存在於這個世界，瑟蕾娜的誓言——愚蠢又可悲的誓言——就跟泥漿一樣毫無價值。她是個傻子才會發下那種誓言。

畢竟就連迦蘭也辦不到。雖然有一整支艦隊聽其指揮，迦蘭也沒對亞達蘭大軍造成多少打擊。更何況她只是獨自一人，只是個正在浪費人生的廢物。既然娜希米雅也無法阻止亞達蘭國王……那麼，想辦法聯絡玟芙的這項計畫……也毫無用處。

幸好她到目前為止還沒見到任何永生精靈——連個影子都沒有——或是普通精靈，或甚至一絲魔法。她一直盡量避免接觸魔法。在看到迦蘭之前，她已經遠離販賣藥物、飾品和藥水的攤販，那種區域平常也是拿自身天賦來換錢的那些街頭藝人和傭兵的集散地。她查清楚魔法師喜歡上哪些酒館，也徹底保持距離，因為她有時感覺到某種蠢蠢欲動的**東西**在體內覺醒時釋放的一絲能量。

打從她放棄原訂計畫而且不再試著在乎什麼事情後，時間已經過了一星期。她猜自己大概還要再過好幾個星期才會決定自己真的受夠了疙瘩餅，受夠了每晚為了恢復一些知覺而找人打架，受夠了一整天都躺在屋頂上大口暢飲酸酒。

但是此刻的她口乾舌燥又飢腸轆轆，因此她慢慢從屋頂撐起身子。**慢慢**，並非因為她擔心自己被那些警覺的衛兵發現，而是因為腦袋實在暈得要命，她懷疑自己可能會摔下屋頂。

沿著一條排水管慢慢往下爬，進入市集街道旁的小巷時，她瞪著手掌上的細疤。此刻，這條疤痕只是讓她想起，自己一個月前在娜希米雅的半凍墳墓前做出的可悲承諾，還有自己辜負的一切和每個人。就跟她的紫水晶戒指一樣，她每晚拿這東西當賭注，在天亮前贏回來。雖然發生了那些事情，雖然鎧奧在娜希米雅遇害這件事上扮演的角色，雖然她毀了自己跟鎧奧之間的關係，但她還是無法丟下他的戒指。她在牌局中已經輸掉戒指三次，不過每次都有拿回來——不擇手段。拿匕首抵住肋骨，這通常比任何口頭威脅都更具說服力。

瑟蕾娜猜這算是奇蹟，自己居然能平安抵達巷內。這裡的陰影讓她盲目幾秒，她一手撐在冰涼石牆上，讓瞳孔稍做調整，逼腦袋別再旋轉。一團亂，她真的是一團亂。她很好奇，不知道自己什麼時候才會振作起來。

看到那名女子之前，瑟蕾娜先聞到對方散發的刺鼻惡臭。那雙瞪大的黃眼隨即湊到她面前，一雙枯萎乾裂的嘴脣張開嘶吼：「蕩婦！別再讓我看到妳出現在我家門口！」

瑟蕾娜後退，朝這名流落街頭的女子眨眨眼——然後看向她的家門，那是……一座壁龕，塞滿垃圾和一袋袋東西，想必是這女子的家當。女子駝背，頭髮骯髒，一口破爛斷牙。瑟蕾娜又眨眨眼，女子的臉龐終於變得清晰，看來狂怒，有些瘋狂，而且髒兮兮。

瑟蕾娜舉起雙手，後退兩步。「抱歉。」

女子把一口痰吐在鵝卵石地上，離瑟蕾娜的髒靴只有一吋。瑟蕾娜連表現出厭惡或憤怒的精神都沒有，原本只想轉身走離，要不是她把空洞的視線從那口痰移到自己身上……一身髒衣滿是汙垢、灰塵和裂痕，更別說她聞起來**實在駭人**，而這名女子把她誤認為……試圖爭奪街頭地盤的遊民同胞。

好吧，這真是**棒透了**。這確實是她這輩子最嚴重的低潮，雖然她經歷過不知道多少低潮。如果日後回想起這件事，她或許會覺得好笑。她想不起自己上一次發出歡笑是什麼時候。

至少她還能安慰自己——起碼情況已經爛得不能再爛。

就在這時，一名男子的低沉輕笑從她身後的陰影中傳來。

第二章

站在巷中一段距離外的那個男人——應該說男性——是永生精靈。

十年前，那麼多永生精靈被處決焚燒，現在卻有一名男性永生精靈正在悄悄走向她，真實又純種的永生精靈。他在幾碼外的陰暗處現身，瑟蕾娜退無可退。壁龕旁的遊民女子和巷中其他人都不敢出聲，安靜得讓瑟蕾娜又能聽到從遠山飄來的那串鐘聲。

對方高大肩寬，渾身肌肉，是個充滿力量的男性。他在塵埃飄揚的一束陽光下停步，一頭銀髮閃閃發光。

彷彿他的細緻尖耳和稍長尖牙還不足以嚇壞巷中每個人——包括在瑟蕾娜身後開始嗚咽的瘋女人，他的左臉還刺有看來凶惡的刺青，黑墨螺紋在古銅肌膚的襯托下顯得格外鮮明。

這片圖紋很可能只是裝飾性質，但她對永生精靈的語言仍留有足夠印象，知道那些紋路其實是文字，就算是以這種藝術風格呈現。那片刺青從他的太陽穴開始，沿下顎爬過頸項，隱匿於身上的淡色外套和披風底下。她猜那片斑紋蔓延他的全身，連同至少六種武器以衣物遮蔽。她把手伸進披風、想拔出暗藏其中的匕首時，意識到如果對方不是以那雙松綠眼眸透出殺氣，應該算是個美男子。

她不能以「年輕」二字來形容他，正如她不能以「戰士」以外的名詞來形容他，就算他拿掉背上的長劍和腰間的幾把小刀。他以致命的優雅和自信姿態走來，觀察巷中，彷彿這裡是殺戮戰場。

手中的匕首握柄觸感溫暖，瑟蕾娜調整站姿，沒想到自己會感覺到……恐懼，而且這種恐懼強烈得把這幾星期來覆蓋所有感官的濃霧全數驅逐。永生精靈戰士闊步走過小巷，及膝的高筒皮靴無聲踏過鵝卵石地。有些遊民向後退縮，有些逃向豔陽下的街道或是陌生人的家門口，哪裡都好，只要能逃離他那雙充滿威脅的瞪視。

他以銳利目光回應之前，瑟蕾娜已經知道他是為自己而來，也知道是誰派他來。

她伸手想握住伊琳娜之眼護身符，因為發現那東西不在頸邊而嚇一跳。她把那東西給了鎧奧——她在啟程時唯一能給他的一絲保護。鎧奧在查明她的身分後八成已經丟了那個護身符，而且樂意重拾與她為敵的身分；或許他也會讓鐸里昂知道真相，而如此一來，他們倆都能維持安全。

在她順從本能、想沿排水管迅速爬回屋頂之前，她想起自己拋下的計畫。是哪位天神想起她的存在、決定丟根骨頭給她？她本來就需要去見玫芙。

那好，玫芙的其中一名菁英戰士就在這裡。對方已經做好準備，也正在耐心等候。從他散發的殺氣判斷，他顯然對這趟差事不太高興。

永生精靈戰士打量她的同時，巷中依然如墓園般寂靜。他的鼻孔微張，彷彿正在——

他在聞她的氣味。

知道自己臭氣沖天，她因此有些沾沾自喜。但對方嗅察的不是她的臭味，而是她的身分所散發的味道——她的世系、血統和其他本質。如果他在這些旁觀者面前說出她的名字……迦蘭·艾希里弗一定會急忙返家，衛兵就會進入備戰狀態，而這完全不是她的計畫。

這混蛋看來似乎就是打算這麼做，就算只是為了證明這裡誰才是老大。所以她盡可能召喚體內所有能量，朝對方從容走去，試圖想起如果換做幾個月前、在一切都變得一團糟之前，自己會做出什麼舉動。「幸會啊，朋友，」她輕柔道：「真是幸會。」

她無視旁觀群眾的震驚表情，而是集中精神觀察對手。他以不動如山的姿態站立，只有長生不老者才擁有這種氣魄。她逼自己的心跳和呼吸放緩。他大概聽得見她的呼吸心跳，大概聞得到她的所有情緒。虛張聲勢對他無效，再過一千年都一樣——他大概已經活了一千年。她恐怕無法擊敗他。雖然她是瑟蕾娜．薩達錫恩，但他是永生精靈戰士，而且可能歷史悠久。

她在幾呎外停步。看在諸神的分上，他實在魁梧。「還真是令人驚喜。」她提高嗓門，讓每個人都能聽見。她上一次用這麼愉快的口氣說話是什麼時候？她甚至想不起自己上一次說出完整句子是什麼時候。「我還以為我們是約在城牆見面。」

他沒鞠躬，感謝諸神。他的嚴厲表情毫無變化。隨便他怎麼想。她確信自己的模樣跟他預料的完全不同——他剛剛也確實在她被那個瘋女人當成遊民時發笑。

「我們走。」他只有說出這幾個字，口氣有些不耐煩，低沉嗓音在他轉身離開小巷時似乎在石地反彈。她敢打賭，他的那雙皮革護臂藏有利刃。她原本想以惹人厭的態度回應，用這個方法稍微試探他，但是周遭仍然有人旁觀。他沒停步，也不屑瞥旁觀者一眼。她不確定自己對他這種態度覺得欽佩還是反感。

她跟著這名永生精靈戰士進入明亮街道，穿過熙來攘往的市區。看到他路過時，有些人類不禁停步或是放下手邊的事情、瞪著他看，但他無視他們的目光。來到一片不起眼的廣場時，他走向綁在馬槽邊的兩匹普通母馬，絲毫沒放慢腳步等她跟上。如果她沒記錯，永生精靈通常都擁有更為優秀的馬匹。他大概是以另一種型態來到這裡，在這裡買下這兩匹馬。

所有永生精靈都擁有以動物之姿呈現的第二型態。瑟蕾娜現在就處於第二型態，她的凡人身軀屬於動物型態，就跟在天上盤旋的飛鳥一樣歸類為動物。但他的動物型態是什麼？她猜他可能是狼，那身厚外套如毛皮般垂至大腿，而且他的腳步輕盈無聲。從那種優雅的掠食者之姿來看，也可能是山貓。

他跨上較大的那匹馬，把另一匹雜色馬留給她。這匹馬看起來比較想找點東西吃，而不是跋山涉水，這點倒是跟她一樣，而且牠和她都跟男子乖乖走了這麼遠。

她把隨身背包塞進鞍袋，調整雙手，讓袖子遮住手腕的一條條細疤，這是手銬留下的紀念，也是她待過的地方留下的紀念。這都不關他的事，也不關玫芙的事；他們對她知道的越少，就更難利用這種情報來對付她。

「我以前見過不少故作神祕的戰士類型，但我認為你大概是最神祕的一位。」聽到這話，他轉頭看她，她慢條斯理道：「噢，你好啊。你應該知道我是誰，所以我也懶得自我介紹。但在我被送去某個未知地點之前，我想知道**你**是誰。」

他抿起嘴脣，打量這片廣場。

原本正在盯著他看的旁觀者們連忙轉身，繼續忙自己的事。

群眾四散後，他開口：「到目前為止，妳對我已經做出不少觀察，我相信妳的所知足矣。」他說的是通用語，而且腔調微妙。她不得不承認，他的腔調十分悅耳，那是一種輕柔又流暢的顫音。

「有道理。但我到底該怎麼稱呼你？」她抓住鞍座，但沒爬上馬背。

「羅紋。」他的刺青似乎吸收陽光，烏黑得彷彿才剛刺上。

「那麼，羅紋——」嗯，他顯然一**點也不喜歡**她的口氣。他微微瞇眼以示警告，但她還是繼續說下去：「恕我斗膽一問，我們到底要去哪？」用這種態度對他說話，她如果不是酩酊大醉就是墜入麻木不仁的新境界。但她無法就此罷手，就算諸神、命運之神或命運之線（註1）準備把她推回她原本的計畫。

只要能去見玫芙而且獲得解答，瑟蕾娜並不特別在乎自己到底如何前往朵拉奈爾城——或是與誰同行。

「我來帶妳去妳被召見之處。」

做必須做的事，伊琳娜曾如此說過，不過她說話總是說一半，就是不說清楚瑟蕾娜抵達溫德林後到底要**做什麼**。雖然如此，離開這裡總好過吃疙瘩餅、喝酸酒、被誤認成遊民的日子。獲得能解決一切的答案後，或許她就能在三星期內搭船返回亞達蘭。

這原本應該讓她覺得精力充沛，她卻發現自己默默爬上馬，無話可說，也不打算開口。過去幾分鐘的互動就已經讓她徹底虛脫。

她跟著羅紋出城時，對方似乎不打算說話，她也為此感到慶幸。衛兵們只是揮手讓他們通過城門，有些甚至後退讓路。

策馬前行的路上，羅紋沒問她來此有何目的、在全世界崩壞的這十年來都在做什麼。他拉起淡色兜帽，遮住銀髮，騎在前頭，雖然旁人還是能一眼就看出他與眾不同、是個戰士而且獨斷獨行。

如果他的年歲真如她的猜測那般古老，那麼，跟他相比，她不過是一粒塵埃、在他這道不滅之火旁的一絲氣息。他或許能毫不猶豫的殺掉她——然後繼續忙下一項任務，根本不會因為

註1 在北歐神話中，掌管命運的三女神將命運之線（threads of fate）纏上紡錘，編織出決定眾神與眾生命運的命運之網。在本文中，命運之線只是用來形容因緣際會的一種比喻，並不具神格。

扼殺她的存在而感到不安。
但她沒因此大感焦慮。

第三章

這一個月來都是同一個夢。每晚重複，直到鎧奧在清醒時還看到那道夢。她以擁抱愛人的姿態抱著被瑟蕾娜的匕首刺進肋骨、貫穿心臟時，亞奇・芬恩發出呻吟。她的視線移向亞奇身後時，眼神卻茫然空洞。那名俊美男妓，但她的視線移向亞奇身後時，眼神卻茫然空洞。

夢境改變，而鎧奧說不出一個字，做不出任何行動，只能看著那頭金棕髮絲轉為烏黑，那張痛苦臉龐不再是亞奇，而是鐸里昂。

王儲抽搐，瑟蕾娜把他抱得更緊。把匕首扭轉最後一次後，她才任憑鐸里昂癱倒在地道的灰石地面。鐸里昂的血已經匯聚成泊、狂湧失控，但是鎧奧依然動彈不得，無法前去摯友或自己深愛的女子身旁。

鐸里昂身上的傷加倍擴增，渾身是血——好多血。他知道這些傷口。雖然他未曾見到那具屍體，但他看過的報告指出瑟蕾娜在小巷裡如何對待刺客古雷夫，如何因為他殺害娜希米雅而將他虐殺至死。

瑟蕾娜放下匕首，從閃亮刀刃滴下的每一顆血珠都在她腳邊形成的血泊激起漣漪。她仰頭，深深吸氣，吸進面前的死亡，把死亡吸進靈魂，因為殺害仇敵而感到復仇的快感和狂喜。她真正的敵人——赫威亞德帝國。

夢境再次變化，鎧奧被她壓在身下，她在他身上扭動，頭依然往後仰，血跡斑斑的臉龐依然是那種狂喜的表情。

敵人。愛人。

女王。

夢境畫面粉碎，鎧奧朝身旁的鐸里昂眨眨眼，兩人此刻坐在主廳的老位子。鐸里昂剛剛說了些什麼，正在等鎧奧做出回應。鎧奧勉強一笑，表示道歉。

但是王儲沒回以微笑，而是低聲道：「你在想她。」

鎧奧咬一口燉羊肉，卻嘗不到任何味道。鐸里昂遲早會被這種敏銳的觀察力害死自己。況且，鎧奧也沒興趣討論瑟蕾娜，不管談話對象是鐸里昂還是其他人。他對她所知的真相很可能讓她以外的人也陷入危險。

「我正在考慮我父親的事，」鎧奧說謊。「他在幾星期後要返回安尼爾，到時候我會跟他走。」這就是讓瑟蕾娜前往溫德林避難的代價。他的父親將在國王面前對這項提議表示支持，但他必須返回銀湖，重拾安尼爾繼承人的身分。他也願意做出這種犧牲；只要能保護瑟蕾娜及其祕密，他願意做出任何犧牲。就算他現在知道她是誰——**她的真正身分**，就算她讓他知道關於國王和命運之鑰的真相。如果這就是他必須付出的代價，他也甘之如飴。

鐸里昂瞥向父王和鎧奧的父親所坐的高桌。王儲原本應該和他們一同進餐，但他選擇跟鎧奧坐在一起。鐸里昂已經很久沒這麼做，這是他們倆為了瑟蕾娜被送去溫德林的這項決定鬧得不愉快後第一次說話。

如果鐸里昂知道真相，就會明白鎧奧的苦心。但是鐸里昂不能知道瑟蕾娜的真實身分與能力，也不能知道國王的真正企圖，這很可能會帶來嚴重後果，加上鐸里昂本身的祕密就危險得足以致命。

「我也聽說了你會回去，」鐸里昂謹慎開口。「沒想到那些謠言是事實。」

鎧奧點頭，思索到底該對老友說什麼好。

他們倆還是沒談起另一個話題，那晚在地道發現的另一項事實：鐸里昂擁有魔法之力。鎧奧完全不想知道相關細節，因為如果國王決定審問他……如果真的走到那一步，他希望自己撐得下去。在取得情報這方面，他知道國王擁有比酷刑更黑暗的手段。所以他沒問，一個字都沒說。鐸里昂也是。

他回應鐸里昂的視線，對方的目光不帶任何暖意。不過，鐸里昂開口：「我也在努力，鎧奧。」

努力，因為鎧奧沒事先跟他商量就決定讓瑟蕾娜離開亞達蘭，這種做法違反了兩人之間的互信原則，也令他感到慚愧，雖然這點也永遠不能讓鐸里昂知道。「我明白。」

「而且雖然發生了那種事，我還是相當確定咱倆不是敵人。」鐸里昂勾起一邊嘴角。

你永遠是我的仇敵。娜希米雅遇害那晚，瑟蕾娜對鎧奧喊出這句話，話中充滿累積十年的信念與仇恨，在那十年間，她把這個世界上最重大的祕密深埋於心，也因此完全成了另一個人。

因為瑟蕾娜是艾琳．艾希里弗．加勒席尼斯，特拉森的王位繼承人與女王。

如此一來，她成了他的世仇，也成了鐸里昂的世仇。鎧奧還是不知道該對此如何反應，或是這項事實對他和她之間的關係以及他想像與她可能擁有的人生有什麼意義。他一度夢想的未來已經消失，無可挽回。

那晚在地道裡，他在她的眼中看到心灰意冷，連同怒火、疲憊和悲傷。娜希米雅喪命時，他目睹她失控，因此明白她對古雷夫如何報復。他一點也不懷疑她可能再次失控。她的心中充滿至極黑暗，心靈被無盡裂痕一分為二。

娜希米雅之死令她徹底崩潰，鎧奧做出的決定、他在那件事上扮演的角色也令她徹底崩潰。他明白這點，他只祈求她能將自己慢慢拼湊復原。因為，心碎崩潰又陰晴不定的刺客是一回事，但是心碎崩潰又陰晴不定的女王……

「你看來氣色很糟，」鐸里昂開口，兩肘撐於桌面。「告訴我，發生什麼事。」

鎧奧又在發呆。有那麼一秒，眾多沉重祕密壓得他真的忍不住張嘴。

但是衛兵們以劍擊盾的致敬聲從走廊傳來，艾迪奧．艾希里弗——聽命於亞達蘭國王、惡名昭彰的北方將軍，也是艾琳．加勒席尼斯的表哥——昂首闊步的進入主廳。

廳中眾人立刻安靜下來，包括坐在高桌旁的父親和國王。艾迪奧只走到一半，鎧奧便已起身，來到王座高臺邊。

這名年輕將軍並不是個威脅，問題是艾迪奧走向國王那桌時的態度。他朝眾人露出沾沾自喜的笑容，及肩金髮在火炬光芒下閃爍。

以「英俊」二字來形容艾迪奧的模樣略嫌輕描淡寫，「令人窒息」一詞更為適合。身形高大、肌肉渾厚，艾迪奧完全符合傳言中的那種戰士形象。雖然他的衣著大多以機能為重，但是鎧奧看得出他的輕甲皮革作工精美華麗。肩披白狼皮，身背圓盾——連同一把看來古老的長劍。

而他的臉龐，還有那雙眼睛……老天。

鎧奧一手擱於劍柄，逼自己保持表情冷漠，就算這頭北方之狼近得隨時可能將他擊殺。那是瑟蕾娜的眼眸，艾希里弗家族的眼眸，青綠鮮明，眸中金核與那頭金髮一樣耀眼。他們的頭髮居然連色澤都一模一樣。要不是艾迪奧已經二十四歲，加上長年待在特拉森雪山而晒得一身古銅，否則看起來簡直就像瑟蕾娜的孿生兄弟。

國王為什麼會讓艾迪奧活到現在？還把他打造成最強悍的一名大將？艾迪奧是艾希里弗皇族的王子，由加勒席尼斯家族養育成人——後來卻侍奉亞達蘭國王。

艾迪奧維持咧嘴笑容，在高桌前停步，鞠躬弧度淺得令鎧奧一愣。「陛下。」將軍開口，懾人眼眸閃閃發光。

鎧奧瞥向高桌，想觀察國王或其他人是否注意到艾迪奧和瑟蕾娜之間的相似處。如果有誰發現，那不只為艾迪奧帶來災禍，也連同鎧奧、鐸里昂，以及鎧奧在乎的每個人。他的父親只是朝他投來滿意的淺淺一笑。

但是國王皺眉。「你應該一個月前就到。」

艾迪奧居然聳肩以對。「很抱歉，鹿角山脈被最後一場冬季暴雪深埋，我已經盡快趕來。」在場每個人屏息。艾迪奧的粗暴蠻橫和傲慢無禮近乎傳奇——這也是他負責駐守北方蠻荒的原因之一。鎧奧一直以為讓他遠離裂際城是明智之舉，尤其因為艾迪奧似乎是個見人說人話、見鬼說鬼話的混蛋，加上他率領的「凶煞」軍團向來以高超戰技和殘酷冷血聞名，但現在……國王為何召他前來主城？

國王拿起高腳杯，搖晃杯中酒。「我沒聽說你的軍團已經抵達。」

「他們確實沒到。」

鎧奧等著國王下達處決令，只祈求不是由自己執行。國王又道：「我明明叫你把你的軍團帶來，將軍。」

「我還以為您喜歡在下的陪伴呢。」這話換來國王的咬牙低吼，艾迪奧接著說道：「他們應該會在一星期內抵達。我不想錯過任何樂子，所以早一步到。」艾迪奧又聳聳那雙巨肩。「至少我沒空手而來。」他朝身後彈個響指，一名侍童連忙拿來一只大袋。「來自北方的禮物，由我們最近攻陷的叛軍營地提供，相信您會喜歡。」

國王翻白眼，朝侍童揮手。「把東西送進我的寢室。你的**禮物**，艾迪奧，常常冒犯我的儒雅賓客。」一聲低沉輕笑——來自艾迪奧，以及與國王同桌的幾名男子。艾迪奧輕舞於非常危險的界線上；至少瑟蕾娜還知道在國王面前閉上嘴。

考慮到瑟蕾娜以鬥士的身分向國王獻上的那些戰利品，那只大袋裝的應該不是金銀珠寶。但是收下艾迪奧的同胞那些斷頭殘肢，瑟蕾娜的族人……

「我明天要舉行議會，你也得參加，將軍。」國王命令。

艾迪奧把一手貼於胸前。「您的旨意就是我的使命，陛下。」

看到艾迪奧的指間閃爍之物，鎧奧強壓恐懼。黑戒指——跟國王、帕林頓和其他親信戴的一樣，**難怪**國王允許艾迪奧的魯莽。到頭來，國王的旨意還真的就是艾迪奧的使命。

國王朝鎧奧點個頭，要他退下。鎧奧維持面無表情，微微鞠躬，迫不及待想返回自己的座位，遠離國王——遠離這個以血腥雙手掌握世界命運之人，遠離目睹太多宮中事的父親。也遠離將軍——艾迪奧正在廳中走動，拍拍男士們的肩膀，朝女士們眨眼。

癱坐回自己的座位，成功控制在體內翻滾的恐懼後，鎧奧看到鐸里昂皺眉以對。「還真的是禮物，」王子咕噥道：「老天，那傢伙真討人厭。」

鎧奧不否認。雖然戴著國王賜下的黑戒指，艾迪奧看來依然有自己的主張——而且上不上戰場都一樣狂野。在縱情聲色、放蕩自恣這方面，艾迪奧常常讓鐸里昂在相比之下像個禁欲主義者。鎧奧未曾跟艾迪奧相處多少時間，也根本不想這麼做，但是鐸里昂已經認識他很長一段日子，自從——

他們在小時候就見過。特拉森皇室被滅門的不久前，鐸里昂曾與父王探訪那個王國，當時就見過艾琳——也就是瑟蕾娜。

還好瑟蕾娜沒親眼目睹艾迪奧變成什麼樣的人。不只是因為那枚戒指，而是他居然那樣出賣同胞——

艾迪奧在他們對面的長椅坐下，露齒而笑，宛如掠食者打量獵物。「我上次見到你們的時候，你們就是坐這張桌子。看來有些事情就是不會改變，這點倒是令人欣慰。」

老天，那張臉，那是瑟蕾娜的臉，彷彿錢幣的正反兩面，同樣的自大，同樣的強烈怒火。不過瑟蕾娜的怒火燒得劈啪作響，艾迪奧的怒火則是……收放悖動，而且臉上帶有某種更惡毒苦悶的情緒。

鐸里昂把兩臂枕於桌面，露出慵懶微笑。「你好，艾迪奧。」

艾迪奧沒理他，而是伸手拿起一塊烤羊腿，手上的黑戒指反映火光。「我喜歡你那道新疤，隊長。」他的下巴朝鎧奧臉上那條細長白線條一撇。娜希米雅遇害的那晚，瑟蕾娜想殺了他而在他臉上留下的疤痕——現在成了永久紀念，提醒他失去的一切。艾迪奧繼續說下去：「看來他們還沒把你扔掉，而且終於給了你一把大孩子用的劍。」

鐸里昂開口：「我很高興那場暴風雪沒破壞你的興致。」

「幾星期都窩在室內，除了訓練和搞女人之外沒其他事好做？我願意下山走這一趟，這已經算是奇蹟。」

「我沒想到你會願意屈尊做任何事情，除非那件事能滿足你的個人利益。」

一聲低笑。「不愧是迷人的赫威亞德風格。」艾迪奧繼續吃肉，鎧奧正想追問他為什麼要跟他們坐在一起，畢竟他總是喜歡趁國王不注意時折磨他們，這時他注意到鐸里昂正在盯著某個東西看。

不是艾迪奧的巨型盔甲，而是他的臉龐和眼睛……

「你不是應該趕去參加其他類型的宴會嗎？」鎧奧對艾迪奧開口：「你熱愛的那些誘惑正在城中等候，沒想到你還在此逗留。」

「你這是在禮貌的求我讓你參加我明天舉行的聚會嗎，隊長？真令人意外。你總是表現得好像不屑參與。」他瞇起青綠眼眸，朝鐸里昂露出賊笑。「至於你——我上次舉辦的宴會顯然讓你**非常**愉快。好像是一對紅髮姊妹花，如果我沒記錯。」

「恐怕要讓你失望了，我已經拋下那種放蕩人生。」鐸里昂說。

艾迪奧繼續吃肉。「那我就連你的份一起享受。」

鎧奧握起桌底下的拳頭。瑟蕾娜在過去十年中的行為舉止也不算正直，但她從沒殺過特拉森的公民，甚至還拒絕過這種差事。雖然艾迪奧一向是個天殺的混蛋，但現在……他知不知道自己手上戴的是什麼？他知不知道雖然自己驕傲叛逆又粗魯，國王仍隨時可以**逼**他遵命？鎧奧沒向艾迪奧警告這點，因為如果艾迪奧是發自內心效忠國王，鎧奧這麼做反而會害死自己以及自己在乎的每個人。

「特拉森的情況如何？」鎧奧問，因為鐸里昂又在觀察艾迪奧。

「你想知道什麼？我們在熬過嚴寒後吃得很好？我們沒有太多手下死於疾病？」艾迪奧悶哼一聲。「獵殺叛軍應該算是有趣吧，如果那種差事合你的胃口。希望陛下把凶煞軍團叫來南方是終於為了讓他們見識真正的場面。」艾迪奧伸手拿水的同時，鎧奧趁機瞥向對方的劍柄——黯淡金屬布滿小凹洞和刮痕，劍首只是一小塊裂開的圓形獸角。艾迪奧是艾瑞利亞最偉大的戰士之一，佩劍卻如此樸素簡單。

「歐林斯之劍。」艾迪奧慢條斯理的說：「我拿下第一場勝仗後，陛下送給我的禮物。」此劍無人不知。這原本是特拉森皇室的傳家寶，由歷代君主承傳。按理來說，這東西屬於瑟蕾娜，因為它原本歸她父親所有，現在卻由艾迪奧占據。考慮到這把劍做過什麼勾當、奪取多少性命，這簡直是打了瑟蕾娜及其家族一記耳光。

「我很意外，你居然如此多愁善感。」鐸里昂說。

「象徵物是擁有力量的，王子。」艾迪奧緊緊瞪著鐸里昂。瑟蕾娜的瞪視——毫不退讓，而且挑釁意味十足。「你很難想像這東西在北方依然擁有多少號召力——還有它為了說服老百姓別做蠢事而做出什麼樣的努力。」

或許瑟蕾娜的本領和狡黠在她的血系中不算反常。但是艾迪奧是艾希里弗家族的後代，不是加勒席尼斯——這表示他的曾外祖母是瑪帛，永生精靈三女王之一，被後世奉為女神後改名黛安娜，狩獵者之守護者。鎧奧用力嚥口水。

沉默氣氛如拉滿的弓弦般緊繃。「你們倆吵架啦？」艾迪奧問，咬一口肉。「讓我猜猜：是個女人。大概是御前鬥士？聽說她……很有意思。所以你不再享受我喜歡的那種宴會了，小王子？」他掃視會場。「我也想見見她。」

鎧奧逼自己別抓住佩劍。「她出城了。」

艾迪奧朝鐸里昂露出冷笑。「真可惜。說不定她也能讓我拋下放蕩人生呢。」

「說話小心點。」鎧奧咬牙道。要不是因為他很想掐死這名將軍，他大概會因為對方的這番話而笑出聲。鐸里昂只是以指尖輕敲桌面。「而且放尊重點。」

艾迪奧咯咯笑，把羊肉吃完。「我是陛下的忠僕，向來如此。」那雙艾希里弗眼眸再次盯著鐸里昂。「或許有一天我也會成為你的走狗。」

「如果你能活到那一天。」鐸里昂溫柔回應。

艾迪奧繼續吃東西，但是鎧奧仍能感覺到對方的注意力集中在他和老友身上。「聽說不久前，某個女巫氏族的族母在你們這裡遇害，」艾迪奧若無其事的說。「她失蹤了，不過她的住處留下的跡象顯示她有拚命反抗。」

鐸里昂以尖銳的口氣回答：「這件事與你何干？」

「我向來要求自己掌握這個世界所有魔法師的死訊。」

鎧奧不禁打冷顫。他對女巫所知甚少，瑟蕾娜對他說過幾個故事——他祈求那些只是過度渲染的故事。但是鐸里昂的臉上閃過類似不寒而慄的情緒。

鎧奧俯身向前。「那跟你毫無關係。」

艾迪奧還是沒理他，而是朝王子眨個眼。鐸里昂的鼻翼顫動，這是怒火中燒的唯一跡象。還有周遭空氣發生變化——變得更活躍。魔法。

鎧奧把一手放在老友的肩上。「我們再不走就遲到了。」他說謊，但是鐸里昂明白他的用意。他必須帶鐸里昂離開這裡——遠離艾迪奧——而且試著壓抑在這兩人之間醞釀的恐怖風暴。

「好好休息吧，艾迪奧。」鐸里昂懶得多說什麼，那雙藍寶石眼眸冷漠如冰。

艾迪奧嘻嘻笑。「如果你想重溫往日時光，我的宴會明天在裂際城舉行，王子。」嗯，這位將軍顯然知道如何激怒對方，也不在乎這麼做會造成什麼後果。這種個性讓他非常危險——

而且致命。

尤其考慮到鐸里昂有魔力在身。鎧奧逼自己向幾名手下道晚安，跟鐸里昂走出會場時表現得一派輕鬆又事不關己。艾迪奧．艾希里弗來到裂際城，還差點就見到失散多年的表妹。

如果艾迪奧知道艾琳還活著，如果他知道她成了什麼樣的人，而且她對國王的祕密力量有多少了解，他會站在她那邊？還是毀了她？考慮到他的行為舉止，還有他手上那枚戒指……鎧奧不想讓這位將軍接近她，或是接近特拉森。

他不禁懷疑，等瑟蕾娜知道這位表哥做過什麼事情，到時候不知道會出現多血腥的場面。

走向王子所住的塔樓時，鎧奧和鐸里昂大多沉默不語。拐進一條無人走廊，確認周遭無人後，鐸里昂開口：「我不需要你插手。」

「艾迪奧是個混蛋。」鎧奧咬牙道。這場對話原本可以就此打住，他也有點想這麼做，但還是逼自己說出口：「我很擔心你會失控，就像在地道那樣。」他顫抖的吐口氣。「你……穩定嗎？」

「有時候穩，有時候不穩。生氣或害怕的時候似乎會讓它觸發。」

他們進入一條走廊，盡頭那道拱形木門就是鐸里昂的塔樓入口，但是鎧奧把一手放在鐸里昂的肩上，阻止他前進。「我不想知道細節，」他壓低嗓門，以免被在鐸里昂的房門前站崗的衛兵們聽見，「因為我不希望日後有人利用我的所知來對付你。我知道我犯過不少錯，鐸里昂。相信我，我知道。但是我的優先向來是──目前還是──保護你。」

鐸里昂凝視他片刻，頭歪向一旁。鎧奧的表情顯然跟內心一樣難過，因為王子的口氣幾乎溫柔：「你到底為什麼派她去溫德林？」

痛楚如重拳般襲來，尖銳又毒辣。然而，雖然鎧奧想讓王子知道瑟蕾娜的真相，想吐出所有祕密好讓心中的那塊空缺被填補，但他不能這麼做。所以他只是回答：「我派她去做必須做的事。」隨即轉身大步走離。鐸里昂沒開口攔住他。

第四章

曼儂拉緊身上的血紅披風，整個人縮進衣櫃的陰影中，傾聽闖入她這間木屋的三名男子的動靜。

她今天一整天都嘗到在風中持續攀升的恐懼和憤怒，也因此利用下午的時間做好準備。坐在這間被晒白的木屋的茅草屋頂時，她注意到他們的火炬光芒在原野的長草後方搖晃。沒有任何村民試圖阻止這三名男子——不過也沒人加入他們的行列。

村民之中有個傳言：一名克拉坎女巫來到他們位於芬海洛北部的這座青綠小山谷。在這座村子辛苦度日的這幾星期來，她就是在等候今夜。在她待過或探訪過的每一座村子中，今晚這種事必定發生。

一名滿臉鬍鬚、雙手如餐盤般巨大的魁梧農夫走進她的臥室時，她立刻屏住呼吸，如鹿般靜止。就算躲在衣櫃裡，她還是能聞到他的酒臭味——還有嗜血欲。嗯，村民清楚知道這幾人準備如何處理這名在自家後門販賣藥水和符咒、在嬰兒出生前就知其性別的女巫。她只是沒想到這幾名男子花了這麼久的時間才鼓起勇氣來到這裡、準備將這名令人喪膽的女巫先虐後殺。

農夫在房中停步。「我們知道妳在這裡，」他開口勸誘，同時走向床鋪，打量房中每一吋。「我們只是想談談。有些村民受到驚嚇，妳知道——他們對妳的恐懼遠超過妳對他們的恐懼。」

她當然知道這人鬼話連篇，尤其因為他彎腰窺視床底時，藏於他身後的匕首微微閃爍。不管是在哪個破城鎮還是窮農村，她總是會碰上這種事。

男子站直的同時，曼儂溜出衣櫃，躲進門後黑影。

模糊的噹啷作響和撞擊聲讓她知道另外兩名男子在做什麼：他們不只在找她，也把想要的東西一併偷走，雖然這裡根本沒什麼東西可偷。她搬進這裡時，這間木屋已經配置家具。出於她受過的訓練和本能，她已經把所有家當收進行囊，就放在她剛剛清空的衣櫃角落。什麼都別帶走，什麼都別留下。

「我們只是想談談，巫婆。」男子轉身背對床鋪，終於注意到衣櫃。他露出微笑——出自勝利，也出自期待。

曼儂輕輕關上房門，輕得讓走向衣櫃的男子根本沒發現。她老早在這間屋子裡的所有鉸鍊塗上潤滑油。

他的大手抓住衣櫃門把，匕首從背後移到腰側。「出來吧，小小克拉坎。」他溫柔呼喚。

曼儂悄悄上前，動作如死亡般寂靜。這傻子根本不知道她在自己身後，直到她的嘴湊到他的耳邊呢喃：「我不是那種女巫。」

男子連忙轉身，背脊因此撞上衣櫃門。他以雙手舉起匕首，胸膛急速起伏。曼儂只是一笑，銀白髮絲在月光下微微閃爍。

注意到門被關上，他吸口氣，打算呼喚同伴。但是曼儂的微笑化為露齒笑容，一排銳利如刀的鐵牙從上排牙齦的一道道縫隙伸出，如盔甲般覆蓋牙齒。受驚的男子又撞上身後的衣櫃門，兩眼瞪大，眼白因此微微反光，手中匕首掉在木頭地板上。

她伸出雙腕，在半空中一晃，閃亮奪目的鐵爪立即甩出，覆蓋指甲。這麼做只是想讓他嚇得尿褲子。

曼儂任他退向房中唯一一扇窗時，他開始低聲向慈悲的諸神祈禱。就讓他以為自己還有活路吧。她大步走向他，依然露齒而笑。她撕裂他的咽喉之前，他甚至沒尖叫。

解決這人後，她悄悄溜出房門。另外兩名男子還在偷東西，還以為這些都是她的東西。這只不過是間廢屋，原本的主人不是已死，就是明智得老早離開這個破村。

她揮舞鐵爪兩下，第二名男子在肚破腸流之前也沒機會尖叫。第三名農夫前來尋找夥伴，看到她站在那裡，一手在同伴的身軀中扭轉，另一手把他抱於面前、用鐵牙咬下他的咽喉時，連忙落荒而逃。

人類這種夾雜暴力和恐懼的溼潤口感覆蓋她的舌頭，她把血肉吐在地板上。曼儂懶得擦掉下巴的血漿，她故意給第三名農夫一些時間，讓他跑進高過人身的冬草原野。

她數到十，因為她想狩獵。自從她挖開母親的子宮、咆哮怒吼又鮮血淋漓的來到這個世界上，她就一直渴望狩獵。

因為她是曼儂・黑喙、黑喙女巫氏族的繼承人，因為她已經偽裝成克拉坎女巫在這待了幾星期，就是為了引出真正的克拉坎女巫。

她們依然存在，那些偽善又噁心的克拉坎以醫者和女智者的身分藏匿於這個世上。她這輩子的第一個榮譽擊殺是個克拉坎，對方不超過十六歲——跟當時的曼儂同樣年齡。跟其他經歷了初潮的克拉坎一樣，那名黑髮女孩也收到血紅披風這份禮物——雖然這件披風的唯一功用只是清楚表明自己是獵物。

把那名克拉坎女孩的屍首丟在那條雪山小徑後，曼儂把這件披風當作戰利品據為己有——在一百年後的今天依然穿在身上。其他鐵牙女巫都不敢這麼做，因為她們都知道穿上世仇的顏色會招來三名族母的怒火。然而，自從曼儂身穿血紅披風、手持裝有克拉坎頭顱的盒子——做為贈予外婆的禮物——闊步走進黑喙要塞的那一天，將克拉坎女巫一一獵殺殆盡就成了她的神聖使命。

這趟旅程就是她最近一次的任務。待在芬海洛的這半年，她的「女巫團（註2）」的其他成員四散於梅勒桑德以及伊爾維北部、執行相似的命令。但在這些村落之間四處遷徙的這幾個月來，她沒發現任何克拉坎。這幾個農夫是她這幾星期來唯一的樂子，她當然要好好享受。

曼儂走進原野，邊走邊吸吮指甲上的血漿。她如飛影和迷霧般無聲穿過草叢。

她在原野中間發現那名害怕得嗚咽的迷路農夫。他轉過身子，看到鮮血、鐵牙和冷笑時，膀胱也隨之失控。曼儂任憑他放聲尖叫。

註2　女巫團（coven），又譯女巫集會，原意是指女巫之間的聚會，最低人數為三人，十三人則是最理想的數字。

第五章

瑟蕾娜和羅紋沿泥土路策馬前進。這條路蜿蜒於巨石四散的草原，進入南方山麓。她對溫德林地圖保有足夠印象，知道自己將穿越這片草原，然後翻過高聳的坎布里恩山脈，而那片山脈就是由凡人統治的溫德林以及玫芙女王的永生精靈領地之間的分界線。

爬上山麓時，太陽開始下沉，路面越來越多碎石，一旁就是令人毛骨悚然的深谷。在其中的一哩路上，她考慮是否該問羅紋今晚打算在哪過夜。但她很疲倦，不只是因為累了一天、酸酒或長途跋涉。

她打從骨髓、血管、氣息和靈魂深處感到虛脫。她沒力氣跟任何人說話。羅紋因此成了最佳夥伴——他沒對她說一個字。

暮光降臨，這條路帶他們通過一片覆蓋群山的茂密森林，樹木從柏樹變成橡樹，從細長變得高聳，周遭都是樹叢和四散各處的苔蘚巨石。就算天色愈加昏暗，她還是能看出這片森林彷彿在呼吸。溫暖空氣嗡嗡作響，以金屬般的氣味包覆她的舌頭。他們身後的遠方傳來隆隆雷鳴。

這下可好。尤其因為羅紋終於下馬準備紮營，但她一瞥他的鞍袋，發現他沒有帳篷，沒有鋪蓋，沒有毛毯。

她大概可以預測：她到時候跟玫芙的會面應該不會很愉快。

兩人默默把馬匹牽進林中一段距離，以避免可能被路過的其他旅人發現。羅紋把裝備丟在選定的營地後，把自己的母馬牽到附近的一條小溪邊，他想必是用那雙尖耳聽見溪水聲。在持續昏暗的天色下，他未曾蹣跚一步，瑟蕾娜的腳趾倒是踢到幾顆石塊和幾條凸出地面的樹根。視力拔群，在暗處一樣銳利——永生精靈的特色之一。其實她也辦得到，只要她——

不，她不打算考慮。尤其因為在那道傳送門彼岸發生過的事。她當時曾經變身——那種經歷難受得讓她永遠不想再來一次。

讓兩匹馬飲水後，羅紋把牠們牽回營地，沒等她跟上。她利用這種隱私空間處理個人需求，然後跪在綠意盎然的溪邊喝水。天啊，這水嘗起來……清新又古老，帶勁又甜美。

她不斷喝水，直到她意識到胃中那種空虛感或許來自飢餓。她朝營地的方向蹣跚走去，羅紋的閃耀銀髮成了指路明燈。他默默遞給她一些麵包和乳酪，然後繼續幫馬匹梳理毛皮。她咕噥一聲「謝謝」，但只是在一棵高聳橡樹旁一屁股坐下，沒打算幫忙照料馬匹。

他在餵馬時丟給她一顆蘋果。等肚皮終於不再餓得發疼，而且意識到自己啃蘋果啃得多大聲後，她終於恢復一些體力，開口道：「溫德林危機四伏？所以我們不能生火？」

他在一棵樹旁坐下，伸展兩腿，交叉腳踝。「凡人會帶來危險。」

這是出城以來他對她說的第一句話。這話可能只是故意嚇她，但她仍清楚記得自己攜帶的所有武器。她不打算問清楚，她不想知道什麼樣的東西可能會悄悄接近營火。

林木、苔蘚和巨石化為朦朧一片，繁葉窸窣、小溪汩汩和飛羽振翅之聲充斥其中。三雙發光的小眼睛潛伏於附近的一顆巨石後方。

發現那處的動靜，她在一秒內抓住匕首握柄。但牠們只是盯著她。羅紋似乎沒注意到這個狀況，只是把頭靠在橡樹身上。

這些小精靈向來知道她是誰。雖然亞達蘭的陰影籠罩全地，但牠們還是認出她的真實身分。牠們曾多次在她落腳的營地留下一些小禮物：一條新鮮的魚、一片放滿黑莓的樹葉，還有一頂花冠。她沒理牠們，也盡量遠離歐克沃森林。

這些精靈眼睛眨也不眨的在一旁默默守候。後悔自己吃飯吃太快，瑟蕾娜只能回視牠們，隨時準備起身採取防禦姿態。羅紋動也沒動。

特拉森的精靈所信守的上古誓言，在這裡可能不被當一回事。她考慮這個問題的同時，更多眼睛在林間發光，更多無聲目擊者見證她的到來。因為瑟蕾娜是永生精靈，也或許算是某種混血兒。她的曾外祖母是玫芙的姊妹，死後被奉為女神。那實在很荒謬。瑪帛把自己的生命託付給深愛她的那位人類王子時，就跟凡人一樣終需面對死亡。

她很好奇，不知道這些生物對毀了她的家園的那些戰爭、被追殺的永生精靈和普通精靈、被焚燒的上古森林，還有被屠殺的神聖特拉森雄鹿有多少了解。牠們到底知不知道在西方大陸的同胞是何下場。她不知道自己怎麼會開始在乎那些同胞是何下場。但牠們顯得如此……好奇。瑟蕾娜沒想到自己會這麼做——她朝嗡嗡作響的夜晚呢喃：「牠們還活著。」那些眼睛悉數消失。她瞥向羅紋，對方沒睜眼，但她總覺得這名戰士從頭到尾都醒著。

第六章

鐸里昂．赫威亞德站在父王的早餐桌前，雙手交叉於身後。國王在幾分鐘前來到這裡，但沒叫他坐下。換做以前，鐸里昂可能會對此發表意見，但現在的他擁有魔法，被牽扯進瑟蕾娜陷入的麻煩，還在那條祕密地道目睹另一個世界……那些事情改變了一切。他現在能做的，就是保持低調——別引來父王或其他人的太多注意。因此，鐸里昂站在桌前，耐心等候。

亞達蘭國王吃完烤雞，啜飲血紅玻璃杯中的飲料。「你今早可真安靜，王子。」艾瑞利亞之征服者朝一盤燻魚伸手。

「我在等你開口，父王。」

那雙烏黑如夜的眼眸移向他。「你今天確實反常。」

鐸里昂繃緊身子。只有瑟蕾娜和鎧奧知道他擁有魔法——而鎧奧之前對他那般保持距離，他因此實在不想試圖向老友解釋自己的狀況。但是這座城堡到處都是探子和騙子，後者只想利用蒐集來的情報讓自己升官，就算代價是出賣王儲。誰知道有誰在走廊或圖書館見過他，或是發現他藏在瑟蕾娜房中的那疊書籍？他後來把那些書搬去墓穴，他每晚都去那裡——不是為了找出心中一連串疑問的答案，只是為了享受難得的寂靜無聲。

父王繼續用餐。他這輩子只來過父王的私人房間幾次。這幾個房間還包括個人圖書館、用餐間和議會廳，規模宛如莊園別墅。這幾個房間占據了玻璃城堡的一整面側廳——位置跟鐸里昂的母親所住的側廳剛好相反。父王與母后從不同床共寢，他也不太想追問細節。

他發現父王正在觀察他。晨光穿過弧面玻璃牆，國王臉上的每一道疤痕和缺口因此更顯駭人。「你今天負責陪伴艾迪奧．艾希里弗。」

鐸里昂盡量保持冷靜。「能不能說明原因？」

「因為艾希里弗將軍沒依約把他那些手下帶來，所以他在等候凶煞軍團抵達之前有些自由時間。跟他搞好關係，這對你有好處——尤其考慮到你最近在擇友這方面表現得很……平庸。」

魔力的冰冷怒火爬過脊椎。「恕我直言，父王，我還得準備參加兩場會議，而且——」

「這件事沒得商量。」父王繼續吃東西。「我已經派人通知艾希里弗將軍。中午的時候，你在你房間門口跟他會合。」

鐸里昂知道自己應該保持沉默，但還是忍不住開口：「你為何如此放任艾迪奧？為什麼讓他活命——為什麼讓他成為將軍？」自從那傢伙來到這裡，他就一直甩不掉這些疑惑。

父王淺淺一笑，態度顯得自滿。「因為艾迪奧的怒火是很好用的利刃，而且他有辦法管好他的族人。他已經失去太多同胞，不想再讓他們遭受屠殺。出於這種恐懼，他在北方平息了許多小規模叛亂，因為他清楚知道如果局面失控，最先倒楣的就是他的同胞——那些平民百姓。」

他居然跟如此殘酷的父王出自相同**血脈**。鐸里昂開口：「我還是很意外，你居然把一名將軍當成俘虜對待——只比奴隸稍微好一點。單憑恐懼控制他，這麼做恐怕有危險。」

他確實懷疑，父王是否已經讓艾迪奧知道瑟蕾娜前往溫德林執行的任務。溫德林是艾迪奧皇室血系的家鄉，他那些艾希里弗表親依然統治那片土地。雖然艾迪奧炫耀自己如何壓制叛徒，而且表現得彷彿半片江山由自己掌管……艾迪奧對大海彼岸的親戚還有多少印象？

父王開口：「如果必要，我自然有辦法管住艾迪奧。就目前來說，他的蠻橫無禮倒是令我覺得有趣。」父王的下巴朝門口一撇。「如果你沒依約去見他，我可不覺得有趣。」

就這樣，父王拿他去餵狼。

雖然鐸里昂提議帶艾迪奧去參觀獸欄、狗舍和馬廄——甚至該死的圖書館——但是將軍只想做一件事：去花園散步。艾迪奧聲稱自己因為昨晚暴飲暴食而今天覺得煩躁又遲鈍，但他朝鐸里昂綻放的微笑顯然與這番說詞不符。

艾迪奧懶得跟他說話，而是忙著哼唱歌詞猥褻的小曲，打量路過的各色女性。他只有一次放下那副半文明的面具，那是他們走過一條以高聳的玫瑰花叢包夾的小徑時——這種玫瑰在夏季美豔，但在冬季致命——衛兵們在他們身後的一處轉角，暫時看不到他們。這足以讓艾迪奧以微妙的方式絆倒鐸里昂，讓他摔向多刺的花叢，嘴裡依然哼唱黃腔小曲。

鐸里昂急忙轉身閃躲，雖然沒讓臉龐撞上玫瑰刺，但是披風仍然因此扯裂，而且右手被刺傷。鐸里昂不想讓這名將軍稱心如意，因此沒嘶聲呻吟，也沒查看傷口，只是把又痛又凍的手塞進口袋，這時衛兵們拐過轉角。

兩人沒再說話，直到艾迪奧在一座噴水池前停步，布滿疤痕的雙手扠於腰間，彷彿觀察戰場般打量這座花園。艾迪奧朝停留於身後的六名衛兵竊笑，雙眸明亮——鐸里昂覺得這雙眼睛不但耀眼，而且怎麼如此眼熟。這時將軍開口：「王子在自己的宮殿還需要護衛？他們沒派更多衛兵來確保我傷不了你，這可真令我受辱。」

北方之狼發出低沉輕笑，聳聳肩，歐林斯之劍那傷痕累累的劍柄反映近乎奪目的陽光。

「你一次能打六個？」

「我最好別讓你知道答案，以免你父親哪天覺得我的利用價值不足以讓他忍受我的脾氣。」

他們身後的幾名衛兵竊竊私語，但是鐸里昂開口：「你的判斷或許正確。」

就這樣——走完剩下的路、結束這寒冷又難受的散步之前，艾迪奧沒再對他說一個字。之後，將軍朝他露出銳利的微笑，開口道：「最好讓治療師處理一下。」鐸里昂這才意識到自己的右手仍在滲血。艾迪奧只是轉身走離。「謝謝你陪我散步，王子。」將軍回頭喊道，雖然這話聽來只像威脅。

艾迪奧這種舉動並不是沒有原因。或許是將軍說服父王、要求鐸里昂陪伴。但這麼做是為了什麼？鐸里昂無法理解。除非艾迪奧只是稍作試探，想看看鐸里昂是什麼樣的人、玩不玩得起這場遊戲。他無法否認，這名戰士這麼做，只是為了評估自己可能會成為盟友還是威脅——艾迪奧雖然傲慢，腦袋卻很狡猾，他大概把宮廷生活看成另一種戰場。

鎧奧親自挑選的衛兵帶他返回溫暖舒適的城堡後，他點頭要他們退下。鎧奧今天沒來，鐸里昂也為此感到慶幸——在那次關於他的魔法的談話後，加上鎧奧拒絕討論瑟蕾娜，鐸里昂不太確定彼此之間還剩什麼話題。他一點也不相信鎧奧會願意處死無辜者，不管對方是敵是友。那麼，鎧奧一定知道瑟蕾娜會因為自身種種原因而不可能暗殺艾希里弗皇族。但是跟鎧奧討論這件事也沒用，畢竟這位老友自己也有祕密。

考慮老友那番謎題般的話語時，鐸里昂來到醫者地窟，迷迭香和薄荷的芬芳從旁飄過。這個地下洞穴到處都是物資和診療室，也遠離上方的玻璃城堡的任何耳目。玻璃城堡**確實**有病房，畢竟有些人不願屈尊下來這裡，但是裂際城——亞達蘭全地——最頂尖的醫者都聚集於此，這一千年來在這裡磨練醫術，也在這裡行醫。淡色石地似乎吐出累積數世紀的乾花精華，讓這片地下廳堂擁有一種宜人又寬敞的氣氛。

鐸里昂看到一間小型工作室，一名年輕女子埋首於橡木大桌，面前擺放各形各色的玻璃罐、磅秤、研缽和搗杵，連同藥瓶、垂枝草藥，還有放在小火上加熱的冒泡小鍋。醫術是父王在十年前沒完全禁止的少數技藝之一——雖然他聽說以前的醫術比現在更強大。以前，醫者曾利用魔法來療傷救命；現在，他們只能利用大自然提供的工具。

鐸里昂走進工作室，那名年輕女子從書中抬頭，一根手指還停在紙頁上。不算美麗，但是——清秀。輪廓俐落優雅，栗髮綁成長辮，金棕膚色表示她至少有一名家人來自伊爾維。「有什麼事——」看清楚他的模樣後，她彎腰鞠躬。「殿下。」她的光滑頸項泛起紅潮。

鐸里昂舉起染血的右手。「荊棘刺。」**玫瑰刺**讓他的傷勢聽來太可悲。

她避開對方的視線，咬著飽滿的下唇。「沒問題。」她伸出纖細的手，指向桌前木椅。「請坐。除非——除非你想去設備更好的診療室？」鐸里昂平常很討厭有人說話結巴匆促，但是這名年輕女子依然滿臉通紅，而且嗓音極其輕柔，因此他說「這裡就行」，然後在木椅坐下。

沉默氣氛令他覺得尷尬，他看著她在工作室中來回奔跑，她先是換下骯髒的白圍裙，然後洗手整整一分鐘，接著準備各種繃帶和罐裝藥膏，又端來一盆熱水和乾淨的碎布，然後終於、終於拉張椅子，在對側桌邊坐下。

她細心清洗、查看他的手時，兩人也沒說話。但他發現自己盯著她的淡褐眼眸、穩健手指，還有依然殘留於頸項和臉龐的紅潮。「這隻手很——很複雜，」她輕聲道，觀察傷口。「我只是想確認沒有更嚴重的問題，而且沒有任何刺留在裡頭。」她連忙補充道：「殿下。」

「我覺得這只是看起來很糟，其實沒那麼嚴重。」

她以羽毛般的輕盈勁道把某種混濁藥膏塗在他的手上，然後，像個該死的傻子一樣，他痛得臉龐扭曲。「抱歉，」她咕噥道：「這是為了給傷口消毒，以防萬一。」她似乎縮成一團，彷彿他會因為這件事下令吊死她。

他思索該如何開口：「我受過更糟的傷。」

聽在自己耳中，鐸里昂覺得這話聽來真蠢。她停頓片刻，然後伸手拿繃帶。「我知道。」她抬頭看他。

唉，老天，那雙眼睛可真動人。她連忙低頭，溫柔的給他的手綁上繃帶。「我負責在城堡南翼值班——通常都是夜班。」

難怪她很眼熟。一個月前的那晚，她不只處理過他的傷勢，還有瑟蕾娜、鎧奧、飛毛腿……過去七個月中，他們**所有**傷勢都是由她處理。「抱歉，我想不起妳的名字——」

「索莎。」她回答。雖然她有理由生氣，口氣卻不帶憤怒。被寵壞的王子和他那些高貴友人，只忙著享受自己的人生，卻懶得記住成天幫他們綁繃帶的治療師叫什麼名字。

她幫他綁好繃帶後，他開口：「我們之前可能很少說出口，我現在要說聲謝謝妳。」

那雙綻放點點綠光的棕眸再次抬起，臉上露出試探性的微笑。「這是小女子的榮幸，王子。」她開始收拾醫療用品。

看來這表示他該離開。他站起身，彎曲手指。「感覺還不錯。」

「雖然是小傷，但還是必須稍微注意。」索莎把染血的水倒進後方的水槽。「而且你下一次也不用大老遠跑來這裡，只要——只要派人來通知一聲，殿下。我們很樂意照顧你。」她屈膝行禮，姿態如肢體修長的舞者般優雅。

「妳一直都負責石城南翼？」話中帶話的訊息十分清楚：妳見過一切？妳見過所有難以理解的傷勢？

「我們有給患者記錄病歷，」索莎輕聲回覆——以免有誰從敞開的門外路過時聽見。「但我們恐怕不是每次都能毫無遺漏。」

她沒把目睹過的怪事說給任何人聽。鐸里昂朝她迅速鞠躬道謝，隨即邁步離去。他感到好奇，不知道還有多少人見過他們不該知道的事？他不想知道。

王儲離開地窟後，索莎的指頭終於不再顫抖。感謝席爾芭，醫者之女神，賜予和平者——也賜予安詳之死——留下的恩典，她的手在幫他包紮傷口時沒發抖。索莎斜靠在流理臺旁，長嘆一聲。

那些傷口其實不需要包紮，但她自私又愚蠢，只想盡量讓那位俊美王子在那張椅子上多坐一會兒。

他根本不知道她是誰。

她在一年前被任命為正式醫者，而且曾被多次叫去照料王子、侍衛隊長和他們那位朋友。王儲卻還是不知道她是誰。

在病歷缺乏完整紀錄的這方面，她沒對他說謊，但她把所有事情都記在腦子裡。尤其一個月前的那晚，他們三人渾身血腥髒汙，那女孩的獵犬也受了傷，沒人知道傷勢從何而來，也沒人多說一句。那女孩，他們的朋友……

御前鬥士。她是御前鬥士。

而且似乎是王子和隊長的情人，雖然未必是同時。那名年輕女子在血腥決鬥中獲勝、贏得頭銜後，當時就是索莎幫阿米堤處理她的傷勢。索莎偶爾會去探望那女孩，結果發現王子抱著她躺在床上。

她告訴自己那無所謂，因為王儲本來就是風流成性，但是……她的心痛沒有因此減緩。後來，情況改變，女孩中了葛羅瑞拉之毒時，是隊長陪在她身旁。他像籠中獸般在房中來回踱步，搞得索莎也緊張兮兮。不意外的，幾星期後，那女孩的侍女，菲莉琶，來找索莎拿事後避孕藥。菲莉琶沒說是誰要用，不過索莎不是笨蛋。

又過一星期，她處理隊長的傷口，看到他臉上那四條殘酷抓痕，還有他的呆滯眼神，索莎就明白怎麼回事。加上王子、隊長和那女孩連同那頭獵犬滿身是血的那晚，她知道他們三人之間原本的某種羈絆被打破。

尤其是那女孩。**瑟蕾娜**，他們以為她已經走出那個房間時說出那女孩的名字。瑟蕾娜‧薩達錫恩。天下第一刺客，後來成了御前鬥士。這是索莎在他們不知情的情況下幫他們守住的另一個祕密。

她是透明人。大多數的日子，她也為此感到慶幸。

索莎朝桌上物資皺眉。她得在晚餐前做出六瓶藥水和外敷藥膏，配方都很複雜，也都是阿米堤丟給她的工作，那女人總是拿階級來壓她。而且又到了每星期寫信給某個朋友的時候，對方想知道宮中的所有細節。這麼多事要忙，光想就頭痛。

如果剛剛來的不是王子，她會叫對方去找其他治療師。

索莎繼續幹活。她確信他在離開時就忘了她的名字。鐸里昂是世界第一強國的繼承人，索莎的已故雙親則是來自芬海洛某個村子的新移民，那個村子後來也被燒成灰——永遠不會有人記得。

但這沒能阻止她對他的愛，她現在依然愛他，無形又隱密的愛，自從她在六年前第一次見到他。

第七章

經過那晚後，再也沒有其他東西接近瑟蕾娜和羅紋。他沒對她提起那晚的遭遇，也沒把自己的披風或是其他能抵禦寒風的東西遞給她。她縮成一團，側身躺臥，因為樹根或小石扎進背脊而不斷輾轉翻覆，或是被貓頭鷹的啼鳴——或更驚悚的聲響——驚醒。

天色轉灰、晨霧拂樹時，瑟蕾娜覺得自己比昨晚更疲憊。默默吃完用麵包、乳酪和蘋果組成的早餐後，兩人繼續沿密林中的山麓小徑策馬而行，她疲倦得幾乎在馬背上睡著。

他們經過幾名路人——大多都是駕著馬車前往市集的人類，他們看到羅紋時都立刻讓路，其中一些甚至低聲向天神祈求慈悲。

她老早聽說在溫德林的永生精靈與人類和平共處。那麼，那些人類感受到的恐懼或許來自羅紋本身，至少他身上那片刺青在這方面毫無幫助。她曾考慮該不該問他那片刺青文字有何涵義，但這就意味著兩人必須談話，而談話就意味著建立某種……關係。她已經擁有不少朋友，也死了不少朋友。

因此，今天穿越樹林、進入坎布里恩山脈的一路上，她都牢牢閉上嘴。森林變得更為蒼翠繁茂，而且越是往上爬，周遭更是迷霧繚繞。大片霧氣飄過，輕拂她的臉龐、頸項和脊椎。

在路邊紮營、度過又一個寒冷難耐的夜晚後，兩人又在黎明前就出發。霧水這時已經滲入她的衣物和肌膚，深植於骨。

到了第三個晚上，她已經不再奢望營火。她甚至已經接受寒冷、討厭的樹根，還有不管吃多少麵包和乳酪都無法減緩的飢餓感。出自某種原因，這些痠疼痛楚讓她能平靜下來。她並不因此感到舒適，但是……這能轉移注意力。她欣然接受，也活該如此。

她不想知道這意味著自己是什麼樣的人。她不能允許自己如此深思反省。見到迦蘭王子的那天，她已經非常接近自己心中的黑暗面，那已經足夠。

在持續逼近黃昏的午後時光中，他們離開道路，進入吸收每一道馬蹄衝擊的苔蘚泥地。她已經好幾天沒見過任何城鎮，她發現周遭的花崗岩刻有螺紋和其他花紋。她猜那些是記號——警告人類保持距離。

他們離朵拉奈爾城應該還有一星期的路程，羅紋卻是沿山脈周圍而行，而不是直接翻山越嶺。不過他們確實越走越高，上坡的路上偶爾會碰到高原和大片野花。她沒見到任何斥候，也無從得知自己在什麼地點或是什麼高度，眼前只有無盡森林、無盡上坡，和無盡迷霧。

看到燈火前，她先聞到煙味。那不是營火，而是燈火，來自聳立於林中、緊靠山脊的一棟建築，石磚色深又古老——不是遍布於周遭的花崗岩材。雖然雙眼疲倦，但她還是注意到一圈高聳岩石立於林中，包圍整片森林。他們經過巨石時，她很難不去注意到那兩顆巨石如獸角般彎向彼此，而且一道嗡嗡作響的電流拍打她的肌膚。

那是結界——魔法結界。她感覺腸胃翻攪。結界如果不是用來阻擋來犯，也一定有警報作用。這表示在那三座瞭望塔上的九人、在外牆上的六人，還有在木製大門旁的三人已經知道他們正在接近。那些男女身穿輕型皮甲，佩帶長劍、匕首和弓箭，正在盯著他們。

「我覺得，我寧可待在林子裡。」這是她幾天來第一次開口。羅紋沒理她。

他甚至沒向哨兵揮手致意。既然他連招呼都懶得打，顯然表示他是這裡的熟客。兩人繼續朝一座古老要塞前進，那座要塞其實只是以幾座瞭望塔組成，彼此之間以一棟大型建築串聯，其牆面布滿苔蘚和地衣。接近要塞的同時，她在心中做出計算：這裡一定是某種邊境哨站，位於人類領土和朵拉奈爾城之間。或許她終於能在溫暖的地方過夜，就算只是今晚。

衛兵們向羅紋敬禮，但他根本沒瞥他們一眼。那些士兵都戴兜帽，完全遮住自己的樣貌特徵。他們是永生精靈？羅紋雖然一路上沒跟她說幾句話——她在他眼中的獨特程度就跟路邊的一坨屎差不多——但如果她要跟這些永生精靈住在一起……其他人或許會起疑。

兩人穿過護牆大門，進入大型中庭時，她觀察所有細節、所有出入口和所有破綻，兩名看似人類的馬廄侍從連忙趕來、扶他們下馬。這裡好安靜，彷彿連同石頭在內的一切都屏住呼吸，彷彿這個地方正在耐心等候。羅紋不吭一聲的把她帶進昏暗的主樓內部時，這種死寂感更為惡化。兩人走上一條狹窄石梯，進入一個似乎是書房的小房間。

讓她急忙停步的原因，並不是覆以雕痕的橡木家具、褪色綠簾，或是爐火帶來的暖意，而是坐在書桌後方的黑髮女子。玫芙，永生精靈女王。

她的姨媽。

她逃避了十年的一句話傳來。

「妳好啊，艾琳．加勒席尼斯。」

第八章

瑟蕾娜後退，清楚知道要走多少步才能回到大廳。但是門板在他們身後關上時，她撞上某人堅實又毫不退讓的身軀。因為雙手劇烈顫抖，她沒打算拿出武器——或是奪取羅紋的武器。只要玫芙下令，羅紋就會立刻將她斬殺。

瑟蕾娜的腦袋失血。她逼自己吸氣再吸氣，然後以極輕的嗓門開口：「艾琳·加勒席尼斯**死了**。」光是說出她的名字——她害怕、痛恨、只想忘掉的名字……

玫芙綻放微笑，露出銳利的小小尖牙。「我們就別浪費時間在謊言上了吧。」

這不是謊言。那女孩、那位公主，十年前已經死在某條河裡。瑟蕾娜跟艾琳·加勒席尼斯之間已經毫無關係。

這個房間太熱——也太小。羅紋站在她身後，宛如徘徊不去的風暴。

她來不及做好心理準備，來不及編故事、編藉口。她在過去這幾天確實應該做好這些準備，而不是任憑自己墜入沉默與寒霧。畢竟她得面對永生精靈女王，只因為玫芙想見她。在這座彷彿遠離自己腳下的要塞中，這位髮如鴉羽的美麗女子以烏黑深邃的雙眸看著她。

老天。**老天**。

身為金髮瑪帛的黑髮大姊，玫芙散發的完美、從容、永恆、沉著和耀眼的上古優雅姿態令人生畏。

瑟蕾娜一直騙自己、以為這次見面會很輕鬆。她的背脊依然緊緊靠在羅紋身上，彷彿他是一道牆。那是堅不可摧的銅牆鐵壁，跟要塞周圍的結界石一樣古老。羅紋以強悍的掠食者姿態從容後退，斜靠在門邊。除非玫芙允許，否則她不可能離開這裡。

永生精靈女王保持沉默，白皙如月的修長十指放於紫袍膝上，一隻白色倉鴞（註3）棲息在她的椅背上。她連王冠都懶得戴，雖然瑟蕾娜猜她大概也不需要。不管是瞎是聾，世上所有生物都知道她是誰——是什麼。玫芙，萬千傳奇的化身……也是萬千夢魘的化身。眾多史詩、頌詩和歌曲為她譜寫，數量龐大得讓有些人以為她只是個神話人物。但是夢境——夢魘——以活生生的姿態呈現於此。

其實妳可以利用這個機會。妳現在就可以取得所有需要知道的答案，在幾天後就能返回亞達蘭。妳只是需要——呼吸。

她發現呼吸一點也不容易，因為這位女王正在觀察她咽喉的所有變化。聽說這位女王曾經只是為了消遣就把人逼瘋。棲息在玫芙椅背上的那隻貓頭鷹——那是處於動物型態的永生精靈？還是真正的動物——也在盯著她。牠的利爪握住椅背頂端，陷入木身。

不過，這幅畫面實在有點荒謬——玫芙居然在這間破書房上朝，桌面還沾滿神祕汙垢。老天，玫芙居然坐在**書桌旁**。她應該待在某個仙境般的幽谷，被飄忽不定的幽光包圍，仕女隨魯特琴和豎琴聲翩翩起舞，閱讀天上以流轉星辰寫下的詩句。不應該在這。

瑟蕾娜深深一鞠躬。她猜自己應該下跪，不過——她渾身惡臭，而且在瓦雷希的酒館打架

註3 倉鴞（「鴞」音同「消」）又稱猴面鷹或穀倉貓頭鷹，英文名是barn owl，因為常在穀倉出沒、捕捉鼠類而得名。

換來的臉部割傷和瘀青應該還沒消失。瑟蕾娜站直時，玫芙還是帶著淺笑，就像網獲蒼蠅的蜘蛛。

「好好洗個澡，妳的模樣應該就會更像妳母親。」

看來玫芙沒打算寒暄，而是直攻咽喉。她能應付，她能無視痛苦和恐懼、取得想要的答案。因此，瑟蕾娜露出同樣的淺笑，開口道：「如果早知道要跟誰見面，我大概就會求我的護衛給我一點時間梳洗。」

把羅紋丟去餵獅子，她一點也不覺得慚愧。

玫芙的黑曜石雙眼掃向羅紋，他依然靠在門邊。她敢發誓，永生精靈女王綻放的那抹微笑帶有讚許。彷彿這趟艱辛跋涉也是計畫的一部分。不過為什麼？為什麼要故意整她？

「我恐怕得為妳這趟匆促旅程負責，」玫芙說：「雖然他也確實應該在路上帶妳找個水池洗澡。」永生精靈國度的女王舉起優雅的一手，朝戰士一指。「羅紋王子——」

王子。她逼自己別轉身看他。

「——出自吾妹茉菈的血脈。他是我的外甥，也是我的家族成員。對妳來說，他是關係頗淡的遠親，妳跟他之間的親戚關係得追溯到上古時代。」

又是故意對她稍作打擊的一番話。「真沒想到。」

或許這不是最適合的回應。她大概應該卑躬屈膝的懇求對方解惑，而且她覺得自己應該很快、很快就會來到那一步。不過……

「妳一定很想知道，我為什麼派羅紋王子帶妳來這裡。」玫芙若有所思的說。

為了娜希米雅，她會繼續玩這場遊戲。瑟蕾娜用力咬住舌頭，不讓這張臭嘴吐出惡言惡語。

玫芙把白皙雙手放在桌上。「我等著見妳已經等了很長、很長一段時間。因為我從不離開這片土地，所以我見不到妳，起碼無法親眼見到妳。」女王的長指甲反映光芒。

人們常在爐火旁談論某個傳說，關於玫芙穿戴的另一套外皮。但在流傳下來的那些故事裡，除了**飛影**、**利爪和噬魂黑暗**之外沒有更進一步的描述。

「他們違反了我的律法，妳知道。妳父母私奔的時候，違背了我的命令。兩者的血統具有危險性，不應該通婚。但是妳母親承諾過，會讓我在妳出生後見妳。」玫芙歪起腦袋，跟身後那隻貓頭鷹的模樣神似得詭異。「看來在妳出生後的那八年內，她一直忙得沒法實現諾言。」

如果母親違背了承諾……如果母親不讓玫芙接近她，那一定有非常充分的理由。那個理由騷動瑟蕾娜的心靈邊緣，勾起一道模糊回憶。

「但現在，妳來了，」玫芙沒起身走動，卻似乎更接近她。「而且已經長大成人。我在大海彼岸的眾多眼線讓我知道關於妳的種種傳聞，內容詭異又驚悚。從妳身上的傷疤和武器來看，我懷疑那些傳聞是否略嫌誇大。拿我在一年多前耳聞的某個故事來說吧，一位長有鹿角的北方之主曾經看到一名擁有艾希里弗眼眸的刺客被囚車押往——」

「**夠了**。」瑟蕾娜瞥向羅紋，對方正在豎耳傾聽，彷彿這是他第一次聽說。她不想讓他知道她待過安多維爾——她不想要那種憐憫。「我知道自己的過去。」她狠狠瞪羅紋一眼，要他別多管閒事。他只是撇過頭，又是一副悶得發慌的模樣，典型的那種長生不老者的傲慢。瑟蕾娜面對玫芙，把雙手塞進口袋。「我是刺客，沒錯。」

一聲悶哼從身後傳來，但她不敢把視線從玫芙身上移開。

「妳的其他天賦呢？」玫芙的鼻孔微張——正在嗅查。「那些能力有何發展？」

「跟我那塊大陸的其他人一樣，我沒辦法動用那些能力。」

玟芙的雙眸閃爍，瑟蕾娜知道——知道玟芙聞出她只說出一半的真相。「妳現在不在那塊大陸。」玟芙輕柔說道。

快逃。所有本能吼出這兩字。她猜現在就算有伊琳娜之眼也沒用，但還是希望那東西在手上。說到這點，她真希望那位作古王后也在這裡。羅紋仍靠在門邊——但如果她速度夠快，如果她能騙過他……

哀求她逃跑的那項本能釋放某道回憶，明亮而失控得令她盲目。母親雖然也是永生精靈，卻很少允許同族踏進家門。只有幾名受信賴的永生精靈能跟她們住在一起，但其他同族訪客都受到密切監視，而且他們住在她們家的期間，瑟蕾娜都被隔離於家人專屬的私人房間。她一直以為那是過度保護，但現在……「讓我看看。」玟芙低語，綻放蜘蛛般的微笑。快逃。快逃。

她還能感覺到在那個惡魔國度時，藍色野火從自己體內爆發，還能看到鎧奧在她失控時露出什麼表情。當時只要走錯一步，**呼吸**稍微錯亂，她就很可能害死他和飛毛腿。

貓頭鷹輕輕振翅，爪下木料發出呻吟，玟芙眼中的黑暗擴張，而且朝她伸來。空中出現一種微弱悸動，推動她的血液。那是一種敲擊，接著是朝她的心靈而來的銳利切割——彷彿玟芙試圖切開她的顱骨、窺視內部。推動、試探、品嘗——

瑟蕾娜逼自己穩住呼吸，把雙手放在隨時可以拔刀的位置，同時推開心中的那雙爪子。玟芙輕笑一聲，瑟蕾娜腦袋裡的壓力也隨之停止。

「妳母親把妳向我隱藏了好幾年，」玟芙說：「她和妳父親總有辦法知道我的眼線在找妳。如此罕見的天賦——召喚而且操控火焰。沒多少人能控制大火，更別說掌握火焰的野性。妳母親卻希望妳壓抑這種力量——雖然她知道我只希望妳臣服於自身力量。」

瑟蕾娜的咽喉被呼吸灼燒。又有一絲回憶閃過——他們不是教她如何點火，而是如何滅火。

玫芙繼續說道：「看看他們因為那個決定而有什麼下場。」

瑟蕾娜的血液結凍，所有自保的本能瞬間飛出腦外。「**妳**十年前又在哪？」她的聲音極為低沉，出自受創靈魂的深處，這幾個字近乎低吼。

玫芙的腦袋微微一歪。「我不喜歡聽謊言。」

瑟蕾娜臉上的怒火平息、墜回五臟六腑。永生精靈未曾派軍援救特拉森，溫德林未曾伸出援手，而這都是因為……因為……

「我沒有更多時間陪妳，」玫芙說：「所以我長話短說：我的眼線說妳有一些疑問，是凡人無權提出的疑問——關於鑰匙。」

聽說玫芙能和靈界交流——難道是伊琳娜或娜希米雅向她通報？瑟蕾娜張嘴，但是玫芙舉起一手。「我會給妳那些答案。妳可以去朵拉奈爾城見我，我到時候會給妳答案。」

「為什麼不是現在——」

羅紋的低吼打斷她的話。

「因為那些答案需要時間，」玫芙回答，接著緩緩補充道，彷彿想細細品嘗每個字，「也是妳尚未贏得的答案。」

「告訴我，我該做什麼才能贏得那些答案，我願意去做。」蠢蛋。只有蠢蛋才會如此回答。

「沒問清楚代價就如此提議，這麼做很危險。」

「妳想看我展示我的魔法？那我就展示給妳看。但是不能在這裡——不——」

「我沒興趣看妳把妳的魔法如一袋稻穀般丟到我的腳邊。我想看妳能**如何利用**那種魔法，艾琳．加勒席尼斯——而現在的妳似乎變不出多少花樣。」聽到那該死的名字，瑟蕾娜的腸胃一緊。「我想看妳在適當環境下會變成什麼樣的人。」

「我不——」

「我不允許凡人和雜種進入朵拉奈爾城。雜種如果想進入我的國度，就必須證明自己擁有天賦與價值。『霧守』，這座要塞——」她朝房中揮個手，「——是試煉場之一。沒通過試煉的人，就會待在這裡。」

在攀升的恐懼下，她感到一絲厭惡。**雜種**——玫芙說出這個字眼時，口氣盡是唾棄。「我得通過什麼樣的試煉才能證明自己的價值？」

玫芙朝羅紋一指，後者未曾從門旁離開一步。「等羅紋王子認為妳已經充分掌握自身天賦，妳就會去見我。他將在這裡給妳進行訓練。在他認為妳的訓練已經完善之前，妳不能踏進朵拉奈爾城一步。」

在玻璃城堡目睹了那麼多狗屁倒灶的怪事——惡魔、巫婆、那位國王——接受羅紋的訓練，就算是訓練魔法，聽來實在不甚刺激。

但是——這可能花上幾星期。幾個月。幾年。熟悉的虛無之霧滲入，即將再次令她窒息。她勉強推開那種情緒，開口道：「我需要知道的那些情報不能**拖延**——」

「特拉森繼承人，妳想知道關於那些鑰匙的答案？答案將在朵拉奈爾城等著妳。剩下的就看妳自己。」

「一五一十，」瑟蕾娜衝口說出：「妳到時會一五一十的回答與鑰匙有關的所有疑問。」

玫芙綻放毫無美感的微笑。「看來妳沒**完全**忘掉我們的風格。」看瑟蕾娜沒反應，玫芙補充道：「我會一**五一十的**回答與鑰匙有關的所有疑問。」

放棄、走人、去拜託其他古人吐露真相，這麼做或許比較簡單。瑟蕾娜不斷吸氣吐氣。然而，玫芙曾在場目睹——法魯格在這個世界初生之際掀起大戰時，她曾經**拿過**命運之鑰。她知道那三把鑰匙是什麼模樣與觸感。她甚至可能知道布蘭農把那三把鑰匙藏在哪裡——尤其是最後那把無名之鑰。而且，如果瑟蕾娜能想出辦法從國王那裡偷到鑰匙，消滅國王，阻止他的軍隊，而且解放伊爾維，就算她只能弄到一**把**命運之鑰……「什麼樣的訓練——」

「羅紋王子會解釋細節。現在，他會送妳去妳的寢室，讓妳休息。」

瑟蕾娜以凶惡眼神瞪著玫芙。「妳發誓妳會讓我知道我要的答案？」

「我從不違背承諾。而且我總覺得妳在這方面也跟妳母親不一樣。」

這婊子。**賤人**，她想嘶吼。但就在這時，玫芙瞟向瑟蕾娜的右掌。這女人什麼都知道；不管是透過哪個探子、哪種能力還是推測，玫芙已經熟知她的一切，連同她對娜希米雅的誓言。

「為了什麼目的？」瑟蕾娜輕聲問，憤怒和恐懼把她拉進無法逃避的疲憊。「妳要我接受訓練，只是為了讓我在展現能力時出洋相？」

玫芙以白皙指尖撫過貓頭鷹的腦袋。「我想讓妳成為妳註定要成為的人，成為女王。」

成為女王。

當晚，這幾個字在瑟蕾娜心中揮之不去——讓她輾轉難眠，雖然她已經虛脫得很想哭求黑眸席爾芭來給她解脫。*女王*。這兩個字連同嘴唇的裂痕同時悸動，裂唇**也**讓睡眠變得很難受。

她可以為此感謝羅紋。

玫芙下令後，瑟蕾娜在走離之前懶得道別。玫芙朝羅紋點個頭，羅紋才讓路，跟在瑟蕾娜身後，進入瀰漫烤肉和大蒜味的狹窄走廊。雖然飢腸轆轆，但她如果吞下任何東西都可能劇烈嘔吐，所以她跟著羅紋走過走廊，走下階梯，每道步伐都在鋼鐵般的自我控制和持續攀升的怒火中切換。

左腳。娜希米雅。

右腳。妳發過誓，妳也會信守諾言，無論如何。

左腳。訓練。女王。

右腳。賤人。愛耍手段、殘酷冷血的婊子。

羅紋走在她前方，以無聲步伐踏過走廊的深色石地。兩旁火炬尚未點燃，而在昏暗的光線下，她幾乎看不到他的存在。但她知道——就算只是因為她幾乎能感覺到他散發的怒火。很好，看來不只她對這種安排感到不滿。

訓練。訓練。

打從出生以來，她這輩子都在受訓。羅紋可以訓練她訓練到自己臉色發青，而只要她能因此得到關於命運之鑰的答案，她也願意配合。但這不表示她在時機到來時真的必須**做些**什麼。她也根本沒打算繼承王位。

她根本**沒有**王座、王冠或王朝，她也不想要。而且她光靠瑟蕾娜·薩達錫恩的身分就能推翻國王，謝了。

她握起雙拳。

兩人沿螺旋階梯走下，進入另一條走廊，路上沒遇到任何人。這座要塞的居民——玟芙把這裡稱作「霧守」——知不知道誰在樓上那間書房？玟芙大概以驚嚇他們為樂。或許她把他們每個人——**雜種**，她是如此稱呼他們——以各種所謂的交易來加以奴役。真噁心。他們的混種血統並不是自己的錯，卻因此被拘留於此，這真令人作嘔。

瑟蕾娜終於開口。

「永生陛下既然指派你當保母，你對她來說一定**非常**重要。」

「考慮到妳的豐功偉業，她只放心讓最優秀的手下管教妳。」

噢，看來王子願意共舞。他在前來要塞的這一路上維持的自我控制即將斷裂。很好。

「在林子裡扮演戰士，這似乎不太能證明你到底有多少本領。」

「遠在妳、妳父母或妳祖父母出生前，我已在戰場廝殺多時。」

她氣得發抖——正如他所願。「這裡除了飛鳥走獸之外還有什麼對手？」

沉默。然後——「這個世界遠比妳所能想像的更浩瀚也更危險，小姑娘。妳能接受訓練——而且擁有證明自己的機會，妳該為此感到慶幸。」

「我對這個浩瀚又危險的世界有不少見識，小王子。」

輕柔又嚴肅的笑聲。「等著瞧吧，**艾琳**。」

又挨了一道刺擊，她也為此動怒。「別那樣叫我。」

「那是妳的名字，我對妳不會用其他稱呼。」

她擋住他的路，臉湊向那幾顆尖銳尖牙。「這裡不能有人知道我是誰，你懂嗎？」

他的綠眸發光，在暗處中如獸眼般明亮。「看來我的姨媽不知道自己給了我多麼困難的工作。」**我的**姨媽，不是**我們的**姨媽。

她說出這輩子最惡毒的話語之一，口氣滿是恨意。「有你這種永生精靈，我似乎更能明白亞達蘭國王的行為。」

他出拳揍她，速度快得讓她來不及察覺，也快得根本不合理。

她勉強挪動身子，沒讓鼻梁被打碎，但是嘴巴還是被打中。她撞上牆壁，砸到頭，也嘗到血。很好。

他又以那種永生者的敏捷度出擊——或至少表現出這種意圖。打碎她的下顎之前，他以同樣驚人的速度收回第二拳，接著以低沉而凶狠的態度朝她低吼。

她的呼吸變得凌亂，輕柔的開口道：「動手吧。」

雖然他看來更想撕裂她的咽喉而不是談話，但他沒越過自己劃下的界線。「我又為何要讓妳稱心如意？」

「你跟你的族人一樣沒用。」

他發出致命的輕笑，如利爪般耙過她的怒氣。「如果妳這麼想趴在地上吃石頭，那妳就動手吧，我會讓妳試著打中我。」

她知道自己不該聽下去，但是渾身血液發出怒吼，她再也無法正常分辨、思考或呼吸，所以她丟下該死的後果，揮出拳頭。

瑟蕾娜只有打中空氣——空氣。他隨即俐落的把一腳勾住她的腳後，讓她再次撞牆。

不可能——他絆倒她，彷彿她只是個不停發抖的新手。

他站在幾呎外，雙臂交叉於胸。她吐出嘴裡的血，咒罵幾句。他一臉得意洋洋，那副表情足以讓她再次衝上前，雖然她不知道自己打算將他摔倒、打扁還是鎖喉。

她察覺他向左虛晃，但就在她撲向右時，他以驚人的高速移動，訓練有素的她還是撞上他身後的黯淡火盆。她摔趴在石地上，牙齒顫動，撞擊聲迴響於寂靜走廊。

「我說過，」羅紋低頭朝她冷笑，「妳有很多東西要學，在各方面。」

嘴唇開始疼痛腫脹，她開口叫他去跟他自己發生親密關係。

他沿走廊悠哉離去。「妳下次再說出那種話，」他頭也不回的說：「我會讓妳劈柴一個月。」火冒三丈，臉龐因恨意和羞愧而灼痛，瑟蕾娜站起身。他把她丟在一間又小又冷的房間，看起來跟牢房差不多。她走兩步就深入小房間後，他開口：「把妳的武器給我。」

「為什麼？而且我拒絕。」她絕不可能把匕首交給他。

他以迅速的動作從門旁抓起一只水桶，把水倒在走廊地面，然後遞出桶子。「把武器交出來。」

他的特訓一定會是極為美妙的經驗。「說明原因。」

「我不用向妳做出任何解釋。」

「那我們就要再打一場。」

在昏暗走廊中，他的刺青顯得格外烏黑。他瞇眼瞪她，彷彿表示**妳覺得**那**算打鬥**？但他只是咬牙道：「從天亮開始，妳得在廚房打雜以換取住宿。除非妳打算殺掉要塞裡的每個人，否則妳根本不需要武器，而且妳在訓練時也不需要武器。所以我會保管妳的匕首，直到妳把它們贏回去。」

這點倒是讓她感覺似曾相識。「廚房？」

他亮出牙齒，綻放冷笑。「在這裡，人人都得幹活，公主也不例外。沒人高貴得可以免於苦工，尤其是妳。」

雖然她身上的傷疤可以證明這點。不過她沒打算讓他知道。如果他知道她待過安多維爾而因此取笑她——或憐憫她，她不知道自己會有何反應。「所以我的訓練內容包括在廚房當女傭？」

「那是其中一部分。」又一次，她確信自己能看出他眼中的言外之意：我也會好好享受妳的每一秒痛苦。

「就一個老混蛋來說，你活了這麼久卻從沒想過學些禮儀。」雖然他看起來不到三十歲。

「我又為何要把阿諛之辭浪費在如此自戀的小鬼身上？」

「咱倆是親戚，你知道。」

「我跟妳之間的血緣關係無異於我跟要塞那些養豬童之間的血緣關係。」

她感覺鼻翼顫動。他把水桶湊到她面前，她差點把桶子推回去，但終究還是不想讓鼻梁被打斷，因此開始乖乖繳械。

羅紋數算她放進桶裡的數量，彷彿已經知道她攜帶多少武器，包括暗器。繳械完畢後，他把水桶垂於腰側，推開門，只丟下一句「天亮前做好準備」，連再見都沒說。

「混蛋，臭老頭。」她咕噥，打量房中。

一張床、一只夜壺，還有一只盛放冰水的洗臉盆。她考慮要不要洗澡，但還是決定用水清理嘴巴、處理唇傷。她餓得要命，但出門覓食就意味著出去見人。因此，用背包裡的醫療用品盡量處理了嘴唇後，她倒在床上，穿著一身惡臭破衣，就這樣躺了幾小時。

房中有一扇小窗，沒有窗簾。瑟蕾娜在床上翻身，看向窗外，凝視要塞周邊樹林上方的繁星。

像那樣朝羅紋發脾氣、說出那種惡毒的話，還試圖跟他**打鬥**……她活該挨揍。不只活該。如果她願意坦承，她這些日子來只是勉強還像個人。她輕觸裂唇，痛得皺眉。

她掃視星空，直到找到象徵北方之主的雄鹿星座。雄鹿頭上的那顆靜止恆星——永恆王冠——指向通往特拉森的路。她聽說特拉森的歷代偉大領袖在死後化為那些燦爛星斗，好讓人民永不孤單——也讓他們永遠能找到返家之路。她已經十年沒踏足特拉森。為艾洛賓賣命時，他不允許她回去；後來，她是不敢回去。

那天在娜希米雅的墳前，她輕聲說出真相。她這輩子奔逃太久，已經不知何謂挺身而戰。瑟蕾娜嘆口氣，揉揉眼。

玫芙不知道、也永遠無法明白的是：特拉森那位小公主在十年前是如何害死了他們，她比玫芙更糟。她害死了他們每個人，還害那個世界被燒成灰燼和塵土。

所以，瑟蕾娜把目光從星辰移開，縮在破毛毯下抵擋低溫，然後閉上眼，試圖夢見另一個世界。

一個她只是平凡人的世界。

第九章

河水因為融雪而上漲，曼儂・黑喙站在這條河旁的懸崖邊，閉著眼，任憑溼潤的風吹過臉龐。沒幾種聲音比瀕死呻吟聲更讓她喜歡，風聲是其中之一。

微風迎面而來，這是她在這些日子來最接近飛行的一刻——除非她偶爾夢見自己再次乘風翱翔於雲海，鐵木掃帚仍正常運作，而不是已經化為一堆廢柴、此刻躺在她在黑喙要塞的臥室衣櫃中。

她已經十年沒嘗過迷霧和雲朵，沒騎乘於天風的背脊。今天的天候實在適合飛行，風勢迅速強勁。今天，她原本可以騰空高飛。

在她身後，黑喙族母仍在跟一名魁梧男子說話，對方駕馬車來到這裡，自稱公爵。她猜這並非只是巧合；她才剛離開芬海洛那片染血草原，就收到來自外婆的傳喚。

再加上她當時離靠近亞達蘭邊境的那個會合點只剩不到四十哩。

她的外婆，黑喙氏族的高階女巫，在湍急的莨菪河畔和公爵談話時，曼儂負責站崗，她的女巫團剩下的成員們也在這片小營地各就各位。那十二名女巫都與曼儂年紀相仿，從小跟她一起長大與學習。她們跟曼儂一樣沒攜帶武器，不過那位公爵似乎知道黑喙一族不需武器就能置人於死。

既然妳生下來就是武器，又哪需要武器？

而且當妳是曼儂的「十三人眾」的成員之一、在這一百年來和她並肩作戰、同遊天際……光是聽到女巫團的這個稱號，敵手常常就因此落荒而逃。十三人眾並不以慈悲聞名——或是犯錯。

曼儂瞥向四散於營地的盔甲衛兵，其中一半正在監視黑喙女巫，另一半則是盯著公爵和外婆。高階女巫選擇讓十三人眾擔任護衛，這是一項極大的榮譽——其他女巫團都沒被傳喚。有十三人眾在場，就不需要其他女巫團。

曼儂把注意力移向最近的一名衛兵。他的汗味、由恐懼造成的微弱刺鼻味，還有疲憊造成的沉重霉味飄向她。從他們的模樣和氣味來判斷，他們跋涉了數星期之久。他們的隊伍有兩輛囚車，其中一輛散發非常特殊的男性氣味——或許是古龍水留下的味道；另一輛是女性。兩者的氣味都不對勁。

曼儂生下來就毫無人性，外婆如此說過。毫無人性又冷血無情，黑喙就該如此。她的邪惡深入骨髓。但是囚車裡的那兩人，還有公爵，他們的氣味有問題。聞起來不一樣，似乎不屬於這個世界。

一旁的那名衛兵挪挪身子。她朝他露出微笑。他更用力握住劍柄。

曼儂抬起下顎，張嘴亮出鐵牙，這麼做純粹只是因為她可以這麼做，也因為悶得發慌。那名衛兵後退一步，呼吸加速，恐懼造成的刺鼻氣味變得更為強烈。

擁有一頭白皙如月的髮絲、雪花石膏般的肌膚，再加上黃金浴火般的眼眸，許多不幸男子曾說過她跟永生精靈女王一樣美。但他們沒及時發現的是：她的美貌只不過是她天生擁有的眾多武器之一，而且這項武器也讓事情變得樂趣多多。

聽見腳步壓過雪地和枯草，曼儂把視線轉離那名顫抖的衛兵和棕水滾滾的莨苕河，看到外婆走來。

魔法消失的這十年來，她們的老化過程也隨之產生變化。曼儂本身已經一百多歲，但直到十年前，她的模樣看起來不超過十六歲；現在，她看起來年約二十五。她們很快意識到自己正在跟凡人一樣老化，也為此大為驚慌。至於外婆……

在清新微風的吹拂下，黑喙族母那身烏黑而精美的蓬鬆長袍如流水般飄動。外婆的臉龐開始出現細紋，如黑檀木般的頭髮也開始發白。黑喙氏族的這位高階女巫不只美豔——而且誘人。就算在現在，就算白皙如骨的肌膚也開始像凡人那般難逃歲月摧殘，這位族母依然風韻猶存。

「我們現在離開。」黑喙族母開口，沿河邊向北走。在她們身後，公爵的手下在營地集合。有十三人眾在場——而且一個個悶得發慌，那些凡人確實應該如此謹慎。

曼儂抬個下巴，十三人眾立刻排成一列。同樣負責站崗的另外十二人在曼儂和外婆身後保持適當距離，腳步踏過冬草時近乎無聲。滲透各城鎮的這幾個月來，她們沒能發現任何一名克拉坎。曼儂也為此做好受罰的準備。鞭刑，或許還要折斷幾根手指——都不會造成永久損傷，不過會公開執行。外婆比較喜歡這種懲罰：重點不是**內容**，而是造成羞辱的效果。

然而，外婆那雙金斑黑眸——象徵純正黑喙血統的傳家寶——正在盯著北方的地平線，望向歐克沃森林及其後方遠處的白牙山脈。金斑黑眸是這支氏族最珍惜的特徵之一，曼儂也向來懶得弄清楚背後的原因。儘管如此，當外婆發現曼儂天生擁有清澈的暗金眼眸，這位族母就把這個孫女從女兒的微溫屍體抱走，而且宣布她是唯一繼承人。

外婆繼續前進，曼儂沒多問，除非她想看到自己的舌頭被一把扯下。

「我們要往北走，」等全隊人員來到山腳下，外婆宣布：「我要妳派十三人眾的其中三人分別前往南方、西方和東方，找出我們所有親友，通知她們去菲力安峽谷集合。每一名黑喙——不管是女巫還是斥候，都不可丟下。」

這年頭已經不再做這種區分。每一名女巫都隸屬一支女巫團，也因此人人都是斥候。打從她們的西部王國覆滅、每個人都為生存而努力開始，每一名黑喙、黃腿和藍血女巫都必須為戰鬥做好準備——準備隨時奪回土地，或為族人犧牲。曼儂自己從未踏足往日的女巫王國，從未見過那片廢墟或伸向西海的大片綠地；十三人眾的其他成員也沒見過，她們都成了浪人和流亡者，這都是因為最後一名克拉坎女王在那片傳奇戰場失血而死之際施下的詛咒。

族母繼續說下去，依然凝視群山。「而且，如果妳們的斥候看到其他氏族的成員，也必須通知她們前往峽谷集合。別打架，別挑釁——只需把話帶到。」外婆的鐵牙在午後陽光下閃爍。跟大多數的上古女巫一樣——出生於女巫王國，為了掙脫克拉坎女王們加諸的鎖鍊而加入鐵牙聯盟——黑喙族母的鐵牙永不收起。曼儂從沒見過那排鐵牙縮回。

曼儂吞下疑問。菲力安峽谷——白牙山脈和勒恩山脈之間的危險荒地，也是東部沃土和西部荒野之間的少數路徑之一。

曼儂曾經徒步穿越那些覆以積雪的複雜洞穴和深谷——只有一次，那次是跟十三人眾和另外兩支女巫團，而且是在魔法消失不久後，她們因為喪失魔力而近乎聾啞眼瞎，也因為突然再也無法飛行而痛苦萬分。另外兩支女巫團的半數成員沒活著離開峽谷，而十三人眾也只是勉強活下來。曼儂在一處冰穴崩塌時還差點喪失一條胳臂，但終究得以保住，多虧副手艾絲特琳的急智，以及第三順位的索蕾爾的蠻力。菲力安峽谷；曼儂在那之後再也沒回去過。最近幾個月傳出謠言：某種比女巫更黑暗的東西在那棲息。

「黃腿婆婆死了。」聽到這話，曼儂立刻轉頭看外婆，對方露出淺淺笑容。「在裂際城被殺。公爵收到消息。沒人知道誰是凶手、動機為何。」

「克拉坎？」

「或許吧。」黑喙族母笑得更大，露出沾染鏽斑的鐵牙。「亞達蘭國王邀我們去菲力安峽谷聚會，他說他在那裡有禮物要給我們。」

曼儂思索自己對那位決心征服天下的暴君所知的情報。身為女巫團首領和氏族繼承人，她的職責是保護外婆；也因此，她會出自本能的考慮所有圈套和威脅的可能性。「那可能是陷阱，他想把我們集中在一起然後一網打盡。他很可能在跟克拉坎合作，或是藍血，她們一直想讓自己成為所有鐵牙氏族的高階女巫。」

「噢，我不這麼認為，」黑喙族母輕柔道，深邃黑眸瞇起。「因為國王給了我們一項提案，給所有鐵牙氏族的提案。」

曼儂等候，雖然不耐煩得很想抓個人來肢解、發洩情緒。

「國王需要騎士，」黑喙族母依然凝視地平線。「駕馭他的雙足翼龍——擔任他的空中騎兵。他這些年來都在峽谷培育那些坐騎。」

已經過了不少日子——過了太久——但是曼儂能感覺命運之線在她們周遭交織拉緊。

「等我們完成任務，等我們滿足他的需求，他會讓我們保留那些雙足翼龍，我們就能從現在住在那片西部荒野的垃圾凡人手中奪回土地。」一道強勁狂風如尖銳的刀刃般貫穿曼儂的胸口。順著族母的視線，曼儂望向地平線，那處群山仍被冬雪覆蓋。再次飛行，穿越山隘，如天性使然的那般掠奪獵物……

雙足翼龍不是附魔鐵木掃帚。

但一樣好用。

第十章

訓練新兵，躲避鐸里昂，而且遠離國王的注意力，這辛苦的一天結束後，疲倦的鎧奧即將回到寢室時，注意到在主廳門口站崗的其中兩名手下不見蹤影。看到他停步，門口剩下的那兩人露出難受的表情。

衛兵偶爾無法執勤，這並不罕見。如果有誰生病，或是家中發生事故，鎧奧總是能找人替補。但是兩名衛兵**失蹤**，也沒人替補……「你們最好開始解釋。」他咬牙道。

其中一人清清喉嚨——是個新來的衛兵，三個月前才結束訓練。另一人也算是菜鳥，這就是為什麼他讓這兩人在空無一人的主廳門口值夜班。但他有安排另外兩名應該更負責也更謹慎的資深衛兵盯著這兩人。

清理了喉嚨的那名衛兵臉龐漲紅。「那個——他們說……呃，隊長，他們說不會有人在乎他們在不在這裡，因為這是主廳，而且沒人，還有——」

「說話清楚點。」鎧奧發火。他要**殺了**那兩個擅離職守的傢伙。

「將軍的宴會，長官，」另一人開口：「艾希里弗將軍路過這裡、要進裂際城的時候，邀請他們倆參加。他說你不會介意，所以他們跟他走了。」

他的下顎肌肉抽搐。果然是艾迪奧的風格。

「而你們倆，」鎧奧咬牙道：「沒想到應該向任何人呈報這件事？」

「恕小的直言，長官，」第二人回答：「我們……我們不想被當成抓耙子。而且，畢竟這裡只是主廳——」

「錯誤答案，」鎧奧咆哮：「你們倆給我連值兩班一個月——在花園。」這時的花園仍是冰天雪地。「從現在開始，你們倆沒有任何休假。而且如果你們再不即時通報有誰擅離職守，你們就會被革職。聽清楚了嗎？」

聽到兩人唯唯諾諾，他大步走向城堡正門。現在不是睡覺的時候。他得進城抓回兩名衛兵……還要跟一名將軍好好談談。

艾迪奧包下一整間酒館。幾名男子在門口負責攔阻不速之客，但看到鎧奧的怒視以及佩劍的鷹隼劍首，他們終究放行。酒館擠滿各階貴族，有些女子可能是妓女也可能是朝臣，還有一大堆男子——酩酊大醉又喧鬧吵雜。打牌、擲骰、隨著熊熊爐火旁的五重奏小樂團演奏的曲子唱起猥褻小曲、大桶麥芽酒、一瓶瓶香檳……艾迪奧打算自己付帳？還是由國王買單？

鎧奧注意到那兩名手下，他們正在跟另外六人打牌，膝上抱著女人，臉上掛著如惡魔般的咧嘴笑容。直到他們看到他。

他們卑躬屈膝時，鎧奧叫他們收拾東西走人——返回城堡，他明天再跟他們算帳。他無法決定是否該將這兩人革職，畢竟是艾迪奧騙了他們倆，而且他也不喜歡在尚未深思熟慮之前就做出決定。所以那兩人走出酒館，進入寒夜，而鎧奧開始去找將軍。

但是沒人知道他在哪。一開始，某人要鎧奧上樓、去酒館的其中一間臥室。對方說艾迪奧帶走兩名女子，鎧奧也確實在房中發現她們——但她們中間的那名男子不是將軍。鎧奧質問將軍的行蹤，她們說她們曾看到他在酒窖跟幾名戴面具的高階貴族擲骰子。所以鎧奧氣沖沖的下樓。沒錯，幾名戴面具的高階貴族確實在酒窖，他們假裝自己只是普通的縱酒狂歡者，但鎧奧還是認出他們的身分，雖然沒叫出他們的名字。他們堅稱最後一次看到艾迪奧時，他在主廳拉小提琴。

所以鎧奧回到一樓。拉小提琴、打鼓、彈奏魯特琴或吹笛子的顯然不是艾迪奧。事實上，艾迪奧・艾希里弗似乎根本不在自己的宴會上。

一名妓女輕輕走向他，試圖兜售自身商品。她原本會因為他的咆哮而走離——要不是因為他給了她一枚銀幣、換取將軍的相關情報。她在一小時前看到艾迪奧離開——摟著她的一名競爭對手，前往一個**更隱密**的地點，但她不知道是哪裡。如果艾迪奧已經不在這裡，那麼……鎧奧返回城堡。

但他確實得知另一項情報：聽說那幫凶煞即將抵達，而且那支軍團打算讓裂際城目睹酒池肉林的全新境界，鎧奧的所有衛兵也全數獲邀。

這是他最不想知道的消息也最不需要的問題——以危險戰士組成的軍團將在裂際城大鬧一場，而且讓他的手下分心。如果發生那種事，國王恐怕會過度注意鎧奧——而且問他為何有時不見蹤影。

所以他需要做的，並不是跟艾迪奧好好談談，而是找出某種把柄，逼艾迪奧同意**不**舉行那些宴會而且牢牢管住凶煞軍團。明晚，他會去參加艾迪奧舉行的宴會。

而且想辦法揪出對方的小辮子。

第十一章

全身凍僵，加上整晚發抖而渾身痠痛，瑟蕾娜在天亮前就醒來，發現門外有一只象牙罐。罐中藥膏散發薄荷和迷迭香的芬芳，罐子底下有張紙條，字跡緊致工整。

妳是咎由自取。玫芙祝妳早日康復。

想到羅紋鐵定被玫芙責備，還得被迫送來這份禮物而多麼惱怒，瑟蕾娜嗤笑一聲，把藥膏塗在依然腫脹的唇上。朝梳妝檯上方那面布滿斑點的破鏡一瞥，她終於知道自己的狀況到底有多糟。她再也不會喝酸酒、吃疙瘩餅，而且一定天天洗澡。

看來羅紋也同意她的看法，因為他還留下幾瓶水、一些肥皂，還有一套新衣：白色內衣、一件寬鬆上衣，還有淡灰色外套和披風，跟他穿的那套類似。雖然造型簡單，但是布料厚實精良。

瑟蕾娜盡可能把自己梳洗乾淨，淨身時被遠方那片迷霧繚繞的森林滲來的寒意凍得發抖。突然開始想念宮廷的巨型澡池，她迅速擦乾身子，換上新衣，對布料的內襯滿懷感激。她的牙齒還是抖個不停，其實整晚都沒停過，加上頭髮現在溼淋淋，就算再次綁成髮辮也沒幫助。她把腳塞進及膝的高筒皮靴，再把厚實的紅腰帶在不影響活動的前提下盡量緊緊綁在腰間，希望這樣能讓自己有些線條，不過……

瑟蕾娜朝鏡子皺眉。她的體重減輕——臉龐看來確實凹陷，就連頭髮也顯得黯淡下垂。藥膏已經讓嘴脣開始消腫，但瘀血仍在。至少她不再髒兮兮，雖然還是渾身冰冷，而且——穿這身衣服去廚房打雜，絕對是過度打扮。她嘆口氣，解下腰帶，聳肩脫下外套，把這兩樣東西丟到床上。老天，她的戒指因為手指太過冰涼而滑來滑去。她知道自己不該這麼做，但還是看著戒指，紫水晶在晨光下顯得色澤深沉。

鎧奧對這一切會作何感想？畢竟她是因為他才會來到這裡。不只是置身於此，而是處於無止盡的疲憊感，胸中痛楚幾乎未曾平息。娜希米雅的死並不是他的錯，畢竟那是出自那位公主安排的一切。儘管如此，他當時也確實向她隱瞞重大情報，他選擇了國王。雖然他聲稱他愛她，卻還是忠心耿耿的侍奉那個怪物。或許她是傻子才會讓他進入她的心房，才會以為自己不介意他負責保護的那名男子曾多次摧毀她的人生。

她的胸中痛楚持續加劇，呼吸因此變得困難。她站在原地片刻，抵抗那陣痛楚，讓它沉入包圍靈魂的那片濃霧，然後拖著沉重腳步走出房間。

這種差事有個好處，就是廚房很溫暖，甚至有些悶熱。大型磚爐和壁爐燃起熊熊烈火，從黃銅水槽上方窗戶滲入的林中晨霧也因此被逐出。廚房裡只有兩人：一名駝背老頭正在照料掛在壁爐中的冒泡大鍋，而另一名年輕男子在把廚房隔成兩半的木桌旁切洋蔥，而且盯著磚爐，爐中散發的香味似乎是麵包。命運之神在上，她餓得要命，麵包聞起來宛如神賜。而且那些鍋子裡在煮什麼？

雖然現在還是一大清早，但是年輕男子愉快的喋喋不休，嗓音反彈於樓梯間的石面。然而，羅紋帶瑟蕾娜下樓、進入這間廚房時，那名男子連忙閉嘴，跟駝背老頭一樣放下手邊的工作。稍早，永生精靈王子在走廊等她，交叉雙臂，一臉不耐煩，但他微微瞇起如獸眼般明亮的雙眸，彷彿有點期望她會睡過頭、讓他有理由懲罰她。身為長生不老者，他在安排酷刑方面應該有大把耐性和創意。

羅紋文風不動的站立，朝壁爐旁的老頭說話。瑟蕾娜好奇這位王子是後來學會這種站姿，還是天生就有這種能力。「她是新來的晨班女傭。早餐時間結束後，她剩下的時間就由我負責。」看來他在省略寒暄這方面並沒有針對特定對象。羅紋挑眉看她，她能在他的眼中清楚看出訊息，彷彿他說口說明：如果妳想隱瞞身分，那就自便吧，公主。妳想用什麼名字自我介紹都行。

看來他昨晚還是有聽進她的要求。「艾蘭堤雅，」她勉強開口：「我的名字是艾蘭堤雅。」她的內臟繃緊。

感謝眾神，羅紋沒在聽到這個名字時嗤之以鼻。如果他敢嘲笑娜希米雅給她的名字，她很可能會挖出他的內臟——至少如此嘗試。

老頭蹣跚走來，把枯節雙手在潔白圍裙上擦了擦。他的棕色羊毛衣樸素而老舊——有幾處稍微脫線——而且左膝似乎有點問題，但是一頭白髮整齊的綁在腦後，沒遮住古銅臉龐。他僵硬的鞠躬。「非常感謝您幫我們找到幫手，王子。」他的栗色眼眸移向瑟蕾娜，直截了當的把她上下打量一遍。「有在廚房工作過嗎？」

雖然經歷豐富、見過不少人事物，但她必須回答沒有。

「那麼，我希望妳學得快，動作也快。」他說。

「我會盡力而為。」看來羅紋只是在等她這句話。他大步離去，腳步無聲，每一步都俐落穩健。光是看著他，她就知道他昨晚出拳時已經手下留情。如果他願意，當時就能打碎她的下顎。

「我叫艾姆瑞斯（註4）。」老頭回答。他快步走向爐灶，從牆邊拿起一支長而扁的木鏟，從爐內取出一條棕色麵包。自我介紹已經完畢。很好，省了虛情假意、笑容滿面的那一套。但是他的耳朵——

雜種。永生精靈的血統特徵從艾姆瑞斯的白髮兩側伸出。

「這位是路迦。」老頭指向工作臺旁的年輕人。對方雖然被垂於天花板的一排鐵鍋稍微遮住身影，但還是朝瑟蕾娜露齒而笑，一頭黃褐鬈髮東橫西豎。他看起來至少比她小幾歲，而且體重還沒追上拉長的骨架和寬肩。他似乎也沒有合身衣物，考慮到他那身棕色外袍的袖子有多短。「妳和他恐怕有很多廚房雜事要忙。」

「噢，這種工作糟透了，」路迦的口氣輕快，因為剛剛在切洋蔥而被嗆得抽鼻子，「但是妳會習慣的。雖然妳大概不會習慣天沒亮就起床。」艾姆瑞斯朝年輕人瞪一眼，路迦連忙打圓場：「至少夥伴都很親切。」

她盡量以文明的姿態朝他點個頭，接著再次觀察這裡的格局。路迦身後是另一條往上伸展、消失在視線外的螺旋石階，石階旁的兩面高聳櫥櫃塞滿老舊甚至缺角的碗盤和餐具。窗戶旁的木門上半部敞開，一小塊草地後方是樹牆和晨霧。在那之後，那圈巨型結界石如永恆守護者般聳立。

註4　艾姆瑞斯（Emrys）源自威爾斯語，英語形態是Ambrose，意思就是immortal，也就是本書中用來描述永生精靈的「長生不老」。

發現艾姆瑞斯正在觀察自己的雙手，她因此伸手，展示傷疤和其他痕跡。「這雙手早已傷痕累累，所以你不會看到我因為折斷指甲而哭。」

「我的天，妳發生了什麼事？」但就在老頭開口的同時，她能看出他已經拼湊出答案——他分析瑟蕾娜的口音，也注意到她的腫脣和眼下瘀青。

「亞達蘭就是這樣對待老百姓。」瑟蕾娜開口。雖然路迦的菜刀在桌面咚咚作響，但她依然看著老頭。「給我什麼差事都行，我都做得來。」

就讓羅紋以為她被寵壞又自私吧。她是這種人沒錯，但她想讓自己渾身痠痛、雙手布滿水泡，讓自己倒在床上時虛脫得不會作夢、無法思考也毫無感覺。艾姆瑞斯嘖嘖幾聲，這名男子的憐憫眼神讓瑟蕾娜有點想扯掉他的腦袋。他接著開口：「妳把剩下的洋蔥切完吧。路迦，你處理麵包。我得開始準備砂鍋燉菜。」

瑟蕾娜來到路迦讓出的桌尾位置，走來這裡時經過巨型壁爐——以古老石塊砌成的龐然大物，刻有符號和怪臉。就連火盆架也是立式雕像的造型，而且九尊鐵製小雕像放在薄壁爐架上方，男女諸神。

瑟蕾娜立刻把視線從中間那兩尊女神雕像移開——其中一尊頭戴星冠，手持長弓，身背箭袋，另一尊則以雙手高舉一只光滑的青銅飛盤。她敢發誓，她感覺那兩尊雕像在盯著她。

早餐時間混亂得宛如瘋人院。

窗戶被金色晨光灌滿時，廚房也陷入混亂狀態，一堆人忙進忙出。這裡沒有任何僕人，只有看來經歷多年風吹日晒的人們忙著處理雜務，或只是因為想幫忙而主動幫忙。大盆炒蛋、馬鈴薯和蔬菜一放到工作臺上就立刻消失，被抬上樓，想必是送去用餐間。一瓶瓶的水、牛奶以及天知道是什麼東西也被搬走。瑟蕾娜被介紹給幾個人認識，但他們大多懶得看她一眼。

過去十年中，旁人對她的反應幾乎都是瞪視、恐懼和竊竊私語，今天這種改變令她欣然接受。她猜羅紋不會洩漏她的身分，就算只是因為他似乎跟她一樣討厭跟別人說話。在廚房切菜洗碗，她開心的變成平凡人。

在切蘑菇、青蔥和宛如無盡雪崩的馬鈴薯時，她的鈍刀真是一場惡夢。似乎沒有任何人注意到她的完美刀工，大概只有緊盯全場的艾姆瑞斯例外。某人只是把她切好的蔬菜舀起、丟進一口鐵鍋，然後叫她切其他食材。

然後——混亂平息。除了她的兩名夥伴外，其他人都跑去樓上，慵懶的笑聲、咕噥聲和銀器敲擊聲沿樓梯間飄來。餓壞的瑟蕾娜以渴望的眼神盯著工作臺上的剩菜，這時她注意到路迦正在盯著自己。

「妳也吃吧。」他咧嘴笑，隨即去幫艾姆瑞斯把一口大鐵鍋搬去水槽。雖然過去一小時如此混亂，路迦還是有辦法幾乎跟進來廚房的每個人閒話家常，他的嗓門和笑聲蓋過鍋具的敲擊聲和發號施令。「妳洗那些碗盤需要花不少時間，還不如現在吃飯。」

沒錯，碗盤和鍋子已經在水槽邊**堆成高塔**，光是那口大鍋就需要洗一輩子。因此，瑟蕾娜一屁股在桌旁坐下，舀些炒蛋和馬鈴薯，倒了一杯茶，然後開動。

「狼吞虎嚥」一詞較為貼切。諸神在上，這些食品實在美味。沒幾分鐘，她已經吃下兩片堆放炒蛋的麵包，然後開始吃炒馬鈴薯，這東西跟炒蛋一樣好吃得沒天理。她放棄茶水，改喝她這輩子未曾嘗過的特濃鮮奶。雖然她平常很少喝鮮奶，畢竟她在裂際城能享受各種異國果汁，不過……她從餐盤抬頭，看到艾姆瑞斯和路迦在壁爐旁目瞪口呆。「看在諸神的分上，」老頭開口，走來桌旁坐下。「妳已經多久沒吃東西？」

這麼好的東西？有一陣子。而且，如果羅紋稍後會出現，她不希望自己因為飢餓而搖搖欲墜。她需要體力才能接受訓練，魔法訓練，想必將是極為恐怖的挑戰，但她會去做——她會履行她跟玫芙之間的交易，也遵守她對娜希米雅的誓言。突然感到食欲盡失，她放下叉子。「抱歉。」她開口。

「噢，妳想吃多少就吃多少。」艾姆瑞斯說：「最讓廚子欣慰的，莫過於有人喜歡自己的料理。」他的口氣幽默又和藹，她不禁感到惱怒。

如果他們知道她做過什麼，會如何反應？如果他們知道她流了多少人的血，如何虐殺肢解古雷夫，如何在下水道將亞奇開膛剖腹？如果他們知道她如何辜負好友，辜負太多人？

他們倆坐下，明顯比之前安靜，也沒問她任何問題。這令她感到慶幸，因為她實在不太想談話，反正她不會在這裡待很久。艾姆瑞斯和路迦彼此交談，討論路迦當天要跟城垛上的幾名哨兵進行的訓練，艾姆瑞斯要在午餐時做的肉餡餅，還有即將來臨的春雨會不會像去年那樣搞砸朔火節（註5）。討論如此普通的話題，擔心如此平庸的煩惱，而且他們倆相處得如此融洽，彷彿自成一家。

他們倆沒受邪惡帝國或長年暴政、奴役和流血所影響。她幾乎能看到廚房裡的三顆靈魂並

註5　歐洲的五朔節（May Day，於五月一日舉行）源自凱爾特人的朔火節（Beltane Festival）以及日爾曼人的沃普爾吉斯之夜（Walpurgisnacht），兩者在異教信仰中皆有慶祝立夏的涵義。Beltane 意為「璀璨之火」，而沃普爾吉斯之夜則相傳是女巫聚會之夜。

排擺放：他們倆的靈魂明亮清澈，她的則是一團閃爍黑火。

別讓妳的光芒熄滅。這是娜希米雅的魂魄那晚在地道中給她的遺言。瑟蕾娜推推盤中食物。她沒見過有誰的人生不被亞達蘭的陰影籠罩。她幾乎想不起那塊大陸被奴役之前、特拉森依然存在的那幾年人生。

她想不起自由是什麼滋味。

她的腳下彷彿開啟一道深坑，深得讓她必須起身離開，以免被一口吞下。

她正準備開始洗碗時，桌邊的路迦開口：「妳在前往朵拉奈爾之前必須接受羅紋的訓練，看來妳不是很重要就是很倒楣。」**受詛咒**比較貼切，但她閉上嘴。艾姆瑞斯以謹慎的好奇心看著她。「妳受訓**是**為了去朵拉奈爾吧？」

「你們不也因為同樣原因才會待在這？」她沒想到自己的口氣如此平淡。

路迦回答：「沒錯，但我還要等好幾年才能知道自己有沒有達到他們的要求。」

好幾年。**好幾年**？玫芙不可能要她在這裡待這麼久。她看著艾姆瑞斯：「你受訓了多久？」

老頭悶哼一聲。「嗯，我來這裡的時候大概十五歲，替他們工作了大概……十年，我一直沒讓他們滿意，我的資質太過平庸。後來我做出決定，我寧可待在這裡、擁有自己的家和廚房，也不想一輩子在朵拉奈爾被人瞧不起，況且我的伴侶也跟我有同感。妳很快就會見到他，他常常突然溜進來，給他自己和他的手下偷東西吃。」他咯咯笑，路迦也咧嘴笑。

伴侶——不是丈夫。永生精靈擁有的是伴侶，那種堅不可摧的關係更甚婚約，而且至死不渝。

瑟蕾娜問：「所以你們都是——雜種？」

路迦一愣，但立刻笑答：「只有純種永生精靈才那樣叫我們，我們喜歡『半永生精靈』這種說法。不過妳猜得沒錯，我們大多數都擁有人類母親，而父親根本不知道自己有我們這些後代。天賦異稟的半永生精靈通常很早就被送去朵拉奈爾，但我們這種**普通**後代，人類還是對我們感到不自在，所以……我們來到這裡，這座霧守要塞，或是其他邊境哨站。因為很少人能獲准進入朵拉奈爾，所以大多數的人來這裡只是想跟同族住在一起。」路迦朝她的耳朵瞇眼。「妳的人類特徵似乎多過永生精靈的特徵。」

「因為我不是血統各半。」她不想透露更多細節。

「妳能變身嗎？」路迦問。艾姆瑞斯以眼神警告他。

「**你呢**？」她反問。

「噢，我不行，我們倆都不行。如果辦得到，我們大概老早就跟玟芙喜歡蒐集的那些『優秀』後代一起住在朵拉奈爾。」

艾姆瑞斯咬牙。「說話小心點，路迦。」

「既然玟芙不否認，我幹麼否認？巴斯和其他人都是這麼說的。總之，這裡有幾名哨兵擁有第二型態，例如瑪拉凱——艾姆瑞斯的伴侶。而且他們是自願待在這兒。」

玟芙對天賦異稟者感興趣——而且把沒用的後代排拒在外，這兩者都不令她意外。「而你們倆都沒有——天賦？」

「妳是說魔法？」路迦的嘴歪向一邊。「噢，當然沒有——我們倆完全沒有這種本領。不過，我聽說妳那塊大陸的魔法操控者一向比我們這裡多，也更多元。說到這點，聽說那裡的魔法已經徹底消失，那是真的嗎？」

她點頭，路迦低聲吹口哨。他開口想繼續問下去，但她實在沒什麼心情討論這種話題，因此問道：「要塞裡有誰會魔法？」或許他們能讓她知道自己該如何應付羅紋——還有玟芙。

路迦聳肩。「有一些。他們只會一些無聊的本領，像是鼓勵植物生長，或是尋找水源，或是說服雨水降臨。雖然這裡也不需要啦。」

看來他們倆無法提供跟羅紋和玟芙有關的情報。棒透了。

「不過，」路迦說下去，「這裡也沒人擁有任何刺激或罕見的能力。例如變形術，隨心所欲的變成任何型態，或是控制火焰——」她的腸胃隨之一揪。「或是神諭之眼。兩年前，**確實**有個擁有原生魔法的女子來到這裡——她想做什麼都能做到，還能召喚任何元素，她在這裡待了一星期就被玟芙召去朵拉奈爾，我們再也沒聽到她的任何消息。好可惜——她實在很漂亮。不過呢，這裡跟其他地方都一樣，只有幾人擁有卑微的元素力量，而且只有農夫覺得那種能力很新鮮。」

艾姆瑞斯嘖嘖幾聲。「你最好祈求諸神別因為你的這番話而讓你慘遭天打雷劈。」路迦呻吟翻白眼，但是艾姆瑞斯繼續說教，用茶杯指向這名年輕人。「那些力量是諸神在許久以前賜下的禮物——我們為了生存而需要的禮物——而且由世代傳承，所以那些能力當然跟元素有關，也當然會因為歷史悠久而持續減弱。」

瑟蕾娜瞥向壁爐架上那些鐵雕像，考慮是否該提起有些人相信諸神曾與上古人類交合、透過那種方式讓人類擁有魔法，但是……這就會讓談話時間拉長。她把腦袋歪向一邊。「你們對羅紋有多少了解？他的年紀有多大？」知道的越多，對她越有利。

艾姆瑞斯用布滿皺紋的雙手捧住茶杯。「他是我們在這裡較常見到的幾名永生精靈之一，他三不五時會來這裡替玟芙蒐集報告，但他不跟我們交流，也從不在這裡過夜。他偶爾會帶夥伴來——他們一共有六人，以大將或間諜的身分侍奉女王。他們從不跟我們說話，而我們只聽過謠言，關於他們去哪裡、做什麼。但我來到這裡後就知道羅紋是誰，當然了，我不是說我跟他很熟。有時候他會為了執行女王的任務而消失好幾年。而且，我也不認為有誰知道他幾歲。我十五歲的時候，這裡最老的那些人也是從年輕時就認識他，所以……我只能說，他很老。」

「而且脾氣很差。」路迦咕噥。

艾姆瑞斯以眼神警告他。「你最好管管自己的舌頭。」他瞥向門口，彷彿羅紋可能潛伏在那。他的視線回到瑟蕾娜身上時，顯得謹慎。「我承認，妳大概會碰上很多難關。」

「他的意思是，羅紋是個冷血殺手兼施虐者，」路迦補充道：「聽說他是玫芙的貼身侍衛中最凶猛的一名。」

嗯，這點也不令人意外。但他還有五名同伴——這點不令人愉快。她輕聲道：「我能應付他。」

「我們在獲准前往朵拉奈爾之前都不許學習『古語』，」路迦說：「但我聽說他身上那串刺青都是被他殺掉的人的名字。」

「噓。」艾姆瑞斯警告。

「他的行為舉止本來就像那種人。」路迦又朝瑟蕾娜皺眉。「或許妳該考慮朵拉奈爾是否值得，妳知道？住在這裡其實還不賴。」

她已經受夠了這次的互動。「我能應付他。」她重複這句話。玫芙不可能真的想把她在這裡關上好幾年。如果出現那種跡象，瑟蕾娜會離開這裡，而且另外想辦法阻止國王。

路迦張嘴，但是艾姆瑞斯要他閉嘴，視線落在瑟蕾娜手上的疤痕。「讓她自行決定。」

路迦開始討論天氣，瑟蕾娜起身走向堆積如山的碗盤。洗碗的同時，她進入某種節奏感，就跟她在船上清理武器時一樣。

她讓自己下沉，廚房中的聲響也因此變得模糊。她不斷思索這項恐怖的發現：她想不起自由是什麼滋味。

第十二章

黑喙氏族是最後一批抵達菲力安峽谷的女巫。

也因此，在挖空俄梅戞山而建的擁擠廳堂中，她們只能入住最小也最深的房間。俄梅戞山是勒恩山脈的最後一座山，也是包夾隘口雪徑的姊妹峰的北峰。

峽谷過去就是北牙峰，也就是白牙山脈的最後一座山峰，目前被國王的人馬占據——這幫數量龐大的莽夫，還是不太確定該對從四面八方而來的眾多女巫作何感想。

在這裡待了一天後，曼儂連那些雙足翼龍的影子都沒看到。雖然牠們被關在隘口對側的北牙峰，隔有一些距離，但她還是聽到牠們的動靜。不管如何深入俄梅戞石廳，牠們的尖嘯怒吼依然撼動岩壁，空氣隨牠們的皮翼震動而顫抖，地面因為牠們的利爪刮過石地而發出嘶吼。

三族已經五百年沒齊聚一堂。她們的人數曾一度超過兩萬，現在只剩下三千，而且這已經是寬鬆估算。這是一度強大的王國所剩的倖存者。

儘管如此，俄梅戞石廳仍是個危險之地。稍早，艾絲特琳和一名黃腿婊子發生爭鬥，曼儂只得把艾絲特琳拉開。那黃腿婊子不知道黑喙斥候——尤其是十三人眾的成員——在被罵「軟弱」時不會裝作沒聽見。

她們倆的臉沾染藍血。雖然曼儂樂見美麗又魯莽的艾絲特琳給對手造成更多傷害，她還是必須為此懲罰這位副手。

三道不可抵擋的攻擊，一道打在肚皮，好讓艾絲特琳感覺自己的無助；一道打在肋骨，好讓她每次呼吸時都考慮自己的行為；一道打在臉上，讓她的斷鼻提醒她——這種懲罰已算輕微。

跟其他十三人眾成員一樣，艾絲特琳挨這三下時沒哀號、沒抱怨也沒求饒。

今早一起吃可悲的水煮燕麥時，鼻部腫脹、鼻梁瘀青的副手朝曼儂露出強悍的咧嘴笑。如果對方是其他女巫，曼儂會掐住她的脖子，把她拖到前面，讓她後悔自己如此傲慢無禮。但是艾絲特琳……

艾絲特琳雖然是曼儂的表妹，但不是朋友。曼儂沒有朋友。女巫，尤其十三人眾，都沒有朋友。但是艾絲特琳已經守護她一世紀之久，而那道咧嘴笑是為了讓她知道：她們倆下一次在戰場殺敵時，艾絲特琳不會趁亂把匕首刺進她的脊椎。

不僅如此，艾絲特琳這瘋子還把斷鼻當成榮譽勳章，也會在遲早會結束的餘生中喜愛這個歪鼻。

伊絲克菈，高傲野蠻的黃腿繼承人，只是叫那名令人討厭的斥候閉上嘴、去山腹內的醫務室。蠢蛋。

所有女巫團長都奉命管好自己的成員，這麼做是為了減少三族之間的紛爭，否則三位族母將如錘頭般狠狠修理她們。伊絲克菈沒做出懲處，沒拿那名女巫殺雞儆猴，那名女巫就會不斷犯錯，直到被黃腿氏族的下一任高階女巫綁住腳趾倒吊。

她們昨晚在食堂洞穴為黃腿婆婆舉行紀念式——用舊蠟燭取代傳統的黑蠟燭，戴上找得到的兜帽，而且像閱讀食譜般向「三面女神」朗誦聖詞。

曼儂從沒見過黃腿婆婆，也不太在乎對方的死訊。她更想知道的是**誰**殺了她，而且動機為何，這點大家都一樣。除了朗誦哀悼詞，她們跟彼此交換的是這些疑問。跟平常一樣，艾絲特琳和薇絲妲負責跟其他女巫閒聊、打探情報，曼儂就在附近偷聽。不過沒人知道任何情報，就連她的兩名精於影遁之術、此刻藏身於食堂陰暗處的「影衛」也沒聽到任何情報。

情報不足，曼儂因此肩膀緊繃。她走上斜面走道，前往族母和所有團長的集合地點時，黑喙和黃腿女巫們讓路給她。缺乏可能讓十三人眾或黑喙占上風的有用情報，她為此感到怨恨。那幫藍血跟平常一樣不見蹤影；那些性喜孤僻的女巫最先抵達這裡，占據了俄梅戛之中最上層的房間，說她們需要山風來完成每日儀式。

「喜歡吹風的宗教狂熱分子」，黑喙族母總是這樣稱呼她們。然而，就是因為她們對三面女神的強烈信仰，加上她們想要一個由鐵牙一統的女巫王國，三族才會在五世紀前聯手——就算幫她們打贏一場場戰役的是黑喙女巫。

曼儂對待自己身體的方式無異於對待武器：維持清潔，持續磨練，隨時準備防禦和毀滅。然而，就算平時訓練有素，她爬到連接俄梅戛和北牙峰的黑橋旁的圓廳洞穴時，還是氣喘吁吁。雖然沒親手接觸這片廣闊石地，她還是很討厭這裡，因為這裡的氣味很怪。

聞起來就像跟公爵同行的那兩名囚犯。事實上，這整個地方都散發這種臭味。這種味道不正常，不屬於這個世界。

大概五十名女巫——各族的最高階團長——聚集在山壁的大洞旁。曼儂立刻看到外婆站在橋梁入口，其身旁顯然是藍血族母和黃腿族母。聽說新任的黃腿族母和黃腿婆婆是同母異父的姊妹，而且模樣顯然相似：縮在棕袍底下，露出橙黃腳踝，白髮綁成辮子，露出布滿皺紋、滿是歲月痕跡的凶惡臉龐。照規矩，所有黃腿成員都不把鐵牙和鐵爪收回體內，而這位新任高階女巫的鐵牙鐵爪在黯淡晨光下閃爍。

外。

不意外的，藍血族母高挑苗條，看起來比較像女祭司而非戰士。她身穿傳統的深藍長袍，戴著一頂頭環，以一顆顆鐵星組成。曼儂走向群眾時，能看到那串鐵星帶刺，這點也不令人意外。

據說，當初魔法即將把所有女巫帶離這個世界時，三面女神賜予她們鐵牙鐵爪，好讓她們能緊抓這個世界不放。聽說那頂「鐵王冠」就是證據，證明藍血氏族的血中魔力太強，所以藍血首領需要**更多**——更多鐵，更多痛楚——好讓她能跟這個世界緊緊相連。

一堆狗屁，尤其因為魔法早在十年前消失。但是，曼儂曾耳聞藍血女巫在森林和洞穴進行的儀式，在那種儀式中，痛楚是通往魔法的通道，能開啟她們的感官。神諭者、神祕主義者、狂熱分子。

曼儂從集結的黑喙團長們之中走過。她們的人數最多——二十名團長，都聽命於曼儂的十三人眾。每一名團長都以兩指觸額，象徵服從。她沒理她們，而是來到群眾前方的某個位置站立，外婆朝她一瞥，表示歡迎。

高階女巫如此向某人致意，這是極高榮譽。曼儂低頭鞠躬，也以兩指觸額。服從、紀律和殘酷是黑喙氏族最喜愛的辭彙，其他概念都被無情摧毀。

注意到另外兩名繼承人投來的視線時，她依然昂首挺立，雙手交叉於身後。

藍血繼承人佩特菈站得離那幾位高階女巫最近，她的團隊位於群眾的中間位置。發現這點時，曼儂雖然渾身緊繃，但沒轉移視線。

佩特菈的雀斑肌膚跟曼儂一樣白皙，綁成髮辮的頭髮跟艾絲特琳一樣金黃——色如暗沉黃銅，反映天空的灰光。跟她們之中許多成員一樣，她很美，但是陰森。在她的藍眼上方，一條舊皮環套在額上，取代鐵星王冠。雖然旁人完全看不出她的年齡，但如果她在魔法消失後是這種樣貌，就不可能比曼儂大多少。她沒表現出敵意，但也沒面帶微笑。微笑在女巫之中很罕見——除非正在狩獵或殺戮。

至於黃腿繼承人……伊絲克菈正在朝曼儂咧嘴笑，表現出的挑釁讓曼儂實在很想回敬。伊絲克菈沒忘記彼此的手下昨天在走廊發生打鬥。從伊絲克菈的棕眼判斷，那場打鬥似乎是個邀請函。曼儂發現自己在考慮某個問題：如果撕碎黃腿繼承人的咽喉，自己會惹上多少麻煩。這麼做會徹底結束兩方成員之間的任何紛爭。

但如果對方沒挑起事端，她這麼做也會讓自己的性命結束，女巫向來速審速決。為了爭奪統治地位而引發的戰役會折損人命，但也必須師出有名。除非伊絲克菈正式提出挑釁，否則曼儂就不能開打。

「既然全員集合完畢，」藍血族母奎希妲開口，引起曼儂的注意。「想不想看看我們來這裡之後都在忙些什麼？」

黑喙族母朝橋梁揮手，黑袍在冰風中鼓動。「我們去天上走走，各位女巫。」

曼儂雖然不願承認，但在走過黑橋時實在令人毛骨悚然。首先是討厭的石地，不但在腳下悸動，而且散發其他人似乎都沒注意到的惡臭。再來是狂風呼嘯，從四面八方襲來，試圖把她們從鏤空護欄吹落。

她們甚至看不見峽谷的地面。迷霧籠罩橋下的一切；不管是來到這裡的第一天，還是沿峽谷往上爬的那幾天，那片霧氣未曾散去。她猜這是國王搞的某種詭計。考慮這個問題，只帶來更多疑問，她沒提出這些疑問，也不是那麼在乎。

來到北牙峰的圓廳洞穴時，曼儂已經兩耳凍僵、臉龐泛紅。她曾在各種氣候下進行高空飛行，但是持續時間都不長，而且都有吃大量的肉食以維持體溫。

她把鼻涕擦在紅披風的肩部。她有注意到其他團長瞥視這塊緋紅布料——她們向來如此，眼神充滿渴望、藐視和嫉妒。伊絲克菈看了紅披風最久，而且一臉譏笑。如果哪天能扯掉黃腿繼承人的那張臉皮，感覺一定很爽——非常痛快。

來到北牙峰高地的大洞窟，這裡的石塊傷痕累累，布滿爪痕，沾染的汙垢只有三面女神才知道是什麼東西。從刺鼻味來判斷，是血，人類的血。

五名男子——模樣彷彿是由這些粗石雕刻而成——朝三位族母嚴肅的點頭。曼儂來到外婆身後，一邊盯著這五名男子，一邊觀察周遭。另外兩名繼承人也照做。看來她們至少在這方面取得共識。

繼承人的最高職責就是保護高階女巫，就算可能因此喪命。曼儂瞥向黃腿族母，對方正在跟另外兩位長者走在山影中，三人的姿態都一樣驕傲。但是曼儂一刻也沒鬆開名為「削風者」的佩劍。

在這裡，獸吼、風聲和金屬敲擊聲遠比之前響亮。

「我們在這裡養育、訓練牠們，直到牠們日後能通過關口，進入俄梅戛山。」充當導遊的一名男子說明，指向一行人在穿越洞穴廳堂時所經過的眾多洞口。「孵育室在山腹內部，位於軍械庫的熔爐上層——如各位所知，是為了讓龍蛋保溫。獸穴則在孵育室的上層，我們以性別和種類將牠們分類隔離。除非為了進行繁殖，否則公龍都被關在個別的牢籠裡，因為牠們會殺掉任何闖入籠中的外來者，我們是透過慘痛經驗才學到這個教訓。」其他男子們咯咯笑，女巫們沒笑。導遊繼續介紹不同種類——公龍最強，但是母龍也可以一樣凶猛，而且智力是前者的兩倍。體型較小的適合匿蹤飛行，而且被培育成能融入夜空的全黑色或是適合在白天巡邏的淡藍色。導遊宣稱，他們不太在乎一般的雙足翼龍是什麼顏色，畢竟重點是讓敵人嚇得魂飛喪膽。

一行人沿石鑿階梯而下。血汙和排泄物的臭味已經幾乎讓感官癱瘓，雙足翼龍發出的喧囂——咆哮、尖嘯、振翅和肌肉撞擊岩石的聲響——更是差點掩蓋男子的嗓門。但是曼儂依然專心注意外婆的位置，還有外婆身邊其他人的位置。她也知道身後一步外的艾絲特琳正在守護自己。

導遊帶她們來到一處大洞窟之中的觀景臺。這個大坑至少深四十呎，其中一端完全敞開、面向懸崖，另一端是以一道鐵格柵封起——不，那是鐵門。

「這裡是其中一座訓練坑。」導遊解釋：「想挑出天生殺手並不難，但我們發現許多翼龍在坑裡才會真正展現本質。在各位……女士——」他試著別讓自己在說出這個辭彙時臉龐扭曲，「挑選牠們之前，牠們已經在這座坑裡透過彼此廝殺來預先分類。」

「那我們什麼時候，」黑喙族母的瞪視讓他渾身僵硬，「才能選擇坐騎？」

導遊嚥口水。「我們訓練出比較溫和的某個品種，好讓妳們從基礎學起。」

伊絲克菈發出低吼。曼儂原本也可能因為對方言外之意的侮辱而咆哮，但是藍血族母開口：「沒人跳上戰馬學騎術，不是嗎？」

導遊差點安心得跪倒在地。「等妳們對飛行感到自在——」

「我們是在風的背脊上出生。」後方的一名團長開口。有些人抱怨表示附和。

曼儂保持沉默，其他黑喙團長也一樣。服從、紀律、殘酷。她們拒絕變成只會自吹自擂的小角色。

導遊扭捏不安，把注意力集中在奎希妲身上，彷彿在場的只有她不會傷人，就算她頭戴鐵刺星冠。蠢蛋。曼儂有時候覺得藍血才是最危險的女巫。

「等各位做好基本準備，」他說：「我們就能讓大家挑選坐騎，然後進行訓練。」

曼儂稍微把視線從外婆身上移開，觀察這座坑。幾條巨型鎖鍊固定於其中一面牆上，大片深色血跡沾染石面，彷彿有哪隻翼龍曾被壓在上頭，蜘蛛網般的大型裂痕從中擴散，看來有某種東西被狠狠拋甩。

「鎖鍊是做什麼用？」曼儂不禁問道。

外婆以眼神警告她，但她的注意力依然在導遊身上。不意外的，他因為她的美貌而瞪大眼睛——就算注意到她眼中的殺氣。

「鎖鍊用來綁住誘餌，」他回答：「我們利用其中幾隻來向其他翼龍示範如何戰鬥，把牠們的野性轉化成武器。我們奉命不能殺害任何一隻，就算是弱小或殘廢的翼龍，所以我們把這種翼龍拿來利用。」

就跟鬥狗一樣。她再次觀察血汙和牆面裂痕，擔任誘餌的翼龍八成被體型較大的翼龍拋甩。如果雙足翼龍能這樣拋甩同族，那對人類造成的傷害……她的胸口因期望而緊繃，尤其聽到男子說：「想不想看公龍？」

奎希妲揮出優雅手勢，請對方繼續，指尖鐵爪隨之一閃。男子吹聲尖銳口哨，鎖鍊震動和皮鞭抽打聲傳來，通往坑內的鐵門吱嘎升起，沒人說一個字。接著，在幾名持皮鞭與長矛的男子引領下，那隻雙足翼龍現身。

眾人倒抽一口氣，包括曼儂。

「提圖斯（註6）是最優秀的翼龍之一。」導遊的口氣滿是驕傲。

曼儂無法把目光從這頭美麗的飛天獸移開：灰斑身軀以皮膜覆蓋，後腿厚實粗壯，每一根腳爪都跟她的前臂一樣粗。還有那雙巨翼，翼端帶爪，如一雙前肢般讓牠能爬行前進。

那顆三角形腦袋撇向左右，流涎的大嘴露出彎曲的黃尖牙。「尾巴裝有淬毒倒鉤。」導遊解釋的同時，這隻雙足翼龍完全走出洞口，朝坑內的男子們咆哮。這聲龍吼產生的震動在石面反彈，滲入她的靴子，沿腿往上爬，進入心臟。

牠的一隻後腿被鎖鍊鉗住，顯然是為了避免牠飛出坑洞。那條尾巴跟牠的身軀一樣長，如貓尾巴般前後甩動，末端裝有兩根彎刺。

「牠們一天內能飛數百哩，降落後依然能進行戰鬥。」導遊說明，女巫們各個嘶聲吸氣。這種速度和耐力……

「牠們吃什麼？」佩特菈問，雀斑臉依然平靜而陰森。

導遊揉揉頸後。「牠們什麼都吃，不過越新鮮越好。」

「我們也一樣。」伊絲克菈笑道。如果不是黃腿繼承人說出這句話，曼儂會跟其他人一樣咧嘴笑。

提圖斯突然身子一扭，衝向最近的一名男子，同時以巨尾掃向身後的眾多長矛。一條皮鞭揮出，但已經太遲。

濺血尖叫，骨頭碎裂，一名男子的兩條斷腿和頭顱落在地上，身軀被一口吞下。血腥味瀰漫四處，每一名鐵牙女巫都用力倒抽一口氣，站在前方的導遊卻是一派輕鬆的向旁走一步。

註6　提圖斯（Titus）這個名字源自西元一世紀的羅馬皇帝。

坑中公龍抬頭看她們，尾巴依然拍打地面。

雖然魔法消失，這種事情卻依然可能——培育這種巨獸。雖然魔法消失，曼儂卻清楚感受到這真實的一刻。她**註定**要來到這裡。她只想要提圖斯，其餘免談。

因為她的坐騎必須是最凶猛的野獸、其險惡必須呼應她的險惡。她的視線對上提圖斯的無盡黑眸時，她朝這頭雙足翼龍微笑。

她敢發誓，對方也回以微笑。

第十三章

瑟蕾娜沒意識到自己多麼疲憊，直到所有聲響——艾姆瑞斯在桌邊輕聲哼唱、揉麵團的咚咚聲，路迦的切菜聲以及關於所有話題的無盡閒聊——全數停止。她這下知道自己轉身面對樓梯間時會看到什麼。她的雙手起皺，指頭痠痛，背脊和頸椎刺痛，但是……羅紋斜靠在樓梯間的拱門，交叉雙臂，冷眼透出凶光。「走吧。」

雖然他一臉冰冷，但她清楚知道他有點不高興，因為她沒蹲在某個角落悶悶不樂或是怨嘆指甲的破損狀態。她走出廚房的同時，路迦用拇指做出割喉狀，用唇形說出祝妳好運。

羅紋帶她穿過一座小型中庭，然後進入森林。中庭的哨兵們假裝沒在盯著他們倆的每道步伐。通過石圈時，交織於巨型結界石之間的魔力再次啃咬她的肌膚，她感覺頭暈目眩。少了廚房的強烈暖意，她在穿越苔地樹林時已經凍僵一半，剩下的一半也沒剩多少知覺。

羅紋沿一條岩石山脊往上爬，走向依然迷霧繚繞的森林頂端。她只有稍微停步，欣賞下方的山麓美景及其前方的平原——翠綠清新，而且遠離亞達蘭的傷害。羅紋沒說一字，直到兩人來到某處，似乎是一座歷經長年風化的神殿廢墟。

現在的廢墟只剩一大片石砌平臺，還有被風雨磨平雕紋的柱子。她的左手邊是溫德林、山麓、平原與和平，聳立於右手邊的坎布里恩山脈壁岩徹底遮住其後方的永生者領土。在她後方山腳下，她能認出沿山脊而建的那座要塞。

羅紋跨過裂石，銀髮在清新溼潤的風中擺動。她把兩臂垂於腰側，主要是出自本能。他全副武裝，一臉殺氣騰騰。

她逼自己微微一笑，這已經最接近她想表現出的「盡責又期待」的表情。「放馬過來吧。」

他把她從頭到腳打量一番：被霧水浸溼的上衣，貼在起皺的肌膚感覺冰涼，長褲也又溼又髒，至於雙腳的位置……

「給我收起妳那自負又虛假的笑臉。」他的嗓門和眼神一樣冰冷，而且更帶有尖銳敵意。

她沒收起那自負又虛假的笑臉。「我不知道你在說什麼。」

他走向她，這次露出尖牙。「第一課，丫頭：少耍嘴皮子。我沒心情應付妳那一套，而且大概只有我一點也不在乎妳的內心深處有多憤怒、凶惡又野蠻。」

「我不認為你真的想看我有多憤怒、凶惡又野蠻。」

「盡情耍狠吧，公主，因為我比妳狠毒十倍，我也比妳多活了十倍的歲月。」

她沒釋放出來——不，因為他其實一點也不了解潛伏於她體內、用利爪拂過內臟的那股力量——但她確實不再試圖控制自己的表情。她的嘴脣扯開，亮出牙齒。

「這樣好一點。接下來，變身。」

她懶得讓口氣聽來愉悅：「那不是我能控制的能力。」

「如果我想聽藉口，我會讓妳知道。變身。」

她不知道該怎麼做。她在小時候未曾掌握這項能力，過去十年間更沒有任何機會讓她學習。「我希望你有帶零食，因為我們會在這裡待很久、很久，如果今天的課程就看我能不能變身。」

「妳**真的**會讓我非常享受訓練妳的過程。」她總覺得他應該把**訓練妳**換成**生吞妳**。

「我已經參加過十幾種傳奇嚴師特訓班，能不能跳過這套狗屁？」

他的微笑變淺，而且更為陰森。「給我閉上那張賤嘴，趕快變身。」

她渾身打顫，心中的深淵炸出一道閃電。「**不要**。」

然後他出手。

她整個早上都在分析他的攻擊、移動方式、速度和角度。所以她閃過第一擊，側步避開對方的拳頭，幾縷髮絲在風中甩動。

她甚至扭身朝反方向移動一段距離，因此成功閃開第二擊。但他的動作實在快得驚人，讓她幾乎看不清——也完全沒機會閃避、格擋或預測第三擊。對方瞄準的不是她的臉，而是兩腿，就跟昨晚一樣。

他的腳迅速一掃，她隨之倒下。她扭身試圖保持平衡，但還是來不及阻止額頭撞上一塊被風雨磨平的岩石。她翻滾在地，看到灰天；衝擊力在顱內反彈的同時，她試圖記得呼吸。羅紋以流暢的動作撲上前，壓在她身上，兩條強力大腿陷入她的肋骨。無法呼吸，腦袋暈眩，肌肉因為整個早上都在廚房忙碌加上幾星期的營養不良而脫力，她無法扭身掙脫他——完全無能為力。她的體重不如對方，肌力不如對方，而且這是她這輩子第一次意識到自己完全不是對手。

「**變身**。」他嘶吼。

她朝他發笑，聽在自己耳中也顯得冰冷邪惡。「想得美。」老天，她感覺頭痛欲裂，額頭右側滲出溫血，而且他現在改變姿勢、**坐在**她的胸腔上。她又發笑，雖然被他的體重壓得窒息。「你以為把我惹毛了就能逼我變身？」

他發出咆哮。她眼冒金星，他的臉龐因此在她的視線中沾染光斑。光是眨眼都讓她感覺被千刀穿身。她這下大概會領受到這輩子最嚴重的黑眼圈。

「我有個提案：我超有錢，」她開口，強忍顱內痛楚。「我們何不假裝訓練一星期左右，然後你去跟玫芙說我已經做好準備、可以進入她的領土，我就會給你大把大把的金幣。」

他把尖牙湊向她的頸項，只要一動就能咬開她的咽喉。「我有個提案，」他咬牙道：「我不知道妳這十年來除了四處蹦蹦跳跳、自稱刺客之外都在忙些什麼，但我認為妳習慣了心想事成的日子，我認為妳毫無自我控制。缺乏自制，也缺乏紀律——起碼不是真正重要的那種紀律。妳是個**小鬼**，還是個被寵壞的小鬼。而且，」他的綠眸滿是鄙視，「妳是個懦夫。」

要不是雙臂受制，她一定會當場抓向他的臉。她拚命掙扎，嘗試學過的每一種技巧來掙脫他，但他絲毫不動。

低沉又難聽的笑聲傳來。「不喜歡這種字眼？」他靠得更近，那片刺青在她的模糊視線中游動。「**懦夫**。無辜百姓被焚燒屠殺的同時，妳這個懦夫逃了十年——」

她再也聽不見他在說什麼。

她就這麼——停止。

彷彿又泡在水底。彷彿衝進娜希米雅的房間，看到那副美麗身軀被破壞得面目全非、躺在床上。彷彿看見深受愛戴又英勇的迦蘭・艾希里弗在人民的歡呼中策馬奔向夕陽。

她靜躺不動，凝視天上流雲，等他說完她聽不見的話，等他揮出她大概感覺不到的拳頭。

「起來，」他突然改口，站起身，周遭世界變得明亮寬廣。「**起來**。」

起來。痛楚、恐懼和悲痛當時把她推下懸崖時，鎧奧也這樣對她說過。但是，她在娜希米雅喪命的那晚，她殺掉亞奇的那晚，她向鎧奧說出恐怖真相的那天，她跳下的懸崖……是鎧奧幫忙把她推下懸崖。她還在墜落。她沒辦法上去，因為她還沒摔到底。

一雙強壯而粗糙的手伸到她的肩下，周遭天旋地轉，那張刺青怒容來到她面前。就讓他用那雙大手扭斷她的脖子吧。

「廢物，」他吐口水，放開她。「懦弱又沒用。」

為了娜希米雅，她必須嘗試，必須**嘗試**——

但當她進入心中，進入體內那個怪物的棲息處，她只看到蜘蛛網和灰燼。

瑟蕾娜依然覺得頭暈，凝固的血跡令臉頰發癢。她懶得擦掉，也不太在乎黑眼圈，她相信這片黑眼圈已經在他們從神殿廢墟進入林中山麓時擴散。但他們沒回到霧守。

她蹣跚行走時，羅紋拔出一把長劍和一把匕首，在一片擁有幾座小山丘的青草高原停步。不，那不算山丘——而是塚丘，遠古貴族和王子的古墓崗，延伸到樹林的對側盡頭。十幾座墳，每一座都以石砌門檻和鐵門封鎖。而且，雖然視線混濁、腦袋疼痛，她的頸後寒毛還是豎起。

那些草葉密布的墳墩似乎在……呼吸。沉睡。鐵門——為了把屍妖（註7）封於墳內，連同牠們竊取的寶藏。萬古以來，屍妖侵入古墓崗，潛伏於內，專吃膽敢進去尋找黃金的愚蠢盜墓者。

羅紋朝古墓崗點個頭。「我本來打算等妳能稍微掌握自身力量——打算等晚上再帶妳過

註7 屍妖（wight）源自盎格魯薩克遜的民間傳說，專門負責看守此民族的墓穴。屍妖後來在《魔戒》中設定成古墓屍妖（Barrow Wight），是遠古王族因不得安息而化成的怪物。

來，古墓屍妖在夜間**實在是**奇觀。不過，現在算是我幫妳個忙，因為沒幾隻屍妖敢在白天出來。只要妳能走過墳墩之間——面對屍妖，然後抵達原野的另一側，艾琳，我就立刻帶妳去朵拉奈爾。」

這是陷阱，她清楚知道這點。他擁有無限的時間，可以玩這種遊戲玩上好幾世紀。她的不耐煩、她的有限生命，還有「每一下心跳都更讓她接近壽終」的這項事實都被拿來對付她。面對屍妖……

羅紋的兩把武器閃閃發光，就在她所能觸及之處。他聳聳巨肩，開口道：「妳可以慢慢等到贏回武器的那一天，或是現在就以這種狀態進去。」

怒火令她清醒，激她反嗆：「我的空手就是武器。」他只是露出挑釁的咧嘴笑容，悠哉走進迷宮般的塚丘。

她緊隨在後，跟他拐過一座座墳墩，知道如果自己跟丟，他就會出於惡意而丟下她。

那些鐵門內部傳來規律的呼吸聲和某種東西覺醒時打的呵欠。素面鐵門以大釘固定於楣石，大概比溫德林本身還古老。

她的腳步讓草地發出碎裂聲。在此處，就連飛鳥和昆蟲都沒發出太響亮的聲音。土丘退向兩旁，露出一圈枯草，圈內是一座最殘破的古墓崗。其他古墓崗都是圓形，但這座彷彿被哪位上古天神踩過，頂部被壓扁，而且被灌木叢的枯根淹沒；門檻的三塊巨石布滿歲月的痕跡、汙垢，而且歪斜扭曲。沒有鐵門。

只有入口內部的黑暗。永恆、正在呼吸的黑暗。

那團黑暗朝她而來時，她感覺心跳聲在耳內迴響。

「我留妳在這兒。」羅紋開口。他完全沒踏進草圈，鞋尖離枯草只有一吋，臉上的微笑變得狂野。「我在草原的另一頭等妳。」

他以為她會像隻兔子般落荒而逃。她也確實想這麼做。諸神在上，這種鬼地方，那座該死的古墓崗只在一百碼外，這讓她想拚命逃跑，一路狂奔，直到找到某個**太陽永不下沉**之地。但如果她完成挑戰，明天就能去朵拉奈爾。至於在那半邊草原等候的屍妖……牠們不可能比她在這個世界上見過、打過的怪物或是棲息於自己體內的那股怪力量更糟。

所以她朝羅紋點個頭，然後走向死亡原野。

第十四章

隨著走向中間那座墳墩的每一步，瑟蕾娜的心跳也愈加急促。骯髒又古老的石砌入口裡，那團黑影持續擴張旋轉，而且空氣變得更冷，冰冷而乾燥。

她不能停步，因為羅紋正在一旁監視，因為她有太多目標要完成。她不敢讓視線在敞開的入口以及潛伏其中的未知威脅停留太久。出於殘存的一絲驕傲——愚蠢又致命的驕傲，她沒往原野的另一側逃跑。她想起一件事：逃跑只會引來某些掠食者的注意。所以她讓腳步保持緩慢，而且回想以前學過的所有技巧，就算這時有一隻屍妖悄悄來到入口處，一身破衣襤褸底下只有強烈飢餓。

但這隻屍妖沒走出墳墩，就算她近得可以被抓進墳內。牠彷彿……感到猶豫。

走過這座古墓崗時，一陣鼓動而混濁的空氣推向她的兩耳。或許她確實該逃跑。如果只有魔法才能對付屍妖，她的赤手空拳就毫無用處。儘管如此，那隻屍妖仍沒跨出門檻。

那陣陰風再次推向她的雙耳，一種高頻噪音鑽進她的腦袋。她加快腳步，草葉吱嘎作響，她拚命回想有什麼方法能對付潛伏於附近的威脅。在原野的另一端，樹冠在帶霧的微風中搖擺。沒剩多少距離。

瑟蕾娜從中央墳墩的旁邊經過，張大嘴巴，想平息越來越吵的耳鳴。就連那隻屍妖也向後退縮，牠不是因為她或羅紋而感到猶豫。

再走幾步，她就會來到草圈的盡頭，她就能拔腿奔跑，遠離讓那隻屍妖驚嚇顫抖的未知原因。

然後她看到他。站在古墓崗後方的那名男子。

那不是屍妖。她只稍微瞥見那人的蒼白肌膚、如夜黑髮、無法描述的俊美，一條色澤宛如黑瑪瑙的金屬領圈掛在粗壯的脖子上，而且——

黑影。一波黑影朝她襲來。

不是黑淵，而是真正的黑色，彷彿他用一張黑毯把自己和她一併覆蓋。

地面**感覺**是草地，但她看不見，**什麼都看不見**。前後左右一片漆黑，這裡只有她和旋轉的黑影。

瑟蕾娜蹲下，觀察這片黑影，強吞已經來到嘴邊的咒罵。不管那人是誰、什麼模樣，顯然不是凡人。他那雙完美的深邃眼眸不帶任何人性。

血液流過她的上唇——是鼻血。耳中的嚴重耳鳴開始淹沒她的思緒和計畫，彷彿身體對黑影的本質感到排斥。黑影仍未散去，宛如永無止盡的銅牆鐵壁。

冷靜下來。呼吸。

但是某人在她身後呼吸。是那名男子？還是其他東西？

呼吸聲越來越響也越來越近，一陣陰風擦過她的鼻梁和嘴唇，舔過她的肌膚。快跑——逃跑總好過待在這裡。她奔跑幾步，**應該**會因此更接近原野邊緣，但是——

毫無變化。周遭依然只有無盡黑影，而且發出呼吸聲的那東西更為接近，散發塵埃、腐屍和另外某種氣味，她已經很久沒聞過這種味道，但永遠不會忘記，尤其因為那種東西當時如油漆般覆蓋那個房間。

諸神在上。吐息拂過她的頸項，沿耳廓往上爬。

她連忙轉身，吸進一口氣——很可能是這輩子最後一口氣。這時周遭變得明亮，沒有雲朵和枯草，沒有在附近等候的永生精靈王子。那個房間……

這個房間……

女僕的尖叫聲宛如火爐上的熱水壺。窗戶緊閉的這個房間內依然有些積水——那幾扇窗戶在前一晚被突來的強勁風暴吹得左右擺動，是瑟蕾娜當時把它們牢牢關上。

她原本以為床鋪是被雨水淋溼。她已經爬上床，因為風暴讓她聽見恐怖的聲音，讓她覺得有事情**不對勁**，彷彿有人站在房中角落。在這棟莊園別墅中，這個優雅又樸素的房間裡的這張床並不是被雨水浸溼。

在她的身上、手上、膚上和睡袍上凝固的並不是雨水。還有那種氣味——不只是血液，還有另外某種東西……「這不是真的。」瑟蕾娜邊說邊後退，遠離自己如鬼魂般站在上面的這張床。「**這不是真的**。」

但她看到父母，他們癱躺在床上，咽喉被徹底劃開。

她的父親，寬肩英俊，皮膚已經發灰。

她的母親，金髮因血汙而黯淡，那張臉……那張臉……

被當成動物般宰殺。這些傷口如此醜陋，又長又深，而且父母看來如此的——如此——

瑟蕾娜嘔吐，屈膝跪地。第二次嘔吐前，膀胱失控。

「這不是真的，這不是真的。」她倒抽氣的同時，胯間被一道暖流滲透。她無法呼吸，無法呼吸，無法——

然後她猛然站起，跑出這個房間，衝向木牆，如幽靈從中穿透，直到——

另一間臥室，另一具屍體。

娜希米雅。支離破碎、體無完膚。

潛伏於身後的**某物**用一手攬住她的腰，撫過她的腹部，以情人般的溫柔動作把她往後拉、靠向其胸。驚慌失措的她向斜後方揮出手肘──感覺打中皮肉和骨頭。那東西發出嘶吼，放開她。這就是她需要的機會。她拔腿狂奔，穿過這片以摯友的血汙和內臟組成的幻覺，然後──

稀薄陽光、枯萎草葉，還有自己正在奔向的那名全副武裝的銀髮戰士。她不在乎身上的嘔吐物和尿溼的褲子，不在乎自己正在劇烈喘氣、從咽喉發出尖嘯。她拚命奔跑，直到來到他面前。她倒在青草地上，抓住草葉、將其撕碎，而且嘔吐，儘管胃袋只剩幾滴膽汁。她不知道自己正在尖叫、啜泣，或是沒發出任何聲音。

然後她感覺某種變化和波濤，胃袋的下方打開一口井，井內是熊熊燃燒的無盡烈火。

不。不。

她被痛楚貫穿全身，視線一會兒變得清晰銳利，一會兒又變回凡人那般平庸，牙齒因為尖牙伸出又縮回而酸痛。潮起潮落，永生者與凡人，凡人與永生者，變化的速度快得宛如蜂鳥振翅──

隨著每次變身，那口井也不斷加深，那團野火先是不斷起伏，然後往上持續延伸……

她猜自己真的發出尖叫，因為咽喉感覺灼燒。又或許，噴發出來的是終於獲釋的魔力。

魔力──

瑟蕾娜在森林的樹下醒來。現在還是白天，而從襯衫、長褲和靴子上的塵土來判斷，羅紋似乎把她從古墓崗一路拖來這裡。

衣褲沾染嘔吐物。而且，那道痕跡……她尿在褲子上。她的臉龐泛紅，但她推開這些思緒，不再想著自己**為什麼**尿在褲子上、為什麼劇烈嘔吐。還有最後一項思緒，關於魔法——

「沒有紀律，沒有自制，也沒有勇氣。」某人咬牙道。

她轉動發疼的腦袋，看到羅紋坐在一顆岩石上、肌肉發達的雙臂放在膝上。他的左手拎著一把匕首，彷彿在她躺於自身穢物的這段期間內，他心不在焉的拋接那把匕首來打發時間。

「妳失敗了，」他的語氣平淡。「妳確實來到原野另一端，但我明明叫妳面對那些屍妖——不是叫妳用魔法發脾氣。」

「我要**宰**了你，」她喘道，嗓門沙啞。「你**居然**——」

「妳碰到的那位並不是屍妖，公主。」他把注意力轉向她身後的樹林。她正想大罵他別想用這種理由來逃避他帶她去朵拉奈爾的約定，但他的眼神回到她身上時似乎在說：那東西不應該在那。

所以那到底是什麼鬼東西，你這蠢蛋？她以眼神無聲罵道。

他的下顎一緊，然後開口道：「不知道。『皮行者（註8）』已經在這裡徘徊了幾星期、下山

註8　皮行者（skinwalker）是一種傳說中的神祕生物，能任意改變自己的外形。

來這裡尋找人皮，但這次……不一樣。我從沒碰過這種東西，不管是在這片土地還是其他地方。我當時忙著把妳拖走，所以來不及調查。」他朝她目前的狀態瞪一眼。「我後來有回去那裡，但那東西已經不見蹤影。告訴我，妳碰上什麼狀況。我只有看到一團黑影，然後妳再次出現的時候，變得……不一樣。」

她鼓起勇氣，再次觀察自己：肌膚蒼白如骨，彷彿躺在瓦雷希屋頂上獲得的少許氣色已被全數吸走，而且原因不只是驚嚇和疾病。

「我不說。」她說：「下地獄吧你。」

「妳的情報或許能救別人一命。」

「我想回要塞，」她低語。她完全不想知道關於那些怪物、皮行者或其他任何事情。每說一個字都讓她覺得疲憊不堪。「現在就走。」

「妳今天的訓練什麼時候結束，由我說了算。」

「你可以儘管殺了我、折磨我或把我丟下懸崖，但我今天已經**受夠了**。在那團黑影中，我看到任何人都不該看到的景象。那東西把我從我的回憶中拖過——而且不是美好回憶。這個理由對你來說還算充分嗎？」

他呻吟一聲，還是起身開始行走。她搖搖欲墜，腳步蹣跚，膝蓋打顫，跟在他身後，一路走回霧守。在要塞廳堂中，她維持側身，避免讓經過的哨兵或工人看到她的褲上汙痕和嘔吐物，但她無法遮住臉龐。她把注意力集中在王子身上，直到他打開一道木門，一團蒸氣迎面而來。「這裡是女子澡堂，妳的房間就在上層。明早天亮時去廚房報到。」然後他又丟下她。

瑟蕾娜拖著沉重步伐進入熱騰騰的浴室，脫衣服時不在乎有誰在裡頭。她踏進一座下陷式石質浴缸，有很長一段時間癱躺不動。

第十五章

父親遲了二十分鐘才來到開會地點，鎧奧一點也不驚訝。父親走進鎧奧的辦公室，在書桌對側的椅子坐下，完全沒解釋自己為何遲到，鎧奧也不對此感到意外。父親以高深莫測的冷靜和鄙視打量這間書房：沒有窗戶，地板鋪有一塊舊毯，一口敞開的大箱放了幾把棄置的武器，鎧奧一直沒時間把它們打磨或送去修理。

至少房間還算整齊。桌上的幾份文件堆成一疊，玻璃筆放在筆筒裡。那套盔甲，他很少有機會穿的盔甲，套在角落的假人身上、閃閃發光。父親終於開口：「這就是咱們的明君給侍衛隊長的待遇？」

鎧奧聳肩。父親打量這張厚重的橡木桌，這是前任侍衛隊長留下的書桌，而且鎧奧和瑟蕾娜曾經在這張桌上——

他在血液加溫前推開這道回憶，然後朝父親微笑：「擴建的玻璃樓層裡有間更大的辦公室，但我想離手下近一點。」這是實話。他一點也不想靠近行政側廳、跟那些朝臣和議員共享一條走廊。

「明智決定，」父親靠向這張古老木椅的椅背。「出於領導者的本能。」

鎧奧瞪著父親許久。「我已經答應跟你回安尼爾——沒想到你還會浪費時間恭維我。」

「是嗎？就我所見，你完全沒為所謂的返家之旅做準備，你甚至沒忙著找人接你的位子。」

「雖然你對我的職位評價很低，但我很看重這份工作，我不會隨便找個人來守護這座宮殿。」

「你根本還沒讓陛下知道你要離開這裡。」父親維持那抹親切而致命的微笑。「我請求於下週離開時，國王完全沒提到你將與我同行。我不打算讓你惹上麻煩，孩子，所以我當時沒多說什麼。」

鎧奧維持面無表情。「我再說一次，在找到適當人選前，我不會離開這裡。這就是我為什麼要你來見我，我需要時間。」這是事實——至少是其中一部分。

這幾天晚上，鎧奧都有參加艾迪奧的宴會——另一間酒館，更奢華也更熱鬧，艾迪奧也一樣不在場。不知道為什麼，大家都**以為**將軍在場，就連第一天晚上被帶出場的那名妓女也說將軍給了她一枚金幣之後就跑去找更多香檳——沒要她提供服務。

鎧奧實地探查了妓女說她和將軍分開的街角，但一無所獲。而且居然沒人知道凶煞軍團到底何時抵達、目前在哪紮營——只知道他們正在路上，這點實在令人匪夷所思。鎧奧在白天有太多事情要忙，沒空去追查艾迪奧的行蹤，而在國王舉行的各項會議和餐會上更不可能質詢將軍。但今晚，他打算提早前往宴會地點，查看艾迪奧到底有沒有出現、溜去哪裡。越早抓出艾迪奧的祕密，他就能早點放下這些荒唐事，在遞出辭呈之前避免引起國王的太多注意。

他之所以要父親來這一趟，只是因為他昨晚半夜被某個想法驚醒——有點瘋狂而且高度危險的計畫，很可能還沒達到任何目的就害他喪命。他已經大致看過瑟蕾娜找出的那些魔法相關書籍，也完全找不出任何辦法來幫鐸里昂——和瑟蕾娜——擺脫那種力量。但是瑟蕾娜跟他說過，亞奇和娜希米雅共同領導的反抗軍曾做出兩點聲明：其一，他們知道艾琳．加勒席尼斯的下落；其二，他們即將找出某種辦法來打斷亞達蘭國王對這塊大陸的神祕控制力。第一項聲明當然是謊話，但如果那幫反抗軍真的知道如何關閉魔法……他就必須抓住這個機會。他最近都在試圖跟蹤艾迪奧，也看完了瑟蕾娜在「反抗軍藏身地點」這方面做出的相關筆記，所以他大概知道可以在哪裡找到那些反抗軍。這件事必須小心處理，而且他還是需要盡量爭取時間。

父親的冷笑淡去，亮出這幾十年來統治安尼爾而磨利的鋒芒。「聽說你把自己當成堂堂正正的男子漢，但我很懷疑，如果你說話不算話，那你到底是什麼樣的人。我很好奇……」父親故意咬咬下唇。「你把你的女人送去溫德林，這到底有何目的。」鎧奧逼自己別繃緊身子。「高貴的韋斯弗隊長當然希望陛下的鬥士能解決我們的外敵，但如果你只是個違誓者、騙子……」

「我沒打算違背我向你許下的誓言，」鎧奧字字屬實。「我會前往安尼爾——我願意在任何神殿、任何天神面前發誓。但必須等我找到繼任人選。」

「你當初說的是一個月。」父親咬牙道。

「我的餘生都在你手裡，一個月、兩個月對你來說又有何分別？」

父親的鼻翼顫動。父親到底為什麼這麼急著帶他走？鎧奧正想詢問，想看父親因此愣住的模樣，但這時一張信封落在桌上。

雖然已經過了這麼多年，但他依然記得母親的字跡，依然記得她以優雅字體寫下他的名字。「這是什麼？」

「你母親寄給你的信。我猜她想表達她對你即將返家感到多麼開心。」鎧奧沒碰信封。「你不想看？」

「我對她無話可說，也沒興趣知道她想對我說什麼。」鎧奧說謊。又是陷阱，又是為了讓他焦慮不安。但他在這裡有太多事情要處理，有太多祕密等著挖掘。他會盡快履行承諾。

父親把信封拿回，收進外袍。「聽到這話，她會非常難過。」而且他知道父親雖然明知他說謊，卻還是會把這番謊話一五一十的向母親轉述。有那麼一刻，心跳聲在他的耳中嗡嗡作響。以前每次目睹父親對母親出言侮辱、責備或無視時，他都有這種反應。

他深吸一口氣。「四個月，然後我就回去。訂定日期，我會如期出發。」

「兩個月。」

「三個月。」

父親緩緩露出微笑。「我可以現在就去見國王、幫你提出辭呈，省下這三個月。」

鎧奧咬牙。「那就說出你的條件。」

「噢，沒有條件。但我喜歡讓你欠我一個人情。」那抹冷笑再次出現。「我很喜歡這種感覺。兩個月，孩子。」

雙方懶得向彼此道別。

正準備幫一名操勞過度的廚房女傭熬些寧神藥水時，索莎被叫去王儲的房間。雖然試著別讓自己顯得太興奮又可悲，她還是想辦法把煎藥的工作交給一名低階學徒，然後前往王子的塔樓。

她從沒去過那裡，但她知道位置——所有治療師都知道，以防萬一。衛兵們幾乎連頭都沒點一下就放她進去，而且她一踏上螺旋階梯，王子的房門已經開啟。

一團亂。這個房間堆滿書籍、文件和廢棄武器。在那裡，坐在周邊幾乎不剩一呎空間的書桌旁，是鐸里昂，他的神情略顯尷尬——如果不是因為房中凌亂，就是因為嘴唇裂傷。

她逼自己鞠躬，儘管難掩的紅潮又往上攀升，淹過頸項，在臉頰蔓延。「殿下傳喚小女子？」

他清清喉嚨。「我——嗯，妳應該看得出我有哪裡需要治療。」

他的手又受了傷，看起來似乎是練劍造成，但是嘴唇……她得鼓起十足勇氣才敢那麼接近他。還是先從手開始吧。讓手部傷口轉移她的注意力，讓她鎮定下來。

她放下裝有醫療用品的籃子，專心準備油膏和繃帶。他身上的肥皂味拂過她的鼻孔，聞來濃郁，看來他剛洗過澡。她站在他的椅子旁，逼自己別亂想。她可是專業治療師，居然想像患者的裸體——

「妳打算問我受傷的原因嗎？」王子開口，抬頭瞥她。

「我無權過問——除非跟傷勢有關，否則我就不需要知道。」她無意讓這番話聽來如此冷漠嚴肅，但這是實話。

她俐落的把他的手包紮完畢。沉默氣氛並不令她感到尷尬；她有時在地窟連續好幾天都不會跟任何人說話。她在父母過世之前就是個文靜的孩子，而在城中廣場的那場大屠殺後，她變得更沉默寡言。直到她來到城堡、認識新朋友——她才發現自己有時候**喜歡**說話。然而，這一刻，在他身旁……嗯，王子似乎不喜歡沉默，因為他又抬頭看她，開口道：「妳的老家在哪？」

這個問題真難回答，畢竟她來到這座城堡的方式和原因都跟王子他父親的行為有關。「芬海洛。」希望這個話題能就此打住。

「芬海洛的哪裡？」

她差點愣住，但幸好她的自制力還算優秀，畢竟她這五年來處理過許多恐怖傷勢，知道如果自己露出厭惡或恐懼的表情，患者就可能失控。「南方的一個小村子，大部分的人都沒聽說過那裡。」

「芬海洛很美，」他說：「無盡延伸的寬廣土地。」

她對芬海洛已經沒剩多少印象，不知道自己是否愛過那片西鄰群山、東鄰大海的扁平農地。

「妳從小就想成為醫者？」

「是的。」因為她的職責是治療帝國繼承人，答案只能表現出決心。

他咧嘴笑。「騙子。」

她不是有意這麼做，但還是跟他四目交會——在穿透小窗的午後陽光下，那雙藍寶石眼眸如此璀璨。「我無意冒犯，殿——」

「我的確打探妳太多隱私，」他拉拉繃帶。「我只是想把注意力從傷口上轉移。」

她點頭，因為她不知道該說什麼，也永遠想不出什麼絕妙好辭。她拿出殺菌藥膏。「這用來處理你的嘴脣，如果你不介意，殿下，我想確保傷口沒有沾染灰塵或是——」

「索莎。」她試圖隱藏自己的反應——他還記得自己的名字，而且他說出自己的名字。「妳需要做什麼就做吧。」

她咬脣，她一緊張就有這個笨習慣。她點頭，為了看清楚他的嘴而抬起他的下巴。他的肌膚好溫暖。她觸摸傷口，他痛得嘶吼，鼻息拂過她的指頭，但他沒像其他朝臣那般後退、責備或出手打她。

她把藥膏盡快塗在他的脣上。諸神在上，他的嘴脣好軟。

當初第一次看到他的時候，他在隊長的陪同下走過花園，她不知道他是王子。他們倆當時只能勉強算是少年，而她是穿著舊衣的學徒，但有那麼一刻，他看著她，而且露出微笑。那麼多年來，其他人都對她視而不見，他卻**看到**她，所以她常找藉口跑去城堡上層。但在一個月後，她在偷窺他時掉下眼淚。而且有兩名學徒私下討論那位王子有多帥——鐸里昂，王位繼承人。

她對他的迷戀既隱密又愚蠢，因為她在幾年後為了幫阿米堤處理傷患而又遇到他時，他沒看她。她成了透明人，就跟大多數的醫者一樣——隱形，正如她所願。「索莎？」

意識到自己正在盯著他的嘴，指頭仍浸在藥罐裡，她的恐懼進入新境界。「對不起，」她考慮是否該從塔樓一躍而下、了結這種羞愧。「今天忙了一天。」這不是謊話。

她的行為舉止像個傻子。她有過男人——是個衛兵，只有一次，那次經驗也讓她知道自己不急著讓下一個男人碰自己。但站得如此靠近，他的兩腿擦過她的自製棕裙……

「妳為什麼沒說出去？」他輕聲問：「關於我和我那幾個朋友。」

她後退一步，但沒避開他的瞪視，儘管後天訓練和先天本能叫她轉過頭。「你從不以惡毒的態度對待醫者——或是任何人。我覺得這個世界需要……」這話太過分，因為這個世界歸他父親所有。

「需要更好的人，」他幫她說完，站起身。「而且妳認為如果妳把我們的……活動說出去，我的父王會因此對付我們。」

看來他知道阿米堤會把任何不尋常之事向上通報。阿米堤也跟索莎交代過，如果她懂得為自己著想就該這麼做。「我不是暗指陛下會——」

「妳的村子還在嗎？父母依然健在？」

雖然經過這麼多年，她還是無法壓抑口氣中的痛楚，「不，村子已經被焚毀。而且，不。

父母帶我來到裂際城，後來死於城中的移民肅清。」

他的眼神閃過一絲悲痛和驚悚。「那妳怎麼會來這裡——在這裡工作？」

她收拾東西。「因為我無處可去。」他的臉上閃過痛苦。「殿下，我是不是——」

但他正在盯著她，彷彿他能體會——而且看著她。「我很遺憾。」

「那不是你做出的決定，我的父母也不是被你的士兵圍捕。」

他只是看著她許久，然後向她道謝。這是禮貌的要她退下。離開那座凌亂塔樓時，她真希望自己未曾張嘴——因為他或許會因為氣氛尷尬而不再傳喚她。她不會丟掉飯碗，因為他沒那麼殘酷，但如果他拒絕讓她治傷，這可能會引來旁人的疑問。因此，當晚躺在小床上時，索莎下定決心要找個方法道歉——不然就是找藉口讓王子不會再見到她。明天，她明天會想出結論。

第二天早餐後，她沒想到有一名差使來這裡找她、詢問她的村子叫什麼名字。她猶豫不決時，差使解釋是王儲想知道。

為了把那座村子納入王儲的私人地圖。

第十六章

俄梅戛的眾多石廳中，就屬食堂最危險。

三支鐵牙氏族的成員們以輪班制分配工作時間，因此平時很少碰到彼此——有些接受雙足翼龍的相關訓練，有些在武器室受訓，有些接受戰爭訓練。讓氏族之間保持距離，曼儂猜這應該是正確決定，畢竟緊繃的氣氛只會不斷攀升，直到選擇坐騎的那一天。人人都想要公龍，雖然曼儂認為自己一定會得到公龍，說不定還能得到提圖斯，但她每次聽到哪個女巫說自己也想要公龍，還是會想打落對方的牙齒。

三小時的輪班制中，大夥只有在接班的幾分鐘內會見到其他氏族成員，而且團長們也盡量避免讓自己的手下碰到外族女巫，至少曼儂就是這麼做。這些日子裡，她的脾氣一觸即發，黃腿繼承人只要再對她冷嘲熱諷，就很可能引發流血事件。十三人眾也一樣，其中兩人——綠眸的孿生姊妹，法萊和法瓏，與其說是女巫倒更像惡魔——已經跟幾名黃腿蠢蛋打過幾次，這點不令人意外。曼儂如懲罰艾絲特琳那般懲罰了那對雙胞胎：每人挨三下，公開懲罰羞辱。然而，其他女巫團只要一碰面就必定發生衝突，如鐘錶齒輪運作那般規律可測。

這就是為什麼食堂特別危險。所有女巫只有在每日兩餐的時間才會碰到外族成員——雖然她們都坐在自己的位子上，但是氣氛依然緊繃，強烈得幾乎化為曼儂能拿刀割斷的實體。

曼儂拿著碗，排隊領取稀粥，她認為食堂提供的這種生麵糰般的黏液跟稀粥差不多。旁邊是艾絲特琳，前方則是最後一批藍血女巫。不知道為什麼，藍血總是排第一——最先領取伙食，最先騎乘雙足翼龍（十三人眾到現在還沒飛過），而且大概會最先選擇坐騎。雖然低吼聲在喉中隆隆作響，曼儂還是把托盤推過一旁的邊桌，慢慢前進，看著臉色蒼白的服務員把一坨灰白食物舀到她前面這名藍血女巫的碗裡。

她懶得注意男服務員的臉部五官，只看到他的粗大喉部血管脈動。女巫不喝血也能活下去，不過這就像人類不喝葡萄酒也能活下去。藍血對血的來源很挑剔——必須是處女、年輕男子、漂亮姑娘——黑喙倒不是很在乎。

男子的長柄杓開始搖晃，沿大鍋邊緣敲擊。

「規矩就是規矩。」左手邊的某人慢條斯理的說。艾絲特琳發出低吼、以示警告，曼儂不用轉頭也知道黃腿繼承人伊絲克菈站在那裡。「不能吃普通人。」黑髮女巫補充道，把碗推到男子面前，擺明插隊。曼儂觀察對方的鐵牙鐵爪，那隻布滿老繭的手公然表示自己的地位更高。

「啊，難怪沒人想吃妳。」曼儂回嘴。

伊絲克菈推擠向前，離曼儂更遠。曼儂能感覺在場的眾多眼睛移向她們，但她控制住脾氣，忍讓對方的無禮。在食堂裝模作樣，沒有任何意義。「聽說妳的十三人眾今天會飛？」曼儂領到伙食時，黃腿繼承人開口。

「那與妳何干？」

伊絲克菈一聳結實的雙肩。「聽說妳曾經是三族之中最頂尖的飛行者。如果那只是不實傳聞，那就可惜了。」

那個傳聞是事實——雖然她繼承了團長地位，但也是靠實力贏得。

伊絲克菈繼續說下去，把托盤滑到下一名服務員面前，對方把一些淡色的根莖蔬菜舀到她的稀粥裡。「我們有些人想蹺掉今天的訓練課程，就為了欣賞傳奇的十三人眾在十年後終於重返天際。」

曼儂咂咂舌頭，假裝陷入沉思。「我聽說黃腿在對練室的表現不佳，但我猜任何軍隊都需要有人負責運送物資。」

艾絲特琳輕笑幾聲，伊絲克菈的棕眸閃出怒火。來到排隊的長桌尾端時，伊絲克菈轉身面對曼儂。兩人都端著托盤，無法拔出腰間佩刀。現場安靜下來，包括三位族母所坐的高桌。

鐵牙從縫隙迅速伸出，曼儂的牙齦因此感到刺痛。她輕聲開口，但清楚得讓每個人都能聽見，「如果妳需要戰鬥訓練，伊絲克菈，跟我說一聲，我很樂意教妳如何當個好士兵。」

繼承人還來不及回應，曼儂已經大步離去。艾絲特琳以嘲諷的姿態朝伊絲克菈鞠躬，十三人眾也跟著照做，但是伊絲克菈依然瞪著曼儂，一臉悶悶不樂。

曼儂在自己的位子坐下，看到外婆露出淡淡微笑。曼儂的十二名斥候——十三人眾，從今日直到歸於黑暗——在身旁坐下時，曼儂也允許自己綻放微笑。

她們今天將翱翔天際。

彷彿敞開的懸崖岩壁還不足以讓聚集於此的兩支黑喙女巫團緊張不安，二十六隻**不甚**溫馴的雙足翼龍一起拴在這個狹小空間，曼儂也因此有些焦躁。

但她走向中間那隻翼龍時沒表現出恐懼。翼龍分成兩排，一排十三隻，以鎖鍊束縛，而且做好準備。十三人眾先爬上龍背。另一支女巫團則坐上後面那排。新型騎乘裝讓曼儂覺得既沉重又難穿——皮革和軟毛，搭配鋼鐵護肩和皮革護腕，遠比她習慣的裝備重，尤其搭配身上的紅披風。

她們已經花了兩天時間練習如何在坐騎身上安裝鞍座，雖然通常有馴獸師在旁邊幫忙。曼儂今天的坐騎是一隻小型母龍，此刻趴躺在地，位置低得讓曼儂能輕易爬上牠的後腿，再把自己拉進位於長頸和巨肩之間的鞍座。一名男子走來，想幫忙調整腳鐙，但是曼儂自己彎腰動手。早餐已經夠難吃。如果現在太靠近人類的咽喉，只怕她難敵誘惑。

翼龍挪動身軀，在曼儂的冰涼雙腿接觸下感覺溫暖，她更用力以戴著手套的雙手抓緊韁繩。後方隊伍中，同團斥候們也坐上各自的飛天獸。當然，艾絲特琳已經做好準備，這位表親的金髮緊緊綁成髮辮，毛領在前方的岩壁豁口吹進的寒風下微微騷動。她朝曼儂咧嘴笑，金斑黑眸閃閃發光，毫無恐懼——只有興奮。

馴獸師說這些飛天獸知道該怎麼做，牠們能單憑本能飛過「關口」。關口是兩座山峰之間的陡峭深谷，是騎士與坐騎的最後試煉。如果雙足翼龍無法通過，就會摔死在深谷岩地上，連同騎士。

兩旁的觀景臺出現一些動靜。黃腿繼承人的女巫團大搖大擺走進，人人面帶微笑，笑得最開心的就是伊絲克菈。

「那婊子。」艾絲特琳咕噥。彷彿黑喙族母由另外兩位高階女巫包夾、站在對側的觀景臺這樣還不夠讓人緊張。曼儂抬起下巴，望向前方的懸崖。

「就跟我們練習的時候一樣，」監督開口，從練習坑爬到三族母所站的觀景臺。「用力踢腹部，牠們就會起飛。讓牠們自行飛過關口。我能給妳們的最佳建議是：死命抓緊，享受旅程。」她身後的女巫團其中幾人發出緊張的笑聲，但是十三人眾保持沉默，耐心等候，正如她們面臨任何敵軍和戰役之前。

曼儂眨眨眼，金眸深處的肌肉運作，拉下一雙透明薄膜，讓眼球能不受強風影響。曼儂給自己幾秒的時間，讓眼睛適應這層額外眼瞼的厚度。如果少了這層透明眼瞼，她們在飛行時就會跟凡人一樣瞇眼又淚流滿面。

「等妳下令，女士。」男子朝她呼喊。

曼儂打量前方的岩壁豁口，外頭是灰天和霧氣，上方那座橋梁隱約可見。她轉頭看向隊伍，一一掃過分成兩排的十二張臉孔。然後她回頭看前方，凝視懸崖，以及正在懸崖後方等候的世界。

「我們是十三人眾，從今日直到歸於黑暗。」她輕聲說，但她知道她們都聽得見。「讓我們提醒她們這句話的由來。」

曼儂用腳一踹，坐騎做出反應，跨出三道雷霆般的步伐，向前狂奔，接著縱身躍入寒風，置身於雲朵、橋梁和飄雪之景，隨即墜入懸崖。

這隻翼龍向下俯衝、收緊雙翼時，她的胃袋直升咽喉。按照先前所學，曼儂坐起身，蹲在翼龍頸部，把臉貼近皮革般的龍皮，強風朝她的臉呼嘯而來。

她身後的氣流鼓動，幾呎外的十三人眾一起下墜，經過岩壁和飛雪，直朝地面衝去。

曼儂咬緊牙根。模糊石影閃過，霧氣拂來，她的髮絲從辮中抽離，如白旗般在頭上揮舞。

霧氣分離，黑暗湧現，峽谷地面就在眼前，如此接近，然後——

曼儂抓緊鞍座，抓緊韁繩，抓緊思緒，這時巨翼伸展，周遭世界傾斜，身下坐騎不斷振翅，乘風而上，沿北牙峰岩壁陡直爬升。

下方傳來勝利歡呼，上方也是，這隻雙足翼龍持續爬升，遠比曼儂騎掃帚時更快，飛過橋梁，進入浩瀚天空。

就這樣，曼儂重返天際。

無雲無際的永恆天空擁抱她們，艾絲特琳、索蕾爾和薇絲妲一一來到她的側翼，接著是十三人眾的其他成員，曼儂讓自己露出瀟灑的勝利表情。

在她的右手邊，艾絲特琳一臉興高采烈，鐵牙如銀幣般閃閃發亮。在她的左手邊，紅髮的薇絲妲正在甩頭，目瞪口呆的看著下方群山。索蕾爾跟曼儂一樣表情冷漠，但那雙黑眸難掩興奮之情。十三人眾再次回到空中。

這個世界在她們下方伸展，而在前方，遙遠的西方，是她們終將奪回的家園。但現在，現在……

天風拂過，朝她歌唱，向她說明氣流狀況，這項能力對她來說比較算是本能而非魔法，也讓她成為三族之中最頂尖的飛行者。

「接下來呢？」艾絲特琳呼喊。雖然曼儂從沒見過十三人眾的任何成員哭泣，但她敢發誓這位表親的眼角帶有閃爍淚光。

「我認為我們應該好好試飛一番。」曼儂答覆，把狂熱的興奮心情緊鎖於胸，隨即一拉韁繩，讓坐騎飛向正在等候的第一條峽中路線。十三人眾在乘風時發出的歡笑比任何凡人音樂都美妙。

曼儂立正站在外婆的小房間裡，在自己獲准開口前盯著對側的石牆。黑喙族母坐在木桌旁，背對曼儂，正在審視一些文件或信件。「妳今天表現得很好，曼儂。」外婆終於開口。

曼儂以兩指觸額，雖然外婆還在看文件。

不用聽那名監督說明，曼儂也知道那是他到目前為止見過的最優秀的關口試煉。發現黃腿女巫團原先所站的觀景臺空無一人時，她就知道她們在得知她沒摔死於谷底後便先行離開。

「妳的十三人眾和所有黑喙女巫團都表現得很好，」外婆繼續說道：「妳這些年對她們的管教值得讚許。」

曼儂感覺心花怒放，但開口道：「侍奉您是我的榮幸，外婆。」

外婆在紙上寫些東西。「我要妳和十三人眾擔任空軍領隊——我要妳領導三族。」女巫轉身看曼儂，表情莫測難解。「幾個月後，我們將舉行戰爭遊戲，以決定軍階。我不管妳怎麼做，但我等著封妳為優勝者。」

曼儂不需要問原因。

外婆瞥向曼儂身上的紅披風，淺淺一笑。「我們現在還不知道誰將與我們為敵，但等我們打完國王的仗、奪回荒野，坐在鐵牙王座上的將不會是藍血或黃腿。明白嗎？」

成為空軍領隊，統管鐵牙三軍，而且在三族母終於翻臉時控制那些軍隊。曼儂點頭，她會做到。

「我猜其他族母也會向各自的繼承人下達類似命令。務必讓妳的副手隨侍在旁。」

艾絲特琳就在門外站崗，但是曼儂回答：「我能照顧自己。」

外婆嘶聲警告：「黃腿婆婆活了七百歲，單憑空手就能撕碎克拉坎主城的石牆，卻有人溜進她的馬車殺了她。就算妳活到一千歲，能力恐怕也不如她的一半。」曼儂維持昂首挺立。「提防暗算。如果我得另外找個繼承人，我會很不高興。」

曼儂低頭鞠躬。「遵命，外婆。」

第十七章

瑟蕾娜醒來，渾身發涼，因為頭痛欲裂而呻吟，她知道原因是腦袋撞到神殿石地。她坐起身的同時痛得嘶吼，渾身上下每一吋，從耳朵到腳趾再到牙齒，同時爆發痛楚，彷彿她被一千隻鐵拳痛毆、丟在寒風中等死。**這種疼痛**來自她昨天的失控變身。天知道她在每次切換型態時顫抖了多少次。從肌肉痠痛的程度來判斷，至少幾十次。

但她沒失去對魔法的控制力，她提醒自己。她站起身，抓住缺角的床柱，拉緊身上的淡色長袍，緩緩走向梳妝檯和臉盆。昨晚沐浴後，她意識到自己沒衣服可換，因此偷了澡堂內的眾多長袍其中一件，任憑她那堆臭衣服躺在門口。她才剛走進臥室就倒在床上，拉起破毛毯，隨即陷入熟睡。

而且幾乎一睡不醒。她不想跟任何人說話，反正也沒人來找她。

瑟蕾娜把雙手撐在梳妝檯上，對鏡中倒影皺眉。她看起來像一團屎，也感覺像一團屎。她比昨天更陰森憔悴。她拿起羅紋提供的罐裝藥膏，但決定應該讓他看看自己被他搞得多慘。她以前更慘過——兩年前，艾洛賓因為她抗命而把她打得血肉模糊。跟她當時那副慘狀相比，今天這樣不算什麼。

她打開門，發現有人留下衣服——是昨天那套，但已被清洗晾乾，靴子的泥漿和塵土也被洗淨。如果不是羅紋送來，就是另外有人注意到她丟在那裡的髒衣服。老天——她居然在他面前尿褲子。

她沒讓自己陷入自暴自棄的情緒。她換上衣服，走向廚房，走廊在黎明即將來臨前一片黑暗。路迦已經在喋喋不休的說著一名哨兵借給他練習用的戰鬥小刀。

她顯然低估自己臉龐的恐怖程度，因為路迦把閒聊打住，改口咒罵。艾姆瑞斯轉身，看她一眼，手中的陶碗立刻掉在壁爐前。「看在至高女神和祂所有孩子的分上。」

瑟蕾娜走向工作臺上的一堆大蒜，拿起菜刀。「只是看起來嚴重。」謊話。她的腦袋仍因為撞到額頭而暈眩，而且一隻眼睛嚴重瘀青。

「我房裡有些藥膏——」原本忙著洗碗的路迦在原地開口，但她瞪了他一眼。

她開始剝大蒜，指頭立刻變得黏答答。他們倆還在盯著她看，所以她口氣冷淡的說：「這不關你們的事。」

艾姆瑞斯沒撿起摔碎在爐石上的破碗，而是蹣跚走來，怒火在那雙明亮敏銳的眼眸中舞動。「既然妳走進我的廚房，這就跟我有關。」

「我受過更嚴重的傷。」她說。

路迦說：「這話什麼意思？」他瞥向她傷痕累累的雙手、她的黑眼圈，還有黃腿婆婆在頸部留下的一圈疤痕。她默默邀請他自行推理：以永生精靈的血統在亞達蘭度過的人生，以女人的身分在亞達蘭度過的人生……他的臉色蒼白。

漫長一刻後，艾姆瑞斯開口：「別多問，路迦。」然後彎腰撿起碎片。

瑟蕾娜繼續處理大蒜，路迦也繼續忙碌，但明顯安靜許多。做完早餐，送到樓上，場面跟昨天一樣混亂，但今天多了幾名半永生精靈注意她。她不是沒理他們，就是瞪著他們、記住他們的長相。許多人都有尖耳，但多數看起來都像人類。有些穿平民衣著——外袍和簡單的長袍——哨兵則穿輕型皮甲和灰色厚披風，攜帶各式武器（許多都已經破舊不堪）。戰士們最常盯著她看，無論男女，表情夾雜擔憂和好奇。

她忙著擦拭一口銅鍋時，某人朝她的方向吹聲低沉的口哨、表示欣賞。「**那**可是我這輩子看過最光榮的黑眼圈。」一名高大的老頭——英俊，雖然年齡跟艾姆瑞斯差不多——大步走進廚房，雙手端著空無一物的托盤。

「你也別去惹她，瑪拉凱。」壁爐旁的艾姆瑞斯開口。他的丈夫——伴侶。老頭露出迷人的咧嘴笑容，把托盤放在瑟蕾娜身旁的流理臺上。

「羅紋從不手下留情，是吧？」他的灰髮剪短，露出一雙尖耳，臉龐則是粗獷的人類樣貌。「而且妳顯然懶得用藥膏治傷。」她回視對方，但沒回答。瑪拉凱收起笑容。「我的伴侶已經夠辛苦了，妳別加重他的負擔，明白嗎？」

艾姆瑞斯咬牙呼喚伴侶的名字，但是瑟蕾娜聳肩。「我不想惹你們之中任何人。」

瑪拉凱聽出她的話中話——所以你也別來惹我——隨即朝她簡短的點頭。她聽到——而不是看到——他走向艾姆瑞斯而且吻了對方，再以嚴肅口氣低聲咕噥幾句，接著以穩健步伐走離。

「半永生精靈的男性戰士有時候也會把過度保護推向新境界。」艾姆瑞斯開口，盡量讓口氣顯得輕鬆。

「這是我們的天性，」路迦抬起下巴。「我們的職責、榮譽和畢生使命就是確保我們的家人受到妥善照料。尤其是我們的伴侶。」

「就是因為這個原因，所以你真的很煩人。」艾姆瑞斯咯咯笑。「這幫控制欲過剩又排外的野獸。」老頭走向水槽，放下早已發涼的熱水壺，讓瑟蕾娜清洗。「我的伴侶是出於好意，姑娘。但妳是陌生人——而且來自亞達蘭，加上現在訓練妳的那一位……是我們都不太熟悉的人。」

瑟蕾娜把熱水壺丟進水槽。「我不在乎。」她說。這是真心話。

當天的訓練實在恐怖。不只是因為羅紋問她是否打算再次嘔吐尿褲子，也是因為有好幾小時——**小時**——他逼她坐在山脊上的那座神殿廢墟之中，任憑霧風吹打。他想看她變身——這是他的唯一命令。

她質問為什麼他一定要她變身才教她魔法，他不斷重複同一個答案：不變身就別想學魔法。但經過昨天的事情後，如果要讓她改變型態，那他至少得拔出那把長匕首、把她的耳朵削尖再說。她試了一次——趁他獨自進入林中片刻時。她朝棲息於體內深處的那股力量拉扯拖拽，但毫無反應。沒有閃光，沒有劇痛。

因此，兩人坐在山坡上，瑟蕾娜凍得深入骨髓。至少她沒再失控，不管他如何以言語或在兩人以惡毒眼神彼此交流時加以羞辱。她問他為什麼不去追捕在古墓屍妖那片原野出現的怪物，他只是回答他正在調查，而剩下的事與她無關。

近黃昏的午後，雷雲聚集。羅紋逼她坐在原地、忍受風暴，直到她的牙齒打顫，血液冰涼，然後他們終於開始走向要塞。他又把她留在澡堂門口，以閃亮眼神向她無聲保證：明天會更糟。

回到房間後，她發現乾淨的衣物整齊的摺疊擺放，她開始懷疑是不是有一名隱形僕人在跟蹤自己。羅紋那種永生者絕不可能如此服務人類。

她考慮是否應該整晚待在房中，尤其因為雨水正在襲擊窗戶，電光照亮遠方的樹林。但她的肚子叫個不停。她又感到頭暈，她知道自己最近確實沒好好吃飯。加上黑眼圈，現在的最佳行動就是進食——就算這表示她必須進廚房。

她耐心等候，直到她認為每個人都應該已經上樓休息。早餐總是有剩菜——晚餐一定也有剩。老天，她累到骨髓裡，而且痠痛程度比今天早上更嚴重。進入廚房之前，她已經在大老遠聽到說話聲，因此很想轉身走人，但是——早餐時沒人跟她說話，除了瑪拉凱。現在一定也不會有人理她。

她估計廚房應該有不少人，但看到裡頭有多擁擠時還是有些意外。椅子和靠墊被搬進廚房，都面對壁爐，艾姆瑞斯和瑪拉凱坐在壁爐前，跟聚集在此的人們閒談。每一吋平面都擺放食物，彷彿晚餐是在這裡舉行。她待在樓梯間的陰影中，觀察他們。用餐間比這裡寬敞許多，雖然有點冷——他們為什麼聚在廚房壁爐旁？

她不太在乎——尤其當她看到食物。她以熟練的隱匿而輕盈的動作溜進群眾之中，把一個盤子裝滿烤雞、馬鈴薯（老天，她已經吃膩了馬鈴薯），還有熱麵包。大夥仍在聊個不停；沒位子坐的就站在流理臺或牆邊，談天說笑、啜飲杯中麥芽酒。

為了疏散這麼多人的體溫，廚房門板的上半部打開，雨聲如敲鼓般在廚房中迴響。她注意到外頭的某個動靜，仔細看去時卻沒發現任何人。

瑟蕾娜正準備溜回樓梯間時，瑪拉凱一拍雙手，大夥安靜下來。瑟蕾娜在樓梯間的陰影中停步。大夥綻放微笑，安靜等候。路迦坐在艾姆瑞斯椅子前的地板上，一名漂亮姑娘緊挨在他身旁，他一派輕鬆的以單臂勾住她的肩膀——雖然一派輕鬆，但勁道依然足以讓現場其他男性知道她是他的女人。瑟蕾娜翻白眼，一點也不感到意外。

儘管如此，注意到路迦看那女孩的眼神，他眼中的淘氣光芒讓瑟蕾娜感到一絲嫉妒。她曾以那種表情看著鎧奧。但她和鎧奧之間未曾如此輕鬆，而就算她沒結束彼此的關係，也不會像路迦那般輕鬆。她的指間那枚戒指成了負擔。

電光閃過，揭露屋外的草地和森林。幾秒後，雷霆震撼石面，引來幾聲尖叫和笑聲。

艾姆瑞斯清清喉嚨，大夥立刻盯著他的老臉。古老壁爐照亮他的銀髮，在房中映上黑影。「很久以前，」艾姆瑞斯開口，嗓音在雨聲滴答、雷鳴隆隆和爐火劈啪中穿梭，「凡人國王尚未坐上溫德林王座之前，精靈仍與我們共處。有些善良美麗，有些調皮淘氣，有些則比最黑暗的夜晚更汙穢邪惡。」

瑟蕾娜嚥口水。這番話在壁爐前流傳千年——在這種廚房中向人訴說。傳統。

「就是因為那些壞精靈，」艾姆瑞斯的話語在所有裂縫和角落中迴響，「你們走在古道時才必須提高警覺，或是林中，或像現在這種夜晚，當你們能聽見風聲呼喚自己的名字。」

「唉，怎麼又是這個故事。」路迦呻吟，雖然這不是真心話。有些人發笑——聽來甚至有些緊張。

某人抗議：「這會害我一星期睡不著覺。」

瑟蕾娜斜靠在石牆邊，把食物塞進咽喉，繼續聽老頭說故事的同時，她的頸後寒毛豎起，她能清楚看到故事裡的每個恐怖畫面，彷彿親身經歷。

艾姆瑞斯說完故事時，雷聲大作，就連瑟蕾娜也不禁一顫，差點失手摔下空無一物的餐盤。有人緊張發笑，有人戲謔嘲笑，有人朝夥伴開玩笑的推擠。瑟蕾娜皺眉。如果她在跟羅紋來這裡之前聽過這個故事——魔物樂於縫製人皮、打碎骨頭、讓人被閃電燒焦——她絕對不會跟來，一百萬年都不會。

來這裡的路上，羅紋從不生火——不想引起注意。不想引起那種魔物的注意？他不知道昨天在古墓崗之中的那個怪物的身分。如果連永生者都不知道……她用呼吸法來讓心跳放緩。儘管如此，如果她今晚能正常入睡，那將十分幸運。

雖然其他人似乎在等著聽下一個故事，瑟蕾娜還是站起身。準備轉身離去時，她又瞥向半開的廚房門，只想確定沒東西潛伏於門外。但在雨中等候的並不是某種魔物。一隻大型白尾鷹棲息於陰影。

牠一動不動。那隻獵鷹的眼睛——有點怪……她見過這隻獵鷹。牠有好幾天看著她懶散的躺在瓦雷希屋頂上，看著她酗酒、行竊、打瞌睡、打架。

至少她現在知道羅紋的動物型態是什麼。她不知道的是，他幹麼跑來這裡聽故事。

「艾蘭提雅。」坐在壁爐前的艾姆瑞斯伸出一手。「或許妳願意跟我們分享妳那片土地的故事？我們很喜歡聽故事，如果妳願意幫這個忙。」

瑟蕾娜盯著老頭的同時，每個人都轉頭看向她所在的陰影處。沒有任何一人開口鼓勵，只有路迦喊道：「跟我們說嘛！」

但是她無權把那些故事當成自己的故事說出去。而且她的印象已經模糊，她不完全記得自己小時候在睡前聽過的那些內容。

她把這個念頭用力拋下，推向一旁，開口道：「不，謝了。」然後走離。沒人挽留。她不在乎羅紋對這一切作何感想。

隨著每一道步伐，他們的竊竊私語也越來越模糊。直到她關上冰冷的房門，爬上床，她才嘆口氣。雨已停，涼風吹散雲層，她能透過窗戶看到一片繁星在林線上方閃爍。

她沒故事可說。她已經不記得特拉森那些傳奇，只剩碎石般的片段四散於她的回憶中。

她拉上破毛毯，以一臂遮眼，把那些未曾停止俯視的星辰隔絕在外。

第十八章

還好，鐸里昂沒再被逼著陪伴艾迪奧，而且除了國宴和會議之外也很少見到對方，那位將軍在那些場合時也裝做沒看見鐸里昂。鐸里昂也很少見到鎧奧，這也令他鬆口氣，畢竟兩人最近的談話氣氛都很尷尬。鐸里昂開始在早上跟衛兵練劍，趣味程度大概跟躺在灼熱釘床上差不多，但這至少能讓他發洩體內那股總是蠢蠢欲動的能量。

更何況，這些割傷、擦傷和扭傷讓他有藉口跑去醫者地窟。索莎似乎弄清楚他的訓練日程，因此在他來到地窟時，她的門總是為他而開。

他無法停止思索她在他的房間裡說過的話，還有她為什麼失去了一切卻願意把一生拿來照顧害她家破人亡的那人的家人。而且當她說因為我無處可去……有那麼一刻，說話的不是索莎而是瑟蕾娜，因為悲痛、失落和怒火而崩潰，來到他的房間是因為自己別無依靠。他一直不明白那種失落是什麼感覺，但是索莎對他的溫柔照顧——他之前卻一直把她當透明人——如當頭棒喝般令他覺悟。

鐸里昂走進她的工作室。索莎從桌面抬頭，綻放微笑，這個笑容既開心又漂亮又……好吧，這就是他每天找藉口來這裡的原因。

他伸出僵硬又悸痛的手腕。「摔在地上的時候，壓到手腕。」他以打招呼的口氣說道。她繞過桌邊，讓他有充分時間欣賞她一身樸素長袍的修長曲線。他覺得她的動作輕盈如水，而且常常對她的巧手感到讚嘆。

「我沒辦法給這種傷做什麼處理，」檢查他的手腕後，她說：「不過我有止痛藥水——只能減輕疼痛，我也可以給你的胳臂綁上吊帶，如果——」

「老天，才不要，別綁吊帶，我可不想被衛兵笑一輩子。」她的雙眸閃爍，微微發光——她想笑但是逼自己別笑的時候就會這樣。

不過，如果不用吊帶，他就沒有藉口下來這裡。雖然他在一小時後要參加一場浪費時間的會議，還得先洗澡……他站起身。「妳在忙些什麼？」

她小心後退一步。她總是這麼做，為了維持彼此之間的那道牆。「這個嘛，我今天得幫幾名僕人和衛兵做些藥水藥膏——替補他們的存貨。」他知道自己不該這麼做，但還是移動身子，窺視她的纖肩後方的工作桌，看著碗、藥瓶和燒杯。她從喉間發出輕微聲響，他在更靠近她時收起微笑。「這項工作通常都交給學徒，但他們今天太忙，所以我主動幫忙分擔。」她在感到緊張時通常都會用這種口氣說話。鐸里昂也有些沾沾自喜的注意到：她是因為他靠近而緊張，而且不是負面的那種緊張——如果他察覺她確實感到不自在，他會保持距離。但她這種緊張比較類似……害羞。他喜歡少女害羞的模樣。

「不過，」她繼續說下去，試圖側步離開。「我現在就幫你做藥水，殿下。」

他後退，讓出她需要的活動空間。她優雅而俐落的在桌邊忙碌，計算粉末和乾葉的分量，動作如此沉穩而自信……她再次開口時，他才意識到自己正在盯著對方。「你的……朋友，御前鬥士，她最近好嗎？」

她的溫德林任務算是機密，但他能用其他說辭帶過。「她這幾個月為了執行我父王交辦的任務而出差。我確實希望她一切安好，雖然我一點也不懷疑她能照顧自己。」

「還有她的獵犬——也很好？」

「飛毛腿？噢，牠好得很，牠的腿傷復原得非常順利。」當然了，那隻獵犬正睡在他的床上，而且成天逼他交出剩菜和零食，不過……好友遠行的同時，能保有她的一些相關事物，這種感覺還不錯。「多虧妳。」

她點頭，默默測量再傾倒某種綠色液體。他真心希望自己不用喝下這玩意兒。

「聽說……」索莎依然垂著那雙明眸。「聽說幾個月前，有某種野獸在宮廷內部潛伏——在冬至節之前殺害了不少人。我不知道他們到底有沒有抓到那隻野獸，但後來……你朋友那隻狗看起來好像遭到襲擊。」

鐸里昂逼自己保持鎮定。看來她確實知道有事情不對勁，而且沒說出去。「問吧，索莎。」

她的咽喉跳動，雙手微微顫抖——讓他想伸手抓住。但他動彈不得，直到她開口。「那野獸到底是什麼？」她低語。

「妳想知道能讓妳晚上安然入睡的答案？還是恐怕會讓妳這輩子再也無法入睡的答案？」

她回視他，他知道她要真相，所以他吐口氣，開口道：「那是兩隻不同的……怪物。我父王的鬥士解決了第一隻。她甚至沒讓我和隊長知道，直到我們面對第二隻。」他仍能聽到那隻怪物在地道裡的怒吼，仍能看到牠和鎧奧對峙，也仍因此作惡夢。「剩下的都算是謎團。」這不是謊話。還有太多事情是他不知道的，也不想知道。

「陛下會因為這件事懲罰你？」輕聲又危險的疑問。

「會。」想到這點，他的血液失溫。因為如果父王知道瑟蕾娜居然開啟了某種傳送門……

鐸里昂無法阻止體內的寒冰擴散。

索莎揉揉雙臂，瞥向爐火。火焰依然猛烈，但是……可惡。他得走了。現在。索莎開口：

「他會殺了她，是不是？所以你沒說出去。」鏵里昂開始緩緩後退，對抗體內那股驚慌又狂野的**東西**。他無法壓抑持續攀升的寒意，甚至不知道寒意從何而來，但他不斷看到地道裡的那隻怪物，聽見飛毛腿因疼痛而吠叫，目睹鎧奧為了讓他們倆脫逃而打算自我犧牲——

索莎撫摸黑髮辮。「而且——他大概也會殺了隊長。」

他的魔法爆發。

索莎被逼著在擁擠的辦公室裡頭等候二十分鐘後，阿米堤終於大搖大擺的走來，拉緊的髮髻讓那張冷漠臉龐更顯嚴厲。「索莎，」她在辦公桌前坐下，皺起眉頭。「我該拿妳怎麼辦？這件事會對那些學徒帶來多嚴重的壞榜樣？」

索莎低著頭。她知道對方是故意讓她在此等候，為了讓她反省自己的過錯：不小心打翻整張工作桌，毀了長時間的工作成果，連同不少昂貴工具和容器。「我不小心滑倒——我灑出一些油，忘記擦乾淨。」

阿米堤嘖嘖幾聲。「保持整潔，索莎，是我們最重要的紀律之一。如果妳不能讓自己的工作室保持乾淨，我們又怎能放心讓妳照顧病患？或是照顧殿下？他在那裡親眼目睹了妳的草率莽撞。我剛剛已經親自向他道歉，也提出以後由我照顧他，但是……」阿米堤瞇起雙眼。「他說他會負責修繕費用——而且依然希望妳擔任他的主治醫者。」

索莎的臉龐灼熱。那件事發生得太快。

混雜冰、風和另外**某種力量**的衝擊波向她襲去時，索莎的尖叫聲被門砸上的聲音掩蓋。那或許救了他們倆的命，但她只想著如何避開。因此她蹲到桌底，雙手抱頭，向神祈禱。

她原本或許會以為那只是寒風吹進室內、自己過於大驚小怪，但是王子的雙眼似乎在寒風吹進的前一秒**發光**，桌上的玻璃杯悉數破碎，冰霜覆蓋地板，他卻只是站在那、毫髮無傷。

那不可能。王子……一聲駭人的窒息聲，然後鐸里昂屈膝跪下，朝桌底窺視。「索莎。**索莎**。」

她目瞪口呆的看著他，不知該如何回應。

阿米堤的骨感長指在木桌敲了敲。「很抱歉，我講話這麼直，」但是索莎知道這女人從不在乎禮儀。「但我也得提醒妳，我們不能在工作範圍以外跟患者有所接觸。」

鐸里昂王子選擇索莎而非阿米堤，當然只有一個原因。索莎盯著放在大腿上的雙拳，手上仍有一些由小玻璃碎片造成的割傷。「妳不用擔心這點，阿米堤。」

「很好。我不想看到妳失去現在的職位。大家都知道殿下風流成性。」微微一抹竊笑。「而且這座宮廷有很多美女。」然而妳不是其中之一。

索莎點頭，一如往常的接受這份侮辱。這就是她的生存之道，讓她多年來保持透明。

王子的魔法爆發後的幾分鐘後，當她停止搖頭，而且**看到**他的模樣，她就是這樣向他擔保。她看到的不是魔法，而是他眼中的驚慌、恐懼和痛苦。他不是使用禁斷之力的敵人，而是——需要接受幫助的年輕人。她的幫助。

她不能裝做沒看到他的需要，也不能讓任何人知道自己目睹什麼事情。就算對方不是王子，她也會幫這個忙。

她用保留給最嚴重傷患的冷靜語氣告訴王子：「我不會讓任何人知道。但現在，你得幫我翻倒這張桌子，再幫我清理這團混亂。」

他只是瞪著她。她站起身，注意到手上細如髮絲的割傷已經開始刺痛。「我不會告訴任何人。」她又說一次，抓住一邊桌角。他默默走向另一端，幫她把桌子側翻，剩下的玻璃杯和陶罐因此摔在地上。在外人眼中，這看來是一場意外。索莎走向角落，拿起掃帚。

「等我打開這扇門，」她告訴他，口氣依然低沉冷靜，心情尚未完全恢復，「我們會演戲瞞過其他人。但經過今天，經過這件事……」鐸里昂渾身僵硬，彷彿正在等對方宣布壞消息。「經過這件事，」她說：「如果你不介意，我們會一起想辦法避免這種事再次發生。或許有某種藥水能抑制那種力量。」

他的臉龐依然蒼白。「我很抱歉。」他低語，她知道這是他的真心話。她走向門口，朝他露出嚴肅的微笑。

「我今晚會開始研究。如果發現任何方法，我會讓你知道。而且，或許——不是現在，而是以後……如果殿下願意，或許可以稍微讓我知道這種力量的**由來**，說不定能提供一些線索。」她沒給他時間答應，而是打開門，然後回到凌亂現場，稍微提高嗓門：「我**真的**很抱歉，殿下……地上有些東西，我滑倒了，而且——」

接下來的過程很簡單。幾名好管閒事的治療師來到現場查看這場騷動，其中一人立刻去找阿米堤。王子離去，索莎被要求留下。

阿米堤把雙臂撐在桌上。「殿下真的很大方，索莎。妳就把這次當教訓，妳很幸運，沒受到更嚴重的傷。」

「我今天會向席爾芭獻祭。」索莎說謊，聲音安靜又渺小，隨即離去。

鎧奧藏身於一棟建築的壁龕陰影，屏住呼吸，看著艾迪奧走向巷中那名披風人影。艾迪奧溜出在酒館舉行的宴會後，鎧奧實在沒想到對方居然會跑來貧民窟。

扮演慷慨又瘋狂的宴會主人時，艾迪奧上演了一場好戲：請大家喝酒、向賓客一一行禮，確保每個人都有看到他的存在。趁無人注意時，艾迪奧從大門離去，彷彿懶得去後門的茅房。腳步蹣跚的醉鬼，驕傲、大意又自大。

鎧奧差點相信這套演技。差點。艾迪奧走到一條街外，拉起兜帽，接著無聲走進黑夜，完全清醒。

鎧奧在陰影處跟蹤。艾迪奧離開高級區，走進貧民窟，穿越小巷和歪斜街道，路人大概會以為他是個正在找妓女的有錢人，直到他在這棟建築外頭停步，那名佩帶雙劍的披風人影向他走近。

鎧奧聽不見艾迪奧和那名陌生人說些什麼，但能清楚看見他們的身子緊繃。片刻後，艾迪奧跟著那名陌生人離去，但已先徹底觀察巷中、屋頂和陰影處。

鎧奧保持距離。如果他抓到艾迪奧購買違禁品，這或許足以讓艾迪奧乖乖聽話——盡量減少宴會，而且在凶煞軍團到來時把他們管好。

鎧奧跟蹤他們倆，也注意從周遭經過的每個人，每個酒鬼、孤兒和乞丐。艾迪奧和披風人影拐進艾弗利河碼頭旁的一條無人街道，進入一棟破建築。那不是尋常建築，因為有守衛駐守於角落、門口和屋頂，甚至在路上扮演行人。他們不是皇家侍衛，也不是士兵。

這裡也不是買鴉片或嫖妓的地方。他已經記下瑟蕾娜從反抗軍那裡挖來的情報，也曾像跟蹤艾迪奧這般跟蹤那些人，但大多沒有任何收穫。瑟蕾娜說過，他們正在想辦法終止國王的力量；先把這項情報的重大暗示放到一邊，如果他能在被拖回安尼爾之前不但查明國王如何扼殺魔法，而且如何解放魔法，那麼鐸里昂的祕密力量或許就不會失控，鐸里昂也能因此從中受益。而且鎧奧也永遠會幫助鐸里昂，他的摯友，他的王子。

他觸摸伊琳娜之眼，一陣寒意爬過脊椎。他意識到這棟戒備森嚴的廢棄建築處處都是反抗軍的跡象。或許他來到這裡並不是巧合。

他的注意力都在自己的如雷心跳上，因此來不及轉身避開扎進腰身的一把匕首。

第十九章

鎧奧沒反抗，雖然他知道自己大概會在得知真相的同時被處死。他從他們的老舊武器和俐落精準的動作認出這些守衛。他從沒忘掉那些細節，尤其因為他曾被他們挾持在一間倉庫一整天——而且目睹瑟蕾娜如收割麥穗般把他們一一撂倒。他們一直不知道，那天前來大開殺戒的就是他們的失蹤女王。

守衛逼他跪在一個聞起來像舊乾草的空房間。鎧奧發現艾迪奧和一名眼熟的老人正在低頭瞪他。那晚在倉庫裡，就是那名老人求瑟蕾娜住手。這人毫不起眼，一身普通舊衣，身形瘦而不枯，但他站在一名年輕人身旁。從年輕人的惡毒輕笑判斷，鎧奧知道他就是自己被挾持的那晚朝他挑釁的那名戰士。及肩黑髮披於俊美但殘酷的臉龐，尤其因為從眉毛掃過臉頰的醜陋疤痕。年輕人一撇下巴，要守衛退下。

「哎呀呀，」艾迪奧開口，在鎧奧身旁打轉，長劍已出，在昏暗光線下微微閃爍。「侍衛隊長，安尼爾繼承人**兼**探子？還是你的愛人有傳授你幾招刺客之道？」

「你舉行宴會，還說服我的手下離開崗位，自己卻在街上鬼鬼祟祟而**不在**那些宴會上，我就有責任調查，艾迪奧。」

身背雙劍的刀疤青年走上前，跟艾迪奧一起圍繞鎧奧而行。兩名掠食者，正在打量獵物。他們大概會搶奪他的屍體。

「可惜你那位鬥士這次不會來救你。」刀疤男輕聲道。「國王派你來的？」

「可惜你當時沒去救亞奇・芬恩。」鎧奧說。

鼻翼顫動，狡猾棕眸閃過怒火，但是年輕男子在老人伸手制止時閉上嘴。

「我是為他而來。」鎧奧的下巴朝艾迪奧一撇。「但我也同時在找你們倆——還有你們這個小圈子。你們倆都身陷危險。不管你們以為艾迪奧想要什麼，不管他有什麼提議，他都在國王的嚴密控制之下。」或許這點實情能給他帶來他需要的東西：信任和情報。

艾迪奧只是爆出笑聲。「什麼？」他的夥伴們轉頭，挑眉看他。鎧奧瞥向將軍指上的戒指。他沒看錯，那枚戒指跟國王和帕林頓那幫人的一樣。

注意到鎧奧的視線，艾迪奧停止打轉。

有那麼一刻，將軍瞪著他，古銅臉龐綻放一絲驚訝和笑意。艾迪奧溫柔道：「看來你遠比我想像的更有意思，隊長。」

「快給我解釋，艾迪奧。」老人的口氣雖輕但不虛弱。

艾迪奧露齒而笑，從指頭扯下黑戒指。「國王把歐林斯之劍交給我的那一天，也給了我這枚戒指。因為我的血統，我的感官比較……敏銳，我總覺得這枚戒指的氣味很怪——我知道只有蠢蛋才會收下他的這種禮物，所以我做了一個複製品，把真的戒指丟進海裡。但我一直很好奇那枚戒指到底有何用途，」他沉思道，用單手拋接戒指。「隊長似乎知道，而且很不喜歡這東西。」

雙劍男子停止打轉，朝鎧奧露出狂野的咧嘴笑容。「你說得沒錯，艾迪奧，」他緊盯鎧奧。「他**確實**比外表看來更有意思。」

艾迪奧把戒指收進口袋，彷彿——彷彿確實是贗品。而且鎧奧意識到，艾迪奧原本沒打算說出這麼多祕密。

艾迪奧又開始打轉，刀疤男也加入這優雅步伐。「那枚戒指是以魔法控制心智——雖然魔法已經消失，」將軍沉思道：「但你還是跟蹤我，以為我在國王的魔咒控制下。你以為你可以利用我來拉攏反抗軍？真有意思。」

鎧奧不發一語。他已經說出不少害死自己的話。

艾迪奧說下去：「這兩人說你那名刺客好友是個叛軍同情者，她沒多加考慮就向亞奇‧芬恩提供情報——還讓她應該殺掉的反抗分子在半夜溜出城。是她讓你知道關於國王戒指的真相？還是你自行查明？趁國王不注意的時候，那座玻璃宮殿裡頭的大夥到底在搞什麼鬼？」

鎧奧逼自己別回嘴。看鎧奧顯然不打算開口，艾迪奧搖頭。

「你知道今天這件事必須如何了結。」艾迪奧的口氣不帶任何嘲諷，只有冷血盤算。北方之狼的真面目。「就我看來，你在決定跟蹤我的時候就已經簽下自己的死刑執行令，而現在既然你知道這麼多真相……你有兩個選擇，隊長，我們可以以酷刑逼你吐實，然後殺了你，你也可以把知道的事情說出來，我們就給你一個痛快。我會盡量讓你無痛上路，我以自己的榮譽起誓。」

他們倆停止打轉。

過去幾個月中，鎧奧曾有幾次面臨死亡。面對死亡，目睹死亡，而且予以反擊。但**這個**死亡，瑟蕾娜、鐸里昂和母親將永遠不知道自己的下場……出於某種原因，這種死亡令他反感，令他憤怒。

艾迪奧朝跪著的鎧奧走近。

他能撂倒刀疤男，希望自己還能接著對付艾迪奧——或至少逃離此處。他會**反抗到底**，因為這是唯一能讓他接受這種死亡的方式。

艾迪奧的長劍在手——以血統和權利來說應屬瑟蕾娜的長劍。鎧奧原本以為艾迪奧是個雙面屠夫。艾迪奧**確實是**叛徒，但他背叛的對象不是特拉森。打從來到這裡——自從自己的王國在十年前滅亡，艾迪奧就一直在玩一場危險遊戲，還讓國王以為他一直戴著那枚戒指——這份情報確實值得讓他殺人滅口。然而，或許鎧奧可以利用另外一筆情報來讓自己安然脫身。

不管瑟蕾娜在離開這裡之前多麼崩潰低落，至少現在很安全，已經遠離亞達蘭。但是鐸里昂依然身陷危險，他體內的魔法隨時可能造成大禍。艾迪奧吸口氣，準備動手。鎧奧只剩「保護鐸里昂」這個目標，唯一真正重要的目標。如果這些反抗分子真的對魔法有些了解——**任何了解**、能用來釋放魔法，如果他能利用艾迪奧來取得這項情報……

這是一場賭局——他這輩子最大的豪賭。艾迪奧舉劍。

在心中祈求原諒後，鎧奧直視艾迪奧。「艾琳還活著。」

艾迪奧・艾希里弗的稱號包括北方之狼、將軍、王子、叛徒和殺人凶手。他當之無愧，也有過之而無不及。騙子、欺詐者和詐術師是他特別喜歡的封號——只有他的親信才知道的封號。

「亞達蘭之娼」，這是不認識他的人給他的封號。這是事實——在許多方面，這項封號是事實，他也向來不太介意。這讓他能維持對北方的控制，盡量減少**所謂的**流血事件。凶煞軍團有一半都是反抗分子，另一半都是叛軍支持者，他們在北方的許多「戰役」只是演戲，戰事只是一場騙局，而且死亡人數過度誇大——畢竟「陣亡」士兵會在黑夜掩護下從戰場爬起、返回家人身邊。亞達蘭之娼。他不介意。直到現在。

表哥——這是他最喜愛的稱號。表哥、親戚、守護者，這些是他深藏於心的祕密稱號。北風從鹿角山脈呼嘯而過時，他對自己低聲說起這些名字。有時候，風聲聽來彷彿他的人民被送上砍頭臺時發出的尖叫。有時候聽起來像艾琳——他愛過的艾琳，原本應該成為他要侍奉的女王，他有朝一日將許下血誓的對象。

艾迪奧站在貧民窟的無人碼頭的爛木板上，凝視艾弗利河。隊長站在他身旁，把血吐進水裡，這身傷都要感謝把他狠揍一頓的雷恩·奧斯布魯克——艾迪奧的新任共謀者，也是從墳裡復活的死人。

雷恩是奧斯布魯克的領主及繼承人，從小跟艾迪奧一起受訓——也曾經是對方的勁敵。十年前，多虧父母以自身性命轉移了追兵的注意力，雷恩和祖父莫爾塔逃離了砍頭臺，但是雷恩的臉上也因此留下那條駭人刀疤。但是艾迪奧不知道雷恩逃過一劫——他以為他們死了，日後來到裂際城時才震驚的發現**他們**就是他追查的反抗分子。艾迪奧聽說了艾琳還活著、正在建立軍隊的傳言，因此逼自己離開北方。這麼做是為了查明真相，而且殺掉那些騙子的最佳方式是把他們凌遲處死。

國王的傳喚剛好成了藉口。雷恩和莫爾塔也立即坦承，那些謠言是他們這支反抗軍的一名前任成員散播出去，他們未曾跟已死女王有過任何聯繫，也沒聽說過有誰曾跟她聯繫。但打從看到雷恩和莫爾塔，艾迪奧就一直很好奇或許還有誰活了下來。他一直不允許自己希望艾琳依然……

方。

艾迪奧把長劍放在木欄杆上，以布滿疤痕的手指撫摸，感覺每一道缺口和線條，每道痕跡都訴說傳奇戰役和遠古君王的故事。這把劍是最後一項證據，證明某個偉大王國曾聳立於北城中。

這不是他的劍，不真正屬於他。那些血腥爭戰的日子揭幕沒多久，亞達蘭國王就從洛伊．加勒席尼斯的微溫屍首中奪取這把劍、帶回裂際城，這把原本應歸艾琳所有的長劍就一直留在

因此，艾迪奧在那些軍營和戰場努力多年，為了向國王證明自己的重要價值，也不斷接受自己被冠上的罪名。率領凶煞軍團贏得第一場戰役後，國王將他封為北方之狼、問他想要什麼獎勵時，艾迪奧要求那把劍。

國王把這項請求歸因為這名十八歲少年的浪漫情懷。艾迪奧原本也炫耀這份榮譽，直到人人都相信他是背信棄義的殺人魔、那把劍因他碰觸而蒙羞。然而，贏回這把劍，並沒有讓他洗淨自己的挫敗感。

雖然他當時才十三歲，雖然他在艾琳死於那座郊外莊園時、遠在四十哩外的歐林斯，他當時還是應該加以阻止。自己的母親逝世後，他被送去艾琳的家鄉，為了成為她的劍與盾，為了在那位眾王之女日後將統管的宮廷中侍奉。所以，當歐隆．加勒席尼斯遇刺的消息在城堡爆發時，他當初應該快馬加鞭前往援救。救兵終於抵達時，洛伊、艾芙莉和艾琳早已遇害。

他背在身上的這把劍隨時提醒他：這把劍屬於誰，他將在自己嚥下最後一口氣、前往異界時把它交給誰。

但現在，這把劍，他這多年來欣然接受的重擔，變得似乎更加……輕盈銳利，也更為脆弱，而且無限珍貴。他感覺天旋地轉。

侍衛隊長發出聲明後，人人沉默片刻。*艾琳還活著。*接著，隊長說他要跟艾迪奧私下談這件事。

為了表示他們對他施虐的威脅不是隨口說說，雷恩以艾迪奧不得不佩服的狠準打擊把他揍得遍體鱗傷，但是隊長概括承受。每當雷恩稍作暫停、莫爾塔以眼神表示不以為然時，隊長也重述要求。確認隊長寧死也要求私下談話，艾迪奧叫雷恩住手。奧斯布魯克繼承人氣得發抖，但是艾迪奧在眾多軍營處理過許多這種年輕人，要他們聽話並不難。艾迪奧朝雷恩嚴厲的瞪視片刻，雷恩終究乖乖退下。

也因此，兩人來到這裡，鎧奧拿上衣碎布擦臉。過去幾分鐘內，艾迪奧聽著這輩子最難以置信的故事：瑟蕾娜·薩達錫恩，惡名昭彰的刺客，艾洛賓·漢默爾之徒，她的沒落、在安多維爾的一年，還有她如何加入荒謬的競賽，成為御前鬥士。艾琳的故事，他的女王，她待過死亡集中營，後來在世仇的宮廷賣命。

艾迪奧把雙手撐在欄杆上。這不可能，尤其因為已經過了十年，沒有希望、沒有證據的十年。

「她的眼睛跟你一樣。」鎧奧挪挪下顎。如果這名刺客——居然是**刺客**，諸神在上——確實是艾琳，那她就是御前鬥士。她還是隊長的——

「你把她送去溫德林。」艾迪奧的嗓門顫抖。眼淚晚點再說。此刻，他已經徹底虛空，整個人被挖空。他的每個謊言、謠言、行為和宴會，每場戰役，無論真假，為了讓更多人活下去而奪走的每條性命……他該如何向她解釋這點？亞達蘭之娼。

「我當時不知道她是誰。我只是以為她會因為自己的精靈身分而在那裡更安全。」

「你應該明白，你這下給了我非殺你不可的理由。」艾迪奧咬牙：「你知不知道跟我說這番話，你必須冒多大的險？我確實可能是國王的心腹——你**以為**我被他控制，而你能用來提出的反證只是一個短篇故事。你這下子很可能等於自己親手殺了她。」蠢蛋——愚蠢又魯莽。但是隊長依然占上風——國王的高貴隊長，現在踩在叛國的界線上。聽雷恩描述御前鬥士和反抗軍之間的關係時，艾迪奧有考慮隊長到底向誰效忠，但是——媽的。艾琳。**艾琳**是御前鬥士，**艾琳**幫了反抗分子，還殺了亞奇·芬恩。膝蓋即將癱軟，但他強吞震驚、恐懼和一絲欣喜。

「我知道那是個風險，」隊長說：「但是戴著那種戒指的那些男子——他們的眼神有些變化，是一種偶爾會清楚展現的黑暗。打從你來到這裡，我沒在你身上看到那種變化。而且我也沒見過有人舉行這麼多宴會、自己卻只出席幾分鐘。如果你被國王奴役，就不會如此隱瞞你跟反抗分子之間的會面，尤其考慮到凶煞軍團仍未抵達，雖然你成天擔保他們很快就到。這一切都不合理。」看到對方的回視，艾迪奧知道這位隊長確實不是傻子。「我認為她會希望讓你知道。」

隊長俯視流向大海的河水。這裡真臭。艾迪奧在軍營聞過也見過更糟的景象，但是瑞納里爾貧民窟幾乎可以媲美。而且特拉森的主城歐林斯，一度閃耀的高塔只剩一團骯髒白石，現在也落入這麼嚴重的貧窮和絕望。但或許，在不久後的將來……

艾琳**還活著**。還活著，跟他一樣是個殺手，還替同一人賣命。「王子知道嗎？」一跟王子說話，艾迪奧就會想起特拉森陷落前的那幾天，他永遠無法隱藏那種恨意。

「不，他根本不知道我為何送她去溫德林，也不知道她是——她和你都是……永生精靈。」

艾迪奧完全沒有在她的血管中悶燒的那種力量，那種力量當時燒毀了幾間圖書館，引來許多擔憂。也因此，就在世界崩壞之前的幾個月中，不少人提議送她去另外某個地方、讓她學會如何控制自身力量。他有聽到大家爭論該送她去哪個遠方大陸的學院或家教，但沒人想送她去玫芙姨媽那裡——玫芙如網中蜘蛛般等著看這位外甥女長成什麼模樣。結果，她還是去了溫德林，來到姨媽的門前。

玫芙如果不是從來都不知道，就是從來都不在乎他繼承的天賦。不，他只有繼承永生親戚的一些體能特徵：力量、速度、敏銳聽力和嗅覺，這讓他成為戰場上的強勁對手——也多次撿回一命。如果隊長對那種戒指的判斷正確，看來他也因為自己的靈敏嗅覺而保住靈魂。

「她會回來嗎？」艾迪奧低聲問。這只是向隊長提出的長串疑問的第一題，既然對方已經證明自己不只是國王的無用僕人。

看到對方眼中的痛苦，艾迪奧知道這位隊長很愛她。知道，也感到一絲嫉妒，就算只是因為隊長對她那麼熟悉。「我不知道。」鎧奧坦承。要不是因為對方是敵人，艾迪奧原本會對他讓愛人離自己遠去的這種犧牲感到尊重。但是艾琳必須回來。她**會**回來。除非她會因為回來而走上砍頭臺。

艾迪奧會等到獨處時再整理每一條狂亂思緒。他更用力抓緊潮溼欄杆，逼自己別繼續問下去。

但這時隊長朝他投以沉重目光，彷彿能看穿艾迪奧戴的每副面具。有那麼一秒，艾迪奧考慮以劍尖刺穿隊長，把屍體扔進艾弗利河，不管這人知道多少情報。隊長也瞥向那把劍，艾迪奧懷疑對方是否也有相同考慮——後悔自己不該相信艾迪奧。隊長**應該**後悔，應該為自己的愚蠢詛咒自己。

艾迪奧開口：「你為何追蹤那些反抗分子？」

「因為我以為他們或許擁有重要情報。」看來必須是重大情報——如果他為了得到那些情報而表示自己也是叛徒。

艾迪奧原本樂意折磨隊長——而且把他殺掉。艾迪奧做過更殘忍的事，但是如果她回來——等她回來，虐殺女王的愛人這件事將造成負面後果。況且，隊長現在成了他最重要的情報來源，他想對艾琳有更多了解，關於她的計畫、她是什麼樣的人、他如何能找到她。他想知道一切，任何事情，尤其考慮到隊長目前在棋盤上所處的位置——以及對國王的了解。所以艾迪奧說道：「我要知道關於那些戒指的更多情報。」

但是隊長搖頭。「我想跟你做個交易。」

第二十章

在廚房工作的這一星期來，瑟蕾娜的黑眼圈雖然依然駭人但也持續好轉。接受羅紋的特訓時，她依然無法順利變身，平時也盡量避免與任何人接觸。春雨到來，拒絕離去；廚房每晚都擠滿人，因此瑟蕾娜在「說書人」開始說話前，躲進陰暗的樓梯間吃晚飯。

說書人——這就是艾姆瑞斯的身分，在溫德林的永生精靈和人類之間是一項殊榮。這表示他開口說故事時，你就得乖乖坐下、牢牢閉嘴。這也表示他是活生生的圖書館，記載著溫德林王國的眾多傳奇與神話。

到目前為止，瑟蕾娜已經認識大多數的要塞居民——至少在「把名字和面貌做出關聯」的這方面。她出於本能的觀察他們，熟記周遭環境，以及有誰可能會成為敵人和威脅。她知道他們也在觀察她——以為她不知道。如果因為自己不主動跟他們互動而感到一絲後悔，這種情緒也因為他們都沒主動接近她而消失。

只有路迦例外，他一樣在工作時拿一堆疑問騷擾瑟蕾娜，依然嘰嘰喳喳的討論自己的訓練、要塞八卦和天氣。只有一次，他跟她提起其他話題——某天早上，她花了極大意志力逼自己起床後，因為注意到掌中疤痕而呆站在冰涼地板上。她清洗早餐的碗盤，茫然凝視窗外，從骨髓感到沉重，這時路迦把一口鐵鍋丟進水槽，輕聲道：「有很長一段時間，我沒辦法談起我來這裡之前遭遇過的事。有些日子，我完全開不了口，也不想下床。但如果——等妳需要談談……」

她以漫長瞪視要他閉嘴。從那之後，他就沒再說過類似的話。

幸好艾姆瑞斯有給她空間。充足空間，尤其當瑪拉凱在早餐時間來到這裡、確認瑟蕾娜沒惹任何麻煩。她通常避免看向要塞裡的其他情侶，但在廚房這裡，她無處可退……她討厭他們倆的親暱狀，瑪拉凱每次看到艾姆瑞斯就會眼睛為之一亮。她討厭得感到窒息。

她從沒問過羅紋為什麼也跑來聽艾姆瑞斯說故事。在她和羅紋的認知裡，彼此在訓練以外的時候並不存在。

訓練一詞只是婉轉描述這兩人的活動內容，因為她根本沒有達成**任何成果**。她沒一次成功變身。他咆哮、冷笑加嘶吼，但她就是做不到。每一天，總是在羅紋離去幾分鐘時，她嘗試變身，但是——毫無反應。羅紋威脅說要把她拖回去古墓崗，因為似乎這麼做才能引發任何反應，她說她寧可自刎也不會再去那裡，他居然因此罷手，這令她頗感意外。因此，兩人朝彼此咒罵，悶悶不樂的坐在神殿廢墟中，偶爾交換無聲咆哮。如果她的心情特別爛，他就會逼她劈柴——一根接一根，直到她幾乎舉不起斧頭，而且雙手布滿水泡。他說如果她打算生全世界的氣、以拒絕變身來浪費他的時間，那她還不如用其他方式來稍微做出貢獻。

這麼長時間的等候——等她。等她變身。一想到變身，她就不禁打顫。

來到這裡的第八天，因為長時間擦鍋洗碗而背脊發疼，瑟蕾娜在走向熟悉的山脊時停步。

「我有個請求。」她從不在沒必要時對他說話——平時如果開口都是朝他咒罵。她說下去：「我想看**你**變身。」

對方眨眨眼，綠眸冷漠。「妳無權發號施令。」

「讓我看看你是怎麼變的。」她對特拉森那些永生精靈的印象太過模糊，彷彿有誰在那些回憶上塗抹油汙。她不記得目睹他們改變型態、衣服消失、變化得有多快……他瞪她，彷彿表示**下不為例**，然後——

柔光閃過，色紋波動，一隻獵鷹正在半空中振翅、飛向最近的一棵樹。他停在樹梢上，嘴喙喀喀作響。她觀察苔地，沒看到他的衣物和武器。變身只花了他幾秒的時間。

他發出戰吼，俯衝而來，利爪朝她的雙眼一揮。她連忙撲到樹後，這時又一道光芒和色波閃過，然後他衣著完整、全副武裝的在她面前低吼。「**輪到妳**。」

她絕不會讓他稱心滿意的看她發抖。這實在——不可思議。目睹變身，這種感覺確實不可思議。「你的衣服藏在哪？」

「某處之中，我不太在乎。」如此冷漠無情的眼神。她猜自己最近也是這種眼神。她知道自己在地道殺害亞奇、被鎧奧目睹的那晚就是這種眼神。是什麼原因讓羅紋變得如此毫無人性？

他亮出牙齒，但她沒屈服。她最近一直在觀察要塞那些半永生精靈的男性戰士，他們對**任何事情**都是齜牙咧嘴又咬牙咆哮。在她的模糊印象中，特拉森的傳奇故事把他們描述成神仙般的溫柔生物，但他們根本不是那回事。他們不會頭戴花圈、手牽手的圍繞五朔節花柱跳舞。這幫人全都是掠食者。其中一些地位較高的女性一樣好鬥，只要受到挑釁、心情不好或甚至只是肚子餓就會吼個不停。如果自己願意嘗試，她猜自己或許能跟他們合得來。

瑟蕾娜依然回應羅紋的瞪視，讓呼吸放緩。她想像無形手指往下伸、拉出她的永生精靈型態。她想像一團色彩和光芒，把自己**推向**這副凡人軀殼之外。但是——毫無反應。

「有時候，我不禁懷疑這項差事其實是對**你**的懲罰，」她咬牙道：「但你到底幹了什麼好事，讓永生陛下這麼火大？」

「別用那種口氣說她。」

「噢，我想用哪種口氣都行。你也可以儘管對我嘲諷怒吼、逼我劈柴，但除非你拔掉我的舌頭，否則你別想——」

他迅速伸出一手，其疾更勝電光。她窒息作嘔、渾身一震——舌頭被他用手指牢牢抓住。她**狠狠**咬他的手，但他沒放開。「再說一次。」他溫柔道。

她因為舌頭被用力捏住而呼吸困難。她把手伸向他的匕首，同時抬膝重擊他的胯下，但他以身軀撞向她的身子，以強韌肌肉和數百年的殺戮訓練所組成的銅牆鐵壁把她壓制於樹身。相比之下，她只是個笑話——**大笑話**——而且**舌頭**——

他放開她的舌頭，她大口喘氣，接著以惡毒刺耳的字眼朝他咒罵，還朝他的腳邊吐口水。這時他咬了她。

她痛得哀號，頸窩被對方的尖牙刺穿，如此原始的攻擊手法——這道咬擊強勁又蠻橫，讓她震驚得動彈不得。他把她壓在樹上，加強勁道，尖牙深陷皮肉，鮮血染上她的襯衫。她像個弱蟲般被壓制。她不是老早成了弱蟲？又弱又廢。

她發出低吼，聽來更像野獸而非高等生物。她用力一推，羅紋被擊中胸膛，因此蹣跚後退，尖牙撕裂她的肌膚。她沒感覺到痛楚，不在乎血跡和閃光。

完成變身，放聲咆哮時，她只想用伸長的尖牙咬開他的咽喉。

第二十一章

羅紋咧嘴笑。「妳可終於出現了。」血——她的血——染上他的牙齒，他的嘴和下巴。他把她的血吐到地上，那雙冷眼發光。對他來說，她大概嘗起來像臭水溝。

一聲尖嘯傳進自己的耳中，瑟蕾娜衝鋒上前，但又立即停步，因為她發現這個世界變得無比清晰，她把周遭環境當成上等葡萄酒般嗅聞品嘗。老天，這個地方，這個王國的氣味**宛如神賜**，聞起來像——

變身成功。

她喘氣，雖然肺臟讓她知道她的呼吸已經不再困難，她在這副軀殼中無需如此頻繁呼吸。頸部一陣發麻——肌膚開始緩緩自我縫合。在這種型態下，她的復原速度更快。因為魔法……呼吸。呼吸。

但是法力已經開始攀升，如野火般在血管中劈啪作響，來到指尖，周遭森林就是現成的大量火種，然後——

她把恐懼當成破城槌，重重砸向體內那股力量，試圖壓制。

羅紋走來。「釋放出來，別強忍。」

某種力量朝她脈動而來，尖銳刺骨，聞來宛如飛雪松林。那是羅紋的力量，正在朝她的力量做出挑釁。不同於她的火焰，羅紋的天賦是冰與風。一陣冰息襲向她的手肘，使她撞上背後的樹。那道魔法隨即咬向她的臉頰。魔法——正在攻擊她。

野火爆發，化為藍焰火牆，直朝羅紋而去，包圍樹林、周遭、她自己，直到——

火焰突然憑空消失，連同她正在吸入的空氣。

瑟蕾娜屈膝跪下，緊抓咽喉，彷彿想給自己挖出另一條氣管，這時羅紋的靴子進入她的視野。是他抽走這裡的空氣——她的火焰因此悶熄。如此強大的力量，如此強大的控制力。玫芙派羅紋訓練她，而不是能力相似的訓練師，就是為了能在她的火焰造成威脅時加以熄滅。

空氣迅速灌入咽喉，她貪婪的大口吞下，幾乎沒注意到自己變回凡人型態時感到的劇痛，周遭再次變得安靜平淡。

「妳的愛人知道妳的真實能力？」冰冷的疑問。

她抬頭，不在乎他怎麼知道這件事。「他什麼都知道。」不完全是事實。

他的雙眸閃爍——她看不出是哪種情緒。「我不會再咬妳。」他說。她很好奇他在她的血中到底嘗到什麼味道。

她低吼，但遠比先前輕微。因為少了尖牙。「就算只有那種方法能讓我變身？」

他朝上坡走去——走向山脊。「我們不咬已經屬於其他男性的女人。」

她聽到——多過感覺到——自己的嗓音變得冷漠。「我和他不——不在一起，已經分開。我來這裡之前已經跟他分手。」

他回頭一瞥。「為什麼？」表情平淡又不耐煩，但夾雜一絲好奇。

讓他知道又如何？她把握拳的一手放在大腿上，指關節發白。每次瞥向這枚戒指，撫摸它，注意到它的光澤，它都把她的心打出一個洞。

她應該摘下這該死的東西。但她知道自己不會這麼做，就算只是因為她覺得自己應該承受這種幾乎未曾停止的痛苦。「因為他如果跟你一樣對我感到反感，他就會活得更安全。」

「至少妳已經學到一個教訓。」看她納悶得歪起腦袋，他解釋：「妳所愛的人只會被拿來當成對付妳的武器。」

她不願想起娜希米雅如何被利用——如何**利用她自己**——來對付她、逼她行動。她想假裝自己還沒開始遺忘娜希米雅的模樣。

「再變身一次。」羅紋下令，下巴朝她一撇。「這次，試著——」

她真的開始遺忘娜希米雅的模樣——眼眸陰影、嘴脣弧線，身上的氣味，還有笑聲。瑟蕾娜腦袋裡的咆哮聲安靜下來，被那熟悉的空虛感平息。

別讓妳的光芒熄滅。

但是瑟蕾娜不知道如何制止那種空虛感。她原本唯一可以訴說的對象、或許會明白的對象……此刻被埋於一座孤墳，遠離生前所愛的那片暖陽土地。

羅紋揪住她的肩膀。「**妳有沒有在聽**？」

她以不耐煩的眼神回視，就算肌膚被他的指尖掐入。「你為什麼不乾脆再咬我一次？」

「我為什麼不乾脆把妳這欠揍的傢伙鞭打一頓？」

看他擺明說到做到，她眨眨眼。「如果你**敢**鞭打我，我會活剝你的皮。」

他放開她，在這片空地來回踱步，如掠食者觀察獵物。「如果妳不再次變身，我就讓妳在廚房連值兩班一星期。」

「沒問題。」在廚房工作至少還能看到一些可以計算的成果，至少能維持腦袋清醒、知道自己在做什麼。但這個——她許下的這個承諾，她跟玫芙做出的交易……她是個傻子。

羅紋停步宣告：「妳是個廢物。」

「說說我不知道的新鮮事吧。」

他說下去：「如果妳十年前沒活下來，大概會對這個世界帶來更多貢獻。」

她只是看著他的眼睛，開口道：「我要走了。」

她回要塞收拾行李時，羅紋沒阻止她。她只花了一分鐘，畢竟她未曾打開行囊，現在也不剩任何武器。她是可以搜遍要塞每個角落、查出羅紋把那些武器藏在哪，或是從半永生精靈身上竊取，但兩者都需要時間，也會引來太多注意。走出要塞時，她沒跟任何人說話。

她會另外想辦法查出命運之鑰的相關情報，消滅亞達蘭國王，解放伊爾維。如果她繼續在這裡過這種日子，遲早會鬥志全消。

之前跟羅紋來到要塞的一路上，她有在路邊做記號。但在進入密林坡道時，她大多是依賴雲後太陽的位置來判斷方向。她會成功循原路返回，沿途覓食，另外再想辦法。這趟旅程從一開始就是白忙一場。至少她沒拖延太久——雖然她接下來必須在蒐集情報方面更加把勁，而且——

「這就是妳的決定？碰上難關就一走了之？」羅紋站在前方的兩棵樹之間，顯然是以獵鷹型態飛來此處。

她從他身旁走過，兩腿因為沿下坡行走而痠痛灼熱。「你已經不再需要訓練我，所以我對你無話可說，正如你也對我無話可說。幫咱倆一個忙，你快下地獄吧。」

對方咬牙低吼：「妳這輩子到底有沒有為了任何理念而戰？」

她發出低沉苦笑，加快腳步，轉向西方，不在乎方向，只要能離他遠一點。但他輕鬆跟上，肌肉厚實的長腿迅速跨越苔地。「妳每走一步，都證明我的看法正確。」

「隨便。」

「我不知道妳對玫芙有何目的——妳在尋找什麼答案，但是妳——」

「你不知道我對她有何目的？」這句話更像咆哮而非疑問。「從亞達蘭國王手中拯救世界，這個答案如何？」

「何必自找麻煩？或許這個世界不值得拯救。」她也知道這是他的真心話，他那雙冷眼清楚表示。

「因為我許下**承諾**。我答應過友人，一定會讓她的王國重獲自由。」她把帶疤掌心湊向他的臉。「我發下血誓。而你和玫芙——你們這幫天殺的混蛋——擋了老娘的路。」她繼續沿下坡而行。他跟上。

「那妳自己的人民呢？妳自己的王國怎麼辦？」

「正如你說的，沒有我，他們會過得更好。」

他臉上的刺青在他咆哮時皺成一團。「所以妳寧可拯救另一片土地，而棄自己的家鄉於不顧。妳那位朋友為什麼不自己去救她的王國？」

「因為她**死了**！」她放聲吼出最後二字，咽喉因此灼痛。「因為她死了，留我自己過著這**爛命**一**條**的人生！」

他只是以野獸般的靜止姿態瞪她。她走離時，他沒跟上。

她不記得自己走了多遠、往哪個方向。她不是很在乎。打從娜希米雅被奪走的那天，瑟蕾娜從沒說過她死了。但是娜希米雅**確實**已死，而且瑟蕾娜很想她。

雲層遮天，夜幕因此提早降臨。遠方雷霆翻騰，周遭氣溫驟降。她在路上做了一些武器，用一顆銳石把幾支樹枝削尖，製成簡陋槍矛：較長的用來當枴杖，而較短的兩支雖然跟棍子差不多，她還是告訴自己這兩支是匕首。聊勝於無。

每一步都比前一步更沉重。在僅存的自我保護意識下，她開始尋找適合過夜的地點。天色幾乎全暗時，她找到一個適當位置：一片花崗岩壁之中的淺洞穴。

她迅速蒐集足夠的木柴生火，也注意到這其中的諷刺。如果她能控制自己的魔法——她在這個思緒成形前將其封閉。上次生火是好幾年前的事，所以她試了幾次才成功。雷鳴在這個小洞穴的上空劃過時，天空的水閘敞開。

她飢腸轆轆，還好背包深處還有幾顆蘋果，連同在瓦雷希弄到的一塊疙瘩餅，雖然放了不少時日但還是能吃，就算有點難咬。在可以忍受的範圍內盡量吞下大餅後，她拉緊身上的披風，縮在洞中角落。

她注意到在周遭聚集的發光小眼，牠們從灌木縫之間、大石後方或是林間窺視。她前往要塞的第一個晚上之後，牠們沒再騷擾她，現在也沒靠近。她的本能，這幾星期來似乎有些變化的本能，也沒提出任何警告。所以她沒叫牠們滾，也不怎麼介意牠們的存在。

小火在內，大雨在外，這種氣氛幾乎還算舒適——起碼好過要塞那個冰冷房間。雖然疲憊不堪，她仍覺得頭腦還算清醒。有自製武器在身，她幾乎回到往日的自己。離開要塞，這是正確決定。去做妳該做的，伊琳娜對她說過。那麼，她就是需要在自己被羅紋撕裂得無以復加、永遠無法振作之前離開那裡。

明天，她會重新開始。她稍早注意到一條蠻荒小路，似乎通往山下。只要持續往平原的方向前進，她就能找到返回岸邊的路，而且在路上構思新計畫。

還好她決定離開。

倦意徹底襲來，她躺在火旁，一手緊抓槍矛，沒多久便沉沉睡去。她原本可能一覺到天亮——如果沒被突來的死寂驚醒。

第二十二章

洞內營火仍在燃燒，洞外依然大雨滂沱，但是森林一片寂靜，那些窺視小眼也早已消失。她站起身，一手持長槍，另一手持短棍，悄悄走向狹窄的洞口。在雨滴和火煙的干擾下，她完全看不清楚洞外景色。但她渾身寒毛豎起，一陣持續加重的臭味正在從遠處的森林飄來，聞起來像皮革和腐屍，跟她在古墓崗聞到的氣味不一樣，更古老，更帶塵土味，而且……更飢餓。

她突然覺得自己是天下第一蠢蛋才會生起營火。

不准生火。這是羅紋在帶她前往要塞的一路上唯一的規矩。而且他們極力避開荒草古道，她在洞穴附近發現的那條小徑就屬此類。

死寂氣氛愈加沉重。

她溜進潮溼的林間，瞳孔仍未完全適應暗處，腳趾因此踢到石塊和樹根。但她繼續前進——跟那條古道保持距離。

她拉開了不少距離，那座洞穴因此化為上坡某處的小光點，一抹火光映上樹林——那團營火成了天殺的烽火臺。她調整雙手的角度，讓長槍短棍更方便隨時出擊。準備繼續前進時，電光劈過。

三道瘦長身影潛伏於那座洞穴的入口處。

雖然模樣像人類，但她打從骨髓中的某種集體人類記憶知道牠們不是人類，也不是永生精靈。

她以專家級的寂靜無聲一步步前進。牠們仍在洞口鬼鬼祟祟，身形高過人類，非男非女。皮行者在這裡徘徊，羅紋曾在第一天訓練時警告過她，把弄到的人皮帶回洞穴。她當時因為精神渙散而沒追問也不在乎。但現在——那種粗心大意和自暴自棄即將害死她，害她被剝皮。

溫德林，夢魘化為肉身之地，傳奇生物四處漫遊。雖然經過多年的匿蹤訓練，每道步伐都感覺彷彿踩斷枯枝，呼吸聲也太響。

她以隆隆雷聲做為掩護，迅速跨出幾步，在一棵樹後停步，盡量減輕呼吸聲，接著從樹旁窺視後方的坡地。閃電再次劃過。

那三道身影已不在洞口。帶有皮革味的那陣酸臭來到她周遭。人皮。

她瞥向提供掩護的這棵樹。樹身因苔蘚和雨水而過於溼滑，不利攀爬，樹枝的位置也太高。其他樹木也沒好到哪裡去。而且在雷雨交加時躲在樹上，豈不等著被雷劈？

她竄向另一棵樹，小心避開枝葉，為自己的緩慢步伐而默默咒罵，而且——他媽的全給我下地獄去！她拔腿疾奔，溼滑苔地隨時可能令她滑倒。在一片漆黑下，她能認出樹木，還有幾顆大石，但是坡地十分陡峭。她保持平衡，儘管身後的踩踏樹叢聲越來越急促。

沿坡地飛奔而下、急於找到任何平地時，她不敢把注意力從樹木和石頭移開。或許牠們有固定的狩獵範圍——或許她能一路跑到天亮來甩開牠們。她向東拐，繼續往山下跑，為了在某處急轉彎而勾住一棵樹，在撞上某種銅牆鐵壁般的物體時差點摔倒。

她揮舞短棍——結果被一雙巨手抓住。

她的手腕被對方的手指用力揑住，痛得要命，因此無法以長槍或短棍戳向對方。她扭轉身子，抬腿踢向這名襲擊者，這時注意到對方的尖牙——不是尖牙。是牙齒。

她也沒看到人皮的反光，只看到因雨水而閃耀的銀髮。

羅紋把她拉向自己，帶她躲進一旁的空心樹身之中。

她無聲喘氣，但被羅紋揪住雙肩，嘴還湊向她的耳朵，讓她無法順暢呼吸。後方那陣匆忙腳步聲停止。

「認真聽我說的每一個字，」羅紋的嗓門比樹洞外的雨聲更輕。「否則妳今晚就會死，明白嗎？」她點頭。他放手——只是為了拔出佩劍和一把猙獰短斧。「妳是死是活，完全取決於妳自己。」那陣惡臭再次加劇。「妳**現在**就得變身，否則妳會被動作遲鈍的凡人型態害死。」

她一愣，但立刻往體內探索，尋找那股力量的蹤跡。一無所獲。一定有某種觸發點，體內**某處**能讓她命令那股力量……某種緩慢而尖銳的石鐵互磨聲從雨中飄來，又一聲，再一聲。牠們在磨刀。「你的魔法——」

「牠們不需呼吸，沒有氣管，也就無法被窒息。冰霜只能緩速，無法有效擊倒牠們。我正在用風力把我們的氣息吹離牠們，但這無法維持多久。**變身**，艾琳。」

艾琳。這不是試驗，不是精心構思的圈套。皮行者不需要氧氣。

電光映入這個狹小藏身處，羅紋的刺青隨之閃爍。「我們等會兒必須逃跑，而妳到時採取哪種型態，將決定我們的命運。所以**呼吸**，然後**變身**。」

雖然所有本能拚命制止她這麼做，但她還是閉上眼。呼吸，再呼吸。她的肺臟敞開，灌滿清涼舒適的空氣，她懷疑這可能是因為羅紋正在利用魔法予以協助。

他確實在幫忙。而且他願意死於非命，就為了讓她活下去。他未曾丟下她，她未曾孤單一人。

一聲模糊咒罵，羅紋的身軀撞上她，彷彿為了充當肉盾。不，不是為了保護她，而是為了遮住她——遮住她發出的閃光。

她幾乎沒注意到痛楚——就算只是因為她在換上永生精靈感官的瞬間必須用手摀嘴、避免自己嘔吐。諸神在上，那幫怪物的**強烈腐臭**比她處理過的任何屍骸都可怕。

換上纖細尖耳，她現在能聽到牠們的動靜，聽到那三隻怪物有條不紊的走下山坡時的每道步伐。牠們以低沉而詭異的聲音說話——既男且女的嗓音，而且口氣聽來都飢餓貪婪。

「對方現在有兩人，」其中一隻怪物嘶吼。明明沒有氣管卻還能說話，她不想知道這是出於哪種力量。「一名男性永生精靈加入了那名女性的隊伍。把他留給我——他聞起來像暴風和鋼鐵。」被那陣惡臭灌入咽喉，瑟蕾娜感覺作嘔。「我們把那名女性帶回去——畢竟黎明將至。我們回去以後再慢慢剝她的皮。」

羅紋輕輕後退，觀察遠方森林時低聲開口，不用靠近她也能讓她清楚聽見。「東方三分之一哩外有一條湍急河流，就在一座懸崖的底下。」他遞出兩把長匕首，眼睛沒看她。她默默把自製武器丟在地上，抓住象牙握柄，沒點頭道謝。「我說**跑**的時候，給我死命的跑，踩在我踩過的路線上，無論如何都別回頭。如果我們失散，妳就往前直奔——妳會聽到那條河的聲音。」一道又一道命令——戰場指揮官，沉穩而致命。他窺視樹外，臭味從四面八方襲來，濃烈得幾乎令人癱瘓。「如果牠們抓住妳，妳沒辦法殺死牠們——至少凡人武器辦不到。最好的選擇是拚命抵抗，找機會掙脫逃跑。明白嗎？」

她再點個頭。呼吸又變得困難，而且雨勢更為猛烈。

「等我下令。」羅紋說，聞到也聽見就連她的敏銳感官也偵查不到的動靜。「準備……」看到羅紋彎下腰，她也照做。

「快出來吧。」其中一隻怪物嘶聲吶喊——近得彷彿就在他們倆的樹洞中。西面樹叢突然沙沙作響，聽來彷彿有兩人正在奔跑。皮行者的臭味立刻減弱，牠們追蹤羅紋的風力所引起的枝葉劈啪聲，朝反方向奔去。

「跑。」羅紋嘶吼，衝出樹洞。

瑟蕾娜奔跑——起碼試圖這麼做。雖然視力更為敏銳，但樹叢、石塊和樹木還是造成障礙。羅紋朝越來越響的急流聲奔去，水位因春雨而上漲，他的步伐比她預料的慢，不過……他是為了她而放慢。這副永生精靈軀殼不同於凡人肉身，她尚未完全適應，而且——

她的腳步打滑，但是某人一手抓住她的手肘，避免她摔倒。「再快點。」他只有這麼說。等她站穩腳步，他隨即全速狂奔，如山貓般迅捷穿越林中。

一分鐘後，那陣臭味飄來，啃咬她的腳跟，枝葉斷裂聲也持續逼近。但她沒把視線從羅紋身上移開，還有前方的亮光——即將來到樹林盡頭。再跑一小段距離，他們就能跳下懸崖，然後——

潛伏於樹叢某處的第四隻皮行者跳出，撲向羅紋，皮膜般的長肢布滿無數疤痕。不，不是疤痕——是**縫線**，把不同皮塊固定在一起的縫線。

皮行者撲上前的瞬間，她吶喊警告，但是羅紋未曾蹣跚一步，而是以非人類的速度彎腰轉身，長劍向下劈砍，短斧猛然一揮。

皮行者的一臂被斬斷的同時，頭顱也從頸部脫落。

她原本會對他的身法和殺招表示讚嘆，但是羅紋沒停止疾奔，因此她繼續緊追在後，朝永生精靈戰士留下的那堆屍塊瞥一眼。

躺在溼葉上的鬆弛碎皮，看來宛如被丟棄的衣服，仍在抽搐而且沙沙作響——彷彿等著被縫合接回。

她加快速度，羅紋依然保持領先。

另外三隻皮行者從後方持續逼近，發出憤怒尖嘯，接著安靜無聲，直到——

「你們以為跳河就能保命？」其中一隻喘道，發出的笑聲彷彿刮過她的骨頭。「你們以為如果我們弄溼身子，身形就會崩垮？當年凡人數量稀少時，我還穿過魚皮呢，女精靈。」

這一秒，她想像跳河後將面對的混亂——掙扎、溺水和暈眩——她會被某物不斷往下拉，直至靜止的河底。

「**羅紋**。」她低聲道，但他已經消失。在強力跳躍下，他的巨大身軀越過懸崖邊緣。

她無法阻止身後追兵，這幫皮行者打算一起跳。他們也根本沒辦法殺掉牠們，身上的凡人武器完全派不上用場。

她體內的一口井顫動開啟，寬廣、強悍又致命。羅紋說凡人武器殺不死牠們。永生者武器如何？

瑟蕾娜穿過林線，奔向突出的岩架，裸露的花崗岩在她的腳下。她把力量集中於雙腿、肺臟和雙臂，然後跳躍。

墜落的同時，她轉頭面對懸崖，面對牠們。那三具瘦長身軀跳進雨夜，發出原始、勝利和沾沾自喜的尖嘯。

「**變身！**」這是她給羅紋的唯一警告。看到閃光，她知道他有照做。

然後她從體內那口井抽出所有力量，用雙手和發怒又絕望的心臟將其扯出。

在半空中持續下墜，髮絲鞭打臉龐，瑟蕾娜朝三隻皮行者揮出雙手。

「驚喜。」她嘶吼。青藍野火照亮世界。

瑟蕾娜在河岸發抖，因為寒冷、虛脫和驚恐，因為皮行者——也因為自己做了什麼。羅紋因為變身飛行而沒掉進河裡，一身衣物因此保持乾燥。他站在幾呎外，觀察正在悶燒的懸崖上游。她把皮行者焚化殆盡，牠們甚至來不及尖叫。

她駝背彎腰，雙臂緊抱胸前。河岸兩邊的森林都在燃燒——她不敢估算燃燒範圍。她的天賦就是武器，跟刀劍、弓矢和赤手空拳不同的武器。這是詛咒。

她猶豫幾次，終究開口：「你能弄熄嗎？」

「妳也能弄熄，只要妳努力嘗試。」看她沒反應，他接著道：「我很快就處理好。」沒多久，最靠近懸崖的那片烈焰熄滅。他為了悶熄這團大火花了多少時間？「我可不想看到還有什麼怪物被妳的火焰引來。」

她原本想回擊對方的嘲諷，但她太累也太冷。雨水灌滿周遭，而且有那麼一刻，寂靜籠罩萬物。

「為什麼我能不能變身有這麼重要？」她終於問道。

「因為那種能力讓妳心生畏懼，」他說：「控制它，是學習控制自身能力的第一步。缺乏那種控制，還釋放出那種爆炸，妳很可能讓自己燃燒殆盡。」

「這話什麼意思？」

又是風暴般的眼神。「妳抽取那股力量時，是什麼感覺？」

她思索。「井，」她回答：「法力像一口井。」

「妳有碰到井底嗎？」

「那口井有底嗎？」她祈求有。

「所有法力都有盡頭——臨界點。能力較弱者，那口井就比較淺，很快就會乾涸，也很快就會再次填滿，他們能一次抽取大部分的法力。但是天賦較強的人能在以魔法全力攻擊數小時後才來到井底。」

「你能撐多久？」

「一整天。」這令她一愣。「開戰前，我們花時間做好充分準備，一踏上戰場，我們就能處於巔峰狀態。運用魔法時，妳可以同時做其他事情，但一部分的妳將待在那口井裡，不斷抽出更多法力，直到來到井底。」

「如果一口氣抽取所有法力，它就會——如巨浪般釋放？」

「如果施法者如此選擇。我也可以選擇多次進行小規模攻擊，讓戰力多延續一段時間。不過，法力的控制有一定難度；施法者在運用大量魔法時，偶爾會因此敵我不分。」

幾個月前，她在傳送門的另一端施法時，就感覺到失控——她知道自己在對付鎧奧面對的那隻惡魔時很可能連帶傷到他。「你花多少時間才能恢復？」

「數日，一週，端看我如何使用法力，是否壓榨到最後一滴。有些人會犯錯，在還沒準備好之前就過度抽取法力，或在施法時猶豫太久，結果不是讓自己重度虛脫就是整個人被燒毀。妳之所以發抖，其實不只是因為掉進河裡，而是妳的身體讓妳知道以後別再這麼做。」

「因為我們血液裡的鐵質抗拒魔法？」

「我們的敵人，沒有魔法的敵人，有時就是用這種方法對付我們——處處用鐵。」想必他看到她挑眉，因為他補充道：「我曾經被俘，那是在東方的一場戰役，在一個已經不復存在的王國。他們用鐵鍊把我從頭到腳綁住，讓我無法用魔法抽走他們肺中的空氣。」

她低聲吹口哨。「你有被施以酷刑？」

「我在他們的酷刑桌躺了兩星期才被手下救走。」他解開護臂，挽起右袖，露出纏繞於前臂和手肘的醜陋粗疤。「他們把我慢慢割開，然後拿出這裡的骨頭，還——」

「我能清楚看出發生過什麼事，也清楚知道其中的手法。」她感覺腸胃一緊，不是因為羅紋那道傷口，而是——山姆。山姆曾被綁在桌上，被她見過最具施虐傾向的一名殺人凶手折磨至死。

「妳也曾經是受害者？」羅紋的嗓門雖輕但不溫柔，「還是別人？」

「我當時來不及去救，他沒能活下來。」再次沉默，她因為自己傻得讓他知道這件事而詛咒自己。她接著沙啞道：「謝謝你救了我。」

對方微微聳肩，幾乎難以察覺，彷彿她的感激比她的恨意和緘默更讓他難以承受。「我向我侍奉的女王立下永恆血誓，所以我別無選擇，不能讓妳死。」先前那種沉重感又稍微回到她的血管。「但是，」他說下去，「我本來就不打算讓任何人落在皮行者的手上。」

「真希望你能早點警告我。」

「我跟妳說過牠們在四處徘徊——幾星期前就說過。但就算我今天就警告過妳，妳也不會聽進去。」

這是事實。她又開始打顫，這次劇烈得讓她在一道閃光和一陣痛楚後變回凡人型態。如果她在永生精靈型態時覺得冷，那種感覺完全不能跟回到人類型態後感到的寒冷相提並論。

「妳稍早變身的時候，是什麼原因觸發？」他問道，彷彿兩人在這一刻暫時脫離現實世界，寒冷暴雨和奔騰河流能讓他們的談話免於被諸神聽見。她揉搓雙臂，渴望任何形式的暖意。

「沒什麼特別。」他的沉默不語意味著她必須拿情報來回報他提供的情報——公平交易。她嘆道：「就當作是恐懼、必要性和根深柢固的生存本能吧。」

「妳在變身後沒立即失控。妳終於動用魔法時，妳的衣服沒燒毀，妳的頭髮也是。匕首也沒熔化。」彷彿這才想起那雙匕首還在她手上，他立刻奪回。

他說得沒錯。她在變身後沒有立刻被法力包圍，就算在釋放那道往四處擴散的爆炸時，她依然維持充分的控制力，沒傷到自己，沒燒掉一根毛髮。

「這次為什麼不一樣？」他追問。

「因為我不希望你為了救我而死。」她坦承。

「如果我沒出現，妳會為了自保而變身嗎？」

「你對我的評價跟我的自我評價十分相似，所以你知道答案。」

他沉默許久，她不禁懷疑他是否正在判斷她到底是什麼樣的人。「妳不准走，」羅紋終於開口，交叉雙臂。「妳還是得在廚房連值兩班，而且不准離開要塞。」

「為什麼？」

他解下披風。「因為我說了算，這就是為什麼。」她原本想說這是她這輩子聽過最爛的理由而且他是個自大的混蛋，但他把披風丟給她——乾燥又溫暖，還把外套丟在她的膝上。

他轉身返回要塞時，她跟上。

第二十三章

這一星期來，曼儂和黑喙一族的日子沒什麼變化。她們依然天天進行飛行訓練，依然成功避免每日在食堂齊聚兩次時爆發全面戰爭。黃腿繼承人總是想辦法找曼儂麻煩，不過曼儂只是把對方當成在旁邊打轉的蚋蟲。

這一切都在三族繼承人及所有女巫團選擇坐騎的那一天改變。

三支女巫團加上三位族母，一共四十二名女巫聚集於北牙峰的訓練坑。馴獸師們在觀景臺下方東奔西跑做準備，他們即將把翼龍一隻隻帶進坑洞，利用擔任誘餌的老弱殘龍激發出每隻候選坐騎的本性。跟其他女巫一樣，曼儂每天都溜到獸籠區，她還是想要提圖斯。

想要是凡人的辭彙。提圖斯**屬於她**。如果有必要，她會把任何想跟她爭奪提圖斯的女巫開膛剖腹。因為這個原因，她今早已經磨利鐵爪，十三人眾也全員照做。

話雖如此，選擇權還是將以文明方式決定。如果多人爭取同一隻坐騎，三位族母將抽籤決定。曼儂知道有誰會爭奪提圖斯：黃腿繼承人伊絲克菈和藍血繼承人佩特菈。她見過那兩人朝提圖斯投以渴望的眼神。如果能由曼儂決定，她們三人應該在對打擂臺上為提圖斯決勝負。她甚至曾向外婆提出這個意見，但外婆表示三族之間應該盡量避免發生衝突。如有歧見，將以抽籤解決。

對此不滿的曼儂站在觀景臺的無欄邊緣，艾絲特琳隨侍在旁。訓練坑深處的沉重鐵柵拉起時，她更感急躁。誘餌以鎖鍊束縛、固定於染血的岩壁邊，那是一隻殘廢又帶疤的翼龍，體積只有公龍的一半，雙翼緊緊收起。從觀景臺的位置，她能看到殘龍的尾端毒刺已被鋸平，就是為了讓牠在面對珍貴的候選坐騎時無法做出反擊。

鐵柵戛然開啟時，殘龍垂下頭。第一隻雙足翼龍大搖大擺的登場，由幾名臉色極為蒼白的男子以鎖鍊緊緊束縛。猛龍出柵後，男子們連忙避開牠搖擺的致命龍尾，逃回通道，鐵柵在他們身後砸下。

曼儂吐口氣。那不是提圖斯，而是一隻中等體型的公龍。

三名巫族斥候上前提出所有權，但是藍血族母奎希妲伸出一手。「先看看牠的表現如何。」一名男子吹聲尖銳口哨。翼龍朝殘龍發動攻勢，尖牙、龍鱗與利爪並用，迅速狠毒，連曼儂也屏住呼吸。受制於鎖鍊的殘龍完全無力招架，瞬間就被壓制在地，長頸被巨顎鉗住。只要一聲命令、一聲口哨，這隻殘龍的脖子就會被翼龍咬斷。

但是男子吹聲低頻口哨，公龍後退。又一聲口哨，公龍便彎曲後腿，蹲坐在地。又有兩名巫族斥候上前提出所有權。五人爭奪。奎希妲抓起一把籤條，遞向候選人。

中獎的藍血斥候朝其他人咧嘴笑，接著把笑容移向她贏得的那隻翼龍，牠被帶回通道。腰身滲血的殘龍把自己拖進牆邊陰影，等候下一次受襲。

雙足翼龍輪番登場，展現快狠準的強力攻擊，也一一被巫族斥候選走。提圖斯仍未出現，她總覺得這是三族母安排的某種試驗——想看這三位繼承人在等候最強坐騎時能如何控制自己、誰最有耐心。曼儂一眼觀察登場龍獸，一眼留意另外兩位繼承人，那兩人也在每隻翼龍上場時觀察她。

登場的第一隻巨型母龍誘使藍血繼承人佩特菈走上前。這隻母龍幾乎跟提圖斯一樣龐大，而且在訓練師拚命制止前把殘龍的側身咬掉一大塊。狂野、暴躁又致命，再理想不過。

沒人挑戰藍血繼承人。佩特菈的母親只是朝她點個頭，雖然母女倆本來就打算選擇這隻坐騎。

艾絲特琳選的是最凶猛的一隻匿蹤翼龍，這隻母龍的眼神狡黠靈敏。曼儂的這位表親向來是最優秀的偵察員，昨晚在漫長會議上跟曼儂和其他斥候商量後，大夥決議：艾絲特琳將在十三人眾的新職責中繼續負責偵察任務。

因此，這隻淡藍母龍出場時，艾絲特琳提出所有權，雙眸在以凶惡眼神宣布「擋我者死」時綻放光芒。沒人敢挑戰她。

正在盯著通道出口時，曼儂嗅到沒藥和迷迭香這兩種氣息——藍血繼承人來到身旁。艾絲特琳以低吼警告。

「在等提圖斯，是吧？」佩特菈低語，也看著通道。

「是又如何？」曼儂反問。

「我希望牠的主人是妳而不是伊絲克菈。」

這名女巫的平靜表情莫測難解。「同感。」曼儂覺得這場簡短談話**有些**意義，雖然說不出來到底是哪種意義。

很顯然的，看到曼儂和佩特菈低聲談話，其他人也會覺得這其中必有玄機，尤其是悠哉來到曼儂另一側的伊絲克菈。「在打小算盤？」

藍血繼承人抬起下巴。「我認為提圖斯很適合曼儂。」

這是在沙地畫下界線，曼儂心想。藍血族母對佩特菈說了什麼關於曼儂的事？她有什麼企圖？

伊絲克菈勾動嘴角，皮笑肉不笑。「咱們等著看三面女神的想法。」

曼儂原想回話，但這時提圖斯如雷霆般登場。

每次看到牠的龐然體積和凶狠威猛，她都不禁屏息。男子們急忙逃回通道，差點被轉身攻擊的提圖斯咬走。她聽說提圖斯只有乖乖升空幾次，但在適合的騎士操控下，牠徹底馴服。

沒等口哨吹起，提圖斯已經轉身面對殘龍，以尾刺進攻。受縛的殘龍以令人意外的速度低身避開，彷彿已預料對方的攻擊，提圖斯的尾刺因此嵌入岩壁。

碎石撒在殘龍身上。牠後退時，提圖斯再次出擊，而且綿延不絕。

受制於牆面鎖鍊，殘龍完全無力反擊。男子吹口哨，但是提圖斯沒打算罷手，繼續以出自野蠻天性的流暢動作移動。

殘龍哀號，曼儂相當確定藍血繼承人渾身一震。她從沒聽過翼龍因疼痛而發出的號叫。提圖斯蹲坐後，她看到牠剛剛攻擊的位置——就在殘龍先前那道腰傷的上方。

彷彿提圖斯知道攻擊何處能造成最大痛楚。她知道牠們很聰明，但有**多**聰明？男子又吹聲口哨，加上一聲鞭甩。提圖斯只是繼續在殘龍面前來回踱步，考慮如何進擊。不是出於戰術，而是為了享受，為了挑釁。

曼儂開心得脊椎打顫。騎在提圖斯這種野獸身上，用牠撕碎敵軍……

「如果妳這麼想要牠，」伊絲克菈低語，曼儂意識到對方依然站在一旁，距離只有一步，「何不親手爭取？」

曼儂還來不及反應——沒人來得及反應，因為她們都著迷於那頭巨獸的雄偉之姿——背脊已被鐵爪用力一推。

艾絲特琳的呼喊聲迴響，但是曼儂已經在半空中，直直墜向下方四十呎的坑中石地。她扭轉身子，撞上從岩壁突出的一小塊脆弱岩架，這使得下墜減速，讓她免於一死，但她還在掉落——

她摔在地上，一隻腳踝扭傷。吶喊聲從上方傳來，但是曼儂沒抬頭。如果抬頭，她或許就會看到艾絲特琳亮出鐵牙鐵爪、撲向伊絲克菈，或許就會看到外婆下令任何人都不許跳進坑中。

但是曼儂沒看她們。

提圖斯轉身面向她。

這隻翼龍站在她和鐵柵之間，柵邊的男子們正在來回跑動，彷彿正在決定是否該冒險救她，還是等她化為屍塊。

提圖斯的尾部前後甩動，黑眸盯著她。曼儂拔出削風者。跟巨龍相比，這把佩劍只能算是匕首。她必須逃到柵邊。

她回瞪牠。提圖斯壓低後腿，準備攻擊。牠也知道鐵柵位於何處、對她有何意義。牠的獵物。

她不是騎士，不是主人，而是**獵物**。

女巫各個鴉雀無聲，柵邊和上層觀景臺的男子們也不發一語。

曼儂轉動長劍。提圖斯衝來。

她在地上打滾避開牠的咬擊，旋即起身，朝柵門狂奔而去。腳踝抽痛，步伐瘸拐，她逼自己別痛得尖叫。提圖斯轉身，如山間春泉般迅捷洶湧。她衝向柵門的同時，牠以尾部掃擊。

曼儂明智得轉身避開淬毒倒鉤，但還是被龍尾上緣擊中側身，整個人向後飛甩，削風者也因此脫手。她倒在對側岩壁附近的地上，從地面滑過，臉部被銳石擦傷。她匆忙坐起，肋骨因此痛得哀號，她估算自己、佩劍和提圖斯三者之間的距離。

但是提圖斯顯得猶豫，視線移向她身後、她上方，來到——一團陰影籠罩她。她忘了殘龍的存在。那隻龍獸被鎖鍊囚禁於她身後，近得讓她能聞到牠鼻息中的腐屍味。

提圖斯以瞪視命令殘龍退下，牠要獨享曼儂。

曼儂逼自己回頭一瞥，看向陰影中的長劍，離殘龍的鎖環不遠。她很想取回武器，但那隻殘龍在場，瞪著她，彷彿把她當成——

不是把她當成獵物。

提圖斯再次朝殘龍發出宣示主權的低吼，響亮得讓她的每一根骨頭都隨之震動。體型瘦小的殘龍凝視她，眼神夾雜怒火和鬥志，看在她眼中或許可以稱之為「情緒」。殘龍飢餓，但目標不是她。

不。殘龍把黑眸移向提圖斯、回以低沉咆哮時，她意識到這點。這陣咆哮毫無屈服之意，而是威脅——是承諾。殘龍想挑戰提圖斯。

牠成了曼儂的盟友，就算只有這一刻。

曼儂再次感覺到存在於這個世界的潮起潮落，有些人把這種無形浪潮稱作「命運」，有些人稱作「三面女神之織」。提圖斯吼出最後一聲警告。

曼儂扭轉身子，起身奔跑。

每道步伐都令她眼冒金星，地面因為提圖斯急速追來而震動。如果必要，牠會先撕碎擋路的殘龍再殺了她。

曼儂從地上抓起長劍，迅速轉身，用盡所有力氣劈向生鏽的粗鍊。

她們把她的佩劍稱作削風者，以後得改口叫它「削鐵者」。提圖斯撲向她的同時，鎖鍊斷裂。

提圖斯完全沒料到殘龍會朝自己撲來，眼中因此流露類似震驚的情緒。兩者翻滾在地，扭成一團。

提圖斯的體積比殘龍大一倍，而且出場時毫無損傷。曼儂沒等著看結果，已經衝向通道，那裡的男子們正在急忙拉起鐵柵。

這時一聲砰，加上群眾震驚得竊竊私語，曼儂逼自己回頭一瞥，及時看到兩隻翼龍跳離彼此，殘龍立即再次出擊。

那條帶疤又無用的龍尾揮出強勁一擊，提圖斯被打得腦袋撞地。

提圖斯迅速站起時，殘龍以尾部佯攻，以鋸爪實擊，提圖斯痛得咆哮。

曼儂愣在原地，離柵門不到十五呎。

兩隻翼龍朝彼此徘徊對峙，翅膀擦過地面。這場決鬥原本應該是個笑話，但是殘龍拒絕退讓，就算腿跛，就算渾身負傷染血。

提圖斯沒低吼警告，而是直攻敵方咽喉。

殘龍的尾部擊中提圖斯的頭部。提圖斯蹣跚後退，但又張顎擺尾的往前衝。只要那幾根毒鉤刺進殘龍的皮肉，這場決鬥就會結束。殘龍抬尾往下一揮，砸在對方的尾巴上，擋下這道攻擊，但逃不開咬住頸部的雙顎。

結束了。到此應該結束。

殘龍拚命扭動，但無法掙脫。曼儂知道自己應該逃跑，其他人正在吶喊催促。她天生就不知慈悲仁愛，她不在乎哪隻龍死、哪隻龍活，只要自己能逃跑。但那道浪潮仍在流動，流向那場龍爭，而非遠離。況且殘龍救了她一命。

所以曼儂做出這漫長又罪孽的人生中最愚蠢的事。

她衝向提圖斯，以削風者劈向龍尾，把肌肉連同骨骼徹底砍斷，提圖斯咆哮，放開獵物，以斷尾掃向她，正中她的腹部，她在倒地前就無法呼吸。她爬起時，看到即將結束一切的最後一擊。

殘龍撲上前，以雙顎緊咬那粗壯長頸。提圖斯痛得怒吼，咽喉暴露，勝算盡失。

提圖斯最後一次扭動，最後一次試圖掙脫。殘龍緊咬不放，彷彿為這一刻等候了數週、數月甚至數年。牠的雙顎往地面壓制，腦袋向旁用力一甩，撕開提圖斯的喉部。

一片沉默。提圖斯的身軀倒地，黑血蔓延，這時世界彷彿停止運轉。

曼儂呆站不動。殘龍慢慢把頭從屍體抬起，嘴角滴著提圖斯的血。翼龍與女巫彼此對望。旁人拚命叫她快跑，柵門也戛然升起。但是曼儂回視那雙黑眸，其中一眼遭受重創但依然完整。牠朝她走出一步，然後又一步。

曼儂站在原地。不可能。不可能。提圖斯比牠大一倍，重一倍，還受過多年訓練。這隻殘龍卻能擊潰提圖斯——完全不是因為任何體能優勢，而是因為牠更想贏。提圖斯是個莽夫，是個殺手，但站在她面前的這隻翼龍……是**戰士**。

手持槍矛、長劍和皮鞭的男子們衝進坑中，殘龍回以低吼。

曼儂伸出一手。世界再次停止轉動。

曼儂依然凝視龍獸，開口道：「牠是我的。」

牠救了她的命，並非出於巧合，而是出於選擇。牠也感覺到從彼此之間流過的命運。「什麼？」在上層的外婆怒斥。

曼儂不禁走向翼龍，在不到五步的距離外停步。「牠屬於我。」曼儂凝視牠的傷疤、跛腿和眼中的生命之火。

女巫和翼龍互視片刻，持續一秒，直到永恆。「你屬於我。」曼儂對牠說道。

翼龍朝她眨眼，裂牙斷齒間仍滴著提圖斯的血，曼儂知道對方也做出相同決定。或許牠老早知道有這一刻，牠和提圖斯的鬥爭不只是為了生存，而是為了爭取她而發起的挑戰。

牠要她成為自己的騎士。主人。屬於**牠**。

曼儂把這隻雙足翼龍命名為「亞貝克薩斯」——奉三面女神之命、盤身承載這個世界的古蛇。這大概是當晚的唯一一件好事。

亞貝克薩斯被帶去清理療傷，提圖斯的屍骸被三十名男子拖走。曼儂回到群眾之中，瞪著每一名膽敢看向自己的女巫。

黃腿繼承人被艾絲特琳挾持在三位族母面前。曼儂凝視伊絲克菈許久，接著簡短一句：「看來我不小心摔了下去。」

伊絲克菈氣得兩耳生煙，但是曼儂聳肩，擦掉臉上的灰塵和血汙，接著一瘸一拐的走回俄梅戛。她不會承認自己差點被伊絲克菈害死，這麼做只會讓那女人稱心滿意，況且現在也沒體力以武力解決這件事。

不管原因是向伊絲克菈出手還是保護曼儂不周，艾絲特琳當晚都因為繼承人掉進坑裡而遭黑喙族母懲罰。曼儂要求讓自己來執行鞭刑，但是外婆充耳不聞，反而要黃腿繼承人來動手。

因為艾絲特琳的失職是發生在其他族母及其繼承人面前，也因此必須公開行刑。

曼儂站在食堂，看著每一道殘忍鞭擊，這十鞭都是全力揮下，畢竟伊絲克菈的下顎有一道艾絲特琳留下的瘀傷。

艾絲特琳不愧是艾絲特琳，完全沒吭一聲。儘管如此，曼儂還是動用所有自制力，沒把皮鞭搶來勒死伊絲克菈。

下一件爛事，是跟外婆的談話。那不太能算談話，而是挨耳光，然後是一番責罵，在第二天還讓曼儂的耳朵嗡嗡作響。

雖然亞貝克薩斯獲勝，她選擇那隻「瘦不拉嘰的龍中剩菜」，還是讓外婆和從古到今的所有黑喙都為此蒙羞，牠是走了狗屎運才能殺掉提圖斯，外婆罵道。亞貝克薩斯比其他坐騎都瘦小，而且問題不只如此——牠從一開始就因為體格不佳而被放棄，所以這輩子一次都沒飛過。他們從沒讓牠離開養殖洞穴。

加上牠的翅膀承受了其他坐騎的輪番攻擊，馴獸師根本不知道牠還**能不能**飛，而且他們認為如果亞貝克薩斯嘗試飛越關口，一定會把自己連同曼儂摔死在峽谷地面。他們聲稱其他翼龍絕不會接受牠的領袖地位，尤其在率領空軍這方面。曼儂徹底搞砸外婆的計畫。

這些事實不斷朝她咆哮。她知道就算自己**想**換坐騎，外婆也會逼她留住亞貝克薩斯，就為了等著看笑話。就算她會因此被害死。

不過，當時掉進坑中的不是外婆，她沒看著亞貝克薩斯的眼睛，沒看到在牠體內跳動的戰士之心，也沒注意到牠的戰鬥方式比其他翼龍更狡猾凶惡。因此，曼儂站穩身子，領受耳光，領受說教，然後是第二下耳光，左臉因此悸痛。

臉頰的痛楚仍未平息，曼儂來到亞貝克薩斯遷入的獸籠旁。牠縮在籠中深處的牆邊，沉默靜止，雖然其他翼龍大多不是在籠中來回踱步就是尖嘯低吼。

護送她的這位監督從鐵條之間窺視。艾絲特琳潛伏於一旁的陰影。經過昨晚的鞭刑，這位副手沒打算再讓曼儂離開視線。

曼儂沒為鞭刑道歉。規矩就是規矩，這位表親確實失職。艾絲特琳活該挨鞭子，正如曼儂活該臉部瘀青。

「牠為什麼那樣縮著？」曼儂問監督。

「大概是因為牠以前從沒獨享獸籠，起碼沒這麼寬敞。」

曼儂打量這座鐵條洞穴。「牠之前被關在哪？」

監督指向地板。「跟其他殘龍一起關在垃圾場裡。其實，牠是殘龍之中最年老的，從訓練坑和垃圾場活了下來，但這不表示牠適合妳。」

「如果我想知道你在這方面的意見，我會開口詢問。」曼儂回嗆，走向鐵條時依然看著亞貝克薩斯。「多久才能讓牠升空？」

監督揉揉腦袋。「可能幾天，幾星期或幾個月。可能一輩子。」

「我們今天下午就要跟各自的坐騎進行訓練。」

「那就更不可能。」這個回應讓曼儂挑眉。「這隻需要先單獨訓練。我會讓最頂尖的訓練師來處理，妳可以在這段期間用另一隻翼龍——」

「首先，人類，」曼儂打斷對方，「別指揮我。」她亮出鐵牙，他渾身一震。「再來，我不要其他翼龍，我只跟牠訓練。」

監督臉色蒼白，開口道：「妳那些斥候的坐騎都會對牠發動攻擊，牠也會因為初次飛行帶來的驚嚇而反擊。所以，除非妳希望妳那些士兵和坐騎把彼此撕碎，我建議妳單獨訓練。」他顫抖的補充道：「夫人。」

翼龍正在盯著他們，靜心等候。

「牠們能聽懂我們說話嗎？」

「不，牠們只能明白一些口頭命令和口哨，跟狗差不多。」

曼儂一點也不相信這點。監督並沒有對她說謊，只是走不出自己所能理解的範圍。又或許，亞貝克薩斯跟一般翼龍不一樣。

她會把握戰爭遊戲開打前的每一分鐘來訓練牠。等她和十三人眾獲勝，她會讓曾經懷疑她的每一名女巫，包括外婆，咒罵自己是蠢蛋。因為她是曼儂·黑喙，從不失敗，也沒有哪件事能比看著亞貝克薩斯在戰場上咬掉伊絲克菈的腦袋更令她痛快。

第二十四章

鎧奧回到城堡，向手下們解釋臉上的瘀青和割傷是因為不幸在裂際城碰到一個喝醉的遊民，他們一點也不懷疑這個說詞。承受謊言和傷口總好過化為腐屍。鎧奧跟艾迪奧和反抗軍之間的交易很簡單：用情報換情報。

他答應提供更多與他們的女王和國王的黑戒指有關的情報，換取他們對國王那種神祕力量的了解。這項交易讓他免於那晚被殺，連同之後的每個夜晚——他都等著看他們是否會改變心意，但他們沒來找過他。而今晚，他和艾迪奧一直等到半夜十二點後才溜進瑟蕾娜之前住的房間。

跟瑟蕾娜和鐸里昂經歷了傳送門事件後，這是他第一次回到地下墓穴，而顱骨造型的青銅門環，莫特，絲毫沒動也沒說話。雖然鎧奧把伊琳娜之眼就掛在喉前，門環卻依然靜止。或許莫特只對擁有布蘭農．加勒席尼斯血統的人做出反應。

因此，他和艾迪奧在墓穴和塵埃密布的石室中仔細搜索每一吋空間，查看是否有探子潛伏於某處或其他任何威脅。確認不可能有人在附近竊聽後，艾迪奧開口：「說明你帶我來這裡的原因，隊長。」

被鎧奧帶進伊琳娜和蓋文的長眠之地時，將軍沒顯得敬畏或驚訝，雖然眼睛有朝達瑪利斯微微瞪大。不管艾迪奧知不知道這把劍的來歷，都沒有為此表態。雖然艾迪奧傲慢無禮，鎧奧總覺得這人知道許多祕密——也極善於保密。

這就是他向艾迪奧那幫人提出交易的原因之一：如果鐸里昂的天賦被人發現，就需要找個地方藏身，如果鎧奧在此同時已無力提供保護，就需要另外找人把鐸里昂送去安全地點。鎧奧開口：「你準備好分享你從你那些盟友身上弄到的情報了嗎？」

艾迪奧回以慵懶一笑。「只等你也準備好。」

鎧奧從外袍摘下伊琳娜之眼，向任何願意垂聽的天神祈求——希望自己沒做錯。「你的女王在前往溫德林之前把這串項鍊交給我。這東西原本屬於她的祖先，那位祖靈把她召來這裡，把這東西交給她。」艾迪奧接過護身符時瞇起雙眼，符中藍石在月光下微微閃爍。「我接下來要告訴你的事情，」鎧奧說：「將改變一切。」

鐸里昂站在樓梯間的陰影中傾聽，不太願意相信鎧奧跟艾迪奧．艾希里弗在墓穴裡。

這是令他震驚的第一項發現。在索莎面前爆發魔法後，他這一星期都為了尋找答案而溜來這裡。尤其因為索莎現在為了隱瞞他的祕密而對旁人說謊，也為了幫他找出控制法力的方法。今晚，看到這道暗門微開，他嚇得魂不附體。早知道他就不該來這裡，不過他也早已準備好一大串藉口，準備在地道碰到不甚友善的臉孔時矇騙過去。然後，近得能聽到那兩名男性嗓音時，他差點逃走……差點，直到他聽出是誰在說話。

這怎麼可能？那兩人明明彼此痛恨，卻來到這裡，伊琳娜的墓穴。盟友。這項發現令他大受打擊。但他接著聽到那句話——聽到鎧奧對將軍說了什麼，輕得幾乎無法耳聞。「你的女王在前往溫德林之前把這串項鍊交給我。」

弄錯了，一定有什麼誤會，因為……他的胸腔感覺異常緊縮。

你永遠是我的仇敵。娜希米雅喪命的那晚，瑟蕾娜對鎧奧吼出這句話。後來聽她說——說她十年前失去了一些人，但是……

但是。

鎧奧說起下一個故事、另一項真相，鐸里昂動彈不得。那是關於鐸里昂的父親，關於國王掌握的神祕力量。瑟蕾娜發現了那種力量，也試圖找出摧毀那種力量的方法。

他們在圖書館地下墓穴發現的那東西——看起來像人類的怪物——就是出自父王之手。命運之鑰。命運之門。命運之石。

他們也騙了他，他們認為他不值得信賴。瑟蕾娜和鎧奧——決定排擠他。鎧奧知道瑟蕾娜的真實身分與能力。

這就是為什麼他把她送去溫德林——讓她離開城堡。鐸里昂仍僵在樓梯間時，艾迪奧悄悄走出墓穴，劍已出鞘，隨時準備對發現的敵人出手。

發現鐸里昂時，艾迪奧的咒罵聲低沉狠毒，眼眸在手中火炬的照映下明亮耀眼。

瑟蕾娜的眼眸。艾琳·艾希里弗——**艾希里弗**——加勒席尼斯的眼眸。

艾迪奧是她的表哥，而且依然對她忠誠——平時的一言一行全是騙局，全是為了隱瞞自己到底效忠於誰。

鎧奧衝進走道，以懇求的態度舉起一手。「鐸里昂。」

有那麼一刻，鐸里昂只能凝視老友，然後勉強開口：「為什麼？」

鎧奧吐口氣。「因為越少人知道就越安全——為了她，為了每個人。為了你。他們擁有的情報或許能幫你。」

「你以為我會把事情洩漏給我父王？」溫度驟降的同時，這番話聽來彷彿窒息呢喃。

鎧奧走上前，擋在艾迪奧和鐸里昂中間，張開雙掌，表示安撫。「我不能冒險猜測別人會怎麼做——或希望他們怎麼做。就算那人是你。」

「多久了？」他的牙齒和舌頭被寒冰覆蓋。

「她在離開前向我說明你父王的祕密。她離開不久後，我查出她的身分。」

「而你現在跟他合作。」

隊長吐出的氣息化為白煙。「如果我們能找出解放魔法的方法，或許就能幫到你。他們似乎有辦法查明那種力量的來源，而且加以解除。但如果艾迪奧和他那些盟友被抓，如果她被抓……只有死路一條。你父王會把他們全殺光，先從她開始。而現在，鐸里昂，我們需要他們。」

鐸里昂轉頭看艾迪奧。「你想殺了我父王？」

「他不該死？」將軍只有如此回應。

鐸里昂能看到隊長皺眉——不是因為將軍的話語，而是低溫。「你有讓他知道——關於我的事？」鐸里昂咬牙道。

「沒有。」艾迪奧替鎧奧回答。「不過，如果你再不學會控制那股力量，全王國就不會還有誰不知道你擁有魔法。」艾迪奧把那雙世代繼承的眼眸移向隊長。「難怪你如此急於交換祕密——你是為了保護他而需要那些情報。」鎧奧點頭。艾迪奧朝鐸里昂竊笑，冰霜覆蓋樓梯間。「看來你的魔法是以冰與雪的方式展現，小王子？」將軍問。

「你可以過來親身體驗答案。」鐸里昂微微一笑。或許他能把艾迪奧甩過走道，就跟那晚拋甩那隻怪物一樣。

「艾迪奧值得信賴，鐸里昂。」鎧奧說。

「他跟其他人一樣狡詐。我一點也不相信他不會為了滿足個人利益而出賣我們。」

「他不會這麼做。」鎧奧斥責，搶先艾迪奧一步開口，嘴脣已經凍得發紫。

鐸里昂知道自己正在傷害鎧奧——清楚知道，也不怎麼在乎。「因為你有朝一日想成為艾迪奧效忠的國王？」

鎧奧臉色蒼白，可能是出於低溫，也可能是因為恐懼。艾迪奧爆出笑聲：「我的女王寧可獨身至死，也不可能嫁給亞達蘭的男子。」

鎧奧試圖隱藏痛楚造成的表情，但是鐸里昂熟悉這位老友，早就注意到對方的反應。有那麼一秒，他好奇瑟蕾娜對艾迪奧的宣言會作何感想。瑟蕾娜以謊言隱瞞自己的身分——瑟蕾娜就是**艾琳**，他十年前在她那座美麗城堡玩耍時見過的艾琳。還有在安多維爾的那天——見面的第一天，他就覺得她有點眼熟……諸神在上。

瑟蕾娜就是艾琳·加勒席尼斯。他曾與她共舞，吻過她，睡在她身旁，他的世仇。我會為你而歸，她在這裡的最後一天對他說過。就算在當時，他已經感覺她話中有話。她會回來，但或許不是以瑟蕾娜的身分。她回來是為了幫助他？還是殺了他？艾琳·加勒席尼斯知道他擁有魔法——而且想消滅他的父王、他的王國。她說過和做過的一切……他曾想過，她的一言一行都是演技，是為了以鬥士身分跟他拉攏感情，但如果她那麼做是因為她是特拉森的繼承人？所以她和娜希米雅成為朋友？如果她在安多維爾待了一年後……

艾琳·加勒席尼斯在那座勞動營待了一年。統治一方的女王成了奴隸，而且永遠背負那裡留下的渾身傷疤。或許這讓她、艾迪奧甚至愛她的鎧奧有理由密謀推翻他的父王。

「鐸里昂，請你相信我，」鎧奧說：「我這麼做是為了你——我發誓。」

「我不在乎，」鐸里昂走離時瞪他們一眼。「我會把你的眾多祕密帶進墳墓——但我不會參與。」

他把冰魔法從空氣中扯回，反轉向內，包覆心臟。

艾迪奧從祕密地下出口離開城堡。走回他們的房間時，他向鎧奧解釋這麼做是為了避免引來任何懷疑，為了甩掉**其他可能在場**的跟蹤者。隊長的眼神表示自己清楚知道艾迪奧要去哪。

艾迪奧思索隊長說明的事情——而雖然其他人都會因此感到驚恐，雖然艾迪奧**應該**感到驚恐……但不感到驚訝。多年前收下那枚戒指時，他就懷疑國王擁有某種恐怖力量，這項判斷也與探子們多年來蒐集的情報吻合。

黃腿族母來到此地，必有其因。艾迪奧敢以重金打賭，不管國王在打造哪種魔物或武器，都將在不久後隆重登場，而且可能有女巫隨侍在旁。豈有人建軍備武卻棄之不用？如果不是為了確保絕對的控制力，國王又何必發放那種心控珠寶？無論如何，艾迪奧會以面對此生每一場試煉的態度來面對即將到來的威脅：精確、強悍而且高效率。

他注意到兩個人影在碼頭旁的破屋陰影中等候，從艾弗利河飄來的霧氣讓他們倆看起來彷彿幾抹黑影。

「所以？」艾迪奧斜靠於潮溼磚牆時，雷恩質問，而且雙劍在手。上等亞達蘭鋼材，缺口和刮痕意味著經歷過實戰，充分油漬表示雷恩知道如何保養武器。這雙長劍似乎是雷恩唯一在乎的東西——他的頭髮蓬亂，一身舊衣也早該汰換。

「我已經跟你說過：我們可以相信隊長。」艾迪奧看向莫爾塔。「您好啊，老頭。」

他看不到莫爾塔藏於兜帽陰影下的臉龐，但是莫爾塔的嗓音極輕：「希望對方提供的情報值得你冒這種風險。」

艾迪奧咬牙低吼。他不會讓他們知道關於艾琳的真相，除非她回到他身邊，而且她自己親口向他們說明。

雷恩上前一步，動作充滿身經百戰者的從容自信，而且百戰皆勝。儘管如此，艾迪奧比對方至少高三吋，肌肉多二十磅。如果雷恩動手，就會在一秒內發現自己躺在地上。「我不知道你在玩什麼遊戲，艾迪奧，」雷恩說：「但如果你不說出她的下落，我們又怎能信任你？而且那個隊長又怎麼知道她在哪？她在國王手上？」

「不。」艾迪奧回答。這不是謊話，卻感覺像說謊，因為瑟蕾娜確實把自己的靈魂賣給國王。「就我看來，雷恩，你和你爺爺沒什麼東西可以給我——或是艾琳。你們沒有戰團，沒有土地，而且隊長向我說明了你們跟亞奇·芬恩那人渣之間的關係。我是不是需要提醒你們，娜希米雅·耶格在你們的看守下落得何種下場？所以我不會告訴你們，你們只有在需知時方知。」

雷恩衝上前。莫爾塔在他們之間伸手攔阻，開口道：「我們不知道那項情報也好，以防萬一。」

雷恩拒絕後退，艾迪奧因為對方的挑戰而血流加速。「那我們要怎麼跟那些朝臣說？」雷恩追問：「說她不是我們以為的冒充者，而是確實還活著的繼承人——而你卻拒絕讓我們知道她的下落？」

「沒錯，」艾迪奧低語，判斷自己能把雷恩打得多慘而避免傷到莫爾塔。「你就是這樣去跟他們說，如果你還找得到那些朝臣。」

一陣沉默。莫爾塔開口：「我們知道拉維和索爾還活著，而且在蘇利亞。」

艾迪奧知道這個故事。因為他們倆的家族事業非常關鍵，所以國王不想把那兩人的父母都處以極刑。因此，他們的父親自願走上砍頭臺，母親則保住一命，負責管理蘇利亞這座重要商港。那兩名蘇利亞男孩現在應該分別是二十和二十二歲；他們的母親過世後，索爾成了蘇利亞領主。率領凶煞軍團的這些年來，艾迪奧未曾踏入那座濱海城市，他不想知道他們對自己是否抱有敵意。亞達蘭之娼。

「他們願意反抗？」艾迪奧說：「還是更看重那些黃金？」

莫爾塔嘆道：「我聽說拉維的個性比較狂野——或許能被說服。」

「我不想讓任何**必須被說服**的人加入我們的陣營。」艾迪奧說。

「我們想要的是不怕艾琳——也不怕**你**的那種人，」莫爾塔發火：「我們想要的是智者，不會怯於提出嚴厲質疑。忠誠必須被贏得，而不是被給予。」

「我們本來就該效忠她，她什麼都不用做。」

莫爾塔搖頭，兜帽隨之擺動。「對我們之中一些人來說，確實如此，但其他人或許沒這麼容易被說服。她平白無故消失了十年——任憑自己的王國荒廢。」

「她當時是個**孩子**。」

「她現在是個女人，幾年前就已成年。或許她願意為此做出解釋。但在那之前，艾迪奧，你**必須**明白其他人未必跟你一樣熱誠，而且他們在評估你的為人方面也需要聽取不少解釋——關於你究竟向誰效忠，你這些年來又如何以行動表現出那種忠誠。」

他想把莫爾塔的牙齒打落咽喉，就算只是因為對方說的是事實。「歐隆的核心集團有哪個成員還活著?」

莫爾塔說出四人。雷恩迅速補充道:「聽說他們已經躲藏多年——跟我們一樣總是四處遷移,可能不好找。」

四人。艾迪奧的心一沉。「只有四人?」他去過特拉森,但他當時沒計算確切死亡人數,一直不想知道誰倖免於那場血腥屠殺,或是誰為了把一名孩子、朋友或家族成員送出去而自我犧牲。他在內心深處當然知道事實,但還是傻傻的希望大多數的成員都還活著、都等著重返家園。

「我很遺憾,艾迪奧,」莫爾塔輕聲道:「有些低階貴族成功逃走,甚至保住領地,享有繁榮富庶。」艾迪奧知道他們是誰,也幾乎討厭他們之中每一位——那些只懂自保的豬。莫爾塔說下去:「弗儂.拉肯活了下來,但只是因為他本來就是國王的傀儡,而且在卡爾被處決後,弗儂繼承了兄長的身分,成為波朗斯領主。你知道瑪莉詠夫人的下場,但我們一直不知道伊萊德是死是活。」伊萊德——卡爾爵士和瑪莉詠夫人的女兒及繼承人,比艾琳小不到一歲,如果現在還活著,至少十七歲。「一開始的那幾星期,有許多孩童失蹤。」莫爾塔說完。艾迪奧不願去想那些小小墳墓。

他不得不撇頭片刻,就連雷恩也沉默不語。最後,艾迪奧開口:「派探子去找拉維和索爾,先別找其他人,跳過那些低階貴族,一步一步來。」

雷恩倒是意外的配合:「同意。」有那麼一秒,兩人四目交會,艾迪奧知道雷恩也感覺到自己常常出現的感受——試圖深藏於心的感受。他們活了下來,卻有太多人沒這麼幸運,而且其他人都不明白承擔這種感受是何滋味,除非他們自己也經歷過這種慘痛損失。

雷恩當年成功逃脫,代價就是父母的命——而且失去了家園、頭銜、朋友和自己的王國。

他東藏西躲，勤於鍛鍊，也未曾忘記自己的使命。

他們現在不是朋友；以前也不算是朋友。雷恩的父親對艾迪奧而非雷恩獲選向艾琳許下血誓而大感不悅。象徵純然臣服的誓言——將讓艾迪奧成為她這一生的守護者、她絕對可以信賴的人。他擁有的一切、自己的命，都應該屬於她。

然而，現在的獎勵不只是血誓，而是一個王國——讓他們有機會復仇，而且重建原本的世界。艾迪奧轉身要走，但回頭一瞥。只有兩個披風身影，一人駝背，另一名高大持劍。這是艾琳重建王朝的起頭，他願意為她興起的王朝，為了擊碎亞達蘭的鎖鍊。他願意繼續玩這場遊戲——稍微多玩一會兒。

「等她回來，」艾迪奧輕聲道：「她對亞達蘭國王展開的復仇，將讓十年前那場屠殺相形之下顯得慈悲。」艾迪奧在內心深處希望這番話將會成真。

第二十五章

一星期經過，沒人試圖剝她的皮，瑟蕾娜覺得這算是成果，就算在羅紋的特訓方面毫無成果。羅紋信守承諾，讓她在廚房連值兩班——唯一的好處是她每天工作結束後累得要命，一回房就倒頭就睡，根本不記得自己有沒有作夢。她猜另一件事也算是好處：晚上忙著在廚房刷鍋洗碗時，她能聽艾姆瑞斯說故事——這是路迦每晚都哀求的故事時間，無論晴雨。

雖然經歷了皮行者事件，瑟蕾娜還是沒掌握自己的變身能力。雖然羅紋那晚在河邊把披風丟給她，兩人在翌日早晨又恢復平常那種尖酸刻薄。**憎恨**這個字眼似乎太過強烈，畢竟她沒辦法恨自己的救命恩人，不過**討厭**一詞倒是十分貼切。她不太在乎羅紋站在「憎恨與討厭」這條線上的哪一端，不過要讓他同意帶自己前往朵拉奈爾城，顯然還是長路迢迢。

每一天，他都帶她去神殿廢墟——遠離旁人，以免她成功變身卻失控縱火。一切——一**切**——都取決於這項命令：變身。但是魔法從體內噴發、即將吞噬自身和全世界的這種回憶令她心煩意亂，在她清醒和入眠時揮之不去。這種感覺跟老是坐在神殿廢墟裡幾乎一樣糟。

此刻，難受的靜坐兩小時後，她呻吟站起，在廢墟四處踱步。今天異常晴朗，淡色石塊在豔陽下似乎透出光芒。事實上，她彷彿能聽見遠古信徒的低聲祈禱仍在四處迴響，她的法力也以詭異的脈動回應——更怪的是，她現在是人類型態，法力應該被深深壓抑。

查看廢墟的同時，她雙手扠腰，為了避免自己緊張得拔光頭髮。「說起來，這裡到底是什麼地方？」四處只剩碎石板，標示這座神殿一度占據的位置。介於矩形和橢圓形的幾塊石頭——石柱——東倒西歪，彷彿被一隻手拍散，另外還有幾塊石頭堆在一起，原本應該是一條道路。

羅紋尾隨在後。她觀察一堆白石時，一團雷雲正在從四方逼近。「太陽女神之殿。」

瑪菈，掌管光明、學識與火焰之神。「你帶我來這裡，是因為你以為這座神殿或許能幫我掌握我的能力——我的變身？」

對方微微點頭。她把一手放上其中一塊巨石。說真的，她似乎真能察覺一度棲息於此的那股力量留下的痕跡，一道甘甜暖意沿她的頸項和脊椎吻過，彷彿那位女神的一小部分仍蜷縮於角落。這能解釋為什麼今天、在陽光下，這座神殿似乎跟平時不同，為什麼她的法力蠢蠢欲動。瑪菈，太陽女神、光明使者，是月之守護者黛安娜的姊姊和永遠的競爭對手。

「因為玫芙的關係，瑪帛在死後被追封為女神黛安娜。」瑟蕾娜沉思道，一手撫過一塊鋸齒狀石板。「但那是五百多年前的事。瑪菈本來就有個遠在月宮的妹妹，只是那個妹妹的地位後來被瑪帛取代。」

「黛安娜**就是**那個妹妹的名字，是你們人類把瑪帛的一些特徵加諸在黛安娜身上，例如狩獵和獵犬。」

「或許黛安娜和瑪菈並非一向是勁敵。」

「妳到底想說什麼？」

她聳肩，繼續以雙手撫摸石面，感覺、呼吸和嗅查。「你認識瑪帛嗎？」

羅紋沉默許久——顯然在考慮說出答案是否有任何用處。「不，」他終於開口。「我很老，但沒那麼老。」

好吧——既然他不想說自己到底幾歲……「你**覺得**自己很老嗎？」

他凝視遠方。「以我族的標準來說，我還算是年輕人。」

他根本沒回答問題。「你說你曾經在某個王國爭戰，那個王國已經不復存在。看來你打過幾次仗，也在各地旅行過。那會留下痕跡，從內部讓你老化。」

「**妳**覺得自己很老嗎？」他的視線堅定。孩子——他曾經叫她丫頭。

看在他眼裡，她還是個丫頭。跟他的壽命相比，就算等她成了老女人——如果她能活那麼久——在他眼中依然是個孩子。她的任務成功與否，取決於他是否認為她只是個孩子，但她還是開口：「這年頭，我很慶幸自己是個凡人，這種人生只需要過一次。這年頭，我一點也不羨慕你。」

「而以前？」

現在換她望向遠方地平線。「以前，我希望自己有機會看遍全世界——也怨嘆自己生命有限。」

她能感覺他正在構思疑問，但她開始移動，觀察其他石塊。她拍掉石面灰塵時，一幅畫面隨之浮現：一頭雄鹿，雙犄角之間是一顆明星，跟特拉森雄鹿十分神似。她聽過艾姆瑞斯訴說「太陽雄鹿」的故事，牠被竊自這片大地的某座神殿，巨角之間承托永恆之火……「那些雄鹿原本在這裡——在這座神殿被毀之前？」

「不知道。這座神殿沒被毀，而是在永生精靈遷去朵拉奈爾後被遺棄，在歲月和風雨下化為廢墟。」

「在艾姆瑞斯的故事裡，這座神殿是被毀壞，不是被遺棄。」

「說真的，妳到底想說什麼？」

她也不知道自己在想什麼，起碼目前還不確定，所以她只是搖搖頭。「我那塊大陸，特拉森的永生精靈……跟你不一樣。至少，我記得他們跟你不一樣。他們人數不多，不過……」她用力嚥口水。「他們被亞達蘭國王輕而易舉的追捕屠殺。但我看著你的時候，我實在搞不懂那個國王是怎麼辦到的。」雖然國王擁有命運之鑰，永生精靈還是遠比人類強壯敏捷。應該有更多永生精靈存活下來才對，就算有些在魔法消失後受困於自己的動物型態。

她回頭瞥向他，一手仍壓在溫暖的雕痕上。羅紋的顎部肌肉抽搐，接著開口道：「我沒去過妳的大陸，但我聽說那裡的永生精靈比較溫和——沒那麼好鬥，也很少接受戰鬥訓練——而且極度依賴魔法。妳那片土地的魔法消失後，許多永生精靈可能根本不知道該如何面對訓練有素的士兵。」

「玫芙卻拒絕派出援軍。」

「妳那裡的永生精靈很久以前就與玫芙決裂。」他又停頓。「但是朵拉奈爾城中有些人認為應該提供幫助。陛下後來決定，向任何成功逃來這裡的人提供庇護。」

她不想追問下去——不想知道多少人成功逃來這裡，不想知道他當初是不是鼓吹援救西部同胞的那少數人之一。因此，她走離神鹿雕紋，跟棲息於石中的那股甜美暖意切斷連結，也立即感到寒冷。她有點確定：那股奇妙的遠古力量因為看她離去而感到哀傷。

第二天，瑟蕾娜在廚房值完早班，因為路迦沒在場幫忙而比平常更痠痛疲憊，這表示她整個早上都忙著切切洗洗、送菜去樓上。

瑟蕾娜從一名哨兵身旁經過，對方似乎是路迦的朋友，而且經常參加艾姆瑞斯的說書會。那人年輕，精瘦結實，沒有永生精靈的耳朵和氣質。巴斯，要塞斥候的隊長，路迦成天說起他的事。瑟蕾娜朝他微微一笑、點頭致意，他眨眼幾下，回以試探性的微笑，繼續悠哉離去，大概是要去護牆上站崗。她皺眉。雖然她現在願意以文明的態度對他們打招呼，不過……思索他為何有那種反應的同時，她回到房間，換上外套。

「妳遲到了。」羅紋的聲音從門口傳來。

「今早的碗盤特別多。」她把髮辮重新編好，轉身看向斜靠在門口的他。「我今天能不能期望自己會跟你做些更有用的事？還是只有更多枯坐、咆哮和怒目相視？還是劈柴幾小時？」

他只是轉身沿走廊而行，她跟上，邊走邊綁辮子。他們經過兩名哨兵，這一次，她看著那兩人的眼睛，微笑致意，對方也是眨眨眼，面面相覷，然後回以笑容。她真的變得這麼討人厭？笑一下都會讓他們吃驚？老天——她上次對任何人事物露出微笑**是什麼時候**？

遠離要塞，進入南面山坡後，羅紋開口：「他們都跟妳保持距離，是因為妳發出的氣味。」

「再說一次？」她不想知道自己的思緒如何被他看穿。

羅紋邁步穿越林間，臉不紅、氣不喘。「這裡的男性多過女性——而且算是與外界隔絕。妳沒想過為什麼沒人接近妳？」

「他們保持距離，是因為我……很臭？」她原本以為自己對此不在乎、不會感到丟臉，結果臉龐還是發熱。

「妳的氣味發出的訊息是：妳不希望任何人接近妳。男性對那個氣味比女性更敏感，也因此避得老遠，他們不希望臉皮被妳抓爛。」

她忘了永生精靈有多原始，例如在氣味、交配和地盤觀念的方面。跟群山外頭的文明世界相比，這成了極為詭異的對比。「很好。」她做出評論，雖然還是搞不懂為什麼自己的情緒這麼容易被看穿，謊言和演技這下簡直毫無用處。「我對男人……對男性沒興趣。」

他盯著她的戒指。在穿透樹冠的閃爍陽光下，他的刺青格外鮮明。「如果妳成為女王？妳還會拒絕政治聯姻？」

似乎有隻隱形之手掐住她的咽喉。她一直沒讓自己考慮這種可能性，因為王冠和王座的重量足以讓她感覺被壓在棺材裡。想到為了那種原因而結婚，某人的身軀壓在她身上，**不是**鎧奧的某人……她推開這個思緒。

羅紋正在激她，跟平常一樣。她還是沒打算繼承舅舅的王座，她的唯一計畫是履行向娜希米雅許下的承諾。「你這招不錯。」她開口。

他咧嘴笑，尖牙閃爍。「妳有點開竅了。」

「其實你也常常上我的當，你知道。」

他以眼神表示：*如果妳還沒發現，其實是我讓妳耍我，我的智力可沒凡人那麼低。*

她想問為什麼，但跟他友好——跟任何人友好——這種感覺已經夠怪。「我們今天到底要去哪？我們從不往西邊走。」

對方收起笑臉。「是妳想做些有用的事，現在我給妳機會。」

因為瑟蕾娜處於人類型態，兩人來到松林時，附近某座城鎮飄來的鐘聲宣布現在是下午三點。

她沒問來這裡做什麼。如果想讓她知道，他會開口說明。羅紋開始放緩腳步，沿著留在樹上和石面的蹤跡前進。她無聲跟上，又餓又渴，還有點頭暈。

地形改變，松針在她的鞋底發出脆裂聲，而且在上頭啼叫的不是鳴禽而是海鷗。想必這裡離海邊不遠。汗溼的臉龐被一陣清涼微風吻過，夾雜鹽、魚和日晒岩石的氣味，瑟蕾娜舒服得呻吟一聲。羅紋在一條溪流旁停步時，她才注意到那種惡臭——和死寂。

溪旁地面翻起，樹叢遭踐踏破壞。但是羅紋的注意力集中在溪流本身，卡在岩石之間的某物。

瑟蕾娜咒罵。是屍體。從殘骸的輪廓判斷，是具女屍，而且——

人皮。

彷彿生命力和本質被抽乾。沒有傷口，沒有割痕，沒有任何受襲跡象，除了鼻孔和兩耳的少量血跡。肌膚毫無血色，乾枯萎縮，中空的臉皮流露生前的恐懼——和悲傷。還有那種臭味——不只腐屍本身，還有周遭……那種臭味……

「誰下的手？」她問道，觀察溪流後方那片受擾樹林。羅紋跪地查看屍體。「為什麼不把她丟進海裡？把她留在溪裡，這種做法似乎有點蠢。而且蹤跡——除非留下蹤跡的是發現屍體的人，而不是凶手。」

「瑪拉凱今早向我通報了這件事——他和他的手下訓練有素，不會留下蹤跡。可是這種味道……我承認，這很不尋常。」羅紋走進溪裡。她想阻止他，但他繼續觀察屍體，或站或蹲，沒放過前後左右。他的目光掃向她，眼中滿是怒火。「說說妳的推理吧，刺客，是妳說妳想讓自己有點用處。」

這種口氣令她惱怒，不過——那具女屍躺在那裡，如娃娃般支離破碎。

瑟蕾娜不太想嗅查屍體的**任何**氣味，但還是這麼做，也立刻希望自己沒這麼做。這是她到目前為止聞過兩次的氣味，上一次是十年前那間血染臥室，第二次是最近……「你說你不知道古墓那隻怪物的真實身分，」她勉強開口。女子因生前尖叫而張嘴，鼻血下方是碎裂的棕牙。

瑟蕾娜搗鼻皺眉。「我認為這就是那隻怪物下的手。」

羅紋雙手扠腰，再次嗅查，在溪中轉身，打量瑟蕾娜後看向屍體。「妳當時脫離那片黑影時，看起來就像生命力被抽走，膚色蒼白，也看不到臉上的雀斑。」

「那怪物逼我重溫……回憶，最糟的那種。」女子驚悚又哀傷的臉面向上方的樹冠。「你有沒有聽說過以這種東西為食的怪物？我當時瞥向那東西時，看到一名男子——容貌俊美，肌膚白皙，一頭黑髮，雙眸全黑。他不是人類。我的意思是，他看起來像人類，但他的眼睛——完全不是人類。」

她的父母遭暗殺，她見過那些傷口。但那個房間的氣味跟這裡如此相似……她搖頭，彷彿想甩掉那種氣味，甩掉沿脊椎往上爬的詭異感受。

「就連陛下也不盡知潛伏於這些土地的每一種魔物。既然皮行者最近開始下山行動，或許其他生物也不例外。」

「鎮上的民眾可能知道一些線索，或許他們見過那怪物，或是聽說過謠言。」羅紋似乎也想到這點，因為他不悅的搖頭——而且顯得難過，這令她感到意外。「我們沒那種時間。妳以人類型態步行，浪費了太多白晝時辰。」況且他們沒攜帶任何野營物資。「我們再過一小時回去，把握時間。」

這條小徑根本是死路一條。沿路來到一處濱海懸崖後，就沒有路通往下方的狹長海灘，附近也毫無人煙。羅紋站在懸崖邊，交叉雙臂，凝視翡翠般的海洋。「這不合理，」他開口，比較像在喃喃自語。「這是這幾星期來的第四具屍體——但沒人通報失蹤人口。」他在沙地蹲下，伸出刺青手指，在沙地畫下一條粗線。溫德林海岸線的輪廓。「那幾具屍體是在這裡被發現。」幾顆小點，看起來似乎是隨意棄置，不過都很靠近海邊。「我們在這裡，」他畫下另一個點，改成跪坐。瑟蕾娜凝視這幅粗略地圖。「但妳我是在這一處的古墓屍妖之中遇到那怪物，」他補充道，在某處畫下X，她猜那應該就是內陸那片墳墩。「我沒發現任何跡象顯示那怪物仍待在古墓，那些屍妖也回到以前的習性。」

「其他屍體也是同樣狀態？」

「一樣被抽乾，一臉驚恐——身上毫無外傷，只有鼻孔和耳部有乾血。」他咬牙，刺青下的古銅肌膚變得蒼白，她知道他的永生者尊嚴因為不知道這怪物的正體而受辱。

「全都丟在林子裡，而不是海裡？」對方點頭。「但都離海邊不遠。」對方又點頭。「如果是技巧純熟的高智力殺手，應該會把屍體藏得更妥善。或是，老話一句，丟進海裡。」她瞥向奪目海洋，太陽開始進入午後的下沉軌道。「或許那怪物不在乎這點，或許牠想讓我們知道牠幹了什麼好事。有……有時候，我會故意把屍體丟在某處，就為了讓特定人士發現，或是傳達訊息。」最近一次就是古雷夫。「這些屍體有什麼共同點？」

「我不知道，」他坦承。「我們甚至不知道屍體的姓名、來自何處。」他站起身，拍掉手上的沙粒。「我們得回要塞。」

她揪住他的手肘。「等等，屍體已經看夠了？」

對方緩緩點頭。很好，她也看夠了——也受夠那種味道。她已經把那種味道烙在記憶裡，連同其他所能發現的細節。「那我們得埋了她。」

「這裡的地質太硬。」

她大步穿越林中，沒等他跟上。「那我們就用老方法。」她呼喊。她絕不讓那女子的屍體在溪中腐爛、又溼又冷的在那躺到永恆。

瑟蕾娜把過輕的屍體拖到岸上，放在棕黃松針上，接著蒐集火種和樹枝，然後跪在地上，盡量別看女屍的皺皮和一臉驚悚。羅紋全程不發一語。

她嘗試幾次才成功徒手生火時，他也沒嘲笑挖苦。松針終於皺縮冒煙，簡陋的火葬柴堆飄出古老焚香。她退離火焰時，感覺他站到自己身後，他的自信與低調野性如幽靈般包圍她。一道暖風舔過她的髮絲和臉龐。魔法之風加強火勢，讓屍體能更快被火吞噬。

她感覺到的厭惡情緒跟自己的誓言和娜希米雅無關。瑟蕾娜探索體內的永恆深淵——只有一次——想看看能不能觸動變身的關鍵，好讓這團可悲小火燒得更均勻也更驕傲。

但是瑟蕾娜依然滯怠虛空，依然困於凡人身軀。

羅紋對此沒做出任何評論。他施展的風息讓火焰獲得充足餵養，屍體因此能被迅速焚化，火勢遠比凡人生起的火堆猛烈。他們倆默默觀禮，直到火堆只剩灰燼——直到就連灰燼都被帶上天空，越過樹冠，飄向大海。

第二十六章

墓穴的會面後，鎧奧沒再見到將軍或王子，也沒聽到他們的消息。據手下指出，王子最近都在醫者地窟逗留，為了追求那裡的一名年輕女子。他不禁對這個消息感到喜悅，至少鐸里昂不是**完全**自我封閉。

與鐸里昂的決裂還是有其價值。這麼做對鐸里昂有幫助，就算這位老友永遠不打算原諒鎧奧。對瑟蕾娜來說也有幫助，就算她再也不會回來，就算他希望她依然是瑟蕾娜而不是艾琳……這麼做值得。

他過了一星期才有空跟艾迪奧會面——為了取得那晚因為被鐸里昂介入而沒取得的情報。既然鐸里昂當時能輕易接近他們，墓穴就不是最隱密的地點。另外有個地方倒是更為安全。瑟蕾娜在遺囑裡把那個地方留給他，也註明了地址。

倉庫上方的那間祕密公寓未曾受擾，雖然有人花時間把裡面的華麗家具全部蓋上。一一掀起白布時，感覺就像一一揭露瑟蕾娜在被抓去安多維爾之前的人生——證明她的奢華品味深入骨髓。她跟他說過，她買下這個地方是為了擁有自己的小天地，在她住了大半輩子的刺客要塞之外的私人空間。她為了這間公寓幾乎耗盡所有財產，但她說這有其必要，因為這裡能給她少許自由。他其實沒必要掀起白布，或許也確實不該這麼做，但是……他很好奇。

這間公寓有兩間套房、一間廚房，還有一間主廳，一張厚墊沙發放在覆以雕飾的大理石壁爐旁，搭配兩張超大型天鵝絨扶手椅。主廳的另一半空間放有一張能坐八人的橡木餐桌，桌上擺設依然完整：陶瓷和白銀製成的餐盤，連同早已黯淡無光的銀質餐具。很顯然的，在某人——大概是艾洛賓・漢默爾——下令封起這間公寓後，就再也沒人進來。

艾洛賓・漢默爾，刺客之王。鎧奧咬牙，把最後一塊白布塞進走廊的儲物櫃。這幾天，他常常想到瑟蕾娜的師父。特拉森公主消失於半結冰的弗若茵河不久後，一名孤兒就在河畔出現。聰明如艾洛賓，不難看出其中關聯。

如果艾洛賓知道她的真實身分，還那樣對待她……他想到瑟蕾娜手腕上的疤痕，艾洛賓逼她打斷自己的手。瑟蕾娜不知道經歷過多少酷刑，只是沒說出來讓鎧奧知道。而其中最殘酷的是……

他一直沒問瑟蕾娜某件事：她成為御前鬥士後，為什麼不立刻去找師父報仇？師父那樣對待她的愛人山姆・科特蘭，她為何不盡快把對方大卸八塊？是艾洛賓下令把山姆虐殺至死，還給瑟蕾娜設下陷阱，讓她後來被抓去安多維爾。既然艾洛賓沒破壞這間公寓，想必是打算日後與她重逢。看來他原本打算讓她死在安多維爾——直到他決定釋放她，讓她爬回他身邊，做他永遠的忠僕。

那是她的權利，鎧奧告訴自己。她有權決定在什麼時候以何種方式殺掉艾洛賓。那也是艾迪奧的權利。就連特拉森的那兩位領主也比鎧奧更有資格摘下艾洛賓的頭顱。但如果見到艾洛賓，鎧奧實在不知道到時能否控制自己。

公寓門外的歪斜木階傳來吱嘎聲，鎧奧立刻拔出佩劍。聽到兩聲低頻口哨，他稍微放下心，也以口哨回應。他沒收起長劍，直到長劍在手的艾迪奧大步進門。

「我還在想你是不是一個人在這兒，還是有一群手下躲在陰影中。」艾迪奧以寒暄的口氣說道，收劍入鞘。

鎧奧瞪他。「我對你也有同樣疑問。」

艾迪奧進入公寓內部，臉上的殺氣切換成謹慎，好奇，然後哀傷。鎧奧這才想到，這間公寓讓艾迪奧第一次看到失蹤表妹留下的蹤跡。這些是她的私人物品。她親手挑選一切，包括壁爐架上的小雕像、餐桌上的綠餐巾，還有廚房裡的老舊工作桌，桌面布滿無數刀痕。

艾迪奧在廳中停步，觀察一切，或許真的是為了查看周遭是否有埋伏，不過……鎧奧咕噥說要去上廁所，讓艾迪奧擁有所需的隱私。

這是她的公寓。不管她接受還是痛恨自己的過去，她還是用特拉森的皇室色彩來裝飾餐桌——綠色和銀色。餐桌和壁爐架上的雄鹿雕像是唯一的證據，證明她或許還記得，或許還在乎。

餐桌之外的一切都布置得舒適高雅，彷彿這間公寓就是用作休息、在壁爐旁度過夜晚。還有一大堆書——書架上，沙發旁的小桌上，也堆在面向落地窗的大型扶手椅旁。主廳整面牆都是落地窗，以窗簾遮蔽。

聰明，也受過教育。有教養——如果周遭的小擺設算是線索。這裡擺放來自各個王國的物品，看來她在旅行途中都會蒐集一些東西。這個空間就是她的冒險地圖，另一個人的地圖。艾琳活了下來，有自己的生活，見過世面，也做過許多事情。

廚房雖小但舒適——而且……老天，她居然有冰箱。隊長說她是惡名昭彰的刺客，但沒說她這麼有錢。這麼多血腥錢——這些奢華之物只證明她有多麼失落，證明他無力保護她。她成了殺手。從這間公寓看來，還是個頂尖殺手。她的臥室更誇張：巨型四柱床，床墊看來彷彿雲團，房內的大理石瓷磚浴室裝設獨立配管。

嗯，她的衣櫃倒是沒變，這位表妹向來喜歡漂亮衣服。艾迪奧拿出一件深藍外袍，翻領繡有金邊，鈕扣在燭臺照映下微微閃爍。這些衣服是用來覆蓋女人的身軀。殘留於整間公寓的氣味是女人味——跟他印象中的那種幼時氣味非常相似，但這裡的氣味覆以神祕感和祕密微笑，他的永生精靈感官不可能沒發現或沒做出反應。

艾迪奧斜靠在更衣室的牆上，凝視長袍和覆上灰塵的珠寶展示。他不允許自己在乎以前的遭遇、被他毀掉的人，或是自己帶著別人的血汗走出戰場。對他來說，他在艾琳遇害的那一天已經失去一切，他因為嚴重失職而該被如此懲罰。但是艾琳……

艾迪奧用雙手撫過頭髮，然後走回主廳。艾琳會從溫德林回來，無論隊長有何看法。艾琳會回來，而且等她回來的那一天……隨著每一次呼吸，艾迪奧感覺心臟和靈魂更被殘留於此的氣味緊緊裹住。等她回來，他永遠不會讓她走。

艾迪奧在爐火前的扶手椅攤坐時，鎧奧開口：「好吧，我認為我們等夠久了，我等著聽你說說魔法的事，希望你的情報有價值。」

「不管我知道什麼，魔法都不該是你的主要防禦計畫——或行動計畫。」

「我親眼目睹你的女王用魔法把大地一分為二，」鎧奧說：「別跟我說那種能力無法扭轉戰局——別跟我說你不需要那種力量、不需要能力與她類似的其他人。」

「她完全不會接近那種戰場。」艾迪奧輕聲低吼。

鎧奧非常懷疑這點，但也希望這是事實。為了不讓瑟蕾娜去前線跟同胞並肩作戰，艾迪奧大概會把她綁在王座上。「快說吧。」

艾迪奧嘆口氣，凝視火焰，彷彿望向遙遠的地平線。「在魔法消失前，那些火刑和屠殺已經持續了一段日子。因此，在魔法消失的那一天，我以為那些飛鳥只是為了逃離士兵，或是去尋找腐屍。我當時被國王下令關在一座塔樓的房間裡，大多數的日子，我不敢看向窗外，因為我不想知道下方的城中有什麼動靜，但那天有太多飛鳥喧鬧，所以我看向窗外，然後……」艾迪奧搖頭。「某種原因讓牠們全飛往一個方向，然後是另一個方向，接著尖叫聲開始。我聽說有些人當場死亡，彷彿動脈被割斷。」

艾迪奧把一張地圖攤在彼此之間的茶几上，以布滿老繭的手指向歐林斯。「當時有兩批鳥群，第一波飛往北北西。」他用指尖畫下模糊線條。「在塔樓上，我能看得很遠，知道大多數的飛鳥來自南方——而塔樓周遭的飛鳥大多沒什麼動靜。但後來，第二波飛鳥把所有鳥群趕往北方和東方，彷彿某種力量來自中土，把牠們往那裡拋甩。」

鎧奧指向波朗斯，特拉森的第二大城。「來自這裡？」

「更南邊。」艾迪奧拍開鎧奧的手。「安多維爾，或更往南。」

「你不可能看得那麼遠。」

「沒錯，但是宮中的高階戰士曾逼我牢記歐克沃森林的所有鳥類，以及牠們在狩獵——和戰鬥時發出的叫聲。在飛向我所在位置的鳥群中，有些只來自你的國度。我當時估算鳥群，是為了轉移自己的注意力——」又一陣沉默，彷彿艾迪奧不小心說出這點。「我不記得當時聽見任何來自南方王國的鳥類。」

鎧奧以指尖畫過地圖，從裂際城開始，移向群山，來到菲力安峽谷。「彷彿有某種東西朝這個方向射出。」

「第二波鳥群後，魔法才消失。」艾迪奧挑起一眉。「**你**不記得那一天？」

「我當時在這座城中。如果有誰感覺到痛楚，也不敢表現出來。魔法禁令當時已經在亞達蘭執行了數十年。所以這一切到底表示什麼，艾迪奧？」

「關於這點，莫爾塔和雷恩也有類似經歷。」將軍開始說起另一個故事：跟艾迪奧一樣，雷恩和莫爾塔也在魔法消失之日看到當地的動物發狂，還有兩波**某種力量**，但他們當時位於南方大陸，剛抵達骷髏海灣。

半年前，他們被亞奇．芬恩的「艾琳復出」的謊言引誘入城後，才開始考慮魔法的問題——為了幫艾琳女王破壞亞達蘭國王的力量。跟裂際城的其他反抗分子交換筆記後，他們意識到其他人也在魔法消失那天目睹類似現象。為了製作詳細紀錄，他們找到一名來自沙漠半島、願意配合的商人——對方來自山卓城，專賣違禁品，人品倒是意外的老實。

我從山卓城領主那裡偷走一匹亞斯特隆母馬。

瑟蕾娜當然去過沙漠半島，也去惹過麻煩。鎧奧強忍胸中痛楚，對那道回憶綻放微笑的同時，艾迪奧說明莫爾塔記下的商人口述。

魔法在沙漠消失的那一日，出現的不是兩波，而是三波神祕力量。

第一波從北方掃向南方。那名商人當時跟山卓城領主在一起，在高聳於城中的要塞裡，看到紅沙隨著一陣微弱震動而起舞。第二波來自西南方，如沙塵暴般朝他們滾滾而去。最後一波來自艾迪奧記得的同一個內陸地點。幾秒後，魔法消失，街上民眾尖叫。山卓城領主在一星期後收到某個命令：殺掉城中所有已知或登記有案的魔法操控者。城中也因此出現另一種尖叫，不同於魔法消失之日的版本。

艾迪奧說完後，朝鎧奧露出竊笑。「但是莫爾塔查出更多情報。我跟他會在三天後見面，他到時會向你說明他的推測。」

鎧奧從椅子站起。「就這樣？你只知道這些——這幾星期來用所謂的情報把我呼來喚去，內容卻少得可憐？」

「你還有更多情報沒給我，我又何必現在就全盤托出？」

「我給你的是足以改變世界的重大情報，」鎧奧咬牙道：「你給我的只是連篇故事。」

艾迪奧的眼神換上凶光。「你會想知道雷恩和莫爾塔的推測。」鎧奧不想等這三天，但在那之前還有兩場皇室餐會和一場國宴，他一場都不能缺席，還必須向國王說明他打算為那三場宴會如何安排維安措施。

片刻後，艾迪奧開口：「你是如何忍受替他賣命？你是怎麼騙自己不知道那混蛋在幹些什麼好事，如何欺壓無辜百姓，如何對待你聲稱你愛的那個女人？」

「我做的是我必須做的。」反正他也不期望艾迪奧明白。

「告訴我，為什麼侍衛隊長、亞達蘭貴族，願意這樣幫助敵人。我今天只想從你身上問清楚這項情報。」

鎧奧原想回答既然自己已經說出這麼多祕密，現在根本什麼都不用說，但還是換個回覆：「我從小就被告知，我們正在把和平與文明散播全地。我最近目睹的事情讓我意識到那全是謊話。」

「但你知道勞動營的事，你知道那些大屠殺。」

「既然不認識那些人，接受那種謊言就一點也不困難。」但是傷痕累累的瑟蕾娜，還有人民慘遭屠殺的娜希米雅……「既然國王說安多維爾那些人都是活該受罰，都是罪犯或試圖殺害無辜亞達蘭百姓的叛軍，那種說詞就不會被懷疑。」

「如果你的同胞也得知真相，他們之中有多少人也願意推翻國王？如果他們認真考慮哪天輪到自己的家人村落慘遭奴役或謀殺？如果他們知道王子擁有什麼力量——就連王子也加入起義的陣容，他們之中有多少人願意起身反抗？」

鎧奧不知道答案，也不確定自己是否想知道答案。至於鐸里昂……他不能要求老友這麼做，不能如此期望。他的目標是保護鐸里昂的安全。就算代價是兩人決裂，他還是不希望鐸里昂受到牽連，永遠不希望。

這一星期對鐸里昂來說既恐怖又美好。

恐怖，因為又有兩人知道他的祕密，也因為他在控制魔法這方面彷彿在走鋼索，法力似乎隨著日子一天天經過而愈加反覆無常。

美好，因為他每天下午都來到一間無人工作室，索莎在地窟深處發現這個不會有人打擾的房間。她把天知道從哪弄到的書籍搬來這裡，連同草藥、植物、鹽巴和粉末，跟他天天做研究、訓練而且考慮各種問題。

沒有多少書籍說明如何減弱他這種力量——許多相關著作已被焚毀，她向他解釋這點。但她把法力當成疾病來處理：如果能找到正確途徑予以隔絕，就能維持控制。她也總是說就算做不到這點，她還是可以改用麻醉藥，以適度劑量讓他保持心情緩和。她並不喜歡這個方法，他也一樣，但知道有這個選項也好歹令人安心。

他們每天只能見面一小時。在這一小時中，雖然違反眾多法律，鑼里昂卻感覺恢復自我，不是在黑暗中扭轉翻滾、蹣跚摸索，而是腳踏實地、心情鎮定。不管他對索莎說出什麼事情，她從不批評，也絕不背叛。鎧奧曾經是那種朋友，但現在，在他的魔法這件事上，他還是能在鎧奧的眼中看到恐懼和一絲鄙視。

「你知道嗎？」工作桌對側的索莎開口：「在魔法消失之前，擁有法力的囚犯必須用特殊的方法制伏。」

鐸里昂從書中抬頭，這本關於花園草藥的厚書毫無用處。在魔法消失之前……被他的父王用命運之鑰驅逐之前。他的腸胃翻攪。「因為他們能用魔法逃獄？」

索莎又查看書中內容。「這就是為什麼很多古老監獄用純鐵打造——對魔法免疫。」

「我知道。」他這個答案令她挑起一眉。慢慢的，她在他身旁開始表現得越來越活潑——雖然他也越來越擅長看懂她的微妙表情。「我的力量第一次出現後，我試過在一道鐵門上施展，結果……很不順利。」

「嗯……」索莎咬唇，這個舉動意外的令他分心。「但是你的血中也有鐵質，這怎麼解釋？」

「我認為諸神就是用這個方法避免我們變得太強大。如果一直接觸魔法，如果法力在體內流動太久，我們就會昏厥，或落得更糟的下場。」

「我在想，如果增加你的飲食中的鐵質，或在你的食物裡加入大量糖蜜？我們就是這樣治療貧血症患者，但如果給你高濃縮劑量……味道會很糟，也可能有危險，不過——」

「但或許如果那種東西在我體內，而法力上升時……」他皺眉。他原本不願想起自己試圖封鎖那道鐵門時的痛苦回憶，不過……他實在不忍心拒絕她。「妳這裡有嗎？加進飲料？」

這裡沒有，但她的工作室有。十五分鐘後，鐸里昂向席爾芭祈禱，然後吞下飲料，因為令人頭皮發麻的濃烈甜味而皺眉。毫無反應。

索莎來回瞥向他的眼睛和自己手中的懷錶。計時，等著看有沒有不良反應。一分鐘經過，然後十分鐘。鐸里昂很快就得離開，她也是。過了一會兒，索莎輕聲道：「試試看，召喚法力，鐵質現在應該在你的血液裡。」他閉上眼，她補充道：「當你心情不好時——生氣、害怕或難過的時候，法力會出現反應。想些讓你出現那種情緒的事。」

她為這件事賭上自己的工作、性命和一切。為了他，就是他的父王命令軍隊消滅她的村落，把她的家人連同躲在裂際城中的所有遭棄移民屠殺殆盡。他不值得她如此付出。

他吸氣，吐氣。她也不該承擔他帶來的一大堆麻煩——或以後每次來這裡就帶到她門前的麻煩。他能看出某個女人是否喜歡自己，他第一眼見到她時就知道她被自己吸引。他原本希望她對自己的那種看法沒有變得更糟，但現在……想些讓你心情不好的事。

每件事都讓他心情不好。她為了他而如此冒生命危險，他卻別無選擇，只能讓她陷入危險。就算他向她跨出那最後一步，就算他順從自己的強烈欲望、把她帶上床，他依然是……王儲。你永遠是我的仇敵，瑟蕾娜說過。

他無法逃避王位，也無法逃避父王。父王如果發現索莎如何幫他，一定會砍下她的腦袋，焚屍火化，把骨灰撒進風中。他的父王，他的摯友們正在試圖摧毀的對象。因為這個原因，他們騙了他、排擠他。因為他**是**個威脅，對他們倆，對索莎，還有——

強烈痛楚從體內攀升，湧上咽喉，他窒息作嘔。第二波痛楚擊來，一陣涼爽微風試圖吻過他的臉龐，但在渾身劇痛時如陽光下的霧氣般消失。他俯身向前，緊閉雙眼，再次被痛楚和暈眩感貫穿他。然後是第三波。

然後平息。鐸里昂睜眼，看到索莎，靈巧、沉穩又美好的索莎，咬脣站在那裡。她踏出一步——走向他，而非遠離，跟別人不同。「成——」

鐸里昂迅速站起，椅子因此在身後搖晃。一秒後，他用雙手捧起她的臉。「**成功了**。」他低語，然後吻她。很簡短的一吻——但他後退時，她已經雙頰泛紅、瞪大明眸。老天，他居然也睜大眼睛，而且他還在用拇指揉搓她的柔軟臉頰，還在想著多吻一會兒，因為剛剛那樣一點也不夠。

但她後退，繼續忙工作，彷彿——彷彿這個吻不算什麼，只不過是個小尷尬。「明天？」她輕聲道，眼睛沒看他。

他蹣跚走出房間的同時，差點說不出「好」。看她的反應如此驚訝，如果他再不離開，很可能會再吻她一次。

但或許她不想被吻。

第二十七章

站在俄梅戛山坡的觀景臺上，曼儂看著今天第一支黃腿女巫團飛越關口。高速俯衝再急轉直上的畫面令人驚歎不已，就算此刻正在馭風而行的是黃腿騎士。

伊絲克菈帶領那群女巫沿北牙峰峭壁飛過。她的坐騎是一隻名為芬迪爾的巨型公龍，氣勢有如排山倒海，體型雖然比提圖斯小，但凶狠有餘。

「她很適合那隻坐騎。」曼儂身旁的艾絲特琳開口。十三人眾的其他成員聚集於對練室，帶領其他女巫團進行徒手搏擊的訓練。法萊和法瓏想必正在享受折磨新兵的快感，那對綠眸的孿生惡魔就是以施虐為樂。

伊絲克菈和芬迪爾飛過北牙峰的最高峰，消失於雲端，另外十二名騎士以緊密隊形追隨在後。寒風鞭打曼儂的臉龐，朝她呼喚。她原本要去洞窟探望亞貝克薩斯，但決定先來看看黃腿一族的關口試煉，只是為了確認那幫女巫在接下來的三小時內不會回來。

她掃視通往北牙峰的橋梁及其巨型入口。龍吼在山峰上方迴響，反射於群山之間。「今天一整天，我要妳給十三人眾找事情做。」曼儂開口。

十三人眾之中，只有身為副手的艾絲特琳稍微有資格質疑曼儂，不過這也僅限某些情況。「妳要跟牠一起訓練？」曼儂點頭。「妳外婆說過，如果我再讓妳離開我的視線，我就等著被她開膛剖腹。」金髮隨風飄逸，艾絲特琳的歪鼻臉龐掛滿警惕。

「那妳得決定，」曼儂懶得亮出鐵牙。「妳是她的探子還是我的副手？」

艾絲特琳的表情不帶一絲痛苦、恐懼或背叛，只是雙眼微微瞇起。「我侍奉妳。」

「她是妳的族母。」

「我侍奉妳。」

有那麼一秒，曼儂懷疑自己到底是在什麼時候贏得這種忠心耿耿。她們不是朋友——至少不是人類定義的那種朋友。每一名黑喙女巫都向黑喙繼承人無條件奉上忠誠與服從。至於曼儂自己……

除了外婆以外，曼儂未曾把自己的想法、計畫或企圖向任何人說明。但她發現自己向副手開口：「我還是會成為空軍領隊。」

艾絲特琳微笑，鐵牙在晨光下如水銀般閃爍。「我們知道。」

曼儂抬起下巴。「我要十三人眾在格鬥訓練中加入翻滾練習。再來，等妳熟悉自己的坐騎後，我要妳在那幫黃腿飛行時升空。我要知道她們在哪飛、怎麼飛，而且都做些什麼。」

艾絲特琳點頭。「我已經派影衛在廳堂監視黃腿，」她的金斑黑眸閃過一絲怒火和嗜血欲。看曼儂挑起一眉，艾絲特琳補充道：「妳該不會以為我會那麼輕易放過伊絲克菈？」

曼儂仍能感覺那雙鐵爪十指戳向背脊，把她推進龍坑。她的腳踝到現在仍因為當時摔傷而痠疼僵硬，肋骨被提圖斯的尾擊打得一片瘀青。「管好她們，除非妳的鼻梁想再斷一次。」

艾絲特琳咧嘴一笑。「除非妳下令，否則我們按兵不動，小姐。」

曼儂不希望監督站在獸籠中，連同他的三名手持長矛和皮鞭的馴獸師。出於三個原因，她不希望他們任何人在場。

其一是她想和亞貝克薩斯獨處。牠縮在籠中深處的牆邊，靜觀其變。

其二是他們的人類氣味，他們頸部動脈的甜美血味令她分神，連同他們的恐懼造成的惡臭。她花了整整一分鐘考慮是否該挖出其中一人的內臟，就為了看另外兩人會如何反應。北牙峰已經開始有人類失蹤——謠傳那些男子過橋進入俄梅戛之後就再也沒回來。曼儂還沒殺過這裡的任何男子，但跟他們獨處的每一分鐘都誘她出手。

第三個原因，是亞貝克薩斯討厭他們，討厭他們手中的皮鞭、長矛和鎖鍊，討厭他們占據空間。無論男子們如何甩動皮鞭，這隻雙足翼龍依然縮在牆邊角落。牠討厭鞭子——不只是害怕，而是痛恨。光是鞭笞聲就讓牠畏縮而且亮牙。

他們在籠中待了十分鐘，試圖接近翼龍、給牠綁上鎖鍊再裝上鞍座。如果再拖延下去，她就得在黃腿降落前返回俄梅戛。

「牠從沒被裝上鞍座，」監督告訴她。「大概也永遠不會接受。」她聽出對方的話中話。我不會讓我的手下為了給牠裝上鞍座而冒生命危險。妳這是自尊心作祟。乖乖選擇其他坐騎吧。

曼儂稍微張開上唇，朝監督亮出鐵牙以示警告。他後退一步，皮鞭垂下。亞貝克薩斯以傷痕累累的尾巴掃過地面，眼睛依然盯著試圖逼自己屈服的這三名男子。

其中一名男子甩鞭，近得讓亞貝克薩斯退縮。另一名男子在牠的尾部附近揮鞭——兩下。亞貝克薩斯撲上前，同時甩動頸部和尾部。三名馴獸師倉皇後退，勉強避開牠的咬擊。夠了。

「你的手下都是懦夫。」她開口，朝監督投以駭人一眼，同時走過沙塵地面。

監督伸手想攔住她，但她揮出一根鐵爪手指，劃傷他的手。他咒罵一聲，但是曼儂繼續往前走，舔掉鐵爪上的人血，差點吐掉。

噁心。這血真臭，彷彿在屍身裡凝固腐敗數日。她瞥向沾在手上的血，人類的血不該這麼黑。如果這裡的一些人類真的被女巫殺害，為何沒人舉報？她吞下一連串疑問，這些事情等以後再說。或許她哪天會把監督拖進某個無人角落，把他挖開，看他體內到底哪裡腐爛。

但現在……男子們默不作聲。每道步伐都讓她更接近亞貝克薩斯，沙地畫有一條界線，顯示鎖鍊的安全範圍在何處結束。曼儂跨過界線三步，每一步都象徵三面女神的每一張臉孔：少女，母親，老婦。

亞貝克薩斯蹲下，繃緊一身強健肌肉，準備往前撲。

「你知道我是誰，」曼儂開口，凝視那雙無盡黑眸，絲毫不屈服於恐懼或懷疑。「我是曼儂．黑喙，黑喙氏族繼承人，而你**屬於我**，明白嗎？」一名男子嗤之以鼻，曼儂原想轉身扯掉對方的舌頭，但是亞貝克薩斯……稍微垂下頭，彷彿聽懂。

「你是亞貝克薩斯，」曼儂說下去，一陣寒意沿頸部滑過。「我給你這個名字，是因為那是巨獸之名。這個世界被那條古蛇以身軀纏繞，也將在末日之時被牠奉三面女神之命吞噬。你是亞貝克薩斯，」她重複，「而且你**屬於我**。」

眨眼，又一下。亞貝克薩斯向她踏出一步。某人更用力握緊捲起的皮鞭，皮革隨之呻吟。但是曼儂站在原地，朝翼龍伸出一手。「亞貝克薩斯。」

那顆強而有力的頭顱探來，宛如液態黑夜的眼眸盯著她的雙眼。她沒收回染血的鐵爪之手。牠把鼻尖貼向她的掌心，吐口氣。

牠的灰皮溫暖，而且意外的柔軟——厚實但柔順，彷彿陳年皮革。近距離下，龍皮的多樣色澤十分搶眼——不只是灰色，還帶有深綠、棕色和黑色。表皮布滿深疤，多得彷彿叢林貓身上的斑紋。亞貝克薩斯的牙齒發黃分裂，在火炬照映下微微閃爍，有些牙齒不見蹤影，殘存的牙齒則跟她的指頭一樣長，而且粗一倍。牠的灼熱氣息散發惡臭，不是因為飲食習慣就是因為一口爛牙。

傷疤、裂牙、斷爪、殘尾——這些不是受害者的傷痕，完全不是，而是生存者的勳章。亞貝克薩斯是多次在惡劣條件下活下來的戰士，牠從經驗中學習，而且反敗為勝。

曼儂開口，懶得回頭看身後的男子們。「出去。」她繼續盯著那雙黑眸。「放下鞍座，離開這裡。誰再拿鞭子進來，我就讓誰挨鞭子。」

「可是——」

「**滾**。」

馴獸師們竊竊私語，咂咂舌頭，緩緩走出獸籠，關上柵門。無人打擾後，曼儂撫摸牠的巨鼻。

不管國王是用什麼方法培育這些龍獸，亞貝克薩斯似乎生來與眾不同。體型較小，但更聰明。或許是因為其他翼龍向來不需要思考；有人照料，有人訓練，牠們只需服從命令。但是亞貝克薩斯必須學習如何生存，智力或許就是因此被激發。牠能明白她的話語——她的表情。

如果牠能明白這些事情……或許也能教導十三人眾的其他坐騎。這是很小的優勢，但這種優勢或許就能讓她們成為空軍領隊——而且讓她們在面對國王的敵軍時所向無敵。

「我現在要把這副鞍座裝在你身上。」她依然撫摸牠的鼻尖。牠挪動身子，但被曼儂緊緊抓住鼻部，逼牠看自己。「你想離開這個糞坑？那你就得讓我把這副鞍座裝在你身上，檢查是否合身。等這件事忙完，你還得讓我檢查你的尾巴。那些混蛋人類鋸掉了你的尾刺，所以我要幫你做新的，而且是鐵質，跟我一樣。」她向牠展示鐵爪。「還有牙齒，」她補充道，亮出鐵牙。「那個過程會很痛苦，你會想殺掉給你裝上鐵牙的那些傢伙，但你會乖乖讓他們動手，因為如果你不配合，你就會一輩子待在這裡等死。明白嗎？」

一道漫長的灼熱鼻息噴上她的雙手。

「等那一切完畢後，」她朝翼龍淺淺一笑，「你我就要學習飛行，然後我們要把這個王國染成一片血紅。」

亞貝克薩斯遵從她的所有指示，雖然牠朝那些給牠做檢查、在牠身上忙東忙西的馴獸師低吼，還差點咬掉一名必須拔掉牠的爛牙再換上鐵牙的醫師的胳臂。所有措施花了五天。

他們把鐵刺焊在牠的尾巴時，牠差點撞倒一面牆，但是曼儂全程陪伴，對牠說話，描述她跟十三人眾騎鐵木掃帚追殺克拉坎女巫的感受。她說故事是為了轉移牠的注意力，也為了提醒那些男子：只要他們犯錯、傷了牠，她的報復將漫長血腥。他們沒有一人犯錯。

給牠動手術的五天中，她錯過了跟十三人眾的騎術訓練。隨著每一天經過，讓亞貝克薩斯升空的機會也持續縮小。

曼儂跟艾絲特琳和索蕾爾站在訓練場上，看著即將結束的對練行程。索蕾爾最近忙著訓練黑喙之中最年輕的女巫團——所有團員都不到十七歲，沒幾個有實戰經驗。

「有多糟？」曼儂問道，雙臂交叉於胸。

體型嬌小、一頭黑髮的索蕾爾也交叉雙臂。「沒我們擔心的那麼糟。但她們還在重整團中階級——而且她們的團長是……」索蕾爾朝一名外型宛如老鼠的女巫皺眉，對方剛被一名下級成員摔在地上。「我已經向她的女巫團提出建議：趕快決定該拿她怎麼辦，不然就是選新團長。只要編隊之中有個軟弱的團隊，我們就可能輸掉戰爭遊戲。」

那名團長在堅硬的石地上喘氣，鼻孔滴下藍血。曼儂咬牙：「給她兩天——看她能不能振作起來。」不需要讓其他人知道有哪支女巫團狀況不佳。「但是，叫薇絲妲今晚把那女人帶出去，」曼儂補充道，瞥向一名正在帶領另一團進行箭術練習的紅髮美女。「去她折磨北牙峰那些男人的地點。」

索蕾爾無辜的挑起濃眉，曼儂翻白眼。「妳比薇絲妲還不會說謊。妳以為我沒注意到那些男子成天對她咧嘴笑？或是他們身上的咬痕？盡量給我壓低死亡人數，我們已經有夠多事情要煩惱——不需要那幫凡人發動叛變。」

艾絲特琳嗤笑一聲，但看到曼儂斜眼瞥來，這位副手凝視前方，一臉無辜。當然了，如果薇絲妲曾帶那些男人上床，還讓他們流血，艾絲特琳一定也是同夥。她們倆都沒報告說那些男人的味道嘗來很怪。

「遵命，小姐。」索蕾爾回答，古銅臉頰微微泛紅。如果曼儂是寒冰，艾絲特琳是烈火，索蕾爾就是岩石。外婆曾提過讓索蕾爾擔任副手，因為冰與石在本質上十分相似。但如果少了艾絲特琳的火焰，沒有這位副手挑釁對手或撕裂任何挑戰曼儂領導地位的女巫的咽喉，曼儂就無法如此順利的領導十三人眾。索蕾爾穩若磐石，能讓冰與火維持平衡，是最理想的二副。

「此刻欒在其中的，」艾絲特琳說：「只有孿生綠眼惡魔。」

的確，髮絲如午夜般烏黑的法萊和法瓏瘋狂的咧嘴笑，正在帶領三支女巫團進行擲刀練習，把下級女巫當活靶。曼儂只是搖搖頭。怎樣都好，這些黑喙戰士怎樣開心就怎麼做。

「我的影衛呢？」曼儂問艾絲特琳。「她們的狀況如何？」

艾達和布萊爾這對表姊妹情同親姊妹，從幼兒時期就接受特訓，能遁入任何陰影處竊聽——此刻並不在這間練習室，正如曼儂所指示。

「她們今晚會向妳做出報告。」艾絲特琳說。

兩名影衛是曼儂的遠親，髮色跟曼儂一樣白皙如月。應該說，她們的髮絲原本是銀白色，直到她們在八十年前發現這種髮色會讓自己暴露行蹤，因此染成全黑。她們倆很少說話，從不發笑，有時候就連艾絲特琳也偵測不到她們的蹤跡，除非她們來到她的咽喉前。這是她們倆唯一的樂趣：一聲不吭的嚇人，雖然她們絕對不敢對曼儂這麼做。她們倆選擇兩隻黑瑪瑙色的雙足翼龍，這個決定不令人意外。

曼儂瞥向副手和二副。「她們做報告的時候，妳們倆也來我房間。」

「我會安排琳恩和薇絲妲站崗。」艾絲特琳說。那兩人是曼儂的後備衛兵——選擇薇絲妲是因為這女人的微笑能令敵人放下戒心，選擇琳恩是因為如果有誰敢叫她的全名，琳妮雅——她的善良母親在被她的外婆拔出心臟之前給她取的名字——換來的輕微後果是被打掉牙齒，嚴重下場是被撕掉臉皮。

曼儂正準備轉身離去時，注意到副手和二副正在看自己。她知道她們不敢提出什麼疑問，因此說道：「我會在一星期內和亞貝克薩斯升空，然後我們會一起飛行。」

這是謊話，但她們還是相信她。

第二十八章

又過了幾天，而且這幾天還不賴。不知道為什麼，羅紋決定帶瑟蕾娜參加十五哩外的醫者交流會，全世界最頂尖的醫者都在這種活動中一同學習、指導和工作。會場位於永生精靈和凡人世界的邊境交會處，任何得以前往之人皆可參加。這是玫芙做出的少數**好事**之一。

小時候，瑟蕾娜曾苦苦哀求母親帶她參加，但母親總是拒絕，連同含糊的保證日後會帶她前往南方大陸的泉塔城，那裡的許多導師曾接受永生精靈的教導。母親盡一切所能讓她免於玫芙的掌握，她現在清楚看出這其中的諷刺。

羅紋依約帶她走這一趟。她原本可以花一整天——整個月——在首席醫者那雙睿智又慈祥的目光下在這裡四處漫步。但她的逗留時間被砍掉一半，因為她無法變身加快腳程，而羅紋想在入夜前回到要塞。說真的，雖然她很喜歡在這座祥和的河畔宅院度過的時光，她還是懷疑羅紋帶她來此只是為了讓她替自己現在這種人生感到難過。這讓她在漫長的回程路上沉默不語。

而且他完全沒讓她休息。他們在翌日清晨就要踏上一趟必須在外頭過夜的旅程，他卻不說要去哪。棒透了。

看到瑟蕾娜匆忙衝進廚房、狼吞虎嚥又吞下茶水後再匆忙離開，正在忙著做每日麵包的艾姆瑞斯只是淺淺一笑。

羅紋在她的房門外等候，手裡拎著一只小背包。他幫她推開門。「衣服。」他開口，她把換洗的襯衫和內衣塞進背包。他把背包甩在肩上——她猜這表示他的心情不錯，因為她相信自己會在這趟前往未知地點的旅程中扮演扛行李的騾子。他不發一語，直到兩人進入迷霧森林，再次往西方走去。要塞護牆消失在他們身後，從結界石之間走過時，她的肌膚感覺發麻。他終於停步，拉下外套的厚重兜帽。她也照做，涼風咬上她的溫暖臉頰。

「變身，然後我們出發。」這是今早他對她說的第二句話。

「我還以為咱們終於成了朋友呢。」

他揚眉，以手勢要她變身。「有二十哩路，」他以鼓勵的口氣說道，還朝她露出賊笑。「我們要用跑的，來回都是。」

這讓她的膝蓋顫抖。他當然會把這趟旅程搞成某種虐刑，不出所料。「我們到底要去**哪**？」

他的下顎一緊，刺青拉扯。「又出現一具屍體，是一名半永生精靈，來自鄰近的一座要塞。屍體被丟在同一個區域，其他跡象都相同。我想去鄰近那座小鎮詢問當地居民，不過……」他的嘴角歪向一邊，接著對自己做出的某個決定搖搖頭。「但我需要妳幫忙，凡人比較願意跟妳談話。」

「你在讚美我？」

他翻白眼。

或許他昨天帶她去醫者宅院不是為了整她，而是……試著善待她。「變身，否則我們得花兩倍時間。」

「我**做不到**。你知道我沒辦法說變就變。」

「妳不想知道自己能跑多快？」

「反正我沒辦法在亞達蘭換上另一種型態，又何必非變不可？」這也牽扯到她還沒允許自己考慮的另一個大問題。

「重點是，妳現在在這裡，也還沒真正試過自己的極限。」這倒是事實。她還沒清楚見到自己有何能耐。「重點是，又出現一具人皮死屍，這點我無法接受。」

又一具屍體——那怪物幹的好事，恐怖又悽慘的死法。**確實**讓人無法接受。

他用力拉扯她的辮子，拉得她頭皮發疼。「除非妳到現在還在怕。」

她的鼻翼顫動。「唯一讓我害怕的是我有**多想**掐死你。」不只如此，她想找出而且消滅那怪物，因為牠殺害的那些人，也因為牠害她經歷的那次事件。她會殺了牠——而且過程緩慢。一種令人難受的壓力和熱度開始在她的肌膚底下累積。

羅紋輕聲道：「好好磨練那種情緒——憤怒。」

這就是為什麼他讓她知道屍體的消息？混蛋——這混蛋這樣操弄她，還逼她在廚房連值兩班。但他以莫測難解的表情開口：「把憤怒化為利刃，艾琳。如果妳無法擁有平靜，那起碼充分掌握能讓妳變身的那股怒火，接受它，控制它——它不是妳的敵人。」

艾洛賓盡一切所能讓她痛恨又害怕自己的血統。他那樣對她，她允許自己變成那種人……「這麼做不會有好下場。」她低語。

他沒放棄。「在腦海中看見妳想要的力量，艾琳，然後抓住它。別請求得到它，別盼望得到它，**而是抓住它**。」

「我相信一般的魔法訓練師不會向大多數的人介紹這種方法。」

「妳不是大多數的人，而且我認為妳喜歡這點。如果較為黑暗的情緒能協助妳即時變身，那我們就利用那種情緒。以後妳可能會發現憤怒不再管用，或是不再必要，但就現在來說……」沉思的眼神。「不同類型的憤怒——這就是妳每次成功變身的共同點。因此，妳應該好好掌握它。」

他說得沒錯——而且她不想再多做考慮，或讓自己過度憤怒，畢竟自己已經憤怒了大半輩子。至於現在……

瑟蕾娜深呼吸幾次，讓憤怒成為精神支柱，如刀刃般割開她平常試圖變身時感到的那種猶豫、自我懷疑和空虛。

她擦過心中那道熟悉的牆——不，不是牆，而是薄紗，微微閃爍柔光。一直以來，她以為自己是往**下**探索那股力量，但其實應該是往**內**。這不應該是願望，而是命令。她**會**變身——因為有個怪物正在四處橫行，也早該付出代價。她發出無聲低吼，貫穿那道薄紗，渾身每一吋、每一粒毛細孔都在變身時被痛楚貫穿。

羅紋綻放強悍又帶挑釁的咧嘴笑，然後**行動**，快得她幾乎無法追蹤。他來到她的另一側，又拉扯她的髮辮。她轉身時，他已經消失，然後——她驚叫一聲，腰身被他一捏。「**住手**——」

這一秒，他站在她面前，狂野的眼神表示邀請。她一直在觀察他的移動方式、技巧和破綻，以及他認定她會做出什麼反應。於是，她交叉雙臂，如他所願的鬧脾氣，而且耐心等候。

等候，然後——

他衝向左，打算捏她、戳她或揍她，但她迅速轉身，用手肘把他的胳臂往下砸，再用另一手敲中他的腦袋。他整個人僵住，眨眼幾次。她朝他竊笑。

他亮出牙齒，露出野性而駭人的咧嘴笑容。「嗯，妳現在**最好**拚命跑。」

他撲向前時，她一溜煙的穿越林中。

她原本就懷疑羅紋是故意讓她先跑幾分鐘，因為她的速度雖然變快，但她還沒完全適應，很難以這種新型態順利跳過岩石和倒樹。他說過這次的目的地在西南方，所以她朝這個方向跑，在林木之間左閃右躲。體內的憤怒也漸漸消失，轉化成完全不同的情緒。

追到她身旁或身後時，羅紋的模樣只是一抹銀白飛影。每當他跟得太近，她就改變方向，測試讓自己無須目睹便能得知樹木位置的感官——橡樹、苔蘚和其他生物的氣味。涼爽霧氣在她和羅紋之間通過，彷彿成了她追隨的小徑。

兩人來到一片平地，腳下地面感覺柔軟。更快——她想知道自己能不能跑得**更快**，能不能超越風速。

羅紋來到她左方。她伸展四肢，細細品嘗肺中空氣。肺臟順暢又平穩，準備應付她接下來的動作。更多——這副身軀想要**更多**。

她想要更多。

然後她又拔腿飛奔，這輩子未曾如此敏捷，群樹化為一閃而過的殘像。她讓身體展現自然的節奏感，這副永生軀殼因此發出歡唱。她的強力肺臟吞下沾霧空氣，也灌滿周遭世界的氣味和口感。雙腳一步步吞噬軟土道路，她只依賴本能和反應的引導，這兩者讓她知道她還能跑得更快。

天啊。**噢，天啊**。

她幾乎能騰空高飛，因為血中突然湧現的狂喜，因為這副神奇身軀帶來的純然自由。

羅紋從右方朝她衝來，但她閃過一棵樹，因為這個動作如此輕而易舉而發出歡呼。她衝向兩條下垂的長枝之間，跳過這道簡單障礙，以貓般的靈巧動作著地。

羅紋又來到她旁邊，咬牙撲來，但她迅速轉身，跳過一顆大石，讓自己身為刺客的高超技巧和永生精靈身軀的本能彼此相融。

她愛死這種速度和深入骨髓的自信。她怎麼會怕這副軀殼怕了這麼久？就連她的靈魂也感覺更放鬆，彷彿原本被囚禁深埋、現在才開始恢復自由。這種感覺不是喜悅，或許永遠不是，而是她在被悲痛破壞得體無完膚前的原本一絲自我。

羅紋在她身旁奔跑，但沒試圖抓她。不，羅紋在……玩耍。

他瞥她一眼，呼吸沉重但均勻。或許是陽光穿透樹冠所造成的錯覺，但她幾乎敢發誓他的眼睛也綻放同樣的那種原始滿足。她敢發誓他在微笑。

這是她這輩子跑過最快的二十哩路。雖然最後五哩比較慢，而且羅紋帶她停步時，兩人都氣喘吁吁。隔著樹木凝視彼此時，她才意識到體內的魔法未曾失控——未曾試圖壓制她或爆發。她能感覺法力在體內等候，溫暖但平靜。正在沉睡。

她擦掉額頭、頸部和臉上的汗水。雖然正在喘氣，但她還能再跑數哩。老天，如果她在娜希米雅遇害的那晚也能跑這麼快——

事情也不會改變。娜希米雅精心策劃了自我犧牲的每一步，就算那晚沒死，也會擇日再死。而且她那麼做的唯一原因是瑟蕾娜拒絕伸出援手——拒絕行動。就算擁有這副榮美的永生精靈軀殼，那晚的情況也不會改變。

她眨眼，意識到自己正在盯著羅紋，而且他臉上的滿足神情又變回寒冰。他把某個東西丟給她——他攜帶的換洗襯衫。「換衣服。」他命令，轉身脫下襯衫。他的背脊跟其他部位一樣呈古銅色，而且布滿疤痕。看到那些痕跡，她並沒有因此也想展示自己的背傷，所以她走過林間，確定離開他的視線範圍後才換掉衣服。她回到他放下行囊的地點，他丟來一袋水，她大口喝下，嘗起來……她能嘗到水中的每一層礦物質，還有袋子的霉味。

兩人大步走進這座紅屋頂小鎮時，瑟蕾娜的呼吸恢復平穩。

他們立刻發現幾乎**沒人**願意回答問題，尤其看到這兩人是永生精靈。瑟蕾娜思索是否該變回人形，但考慮到自己的口音和持續惡劣的情緒，她相當確定來自亞達蘭的女人不會比永生精靈更受歡迎。他們走過的同時，路邊窗戶一一關上，大概是因為羅紋，他看起來就像死神的化身。但他在接近村民時，對他們的態度卻是意外的平靜，他沒提高嗓門，沒咆哮，沒威脅。雖然臉上沒有笑容，但這種表情以羅紋的個性來判斷已算是心情大好。

儘管如此，兩人仍一無所獲。不，村民沒聽說過一名失蹤的半永生精靈或是其他屍體。不，他們沒見到任何可疑分子在附近徘徊。不，他們的牲畜沒有失蹤，不過幾座城鎮之外**確實**有個偷雞賊。不，他們在溫德林徹底安全而且受到保護，也不想看到永生精靈和半永生精靈來多管閒事。

瑟蕾娜也放棄挑逗旅店裡那名滿臉坑疤的馬夫，對方只是目瞪口呆的看著她的尖耳尖牙，彷彿她隨時會把他生吞下肚。

她走在舒適的主街上，又餓又累。想到今晚得拿鋪蓋紮營，她大感惱火，因為旅店老闆宣稱今晚已經客滿。羅紋走來她身旁，眼中風暴說明他和酒吧女僕的對話如何結束。

「如果有哪些村民知道有誰失蹤，那我就能相信凶手是某種野獸，」她思索。「但凶手選的都是沒人在乎或注意的目標？既然知道挑誰下手，凶手顯然智力不低。被殺的半永生精靈一定是某種訊息——但想表達什麼？要我們保持距離？那又何必把屍體留在野外？」她拉拉辮尾，在服飾店的櫥窗前停步，款式簡單、作工精美的裙裝展示其中，跟裂際城那種優雅而複雜的風格截然不同。

她注意到雙眼瞪大、臉色蒼白的女店主，對方在一秒後立刻拉上櫥窗的隔簾。好吧。

羅紋嗤笑一聲，瑟蕾娜轉身看他。「我猜你已經習慣這種待遇？」

「許多闖進凡人領土的永生精靈給人類留下的印象是……想拿什麼就拿什麼。那種情況有太多年被置之不理，但就算我們的法律現在更為嚴格，凡人的恐懼依然存在。」這番話是在批評玫芙？

「誰負責執法？」

羅紋冷笑。「我。我沒在外頭忙著爭戰的時候，姨媽就派我追捕那些惡棍。」

「而且殺了他們？」

羅紋沒收起笑意。「如果有必要。我也可能把他們拖回朵拉奈爾，讓玫芙決定如何處理。」

「我想我寧可死在你手上，也不想死在玫芙手上。」

「這可能是妳第一次對我說出的明智之語。」

「聽半永生精靈說，你另外還有五名戰士友人。他們跟你一起執法？你多常見到他們？」

「在必要的時候，我就會見到他們。玫芙以她認為合適的方法讓他們侍奉她，對我也一樣。」他字字清脆。「能以戰士身分加入她的核心集團，這是項榮譽。」瑟蕾娜並沒有暗示什麼，只好奇他為何覺得自己需要強調這點。

周遭的街道空無一人，就連販賣食物的推車也被棄置。她深呼吸，嗅查四處，然後——那是巧克力？「你有帶錢嗎？」

他猶豫的挑起一眉。「有，不過他們不會接受妳的賄賂。」

「很好，這樣我就能買更多。」她指向飄蕩於柔和海風中的漂亮旗幟。**糖果店**。「既然無法以魅力征服，還不如以顧客身分拉攏。」

「妳是不是根本**沒**聽到我說什——」但她已經進入店裡，這裡聞起來宛如人間天堂，擺滿巧克力、糖果還有**天啊**榛果松露。雖然糕點師傅被他們倆散發的壓迫感搞得臉色蒼白，瑟蕾娜還是朝這女人綻放招牌微笑。

她打死也不會再讓這些人在她面前拉起隔簾——或是讓他們以為自己是來這裡打劫。娜希米雅沒有一次讓裂際城那些一身華服但心胸狹窄的蠢蛋把她逐出任何商店、餐廳或住家。

這個下午，她抬頭挺胸的逛了一間又一間商店，把那些村民迷得七葷八素，她總覺得那位摯友或許會因此以她為傲。

兩名陌生的永生精靈把銀幣花在巧克力上，然後是幾本書，再來是一些新鮮麵包和肉品——這項消息傳出後，街道再次熱鬧非凡。商品從蘋果到香料再到懷錶一應俱全的攤販們突然急於跟他們聊天，就為了賣些東西。為了寄出一封信，瑟蕾娜來到擁擠的信差公會，趁機詢問這裡的幾名新手有沒有替任何特殊的客人送過信。他們回答沒有，但她還是大方的拿出不少小費。

羅紋盡責的扛著瑟蕾娜買下的大包小包，只有巧克力例外，因為她拿在手上邊走邊吃，一顆接一顆，未曾停手。她向他遞出一顆時，他聲稱他不吃甜食，**從古至今**。這點不令人意外。

結果村民不知道任何情報，這應該算是好消息，因為這表示他們從一開始就沒說謊。不過有一名蟹販確實說他最近在漁網裡發現一些被丟棄的小刀——雖小但鋒利無比。他把那些小刀全丟進大海，做為禮品獻給海神。那隻怪物把受害者們吸乾，沒把他們肢解；因此，那些小刀很可能來自溫德林士兵在遭遇風暴時遺失的儲物箱。

日落時，旅店老闆甚至來到他們面前，說突然有間空房。他宣稱那是全鎮最高級的套房，但是瑟蕾娜開始懷疑自己恐怕會引來另一種人的注意，她不是很想看羅紋把可能出現的盜賊開膛剖腹，因此她婉拒對方。兩人沿街而行，再次進入森林時，天色轉為深金。

今天還不賴。在森林樹冠下沉沉睡去時，她意識到這點。一點也不賴。

母親叫她「火心」。

但對她的臣民來說，她是日後的女王。對他們來說，她繼承了兩條強大血脈，也繼承了一股能保護他們、讓這個王國更為興盛的強大力量。那股力量是恩賜——或是武器。

這是她前八年的人生中幾乎未曾停止的辯論。隨著她長大，大家清楚發現她雖然容貌大半來自母親，卻遺傳了父親的暴躁和狂野。遠方眾多王國的統治者也出於擔心而更頻繁的提出質疑。

在這種日子中，她知道每個人都會聽說發生的那起事件，無論好壞。

父母幾分鐘前給她蓋好被子，她穿著她最喜歡的絲綢睡袍，現在應該早已入睡。雖然他們向她否認，但她知道他們既疲憊又沮喪。她有見到朝臣的反應，還有舅舅溫柔的把一手放在父親的肩上、叫他把她抱到床上。

但她睡不著，因為她的房門開了一條縫，她能聽到父母的聲音，他們的套房也在這座白城堡的上段同一樓層。他們以為自己的聲音夠輕，但她在近乎漆黑的環境中以永生者的聽覺傾聽。

「我不知道妳期望我怎麼做，艾芙莉，」父親開口。她幾乎能聽到他在她出生的那張大床前來回踱步。「事情發生就發生了。」

「你該跟他們說那件事是被過度誇大，說那些圖書館員在無事生非，」母親嘶吼：「不然就散播謠言，說那是別人犯下的事而且試圖嫁禍給她——」

「這一切都是因為玫芙？」

「因為她會被**追捕**，洛伊，一輩子都不會被放過，玫芙那幫人會因為這股力量而想辦法逮到她——」

「妳以為允許那些小混蛋把她拒於圖書館門外就能阻止那件事？告訴我：我們的女兒為什麼這麼喜歡閱讀？」

「那是兩碼子事。」

「告訴我。」母親沒吭聲，父親低吼：「她才八歲——她跟我說過她最親愛的朋友都是書中角色。」

「她有艾迪奧。」

「她有艾迪奧，那是因為他是這座城堡中唯一不怕她的孩子——他沒有因為我們對她的訓練鬆散而乖乖跟她保持距離。她需要訓練，艾芙——訓練，還有朋友。如果她兩者皆無，**以後**就會成為大家害怕的那種人。」

沉默，然後——她的床側傳來一聲悶哼。

「我不是小孩子。」坐在椅子上、交叉雙臂的艾迪奧嘶吼。她的父母離開後，艾迪奧溜進這裡——為了跟她輕聲談話，他常在她心情不好的時候這麼做。「而且只有我是妳的朋友，我看不出這有什麼不好。」

「安靜啦。」她回以嘶吼。雖然艾迪奧沒有變身的本領，但體內的混合血統讓他的聽力範圍極廣而且清晰，更勝於她。雖然他大她五歲，但他**確實**是她唯一的朋友。她確實喜歡宮中朝臣，喜歡呵護她、寵愛她的那些大人。但住在城堡裡的少數幾個小孩都跟她保持距離，就算他們的父母鼓勵他們跟她往來。那些小孩跟狗一樣，她有時這麼想，他們能聞出她的不同。

「她需要同齡朋友，」父親說下去。「或許我們應該送她去學校。卡爾和瑪莉詠考慮明年送伊萊德去——」

「沒得商量，尤其那間所謂的魔法學校，那裡太靠近邊境，我們根本不知道亞達蘭有何詭計。」

艾迪奧吐口氣，把兩腿放在床墊上，古銅臉龐面向門縫，金髮微亮，眉間皺起。他們倆都不喜歡跟彼此分開，而上一次城堡裡的某個男孩為此取笑他時，艾迪奧因為把對方揍得渾身是血而被罰剷馬糞一個月。

父親嘆道：「艾芙，我說這話妳別生氣，但是——妳沒在幫忙解決問題，不管對我們還是對她。」母親沉默不語。她聽到衣物窸窣作響，然後一聲低語：「我知道，我知道。」然後父母的談話聲壓得更低，連她的永生精靈聽覺也無法偵測。

艾迪奧又一聲低吼，雙眼——跟她一樣的眼睛——在黑暗中發光。「我搞不懂這有什麼好大驚小怪。妳燒了幾本書又怎樣？那些圖書館員是活該。等我們再大一些，乾脆燒掉整棟圖書館。」

她知道他說到做到。如果她開口，他會願意燒掉整棟圖書館、整座城，甚至整個世界。這是他們倆之間的羈絆，以血緣、氣味和另外某種她無法明言的關係相連。這條繩索跟她和父母之間那條一樣強韌——在某些方面來說更勝後者。

她沒反應，不是因為她不知道該如何回應，而是因為門軸吱嘎作響。艾迪奧還來不及躲藏，門外的光芒已經湧入臥室。

母親的雙臂交叉於胸前。父親倒是輕笑一聲，棕髮被走廊燈火照亮，臉龐覆以陰影。「不出我所料，」他開口，站到一旁，讓艾迪奧能走出房門。「你不是天亮就得起床接受奎恩的訓練？你今早遲到五分鐘。如果連續遲到兩天，就得在馬廄工作一星期。又一次。」

艾迪奧連忙起身，一溜煙跑出門外。此刻跟父母獨處，她希望自己能裝睡，但還是開口道：「我不想離家去上學。」

父親走來床邊，姿態完全是艾迪奧日後想成為的戰士。戰士王子，她聽過有人這麼叫父親——說他有一天會成為英明神武的君王。她有時以為父親沒興趣成為國王，尤其在他帶她爬上鹿角山脈，讓她漫步於歐克沃森林、尋找森林君主的那些日子。他在那時候看起來最開心，而且在準備返回歐林斯的時候總是顯得有些難過。

「妳不會離家去學校，」他開口，頭轉向寬肩後方，瞥向逗留於門邊、臉龐依然被陰影籠罩的母親。「不過，妳知不知道為什麼圖書館員今天有那種反應？」

她當然知道。她為了燒毀那些書而深感惶恐。那是一場意外，她知道父親相信自己。她點頭，開口道：「對不起。」

「妳不需要為**任何事**道歉。」父親的嗓門帶有低吼。

「我希望我跟其他人一樣。」她說。

母親依然沉默靜止，但是父親抓起她的手。「我知道，親愛的。但就算妳沒有這份天賦，妳還是我們的女兒——妳還是加勒席尼斯，日後是眾人的女王。」

「我不想當女王。」

父親嘆口氣。**這個**話題以前已經談過。他抓抓頭髮。「我知道，」他說：「睡吧——我們明早再討論。」

但他們明早不會討論。她知道他們不會那麼做，因為她知道自己永遠不可能逃避宿命，就算她有時祈求眾神放她一馬。但她還是躺下，讓他吻額頭、輕道晚安。

母親依然不發一語。但在父親離去時，母親依然站在原地，凝視她許久。就在她沉沉睡去時，母親走離。就在母親轉身時，她敢發誓淚水在母親的白皙臉龐上閃爍。

瑟蕾娜驚醒，幾乎無法動彈，也無法思考。一定是因為氣味——昨天那天殺的屍臭觸發了這個夢。看到父母的臉，看到艾迪奧，這令她痛苦萬分。她眨眼，把精神集中在呼吸上，直到自己已經脫離那個宛如珠寶盒的美麗房間，直到駕馭北風而來的松香和飛雪的氣味消失，她才看到交織於上方樹冠的晨霧。冰涼又潮溼的苔蘚弄溼她的衣服，附近海水飄來的鹽味瀰漫於半空中。她抬手，查看掌心的長疤。

「想吃早餐嗎？」羅紋蹲在未燃木柴旁——這是她第一次見到他蒐集柴火。她點頭，再用兩掌揉揉雙眼。「那妳來生火。」他說。

「你在開玩笑吧。」但他懶得回應。她呻吟一聲，在鋪蓋上轉身，盤腿而坐，面對柴堆，把一手伸向木柴。

「沒必要用手指，妳的心靈可以清楚引導火焰的方向。」

「或許我喜歡來點戲劇性動作。」

她把他投來的眼神解讀成給我點火，動作快。

她又揉揉眼睛，把精神集中於木柴。

「易如反掌。」木柴開始冒煙，羅紋做出評論。她好奇他的口氣是否表示讚賞。「小刀，記得。控制權在妳的手上。」

用小刀刮出一小塊法力，她會掌握這點。一次只燃起一道火焰。

老天，她又感覺渾身沉重。那道愚蠢的夢——回憶，管它是什麼。今天將是辛苦的一天。

一道深淵在體內敞開，魔法在她來不及吶喊警告之前已經爆發。

周遭陷入火海。

濃煙和火焰被羅紋的風息鎮壓後，他只是嘆口氣：「至少妳沒驚慌得變回人形。」

她猜這算是讚美。那道魔法感覺像發洩——揮出拳頭。肌膚底下的壓力減輕。

所以瑟蕾娜只是點頭。但就情況看來，變身不是她最大的煩惱。

第二十九章

那只是一個吻。在接下來的每一天，索莎都如此說服自己。簡短、令人窒息又天旋地轉的吻。雖然糖蜜的鐵質發揮作用，但鐸里昂還是有些難以下嚥，因此他們倆嘗試不同劑量……以及掩飾的方法。如果他被發現成天在吸食粉末，一定會引來懷疑。

最後的結論是：把法力抑制劑偽裝成男性專用的避孕藥水。如此一來，絕不會有人過問──畢竟他本來就花名在外。安慰自己「那個吻只是表示謝意」的同時，索莎來到鐸里昂的房間門口，手裡捧著他的每日藥水。

她敲門，王子叫她進去。刺客的獵犬趴在他的床上，而王子本人坐在破沙發上。但他立刻坐直身子，朝她綻放招牌微笑。

「我認為我找到更好的配方──薄荷應該比鼠尾草更容易下肚。」她舉起盛裝紅液的酒杯。他走向她，步伐有點特別──帶有掠食者的姿態──這令她渾身緊繃。尤其因為他放下杯子，以深沉的視線瞪她許久。「怎麼了？」她低語，後退一步。

他抓住她的手──沒用力得讓她疼痛，但也沒輕得讓她能逃跑。「妳知道這麼做有多危險，卻還是願意幫我，」他說：「為什麼？」

「這麼做是對的。」

「我父王的法律說這麼做是錯的。」

她的臉龐灼熱。「我不知道你要我說什麼。」

他以冰涼雙手輕撫她的臉頰，繭皮輕輕刮過。「我只是想謝謝妳，」他低語，俯身靠近。「謝謝妳願意照顧我，而不是拔腿就跑。」

「我——」從內到外渾身發燙，她向後退，力道大得逼他放手。阿米提雖然惡毒，但說的是事實，宮中**確實**不缺美女，而且跟王子之間的關係如果不再只是挑逗，那將招來不良後果。他是王儲，她什麼都不是。她指向高腳杯，「如果您不嫌麻煩，殿下——」這頭銜令他一愣，「請派人讓我知道這次的藥水效果如何。」

她不敢請求告退，或向對方告別，或說出任何話害自己在這裡多待一會兒。她轉身離去，把門在身後關上，他也沒攔住她。

她斜靠在狹窄的樓梯轉折處的石牆邊，一手安撫如雷的心跳。這麼做是聰明的，是正確的。就是因為保持透明、可靠而且沉默，她才能活到現在，也才能繼續活下去。

但她不想繼續透明下去——不想在他面前如此，不想這樣過一輩子。

他讓她想歡笑、高歌、用自己的嗓子撼動世界。

房門敞開，她發現他站在門口，嚴肅又謹慎。

或許他們倆沒有未來、無法修成正果，但在這一刻，只是看著他站在那裡，她想變得自私愚蠢又狂野。

雖然可能明天就得因此面對災禍，但她必須知道那是什麼樣的感覺，就算短暫，她必須知道屬於某人、被對方渴望又珍惜是什麼樣的感覺。

他沒動，什麼都沒做，只是瞪著她——對她投來與她相同的眼神。她揪住他的外袍翻領，把他的臉拉向自己，然後用力吻他。

這幾天，鎧奧幾乎無法集中精神，這都是因為他將在幾分鐘後前往的祕密會面。等了超過他預期的一段日子後，雷恩和莫爾塔終於答應見他——這是他們在貧民窟倉庫事件後第一次見面。為了這次會面，鎧奧必須等到最近的一次夜間輪休，艾迪奧也必須找到安全地點，再跟那兩位特拉森貴族安排其他事宜。他和將軍分頭離開城堡，他痛恨自己必須向手下隱瞞真實行蹤——他們祝他玩得愉快，他們如此相信他，他卻要去見他們的世仇。

鎧奧把這些思緒推到一旁，走向一條暗巷，幾條街外的一棟破舊宿舍就是這次的會面地點。在厚重的兜帽披風下，他比平常攜帶更多武器，吸進的每一口氣都感覺過淺。兩聲低頻口哨在巷中迴響，他也回以口哨。艾迪奧大步踏過從艾弗利河飄來的低矮霧氣，臉龐也以披風的兜帽遮蔽。

將軍沒帶歐林斯之劍，而是配戴各式刀劍和格鬥刀。這名男子就算踏進地獄，也能笑容滿面的從中走出。

「其他人呢？」鎧奧輕聲問。貧民窟今晚很安靜——對他來說太安靜。雖然他這身打扮令人生畏，但走過這一區的歪斜黑街時還是覺得有些毛骨悚然。如此嚴重的貧窮和絕望——還有急切，這讓人變得危險，他們會為了多活一天而不擇手段的爭奪物資。

艾迪奧斜靠在他們身後的破舊磚牆上。「別這麼緊張嘛，他們很快就到。」

「我為了這筆情報已經等太久。」

「急什麼？」艾迪奧慢條斯理的說，打量巷內。

「再過幾星期，我就要離開裂際城，返回安尼爾。」艾迪奧沒轉頭看他，但他能感覺將軍從陰暗兜帽下瞪著自己。

「那就退出那趟旅程——跟他們說你很忙。」

「我已經許下承諾，」鎧奧說：「我已經爭取了一些時間，但我想在離開之前，為王子……**做些什麼**。」

將軍這才轉頭過來。「我聽說你跟你父親很疏遠，怎麼突然出現變化？」

說謊比較容易，但是鎧奧回答：「我父親掌握大權——朝中許多重臣都跟他沆瀣一氣，而且他是國王的議會成員。」

艾迪奧輕笑一聲。「我在好幾場戰事會議上跟他吵過。」

那會是鎧奧願意花大錢看的好戲，但他沒綻放微笑。「只有透過那個方法，我才能把她送去溫德林。」他迅速說明他跟父親之間的交易，艾迪奧長嘆一聲。

「老天，」將軍搖頭。「想不到亞達蘭還有這麼守信用的人。」

他猜這算是讚美——還是個極大讚美，畢竟這來自艾迪奧。「你父親呢？」鎧奧開口，就算只是為了把話題從胸中深坑轉移。「我知道你母親是——她的親戚，那你父親的血系呢？」

「我母親從未坦承我父親的身分，就算在臨終之際，」艾迪奧的口氣平淡。「我不知道那是出於羞愧，還是因為她根本不記得，或是為了保護我。我被帶來這裡後，也不再在乎那個問題。不過，有你那種老爹，我寧可無父。」

鎧奧輕笑，原想提出其他疑問，但這時聽見巷尾傳來靴底擦過石地的聲響，緊接著是粗糙的呼吸聲。

一名男子蹣跚進入視線時，艾迪奧瞬間把兩把格鬥刀握在手中，鎧奧也拔劍——從兵營摸來的一把普通長劍。

那名男子以一臂摀住腹部，另一臂撐在一棟無人建築的磚牆上。艾迪奧立刻上前，兩把小刀收進刀鞘。聽到艾迪奧說一聲「雷恩？」鎧奧才快步走向那名年輕男子。

在月光下，雷恩外袍上的血跡化為閃亮的深色汙漬。

「莫爾塔呢？」艾迪奧追問，以一臂伸到雷恩的腋下攙扶。

「安全。」雷恩喘道，一臉蒼白。鎧奧打量兩邊巷尾。「我們被——跟蹤，所以我們試圖甩掉他們。」鎧奧聽見而非看見雷恩皺眉。「我被他們包圍。」

「多少人？」艾迪奧輕聲問，雖然鎧奧能聽出他嗓子裡的殺氣。

「八個，」雷恩痛得嘶吼。「我殺掉其中兩個之後逃走，他們還在追我。」

剩六個。如果那六人沒受傷，大概已經離這裡不遠。鎧奧查看雷恩身後的石牆，他的腹傷應該不深，畢竟他沒在地面留下長串血跡，但想必疼痛難耐——如果傷及要害就可能致命。

艾迪奧渾身僵硬，察覺到鎧奧聽不見的某種聲音。他安靜又輕柔的把癱軟的雷恩送進鎧奧的懷抱。「十步之外有三口木桶，」將軍以致命的沉穩姿態開口，面向巷口。「躲到桶子後面，別出聲。」

鎧奧立刻扛住雷恩，把他拖到大桶後方，再把他輕輕放在地上。雷恩痛得微微呻吟，但保持靜止。其中兩口木桶之間有道縫隙，鎧奧從中窺視，看到六名男子幾乎以並肩而行的方式進入巷內，他只能看到他們的深色外袍和披風。

看到戴兜帽的艾迪奧擋在前面，男子們停步。將軍拔出兩把格鬥刀，溫柔道：「你們沒一個能走出巷子。」

他們沒一個走出巷子。

艾迪奧的戰技令鎧奧驚嘆不已──速度、敏捷和無比自信，讓這場戰鬥彷彿一場冷血無情的舞蹈。

這場戰鬥才剛開始就結束。六名襲擊者在使用兵器方面顯得駕輕就熟，但在面對體內流著永生精靈之血的對手時，一樣只是一堆廢物。

難怪艾迪奧這麼快就躍居上位。鎧奧從沒見過其他人有如此身手。只有──只有瑟蕾娜最接近。如果瑟蕾娜對決艾迪奧，鎧奧不知道誰會勝出，但如果是瑟蕾娜和艾迪奧聯手……想到這裡，鎧奧的心臟發涼。六名男子被瞬間秒殺──六人。

艾迪奧不帶笑意的來到鎧奧身旁，把一塊碎布丟在地上。就連咬牙喘氣的雷恩也查看布料。

這是一塊黑色厚布，某種圖案以黑線繡上，若無月光照映便無法辨識──雙足翼龍，皇室印記。

「我不認識這些人，」鎧奧開口，比較算是喃喃自語，而非為自己辯解。「我從沒見過這種制服。」

「從聲音判斷，」艾迪奧的嗓門仍帶怒火，腦袋歪向鎧奧的凡人聽覺無法偵測的聲響。「他們還有更多人馬，正在貧民窟挨家挨戶的搜尋雷恩。我們必須找個地方躲藏。」

雷恩盡量保持清醒，開口道：「我知道一個地方。」

第三十章

鎧奧幾乎一路上都屏住呼吸。他和艾迪奧一起攙扶半昏迷的雷恩，三人蹣跚而行，在外人眼中就像三個酒鬼、半夜跑來貧民窟找刺激。雖然時辰已晚，但街道依然熱鬧。從他們身旁經過的一名女子俯身過來、揪住艾迪奧的外袍，含糊的吐出一串挑逗字眼。但是將軍伸出一手，輕輕推開她，開口道：「我不會花錢換取我能免費得到的東西。」

不知道為什麼，將軍這話聽來像謊話，因為鎧奧這幾星期來從沒目睹或聽聞艾迪奧跟誰上床，或許艾琳還活著的這個消息改變了將軍看待事情的輕重緩急。

他們來到雷恩在半昏半醒間說出的鴉片窟，這時士兵們衝進附近的公寓、旅店和酒館的吶喊聲從街尾迴響而來。鎧奧沒留在原地看那些士兵是誰，而是推開雕痕木門。體垢和排泄物的惡臭以及甜膩煙味灌進鎧奧的鼻腔，就連艾迪奧也不禁咳嗽，朝在兩人之間幾乎徹底癱軟的雷恩投以不悅眼神。

一名年紀不輕的女老闆上前打招呼，一身長袍和罩袍隨著某種無形陰風飄動。她輕輕踏過老舊的彩色地毯，帶他們走過木板走廊，還滔滔不絕的說明價錢和今晚優惠。但是鎧奧看了她的狡猾綠眸一眼，就知道她認識雷恩——她大概在裂際城建立了屬於自己的小小帝國。

她帶他們進入一間以帷幕遮蔽的壁龕，裡面堆滿散發汗味和菸草甜味的老舊絲質坐墊。她朝鎧奧挑眉，他遞出三枚金幣。雷恩躺在艾迪奧和鎧奧之間的坐墊上，呻吟幾聲。鎧奧還來不及說出一個字，女老闆已經抱來一堆東西。「他們在隔壁，」她的口音既甜美又陌生。「動作快。」

她帶來的是一件外袍。艾迪奧立刻脫下雷恩的衣服，後者的臉龐一片蒼白，嘴脣毫無血色。兩人查看雷恩的傷勢——小腹被劃一刀，將軍不禁咒罵。「如果劃得再深一點，他就會肚破腸流。」艾迪奧說。

鎧奧從女老闆手中接過一條乾淨布條，包紮這名年輕貴族的結實腹肌。雷恩的身上本來就一堆疤，如果這次能活下來，這道傷口不會是最嚴重的痕跡。

女老闆跪在鎧奧面前，打開手中的小盒，把三支菸斗放在他們面前的矮桌上。「你們必須配合演戲。」她低聲道，回頭瞥向厚重黑簾，顯然在計算追兵何時抵達。

她用胭脂把鎧奧的眼睛周圍染紅，用糊膏和粉末掩蓋他臉上的血色，再解開他的幾顆外袍鈕扣，然後搓亂他的頭髮，他完全不敢有抗議的念頭。「躺好，姿態懶散點，菸斗不離手。如果想讓自己稍微放鬆，就抽幾口煙。」語畢，她開始幫艾迪奧化妝，而他已經幫雷恩換好乾淨衣服。一眨眼，他們三人斜躺在發臭的坐墊上，女老闆已經拿著雷恩的染血外袍快步離去。

這名年輕貴族的呼吸沉重而凌亂。鴉片窟的前門被用力推開時，鎧奧逼自己的手別發抖。女老闆以輕柔腳步迅速從壁龕前走過，到門口招呼那些男子。雖然鎧奧豎耳傾聽，艾迪奧似乎毫不費力就能聽得一清二楚。

「看來一共五位？」女老闆的嗓門清脆嘹亮，讓他們能清楚聽見。

「我們正在追捕一名逃犯，」對方以低吼回應。「別擋路。」

「各位大人想必也想休息會兒吧——我們這裡有包廂，而你們每一位都是如此魁梧的男子漢。」字字溫柔，撩撥人心。「帶劍和匕首進來要額外收費哦——畢竟這是個隱憂，您也知道，當藥效讓你們——」

「女人，**閉嘴**。」男子咆哮。布料撕裂聲，每間壁龕都被掀開帷幕檢查。鎧奧雖然心跳急促，但維持身體癱軟，就算很想拿劍。

「那我就不打擾您工作了。」她以端莊的口氣說道。

在他們三人之中，雷恩精神嚴重渙散，看起來確實很像深受藥效影響。布簾被扯開時，鎧奧只希望自己的演技還算精湛。

「終於送酒來了？」艾迪奧說話含糊不清，朝男子們瞇眼，一臉倦容，露出放鬆的咧嘴笑，跟平時簡直判若兩人。「我們已經等了二十分鐘啦，你知道。」

六名男子窺視房內，鎧奧朝他們露出睏倦的微笑。他們都是一身黑制服，都是陌生的臉孔。這幫人到底是誰？為什麼盯上雷恩？

「拿酒來，」艾迪奧發火，看來就像個被寵壞的富商之子。「快點。」

男子們只是朝他們咒罵，然後檢查下一間。五分鐘後，那五人離開這裡。

這間鴉片窟想必是會面地點之一，因為莫爾塔在一小時後找上這裡。女老闆已經把他們帶進自己的私人辦公室，他們必須把雷恩壓在破沙發上，讓她以令人意外的熟練手法幫他消毒、縫合，再包紮這道嚴重的傷口。她說他會活下來，但會因為大量失血和傷勢而癱瘓一陣子。這段時間裡，莫爾塔一直在來回踱步，直到雷恩沉沉睡去，這都要感謝女老闆逼他吞下的某種藥水。

鎧奧和艾迪奧在一張小桌旁坐下，周圍滿是靠牆堆疊的一箱箱鴉片。他不想知道雷恩喝下的藥水到底有何成分。

艾迪奧凝視上鎖的門，歪著頭，彷彿在聆聽窟內動靜，同時對莫爾塔開口：「你們怎麼會被跟蹤？那幫人又是何方神聖？」

老人沒停步。「不知道。但他們知道我和雷恩會在哪出現。雷恩在城中有不少眼線，其中任何一人都可能背叛我們。」

艾迪奧的注意力依然在門上，一手握著格鬥刀。「他們的制服有皇室印記——就連隊長也沒見過那幾人。你得避一陣子風頭。」

莫爾塔的沉默格外凝重。鎧奧輕聲問：「等他復原到一定程度後，我們該把他搬去哪？」

莫爾塔停步，眼中滿是哀傷。「無處可去，我們無家可歸。」

艾迪奧瞪他。「你們這些年來到底住哪？」

「四處流浪，躲在廢屋破房裡。如果能找到工作，我們就住工人宿舍，但最近……」

鎧奧意識到：他們無法動用奧斯布魯克的金庫，畢竟他們這麼多年來都在躲躲藏藏。但是無家可歸……

艾迪奧戴上漠不關心的面具。「你在裂際城裡沒有安全地點可以收留他——讓他安心療傷。」這句話不是疑問，但莫爾塔還是點頭。查看躺在牆邊深色沙發上的雷恩後，艾迪奧的咽喉抽動一下，接著開口道：「把你的魔法理論說給隊長聽聽。」

等待雷恩恢復體力、可以被搬動的漫長時間中，莫爾塔說明所知的一切。老人全盤托出，三不五時壓低嗓門——描述他們逃離何種恐怖情景，還有雷恩身上的每一道傷疤從何而來。鎧奧這才明白，為何這名年輕人向來守口如瓶。他們是靠保密才能活到現在。

莫爾塔和雷恩發現，魔法消失之日出現的那幾波能量，在這塊大陸上形成一個粗略的三角形。第一條線是從裂際城到冰封荒野，第二條線是從冰封荒野到沙漠半島的邊緣，第三條線是從那裡回到裂際城。他們相信那是由某種法術造成。

艾迪奧站在自己畫下的地圖旁，不斷以一指畫過那三條線，彷彿在構思戰術。「從特定地點傳送的法術，宛如烽火臺。」

鎧奧把拳頭捶在桌上。「有辦法解除那道法術嗎？」

莫爾塔嘆道：「我們在這方面的努力因為亞奇事件而中斷，贊助人為了自保而逃離此城，我們的資源也因此中斷。但我相信一定有某種辦法。」

「所以我們要從何找起？」艾迪奧問：「國王不可能輕易留下線索。」

莫爾塔點頭。「我們需要目擊證人來證明這項推論，但我們相信施展法術的地點都被國王的軍隊占據，我們一直在等待進入那些地點的機會。」

艾迪奧朝他慵懶一笑。「難怪你一直叫雷恩對我好一點。」

彷彿做為回應，雷恩呻吟一聲，試圖醒來。這十年來，這位年輕貴族到底有沒有享受一天的安全與平靜？這就能解釋他為何總是滿腔怒火——特拉森這些年輕又破碎的心靈為何憤怒得魯莽，包括瑟蕾娜。

鎧奧開口：「貧民窟的某間倉庫有一棟祕密公寓，那裡很安全，也有你需要的所有設備，你想在那裡待多久都行。」

他感覺艾迪奧正在盯著自己。但是莫爾塔皺眉：「雖然你很慷慨，但我不能待在你家。」

「那不是我的住所，」鎧奧解釋：「而且，相信我，屋主絕對不會介意。」

第三十一章

「吃下去。」曼儂把生羊腿遞到亞貝克薩斯面前。雖然天氣晴朗，但是山風還是從白牙山脈的雪峰吹來一陣嚴寒。為了讓牠伸展筋骨，她這陣子常帶牠走出後門，來到狹窄的山中小徑稍微跑跑。她以巨型鎖鍊牽住牠——彷彿這麼做就能阻止牠起飛——帶牠走上一道陡峭斜坡，來到一片高地草原。

「吃下去。」她在亞貝克薩斯面前搖晃這塊冷肉。牠趴在地上，朝探出融冰的第一批小草和野花吐氣。「這是你的獎勵，」她咬牙道：「是你贏來的東西。」

亞貝克薩斯嗅聞一叢紫花，然後瞥向她。不要肉，牠似乎如此表示。

「這東西很營養。」她說，但牠又忙著嗅聞這叢花，似乎是紫羅蘭。如果某種植物無法提供毒液、用作治療或充當糧食，她絕不會浪費時間弄清楚它的名稱——尤其是野花。

她把羊腿丟到牠的巨嘴前，再把雙手塞進紅披風的摺痕。牠嗅聞羊肉，一口嶄新鐵牙在豔陽下閃閃發光。牠伸展一隻帶爪巨翼，然後——

把羊肉推到一邊。

曼儂揉揉眼睛。「你嫌不夠新鮮？」

牠轉頭嗅聞某種黃白野花。

惡夢一場，這實在是惡夢一場。「你不可能真的喜歡花吧。」

那雙黑眸再次瞟向她，眨一下。我就是喜歡花，牠似乎如此表示。

她兩手一攤。「你昨天才生平第一次聞到野花。這塊肉到底哪裡有問題？」牠得吃好幾頓肉才能長出需要的肌肉。

看牠繼續以優雅的動作享受花香——這隻惹人厭又沒用的大蟲——她大步上前，拿起羊腿。「如果你不吃，」她朝牠低吼，用雙手把肉塊湊到嘴前，亮出鐵牙，「我吃。」

亞貝克薩斯以黑眸困惑的看著她啃咬冷凍生肉，然後看著她把肉吐在地上。

「看在女神黑影的分上——」她嗅聞這塊肉，雖然沒發臭，但就跟這裡的人類一樣味道不太對勁。這裡的羊是養在山洞裡，所以可能跟水質有關。等會兒回去，她會命令十三人眾別吃這裡的人類——除非她查明他們的味道為什麼這麼怪。

儘管如此，亞貝克薩斯還是得吃東西，因為牠必須增強體能——她才能成為空軍領隊，才能看到伊絲克菈在戰爭遊戲中被她撕裂時是何種表情。如果只有一個方法能讓這隻大蟲進食……

「好吧，」她丟掉羊腿。「你想要鮮肉？」她掃視四周高山，瞥向灰石。「那咱們就得打獵。」

「妳聞起來像屎和血。」坐在書桌前的外婆沒抬頭，曼儂也絲毫不為這番抨擊所動。她確實滿身屎血。

這都是因為熱愛花卉的大蟲亞貝克薩斯。牠袖手旁觀的看著她爬上附近一座峭壁、幫牠拿下來一隻拚命哀號的山羊。「拿下來」一詞稍嫌婉轉，實際情況是她當時凍得半死，就為了等幾隻山羊走過牠們的陡峭小徑。終於朝其中一隻發動伏擊時，她跟那隻羊扭成一團，不但在牠的排泄物中打滾，還被牠撒上一身新鮮糞便。山羊掙脫她的胳臂，不幸翻落，在下方的石地摔碎顱骨。

牠在翻落的瞬間差點把她拉去當墊背，幸好她及時抓住一條枯根。她抱著死山羊回來，披風和外袍沾染的羊血已經結冰，亞貝克薩斯還趴在地上嗅聞野花。

牠兩口就把山羊吞下肚，然後繼續拈花弄草。至少牠有吃東西。不過，把牠帶回北牙峰，那又是一場考驗。牠沒傷她，沒逃跑，但在接近後門洞口、聽到那些翼龍和人類的喧囂時，牠不斷拉扯鎖鍊、甩頭反抗。但牠終究還是走進山洞——雖然朝兩名迅速前來、準備帶牠進去的馴獸師咬擊低吼。不知道為什麼，她一直想著牠的抗拒態度——牠以眼神向她無聲哀求。她不同情牠，因為她心無憐憫，但她就是無法不去想那一幕。

「您傳喚我，」曼儂抬頭挺胸。「我不想讓您久等。」

「妳**明明在**讓我久等，曼儂。」女巫轉頭，眼中滿是殺氣以及保證賜予的無盡痛苦。「已經過了幾星期，妳還是沒帶妳的十三人眾升空。那幫黃腿已經編隊飛行了三天。三天，曼儂，妳還在這裡忙著伺候妳那隻畜生。」

曼儂沒表現出一絲情緒，道歉和藉口只會讓情況惡化。「恭候命令，使命必達。」

「我要妳在明晚升空，辦不到就別回來。」

「我恨你。」曼儂咬著鐵牙喘道。她和亞貝克薩斯才剛結束爬到山頂的艱辛跋涉。來這裡花了半天的時間——如果這個方法行不通，她得走到晚上才能抵達俄梅戛。回去收拾行李。

亞貝克薩斯像貓一樣縮在山頂這片狹長而扁平的石地上。「任性又懶惰的大蟲。」牠甚至沒朝她眨眼。

監督在黎明前幫她裝上鞍座、讓她從後門出發時，叫她前往東側山坡。他們利用那座山峰訓練小龍——還有不願意飛行的翼龍。爬到坡頂，她查看東面，發現那是一座高二十呎的低崖，下去之後是一道緩坡。亞貝克薩斯可以助跑跳過低崖，試圖滑翔，就算墜落……也只摔二十呎，落地後就在被風化得平滑的石地向下滑行一段距離，致死機率微乎其微。

沒錯，西側才危險。曼儂朝亞貝克薩斯皺眉，牠正在舔舐翼端的嶄新鐵爪。曼儂走過高原，因為吹來的寒風而不禁退縮。

西側是無盡深淵，如果摔落，就會穿越虛無、直落谷底的無情尖石。如果想找回她的碎屍斷骨，那些人類得出動不少人馬。還是東側好。

她確認髮辮綁緊，然後放下透明眼瞼。「咱們走吧。」

亞貝克薩斯抬起巨大的腦袋，彷彿在說*我們才剛到這裡*。

她指向東側那面低崖。「飛行，現在。」

牠悶哼一聲，轉身背對她，皮革鞍座閃閃發亮。「喂，少來這一套。」她發火，繞到牠面前，又指向那面低崖。「現在是飛行的時候，你這膽小鬼。」

牠把腦袋貼於腹部，搖晃尾巴，假裝沒聽見她說話。

她知道這麼做很可能害自己丟掉性命，但還是揪住牠的鼻孔——用力得讓牠因此迅速睜眼。「那些人類說你的翅膀能用，所以你能飛，也**必須**飛，因為我說了算。我已經餵你吃了一堆死山羊，如果你害我丟臉，我就要把你的皮剝來做新衣。」她拉拉身上這件又破又髒的紅披風。「這件已經毀了，都要感謝你那些山羊。」

牠撇開頭，她也放手——因為不放手就會被甩到半空中。牠垂頭閉眼。

這似乎是某種懲罰，但她不明白其中的原因。或許原因就是自己蠢得選殘龍當坐騎。

她朝自己嘶吼，瞥向牠背上的鞍座，她就算助跑跳躍也爬不上去。但她必須坐上那面鞍座而且升空，否則……否則十三人眾就會被外婆解散。

亞貝克薩斯依然躺在陽光下，像隻貓一樣懶散又任性。「好一個戰士之心。」

她輪流瞥向低崖、鞍座和垂下的韁繩。那些人類第一次把韁繩的一小部分塞進牠的嘴裡時，牠扭動掙扎，但現在已經習慣——至少今天只有試圖咬掉其中一名馴獸師的腦袋。

太陽依然高掛於空，但不久後就會開始下降，然後她就會徹底完蛋。她打死也不願意接受失敗。

「這是你活該。」是她丟下的唯一警告。她奔跑跳躍，跳上牠的拱背後便迅速攀爬。牠只來得及抬頭，她已經爬過牠的背鱗，坐進鞍座。

她把穿皮靴的雙腳塞進腳鐙，而且抓緊韁繩。牠連忙跳起，渾身僵硬。「我們要飛——**現在**。」她用鞋跟踹牠的側腹。

或許靴刺讓牠受傷或受驚，因為亞貝克薩斯猛然躍起——掙扎怒吼。她拚命拉緊韁繩。「**住手，**」她咆哮，用一臂拉扯韁繩，引導牠走向低崖。「住手，亞貝克薩斯。」

她夾緊大腿，留在鞍座上，在牠拚命掙扎的同時盡量貼緊牠的身子。看她沒因此跌落，牠伸展雙翼，彷彿打算把她拋開。「你敢。」她低吼，但牠仍在扭身咆哮。

「**住手**。」大腦在顱內搖晃，上下兩排牙齒也猛烈互撞，她只得立刻收起鐵牙，避免牙齒咬穿肌膚。

但是亞貝克薩斯仍在弓背躍動，瘋狂而且失控。牠不是跳向那面低崖，而是遠離那裡，來到西側深淵。

「亞貝克薩斯，**停下來**。」牠打算從那裡跳下，帶她一起在谷底石地摔成一灘肉泥。

牠驚慌又狂怒，她的命令如風中落葉的聲響般微不可聞。西側懸崖出現在她的右邊，然後左邊，在不斷伸展又收起的斑駁皮翼下閃過。亞貝克薩斯持續靠近懸崖，地面石塊在牠的巨爪襲擊下嘶聲破碎。

「**亞貝克薩斯**——」但牠的一腿滑過懸崖邊，腳底打滑，帶曼儂跌入空中，她的世界不斷下墜。

第三十二章

曼儂沒時間考慮即將到來的死亡。

兩者沿懸崖岩壁往下墜。她忙著抓緊鞍座，周遭天旋地轉，風聲呼嘯，又或許那是亞貝克薩斯發出的吶喊。

雖然渾身肌肉緊繃顫抖，但是韁繩依然牢牢纏繞她的兩臂，只有這東西能讓她暫時免於一死，就算死亡隨著亞貝克薩斯的殘破身軀每一次旋轉而迅速逼近。

下方的樹林開始進入視線，連同林間的風鑿尖石。墜落持續加速，岩壁化為灰白飛影。

或許牠的身軀能吸收衝擊力，讓她能活著走離。

或許那些石塊會把兩者瞬間切開。

或許牠會翻身，讓她先砸在石塊上。

她希望結局會快得讓她來不及意識到自己如何喪命、身軀哪個部位先破碎。兩者急墜而下，她能看到尖石之間有條小河。

風從下方撞來，這道氣流把亞貝克薩斯搖晃得扶正，但兩者還在旋轉，持續墜落。

「張開翅膀！」她咆哮，為了壓過風聲，也為了壓過自己的如雷心跳，但是翅膀依然收起。

「張開翅膀，爬升！」她喊道。河中急流進入她的視線，她發現自己痛恨即將歸入的黑暗，還有她完全無法阻止自己摔成肉泥，這場災禍——

她能看到樹上的松果。「**張開翅膀！**」這是為了抵抗黑暗而發出的最後一聲戰吼。

回應這聲戰吼的是一聲刺耳尖嘯。亞貝克薩斯猛然展翅，捕捉上升氣流，帶曼儂高飛、遠離地面。

曼儂的胃袋彷彿瞬間從咽喉墜入肛門，但兩者正在向上直衝，牠正在鼓動翅膀，產生的每道低沉風聲都是她這漫長又悽慘的人生中聽過最美妙的聲音。

提升高度後，牠把兩腿收起、緊貼於身下。曼儂蹲在鞍座上，緊貼牠的溫暖獸皮。牠帶她來到鄰山的面前，那座山峰彷彿舉手迎接，但牠搖晃的從旁飛過，拚命振翅。曼儂和牠一起爬升下墜，沒吸進一口氣。兩者飛越白雪覆頂的最高峰時，亞貝克薩斯不知道是出於喜悅、怒火還是刺激，以腳爪挖起大把冰雪，拋撒於身後，在陽光照映下彷彿幾抹星塵。

兩者進入浩瀚天空，陽光刺眼奪目，周遭空無一物，只有跟下方群山一樣浩瀚的雲海，以及白色、紫色和藍色的眾多城堡與神殿。

亞貝克薩斯發出呼喊，進入那座雲廳，恢復水平飛行時抓住一道迅如電光、在雲廳之中開路的氣流……

她原本無法體會牠這輩子都活在地底、被綑綁、被毆打又殘廢是何感受——直到這一刻，直到她聽見牠因為純然又真實的喜悅所發出的吶喊。

直到她也回以吶喊，仰頭面向周遭的雲層。兩者航過一片雲海，亞貝克薩斯把利爪浸於其中，再傾斜衝向一根風蝕雲柱，持續攀升，直到來到柱頂，牠在冰冷而稀薄的天空中伸展雙翼，全世界為之靜止一秒。

因為無人旁觀，因為毫不在乎，曼儂也伸展雙臂，享受自由落體的快感，風聲在她的耳中和乾枯的心中化為歌曲。

太陽從她們身後的地平線竄出，灰天開始灌滿光芒。以紅披風裹身的曼儂高坐於亞貝克薩斯，視線因為眨眼換上的透明眼瞼而稍微模糊。儘管如此，她打量十三人眾，她們跨坐在各自的雙足翼龍上，在峽谷路線的入口處集結。

她們分成兩列，每列各六人。艾絲特琳及其淡藍坐騎就在曼儂身後，帶領第一列，索蕾爾在第二列的中間位置。人人清醒警覺──也有些納悶。亞貝克薩斯因為翅膀仍有些損傷，目前還不能飛越狹窄的關口，因此她們在後門集合，帶各自的翼龍走了兩哩路，來到第一條峽谷路線，如訓練有素的士兵般整齊而安靜的行軍。

峽谷入口的寬度剛好足以讓亞貝克薩斯往下跳、輕鬆滑翔。起飛是個問題，因為牠被撕裂的肌肉以及翅膀的傷口──那些部位受過太多重擊，很可能永遠無法徹底復原。

但她沒向十三人眾解釋這點，因為那跟她們無關，也不會造成影響。

「每天早上，從今天一直到戰爭遊戲開打前，」曼儂開口，凝視迷宮般的深谷以及組成風鑿峽谷的拱形通道，「我們都會在這裡集合，一直訓練到早餐之前，然後下午再跟其他女巫團一起訓練。此事不可洩漏。」她必須早點起床出門，好讓其他人在飛越關口的同時讓亞貝克薩斯有充足時間升空。

「我要大家收緊隊伍。我不在乎那些人類說什麼讓坐騎之間保持距離。就讓翼龍自行釐清牠們之間的階級地位，讓牠們爭吵，但牠們會飛上天，陣容也將如鎧甲般緊密。坐騎之間不准留空隙，也別耍脾氣或地盤觀念那些狗屁。我們將一起飛越這座峽谷，否則全都別飛。」

她輪流看著每一名女巫及其坐騎的眼睛。令她意外的是，亞貝克薩斯也學她這麼做。雖然體型居劣勢，但牠以意志力、速度和敏捷來彌補，牠甚至能比曼儂更早察覺氣流。「等飛完這趟，如果我們活下來，就在峽谷另一端集合，然後再飛一次，直到完美。妳們的龍獸必須學會信任彼此而且聽從命令。」風吻過她的臉頰。「別落後。」她說，接著亞貝克薩斯跳進峽谷。

第三十三章

接下來的一星期，沒有新的屍體，更沒有吸乾屍體的那隻怪物的蹤跡，雖然瑟蕾娜發現自己在這座太陽女神之殿，被羅紋逼著點起一支支蠟燭時經常思索那些細節。既然她能隨心所欲的變身，這就是她的新任務：點蠟燭，別毀掉周遭一切。她每次都失敗，不是燒焦自己的披風，就是燒碎廢墟的石材，或在法力從體內爆發時焚毀周遭樹林。但是羅紋準備了無數蠟燭，所以她天天瞪著蠟燭，直到瞪成鬥雞眼。雖然流汗幾小時、專心掌握體內怒火之類的狗屁，她就是無法讓蠟燭冒出一縷煙。這麼做的唯一下場是無盡食欲：瑟蕾娜只要有機會就拚命吃，這都因為魔法消耗太多體力。

大雨回歸，連同聽艾姆瑞斯說故事的聽眾。瑟蕾娜在晚上洗碗時順便聽故事，關於被稱作「盾女」的女戰士、魔法動物，還有狡猾的巫士，溫德林的所有傳奇。羅紋一樣以獵鷹型態到場——有些夜晚，她坐在後門口，羅紋也會稍微比較靠近她。

瑟蕾娜站在水槽前，背脊痠痛、飢腸轆轆，刷洗最後一口銅鍋，艾姆瑞斯也說完關於一頭聰明的狼和一隻魔法火鳥的故事。短暫停頓後，聽眾提出同樣的要求，要求聽同樣的老故事。「你知道任何關於玫芙女王的故事嗎？」瑟蕾娜從水槽旁發問，沒理會轉頭看她的一顆顆腦袋。

死寂，沉默。艾姆瑞斯瞪大眼睛，然後淺淺一笑。「多著呢。妳想聽哪一個？」

「你知道的最久遠的那些，全部。」既然日後得再面對那位姨媽，或許她最好盡早蒐集情報。艾姆瑞斯或許知道一些沒傳到她在大海彼岸老家的故事。如果關於皮行者的故事都是真的，如果永生雄鹿是真的……或許她能挖出什麼重大發現。

幾人緊張得面面相覷，但艾姆瑞斯終究開口：「那我就從頭說起。」

瑟蕾娜點頭，在平常坐的那張椅子坐下，斜靠在後門邊，靠近鋭眼獵鷹。羅紋的嘴喀喀作響，但她不敢回頭看他，而是開始啃起一整條麵包。

「很久以前，凡人國王尚未坐上溫德林王座之前，精靈仍與我們共處。有些善良美麗，有些調皮淘氣，有些則比最黑暗的夜晚更汙穢邪惡。但牠們全由玫芙及名為茉菈和瑪帛的兩位妹妹統治。茉菈狡黠靈敏，形如神雕——」羅紋就是出自那條強大血脈，「瑪帛美麗動人，形如天鵝。還有神祕幽暗的玫芙，其野性不限於單一型態。」

艾姆瑞斯訴說歷史，瑟蕾娜大多都聽過：茉菈和瑪帛愛上人類男子，也因此放棄長生不老。有人說玫芙是為了做出懲處而逼她們倆放棄永恆生命這項恩賜。有人說她們倆是自願這麼做，就為了逃離大姊。

瑟蕾娜問「玫芙自己是否曾與誰交配」時，現場又一片死寂。艾姆瑞斯回答沒有——但那種事曾經差點發生，遠在歷史之初。據說一名戰士以靈敏的心智和純淨的靈魂贏得她的芳心，但他死於一場遠古之戰，也遺失了原本打算送給她的戒指。從那時候開始，玫芙最看重的就是自己的戰士團，那些戰士也因此愛戴她——讓她成為無人敢挑戰的強大女王。瑟蕾娜以為這番話會讓羅紋氣得羽毛蓬起，但他只是默默待在原處。

艾姆瑞斯的永生精靈女王故事說到深夜，把她描述為一位冷酷無情又狡猾的統治者。她如果願意，隨時可以征服全世界，卻選擇維持朵拉奈爾城這片森林國度，把石城深植於巨大的江河流域之中。

瑟蕾娜把重要細節牢記於心，試著別去想棲息於頭上幾呎的那位王子，他自願向深居於群山後方的那位永生怪物許下血誓。她正想要求再聽一個故事時，卻注意到林中動靜。

看到一隻巨型山貓從林中小跑而來，踏過被雨水浸溼的草地，直朝她所在的門口而來，她差點被吃到一半的黑莓餡餅嗆到。山貓的一身金毛被雨水淋得色澤加深，雙眼在火炬照映下閃閃發光。衛兵都沒發現牠？瑪拉凱正在沉醉於伴侶說的故事。她張嘴想警告大家，但立即阻止自己。

衛兵沒錯過任何動靜，也沒放箭，因為那不是山貓，而是——

一陣宛如遠方雷火的閃光後，山貓變成一名高大寬肩的男性，朝敞開的門走來。羅紋振翅，在半空中變身，一瞬間化為正在以兩腿走進雨中的型態。

兩名男性互挽前臂，拍拍對方的背——簡潔有力的打招呼。因為雨水和艾姆瑞斯說故事，她很難聽清楚那兩人在說什麼。豎耳傾聽的同時，她默默詛咒自己的凡人聽力。

「我這六週來都在找你，」金髮陌生人開口，嗓門尖銳但有氣無力。不是急促，而是疲憊又洩氣。「沃恩說你在東境，但是洛坎說你在海岸查看艦隊，然後那兩個雙胞胎說女王在跟你大老遠跑來這裡之後獨自回城，所以我根據這項猜測來到這裡……」他說話含糊不清，從他一身堅實肌肉和佩帶的武器很難看出原來他的脾氣有些急躁。他是戰士，跟羅紋一樣——雖然那張令人驚豔的俊美容貌，絲毫沒有王子的那種嚴峻神情。

羅紋把一手放在對方肩上。「我聽說了那件事，賈維爾。」他是羅紋的神祕友人之一？她真希望艾姆瑞斯有空指認這人的身分。羅紋很少提起那五名夥伴，但他和這位賈維爾顯然絕非泛泛之交。她有時候忘了羅紋的人生不限於這片森林。她之前不會為此感到心煩，也不確定自己為何突然因為想起這點而感覺心情沉重，或自己為何介意羅紋不跟她打招呼、不在意她的存在。

賈維爾揉揉臉，厚實背脊隨著吸氣而擴張。「我知道你大概不願意——」

「讓我知道你想要什麼，我立刻處理。」

賈維爾顯得垂頭喪氣，羅紋帶他走向另一道門。他們倆的動作都有著超凡又強悍的優雅——彷彿雨幕也會為了讓他們通過而一分為二。羅紋消失在她視線之前，完全沒回頭看她一眼。

羅紋整晚都沒回來。出於好奇而非好心，她意識到他那位朋友好像也還沒吃晚餐。至少沒人從廚房拿走什麼東西，羅紋也沒叫人送吃的過去。那麼，她何不親自送些燉菜和麵包？

她把沉重的托盤撐在腰際，敲敲他的房門。房間裡的低語聲消失，有那麼一秒，她突然有個極為尷尬的念頭：或許那位男性來到這裡是出於某種更為親密的原因。接著，某人發火：「什麼事？」她輕輕把門推開一半，窺視其中。「我以為你可能會想要一些燉菜——」

好吧，那名陌生人**確實**半裸，而且背躺在羅紋的工作臺上。但是羅紋衣衫完整，坐在那人旁邊，而且擺起臭臉。沒錯，她的確走進某種私人場合。

她花了幾秒才注意到幾支扁針、裝有深色顏料的小鍋、沾染墨水和血汙的抹布，還有從陌生人的左胸沿肋骨一直到髖骨的刺青摹圖。

「出去。」羅紋放低手中的針，口氣冷漠。賈維爾抬頭，被明亮的燭光映出黃褐眼眸中的痛楚——而且未必來自刺於心口和胸腔的符號。古文字，跟羅紋身上的一樣。那人身上已經刺有許多文字——大多十分古老，而且被不少疤痕截斷。

「你想來些燉菜嗎？」她依然盯著刺青、血、裝有顏料的小鐵鍋，還有羅紋的姿態——他拿著手裡那些工具時似乎比拿著武器更自在。他身上的紋身也是自己刺的？

「放著。」他說。她知道——清楚知道——他晚點一定會把她大罵一頓。她逼自己面無表情，把托盤放在床上，然後退到門口。

「抱歉打擾了。」不管那些刺青有何作用，不管她跟他有多認識，她都不該來這裡。陌生人眼中的痛楚已經向她充分說明這點，她常在鏡中倒影看到那種痛楚。賈維爾的注意力在她和羅紋身上來回掃過，鼻翼顫動——他在聞她的氣味。

現在絕對是離開這裡的時候。「抱歉。」她又說一次，然後把門在身後關上。

她沿走廊走兩步，接著不得不停步，斜靠於石牆，揉揉臉龐。真蠢，居然蠢得在乎他在訓練以外的時間做些什麼，蠢得以為他或許會讓她知道他的私事，就算只是他提早回房忙些什麼事。不過這確實令她難過——超過她願意承認的程度。

她正準備把自己拖回房間時，走廊那頭的門板敞開，羅紋氣沖沖走出，渾身幾乎因怒火而發光。只是看到他怒氣沖天的模樣，她又進入那種魯莽又愚蠢的緊繃情緒，而且抓緊憤怒要比接受那種想把她不斷往下拉的寂靜黑暗更容易。在他還沒來得及咆哮前，她問：「你那麼做是為了錢？」

對方咬牙。「首先，那與妳無關。再來，我永遠不會墮落到那種程度。」他投來的眼神讓她清楚知道他對她的職業有何評價。

「你知道，你賞我耳光或許還比較好。」

「好過什麼？」

「好過成天提醒我有多廢多爛多懦弱。相信我，我在這方面的自我提醒已經做得很完善。所以你乾脆動手吧，因為我已經受夠了彼此交換侮辱。而且你知道嗎？你根本沒跟我說你有事要忙。如果你有說，我就絕對不會過來。我為我來這一趟道歉。但你就那樣把我**丟在**樓下。」說出最後幾個字，一陣尖銳的驚慌情緒迅速攀升，她的咽喉因某種痛楚而封閉。「你丟下我，」她重複。或許只是因為再次於她周身敞開的那道深淵帶來的強烈恐懼，但她低語：「我已經不剩任何人，一個都沒有。」

她沒意識到這句話是多麼真誠，多麼希望這句話不是事實，直到現在。

他的表情依然冷漠，甚至有些凶惡。「我沒有任何東西可以給妳，也沒有任何東西**想**給妳。我完全不需向妳解釋我在訓練以外的時間做些什麼。我不在乎妳經歷過什麼，或是妳想怎樣過自己的人生。妳越早擺脫妳那種自怨自艾，我就能越早擺脫妳。妳對我來說毫無意義，而且我**不在乎**。」

她耳中的嗡嗡作響持續加劇。那陣雜音底下是一波突來的麻痺感，是太令她熟悉的沒有視覺、聽覺或感覺的狀態。她不知道這為什麼會發生，因為她原本打定主意討厭他，但是……那原本會很不錯，她猜。如果有一個人知道她的所有真相——而且不因此討厭她，那原本會很不錯。

非常、非常不錯。

她轉身離去，沒再說一個字。隨著走回臥室的每一步，在她心中的那道脆弱光芒也持續閃爍，最終熄滅。

第三十四章

瑟蕾娜不記得自己連靴子也沒脫的縮在床上，不記得作過什麼夢，醒來時也感覺不到強烈的飢餓或口渴。拖著沉重腳步、走進廚房幫忙弄早餐時，她也幾乎沒對任何人作出反應。周遭一切都化為黯淡色彩和模糊聲響，但她很平靜，彷彿溪流中的石頭。

早餐時間結束，一切都忙完後，寂靜廚房中的聲響變得清晰，化為人聲。某人低語——瑪拉凱。某人發笑——艾姆瑞斯。

「妳看，」艾姆瑞斯來到瑟蕾娜身旁。她站在廚房水槽前，依然凝視窗外原野。「看看瑪拉凱買了什麼東西給我。」

她注意到金色握柄的光澤，這才意識到艾姆瑞斯拿著一把嶄新小刀。這是個笑話，眾神一定在開她玩笑，不然就是發自內心的討厭她。

握柄刻有蓮花圖紋，波紋狀的青金石如河流般包圍柄底。艾姆瑞斯笑得眉飛色舞。這把小刀，打磨得金光閃閃……

「這是我從一名來自南方大陸的商人手中弄到的，」桌邊的瑪拉凱開口，滿足的口氣讓她知道他心情大好。「來自遙遠的伊爾維。」

麻痺感突然斷裂。

她幾乎以為他們會聽見這種情緒斷裂的聲音。

取而代之的是一聲高頻尖叫，響亮得宛如沸騰的熱水壺，宛如暴風，宛如那名女僕在那天清晨發出的尖叫——她走進瑟蕾娜父母的臥室，看到那孩子躺在那兩具屍體之間。

那聲尖叫刺耳得讓她幾乎聽不見自己說出「我不在乎」，她只能聽見那陣無聲吶喊，所以她提高嗓門，呼吸急促的再說一次：「我。不。在。乎。」

一陣沉默。房中另一端的路迦小心翼翼的開口：「艾蘭堤雅，別這麼不禮貌。」

艾蘭堤雅。艾蘭堤雅。堅不可摧的靈魂。

謊話，謊話，**謊話**。娜希米雅在每件事上都說謊，關於這個蠢名字，關於她的計畫，關於**每一件事**。而且她**死了**。瑟蕾娜只剩睹物思人——這把小刀跟公主引以為傲的那身武器有些相似。娜希米雅死了，瑟蕾娜一無所有。

她劇烈顫抖，身軀的接合部位彷彿即將斷裂。她轉身。「我不在乎你們，」她朝艾姆瑞斯、瑪拉凱和路迦嘶吼。「我不在乎你的小刀，我不在乎你的故事或是你的小小王國。」她瞪著艾姆瑞斯。路迦和瑪拉凱立刻走來，擋在老頭面前——而且亮牙警告。很好，他們是該感覺受到威脅。「所以離我遠一點。別拿你們的狗屁人生來跟我攪和，**少來煩我**。」

瑟蕾娜正在咆哮，但她還是聽見腦海中的那陣尖叫，她無法把怒火轉換成力量，她分不清楚上下左右，只知道娜希米雅在每件事上都撒謊，這個朋友曾發誓不會——發過誓言卻違背誓言，正如她設計讓自己遇害的那天打碎了瑟蕾娜的心。

瑟蕾娜看到艾姆瑞斯眼中的淚水，她不在乎那是出自憂傷、憐憫還是憤怒。路迦和瑪拉凱依然擋在她和艾姆瑞斯之間，咬牙低吼。家人——他們是一家人，也團結一心。如果她傷害其中一人，就會被其他人撕碎。

瑟蕾娜看著他們三人，發出不帶喜悅的低沉笑聲。艾姆瑞斯開口，試圖安撫局面。

瑟蕾娜只是又一聲冷笑，走出門口。

整晚忙著把陣亡同袍的名字刺在賈維爾的皮肉上、聽這名戰士訴說自己失去的手下之後，羅紋跟對方道別，然後走進廚房，發現只有那名老者坐在空蕩的工作臺旁，雙手捧著一只茶杯。艾姆瑞斯抬頭，雙眼明亮，而且……哀傷。

不見女孩的蹤影。有那麼一秒，他希望她已經再次出走，就算只是因為如此一來他就不用面對自己昨晚說過的話。通往外頭的門敞開——彷彿被誰用力推開。她大概就是從那道門離去。

羅紋上前一步，點頭致意。老者把他從頭到腳打量一番，輕聲道：「你做了什麼？」

「什麼意思？」

艾姆瑞斯沒提高嗓門。「對那女孩。你做了什麼？為什麼她進來這裡的時候，眼中一片空虛？」

「那與你無關。」

艾姆瑞斯的雙唇緊抿成線。「看著她的時候，你看到什麼，王子？」

他不知道。這些日子來，他什麼都不知道。「那也與你無關。」

艾姆瑞斯一手撫過歷盡風霜的臉龐。「我看到她一點一滴的慢慢死去，因為她在迫切需要有誰拉她一把的時候，你卻把她往下推。」

「我看不出我能幫上什——」

「你知不知道艾芙莉・艾希里弗以前是我的朋友？她在這間廚房工作將近一年——跟我們一起住在這裡的那些日子裡，她拚命試圖說服你的女王讓半永生精靈在你的領土有棲身之處。她為我們爭取權利，一直到她離開這個王國的那一天——甚至在那之後的許多年間都沒放棄，直到她被大海彼岸那些禽獸殺害。所以我知道實情。你把她帶進這間廚房的那一刻，我就知道她是誰的女兒。我們這些人，二十五年前就在這裡的每個人，一眼就看出她的身分。」

羅紋很少出現驚訝的情緒，但是……他只是瞪著對方。

「她走投無路，王子，她的心中不剩一絲希望。幫幫她，就算不是為了她，也好歹為了她象徵的意義——為了她能給我們每個人，包括你，帶來的東西。」

「帶來什麼？」他斗膽問道。

艾姆瑞斯毫不畏縮的回視對方，輕聲道：「更好的世界。」

瑟蕾娜不斷行走，直到她發現自己來到林地湖畔，湖水在正午陽光下奪目刺眼。這個地點還算理想。她在湖畔苔地癱坐，用雙臂緊緊抱住自己，上半身俯貼於膝。

沒有任何事情能使她復原，而且她……她……

她嗚咽一聲，雙脣劇烈顫抖。她得緊抿嘴脣才能強忍那種聲音。

但那種聲音已經來到肺臟、咽喉和嘴裡。她吸氣時，那種聲音決堤而出。聽在耳中，她的所有情緒也隨之爆發，直到身體因為如此猛烈的力道而疼痛。

她依稀看到湖面光芒挪動，感覺到風的嘆息，風擦過她的淚溼臉頰時帶來的暖意。她聽到一名女子的呢喃聲，輕得彷彿出於自己的幻想。*妳為何哭泣，火心？*

十年了——她已經有漫長的十年沒聽過母親的聲音。此刻，雖然正在痛哭失聲，但她能聽見母親的話語，彷彿對方就跪坐身旁。*火心——妳為何而哭？*

「因為我迷失方向，」她朝泥土地低語。「也不知道該往哪裡去。」

這就是她一直無法告訴娜希米雅的真相——十年來，她不確定回家的路怎麼走，因為她已經無家可歸。

暴風與飛雪襲擊肌膚，她這才注意到羅紋在身旁坐下。他伸直兩腿，手掌撐於身後的苔地。她抬頭，凝視粼粼湖面，懶得擦拭臉上的淚。

「妳想談談嗎？」他問。

「不想。」吞幾次口水後，她從口袋扯出一條手帕擤鼻涕，腦袋隨著每次吐氣而愈加清醒。

兩人靜坐，不發一語，只聽見微波蕩漾的湖水輕拍苔岸，以及穿過枝葉的風聲。然後——

「那好，因為我們得出發了。」

這混蛋。她開口罵他混蛋，然後問道：「去哪？」

他露出嚴肅的微笑。「我認為我開始搞懂妳了，艾琳．加勒席尼斯。」

「看在層層地獄火環的分上，」瑟蕾娜喘道，凝視位於崎嶇山腳的洞口，「我們來這裡做啥？」

這趟路有五哩長，都是上坡，而且她的胃袋幾乎空空如也。

緊挨灰石的樹木覆蓋山坡一段距離，之後漸漸被覆以地衣的岩石取代，而那些岩石最終成為雪峰，在溫德林及其後方的朵拉奈爾之間豎起屏障。不知道為什麼，這座巨山令她的頸後寒毛豎起，而且與寒風無關。

羅紋大步走進敞開的洞口，淡灰披風飄於身後。「快點。」

她用披風把身子裹得更緊，蹣跚跟上。這是個壞兆頭。不，這是凶兆，因為不管洞裡有什麼東西……

她走進黑洞，把羅紋的髮絲光澤當成指引，同時讓兩眼漸漸適應這裡的漆黑環境。腳下是石地，遍地小石被磨得圓滑，而且到處都是生鏽的武器、盔甲，還有——衣服。沒有骷髏。老天，這裡冷得讓她能看見自己的吐息，看見——

「快跟我說我看到幻覺。」

羅紋在一個寬廣冰湖的邊緣停步，湖面延伸、消失於黑影。某人坐在湖面中央的一塊毛毯上，兩腕的鎖鍊固定於冰層之下——那人是路迦。

路迦舉起一手打招呼，鎖鍊隨之匡啷作響。「我還以為你不來了呢。我快**凍死了**。」他呼喊，隨即把雙手夾在腋下，金屬敲擊聲在洞內迴響。

覆蓋湖面的厚冰清晰透明，她能看到冰下湖水——湖底的淡色石塊、古樹留下的枯根，而且沒有任何生物。長劍、匕首和刺槍零星插於石縫。「這是什麼地方？」

「帶他出來。」羅紋以此作答。

「你瘋了？」

羅紋的微笑表示他確實是個瘋子。她走向冰面，但他以肌肉渾厚的胳臂攔住她。「用妳的另一個型態。」

路迦的腦袋歪斜，彷彿試圖傾聽。「他不知道我是什麼身分。」她咕噥。

「妳也知道妳是住在半永生精靈的要塞裡。他不會在乎。」

反正這件事也不是她最大的煩惱。「你居然把他牽扯進來？」

「妳羞辱他——還有艾姆瑞斯的時候，就已經親手把他牽扯進來。救他出來，這是妳起碼該做的。」他朝湖面吐口氣，岸邊冰層隨之解凍，接著更為硬化。神聖諸神在上，是他讓整面湖結冰。他有**這麼**厲害？

「希望你們有帶零食來啊！」路迦開口：「我餓死了。快點，艾蘭堤雅。羅紋說這是妳的訓練之一，而且……」他喋喋不休。

「這種訓練他媽的到底有啥意義？還是因為我鬧脾氣而這樣懲罰我？」

「妳能在人類型態控制自己的力量——讓它休眠。但在妳變身的瞬間，當妳變得焦躁、憤怒或害怕，或是妳想起自己多麼害怕那股力量，妳的法力就會為了保護妳而湧現，它不知道那些情緒的源頭來自**妳**而非外來威脅。當外來威脅**確實**存在，當妳越來越不懼怕自己的力量，妳就能控制它，或是**某種程度**的控制。」他再次指向她和路迦之間的冰層。「去救他。」

如果她失控，如果烈焰爆發……冰與火向來不相容，不是嗎？「如果我失敗，路迦會有什麼下場？」

「他會非常冷，非常溼，而且可能送命。」從他臉上的微笑判斷，她知道他這個施虐者樂意讓那男孩陪她溺水。

「鎖鍊真有必要？那會害他直沉水底。」一種愚蠢又嗚咽的驚慌情緒開始灌滿她的血管。

她伸手索取路迦的鎖鍊鑰匙，但是羅紋搖頭。「控制力就是妳的鑰匙，還有集中力。走過湖面，然後想出解救他而不會害你們倆一起溺水的方法。」

「別裝成什麼狗屁神祕大師來訓練我！這是我這輩子做過**最蠢**的事——」

「動作快。」羅紋露出惡狼般的咧嘴笑，整塊冰層隨之呻吟，彷彿正在溶化。雖然腦子裡有個微弱聲音說他不會讓那男孩溺死，但她無法相信他，尤其經過昨晚的事。

她朝冰面走近一步。「你是**混蛋**。」等路迦安然返回要塞，她會開始想辦法整死羅紋。她貫穿體內的薄紗，在容貌改變時幾乎沒注意到痛楚。

「我一直在等著看妳的永生精靈型態！」路迦開口：「我們都在打賭妳啥時變身——」又是一串囉哩八唆。

她怒瞪羅紋，對方的刺青在她的永生精靈視覺下展現更多細節。「我知道地獄為你這種人預留特別席位，我也為此甚感欣慰。」

「說說我不知道的新鮮事吧。」

踏上冰層的同時，她朝他做出極為不雅的手勢。

試探性的跨出每一步時——先從小步開始——她能看到湖底消失於黑暗，以及散落其中的失落武器。路迦終於閉上嘴。

跨過清晰可見的岸邊岩架、從黑暗深淵的上方走過時，她開始屏住呼吸。她的一腳打滑，冰層隨之呻吟。

呻吟，而且**碎裂**，在她的腳下如蜘蛛網般擴散。她渾身僵住，像個傻子一樣目瞪口呆的看著裂痕越散越開，然後——她繼續前進，腳下又出現一條縫。冰層似乎在移動？「**住手**。」她朝羅紋嘶吼，但不敢回頭看。

感覺法力顫抖覺醒，她如死屍般僵住。糟糕。

但是法力已經開始灌滿體內。

冰層發出低沉吱嘎，這表示某種又冰又溼的物質即將朝她而來，而且她再踏出一步，就算只是因為回頭路似乎即將破碎。她正在冒汗——法力，火焰正在從裡向外讓她加溫。

「艾蘭堤雅？」路迦問。她朝他伸出一手，以這個無聲手勢叫他閉上臭嘴。她閉眼**吸氣**，想像周遭的冷空氣灌入肺臟、讓魔法之井結凍。魔法——這是**魔法**。在亞達蘭，魔法是死亡陷阱。

她握緊雙拳。在這裡，魔法**不是**死亡陷阱。在這片土地上，她能擁有魔法，能隨心所欲改變型態。

冰層停止作響，但在她周遭變得混濁而單薄。她開始滑步而行，盡量保持平穩流暢，還哼起曲子——出自一首能讓她鎮定下來的交響樂。她讓節奏穩住自己，減緩驚慌。

魔法悶燒，減弱成餘燼，隨著每次呼吸而脈動。我很安全，她告訴體內的法力，相對來說很安全。如果羅紋說得沒錯，這只是法力為了抵擋外敵而出現的反應……

她在八歲那年被歐林斯圖書館列入黑名單，罪名是縱火。大學士責備她不夠端莊有禮，她被罵得惱羞成怒，結果不小心把一面擺滿古卷的書櫃焚燒殆盡。沒幾個月後，她醒來發現魔法消失，這讓她出現既美麗又恐怖的安心情緒。因為如此一來，她就能拿著書——她最喜歡的書——而不用擔心自己可能在難過、疲倦或興奮時把書燒成灰。

瑟蕾娜．薩達錫恩，樂於成為凡人的瑟蕾娜，這下永遠不用擔心不小心燒傷玩伴、因為作惡夢而燒毀臥室，或把整座歐林斯城燒成廢墟。瑟蕾娜擁有艾琳所沒有的一切，她曾欣然接受那種人生，就算瑟蕾娜的豐功偉業是死亡、折磨和痛苦。

「艾蘭堤雅？」她一直瞪著冰面，體內的魔法再次閃爍。

把城市燒成廢墟。她聽到梅勒桑德的大使朝她的父母和舅舅嘶吼出的恐懼。她聽說那人是來尋求結盟，但她後來才明白他其實是去蒐集她的相關情報。梅勒桑德由一名年輕女王統治，那女人想評估特拉森繼承人日後可能帶來什麼威脅，想知道艾琳・加勒席尼斯會不會成為戰爭兵器。

冰層愈加混濁，**喀啷**聲傳至半空中。體內魔法正在脈動而出，朝她吸進的每一口氣做出咬擊。

「控制權在**妳**手裡，」岸邊的羅紋開口：「**妳**才是它的主人。」

她走完一半的路。她朝路迦再踏出一步，冰面裂痕更加惡化。他的鎖鍊微微晃動——出於急躁？還是恐懼？

她未曾控制過什麼。就算身為瑟蕾娜，「控制權」依然只是一種錯覺。她的韁繩被許多主人輪番掌握。

「妳的命運掌握在自己手裡。」羅紋輕聲道，彷彿清楚知道她的腦子裡有些什麼念頭。

她又哼唱幾聲，音樂從記憶中蜿蜒飄來。不知道為什麼……火焰減弱。瑟蕾娜往前走一步，再一步。悶燒於血管的那股力量永遠不會消失；如果她不掌控它，就很可能傷及無辜。

她回頭怒瞪羅紋，對方正在沿岸邊邁步，查看一些失落兵刃。他平常那種冷漠的眼神綻放一絲勝利喜悅，但他轉身走向岩壁中的一條小縫，摸索其中某物。她繼續行走，水中深淵持續加深。身為刺客，她精通自己的凡人身軀。精通自己的永生之力——這只不過是另一項任務。

她終於來到觸手可及之處，路迦瞪大眼睛。「其實妳沒啥好隱瞞的，反正我們老早知道妳會變身。」他說：「如果我說這話能讓妳比較好受，史丹的動物型態是豬，他因為怕丟臉而拒絕變身。」

她原本會哈哈大笑——她其實感覺到五臟六腑繃緊、為了讓深埋數月的笑聲爆發——但她想起他的腕上鎖鍊。雖然法力平息，但現在……該用火焰熔化鎖鍊？還是熔化固定鎖鍊的冰塊、讓他拖著鎖鍊走回去？如果瞄準冰塊，她很可能害自己跟他沉到湖底。如果瞄準鎖鍊……嗯，她可能先失控再害自己跟他沉到湖底，但也可能失控燒傷他。最輕微的後果是他的雙腕被手銬留下烙痕，最嚴重的後果是他的骨頭被融化。還是瞄準冰塊比較好。

「呃，」路迦開口：「如果我們現在能出去吃點東西，我就原諒妳先前說的所有惡言惡語。這裡的味道好噁心。」他的感官想必比她敏銳——她只聞到微弱的鏽蝕、發霉和腐物。

「別動，別說話。」她的口氣比自己預料的尖銳，但他乖乖閉嘴。她輕輕來到鎖鍊被羅紋凍入冰中的位置，盡可能小心跪下，讓體重均勻分散。

她把一掌攤於冰面，目光沿鎖鍊移向在水底搖擺的那一截。搖擺——意味著水流，這也表示羅紋必須不斷讓湖面保持結凍……寒意咬上她的掌心，她瞥向坐在獸皮毛毯上的路迦，再轉頭查看鎖鍊的固定端。如果冰層破裂，她就必須抓住路迦。羅紋這傢伙真他媽瘋了。

她深呼吸幾次，讓魔法平靜沉穩。然後，手掌平貼於冰面，她在體內彎起一指，從法力之中勾出一條燃燒細線。法力之線沿胳臂流過，從手腕纏繞而過，然後停在掌中，肌膚因此發暖，而冰塊……**綻放**耀眼紅光。看到周遭冰面碎裂，路迦驚叫一聲。

「**控制**。」岸邊的羅紋吶喊，拔出一把被敲進壁中小縫的棄劍，金色握柄閃閃發光。在瑟蕾娜的強力壓制下，魔法窒息。她的手掌所在位置出現一個小洞——但沒貫穿冰層，不足以釋放鎖鍊。

她能掌握這股力量，也能再次掌握自己。體內那口井被填滿，她把手貼回冰面，以意志力命令那條火線鑽進冰中，如蚯蚓般挖洞鑽入、侵蝕寒冰……金屬敲擊聲傳來，再來是一聲嘶吼，然後——「噢，感謝諸位老天爺。」路迦呻吟，從冰中小洞拔出剩餘的鎖鍊。

她把法力之線召回體內，放入那口井，突然覺得渾身寒冷。

「拜託跟我說妳有帶吃的。」路迦重啟這個話題。

「你是因為這個原因才跑來這裡？羅紋拿點心換取你的合作？」

「我還在發育嘛。」他看向羅紋，臉龐隨之扭曲。「而且沒人敢拒絕他。」

的確，沒人敢對他說不，這大概就是為什麼羅紋以為這種把戲無傷大雅。瑟蕾娜從鼻孔嘆氣，瞥向被燒穿的小洞。這是一項成就——奇蹟。她準備站起、帶路迦走回岸邊時，又瞥向冰面。不，不是冰面——而是水底。

一隻巨大紅眼正在瞪她。

第三十五章

瑟蕾娜的嘴裡吐出四個字，粗俗得讓路迦不禁屏息。但是瑟蕾娜靜止不動，因為那隻紅眼的一段距離外是一條鋸齒狀的巨型白線，閃亮得令人毛骨悚然。

「**立刻**離開冰面。」她朝路迦低語。

因為那條鋸齒狀白線——那是一排牙齒。巨牙，能一口咬下整隻胳臂，而且那排牙齒正在從深處往上浮，朝她燒出的小洞飄去。難怪水底沒有骷髏——只有武器，那些武器沒能讓闖進這座山洞的眾多傻子保住性命。

「天啊，」路迦驚呼，從她身後窺視。「**那是**什麼東西？」

「閉嘴，快走。」她嘶吼。岸上的羅紋瞪大眼睛，刺青下的臉部緊繃，他沒料到湖中並非空無一物。

「快點，路迦。」羅紋低吼，拔劍備戰，另一手握著他剛剛從地上撿起的一把收於鞘內的長劍。

那怪物朝兩人游來，態度慵懶又好奇。隨著牠持續接近，她能看到牠的蜿蜒身軀，色澤跟湖底的石頭一樣蒼白。她從沒見過這麼巨大、古老又——而且彼此之間只以薄冰相隔。

路迦開始打顫，古銅肌膚失去血色。瑟蕾娜迅速站起，冰層隨之呻吟。「別往下看。」她指示，揪住他的手肘。一塊較厚的冰層在他們倆的腳下硬化而且擴散，直達岸邊。「**快走**。」

她告訴男孩，朝他輕輕一推。他開始在冰面迅速滑步。為了確保他不會背部受襲，她讓他先走，而且再往水底瞥一眼。

看到一顆覆以鱗片的巨大頭顱正在朝上瞪她，她吞下吶喊。那不是四足巨龍或雙足翼龍，不是蛇也不是魚，而是介於這四者之間。牠少了一眼，凹陷的眼窩周圍覆以疤痕。是誰奪走那隻眼睛？難道有另一隻**更恐怖**的怪物在那底下、游於山腹之中？還真巧——這面湖到處都是棄置武器，她卻手無寸鐵的被困於湖中。

「**再快點**。」羅紋咆哮。路迦距離岸邊只剩一半的路程。

擔心自己可能因奔跑而滑倒，瑟蕾娜也開始跟路迦一樣滑步移動。滑出第三步時，一抹如骨白影從水底衝來，如毒蛇出擊般扭身。

長尾鞭打冰層，周遭世界隨之**撼動**。

冰層往上跳，她的兩腿一彎，整個人彈起，接著以雙手和膝蓋觸地的姿勢摔在冰上。法力上湧，準備保護主人而且燒毀威脅，但被瑟蕾娜壓回。她連忙爬起，而且改變方向，因為那顆覆鱗長角的腦袋衝向接近她腳下的冰層。

冰面顛簸，一段距離外的冰層正在破裂，裂痕朝她奔來。羅紋似乎把所有精神力用來鞏固她和岸邊之間的這條狹窄冰橋。「武器。」她喘道，不敢把注意力從怪物身上移開。

「**快點**。」羅紋咆哮。瑟蕾娜抬頭片刻，看到他把拾獲的兵器滑過冰面，被一道疾風朝她吹滾而去。路迦丟下毛毯，邊滑邊跑，瑟蕾娜緊隨在後的同時抓起這把金柄長劍。一顆大如雞蛋的紅寶石嵌於柄中，雖然劍鞘老舊，但劍身出鞘時依然閃耀，彷彿才剛被打磨拋光。某個東西從劍鞘噹啷脫離、落於冰面——是一枚造型簡單的金戒指。她抓起戒指，塞進口袋，而且跑得更快，這時——

冰層再次上掀，那條強勁長尾造成的砰然巨響跟她腳下的挪動冰面一樣駭人。瑟蕾娜這次沒摔倒，而是壓低身子，抓緊長劍，不禁對這把劍的平衡手感和精美造型感到讚嘆。但是路迦打滑幾步，終究摔倒。她在幾秒內來到他身旁，揪住他的外袍背襟、拉他起身，在冰層不斷彈起的同時緊緊抓住他。

兩人越過冰層與岸邊之間的高度落差。看著腳下的淡色岩架，她幾乎安心得呻吟。他們身後的冰層向上炸開，冰水灑來，然後——

那雙鼻孔吐氣時，她沒停步，繼續把路迦拖向羅紋。巨爪從水底刮過冰層、留下四條深溝時，羅紋的額上汗水發出微光。

她把男孩拖過最後十碼，最後五碼……終於回到岸上後立刻跑向羅紋，他顫抖的吐出一句低語。瑟蕾娜轉身，剛好看到一隻彷彿來自夢魘的怪物試圖爬上冰面，那隻紅色獨眼因飢餓而狂亂，那排巨牙保證給他們帶來凶殘又冰冷的死法。羅紋的嘆息結束，冰塊融解，怪物也隨之下墜。

回到堅實地面，瑟蕾娜突然意識到那層冰塊其實也是屏障，因此又揪住似乎即將嘔吐的路迦，帶他逃出洞穴。少了寒冰，就沒東西能阻止那怪物爬出湖面，拿劍對付牠就跟拿牙籤沒兩樣。誰知道牠在陸地上能跑多快？

路迦朝各路天神吐出長串祈禱時，瑟蕾娜拖他跑過碎石下坡，進入刺眼的午後陽光下，半盲的蹣跚而行，直到進入朦朧林中，盡量靠運氣閃躲樹木，下山的腳步越來越快，然後——

一聲咆哮撼動岩石，飛鳥嚇得逃入空中，枝葉因搖擺而沙沙作響。那是出自狂怒和飢餓的咆哮，而非勝利，彷彿那隻怪物來到洞口，但因為在水中黑淵棲息千年而無法忍受陽光。兩人繼續逃離迴響於四處的怒吼，她不想考慮如果現在是夜晚將有何下場，入夜時可能有什麼威脅追來。

過了一會兒，她察覺羅紋追上，但她只關心身旁這名年輕的負擔，他在返回要塞的一路上不斷喘氣咒罵。

霧守進入視線時，她只對路迦說一句話：別說出在洞穴發生的事；然後叫他先回去。等他匆忙穿越樹叢而發出的聲音消失後，她轉身。

羅紋站在那裡，也在喘氣，長劍已經收起。她把剛入手的劍插進地面，柄部紅寶石在一抹陽光下綻放光芒。

「我要**宰了**你。」她咬牙道，然後衝向他。

雖然她處於永生精靈型態，但他還是比她更敏捷強壯，也輕易閃過她的進攻。迎面撞上樹木總好過撞上要塞石牆，雖然也沒好多少。雖然牙齒撞得喀喀作響，但她猛然轉身、再次撲向羅紋。他站得很近，而且亮出牙齒。她揪住他的外套前襟，他因此避無可避，隨即被對方的攻擊命中。

噢，一拳打中他的臉，這種感覺**實在痛快**，就算她的拳頭因此裂傷刺痛。

他發出咆哮，把她摔倒在地，她的胸中空氣隨之竄出，鼻血灌回咽喉。他還來不及壓在她身上，她已經用兩腿纏住他，以體內的所有永生之力一推。他立刻被壓制在地，瞪大的雙眼流露怒火和震驚。

她又出手揍他，指關節傳來劇痛。「如果你**再**把別人牽扯進來，」她喘道，捶他的刺青——

這該死的刺青。「如果你再像今天這樣害**任何人**陷入危險……」她的鼻血滴在他的臉上，跟他被她捶出的鮮血彼此融合，她對此有些滿意。「我會殺了你。」這次是反手拳，她依稀注意到他靜止不動、乖乖挨揍。「我會撕開你的咽喉。」她亮出尖牙。「聽懂沒有？」

他把頭轉向一旁，吐出嘴裡的血。

她的血流加速，狂亂得讓她給自己的每一道自制力崩潰。她試圖對抗這種失控，也立刻因為這種分神而付出代價。羅紋移動，她旋即被他壓倒。她把他的臉打得血肉模糊，但他似乎不在乎。他低吼道：「我想怎樣就怎樣。」

「別把其他人牽扯進來！」她尖叫，響亮得讓鄰近的鳥群閉上嘴。她扭身掙扎，抓住他的雙腕。「一個都不行！」

「說明原因，艾琳。」

這該死的名字……她的指甲陷入他的手腕。「因為我**受夠了！**」她氣喘吁吁，每道喘息都顫抖不已，因為她從娜希米雅遇害那日就拚命壓抑的驚悚真相即將失控。「我跟她說我不想幫忙，所以她安排了自己的死期，因為她以為……」她哈哈大笑，聽來駭人又瘋狂。「她以為她的死能逼我行動，她以為我有辦法做得比她更多——她以為她死了更有價值。而且她說謊——**每件事上**。她騙了我，因為我是懦夫，我也為此恨她。我因為她離開我而恨她。」

羅紋仍壓在她身上，溫血滴在她的臉上。

她說出事實，她說出壓抑幾星期的話語。她滲出的怒氣彷彿退潮般遠離岸邊，她放開他的手腕。「求求你，」她喘道，不在乎自己如此哀求，「別把其他人牽扯進來。你要我做什麼，我都照做，但那是我的底線。我做什麼都行，只要別影響其他人。」

他終於放開她的胳臂，眼神顯得朦朧。她凝視上方的樹冠，她不會再在他面前哭泣。

他往後退，兩人之間的氣氛緊繃得彷彿化為實體。「她是怎麼死的？」

她讓貼於背脊的水氣滲入體內，讓骨頭降溫。「她操弄了我們都認識的一名男子，讓對方以為自己必須殺了她才能達到個人目的。那名男子僱用了一名刺客，把我騙離她身邊之後趁機殺了她。」

唉，娜希米雅。她那麼做都是出於愚蠢的希望，她根本不知道那麼做是多麼可惜。她原本可以跟完美無瑕的迦蘭・艾希里弗結盟、拯救世界——給那個王座找個真正有用的繼承人。

「那名男子跟刺客的下場？」他冷漠的提問。

「我查出刺客的身分，把他的碎屍留在一條巷子裡。至於僱用他的那名男子……」她的雙手、衣服和頭髮上的血，還有鎧奧的驚悚瞪視。「我把他開膛剖腹，把屍首丟進下水道。」

那兩件命案是她最惡劣的事蹟之一，出於純然的恨意、復仇和怒火。她等著聽對方說教，但羅紋只是說聲：「很好。」

她驚訝得看著他——看到自己做了什麼。不是他的鼻青臉腫，不是他的外套和襯衫撕裂而且沾染泥巴，而是他被她抓住的前臂部位——衣料被燒穿，底下的皮膚浮現亮紅傷痕。

手印。她灼傷了他的左臂刺青。她連忙站起，考慮自己是否該下跪求饒。

這種燙傷一定痛得要命，他卻概括承受——毆打、火擊——讓她吐出令自己麻痺數星期的真心話。「我……真的很抱歉。」她開口，但他伸出一手。

「妳是為了保護妳在乎的人，」他說：「不該為此道歉。」

她猜這句話已經算是他的道歉。她點頭，他也把這當作回應。「我要留著這把劍。」她拔劍出土，她很難在世界其他角落找到比這更好的兵刃。

「妳沒贏得這東西。」他沉默片刻，然後補充道：「就當我給妳做個人情吧。我們訓練的時候，把它留在妳房間裡。」

她原想抗議，但這也算是折衷做法。她懷疑他在上個世紀中有沒有折衷任何一次。「如果那怪物在入夜後追來要塞？」

「就算如此，牠也無法通過結界。」看她挑眉，他補充道：「某種法術交織於要塞周遭的石陣，能抵禦外敵，連魔法攻擊都能彈開。」

「噢。」嗯，難怪這座要塞被稱作霧守。兩人行走時，一種平靜又有些愉快的沉默來到彼此之間。「你知道，」她以狡猾的口氣說道：「這是你第二次用你指派的任務把我的訓練搞砸，我相當確定這表示你是我遇過最爛的訓練師。」

他斜眼瞥她。「沒想到妳現在才注意到這點。」

她嗤笑一聲。接近要塞時，火炬和蠟燭燃起，彷彿歡迎他們回家。

「我從沒見過如此慘狀。」艾姆瑞斯嘶聲道，看著羅紋和瑟蕾娜疲憊的走進廚房。「你們倆渾身都是血汙和碎葉。」

這兩人確實堪稱奇觀，臉龐腫脹割傷，沾滿彼此的血，頭髮一團亂，瑟蕾娜的腳還有些跛。她的兩處指關節裂開，一邊膝蓋悸痛，不知在何時受的傷。

「沒比巷子裡那些成天打架的野貓好到哪裡去。」艾姆瑞斯把兩碗燉菜重重放在工作臺上。「吃吧，兩位，吃完就去把自己清理乾淨。艾蘭堤雅，妳今晚和明天都不用在廚房值班。」

瑟蕾娜開口想抗議，但是老頭舉起一手。「我可不想看妳把血滴得到處都是，妳來這裡只會幫倒忙。」瑟蕾娜皺眉，在羅紋身旁的長椅座位一屁股坐下，因為腿上、臉上和胳臂的疼痛而拚命咒罵，因為坐在旁邊的麻煩人物而出口成髒。「既然妳等下要去洗澡，順便把妳那張嘴也洗乾淨。」艾姆瑞斯發火。

路迦縮在爐火旁，瞪大眼睛，用拇指做出割喉狀，彷彿想警告瑟蕾娜什麼。就連跟兩名年邁哨兵坐在桌子另一端的瑪拉凱也挑眉看她。

羅紋已經俯身於桌前挖掘燉菜。她又瞥向路迦，他急忙敲敲耳朵。她還沒變回人型。而且——好吧，既然他們現在都注意到這點，就算她滿身是血汙、塵土和落葉。瑪拉凱回應她的視線，她向他提出挑戰——看這老頭**敢不敢**說些什麼，但他只是聳肩，繼續用餐。看來她這副型態其實不怎麼讓他們驚訝。她咬一口燉菜，逼自己別呻吟。是因為永生精靈感官？還是今晚的燉菜特別美味？

艾姆瑞斯從壁爐邊看向這裡，瑟蕾娜也朝他露出挑戰的表情。她穿過體內那道薄紗，變回凡人型態時渾身疼痛。老頭只是給她和羅紋拿來一條麵包，開口道：「妳的耳朵是尖是圓、牙齒是啥模樣，對我來說都一樣。不過呢，」他看向羅紋，「我不否認，看到這次換你挨幾拳，這實在大快人心。」

羅紋的頭從碗前猛然抬起，艾姆瑞斯拿湯匙指他。「你不覺得你們倆已經把彼此打得夠慘？」瑪拉凱僵直身子，但是艾姆瑞斯說下去：「除了讓我的廚房女傭現在光憑這張臉就把哨兵們嚇得魂飛魄散，打架還有什麼用？你以為我們有誰喜歡聽你們倆每天下午朝彼此咒罵咆哮？你們的滿嘴髒話足以讓溫德林全地的牛奶發酸凝結。」

羅紋垂頭，朝燉菜喃喃自語。

瑟蕾娜已經很久、很久沒感覺嘴角如此上揚。

也因此，瑟蕾娜走向老頭——而且下跪。她朝艾姆瑞斯、路迦和瑪拉凱拚命道歉，因為她確實冒犯他們。他們接受她的道歉，但是艾姆瑞斯還是顯得緊繃，甚至有些難過。她對他以及所有人吐出的惡言惡語所造成的慚愧將伴隨她一陣子。

艾姆瑞斯說明自己和其他年邁的永生精靈早就知道她是誰，而且她的母親當年如何努力幫助他們，雖然這番話令她的腸胃扭轉、掌心冒汗，而且他們沒提起母親的名字，但她其實沒感到非常震驚。**真正**令她震驚的是：羅紋來到水槽旁，幫忙洗晚餐的碗盤。

他們在輕鬆的沉默氣氛下清理餐具。仍然還有她不敢坦承的真相，她還不敢探索或展現的靈魂汙點，但或許——或許等她鼓起勇氣告訴他的時候，他不會一走了之。

路迦坐在桌邊，開心的露齒而笑。看到那道笑容——證明今天的事件沒把他嚇傻——瑟蕾娜因此看向艾姆瑞斯，開口道：「我們經歷了一場冒險。」

瑪拉凱放下湯匙，「讓我猜猜：跟那聲把牲畜嚇得雞飛狗跳的咆哮有關。」

瑟蕾娜雖然沒笑，但眼睛瞇起。「你對棲息在那面湖中的怪物知道多少？就在……」她瞥向羅紋，要對方接話。

「禿山底下，而且他不能知道那個故事，」羅紋說：「沒人能知道。」

「我是說書人，」艾姆瑞斯瞪他，散發的怒氣彷彿來自壁爐架上的其中一尊鐵雕像。「這表示就算我蒐集的故事未必出自永生精靈或人類的口中，我也一樣要聽。」他在桌旁坐下，把雙手交叉貼於胸口。「幾年前，有個傻子跟我說過一個故事，那傢伙以為他能橫越坎布里恩山脈、不請自來的進入玫芙的王國。他當時是在回程的路上，在小徑中被玫芙的野狼咬得半死，所以我們把他帶來這裡，再派人去找治療師。」

瑪拉凱喃喃自語：「原來你當時是為了聽他說故事而拚命騷擾他。」艾姆瑞斯的老眼閃爍，朝伴侶露出挖苦的微笑。

「他的傷口感染得很厲害，所以我當時以為他可能是因為發高燒而看到幻覺，但是他跟我說他在禿山的山腳下發現一個洞穴。因為那晚下雨而且非常寒冷，他決定在洞穴紮營，天亮就出發。儘管如此，他感覺好像有什麼東西從湖裡盯著他。他沉沉睡去，但不禁醒來，因為湖面波紋正在拍打岸邊——從湖中央傳來的波紋。他發現在營火的照映範圍外，在深水中，有某個東西在游泳，那比一棵樹或他見過的任何野獸都大。」

「噢，那東西真的很可怕。」路迦插嘴。

「你還騙我說你今天跟巴斯和其他斥候去邊境巡邏！」艾姆瑞斯怒罵，隨即以眼神向羅紋表示你下次吃飯的時候最好先檢查飯裡有沒有毒。

艾姆瑞斯清清喉嚨，接著又盯著桌面，陷入沉思。「那傻子在那晚發現的情報是：那怪物幾乎跟那座山一樣古老。牠聲稱自己生於另一個世界，但趁諸神不注意時溜來這個世界。牠一直把永生精靈和人類當成獵物，直到一名強大的永生精靈戰士向牠提出挑戰。戰士在收手前挖掉那怪物的一眼——不知道是出於惡意還是戲謔——而且詛咒牠：只要那座山依然矗立的一天，牠就必須活在山底下。」

來自另一個世界的怪物。牠是在法魯格大戰時被放進來？因為那幫惡魔能隨意控制通往其他世界的傳送門。棲息於這片土地的魔獸之中，有多少是因為爭奪命運之鑰的那場上古之戰而來到這裡？

「所以，那怪物就一直待在山底下如迷宮般的水下洞穴。牠沒有名字——因為牠很久以前就忘了自己叫啥，而且碰到牠的人沒一個活著離開。」

瑟蕾娜揉揉雙臂，指關節的破皮隨著這個動作而緊繃，她痛得皺眉。羅紋瞪著艾姆瑞斯，腦袋微微歪向一邊，然後瞥向她，彷彿想確認她也在聽故事，接著問道：「挖出牠眼睛的那位戰士是誰？」

「那傻子不知道答案，那怪物也不知道那位戰士的姓名。但那怪物用的語言是永生精靈語——古語的遠古版本，已經廢除不用，幾乎無人能解讀。那怪物還記得他戴的金戒指，但不記得他的樣貌。」

她拚命逼自己別抓住放著那枚戒指的口袋，別打量放在門邊的那把劍，別看著那顆恐怕根本不是紅寶石的紅寶石。但這怎麼可能——不可能有這種巧合。

要不是羅紋拿起水杯，她恐怕還是會忍不住看向那把劍。羅紋的外套袖子挪動時，他的臉龐微微扭曲，因為她造成的燒傷。他善於隱藏表情，她不認為有其他人注意到，但這沒逃過她的眼睛。那些傷口剛剛已經浮現水泡——現在一定痛得要命。

艾姆瑞斯以瞪視警告王子。「不准再冒險。」

羅紋瞥向路迦，後者似乎氣得即將爆發。「同意。」

艾姆瑞斯沒罷手。「而且不准再打架。」

羅紋和瑟蕾娜的視線在桌面上空交會，他的表情沒透露任何情緒。「我們盡量。」

就連艾姆瑞斯也把這當作可以接受的答案。

雖然疲憊感如牆壁般迎面撞來，瑟蕾娜還是睡不著。她一直想著那怪物、她查看了一小時但看不出任何端倪的長劍和戒指，以及在冰面施展魔法時勉強維持的控制力。但她不管怎麼想，思緒還是會回到她對羅紋做的事——她把他燒得多嚴重。

他的忍痛能力想必非常驚人，她在小床上翻轉，縮身對抗房中寒意。她瞥向罐裝藥膏。他應該去找治療師處理那些燒傷。她又翻來覆去五分鐘，還是起身套上靴子，抓起藥罐，離開房間。她大概又會被大罵一頓，但她如果忙著感到內疚，就根本沒辦法入睡。老天，她居然**內疚**。

她輕輕敲他的門，有些希望他不在。但聽到他罵道「**什麼事？**」她硬著頭皮進去。

他的房間溫暖舒適，雖然有點破舊簡陋，尤其是遮蔽大半灰石地板的舊地毯。一張大型四柱床占據大部分的空間，那張床依然鋪得整齊——而且沒人躺在上面。羅紋打赤膊，坐在雕花壁爐前的工作臺旁，正在查看一張地圖，地圖上似乎標明那些屍體的位置。

他的眼神閃過惱怒的光芒，但她沒理他，而是打量那片掃過他的臉龐、脖子、肩膀和整隻左臂、一直到指尖的巨幅刺青。那天在林中，她沒仔細觀看，但現在她對這幅刺青的美麗以及一氣呵成的線條感到讚嘆——除了腕部那片如手銬般的燒痕。兩腕。

「妳有什麼事？」

她之前也沒仔細看過他的身體。他的胸膛——晒得色澤頗深，表示他常常不穿上衣——以肌肉雕塑，以深疤覆蓋，來自打鬥、戰役或天知道什麼原因。這是他在數世紀中磨練出來的戰士身軀。

她把藥膏丟給他。「我想你可能用得著。」

他用單手接住，但是兩眼依然盯著她。「是我活該。」

「這不表示我不能感到內疚。」

他把罐頭在指間翻轉，右胸肌有一條特別長而嚴重的疤痕——哪來的？「這算是賄賂？」

「還給我，既然你這麼討人厭。」她伸出一手。

但他以五指抓住罐頭，放在工作臺上。「其實妳能治療自己，妳知道，也能治療我。雖然那不是什麼很強大的治癒術，但妳確實擁有那種天賦。」

她知道——算是。她的法力有時會在她不知情的狀況下自我療傷。「那是——我從瑪帛的血脈繼承的少許『水屬性』。」火屬性這項天賦則來自她父親的血脈。「我母親——」這幾個字令她難受，但她還是因為某種原因而說出口。「跟我說過，我的魔法中的那一絲水屬性就是我的救贖——也是自我保護意識。」他點個頭，她坦承：「我想跟其他醫者一樣學會使用那種能力——我是說很久以前，但我一直不被允許，他們說……好吧，反正也不會有多少用處，畢竟我只有一點點水屬性，而且女王不能成為醫者。」她應該閉嘴。

不知道為什麼，她的腸胃往下沉，因為他開口：「去睡覺吧。既然妳明天不准進廚房打雜，我們就從天亮開始訓練。」好吧，既然把他燒成這樣，她確實活該被驅逐。她轉身，或許在準備離開時模樣可悲，因為他突然說道：「留步。把門關上。」

她照做。他沒邀請她坐下，所以她斜靠在木門上等候。他依然背對她，她看著他的強健肌肉隨著深呼吸而擴張收縮。又一次深呼吸，然後——

「我的伴侶死去時，我花了非常、非常久的時間才重新振作。」

她花了幾秒考慮該如何回應。「多久以前？」

「兩百零三年又二十七天。」他指向臉龐、頸項和兩臂的刺青。「這幅刺青描述那件事的經過，訴說我在嚥下最後一口氣之前必須一直扛在身上的羞愧。」

那天來到這裡的那名眼神空洞的戰士……「其他人來找你，是為了把他們的悲痛和羞愧刺在身上。」

「賈維爾的隊伍在南方山脈遭到伏擊，損失其中三名士兵。他們被屠殺，他活了下來。他身為戰士的每一天，他都會把陣亡屬下的名字刺在身上。但是責任歸屬跟刺青的意義沒有什麼關聯。」

「你的伴侶之死，責任歸你嗎？」

他慢慢轉身——沒完全面向她，但足以斜眼看她。「是的。我年輕的時候，我很……我為了替自己和同系族人贏得榮譽而好戰兇殘。不管玫芙派我參加哪場戰役，我必定前往。那段日子裡，我跟同族的一名女性成為伴侶，莉芮雅。」他的口氣幾乎恭敬。「她在朵拉奈爾城的市集賣花。玫芙不贊成，但是……一旦遇見伴侶，就無法改變。她屬於我，也沒人能改變我的心意。跟她成為伴侶後，我因此被玫芙冷落，而我還是急於證明自己。因此，當戰爭到來，玫芙給我機會將功贖罪時，我立刻答應。莉芮雅求我別去。但當時的我太自大又太偏激，我把她留在我們在山中的家，然後前往戰場。我丟她獨自一人。」他又看向瑟蕾娜。

你丟下我，她曾對他說過。他當時因此發火——幾世紀前的傷痛持續累積，他被自己的過去吞噬，跟她一樣。

「我離家數月，贏得我愚昧追尋的大把榮譽。後來我們聽說敵軍正在暗中試圖利用山中小徑進入朵拉奈爾。」她的腸胃沉到腳底。羅紋一手撫過頭髮，抓抓臉。「我立刻飛回家，我這輩子從沒飛得那麼快過。回到家，我發現……她其實有孕在身，但他們還是殘忍得將她殺害，還把我們的房子燒成煤渣。」

「失去伴侶時，我們就無法……」他搖頭。「我徹底失去自我，失去時間和空間感。我追蹤那些人、所有傷了她的男性，我把他們慢慢虐殺至死。她有身孕——她在我離開之前就已經懷孕，但我過度沉迷於自己的愚蠢企圖心，所以沒從她身上聞出那種氣味。我居然丟下我的懷孕伴侶。」

她雖然哽咽，但勉強開口：「殺了他們之後，你做了什麼？」

他一臉嚴肅，看著遙遠的某處。「有十年的日子，我什麼都沒做。我消失了，我發了瘋，不只是瘋狂而已，我沒有任何知覺，我只是……離開。我在世界各處流浪，在兩種型態之間切換，幾乎沒注意到季節變化，我只有在獵鷹型態向我警告牠再不進食就會餓死的時候才吃東西。我**原本**想讓自己死──只是我……我沒勇氣讓自己……」他欲言又止，清清喉嚨。「我原本可能永遠處於那種狀態，要不是玫芙找到我。她說我哀悼夠了，而且我必須以王子和指揮官的身分侍奉她──跟其他幾名戰士一起保護這個王國。那是我在發現莉芮雅遇害後第一次跟任何人說話，第一次聽到自己的名字──或想起自己的名字。」

「所以你跟她走？」

「我一無所有，沒有任何夥伴。在當時，我希望自己可能會因為侍奉她而死，這樣我就能與莉芮雅重逢。因此，回到朵拉奈爾後，我把自己的慚愧過去刺在皮肉上，然後我向玫芙發下血誓，侍奉她至今。」

「你是怎麼──怎麼從那種打擊中恢復過來？」

「我沒有恢復。有很長一段時間，我辦不到。我認為我還是……沒回來，我可能永遠回不來。」

她點頭，嘴脣緊抿，然後瞥向窗戶。

「但或許，」他的嗓門低沉得讓她又看向他。他沒露出微笑，但眼神顯得好奇。「或許妳我能一起想辦法回來。」

他不會為今天、昨天或任何事情道歉，她也不會要他道歉，畢竟她現在明白一點：看著他的這幾星期來，就像看著自己的倒影。難怪她討厭他。

「我認為，」她的聲音輕得彷彿呢喃，「我會很喜歡那樣。」

他伸出一手。「那就一起吧。」

她打量布滿疤痕和繭皮的手掌，然後看向刺青臉龐，臉上充滿一種嚴肅的希望。這人或許——這人**確實**明白徹底心碎的感受，也還在一吋吋爬出那道深淵。

或許他們倆永遠爬不出來、永遠不會變得完整，但是……「一起。」她握住他伸來的手。

在她體內的深遠某處，一道餘燼開始綻放光明。

II

火焰之繼承人

HEIR *of* FIRE

第三十六章

「你已經為今晚跟韋斯弗隊長的會面做好準備？」艾迪奧相當確定雷恩・奧斯布魯克咬牙吐出這個名字時氣得發抖。

和這名年輕貴族並肩坐在倉庫公寓的屋簷上，艾迪奧分析雷恩的口氣，認為自己還不需要對此做出口頭責備，因此只是點個頭，繼續用格鬥刀清理指甲。

在隊長的安排下住進公寓客房後，雷恩這幾天來持續復原。老人拒絕住進主臥室，聲稱自己寧可睡沙發，但是艾迪奧懷疑莫爾塔可能在這間公寓裡發現了什麼線索。就算莫爾塔猜到屋主是誰——瑟蕾娜、艾琳，或兩者皆是——也沒做出什麼反應。

艾迪奧在鴉片窟事件後就沒再見到雷恩，也不太清楚自己今晚為什麼願意過來。艾迪奧開口：「看來你在這裡成功建立了一套賤民網路。跟奧斯布魯克城堡的高聳塔樓相比，這種生活還真是天差地別。」

雷恩的下顎繃緊。「你也離歐林斯的白塔遠得很，大家都一樣。」一陣微風騷動雷恩的亂髮。「謝謝你——那晚的幫忙。」

「那不算什麼。」艾迪奧以瀟灑的口氣回答，綻放慵懶微笑。

「你為我殺人，還協助我藏身，這絕非不算什麼。我欠你一次。」

艾迪奧很習慣接受來自其他男子的謝意，包括自己的手下，但這次……「你應該早點讓我知道，」他收起笑容，望向城中點點金光。「你和你爺爺無家可歸。」也無錢可用。難怪雷恩的衣服這麼破。

艾迪奧在那晚感到的愧疚幾乎令自己失控——那種情緒在這幾天來揮之不去，把他的脾氣磨得幾乎一觸即發。他試過在城堡衛兵身上發洩情緒，但是跟保護國王的士兵對打，只是讓脾氣變得更為鋒利。

「我看不出這有啥關聯。」雷恩的口氣緊繃，艾迪奧能體會對方的情緒。雷恩的自尊感非常強烈，讓他坦承自己多麼窮困，這就跟艾迪奧接受雷恩的道謝一樣困難。雷恩接著道：「如果你查出如何破解那道壓抑魔法的法術，你會動手解除它，是吧？」

「沒錯，那將扭轉未來的戰局。」

「那在十年前沒能扭轉局面。」看雷恩一臉冷漠，艾迪奧這才想起一件事：雷恩幾乎沒有任何法力。但是雷恩的兩位姊姊……天下大亂之初，她們倆當時在山中學校——魔法學校。

彷彿看穿艾迪奧的思緒，彷彿兩人暫時遠離下方的城市，雷恩開口：「士兵把我們拖去砍頭臺時，就是拿這點嘲笑我的父母。就算擁有魔法，我姊的學校一樣無力自保——根本擋不住萬人大軍。」

「我很遺憾。」

在艾琳回來之前，艾迪奧現在能做的只是表示遺憾。

雷恩看著他。「返回特拉森的那趟旅程將非常……辛苦，對我和我爺爺來說。」他似乎不確定該如何開口，也不確定是否該開口，但是艾迪奧給對方充足時間。猶豫片刻後，雷恩接著道：「我不確定我還夠不夠文明，我不知道……我根本不知道我能不能成為領主，我的人民是否**希望**我成為領主。我爺爺是更適合的人選，但他是奧斯布魯克家族的女婿，他說他不想成為領袖。」

啊。艾迪奧發現自己居然陷入沉思。只要說錯一字、做錯一事，雷恩可能就會永遠跟他保持距離。不該這麼嚴重，但就是這麼嚴重。因此艾迪奧答道：「這十年來，我的人生就是戰爭與死亡，接下來的幾年大概也是戰爭與死亡。但如果有一天，我們能找到和平……」老天，這兩個字可真美。「那對我們每個人來說，都將是非常怪異的轉變。我說這話或許是廢話，但我看不出奧斯布魯克的人民為什麼不會接受一位多年來試圖推翻亞達蘭政權的領主──或為了這個夢想而多年來生活於貧困的領主。」

「我……做過一些事情，」雷恩說道：「壞事。」雷恩說出鴉片窟地址時，艾迪奧已經猜到這點。

「大家都一樣。」艾迪奧回應。艾琳也一樣。他想說出這點，但依然不想讓雷恩、莫爾塔或任何人知道她的相關消息。她的故事應該由她自己訴說。

艾迪奧知道這場談話即將急轉直下，因為雷恩渾身緊繃、壓低嗓門：「你打算如何處理韋斯弗隊長？」

「就目前來說，韋斯弗隊長對我和我們的女王很有用處。」

「所以等他不再有用……」

「等那時候到來，我會做出決定──是否可以留他一命。」雷恩開口想反駁，但是艾迪奧補充道：「事情就這樣定了，我就是如此行事。」就算隊長曾幫忙救雷恩一命，還提供棲身之處。

「不知道咱們的女王對你的行事方式會作何感想。」

艾迪奧朝他投來足以讓士兵棄械投降的目光，但他知道經歷過大風大浪的雷恩沒那麼怕他，加上他曾為雷恩殺人。

艾迪奧開口：「如果她夠聰明，就會讓我做該做的事。她會善加利用我這個人間兵器。」

「如果她想成為你的朋友呢？你在這方面會拒絕她嗎？」

「我不會拒絕她的任何要求。」

「如果她要你成為她的國王？」

艾迪奧亮牙警告。「夠了。」

「你想成為國王嗎？」

艾迪奧把兩腿甩回屋頂，翻身站起。「我唯一想要的，」他咆哮，「是讓我的人民重獲自由，讓我的女王重返王座。」

「他們燒了鹿角王座，艾迪奧，她沒有王座。」

「那我就親手用敵人的骸骨打造新的王座。」

雷恩站起身，保持距離，因傷口尚未痊癒而皺眉。他或許心無恐懼，但也絕非無腦。「回答我的問題。你想成為國王嗎？」

「如果她要求我，我不會拒絕她。」這是實話。

「你沒回答問題。」

他知道雷恩為何這麼問。他也知道自己**可以**成為國王——他擁有軍團，而且跟艾希里弗家族關係密切，這些都是強大優勢，戰士國王的身分也會讓任何對手三思卻步。在王國淪陷之前，他甚至聽說過謠言……

「我唯一的心願，」艾迪奧朝雷恩低吼，「是與她重逢，哪怕一次也好，如果諸神只讓我見她一次。如果諸神願意更為慷慨，我在餘生的每一天都會向祂們表達感激之意。但就目前來說，我的一切所作所為都是為了見她，為了確認她確實存在——確實還活著。其他的事都與你無關。」

他走進通往下層公寓的門口，感覺雷恩的視線未曾從自己身上移開。

酒館擠滿從前線輪流返回亞達蘭的眾多士兵，體溫和體臭讓鎧奧希望自己不用陪艾迪奧走這一趟。他和艾迪奧成了公開的**酒友**，因為將軍在跟士兵們乾杯時炫耀這點。

「躲藏在他們的眼皮底下總好過說謊，是吧？」艾迪奧朝鎧奧低語。又一杯免費的麥芽酒被用力放在他們這張髒桌上，獻上這杯酒的是一名士兵，這人居然向艾迪奧**彎腰鞠躬**。「敬北方之狼。」膚色古銅又帶疤的士兵說道，接著返回擠滿同袍的桌邊。

艾迪奧以酒杯向士兵敬禮，換來一陣歡呼，臉上那副野性笑容也絲毫不假。艾迪奧沒花多少時間就找到莫爾塔認為適合詢問的士兵，那些人之前就駐紮在莫爾塔推測出來的法術施放點。艾迪奧尋找那些問話對象的同時，鎧奧忙著處理自己的勤務——現在也包括挑選交接人選——還得為返回安尼爾的旅程收拾行李。今天進入裂際城，他用的藉口是找間貨運公司把第一箱行李寄出，他也確實完成這項任務。他不願去想那箱書籍抵達安尼爾要塞之後，會讓母親出現何種反應。

鎧奧懶得讓表情保持愉快：「快開始吧。」艾迪奧站起身，高舉酒杯。雖然士兵們本來就在看著他，但場內還是安靜下來。

「諸位兄弟，」他的嗓門既宏亮又輕柔，既嚴肅又恭敬。他在原地轉一圈，酒杯依然高舉。「為了你們灑下的熱血、背負的傷疤、盾面的凹痕、劍緣的缺口，還有在你們面前倒下的每一名戰友和敵人……」酒杯舉得更高，艾迪奧低下頭，金髮在火光下閃耀。「為了你們已經做出也將持續做出的貢獻，我敬各位一杯。」

有那麼一刻，場內歡動如雷，咆哮吶喊震天。鎧奧看到艾迪奧為何確實是個威脅——為何在這些人眼中與天神無異，而且國王為何容忍他的傲慢無禮，不管是否以戒指控制。

艾迪奧不是在城堡裡啜飲葡萄酒的貴族，而是金屬與汗水的組合，坐在這間骯髒的酒館跟大夥共飲麥芽酒。不管這是不是出於演技，這些士兵都相信他在乎他們、願意傾聽他們的心聲。聽到將軍說出每一名士兵的名字，甚至他們的妻子和姊妹的名字，這些士兵顯得得意洋洋，確信他把自己當作兄弟而因此能在晚上安心入夢。艾迪奧確保他們相信自己會為他們奮戰犧牲；做為交換，他們也將為他奮戰犧牲。

這令鎧奧擔心，但不是為了自己。

他擔心的是艾迪奧和艾琳重逢後的後果，因為他也曾在她身上見過那種讓人民願意觀看聆聽的耀眼餘燼。他見過她大步走進議會，拎著摩里遜議員的頭顱，朝亞達蘭國王微笑，場內每一名男子都被她的靈魂散發出的黑暗旋風征服而癱瘓。如果艾迪奧和艾琳這兩名危險人物聯手，合力建軍，煽動人民……他擔心他們會如何對待他的王國。

因為這裡還是他的王國。他效忠於鐸里昂，不是艾琳——不是艾迪奧。他不知道這一切把自己放在哪種立場。

「比賽！」艾迪奧站在長椅上呼喊。場內半數士兵向艾迪奧行禮敬酒，輪流站在將軍面前訴說自己的經歷。在這段漫長時光中，鎧奧未曾移動。

艾迪奧終於受夠被敵人如此深情以對，那雙艾希里弗眼眸綻放某種光芒——鎧奧知道那是因為他痛恨每一名士兵，他們就像兔子般乖乖吃下他攤於掌中的飼料——將軍這時吶喊要求比賽。

幾人提議該玩哪種喝酒遊戲，但是艾迪奧又舉起酒杯，現場安靜下來。「誰的返家之路最遙遠，我就賜酒一杯。」

有人喊出班加利、歐林斯、梅勒桑德、安尼爾、安多維爾，然後……「你們全給我閉嘴！」一名年長的灰髮士兵起身。「你們都輸了。」他向將軍舉杯，然後從背心掏出一份卷軸，是退伍令。「我這五年來都待在諾爾。」

正中目標。艾迪奧拍拍桌邊空位。「那你得跟咱們一起喝，吾友。」場內又一陣歡呼。

諾爾。那是地圖上的一個小點，位於沙漠半島的盡頭。

男子坐下，艾迪奧還沒來得及向酒保伸出一指，一杯酒已經送到這名陌生人的面前。「諾爾，是吧？」艾迪奧開口。

「在下是詹森指揮官，隸屬第二十四軍團，大人。」

「你底下有多少人，指揮官？」

「兩千——上個月才奉命全員返回。」詹森灌下一大口。「五年，突然就這麼被解除任務。」

他彈個響指，手指粗壯而帶疤。

「我猜陛下沒預先給你們任何警告？」

「恕我直言，將軍……他連個屁都沒跟我們吭一聲。我收到消息，說新軍隊即將抵達，已經不再需要我們。」

鎧奧遵照艾迪奧先前的吩咐，閉嘴傾聽。

「為什麼？他打算讓你們併入另一個軍團？」

「還沒這方面的消息，他甚至沒說是誰取代我們。」

艾迪奧咧嘴笑道：「好歹你們已經不在諾爾那種地方啦。」

詹森凝視酒杯，但是鎧奧已經注意到這人眼中的陰影。

「那裡是什麼樣的地方？當然，這是我們私下閒聊，你儘管說實話。」艾迪奧說。

詹森的微笑消失。他抬起頭時，眼神黯淡無光。「當地的火山是活火山，所以那裡總是十分昏暗，你知道，因為火山灰覆蓋一切。也因為濃煙，我們總是犯頭疼——有些人甚至因此發瘋。我們有時也會因此流鼻血。我們每月一次收到糧食，有時候更少，端看什麼季節，貨船什麼時候能送物資過去。當地人拒絕穿越沙漠，不管我們如何施威利誘。」

「為什麼？因為他們很懶？」

「諾爾很荒涼——只有一座塔，還有我們以塔樓為中心所蓋的城鎮。但是那些火山是聖山，而且在十年前，或許稍微更久一前，我們似乎……不是我的手下，因為我當時不在那裡，但聽說國王曾帶一支軍團進入那群火山、洗劫山中神殿。」詹森搖頭。「因此，當地人唾棄我們，就算很多人與那件事無關。諾爾塔是在那之後建造，也被當地人詛咒，所以我們在那裡孤立無援。」

「塔樓?」鎧奧輕聲道,換來艾迪奧的皺眉。

詹森又灌下一大口酒。「雖然我們根本不許進入那座塔。」

「發瘋的士兵,」艾迪奧勉強一笑。「到底如何處理?」

眼中陰影回歸,詹森瞥向周遭,不是查看有誰偷聽,倒像是想脫離這場談話。但他看著將軍,「據我們的報告指出,將軍,他們被處決——箭矢穿喉,乾淨俐落。不過……」

艾迪奧靠向對方。「這場談話的內容不會離開這張桌子。」

對方微微點頭。「事實是,我們的弓箭手做好準備時,那些人已經徒手砸扁自己的腦袋,每次都一樣,彷彿他們痛不欲生。」

瑟蕾娜說過,嘉爾黛和羅蘭都曾抱怨頭疼的毛病,原因就是國王施加在他們身上的魔法、恐怖的力量。她還說過她在發現城堡底下的祕密地道時感覺頭痛欲裂。那些地道通往……

「那座塔樓——沒人能進去?」鎧奧無視艾迪奧的眼神警告。

「那座塔連門都沒有,看起來似乎只是個擺飾。但我很討厭那座塔——大夥都是,那種黑石讓人很不舒服。」

跟玻璃城堡的那座鐘樓同樣材質,建於同一時期,可能再早個幾年。「那又何必建造?」艾迪奧慢條斯理的說:「我認為那根本是浪費資源。」

男子的眼中仍有許多陰影,仍有許多鎧奧不敢問的故事。指揮官把酒喝完,站起身。「我不知道他們為何浪費那種時間——建造諾爾,還有亞瑪洛斯。為了在那兩座基地之間交換訊息,我們有時候派人航過西海,所以我們知道那裡也有類似的塔樓。我們其實根本不知道駐紮在那裡有啥意義,那裡根本沒敵人。」

亞瑪洛斯,另一座哨站,莫爾塔曾指出那也可能是法術施放點之一,在諾爾的北方,兩者跟裂際城之間都是相同距離。三座黑石塔，這三點形成一個等邊三角形。想必這個三角形就是法術的一部分。

鎧奧撫摸杯口，他曾發誓不會讓鐸里昂受到牽連、不被打擾……

他沒有方法測試任何理論，也不想踏進鐘樓的十呎範圍內，但或許可以進行小規模實驗，只是為了看看他們對國王的猜測是否正確。這表示……

他需要鐸里昂。

第三十七章

曼儂和十三人眾訓練了兩星期。她們天亮前就起床，穿越每條峽谷路線，熟悉如何以隊伍的方式共同飛行。她們因此經常擦傷扭傷，差點因為翼龍之間的鬥爭或粗心大意的計算錯誤而摔死。

但她們慢慢發展出本能——不只做為戰鬥隊伍，更是獨立的騎士與坐騎的組合。曼儂不想讓翼龍繼續吃在山洞飼養的怪羊，因此她們一天兩次獵捕山羊，從空中俯衝而下，從山坡抓走。不久後，女巫們自己也以山羊為食——在山中小徑匆匆生火，烹煮早晚兩餐。曼儂不想讓所有成員——不管是騎士還是坐騎——再咬一口國王手下提供的食物，或再咬一口那些男子。只要味道怪，就表示有問題。

曼儂不知道這是新鮮肉食還是額外訓練的功勞，但是十三人眾的表現開始超越其他女巫團，她甚至因此命令十三人眾在黃腿於一旁觀看時隱藏實力。

亞貝克薩斯還是個問題，她還是不敢帶牠飛越關口。牠的翅膀肌力雖然稍微增強，但也沒改善多少——至少不足以穿越狹長深谷。十三人眾每晚聚在她的房間交換飛行心得時，她一直在考慮這點。她們用手勢示範自己如何教翼龍轉彎、升空以及一些高級技巧時，鐵爪反映光芒。

她們雖然興奮但也疲憊。就連傲慢的藍血也緊繃得一觸即發，曼儂已經十幾次被叫去拉開打架鬧事者。

曼儂利用休息時間去探望亞貝克薩斯——查看牠的鐵爪和鐵牙。其他人在小床昏昏睡去時，她帶牠出去多飛幾趟，牠需要盡量多加訓練。而且她喜歡寂靜的夜晚，享受銀白山峰和星河在上的景色，就算她會因此在第二天更難起床。

也因此，曼儂為黑喙贏得兩天休息時間。她勇敢面對外婆的怒氣，讓對方明白如果她們再不休息，食堂就會爆發大戰，國王就不會剩下任何空中騎兵帶翼龍上戰場。

她們有兩天時間可以睡覺、吃喝、滿足只有山中男子們可以滿足的需要。十三人眾之中有不少人在搞這種事，她見過薇絲妲、琳恩、艾絲特琳和惡魔姊妹走過那座橋。

曼儂今天和明天都不能睡、不能吃、不能跟男人上床。

她要帶亞貝克薩斯進入勒恩山脈。

曼儂坐上鞍座時，確認削風者牢牢綁在背上。她身後的幾口鞍袋是預料之外的負擔，因此她提醒自己：必須開始訓練十三人眾和其他女巫團進行負重飛行。如果她們想成為軍隊，就得跟士兵一樣自行搬運所需物資。而且等日後拿掉負重，她們就會飛得更快。

「我真的沒辦法說服妳別去？」她在後門停頓時，監督開口：「妳跟我一樣清楚那些故事——這麼做必須付出代價。」

「牠的翅膀很弱，而到目前為止，我們用來補強翅膀的方法都沒效果，」她說：「可能只有那種材質能修補牠的翅膀，讓翼面能承受氣流。既然這裡沒有任何市集，看來我得直接跑去原產地。」

監督朝遠方灰天皺眉。「今天很不適合飛行——風暴即將來臨。」

「我只有今天。」雖然她這麼說，卻也希望能在風暴來襲時帶十三人眾進入天空——為了在風暴中進行訓練。

「務必小心，而且慎重考慮牠們給妳的任何提議。」

「如果我想聽你的意見，我會讓你知道，凡人。」她回嗆，但他說的是事實。

儘管如此，曼儂還是帶亞貝克薩斯走過後門，前往平常所用的起飛點。他們倆在今天和明天都要飛很遠的路，一路飛往勒恩山脈的邊緣。

為了尋找蜘蛛絲，傳說中的冥蛛之絲。牠們跟馬一樣大，比毒藥更致命。

曼儂和亞貝克薩斯在勒恩山脈最西側的地表岩層上方盤旋時，風暴來臨。凍雨鞭打她的臉，也滲透層層衣物，但她的視線穿過雨幕，看到霧氣低垂於山中，把下方那片鋸齒狀的灰色迷宮遮蔽大半。

周遭風起雲湧、雷火四竄，曼儂讓亞貝克薩斯降落在她能發現的唯一一小塊空地。她打算等風暴過後再升空尋找那些蜘蛛，或至少找到牠們留下的蹤跡——她猜大多應該是骨骸。

但是風暴未曾平息。她和亞貝克薩斯把身子緊貼於一小面峭壁，但這完全無法遮風蔽雨。她寧可面對大雪也不想陷於這場凍雨，豪雨夾帶的強風讓她完全無法生火。

因為風暴的關係，夜幕迅速降臨。曼儂必須收起鐵牙，以免牙齒打顫時刺穿皮肉。水從溼透的兜帽滴進眼睛，這東西毫無保暖效果。為了抵禦狂風暴雨，就連亞貝克薩斯也盡量把身子縮成一團。

這實在是又蠢又糟的計畫。她從鞍袋拿出一塊山羊腿，丟給亞貝克薩斯。牠稍微伸展身子，吞下肉塊，隨即又縮成一團。她吞下軟爛麵包和凍透蘋果，再啃咬一點乳酪時，不忘咒罵自己是蠢蛋。

這麼做值得，這麼做是為了替十三人眾贏得勝利、成為空軍領隊，在風暴底下待一晚不算什麼。她經歷過更慘的情況，她曾被困在山中雪徑，衣著單薄，沒有出路，也沒有食物。她熬過幾場讓一些女巫沒能在翌日醒來的風暴。話雖如此，她還是寧可面對大雪。

曼儂打量周遭的岩石迷宮，能感覺四周有一隻隻眼睛——正在觀察她。但沒東西上前，沒東西有這種膽量。因此，過了一會兒，她側身躺下，如亞貝克薩斯那般縮起身子，腦袋和胸口朝向岩壁，把雙臂緊抱於胸前。

幸好大雨在夜晚平息，而且風向改變，不再往他們倆身上招呼。雨停後，她睡得稍微好些，但依然冷得發抖——雖然沒之前那麼冷。沉沉睡去，她意識到自己大概就是多虧這幾絲暖意和乾燥才沒顫抖至死或生病。

她在黎明灰光下醒來，睜眼發現自己在陰影下——雖是陰影，卻乾燥溫暖，這都要感謝幫她遮風蔽雨的這面巨翼，以及亞貝克薩斯的灼熱鼻息如小暖爐般充斥其中。牠還在睡覺——深沉熟睡。

她得在牠醒來前刷掉牠的翼面冰晶。

風暴已過，晴空綻放原始藍澤——清澈得讓曼儂在勒恩山脈的西側地表岩層上空盤旋一圈後就發現目標。不只是骨骸，而是樹木籠罩於塵埃密布的灰網中，宛如服喪寡婦的臉上薄紗。

亞貝克薩斯降低高度，在樹林上方滑翔時，她看出那不是自己追尋的那種蜘蛛絲，只是普通的結網。

如果整片山林都被裹於網中也算普通。亞貝克薩斯三不五時朝下方某物低吼——她看不出是影子或什麼動靜，但她確實注意到各種形狀尺寸的蜘蛛爬於樹梢枝頭，牠們彷彿被召來這裡生活、由巨型同胞保護。

花了半個早上，他們倆才找到隱藏於紗網樹林上方的灰白山洞，洞外地面滿是骨骸。她盤旋幾次，然後讓亞貝克薩斯降落於其中一處洞外岩地，身後的懸崖下方是一條乾枯深谷。

亞貝克薩斯如山貓般來回踱步，長尾左右甩動，盯著洞口。

她指向懸崖邊緣。「夠了。坐下，別亂動。你知道我們來這裡做什麼，所以別給我惹事。」

牠悶哼一聲，但還是乖乖坐下，地面灰塵隨之飛揚。牠把長尾懸於崖邊，在曼儂和深谷之間以身軀做為屏障。曼儂瞪牠片刻，這時一陣空靈的女性笑聲從洞口飄來。「我們已經很久沒見過那種野獸。」

曼儂維持面無表情。天光的亮度足以揭露洞內幾隻古老而無情的眼睛——連同潛伏於其後方的三道巨影。對方的聲音更為接近，口部螯肢如打鼓般喀喀作響。「我們也很久沒處理過鐵牙女巫。」

曼儂不敢碰削風者。「時代不同了，姊妹。」

「姊妹，」冥蛛沉思。「我猜妳我的確是姊妹，同一枚黑暗錢幣的兩面，來自同一位黑暗造物主。靈魂上的姊妹，就算肉身不同。」

冥蛛走進渾濁晨光，迷霧如朝聖幽靈般從牠周身掃過。牠以黑灰雙色組成，龐然體積足以讓曼儂嚇得口乾舌燥。雖然體積龐大，但造型優雅，腿部修長光滑，流線型身軀閃閃發光，此物堪稱壯麗。

亞貝克薩斯輕聲低吼，但是曼儂伸手要牠閉嘴。

「現在我明白，」曼儂輕聲道：「為什麼我的藍血姊妹依然崇拜你們。」

「她們還崇拜我們？」冥蛛一動不動，但牠身後那三隻悄悄爬來，以一顆顆黑眼默默觀察。「我們幾乎想不起那些藍血女祭司上一次把祭品放在這座山腳下是什麼時候。我們的確很想她們。」

曼儂綻放緊繃的微笑。「我想到幾位我很樂意交給妳的藍血女祭司。」

對方的笑聲輕柔陰險。「想必妳是黑喙。」對方的八顆巨眼打量她，將她盡收眼底。「妳的名字讓我聯想到我們的絲布。」

「我猜我該為此感到榮幸。」

「說出妳的名字，黑喙。」

「我的名字不重要，」曼儂說：「我是來做交易。」

「黑喙女巫想拿我們的珍貴絲布做什麼？」

她轉身，揭露出正在身後警戒的亞貝克薩斯，牠的注意力集中在巨型冥蛛身上，從鼻尖到尾端鐵刺渾身緊繃。「牠的翅膀需要補強。我聽說過那些傳奇故事，我想妳的絲布或許能幫上忙。」

「我們曾把絲布賣給商人、盜賊和國王，用來織成禮服、面紗和風帆，從沒用在翅膀上。」

「我需要十碼絲布——布卷，如果妳有。」

冥蛛似乎更為靜止。「人類光為一碼絲布就願意付出性命。」

「說出妳的價碼。」

「十碼絲布……」冥蛛轉身面向在身後等候的那三位——曼儂看不出那是後代、嘍囉還是守衛。「拿布卷出來，我查看之後再決定價碼。」

很好，進行得很順利。那三位迅速爬回洞內，曼儂逼自己別踹死爬過靴子的一隻隻小蜘蛛，或尋找似乎從深谷對側的洞穴投來的目光。

「告訴我，黑喙，」冥蛛開口：「妳怎麼弄到這隻坐騎？」

「牠是亞達蘭國王的贈禮。我們將成為國王軍隊的一部分，幫他打完仗後，我們就要帶這些坐騎回家——返回荒野，奪回王國。」

「啊。那道詛咒破除了？」

「尚未。但等我們找到能解除詛咒的克拉坎……」她會好好享受那場放血儀式。

「那道詛咒還真是令人哭笑不得。妳們贏得土地，卻被狡猾的克拉坎詛咒成廢土。妳最近有見過那些荒野嗎？」

「沒有，」曼儂說：「我還沒進過家園。」

「幾年前，一名商人來到此地，他跟我說有一名凡人在荒野自封為至高君王。但我最近聽說，那人被一名髮如紅酒的年輕女子推翻，那女子自稱至高女王。」

曼儂氣得發抖。好一個荒野至高女王。等曼儂回到荒野，奪回土地，親眼目睹那裡的景象，嗅入當地的氣味，欣賞當地的原始美景後，她第一個要宰殺的對象就是那女人。

「荒野是個怪地方，」冥蛛說下去，「那名商人本身就是來自荒野——之前是變形者，後來喪失了天賦，就跟妳們這些凡人一樣。還好他被困在男性身軀裡，但他把二十年壽命賣給我的時候，他不知道自己的一部分天賦也因此傳到我身上。當然了，我無法使用那些能力，但我很好奇……我實在很想知道那是什麼樣的感覺，能透過妳那雙漂亮眼睛看世界，能觸摸人類男子。」

曼儂的頸後寒毛豎起。「東西來了。」冥蛛開口。三隻蜘蛛走來，共同扛在身上的那卷絲布隨之飄動，宛如以光芒和色彩組成的河流。曼儂屏息。「很壯觀吧？這是我最好的織品之一。」

「美極了，」曼儂坦承。「妳的價碼？」

冥蛛凝視她許久。「我該讓長生女巫付出什麼代價？讓妳拿出二十年壽命，對妳來說不痛不癢，就算妳因為魔法消失而如凡人般漸漸老化。至於妳的夢境……想必黑暗又駭人呢，黑喙。我不認為我會想吃下那種東西——那種夢境不行。」冥蛛走來。「不過妳的臉？如果我拿走妳的美貌？」

「如果妳拿走我的臉，我大概就無法活著離開這裡。」

冥蛛發笑。「噢，我當然不是指妳的臉皮，而是妳的肌膚色澤，那雙深金眼眸的光彩。還有妳的亮麗秀髮，宛如月光映雪。我可以拿走這些東西，這種美貌能用來虜獲哪個國王的心。或許等魔法歸來，我能把這種美貌用在自己的女性身軀上，或許能給自己贏來一位國王呢。」

曼儂不是很在乎自己的美貌，雖然美貌就是武器。但她不打算說出這點，也不打算乖乖接受對方的出價。「我想先查看絲布。」

「剪下一小塊。」冥蛛命令。三隻蜘蛛輕輕放低絲布，其中一隻剪下一塊完美的正方形，人類為了比這更小塊的絲布就願意自相殘殺——蜘蛛卻當成普通羊毛般剪開。蜘蛛以螯肢夾住樣本送上，曼儂試著不去想這副螯肢怎麼這麼大。她大步走向崖邊，跨過亞貝克薩斯的長尾，把絲布舉在陽光下。

看到這塊光潔絢麗的布料，她激動得幾乎倒進黑暗擁抱。她拉扯布料，彈性絕佳，卻又強韌如鋼，而且輕若無感。不過——

「這裡有一道瑕疵……是不是整塊布都有同樣的瑕疵？」她走向冥蛛，對方嘶吼，地面震動。亞貝克薩斯發出低吼警告，冥蛛因此住手，另外三隻則立刻上前——看來是守衛。曼儂把樣品舉在陽光下。「妳看。」曼儂指向布中一條色脈。

「那不是瑕疵。」冥蛛發火。亞貝克薩斯以尾巴纏繞曼儂，在她和蜘蛛群之間形成護盾，讓她更靠近牠這身銅牆鐵壁。

曼儂把布舉得更高，對準太陽。「過來，妳得在更強的光線下才看得清楚。妳以為我願意拿美貌換取次等貨？」

「次等貨！」冥蛛咆哮。亞貝克薩斯的尾巴捲得更緊。

「不——我似乎弄錯了。」曼儂放下兩臂，面露微笑。「我今天似乎根本沒心情討價還價。」

亞貝克薩斯的尾巴如長鞭般鬆開，甩向此刻沿崖邊而站的蜘蛛群，牠們根本來不及閃開。牠們墜下深谷時淒聲尖叫。曼儂沒浪費任何一秒，立刻把剩下的絲布塞進空鞍袋，爬上鞍座。亞貝克薩斯兩腿一蹬，躍入空中。懸崖是完美起飛點，正如她所安排。

也是對付那些愚蠢老怪物的完美陷阱。

第三十八章

監督把蜘蛛絲布細心植入亞貝克薩斯的翅膀後，曼儂送出一呎布做為報答。她把多餘布料——分量不少，以防日後可能需要替換——鎖在一口儲物箱的暗層。她沒讓任何人知道自己從哪回來，或是亞貝克薩斯的翼面為何綻放某種光澤。如果知道她冒這種風險，艾絲特琳會殺了她，外婆也會殺了沒在她身旁守護的艾絲特琳。曼儂沒心情尋找新的副手、新的十三人眾成員。

亞貝克薩斯的手術傷口痊癒後，曼儂帶牠來到北牙峰入口，試圖飛越關口。之前，牠的翅膀太弱而無法嘗試飛越深淵——但現在有了絲布補強，牠的成功機率大增。

但是風險依然存在，這就是為什麼艾絲特琳和索蕾爾坐在各自的翼龍上，在她身後等候。如果出岔錯，如果亞貝克薩斯無法爬升，如果絲布失效，她就必須跳躍——從牠身上跳離。任牠摔死，而且讓其中一名夥伴的翼龍在半空中以腳爪接住她。

曼儂並不喜歡這項後備計畫，但只有這樣才能讓艾絲特琳和索蕾爾答應讓她嘗試。雖然曼儂是黑喙繼承人，但她們寧可把她跟翼龍關在一起，也不會讓她沒做好安全措施就試圖飛越關口。她是可以罵她們心太軟而且因此做出她們應該承受的毆打刑罰，但這種安全措施是聰明決定。三族之間的氣氛比之前更緊繃，她懷疑黃腿繼承人可能會在關口途中故意驚擾亞貝克薩斯。

曼儂朝副手和二副點頭、表示做好準備，然後走向坐騎。沒幾個人聚集於此，但是伊絲克菈站在觀景臺，面帶淺笑。曼儂最後一次檢查腳鐙、鞍座和轠繩，亞貝克薩斯緊繃低吼。

「咱們走吧。」她對牠說，拉轠繩帶牠往前走幾步路，好方便讓她騎到牠身上。牠還有充分距離可以助跑起飛——加上有新翼在身，她知道牠辦得到。他們倆多次做過高速俯衝和急速攀升。但是亞貝克薩斯此刻動也不動。

「快點。」她朝牠發火，用力拉扯轠繩。

亞貝克薩斯瞥她一眼，吐出低吼。她輕輕拍打牠的皮質臉頰。「**快走**。」

牠的後腿下沉，雙翼緊縮。「**亞貝克薩斯**。」

牠望向闕口，再回頭看她，兩眼瞪大，滿是驚嚇——嚇得動彈不得。又廢又蠢又膽小的畜生。

「別鬧了，」她轉身準備爬進鞍座。「你的翅膀現在好得很。」她伸手要抓牠的背脊，但牠後退，重重趴在地上，地面隨之搖晃。在她身後，艾絲特琳和索蕾爾朝各自的坐騎咕噥幾字，牠們倆快步上前，朝亞貝克薩斯咆哮，再朝彼此吼叫。

觀景臺傳來一聲輕笑，曼儂放下鐵牙。

「亞貝克薩斯。**起來**。」她再伸向鞍座。

牠跳到一旁，撞上岩壁，又縮起身子。

一名男子拿出皮鞭，但她伸手制止。「別再走一步。」她罵道，伸出鐵爪。鞭子只會讓亞貝克薩斯更失控。她轉身面對坐騎。「你這沒用的膽小鬼，」她嘶吼，指向闕口。「回去起飛點。」但是亞貝克薩斯回視她，拒絕退讓。「給我回去，亞貝克薩斯！」

「牠聽不懂妳在說什麼。」艾絲特琳輕聲道。

「牠當然聽得——」曼儂閉上嘴，她還沒讓她們倆知道她那項推測。她回頭凝視翼龍。「如果你不讓我坐上鞍座、帶你往下跳，我就得把你關在這座山中最黑最小的坑裡。」

牠亮出尖牙，她也亮牙以對。

這場互瞪比賽維持整整一分鐘，令她丟臉又狂怒的一分鐘。

「好吧，」她吐口水，轉身遠離，這畜生在浪費她的時間。「把牠關在最令牠難受的地方，」她告訴監督。「除非牠願意飛越關口，否則別讓牠出來。」

監督目瞪口呆。曼儂朝艾絲特琳和索蕾爾彈個響指、要她們跳下坐騎。她一定會被笑罵至死——被外婆、黃腿女巫，還有走過坑地而來的伊絲克菈。

「妳何不留步，曼儂？」伊絲克菈呼喊。「我可以教妳的翼龍怎麼飛。」

「別停下來。」索蕾爾低語，但曼儂不需要對方提醒。

「他們說有問題的不是坐騎，而是騎士。」伊絲克菈說下去，嗓門響亮得讓每個人都能聽見。曼儂沒轉身，她不想看亞貝克薩斯被帶進洞內、被關進哪口坑。又蠢又廢的畜生。

「不過呢，」伊絲克菈若有所思，「或許妳的坐騎是欠些教訓。」

「我們走吧。」索蕾爾勸導，緊貼於曼儂身旁。艾絲特琳走在一步之後，守護曼儂的後方。

「把那東西給我，」伊絲克菈朝某人咆哮。「牠只是需要正確的鼓勵方式。」

一道鞭笞聲從後方傳來，然後一聲怒吼——由痛楚和恐懼造成。

曼儂停步。

亞貝克薩斯縮在岩壁邊。

伊絲克菈站在牠面前，牠臉上被她劃開的傷口滲血，血染皮鞭，一隻眼睛差點被打到。伊絲克菈朝曼儂微笑，鐵牙閃亮，旋即再次舉鞭甩下，亞貝克薩斯隨之哀號。

艾絲特琳和索蕾爾來不及阻止曼儂——她迅速衝上前，把伊絲克菈撲倒在地。

兩人張牙舞爪，在沙土地面滾成一團，朝彼此拍打撕咬。曼儂覺得自己似乎在咆哮，響亮得讓洞窟廳堂隨之撼動。伊絲克菈以雙腳伸向她的腹部，把她踢開，她被踹得無法呼吸。

曼儂倒地，吐出一口藍血，但旋即起身。黃腿繼承人以鐵爪揮擊，足以切肉斷骨，但是曼儂彎腰，埋身侵入伊絲克菈的防禦範圍，把對方摔在堅硬的石地上。

伊絲克菈的呻吟聲壓過聚在一旁的女巫吶喊。曼儂一拳捶在她的臉上。

雖然拳頭因此痛得要命，但她只看見那條鞭子，還有亞貝克薩斯眼中的痛楚和恐懼。伊絲克菈推擠身上的曼儂，朝對方的臉一揮。曼儂踉蹌後退，頸部被劃傷。她沒清楚感覺到刺痛或是滲出的溫血，只是把拳頭往後拉，膝蓋更用力頂進伊絲克菈的胸口，然後出拳，又一拳，再一拳。

她再次舉起疼痛的拳頭，但旁人抓住她的手腕和腋下，把她拉開。曼儂扭身掙扎，仍在尖叫，沒有文字也沒有盡頭。

「**曼儂！**」索蕾爾朝她耳邊吶喊，指甲陷入她的一肩——力道不足以造成傷害，但足以讓她住手，讓她意識到周遭的坑內和觀景臺到處都是目瞪口呆的女巫。艾絲特琳舉劍，擋在她和——

伊絲克菈躺在地上，臉龐腫脹染血，她的副手也以長劍對準艾絲特琳。

「牠沒事，」索蕾爾更用力抓住她。「亞貝克薩斯很平安，曼儂，看著牠，**看著**牠，牠很平安。」鼻腔被血塞住，曼儂用嘴呼吸，遵照這番指示，看到牠蹲在那裡、瞪大眼睛回視她。牠的傷口已經凝血。

伊絲克菈仍倒在被曼儂摔在地上的位置。但是艾絲特琳和對方的副手咬牙對峙，準備再來一場可能撕裂這座高山的打鬥。

夠了。

曼儂甩開索蕾爾的強勁手爪，把口鼻的血跡擦在手腕上，眾人沉默不語。伊絲克菈在地上朝她吼叫，斷鼻湧出的血染上裂唇。

「妳敢再碰牠一次，」曼儂警告，「我就喝下妳的骨髓。」

當晚在食堂裡，黃腿繼承人從她母親手中領受第二次毆打——外加她因為鞭打亞貝克薩斯而換來的兩鞭。她母親原本想讓曼儂揮這兩鞭，但是曼儂以不感興趣這個藉口拒絕。她的胳臂嚴重僵硬痠痛，完全無法有效揮鞭。

第二天，在艾絲特琳的陪伴下，曼儂走進亞貝克薩斯的牢籠，這時藍血繼承人現身於樓梯間入口，其身後是紅髮副手。臉龐依然腫脹、黑眼圈烏黑光亮的曼儂朝女巫緊繃的點頭。其他獸籠也在這層區域，雖然她很少碰到其他人，尤其是另外兩名繼承人。

但是佩特菈在鐵條前停步，曼儂這才注意到對方的副手拿著山羊腿。「我聽說那場打鬥十分精采。」佩特菈開口，對曼儂和敞開的籠門保持應有的距離，臉上帶著淺笑。「伊絲克菈看起來更糟。」

曼儂挑眉，雖然臉龐因為這個動作而抽痛。

佩特菈伸出一手，副手立刻遞上羊腿。「我也聽說妳的十三人眾和坐騎只吃在外頭抓到的獵物。我的坐騎琦莉在今早的飛行中抓到這隻山羊，牠想跟亞貝克薩斯分享。」

「我不接受來自敵對氏族的肉食。」

「我們是敵人嗎？」佩特菈問：「我以為亞達蘭國王說服我們再次把同一面旗幟帶上天空。」

曼儂深吸一口氣。「妳到底想怎樣？我在十分鐘後還有訓練。」

佩特菈的副手火冒三丈，但是繼承人只是微笑。「我剛剛說了——我的琦莉想把這東西給牠。」

「噢？牠親口告訴妳的？」曼儂嗤之以鼻。

佩特菈歪起頭。「妳的翼龍不跟妳說話？」

亞貝克薩斯看著這一幕，跟其他女巫一樣警覺。「牠們不會說話。」

佩特菈聳肩，一派輕鬆的用手拍拍心口。「是嗎？」

她丟下山羊腿，然後轉身離開，走進其他獸籠的喧鬧聲中。

曼儂把肉塊丟掉。

第三十九章

「告訴我，你是怎麼學會刺青術。」

「不要。」

遭遇湖中怪物的第二晚，瑟蕾娜俯身於羅紋房中的木桌，手中的骨柄針懸於他的手腕上方。她抬起頭。「如果你不回答我的問題，我很可能就會出錯，而且……」為了加強語氣，她把紋身針貼在他強壯的古銅胳臂上。令她意外的是，羅紋悶哼一聲，聽來可能是笑聲。他請她幫忙在他碰不到的手臂部位上色時，她猜這是個良好跡象。她在他身上留下的燙傷消退後，手腕部分的刺青需要補色。「你是跟某人學的？師父學徒那一套？」

他朝她投來懷疑自己可能聽錯的那種眼神。「沒錯，師父學徒那一套。在軍營的時候，有一位指揮官把他殺掉的敵人數量刺在皮肉上——有時還用這個方法記錄整場戰役。所有年輕士兵都對此著迷，我也說服他把這項技術傳授給我。」

「想必是透過你那傳奇性的魅力。」

對方露出半個微笑。「妳需要上色的位置就是我——」他嘶吼一聲，因為她用針和一支小錘在他的皮肉又留下一道帶血的深色墨痕。「很好，下針的深度正確。」因為永生軀體的快速癒合體質，羅紋在墨水內混合鹽巴和鐵粉，以免刺青被血中法力消除。

今早她醒來時，感覺……清澈。雖然哀傷悲痛依然存在，隱藏於心，但她已經很久沒像這樣覺得自己能清楚看見，彷彿能呼吸。

她專心穩住手，刺進一道道墨痕。「說說你的家人吧。」

「妳先說說妳的家人，我就會配合。」他在她的扎針下咬牙道。讓她把針頭貼近皮肉之前，他已經跟她詳細說明步驟。

「好吧。你的父母還活著嗎？」既愚蠢又危險的提問，考慮到他的伴侶是何下場，但他搖頭時不帶悲痛。

「我父母生下我的時候，已經非常高齡。」她知道那跟人類定義的高齡不同。「他們結伴的那一千年中，我是他們的獨生子。我的人生邁入第二個十年之前，他們已經褪入來世。」褪入來世。她還沒來得及多加思索這種描述死亡的方式是多麼有趣又特別，羅紋已經接著道：「妳沒有手足。」

她專心扎針的同時，釋放微微一縷回憶。「我母親，因為永生精靈血統的關係，很難懷孕。她在生產時甚至停止呼吸，他們說是我父親的意志力讓她留在這個世上，我不知道她在那之後還**能不能**再次受孕。所以，我沒有弟弟妹妹。不過——」老天，她真該閉嘴。「不過我有個表哥，他大我五歲，我們就跟兄妹一樣打打鬧鬧又相親相愛。」

艾迪奧。她已經十年沒說出這個名字。但她聽別人說過，也在文件中看過。為了舒展手指，她放下針頭和小錘。「我不知道那是怎麼回事，但他們說起他的名字——說他是國王軍隊中的優秀將軍。」

因為她辜負了艾迪奧，所以她沒辦法因為他變成什麼樣的人而責怪他或恨他，她也不讓自己知道他那些年在北方到底做了什麼。艾迪奧小時候對特拉森的忠誠心可謂赤誠狂熱。她不想知道他的改變是因為他被迫做過什麼，或發生什麼遭遇。出於運氣、命運或其他原因，她在城堡的那段日子，他未曾來到城中。因為他不但會認出她，而且他如果知道她這輩子都做了什麼……他的恨意大概會讓羅紋的脾氣在相形之下顯得愉悅宜人。

羅紋換上深思熟慮的表情，聽她繼續說下去。「發生了這麼多事，如果再面對我表哥，那恐怕會是最糟的局面──比面對國王更糟。」國破家亡的那段日子，她卻成了那種人，她完全無法以言語或行動彌補過錯。

「別停手。」羅紋開口，下巴朝她膝上的工具一撇。她照做，他被扎時又開始嘶聲呻吟。「妳覺得，」片刻後，他開口：「你的表哥會殺了妳，還是幫助妳？他率領的那種軍隊，能在任何戰爭中扭轉局面。」

那個字眼令她的背脊打顫──**戰爭**。「我不知道他會對我作何感想，也不知道他向誰效忠。我也不想知道。永遠。」

雖然表兄妹倆的眼睛一模一樣，但是兩者的血緣關係過於疏遠，她曾聽過僕人和朝臣評論加勒席尼斯和艾希里弗如果日後聯姻會有多大用處。現在想起那項提議，就跟十年前一樣聽來可笑。

「**你**有表親戚嗎？」她問。

「一大堆。茉菈的血系向來繁如枝葉，而且我那些好管閒事又愛聊人是非的表親戚總是讓我待在朵拉奈爾的日子……令人厭煩。」這番話讓她微微一笑。「妳應該會跟我那些親戚處得很好，」他說：「尤其在好管閒事這方面。」

她停止上墨，用力捏他的手，足以讓永生者以外的任何生物疼痛。「你還真有資格說這種話，**王子**。我這輩子從沒被問過這麼多問題。」

這番話不算事實，但也不算誇大。應該說，從來沒人問過她**這些**問題，她以前也從沒讓任何人知道答案。

他亮出牙齒，雖然她知道他這麼做只是在開玩笑。他意味深長的瞥向手腕。「麻煩妳快一點，**公主**。我很希望在天亮前有機會睡覺。」

她用另一手做出極為不雅的手勢，他抓住這根指頭，依然亮牙。「**這**不是女王該有的態度。」

「還好我不是女王，是吧？」

但他沒放開她的手。「妳發誓解放妳摯友的王國、拯救世界——卻完全不考慮自己的國土。是什麼原因讓妳不敢奪回繼承權？國王？還是面對妳僅存的朝臣？」他的臉湊在她面前，她能看到他綠眸中的點點棕斑。「給我一個理由，說明為什麼妳不想重返王座。只要理由充分，我就再也不會提起這件事。」

她評估他的認真眼神和呼吸頻率，接著開口：「因為如果我以瑟蕾娜的身分解放伊爾維而且消滅國王，我在那之後想去哪都行。王位……我的王位只是另一套鐐銬。」

這個答案既自私又駭人，卻是實話。娜希米雅很久以前也說過類似的話——她最熱切又自私的願望就是成為普通人，不用再背負沉重的王位。娜希米雅知不知道這番話是多麼深刻的迴響於瑟蕾娜心中？

她等著聽對方的責備，她看到那種情緒在羅紋的眼中悶燒。但他輕聲道：「妳所謂的**另一套**鐐銬是什麼意思？」

他稍微鬆手，露出包圍她兩腕的兩條細疤。他繃緊嘴角，她用力把手扯回，他不得不放開。

「這沒什麼，」她說：「艾洛賓，我的師父，喜歡三不五時拿鐐銬訓練我。」艾洛賓還用鐵鍊把她綁起，為了讓她學會如何掙脫，但是安多維爾的鐐銬專門對付她這種逃脫大師。一直到那天，鎧奧給她拿掉那副鐐銬後，她才離開那座勞動營。

她不想讓羅紋知道那些事——任何事。她能承受憤怒和恨意，但是憐憫……而且她如果說起鎧奧，說起他如何重建又打碎她的心，就必須提起安多維爾，也就必須說起她打算在未來的某一天，不知在還有多遙遠，她要回去安多維爾解放每個人，每一名奴隸，哪怕她得先親手解開他們的鐐銬。

瑟蕾娜繼續忙碌，羅紋的表情依然緊繃——彷彿聞出她有所隱瞞。「妳為什麼待在艾洛賓身邊？」

「我知道我想要兩樣東西：首先，消失於世界，消失在我的敵人眼前，不過……呃。」她很難看著他的眼睛。「最主要的原因，是我想逃避自己。我說服自己應該消失，因為我想要的第二個東西，就算在當時，是希望自己有一天能夠……像我被傷害的那般傷害別人。事實證明，我在這方面非常、非常在行。」

「如果被他拋棄，我不是死就是加入反抗軍。如果跟那些反抗軍一起生活，我大概就會被國王發現而且處決，不然就是因為滿心恨意而從小就開始殺害亞達蘭士兵。」他挑眉，她咂咂舌頭。「你以為我剛認識你就會把我的歷史全攤在你面前？我相信你的故事比我更豐富，所以別顯得這麼驚訝。或許我們應該回去把彼此打成肉醬的日子。」

他露出近乎掠食者的目光。「噢，想都別想，公主。妳可以在想開口的時候說出妳想說的話，但我們已經回不去了。」

她又舉起工具。「我相信你的其他朋友一定愛死你的陪伴。」

他綻放野性笑容，揪住她的下巴——沒讓她疼痛，但足以逼她看他。「首先，」他低語，

「我們不是朋友。我還在訓練妳，這表示妳依然聽命於我。」她的臉上顯然閃過受傷的表情，因為他更靠向她，更用力揪住她的下顎。「再來——我們彼此之間到底是哪種關係？我也還沒確定答案。所以，如果我讓妳擁有妳為了重新振作而需要的空間，那妳也該給我這種空間。」

她打量他片刻，彼此的鼻息交織混合。

「成交。」她回答。

第四十章

「告訴我，妳最大的心願是什麼。」鐸里昂朝索莎的髮絲呢喃，兩人十指交扣，他對她的古銅肌膚在自己的藊皮下觸感如此光滑而驚嘆不已，她這雙手如北美斑鳩般精美。

她朝他的胸膛微笑。「我沒有最大的心願。」

「騙子。」他吻她的頭髮。「妳說謊的本領太糟了。」

她轉頭看向他這間臥室的窗戶，晨光讓她的烏黑秀髮更顯亮麗。在她主動吻他的那天後的這兩星期來，她常在城堡居民歇息後溜到這裡。他們倆同床共枕，雖然還不是他渴望的那種同床共枕，而且他討厭這樣躲躲藏藏。

但如果他們倆的事情曝光，她會丟掉工作，畢竟他是這種身分……就算彼此只是私下有些交情，他還是可能害她惹上大麻煩，光是母后就可能想辦法把她送去其他地方。

「告訴我，」他又說一次，俯身竊取一吻。「告訴我，我就讓它成真。」

他對情人向來大方。他給她們禮物，主要是為了避免她們開始被他冷落時有所抱怨，但他這次是發自內心的**想**給她東西。他試過給她珠寶華服，但她一併拒絕，所以他改送罕見草藥、書籍和她的工作室所需的特殊工具。她也試過拒絕這些東西，但他很快讓她放棄——通常是以吻擊驅逐她的抗議。

「如果我要求把月亮做成項鍊墜飾？」

「那我會開始向黛安娜祈禱。」

她綻放微笑，鐸里昂卻失去笑意。黛安娜，狩獵者之守護者。他平常逼自己別去想瑟蕾娜、艾琳——不管她是誰，別去想滿口謊話的鎧奧，或是意圖謀反的艾迪奧。他不想跟那兩人有任何往來，尤其因為他現在有了索莎。他以前傻過一次，傻得願意為瑟蕾娜撕裂全世界。愛上野火的小男孩——或者該說他以為自己愛上野火。

「鐸里昂？」索莎往後仰，打量他的臉。她看他的眼神正如他曾經目睹瑟蕾娜看鎧奧的眼神。

他又吻她，輕盈溫柔、難分難解，兩人的身軀彷彿彼此交融。他撫摸她的胳臂，沉醉於她的柔順肌膚。她掙扎後退。「我得走了，快遲到了。」

他呻吟抱怨。早餐時間確實即將開始——她如果再不離開就會引起注意。她鑽出他的懷抱，穿好外衣，他幫忙綁好背部繫帶。總是如此偷偷摸摸——這就是他的人生？不只是他愛的女人，還有一身魔法，以及心中的真實想法……

索莎吻他一下，隨即走到門口，一手放在門把上。「我最大的心願，」她淺淺一笑，「是有一天我不用天一亮就逃出這道門。」

他還來不及回應，她已經離開。

但他不知道自己能說什麼或做什麼讓那天到來。因為索莎有義務在身，他也是。如果他跟她在一起，如果他跟父王翻臉，或是他的魔法曝光，那麼他的弟弟將成為繼承人。想到霍林有一天加冕為王……霍林會如何對待這個世界，尤其在獲得父王的權力之後……不行，鐸里昂沒有選擇權，因為他根本沒得選。他已經與王位綁定，至死方休。

敲門聲傳來，鐸里昂綻放笑容，猜大概是索莎回來。開門時，他的笑容消失。

「我們需要談談。」鎧奧停在門口。鐸里昂已經幾星期沒見到對方，不過——這位老友似乎比以前蒼老，也更疲憊。

「連甜言蜜語都省了？」鐸里昂癱坐在沙發上。

「就算說好聽的，也會被你立刻看穿。」鎧奧把門在身後關上，斜靠於門板。

「就當騙騙我吧。」

「我很抱歉，鐸里昂，」鎧奧輕聲道：「超過你所知的程度。」

「你很抱歉，是因為你的謊言讓你失去了我——和她？如果你沒被逮到，你還會覺得抱歉嗎？」

鎧奧繃緊下顎。鐸里昂知道自己這番話或許不公平，但也不在乎。

「我為一切感到抱歉，」鎧奧說：「但是——我正在努力彌補。」

「那瑟蕾娜怎麼辦？你跟艾迪奧合作，到底是為了幫我還是幫她？」

「你跟她。」

「你還愛她嗎？」他不知道自己為何在乎，不知道這個疑問為何重要。

鎧奧閉眼片刻。「我對她永遠會有某種程度的愛，但我當時必須把她送出城堡，否則她會有危險，而且她當時……她變得……」

「無論她變成什麼樣子，那都離她的本性和能耐不遠，你只是終於看到真相。而等你看到她的那一面……」鐸里昂輕聲回應。直到現在，直到擁有索莎，他才明白自己這句話意味著什麼。「你不能選擇自己想愛上她的哪個部分。」他意識到自己其實同情鎧奧，他的心為老友而痛，為了鎧奧這幾個月來想必弄懂的一些事。「正如你不能選擇你願意接受我的哪個部分。」

「我不是——」

「你就是。但是事情已經發生了，鎧奧，也無法改變，無論你多麼努力試圖扭轉。不管你願不願意接受，但你確實是讓我們大家走上這一步的始作俑者之一。是你讓她走上那條路，揭露出她的真實面貌，讓她做出她現在決定進行的任何行動。」

「你以為我希望這種事發生？」鎧奧兩手一攤。「如果我做得到，我會讓一切回到從前。如果我能介入，她就不會成為女王，你也不會擁有魔法。」

「當然──你當然還是把魔法看成問題，而且你當然希望她沒有那種真實身分，因為你害怕的其實不是那些事情，不是嗎？不──你怕的是那些事情所代表的意義，你害怕改變。但讓我告訴你，」鐸里昂體內的法力微微閃動，但立刻隨著一陣痛楚而平息。「事情已經改變，而且都是因為**你**。我擁有魔法──這點無法扭轉，無法消除。至於瑟蕾娜……」他想像──他意識到這是自己第一次這麼做──他想像瑟蕾娜的感受，體內法力也隨之攀升，但立刻被他壓制。「至於瑟蕾娜，」他又說一次，「你無權希望她沒有那個真實身分，你只有權決定自己是她的敵人還是朋友。」

他不清楚她的所有過去，不知道哪些是真、哪些是假，不知道她跟族人一起在安多維爾當奴隸有何想法，不知道她得向殺害她全家的那名男子鞠躬下跪是何感受。但他見過她──見過她真實一面的浮光掠影，不管她有什麼名字或頭銜。

而且他打從內心深處知道她對他的魔法並不感到驚訝，而是明白那種重擔和恐懼。她沒因此避開他，沒因此希望他身無魔法。我會為你而歸。

因此他瞪視老友，就算他知道鎧奧難過又茫然。他開口：「在她的事情上，我已經做出決定。等時候到來，不管你是在這裡還是在安尼爾，我希望你的決定跟我一樣。」

在祕密公寓等候莫爾塔時，艾迪奧雖然不願承認，但是隊長的自制力確實令人讚賞。雷恩在主廳來回踱步，雖然傷口仍未痊癒但就是坐不住。相反的，鎧奧坐在爐火旁，沉默寡言，總是在觀察聆聽。

今晚的隊長跟平常不一樣──更警惕，但也更緊繃。在之前的多次會面中，他仔細觀察隊長的一舉一動、呼吸眨眼，因此現在立刻注意到異狀。是收到什麼消息？還是出現某種進展？莫爾塔這幾星期待在骷髏海灣附近，今晚會回到這裡。他拒絕讓雷恩同行，叫孫子乖乖養傷。雷恩雖然試圖隱藏情緒，但還是因此顯得焦躁不安又易怒。看到這間公寓沒被雷恩撕成碎片，艾迪奧其實大感意外。如果是在自己的軍營，艾迪奧大概就會帶雷恩走上對打擂臺，讓他發洩發洩，或派他去進行他想進行的任務，或至少叫他劈柴幾小時。

「看來我們就是要這樣等一整晚。」雷恩終於開口，在餐桌前停步，看著他們倆。

隊長只是微微點頭。但是艾迪奧交叉雙臂，回以慵懶笑容：「你沒別的事好做，雷恩？咱們是不是礙著你去鴉片窟的路？」這招確實狠毒，但也符合隊長對雷恩的判斷。如果雷恩有那種癮頭，艾迪奧就不會讓他接近艾琳的方圓百哩內。

雷恩搖頭：「我們最近老是在枯等，等艾琳傳來消息，等得天荒地老，我相信我爺爺也一無所獲。我只是沒想到我們還能活到現在──那些人還沒找上我。」他凝視爐火，傷疤在火光照映下更顯深刻。「我認識一些人……」雷恩欲言又止，瞥向鎧奧。「他們能查出更多國王的相關情報。」

「我一點也不相信你那些眼線——尤其在你被追殺之後。」鎧奧開口。那天其實是雷恩的一名線人被逮捕逼供而洩漏他的行蹤。雖然那是因為屈打成招，但艾迪奧還是無法接受，也清楚說明這點。雷恩因此渾身緊繃，開口正要吐出想必既愚蠢又魯莽的言語時，三聲口哨傳來。

隊長回以口哨。雷恩來到門口，開門看到爺爺在外頭。雖然雷恩背對他們倆，但是艾迪奧能看到雷恩和對方挽臂輕擁時渾身放鬆，幾星期來無消無息的等候終於結束。莫爾塔十分年邁——他摘下兜帽時，臉龐蒼白嚴肅。

「側桌上有瓶白蘭地。」鎧奧開口。艾迪奧不得不再次佩服隊長的銳眼——就算絕對不會如此稱讚對方。老人點頭道謝，給自己斟酒時沒脫下披風。

「爺爺。」雷恩在門邊逗留。

莫爾塔轉身看艾迪奧。「老實回答我，小子，你知不知道奈洛克將軍是誰？」

雷恩朝他們走來幾步。艾迪奧以流暢的動作站起，大步走向側桌，以細心的動作給自己慢慢倒杯白蘭地，莫爾塔毫不退讓。「再叫我一次小子，」艾迪奧以致命的沉穩口氣說道，凝視老人的雙眼。「你就會發現自己回去蹲在破屋和下水道裡。」

老人兩手一甩。「等你到了我這種年紀，艾迪奧——」

「別浪費口水，」艾迪奧坐回椅子。「奈洛克在南方——根據我上次聽說的消息，他正在把艦隊開往死亡群島。」海賊領土。「但那是幾個月前的消息了，我們只有在需知時方知。我之所以聽說過死亡群島的消息，是因為海賊之王的幾艘船開去北方惹事生非，聽那幫人說他們是為了躲避奈洛克的艦隊。」

其實那幫海賊已成一盤散沙。羅弗，海賊之王，把半數成員帶往南方，剩下的不是開往東方，就是犯下致命錯誤、航向特拉森的北海岸。

莫爾塔癱靠在側桌邊緣。「隊長？」

「我知道的恐怕比艾迪奧更少。」鎧奧回答。莫爾塔揉揉眼睛，雷恩幫他在桌邊拉出一張椅子。老人坐下，輕輕呻吟一聲。這把老骨頭還在呼吸，已經堪稱奇蹟。艾迪奧吞下一絲後悔，他的教養不該如此——他知道自己不該表現得像個傲慢又衝動的王八蛋，洛伊會因為他如此跟長輩說話而替他感到羞愧。但是洛伊已死——他愛戴又崇拜的那些戰士已成十年枯骨，這個世界隨著他們逝去而變得更惡劣，連同艾迪奧。

莫爾塔嘆道：「我盡快逃回來這裡。這一星期來，我只有休息幾小時。奈洛克的艦隊已經離開當地，羅弗船長再次成為骷髏海灣的海賊之王，但也僅此而已，他的人馬不再進入死亡群島的東半部。」

雖然心中略有愧意，艾迪奧還是因為莫爾塔不趕快說出重點而咬牙。「為什麼？」他追問。

在爐火照映下，莫爾塔臉上的皺紋更顯滄桑。「因為進入東半部群島的手下沒一個回來。而且在颱風的夜晚，就連羅弗也確信自己聽到……咆哮聲，來自那些群島，似人又非人。」

「在奈洛克艦隊占領當地的期間，躲在群島中的船員聲稱那些咆哮聲後來平息，彷彿奈洛克把聲源一起帶走。至於羅弗……」莫爾塔捏捏鼻梁。「他跟我說，在他們開回群島的那個晚上，他們看到某種生物站在一塊地表岩層上，就在東部群島的邊境上。那怪物看起來像個蒼白男子，但……不是人。羅弗或許自戀，但絕非騙徒，他說不管那東西是什麼——是誰——感覺**很不對勁**，彷彿其周遭有一圈寂靜坑洞，跟他們常常聽見的咆哮聲形成強烈對比。而且那怪物只是看著他們航過。第二天，他們回到同一個地點，但那怪物不見蹤影。」

「跟海中怪物有關的傳說本來就不少。」隊長開口。

「羅弗他們發誓那怪物跟那些傳奇故事無關，他們說那東西是**被製造**出來。」

「他們怎麼知道？」艾迪奧問，一瞥臉龐依然蒼白如骨的隊長。

「那怪物的脖子上有條黑色項圈——跟寵物一樣。牠向他們走出一步，彷彿想跳海追捕他們，但被某種隱形之手拉回去——某種無形繩索。」

雷恩的帶疤額頭往上揚。「海賊之王認為死亡群島有怪物？」

「他認為那些東西是在那裡製造，我也如此相信，而且奈洛克帶走了其中一些怪物。」

鎧奧問道：「奈洛克後來去哪？」

「溫德林。」莫爾塔回答。艾迪奧想不到自己的心跳居然因此停止。「奈洛克把艦隊開往溫德林——打算發動奇襲。」

「不可能。」隊長開口，猛然站起。「為什麼？為什麼現在做出這種行動？」

「因為**某人**，」老人回答，艾迪奧從沒聽過對方的口氣如此尖銳，「說服國王派御前鬥士去當地刺殺皇室。還有比全國陷入混亂更適合試用那些怪物的時機嗎？」

鎧奧抓住椅背，開口道：「她不會殺了皇室——她永遠不會那麼做。那——只是個騙局。」

艾迪奧猜鎧奧只打算向奧斯布魯克成員說明這麼多，他們倆現在也只需要知道這麼多。他無視雷恩投來的警覺目光，雷恩顯然想知道艾迪奧對那些艾希里弗親戚成了暗殺對象會如何反應。但對艾迪奧來說，那些親戚在十年前已死，自從他們拒絕派兵援救特拉森。如果他踏上他們的王國，願諸神對他們保有慈悲。他好奇艾琳對那些親戚作何感想——她是否認為自己可以說服溫德林跟她結盟，尤其因為亞達蘭對溫德林邊境發動大規模攻擊。或許她會樂見他們陷入火海，正如特拉森的人民當年被焚燒。不管艾琳決定怎麼做，他都不會介意。

「他們被暗殺與否，那都不重要。」莫爾塔說：「等那些怪物抵達目的地，我認為全世界即將知道我們的女王到底要對付什麼樣的敵人。」

「我們能不能派人傳達警告？」雷恩追問：「羅弗能不能送信去溫德林？」

「羅弗拒絕介入。雖然我向他保證等女王歸來就給他黃金和土地……但他絲毫不為所動。他已經拿回地盤，不打算再讓手下冒險。」

「一定有專門突破海軍封鎖的突圍者能幫我們把信息送進去。」雷恩說下去。艾迪奧考慮是否該讓雷恩知道溫德林當年拒絕救助特拉森，但還是決定避免掀起道德辯論。

「我已經派了幾人前往溫德林，」莫爾塔說：「但我對他們不抱多少信心。而且等他們抵達的時候，也已經太遲。」

「那我們該怎麼辦？」雷恩追問。

莫爾塔啜飲白蘭地。「我們繼續在這裡找出協助的辦法，因為我一點也不相信陛下只有在死亡群島安排最新驚喜。」

這項看法很有意思。艾迪奧啜飲一口白蘭地，但放下酒杯，酒精不能幫他擬定計畫。因此，不甚專心的聆聽他們說話的同時，艾迪奧陷入腦中那種平時用來擬定所有作戰計畫的穩定節奏。

鎧奧看著艾迪奧在公寓裡來回踱步。莫爾塔和雷恩為了處理自己的事而先行離開。艾迪奧開口：「你想不想讓我知道你為什麼看起來即將嘔吐？」

「你知道我所知的一切，所以你應該很容易猜出答案。」坐在扶手椅上的鎧奧開口，下顎緊繃。先前和鐸里昂的爭吵讓他現在不急著返回城堡，就算他需要王子幫忙測試他對那道法術的理論。鐸里昂對瑟蕾娜這件事上的評論正確——鎧奧確實對她的黑暗面、能力和真實身分有所埋怨，不過……那沒改變他對瑟蕾娜的感情。

「我還是不太了解你在這些事上的角色，隊長，」艾迪奧說：「你不是為艾琳或特拉森而戰，那你到底為何而戰？為了百姓福祉？你的王子？如此一來，你到底站在哪一邊？你是叛徒——反抗分子？」

「不。」這個念頭令鎧奧血液失溫。「我兩邊都不是，我只想在返回安尼爾之前幫助我的朋友。」

艾迪奧咧嘴低吼。「或許這就是你的問題所在，因為你沒選邊站才會產生問題。或許你需要讓你父親知道你打算違背諾言。」

「我不會背棄我的王國和王子，」鎧奧發火，「我不會在你的軍隊裡賣命、殺害我的同胞，我也不會違背我對我父親的承諾。」到頭來，他可能真的只剩下自己的尊嚴。

「如果你的王子加入我們？」

「那我會與他並肩作戰，盡我所能，就算我在安尼爾。」

「所以你願意與他並肩作戰，卻不是為了正義而戰。你沒有自由意志？沒有自己的欲望？」

「我的欲望與你無關。」而且那些欲望……「不管鐸里昂如何決定，他絕不會允許濫殺無辜。」

對方冷笑。「不喜歡見血？」

鎧奧拒絕發脾氣，這麼做只會讓對方稱心如意，因此他直攻要害。「如果你讓任何無辜百姓流下一滴血，我相信你的女王會因此懲罰你，她會往你臉上吐口水。這個王國有好人，而不管你的陣營打算採取什麼行動，都應該考慮到他們的安危。」

艾迪奧瞟向鎧奧臉上的疤。「正如她因為摯友遇害而懲罰你？」艾迪奧朝他緩緩綻放惡毒微笑，接著突然來到他面前，兩手撐在椅子扶手上，速度快得幾乎令他無法察覺。

鎧奧懷疑艾迪奧到底打算出手毆打還是動手殺人，他從沒見過對方這種如狼般的凶狠表情。將軍皺起鼻頭，亮出牙齒：「等你的手下死在身邊，等你見到你的婦女同胞如何被羞辱，等你目睹大批孤兒餓死在街頭，到時候你才有資格叫我饒恕無辜。在那之前，事實不會改變，隊長，事實就是你之所以還沒選邊站，是因為你還是個孩子，而且你還在害怕。你怕的不是傷及無辜，而是失去你緊抓不放的某種美夢。你的王子已經放下過去，我的女王已經放下過去，但**你**還沒。到頭來，你會為此付出代價。」

鎧奧無話可說，也迅速離開公寓。當晚，他輾轉難眠，只是瞪著棄置於桌上的佩劍。太陽升起時，他去見國王，說明自己打算返回安尼爾。

第四十一章

接下來的兩星期形成某種規律——規律得讓瑟蕾娜開始覺得安心。這兩星期沒出現什麼挫折、變化或困境，沒有死亡、背叛或化為肉身的夢魘。在早餐和晚餐時段，她扮演廚房女傭。上午到晚餐前的這段時間，她跟羅紋在一起，緩慢而痛苦的探索體內那口法力之井——她驚悚的發現這口井似乎沒有底。

小規模任務的難度依然最高，例如點燃蠟燭、熄滅爐火，以及讓緞帶般的火舌在指間蜿蜒而過。但是羅紋逼她超越自己，帶她待過一座座廢墟，以免她失控時傷及無辜。至少他現在會帶零食，因為她總是飢腸轆轆，每隔一小時就必須進食。魔法消耗大量體力，因此她的食量是平時的兩、三倍。

他們倆偶爾交談。應該說，她逼他說話，因為在讓他知道艾迪奧以及自己對自由的私欲後，她認為談話……是件好事。雖然她不能坦承所有事情，但她還是喜歡聽羅紋說話。她誘導他說出往日的種種戰役和冒險，一個比一個殘酷又驚悚。溫德林的南方和東方還有一大片浩瀚世界，她聽說過那些王國和帝國，但所知甚少。羅紋是真正的戰士，他進出過無數殺戮戰場，帶手下勇闖人間地獄，航過怒海狂濤，見過遙遠的異國海岸。

雖然她羨慕他的長壽——而且長壽才能走遍世界——但她仍能感覺到暗藏於每個故事的憤怒與悲痛，不管他策馬、揚帆或展翅去過多少地方，伴侶之死給他帶來的傷痛未曾平息。他很少提起偶爾與他同行的那些友人。她並不羨慕他打過的仗、在遠方的戰爭，或圍攻一座座砂石城池的漫長歲月。

但她當然沒說出這點，只是聆聽他在訓練時說出的故事。她越聽越對玫芙感到鄙視——打從心底討厭這位姨媽。出於這種怒火，她每晚都要求艾姆瑞斯說出跟姨媽有關的傳奇故事。她提出這類要求時，羅紋未曾責備她或顯得警覺。

艾姆瑞斯某天宣布朔火節將在兩天後到來，而且他們將開始準備宴會、舞蹈和慶祝活動，這項消息倒是令她有些意外。朔火節這麼快就到，而羅紋說她離可以前往朵拉奈爾的日子還早得很，就算已經掌握變身能力。這表示她所屬的那塊大陸已經春意盎然，人們將豎起五朔節花柱，掛起山楂枝葉——國王容忍的範圍到此為止，不會有人在路口留禮物給小精靈。國王只允許最低限度的慶祝活動，而且活動宗旨僅限於紀念諸神以及為日後豐收而播種。魔法一詞絕不可被提及。

篝火將被點燃，幾個勇敢的躍火者將跳過火焰，為了避邪，也為了祈求豐收——不管有什麼願望，都能因此成真。小時候，她曾在歐林斯城門前的原野瘋狂慶祝，成千上百團篝火燃起，正如將在不久後包圍這座白城的敵軍火光。這是她的夜晚，她的母親如此說過——在這個夜晚，擁有火焰之力的小女孩什麼都不用怕，不用隱藏自身力量。艾琳·火心，看到她蹦跳經過時，人們如此低語，餘燼如絲帶般從她身上散發，艾迪奧和幾名較有戰鬥力的朝臣充當和藹衛兵、尾隨在後。野火艾琳。

這幾天都在幫艾姆瑞斯準備食物（而且趁廚子不注意時偷吃幾口），她希望能在朔火節這天放鬆，但是羅紋把她拖到一片高山草原。瑟蕾娜從口袋掏出一顆蘋果，啃咬幾口，朝羅紋挑眉。羅紋站在一堆用作篝火的大批木柴前，其兩旁各是一座尚未燃起的小型柴堆。

在周遭，一些半永生精靈正在拖來更多木柴和火種，其他人則布置一張張餐桌，準備盛放艾姆瑞斯這幾天拚命忙於準備的食物。

另有幾十名半永生精靈來自各自的崗位，沒高調宣布自己的到來，而是跟彼此交換不少擁抱和善意戲謔。這陣子都忙著幫艾姆瑞斯打雜以及跟羅紋訓練，瑟蕾娜幾乎沒時間看他們一眼——但她心中的黑暗面還是因為來此探訪的幾名男性朝她投以欣賞的目光而有些開心。她也注意到他們一看到羅紋在她身旁便連忙轉移視線。她也**確實**注意到幾名女性含情脈脈的看著羅紋，她因此想抓掉她們的臉皮。

此刻，她邊嚼蘋果邊打量他，他身穿平常那套淡灰外袍，腰繫寬帶，兜帽披於頸後，皮革護臂在午後陽光下閃閃發光。諸神在上，她對他沒那種興趣，她也確定他沒意願拉她上床。或許只是因為最近太常換上永生精靈型態，她才會覺得自己如此……排外。排外、暴躁又凶惡。昨晚，廚房的一名女子**拚命**盯著他看，甚至上前一步、彷彿想對他打招呼，她因此朝那女子**咬牙低吼**。

瑟蕾娜搖搖頭，甩掉這些開始讓她時時刻刻看到火焰的本能。「我猜你帶我來這裡是為了讓我練習？」她把蘋果核丟過原野，揉揉肩膀。她昨晚渾身發燙，都是因為羅紋整個下午逼她訓練，今早醒來時感覺疲憊虛脫。

「點燃這些柴堆，維持對火焰的控制，持續整晚。」

「三堆。」這話不是疑問。

「因為躍火者的關係，兩旁的火焰不能太高，中間那堆則該直入雲霄。」

她後悔吃下蘋果。「這很可能出人命。」

他舉起一手，風息在她周身打轉。「我就在這。」他簡短道，眼中流露因為存在了數世紀而該有的傲慢。

「如果我還是不小心把誰變成人肉火炬？」

「還好治療師也會在場慶祝。」

她沒好氣的瞪他一眼，轉轉肩膀。「你想什麼時候開始？」

他的回答令她的腸胃一揪。「現在。」

她正在燃燒，但保持穩定，就算太陽開始下沉、原野開始擠滿狂歡者。樂手們在森林邊緣就位，小提琴、笛子和鼓聲悠揚迴響，音樂如此優美而古老，她的火焰也隨之舞動，轉化為紅寶石、黃水晶、虎眼石和最深沉的藍寶石。她的魔法不再僅限於青藍野火，而是在這幾星期中持續改變成長。群眾站在火光四周，沒人仔細注意她，不過有幾人因為發現烈焰燃燒卻不吞噬木柴而發出驚嘆。

她大汗淋漓——主要是因為看到人們跳過低矮篝火而給她帶來驚恐。但是羅紋一直在她身旁，喃喃低語，彷彿試圖安撫她這匹緊張的馬。她想叫他走開，或許去陪陪那些以無辜眼神默默邀他跳舞的女性，但她還是把精神專心於火焰，維持那一絲控制，就算血液開始沸騰。感覺後腰的肌肉打結，她挪動身子。老天，她渾身溼透——每條縫都是汗水。

「放輕鬆。」看到火焰跳得稍微高，羅紋開口。

「我知道。」她咬牙道。樂聲如此誘人，火邊舞蹈如此愉快，桌上盛筵聞來如此美味……

她卻在這裡，遠離那一切，只是忙著燃燒。她的腸胃咕嚕叫。「我什麼時候可以休息？」她又在原地挪動身子，最大的那團篝火隨之扭轉，火焰因她改變姿勢而甩蕩。沒人注意到這點。

「我說可以的時候。」他回答。她知道他在利用周遭的人群，她因為擔心他們的安危而逼自己穩穩控制，但是……

「我流汗流得要死，肚子也餓得要死，而且我想休息。」

「又想靠發牢騷來解決事情？」但一陣涼風舔過她的頸項，她不禁閉眼，舒服得呻吟，能感覺他的視線傳來。片刻後，他接著道：「再稍等一下。」

她幾乎安心得腿軟，但還是睜眼集中精神。她能再撐一會兒，然後就去吃吃吃。或許跳舞，她已經好久沒跳舞，或許她該在這片陰影處先稍微試試，看看身體還有沒有空間容納喜悅，雖然渾身如此滾燙又疼痛，她相信自己只要一停止施法就會當場睡著。

但是樂聲如此迷人，舞者們彷彿只是在周遭旋轉的飛影。跟在亞達蘭的時候不同，這裡沒有衛兵監視慶祝活動，沒有村民潛伏其中、等著檢舉行為堪稱叛亂者來換取金錢。這裡只有音樂、舞蹈、美食和火焰——她的火焰。

她腳踏節拍，跟著節奏點頭，盯著三團無煙火焰以及舞於周遭的層層剪影。她**真想**跳舞，不是因為喜悅，而是因為她感覺自己的火焰和樂聲彼此交融、在骨中脈動。樂曲彷彿以光明、黑暗與色彩交織而成的刺繡，以細環構成鎖鍊，攀附於心，散播於世，把她與這個世界綁定，與萬物連結。

她這才明白某個道理。命運之痕其實是……是一種方式，能用來控制那些絲線，決定絲線如何編織，讓某物從本質的層面與他物綁定。魔法也有同樣效果，而透過她的力量、想像力、意志力和核心，她能創造而且塑造萬物。

「放輕鬆。」羅紋提醒，接著補充道，口氣略帶驚訝。「音樂。那天在湖冰上，妳在哼歌。」

她又感覺一陣涼風拂過頸部，但肌膚正在隨著鼓聲節奏而脈動。「讓音樂穩住妳。」

諸神在上，如此自由的感受……火焰隨著旋律翻攪甩動。

「**放輕鬆**。」在灌滿體內的音波下，她幾乎聽不見他的話語。她感覺每條繩索、每條無限絲線都將她繫於大地。有那麼一秒，她希望自己擁有變形者的心臟，她想褪下這層外皮，把自己重新組合成其他東西，化為樂聲或天風，飛越全世界。她的眼睛刺痛，因為長時間盯著火焰而幾乎模糊，一條背肌傳來劇痛。

「穩住。」她不知道他在說什麼——火焰既平穩又美麗。如果她從火中走過？腦中的脈動聲似乎在說去吧，去吧，去吧。

「到此為止。」羅紋揪住她的胳臂，但立即痛得嘶吼放開。「**夠了**。」

緩緩，幾乎太過緩慢，她轉頭看他。他的雙眼瞪大，在火光照映下彷彿正在熊熊燃燒。火焰——**她的**火焰。她把精神移回火焰，臣服於它。樂聲和舞蹈仍在進行，明亮又愉悅。

「看著我，」羅紋開口但沒碰她。「**看著我**。」

她幾乎聽不見他說話，彷彿整個人浸在水底。她的體內出現某種急促節奏——連同痛楚，彷彿一把利刃隨著每道脈動而劃開她的心靈與肉身。她不敢看他——不敢把注意力從火焰轉移。

「讓火焰自行燃燒。」羅紋命令。她相當確定在他的口氣中聽到恐懼。她轉頭看他，雖然這十分耗費意志力，而且頸部肌腱隨之疼痛，她看到他的的鼻翼顫動。「艾琳，立刻住手。」

她試圖開口，但是咽喉疼痛滾燙，而且渾身無法動彈。

「**放手**。」她試著回答自己做不到，但痛得無法開口。她成了鐵砧，痛楚就是不斷敲擊砧面的榔頭。「如果妳再不放手，就會法力燃盡。」

她的魔法到此為止？只能維持火焰幾小時？這令她安心——如果能耐如此而已，她確實感到安心。

「妳會把自己從內而外烤焦。」羅紋咆哮。

她眨眼，感覺痠痛，彷彿眼中有沙。痛楚沿脊椎鞭過，痛得令她倒在草地上。光芒閃過——不是來自她或羅紋，而是火焰噴發。群眾驚呼，樂聲停止。手底下的草葉嘶聲冒煙，她呻吟一聲，匆忙在體內摸索那三條控火繩索，但她陷入迷宮，那三條繩索糾成一團，而且——

「失禮了。」羅紋嘶聲道，又咒罵一聲，空氣隨之消失。

她試圖呻吟移動，但肺中無氣，體內沒有火焰需要的氧氣。黑暗襲來。

一片虛無。

然後她不斷喘氣，在草地拱起身子，篝火正在自行燃燒，羅紋正在俯身看她。「呼吸，呼吸。」

雖然他切斷她的控火繩索，但她仍在燃燒。

不是在體外燃燒，草葉也已經停止悶燒。

她在體內燃燒，每道呼吸都讓火焰灌入肺臟和血管。她無法說話，也動彈不得。

她把自己推過某種界線——沒聽到叫她回頭的種種警告——她在肌膚底下活活燃燒。

她渾身顫抖，伴隨無淚的驚慌啜泣。好痛——痛楚永恆無盡，她無法躲進體內哪個黑暗處以逃離火焰。死亡將是慈悲解脫，冰冷黑暗的避風港。

她不知道羅紋曾經暫時離開，直到他跟兩名女性狂奔而回。其中一名女性開口：「能不能把她扛起來？這附近沒有任何水術師，我們需要把她放進冷水，**現在**。」

她聽不見他們還說了什麼，只聽見肌膚底下那不斷敲擊的鍛爐。一聲吆喝和嘶聲後，她躺在羅紋的兩臂上，貼於他的胸膛，在他跳過火堆時隨之起伏。每道步伐都讓她被熾熱劇痛貫穿。雖然他的兩臂冰涼，外加一道寒風朝她壓迫，她卻依然身陷火海。

老天——暗黑神的地府就是這種感覺。等她嚥下最後一口氣，迎接她的就是這種冰火陰界。

這念頭帶來的驚悚讓她把注意力集中在能抓住的事物上——也就是羅紋的松雪氣味。她把這種氣息塞進肺臟，拉進深處，緊抓不放，彷彿這是丟進怒濤中的救命繩索。她不知道這段路花了多少時間，但她對他的抓力持續減弱，這條繩索被每一道如火痛楚磨損。

接著，周遭比林中更黑暗，回音加重，他們衝上樓梯，然後——「把她放進水裡。」她被放進下沉式石缸，蒸汽隨即拂過她的臉。某人咒罵。「結冰，王子，」第二人命令。「快。」

一陣宜人寒意，但火焰再次攀升，而且翻騰，然後——

「**拉她出來！**」一雙強壯的手拉扯她，她勉強聽到冒泡聲。

缸中冷水被她煮沸，她也因此差點把自己煮沸。幾秒後，她被放進另一口浴缸，冰塊再次形成——也再次融化。融化，而且——「**呼吸，**」羅紋跪在浴缸頂部，在她的耳畔說道：「放開它——讓它從妳體內離開。」

蒸汽浮現，但她吸口氣。「很好。」羅紋喘道。冰塊再次形成，也再次融化。

她正在流汗，高溫如打鼓般敲擊她的肌膚。她不想這樣死去。她又吸口氣。

如潮起潮落般，浴缸的水結凍又融化，重複循環，但持續放緩，寒意也稍微更滲進她，麻痺她，逼她的身體放鬆。

寒冰與烈火，冰霜與餘燼，困於不斷推擠拉扯的纏鬥。在這場戰鬥底下，她幾乎能感覺到羅紋的鋼鐵意志捶打她的魔法——那種意志力拒絕讓她被烈火燒成虛無。

她渾身疼痛，但現在是屬於凡人肉身的疼痛。雖然臉頰依然滾燙，但水溫已經從冰冷變得半熱半冷再變得溫暖，然後——維持這種狀態，溫暖而不滾燙。

「我們得換下她這身衣服。」一名女子開口。瑟蕾娜失去時間感，讓兩雙比較小的手扶正她的頭再脫下溼透的衣服。沒有這身溼衣，她在水中幾乎毫無重力。她不在乎自己是否暴露於羅紋的視線——反正女人有哪個部位是他還沒探索過的？她躺在原地，雙眼緊閉，臉仰向天花板。

過了一會兒，羅紋開口：「妳只需回答是或不。」她勉強微微點頭，雖然自己因為痛楚沿頸肩掃過而臉龐扭曲。「妳是否隨時可能再次燃燒？」

她盡可能均勻呼吸。臉頰、雙腿和核心雖然依然灼熱，但正在穩定降溫。「不。」她低語，一抹灼熱空氣從舌尖吐出。

「現在是否感覺疼痛？」這項疑問不是為了表示同情，而是指揮官評估士兵的狀況，以便決定最佳處置方式。

「是。」一縷蒸汽冒起。

一名女子說道：「我們會準備藥水，讓她保持冰涼。」輕柔腳步踏過石地，然後澡堂的門喀噠關上。接著是來自水桶的翻攪聲，然後——

一塊冰冷布條放在額頭上，她舒服得嘆氣，或者說試著嘆氣。更多翻攪聲，然後另一塊布把冰水滴在她的髮絲和脖子上。

「這次的燃盡狀態，」羅紋輕聲道：「妳當時應該讓我知道妳已經來到極限。」

說話太過困難，但她睜眼看到他跪在浴缸頂部，身旁是一桶水，手裡是毛巾。他又一次在她的額上擰毛巾，水舒服得令她幾乎呻吟。水溫持續下降，但依然溫暖——太暖。

「如果妳當時的狀況再持續下去，就會毀於燃盡。妳**必須**學會看懂跡象——學會及時收手。」這不是發表聲明，而是下達命令。「否則它會把妳從內部撕裂，讓妳現在這種狀況……」他又搖頭。「相比之下不值一提。在妳好好休養一陣子之前，**絕對不可**動用魔法。明白嗎？」

她仰頭，示意對方在她臉上再灑一些冰水，但他拒絕擰毛巾，除非她點頭答應。他再花幾分鐘幫她降溫，然後把毛巾甩在水桶邊緣，站起身。「我去查看藥水，很快回來。」看她再次點頭，他才離開。要不是因為她知道自己的情況有多嚴重，否則她會以為他在小題大作，甚至在擔心她。

在特拉森的時候，她因為當時年紀太小而沒人帶她認識這種天賦的致命一面——也沒人解釋，因為她當時學的課程都太淺。剛剛在控火時，她不**覺得**自己正在燃燒殆盡，那種狀態來得太快。或許她的魔法不過爾爾，或許她的法力之井沒其他人預料的那麼深。如果這就是真相，那她會大感安心。

她抬起雙腿，因為肌肉痠痛而不禁呻吟，她稍微俯身向前，抱住膝蓋。在浴缸頂部，幾支蠟燭立於石面燃燒，她凝視火焰。**她痛恨**火焰。雖然這裡確實需要照明。

她把額頭貼在帶疤的膝蓋上，肌膚滾燙。她閉上眼，讓碎裂的意識重組。

門被推開。羅紋。她讓自己待在冰涼黑暗，享受水中持續加深的寒意，還有肌膚底下正在持續平息的脈動。他走到一半，腳步聲停止。

聽到他倒抽一口氣，她回頭看他。

但他看的不是她的臉，不是水，而是她的裸背。

因為她彎腰抱腿，他能看到整片毀壞皮肉，鞭刑留下的每條疤痕。「誰下的手？」

說謊很容易，但她太疲憊，而且他救了她這廢物一命，所以她回答：「很多人。我在安多維爾鹽礦待過一陣子。」

他絲毫不動，她懷疑他是否停止呼吸。「多久？」片刻後，他問。她準備承受對方的憐憫，但他小心翼翼的維持面無表情——不，不是面無表情，而是暗藏致命怒火。

「一年，我在那裡待了一年，後來……說來話長。」她太虛脫，咽喉太灼痛，沒辦法繼續說下去。她注意到他的雙臂纏上繃帶，寬厚的胸膛有更多繃帶從襯衫底下探出。他又被她燒傷，卻緊抱她不放，一路跑來這裡時未曾放手。

「妳曾經是奴隸。」

她朝他緩緩點頭。他張嘴，但還是決定閉嘴，致命怒火隨著吞口水而熄滅，彷彿他想起自己在跟誰說話、那些傷疤是她起碼該有的懲罰。

他轉身離去，把門在身後關上。她希望他把門用力甩上——最好門板因此碎裂。但他只是讓門輕輕喀一聲，沒再回來。

第四十二章

她的背疤。

羅紋飛越樹林，控制翼下風息，讓自己飛得更快，風聲幾乎被腦中怒吼淹沒。他注意到周遭景象，但這只是出於本能而非好奇。他的目光轉進腦海——移向那片在燭光下微微閃爍的背疤。

諸神在上，他見過太多殘忍傷勢，他也曾多次在敵人和朋友身上留下這種疤。整體來說，她的背疤在相比之下根本不值一提。但當時目睹的瞬間，他的心跳徹底停止——而且有那麼一刻，他的心靈一片寂靜。

他覺得自己盯得越久，體內的魔法和戰士本能就越是形成致命組合——隨時準備讓他空手撕碎留下那片疤痕的凶手。因此他離開那裡，才剛走出澡堂就變身飛入夜空。

玫芙說謊，至少以隱瞞真相的形式，但她老早知道一切，她知道那女孩經歷過何等苦難——而且曾經是奴隸。那天——之前某一天，他居然威脅要**鞭打**那女孩，老天。她也因此失控。他這徹頭徹尾的傻子，居然以為她是因為幼稚才會發脾氣。他早該發現真相——早該知道平時麻木的她會對那種威脅**出現反應**就是因為那種創傷深及心靈。他另外還說了什麼……

他幾乎抵達高聳的坎布里恩山脈。她被那些人無情傷害時才勉強成年。她為什麼不告訴他？玫芙為什麼不告訴他？他的獵鷹型態發出一道刺耳呼嘯，反彈於前方的深灰岩壁。做為回應，一陣神祕的群體嗥叫飄來——玫芙的野狼，負責看守山路。就算他一路飛往朵拉奈爾，向女王要求真相……對方也不會答應。在血誓的約束下，她可以命令他不准返回霧守。

他以魔法擒住天風，緊抓氣流。艾琳……艾琳不夠信任他，所以不想讓他知道。

而且，看在諸神的分上，她差點燃燒殆盡，此刻也虛脫得無力自保。他體內的原始怒火攀升，充滿一種排外又占有的欲望，不是想得到她，而是想保護她——身為男子漢的職責與榮譽。他不該因為這項發現而如此大受打擊。

既然她原本不想讓他知道自己曾經身為奴隸，大概是因為對他的評價太低——她大概也把他剛剛的一走了之往最壞的方面想。這令他焦躁不安。

因此他轉回北方，以魔法操控氣流，乘風飛回要塞。

他遲早會從女王那裡得到答案。

治療師們拿來某種藥水。向她們保證自己不會自我焚化後，瑟蕾娜留在浴缸，直到冷得牙齒打顫。她花了比平常多兩倍的時間才回到房間。因為渾身冰涼又虛脫，她沒換衣服就癱倒在床上。

她不願去想羅紋為何那樣離開，但還是不禁苦苦思索，同時因為今晚的法力失控而渾身痠痛痙攣。她時醒時睡，渾身冰涼得讓她無法判斷這是因為寒天還是燃盡造成的症狀。在某一刻，她被回到要塞的狂歡者發出的笑聲和歌聲吵醒。又過一會兒，就連喝得最爛醉的傢伙也爬回自己的床上，或是別人的床上。牙齒依然打顫，她即將再次睡去時，窗戶在微風吹襲下戛然開啟。全身又冷又痛，她拒絕起床關窗。一聲振翅，一道閃光。她還來不及翻身，已經被他以毛毯裹身抱起。

如果她還剩一絲體力，或許會提出抗議。但他抱她走下兩層樓，穿過走廊，來到——熊熊爐火，溫暖的床單，還有一張柔軟床墊，某人以意外輕柔的動作幫她蓋好厚被。一陣陰風吹過，爐火減弱，然後床墊挪動。

在火光閃爍的昏暗房間中，他的嗓門粗啞。「從現在開始，妳跟我一起住。」她看到他躺在床墊邊緣，在不翻落床下的前提下盡量遠離她。「只有今晚這樣睡，明天我會給妳準備一張小床。如果妳在這裡製造髒亂，就給我回去那個房間。」

她的腦袋陷入枕頭。「好吧。」火光黯淡，但室內依然溫暖，她已經好幾個月沒睡在溫暖的床上，但她接著道：「我不想要你的憐憫。」

「這不是憐憫。玫芙對我隱瞞妳之前的經歷。妳必須了解，我——我不知道妳曾經——」

她的一臂滑過床面，抓住他的手。她知道如果自己願意，她能在他身上留下深及骨髓的傷口。「我知道。一開始，我擔心如果我讓你知道真相，你會取笑我，我也會因此想殺了你。後來，我不希望你憐憫我，而最重要的原因，是我不希望你以為我拿那種事當藉口。」

「好士兵。」他說。她必須轉頭片刻，以免讓他看到這幾個字對她來說有多大意義。他深吸一口氣，寬厚胸膛隨之擴張。「告訴我，妳怎麼會被送去那裡——而且如何離開。」

雖然虛脫疲憊，但她還是勉強打起精神，描述在裂際城的那些日子，帶一批亞斯特隆馬匹在沙漠奔馳，與名妓和盜賊共舞到天明，還有世上那些美麗魔物。然後，她訴說山姆的死，在安多維爾的第一次鞭打，她把血吐在工頭的臉上，以及她在那一年的所見所聞與經歷。她說起自己失控的那天，她拚命奔向死亡。終於說到皇家侍衛隊長走進她的人生的那晚，以及暴君之子給她重獲自由的機會時，她的心情變得沉重。她大致說明競賽的經過，以及自己如何獲勝，直到她的話語變得模糊，眼皮下垂。

以後有的是時間讓他知道後來發生的事——命運之鑰、伊琳娜、娜希米雅，還有自己為何變得如此一蹶不振。她打呵欠，羅紋以一手揉眼，另一手還在她的手中。他沒放手。她在天亮前醒來時，感覺溫暖、安全又睡得好，羅紋依然把她的手抓在手中、緊貼於胸。

某種暖流從她體內湧過，灌入所有尚未癒合的縫隙裂口。那股暖流不是為了傷害毀損——而是為了焊接。

為了鍛造。

第四十三章

當天，羅紋不讓她下床。他端來一盤盤食物，甚至親眼確認她吃下最後一口燉牛肉、半條脆麵包、一碗初春莓果，外加一大杯薑茶。他其實不太需要鼓勵她進食，因為她本來就餓得要命。不過，要不是因為她知道自己是什麼情況，她會覺得他在小題大作。

艾姆瑞斯和路迦來探望過一次，看她是不是還活著。看到羅紋的冰冷表情、聽到他的低吼，他們倆匆忙離開，說羅紋一定會好好照顧她，而且保證等她更恢復一些後再來看她。

「你知道，」瑟蕾娜斜躺在床上，手拿今天的第四杯茶，「我很懷疑有誰會**挑這時候**襲擊我，畢竟他們已經容忍我的脾氣這麼久。」

羅紋坐在工作臺旁，又在地圖上研究屍體位置，連頭都沒抬。「沒得商量。」

她原想發笑，要不是身體傳來一陣劇痛。她強忍痛楚，緊抓茶杯，把精神集中在呼吸上。**這就是為什麼**她讓他這般大驚小怪的照顧自己。感謝昨晚的法力熔毀，她現在渾身每一吋都痠痛不已。悸痛、刺痛和糾結持續不斷，眉間頭疼，視線邊緣模糊……就連掃視房中都會讓顱內刺痛不已。

「所以你的意思是，如果有誰瀕臨燃盡，不但會出現這麼多痛楚，而且如果施法者是女性，還會因此讓周遭的男性陷入狂暴狀態？」

他把筆放下，轉身打量她。「**這**實在不算狂暴狀態。就算妳的魔法失效，妳還是可以透過物理攻擊來保護自己。但對其他永生精靈來說，就算他們持有武器而且受過防身訓練，但只要他們無法動用魔法，就無法自保，尤其處於虛脫及疼痛狀態。如此一來，他們——沒錯，尤其是男性——就會變得有些緊張不安，有些人甚至因此在沒真正受到威脅時就出手殺人。」

「什麼樣的威脅？玫芙的國土這麼平靜。」她俯身放下茶杯，但他已經迅速移動，在她的茶杯碰到桌前就伸手攔截。他以意外的溫柔動作從她手中拿走茶杯，看到杯中已空，因此又幫她倒一杯。

「任何地方都可能有威脅——男性、女性、其他生物……那不是理性所能控制的恐懼。就算我們的文化沒有這種觀念，但是保護弱小的這種本能確實存在，不管被保護的對象是男是女、是老是少。」他拿起一塊麵包和一碗牛肉湯。「吃下去。」

「我非常不願意說這種話，但我如果再吃一口就會吐滿地。」噢，他確實活像個老媽子，雖然這令她的可憐心靈感到溫暖，但也開始有點厭煩。

這混蛋只是把麵包往湯裡沾了沾，把這兩樣東西一起遞給她。「妳需要維持體力。妳的燃盡很可能是因為當時胃袋裡太空。」

好吧，反正食物香得讓她很難抗拒。她接過麵包和肉湯，吃東西的同時，他確保房內符合要求：爐火依然高漲（熱得令人窒息，打從一大早就這樣，就因為清晨寒意讓她難受），只有一扇窗開條小縫（因為她出現熱潮紅的症狀，所以讓一絲微風滲進），門關上（而且鎖上），而且還有一壺茶在等候（此刻浸泡在工作臺上的茶壺裡）。他確認一切正常而且沒有任何威脅潛伏於陰影後，再以同樣態度把她仔細檢查一番：肌膚（蒼白，因為熱潮紅流下的汗水而閃爍），嘴唇（裂開又無血色），姿勢（癱軟又癱瘓），眼睛（因疼痛而朦朧，而且眼神愈顯惱火）。羅紋又皺眉。

把空碗遞給他後，她用拇指和食指揉揉在眉間揮之不去的頭疼。「所以，在法力耗盡時，」她說：「沒其他選擇——不收手就燃盡？」

羅紋靠向椅背。「唔，還有**靈友**（註9）。」這個古文字在他的舌尖聽來優美——如果她能在死前許願，大概會哀求他只用古語說話，就算只是讓她享受這些精美發音。

「這種概念很難解釋，」羅紋說下去。「我只有在戰場見過幾次。當你法力耗盡時，你的靈友能把自己的力量讓給你，只要你跟對方相容，而且彼此之間有血緣連結。」

她把頭歪向一邊。「如果我們是靈友，我把力量給你，你還是只能操控冰風——而不是我的火焰？」他嚴肅的點頭。「我要怎麼知道自己跟誰相容？」

「只有一試。那種連結實在太罕見，大多數的永生精靈一輩子都不會遇到相容的對象或碰上讓他們信任而願意嘗試的對象。就算相容，對方還是有可能抽取太多法力——如果技巧不足，很可能因此打碎另一人的心靈，或是兩者都徹底燃盡。」

有意思。「我們能不能從別人身上偷取魔法？」

「品行較差的永生精靈曾如此試過——為了打勝仗而且把對方的力量據為己有——但這麼做沒一次成功。就算成功，也是因為竊取者跟挾持的對象剛好相容。在我出生之前，玫芙已經下令禁止任何強制連結，不過……我有幾次被派去追捕墮落的永生精靈，他們把自己的靈友當作奴隸。通常來說，那些奴隸會崩潰得完全無法復原。給他們一個痛快，是我唯一能提供的慈悲。」

註9 靈友的原文是carranam，是作者將凱爾特語的名詞anam cara倒轉而成，anam意為「靈魂」，cara意為「友人」。在凱爾特族的傳統中，這種「靈性之友」是良師益友及精神導師。

他的表情和嗓音沒有變化，但她輕聲道：「這麼做一定比你參加過的任何戰役和攻城更困難。」

一道陰影從他的嚴肅臉龐閃過。「長生不老其實不像凡人所想的那般是個恩賜，這種壽命會造就出連妳都不想知道的怪物。想想妳見過的那些施虐者——再想像他們有千年歲月可以磨練自己的能力和扭曲的欲望。」

瑟蕾娜打冷顫。「這個話題變得越來越恐怖，很不適合飯後。」她癱躺回枕頭。「告訴我，你那個小團體的哪位最帥，而且會不會對我感興趣。」

羅紋窒息。「想到妳跟其中任何一位在一起，我的血液發涼。」

「他們有這麼糟？你那位喵友看起來還不錯啊。」

羅紋揚眉。「我不認為我那位**喵友**會知道該拿妳怎麼辦——其他夥伴也一樣，很可能以流血鬥毆收場。」她還在咧嘴笑的同時，他交叉雙臂。「他們應該對妳沒什麼興趣，因為妳很快就會衰老，不值得他們浪費時間追求妳。」

她翻白眼。「真掃興。」

一片沉默，他又把她打量一番（意識清楚，雖然虛脫而且悶悶不樂），她也沒因為他瞥向自己的裸露手腕而感到意外——這是少許外露的一處肌膚，因為她身上被他堆起層層毛毯。雖然昨晚沒討論這件事，但她知道他想提起這個話題。

他的眼中不帶批評。「高明的治療師大概能去除那些疤痕——手腕的絕對可以，背上的多半也可以。」

她繃緊下顎，但在幾秒後長吐一口氣。雖然她知道就算自己不多做解釋他也能明白，但她還是開口：「鹽礦深處有些牢房專門用來懲罰奴隸。那些監牢漆黑得讓人醒來時以為自己被矇眼。我有時候被關在裡頭——有一次被連續關了三星期。讓我撐下去的唯一原因，是我不斷提醒自己叫什麼名字——**我是瑟蕾娜·薩達錫恩**。」

羅紋的臉拉長，但她說下去。「他們放我出去的時候，因為我的腦子在黑牢裡封閉大半，所以我只記得自己的名字是瑟蕾娜。瑟蕾娜·薩達錫恩，自大、勇敢、技術高超，瑟蕾娜不知何謂恐懼與絕望，瑟蕾娜是死神磨練出來的兵器。」她以顫抖的手撫摸頭髮。「我通常不讓自己想起安多維爾的那一面，」她坦承。「離開那裡後，我有時會在半夜醒來，以為自己還在那座黑牢，我得燃起房中所有蠟燭來向自己證明我不在那裡。在鹽礦，他們不是殺了你那麼簡單——而是讓你崩潰。」

「安多維爾有上千名奴隸，其中許多來自特拉森。不管我如何處理自己的繼承權，我總有一天會解救他們。我**會**解救他們。他們，還有在卡拉酷拉的所有奴隸。所以，我的傷痕負責提醒我這點。」

這是她第一次坦承。等她解決了亞達蘭國王，如果毀了他仍不足以解放勞動營，她就會親自動手。一塊石頭一塊石頭的拆除，如有必要。

羅紋問道：「十年前發生了什麼事，艾琳？」

「我不談那件事。」

「如果妳繼承王位，解放安多維爾就更為容易，總好過——」

「我不能談那件事。」

「為什麼？」

回憶之中有口深坑——她只要掉進去就爬不出來。那口坑不是父母的死；她能向旁人含糊說明他們如何遇害。那種痛苦依然強烈，依然縈繞在心，但「在父母的屍首之間醒來」並不是粉碎艾琳·加勒席尼斯的身分與未來的原因。在心靈深處，她聽見另一名女子的聲音，甜美又急忙，那女子——

她又揉揉額頭。「我有種……怒火，」她沙啞道：「有種絕望、憎恨和**怒火**在我心中棲息呼吸。那種怒火沒有理智，沒有溫柔，而是待在我這身皮肉底下的怪物。這十年來，我每日每夜每分每秒都試圖把那怪物鎖在心裡。只要我談起那兩天的事，在那之前和之後發生什麼事，我體內的怪物就會被釋放出來，我根本不知道自己到時候會做出什麼舉動。」

「這就是為什麼我能站在亞達蘭國王面前、跟他的兒子和隊長友好，還住在那座宮殿裡，因為我不給那道怒火和那些回憶一絲空間。而現在，我正在尋找或許能摧毀仇敵的工具，我不能釋放那個怪物，因為它會逼我拿那些工具對付國王，而不是如我該做的那般把工具物歸原處——而且我很可能會為了洩憤而毀了整個世界。**這就是**為什麼我必須是瑟蕾娜而非艾琳——因為身為艾琳就表示我必須面對那些情緒、釋放那個怪物。你明白嗎？」

「我說這話或許沒幫助，但我不認為妳會為了洩憤而毀滅世界。」他的口氣變得嚴肅。「但我也認為妳喜歡承受痛苦。妳蒐集傷疤，因為妳想證明妳正在為犯下的某種過錯贖罪。我能體會這點，是因為我曾在兩百年中做過同樣的事。告訴我，妳認為妳以後會去某個來世樂園？還是燃燒地獄？妳想去地獄——因為妳哪有臉去來世面對他們？妳希望自己繼續受苦，承受永恆詛咒，而且——」

「夠了。」她低語。她的口氣一定跟自己感覺的一樣既悲慘又微弱，因為他轉身面向工作臺。她閉上眼，但心跳如雷。

她不知道多少時間經過。過了一會兒，床墊吱嘎挪動，一副溫暖身軀貼在她身旁。不是抱她，只是躺在她身旁。她沒睜眼，但嗅入他的松雪氣味，疼痛也因此稍微舒緩。

「至少，如果妳要去地獄，」他開口，胸膛的震動傳到她身上，「妳我將在那裡重逢。」

「我已經替闇黑神感到難過。」他的大手撫過她的頭髮，她差點舒服得打呼嚕。她這才意識到自己多麼懷念被觸摸的感覺——被任何人，不管是朋友還是情人。「等我復原，我猜我會因為差點燃盡而被你大罵一頓？」

他輕笑一聲，但繼續摸她的頭髮。「妳等著瞧吧。」

她又朝枕頭微笑，他的手靜止幾秒——然後繼續撫摸。

許久後，他喃喃自語：「我一點也不懷疑妳有一天能解放勞動營的奴隸，不管妳用什麼名字。」

她閉起的眼眸深處感到灼熱，但她更貼向他的手，甚至把一手放在他的寬胸上，細細感受那底下的穩健心跳。

「謝謝你照顧我。」她說。他悶哼一聲——她聽不出這是接受謝意還是不以為然。她隨著襲來的睡意進入虛無。

羅紋讓她在這個房間窩了幾天，就算她說自己精神很好，他還是逼她在床上再躺半天。她猜這種感覺還算不錯，有人在乎她是生是死，就算那人是蠻橫又愛生氣的永生精靈。

她的生日到來——十九歲這個年齡似乎有點無聊——她收到的唯一禮物是羅紋有幾小時沒來煩她。他回來時帶來一項消息：又出現一具半永生精靈屍體，在海岸附近。她叫他帶她去查看，但他斷然拒絕（嚴格來說是咆哮拒絕），還說他已經親自勘驗過。相同跡象：乾掉的鼻血，屍體被吸得只剩皮囊，也一樣隨意棄置。他也有回去那座城鎮——當地人非常樂意見到他，畢竟他帶了金幣和銀幣。

而且他帶巧克力回來給瑟蕾娜，因為他聲稱自己對「她把他的不在場當作生日禮物」這點感到受辱。她試圖擁抱他，但他才不搞那一套，也親口向她說明這點。儘管如此，她在稍後走出廁所時，溜到他的工作臺椅子後方，在他臉上啪一聲壓上一記響吻。他揮手趕她走，邊低吼邊擦臉，但她懷疑他是故意露出破綻。

以為「終於能回到大自然」將是美事一樁，這種想法大錯特錯。

瑟蕾娜站在一塊苔地上，跟羅紋隔有一段距離。她的膝蓋微彎，雙手微握成拳。羅紋沒叫她這麼做，但她一看到他眼中的微光就立刻擺出防禦姿態。

羅紋只有在即將讓她生不如死時才會露出這種眼神。既然沒去神殿廢墟，她猜這應該表示他認為她掌握了天賦之中的其中一種元素，就算經歷了朔火節事件。這表示他接下來要讓她學習掌握其他能力。

「妳的法力欠缺形式，」羅紋終於開口，不動如山的姿態令她稱羨。「也因為無形，所以妳很難控制自己的力量。做為攻擊型態，火球或焰波確實有用，但如果妳對付的是技巧純熟的戰鬥人員——如果妳想動用自己的力量——那妳就必須學會用魔法戰鬥。」她呻吟。「不過，」他的口氣一改，「妳擁有一項許多魔法操控者所沒有的優勢：妳本來就擅長使用兵器。」

「先是在我生日那天送我巧克力，現在居然還送上讚美？」

他的雙眼瞇起，彼此又交換一場無聲對話。*妳廢話越多，我等會兒就越讓妳好看。*

她微微一笑。*真抱歉哦，師父，徒弟恭候指點。*

*妳這小王八蛋。*他的下巴朝她一撇。「妳可以把自己的火焰塑造成任何形式——唯一的限制就是妳的想像力。考慮到妳以前的訓練，如果妳是攻擊方——」

「你要我做出火劍？」

「箭矢、匕首——力量由妳引導，讓它在妳心中形象化，再把它當作凡人武器那般操控。」

她嚥口水。

他一臉得意洋洋。*準備好玩火了嗎，公主？*

如果我燒掉你的眉毛，我看你笑不笑得出來。

放馬過來。「妳受訓成為刺客時，學的第一件事是什麼？」

「如何保護自己。」

聽他說「很好」時，她才明白他這幾分鐘為什麼面帶笑意。

成了冰匕的活靶，這種感覺果然很糟。

羅紋把一支支魔法匕首拋向她——她每次試圖想像（而失敗）的火盾也毫無作用。就算火盾有出現，不是太偏左就是太偏右。

羅紋不讓她釋放火牆。不——他要的是小型、受控制的盾牌。不管他擦傷她的雙手、雙臂或臉龐多少次，就算她的臉頰因為乾涸的血而發癢，只要能形成一面護盾——只要她辦得到，他就會住手。

滿身大汗又氣喘吁吁，瑟蕾娜開始懷疑自己是否該走到下一支匕首的飛行軌道前、給自己一個解脫，這時羅紋咬牙斥責：「再加把勁。」

「我正在加把勁。」她發火，在他朝她的腦袋丟來兩把閃亮冰匕時翻滾閃開。

「妳看起來好像又在瀕臨燃盡。」

「或許我確實即將燃盡。」

「如果妳真以為練習一小時就會燃盡——」

「朔火節那天發生的很快。」

「那**不是**妳的法力耗盡，」他的下一支冰匕懸浮於頭旁半空中。「而是妳走火入魔，任憑魔法率性而動——讓它吞噬妳。如果妳當時保持冷靜，就能讓那些火焰繼續燃燒幾星期——幾個月。」

「不。」她說不出更好的答案。

他的鼻孔微顫。「我就知道。妳希望自己的力量微不足道。妳以為自己的法力貧弱，妳也因此感到安心。」

沒預先警告，他已經拋來一支支匕首。她如舉盾般舉起左臂，想像火焰包圍手臂，想像火盾擋下那些匕首、將其瓦解，但是——

她放聲咒罵，一旁的鳥群因此閉嘴。傷口滲血、滲入外袍，她抓住前臂。「別再**丟刀子**！我知道你想說什麼！」

但又一支匕首飛來，再一支。

她彎腰閃躲，不斷舉起染血的胳臂，還朝他咬牙咒罵。他以致命效率讓一支匕首旋飛而來——她閃得不夠快，顴骨被劃出一條縫隙。她痛得嘶吼。

他說得沒錯——他永遠是對的，她**痛恨**這點。她也幾乎一樣痛恨灌滿體內、恣意妄為的法力。這種力量應該聽**她**使喚——不是反客為主。她不是它的奴隸，她不再是任何人的奴隸。如果羅紋再朝她的**臉**丟來一支該死的匕首——

他還真的這麼做。

冰晶化為一縷蒸汽，消失於她舉起的手臂前。

瑟蕾娜瞥向臂前這團小型紅焰的閃爍邊緣，形狀像——盾。

羅紋緩緩一笑。「今天到此為止，去吃些東西吧。」

這面圓盾沒燒傷她，儘管火團旋轉而且嘶嘶作響。聽她使喚。成……成功了。

所以她抬頭看羅紋。「不。**再一次**。」

經過一星期的練習，做出各種尺寸和溫度的護盾後，瑟蕾娜能同時燃起多重防禦，稍動念頭就能收緊護盾，抵禦外來攻擊。某天早上，她在天亮前醒來，她不知道自己為何這麼做，但她溜出跟羅紋共用的房間，跑去結界石。

她從中走過時，弧形門石釋放的力量令肌膚發麻，令她顫抖的不只是清晨寒意。城垛上的哨兵都沒命令她停步，她沿高聳的雕面巨石走過，找到一小塊平地，開始練習。

第四十四章

十三人眾結隊飛行，帶領其他黑喙女巫團進入天空。無論颳風下雨還是出太陽，她們不斷演練，直到皮膚晒黑而且冒出雀斑。雖然亞貝克薩斯還沒飛越關口，但是飛行力已經因為翼面蜘蛛絲而大為提升。

一切都在順利進行。亞貝克薩斯在跟琳恩的公龍爭奪地位的打鬥中獲勝，從此之後同團翼龍沒再挑戰牠。戰爭遊戲即將到來，雖然伊絲克菈在差點被曼儂殺掉後就沒再找過麻煩，但她們還是保持警覺，包括在澡堂或是任何陰影處，而且在跨上坐騎時也會重複檢查每一條韁繩和綁帶。

沒錯，一切都很順利，直到曼儂被叫去外婆的房間。

「為什麼，」外婆在房中來回踱步，鐵牙跟平常一樣暴露在外，以打招呼的口氣說道：「我得從該死的奎希妲嘴裡知道妳那隻瘦不拉嘰的廢龍還沒飛越關口？為什麼我在會議上忙著安排戰爭遊戲好讓**妳**能獲勝時，其他族母跟我說**妳**不許參加，因為妳的坐騎無法飛越關口，所以妳不能加入編隊飛行？」

曼儂瞥見朝自己臉頰劃來的鐵爪。力道不足以留疤，但足以出血。

「妳和那隻畜生真讓我丟臉，」外婆嘶吼，在曼儂面前咬牙。「我唯一的目的，就是讓妳贏得這些比賽——好讓我們能名正言順的成為巫后，而不只是高階女巫。**荒野巫后**，曼儂，妳卻拚命**搞砸**我的計畫。」曼儂依然垂頭看地。外婆的一指戳進她的胸口，劃開她的紅披風，刺穿心口皮肉。「妳的心臟融化了？」

「沒有。」

「沒有，」外婆嘲諷。「當然沒有，因為妳**根本沒心**，曼儂。我們天生沒有心臟，我們也為此感到慶幸。」她指向石地。「為什麼**今天**才有人讓我知道伊絲克菈逮住一名暗中監視我們的克拉坎？為什麼我是最後一個知道那個克拉坎溜進我們的洞窟，而且現在已經被審問**兩天**？」

曼儂眨眼，但沒露出其他驚訝情緒。如果克拉坎探子滲透這裡……另一側臉頰被劃開。

「明天就給我飛越關口，曼儂，明天，就算妳摔死在谷底我也不在乎。如果妳成功活下來，妳最好向黑暗祈求贏得戰爭遊戲，因為如果妳辦不到……」外婆的一指劃過曼儂的咽喉，這道小傷讓她稍微放血。

也保證她如果失敗將受到何種懲罰。

這一次，所有女巫都為了觀看飛越關口而聚集於此。裝上鞍座的亞貝克薩斯把注意力集中於通往外頭夜空的洞口。艾絲特琳和索蕾爾在她身後——但站在各自的坐騎身旁而非跨坐於上。外婆聽說她們倆打算在她出岔錯時救她，因此明言禁止。曼儂必須為自己的愚蠢和驕傲付出代價，外婆說過。

女巫們聚在觀景臺上，高階女巫和各自的繼承人則在更高處的一間小型包廂裡。現場喧囂震耳，曼儂瞥向艾絲特琳和索蕾爾，看到她們雖然表情冷漠但渾身緊繃。

「靠向岩壁，避免讓牠驚擾妳們的翼龍。」她做出指示，她們倆嚴肅的點頭。

亞貝克薩斯的翅膀植入蜘蛛絲後，曼儂一直避免讓牠在傷口完全癒合前過度操勞。但是關口陡峭又灌滿狂風……如果絲布無法支撐，牠的翅膀很可能瞬間破裂。

「咱們還在等呢，曼儂，」外婆從上方咆哮，朝洞口揮動一手。「但妳大可慢慢來。」笑聲——來自黃腿、黑喙……每一位。但是佩特菈沒笑，最靠近觀景臺邊緣的十三人眾也沒笑。

曼儂轉身面向亞貝克薩斯，凝視那雙眼眸。「出發吧。」她拉拉韁繩。

但牠拒絕移動——並非出自恐懼或驚悚。牠慢慢轉頭——看向外婆所站的位置——發出低吼，以示警告和威脅。

曼儂知道自己應該責備牠如此無禮，但牠居然能明白這座廳堂的氣氛……不可思議。

「夜晚即將結束。」外婆呼喊，無視朝自己怒目相視的龍獸。

索蕾爾和艾絲特琳對望一眼，曼儂相當確定這位副手把手稍微移向佩劍握柄，不是為了傷害亞貝克薩斯，而是……十三人眾的每名成員若無其事的把手移向隨身武器，這是為了殺出一條生路——如果外婆下令處死曼儂和亞貝克薩斯。她們聽出亞貝克薩斯以低吼提出的挑戰——知道這頭野獸在沙地畫下界線。

外婆說過她們天生無心，她們都被告知過這點。服從、紀律、殘酷，這三樣是她們最該珍惜的價值觀。

艾絲特琳的雙眸明亮——亮得令人驚豔——她朝曼儂點個頭。

伊絲克菈當時鞭打亞貝克薩斯的時候，曼儂也出現同樣的情緒——她無法以言語形容，但那種情緒令她盲目。

曼儂抓住亞貝克薩斯的鼻尖，逼牠把視線從外婆身上轉移。「只需一次，」她低語。「你只需往這座深谷跳一**次**，亞貝克薩斯，**她們就再也不敢批評你**。」

接著，一種連敲兩次的穩定節奏從洞窟深處傳來。那是以鎖鍊縛身的其他殘龍發出的節奏，牠們正在拖拉巨型機械。這種聲響聽來彷彿沉重心跳，宛如振翅。

敲擊聲越來越響，彷彿坑內那些翼龍知道外頭是什麼狀況。持續加重的聲響來到洞窟──直到艾絲特琳也拿起盾牌敲擊，十三人眾也全員加入。「聽到沒有？**那**是給你的鼓勵。」

有那麼一刻，敲擊聲在周遭脈動時，彷彿這座山也開始鼓動隱形翅膀，曼儂覺得就算死了也不壞──如果是跟牠一起死，如果不是獨自死去。

「你是十三人眾之一，」她對牠說：「從今日直到黑暗把我們分開。你屬於我，我屬於你，讓她們知道為什麼。」

牠朝她的手掌噴氣，彷彿表示自己老早知道這些、她只是在浪費時間。她淺淺一笑，就算亞貝克薩斯又朝外婆的方向投以挑戰的怒視。翼龍把身子壓向地面，讓曼儂爬上鞍座。

坐於鞍座而非步行上前，洞口的距離感覺縮短許多，但她沒讓自己懷疑牠的本領，而是放下透明眼瞼，收起鐵牙。蜘蛛絲撐得住──她不會考慮其他可能性。「飛吧，亞貝克薩斯。」她告訴牠，靴刺往牠的側腹一扎。

宛如墜星呼嘯，牠以雷霆步伐沿狹長跑道衝刺。曼儂挪動身子，配合牠以強健身軀踏出的每道疾奔，節奏與深鎖於山中的其他翼龍發出的敲擊吻合。亞貝克薩斯伸展雙翼，震動一次、兩次，持續加速，無懼而堅定，做好準備。

敲擊聲未曾停止，來自翼龍、十三人眾或其他以跺腳或拍手加入陣容的黑喙女巫團，也來自以劍擊匕的藍血繼承人，以及紛紛仿效的其他藍血女巫。整座山為之撼動。

亞貝克薩斯衝向崖邊，速度越來越快，曼儂緊抓轡繩。洞口敞開。亞貝克薩斯收緊雙翼，利用這個動作讓身軀加速躍過崖邊，帶曼儂往下墜。

疾如雷光破空，牠墜向峽谷深處。

曼儂俯身貼向鞍座，緊抓不放，髮辮從披風扯出，隨即鬆開，往後扯得頭皮發疼，讓她的雙眼就算以透明眼瞼遮蔽也依然泛淚。牠持續下墜，翅膀緊貼於身，長尾筆直而平衡。

墜向地獄，墜向永恆，墜向黑暗。有那麼一刻，她敢發誓胸中某種東西緊繃。

峽谷的月映石地持續逼近時，她沒閉眼，也不需要閉眼。

亞貝克薩斯的雙翼如巨艦風帆般展開，繃緊固定。牠將翼面上斜，掙脫試圖把他們倆往下拉的死神。

就是這雙巨翼，覆以微亮的冥蛛之絲，結實又強韌，帶他們倆沿俄梅戛山壁高速攀升，飛入遠方星空。

第四十五章

羅紋飛到城垛上，在哨兵們身旁變身，他們倒是不為所動。在他俯衝而下時，哨兵們的銳眼早已察覺他的到來。他們散發一絲恐懼，但這也是意料之內，就算他以前並不會因此感到不好意思。但他開口的時候，他們確實微微挪動身子。「她在底下待多久了？」

「一小時，王子。」其中一人回答，望向在下方閃動的火光。

「連續幾個早上？」

「今天是第四天，王子。」同一名哨兵答覆。

前三天她在天亮前溜下床時，他以為她是去廚房幫忙。但昨天訓練時，她……**進步**的幅度超過預期，彷彿一夕增長。他必須承認，她確實很有辦法。

那女孩站在結界石外，正在進行假想訓練。

一支火匕從她的手中飛向兩顆巨石之間的隱形屏障，然後又一支，似乎打算直取敵方首級。火匕擊中魔法壁，被包圍整座要塞的防禦法術彈回，綻放閃光。火匕朝她飛回時，她以護盾自保——動作敏捷又沉穩。戰場上的戰士。

「我從沒見過有誰……有如此身手。」哨兵說。

這句話是個提問，但是羅紋懶得答覆。這跟他們無關，他也不確定如果女王得知這位半永生精靈學會如此利用自身天賦會作何感想。不過他會讓洛坎知道這件事，洛坎是他的指揮官，在朵拉奈爾城中唯一軍階高過他的男性，他想問洛坎是否能把這種訓練加入他們自己的訓練。

那女孩停止投擲武器，開始練習徒手搏擊：以重拳揮出魔法，以快腿踢出火焰。她的火焰充滿令人嘆為觀止的變化——亮金、赤紅與豔橙。而且她的戰技——不只是魔法，而是總體的身手……她之前那位師父絕對是個怪物，這點無庸置疑，而且顯然把她訓練得非常徹底。她彎腰、空翻又扭身，動作綿延不絕又殺氣騰騰，而且——

魔法壁把她以拳頭揮出的紅寶石火焰向她拋回，她像平時那般咒罵，雖然勉強以護盾擋下，但還是被撞得狗吃屎。但沒一個哨兵發笑。羅紋不知道這是因為自己在場，還是因為她。他等候答案，等著看她咆哮、尖嘯或放棄，但那位公主只是慢慢站起，懶得拍掉身上的塵土和碎葉，繼續練習。

下一具屍體在一星期後出現，給瑟蕾娜和羅紋跑去現場的這個清新春晨帶來一種悽慘氣氛。

過去一星期中，他們練習魔法的戰鬥、防禦與操控，但訓練被幾名路過此地、在此做客的永生精靈貴族打斷，那些人給瑟蕾娜留下十分惡劣的印象，讓她一點也不急著踏進朵拉奈爾。還好那些訪客只待了一晚，沒給她的訓練造成多少影響。

羅紋跟她只練習操作火焰，無視她擁有的少許水屬性。她不斷嘗試召喚水元素，像是在喝水、泡澡或下雨的時候，但都毫無效果。看來火焰仍是首選。雖然她知道羅紋把她的晨間練習看在眼裡，但他完全沒讓她的訓練因此鬆懈，就算她敢發誓她偶爾感覺到他們倆的魔法……一起玩耍，她的火焰挑釁他的寒冰，他的風息舞動於她的餘燼。但每天早上都有一些新玩意兒，某種更困難、跟之前不同而且令人難受的挑戰。老天，他真的很高明。狡猾、陰險又高明。

就算他把她打得慘兮兮。每。一。天。

不是出於惡意，跟以前不同，而是為了證明他的重點——她的敵人不會手下留情。如果她需要停頓，如果她的力量動搖，她就會死。

所以他用強風或寒冰把她打趴在泥濘、溪裡或草地上。她也一次次站起，射出一支支火箭，她的護盾現在成了最強大的盟友。一次又一次，無論飢餓疲憊，不管渾身是否沾滿雨水、霧水和汗水，直到護盾成為本能，直到她能以火箭與火匕齊射，直到換她把他打趴在地。她還有更多東西要學，她的生活、呼吸和夢境完全被火焰占據。

不過，她的夢境有時跟大海彼岸那座帝國的一名棕眼男子有關。有時她會醒來，手伸向身旁那副溫暖的男性身軀，結果意識到那人不是隊長——意識到自己因為某種經歷而再也不會躺在鎧奧身旁。想起這點，她有時連呼吸都覺得痛。

跟羅紋同床一點也不浪漫，而且彼此都待在各自的半邊床位。來到屍體所在之處，她為了降溫而脫下襯衫，這幅畫面也無一絲浪漫。身上只剩內衣，瑟蕾娜的肌膚被舒適的涼爽海風啃咬，就連羅紋也在跟她謹慎接近座標位置時解開厚外套的鈕扣。

「好吧，這次我能清楚聞到那怪物的味道。」瑟蕾娜喘道。從太陽的位置判斷，他們倆來這裡花了將近三小時。她從沒跑得這麼快又這麼久，這都多虧她以永生精靈型態接受訓練。

「這具屍體在此處腐爛的時間，超過三天前那具半永生精靈。」

她逼自己別回嘴。之前又有一具半永生精靈屍體被發現，他不准她去看，而是逼她在他飛去現場勘驗時自行練習一天。但在今天早上，他看到在她眼中悶燒的火焰時，他做出退讓。

瑟蕾娜小心翼翼踏過地面松針，查看是否有打鬥或襲擊者留下的痕跡。地面被翻起，雖然溪流就在一旁，但是一團蒼蠅圍著某處打轉，似乎是一團從一塊小型岩石後方探出的衣物。

羅紋吐出低沉而狠毒的咒罵，查看人皮時甚至用前臂遮住口鼻，喪命的這名半永生精靈男子的臉龐因驚恐而扭曲。瑟蕾娜原本也想遮住口鼻，只不過……不過——

這裡還有另外那種味道，不如先前那片現場濃烈，但確實殘留於此。她推開這種氣味帶來的回憶，那天在古墓之中令她驚慌失措的回憶。

「牠引起我們的注意，牠也知道這點。」她說：「牠專挑半永生精靈下手——不是為了傳達某種訊息，就是因為他們……味道好。但是——」她回想羅紋房裡那張地圖，上面列出散落於不同位置的屍體，她不禁皺眉。「如果不只一隻？」羅紋回頭看她，納悶得揚眉。她沒再說什麼，直到她來到他所站的屍體旁，避免破壞任何線索。她感覺腸胃打結，膽汁刺激咽喉，但她以一道連自己的火焰都無法融化的厚重冰牆壓制心中恐懼。「你如此見多識廣，」她說：「你一定想過牠們不只一名，畢竟屍體出現的範圍這麼廣。如果我們在古墓看到的那位根本不是殺害這些人的凶手？」

他瞇起眼睛，但點頭同意。她打量屍體的中空臉龐和撕裂的衣服。

衣服撕裂，以及似乎沿掌心劃出的一條條細痕——彷彿這名受害者生前曾用指甲抓過什麼東西。其他屍體幾乎都沒什麼外傷，但這一具……

「羅紋。」她揮開蒼蠅。「告訴我，你也看到我看到的景象。」

又一道惡毒咒罵。他蹲下，用匕首尖端推開稍微撕裂的衣領。「這名男性——」

「有反抗，他有抵抗凶手。根據報告來看，其他死者生前都沒這麼做。」

屍臭幾乎令她癱軟跪下，但她蹲在半腐的手部和前臂旁，這個部位皺縮而且從內到外遭到破壞。她伸手向羅紋要匕首，她現在還沒有取回武器。她抬頭看他，他一臉猶豫。

只有這個下午。他把刀柄塞進她的掌心時，似乎如此低吼。

她搶走匕首。知道啦，我還沒贏回自己的武器。別這麼緊張，小心羽毛掉光光。

她轉身面向人皮，打斷跟羅紋之間的無聲對話，換來對方一陣低吼。跟羅紋吵架並不在她的煩惱清單上，反倒成了她最喜歡的活動之一。

這種差事有種非常熟悉的感覺，她心想，同時小心翼翼、盡可能輕柔而恭敬的把刀尖塞進男子手上分裂又骯髒的指甲縫，再把縫中物抹在自己的手背上。塵土和黑色的……黑色……

「到底是什麼東西？」羅紋追問，在她身旁跪下，嗅查她伸出的手。他往後退，咬牙咆哮。「那不是塵土。」

的確不是。這東西比夜晚更黑，味道跟她第一次聞到的時候一樣噁心，那次是在圖書館底下的地下墓穴，黑曜石般的油膩血跡。圖書館那種味道跟殘留於此處的恐怖氣味雖然有些不同，但非常相似，很像——

「不可能，」她猛然起身。「這——這——這——」她來回踱步，就算只是為了避免顫抖。

「我弄錯了，一定弄錯了。」

圖書館底下，也就是國王那座命運之石鐘樓底下，那座被遺忘的地牢有那麼多牢房。她在那裡見到的那怪物有顆人類心臟，她猜牠是因為有瑕疵而被棄置在那裡。如果……如果完美成品被送去其他地方？如果牠們現在已經……可供差遣？

「快告訴我。」羅紋低吼，這幾個字含糊不清，因為他似乎強壓自己針對潛伏於這幾片森林的威脅而散發的殺氣。

她抬手想揉眼睛，但意識到手上沾染什麼東西，因此把手往襯衫抹，這才想起身上只有以柔軟白布裹胸，而且現在渾身發涼。她跑到一旁的小溪，刷掉乾掉的黑血，痛恨這抹汙垢將因此進入水中、進入世界。她壓低嗓門，迅速向羅紋說明圖書館的怪物、命運之鑰，以及玫芙掌握但隱瞞的情報——如何摧毀那種力量。國王利用那種力量來**製造**東西——而且那種怪物的目標是血中擁有法力之人、把他們做為寄宿對象。

一陣溫暖微風包圍她周身，讓她的骨頭和血液加溫，情緒穩定。「牠如何來到這裡？」羅紋問，一臉冰冷鎮靜。

「不知道。我希望我的判斷錯誤，但那種**氣味**——我活著的一天永遠不會忘記那種味道，聞起來好像從裡到外腐爛，本質被徹底破壞。」

「但妳說的那種怪物保有某種認知能力。此處的凶手，不管是誰，顯然也有認知能力，既然還懂得丟棄屍體。」

她試圖嚥口水——兩次——但感覺口乾舌燥。「半永生精靈……他們是最適合的宿主，他們之中有許多人都會使用魔法，而且溫德林或朵拉奈爾都沒人在乎他們的死活。但這些屍體——既然凶手想綁走他們，又為何殺害他們？」

「除非他們不相容，」羅紋說：「如果不相容，除了把他們吸乾之外又能如何處置？」

「但又為何把屍體丟在會被發現的地點？為了散播恐懼？」

羅紋咬牙，大步走過此處，查看地面、樹林和岩石。「燒掉屍體，艾琳。」他摘下腰帶和刀鞘——匕首還拎在她手上——把這東西丟向她，她用另一手接住。「咱們去狩獵。」

他們倆一無所獲，就算羅紋換上獵鷹型態、在高空盤旋偵查。天色漸暗時，他們倆爬上這裡最大而茂密的一棵樹，並肩坐在一根粗枝上，相互依偎，因為他絕不能讓她召喚一縷火焰。她對這種環境做出抱怨時，羅紋指出今晚無月，林中到處都是比皮行者更糟的怪物。這話令她閉上嘴，直到他要她多加描述圖書館怪物、說明牠的所有細節、弱點和力量。

她說完後，他拔出眾多長刀的其中一把——這只是他隨身的壯觀武裝的一小部分——然後開始清理刀子。在強化感官下，她能在星光下看到鋼鐵、他的雙手，還有他在擦拭刀身時肩肌挪動。他本身就是美麗的武器，經過數世紀的千錘百鍊和殘酷訓練與殺戮。

「你認為我有沒有可能弄錯了？」她說。他收刀入鞘，拿出藏在衣服底下的幾把刀子。跟先前那把一樣，這些刀子一點也不髒，但她沒指出這點。「我是指怪物的事。」

為了拿出綁在衣服底下的貼身武器，羅紋脫下襯衫，露出厚實的背部，肌肉結實、帶疤又壯觀。好吧——她的某種非常女性的本能很欣賞**這種畫面**。她一點也不介意他的半裸狀態，反正她渾身每一吋也被他看過，她猜他大概也沒有哪一吋身軀會讓她大吃一驚，這都是鎧奧的功勞。但是——不，她不能想鎧奧，尤其她現在感覺平衡、腦袋清晰而且**狀況良好**。

「我們要對付的是狡猾又危險的掠食者，不管牠從哪裡來、有多少同夥。」他清理一把原本斜綁於胸肌的匕首。她的目光沿他的刺青掃過他的臉、頸、肩和臂。如此鮮明而殘酷的記號。鎧奧臉上的疤痕是否已經撫平？還是會成為她在他身上留下的永久紀念？「如果妳的確判斷錯誤，那我們確實蒙神祝福。」

她癱靠於樹身，這已經是她第二次想起鎧奧。她一定累壞了，因為現在剩下的唯一選項是讓自己感覺不幸又悽慘。

她不想知道鎧奧這幾個月都在做些什麼，或是他現在對她作何感想。如果他把她是何身分的這項情報賣給國王，或許就是國王派這種怪物來這裡追殺她。還有鐸里昂——老天，她之前如此迷失於自身悲痛，因此很少想起他，不知道他有沒有成功隱瞞自己的魔法。她祈求他平安無恙。

她陷入這種思緒帶來的憂傷，直到羅紋清理完武器。他拿出水袋，清洗雙手、脖子和胸膛。她斜眼看他，看水滴在他的肌膚上因反映星光而閃爍。還好羅紋對她沒興趣，因為她知道自己愚蠢又魯莽的個性會考慮跟羅紋發展親密關係，這麼做或許就能讓她放下鎧奧。

她的心中還有個大洞，越來越大而不是持續縮小，而且沒人能修補，就算她把羅紋帶上床。有些日子，她把紫水晶戒指看成最重要的私人物品——有些日子，她很想讓戒指熔化於自己的烈焰。或許她是傻子才會愛上侍奉國王的人，但是鎧奧成為她在失去山姆後以及熬過鹽礦後所需要的人。

但這些日子……她不知道自己需要什麼，不知道自己想要什麼。如果她願意坦承，她其實根本不知道自己到底是誰。她只知道不管什麼東西、不管是誰爬出那道絕望和悲痛深淵，都不是當初跳進去的同一人。或許這樣也好。

羅紋穿上衣服，靠於樹身，緊挨她身旁，身軀溫暖又堅實。兩人在黑暗中坐了一會兒，直到她輕聲道：「你跟我說過，當你找到你的伴侶，你就完全無法容忍自己出現向對方做出肢體傷害的念頭。一旦成為伴侶，你會寧可傷害自己。」

「我是說過。怎麼了？」

「我當時試圖殺他。我抓爛他的臉，還把匕首對準他的心臟，因為我認為他必須為娜希米雅的死負責。要不是當時某人阻止我，我真的會下手。但是鎧奧——如果他真的是我的伴侶，我就不應該下得了手，不是嗎？」

他沉默許久。「妳有十年沒換上永生精靈型態，所以妳的本能或許因此無法扎根。有時候，伴侶是先發生親密關係，心靈羈絆才隨之成形。」

「反正緊抓這種希望也沒用。」

「妳想聽實話？」

她把下巴塞進外袍底下，閉上眼。「今晚不想。」

第四十六章

瑟蕾娜用手遮住刺眼光芒，掃視懸崖以及遠在下方的海灘。天氣炎熱，幾乎沒有一絲微風，但是羅紋依然身穿淡灰厚外套，腰繫寬帶，前臂綁上護具。這個早上，他屈尊的把幾把隨身武器交給她，以防萬一。

天亮時，兩人回到命案現場，整理頭緒——結果瑟蕾娜發現一條蹤跡。應該說，她在一旁的岩石上發現一滴黑血，羅紋則追蹤氣味來到懸崖。她看向下方的曲折海灘，沿邊有許多洞穴，洞口被風雨鑿成拱形。但海灘沒有任何動靜——追蹤而來的這條蹤跡也因為海、風和其他自然元素而中斷。他們在這裡待了半小時，尋找任何其他跡象，但一無所獲。除了——

那裡。崖邊有一條鬆垮弧面，彷彿有許多人在此處小心跳下懸崖而將其輾平。她俯身查看這條崩塌的隱形階梯時，羅紋揪住她的一臂。她怒瞪他，但他沒放手。「希望你沒蠢得以為我打算跳崖自殺。」她說：「你看。」

這實在不算階梯——只是夾雜灌木的幾堆碎石和砂礫。海灘遠方的海面平靜又清澈，她能看到保衛海岸的那片堡礁之中有一小段隙縫，那是讓人能在這裡安全登陸的少數方法之一。隙縫的寬度只能容納一艘小船，讓小船能登陸而免於觸礁碎裂。隙縫容不下戰艦或商船，也難怪這片區域未曾發展。不過，如果有誰想偷渡進入這個國家——而且藏匿蹤跡，這裡是最佳地點。

她在沙地畫下一條深刻長線，然後戳出一顆顆小點。

「那些屍體被丟在小溪和河裡。」她說。

「都離海邊不遠。」他開口，跪在她身旁。「凶手原本可以把屍體丟進海裡，不過——」

「屍體大概會被沖回岸上，當地居民就會因此在海灘展開搜查。你看這裡，」她指向自己畫下的這條海岸線——再戳向中間，也就是他們倆的目前位置。

「這段海岸有無數洞穴。」

她指向海浪撞擊堡礁之處，再指向彼此之間這塊平靜的小空間。「這裡可以輕易通往——」然後她咒罵。她不敢說出答案。這條海岸雖然無船停靠，但不表示沒有任何亞達蘭船隻曾經趁夜接近，用小船把某種凶暴貨物偷渡上岸。

羅紋站起身。「我們離開這裡，現在。」

「你不覺得他們如果發現我們就早已出手？」

羅紋指向太陽。如果他想跟她說未來的女王不該讓自己身陷危險，那他可以去吃——「如果想探索這裡，就該以夜幕做為掩護。所以我們先回溪邊，再找些東西吃。然後，公主，」他狂野的咧嘴笑，「咱們找些樂子。」

想必某位天神決定憐憫他們，因為太陽下沉後就立刻開始降雨，雷雲凶猛翻騰，淹沒他們回到海灘、開始仔細搜查洞穴時發出的聲響。

但是神恩似乎到此為止，因為他們趴在垂於貧瘠海灘上方的一塊狹窄懸崖時，發現真相比預料得更糟。他們發現的不只是國王製造的怪物。

而是大批士兵。

幾名男子走出一道由石塊和沙地偽裝掩護的巨型洞口。要不是羅紋的嗅覺敏銳，他們倆幾乎沒發現那幾人。他說他不知道該如何以文字描述那種氣味，她能體會。

那幾抹人影進出洞穴的動作整齊又俐落，顯然訓練精良，瑟蕾娜因此覺得口乾舌燥又腸胃糾結。那些不是圖書館那種半人半獸的瘋狂怪物，也不是她在古墓見過的那些冰冷無瑕的怪物，而是凡人士兵。那些士兵都擁有高度智力、高度紀律，而且極度殘忍。

「那名蟹販，」瑟蕾娜朝羅紋低語。「那座村子，他說過——他說他撈到一些武器。看來有幾船的士兵來到礁外再游泳穿過堡礁，沒被任何人發現。我們得靠近一點觀察。」她朝羅紋揚眉，對方回以獵人的獨特笑容。「我就知道你的能力有一天會派上用場。」

羅紋只是嗤之以鼻，隨即變身，她希望這道閃光被風暴掩蓋。他振翅飛過崖邊，在海面滑翔，看起來只不過是一隻掠食者正在尋找下一餐。他接著盤旋迴轉，停在觸礁浪花後方的一塊岩石上。她看著他邊做出狩獵的動作邊移向那座洞穴，看起來就像試圖找地方避雨的野生動物。他貼近洞口的高聳天花板，然後溜進洞中。

他消失於她視線的這段時間，她屏息等候。她數算閃電和雷鳴之間的時間差，忍不住想抓住隨身劍柄。

羅紋終於以從容不迫的動作飛出洞口，朝她飛來，但從旁飛過，直入林中。這表示她得跟過去。她小心踏過沙地、泥濘和石地，直到遠離崖邊，鑽進樹林。她沿羅紋前進的方向走一段路，林木愈加茂密，所有聲響都被大雨遮蔽。

她發現他斜靠於一棵枯節松樹、交叉雙臂。「洞裡大約有兩百名凡人士兵和三隻那種怪物，他們沿整條海岸建立起祕密網絡。」

感覺咽喉收緊，她逼自己等他說下去。

「他們聽命於名為奈洛克的一位將軍。那些士兵看起來都受過高度訓練，但他們跟那三隻怪物保持充分距離。」羅紋擦抹鼻部，她在閃電提供的照明下看到血。「妳的判斷正確。那三隻怪物看起來像人，但不是人。不管牠們的外表底下到底是什麼生物……『令人作嘔』一詞並不適當。我的魔法、我的血——我的本質似乎都對牠們極度排斥。」他查看指尖的鼻血。「那幫人似乎都在等待。」

怪物有三隻。光是一隻就差點要她的命。「等什麼？」

羅紋瞪她，獸眼發光。「何不由妳告訴我？」

「國王完全沒提過這件事。他——他……」亞達蘭發生什麼事？難道鎧奧讓國王知道她的真實身分，所以國王派這些人來……不，把這些怪物偷渡來此，必定需要數週甚至數月行程。

「通知溫德林的軍隊——立刻警告他們。」

「就算我明天就飛到瓦雷希，他們徒步來這裡也需要超過一星期的時間。在整個春季，大多數的軍隊都駐紮於北方。」

「我們還是必須讓他們知道他們有危險。」

「動動妳的腦子。整條西海岸有無數洞穴和地點可供躲藏，他們卻選擇以這裡為根據地。」

她回想這個區域的地圖。「他們能沿山路經過要塞。」她的血液突然失溫，就連試圖安撫她的法力也無法讓她溫暖。「不——不是經過，而是**前往**要塞。他們的目標是半永生精靈。」

羅紋嚴肅的緩緩點頭。「我認為他們拿那些受害者做實驗。他們想查明半永生精靈的弱點與強項，想知道哪些……哪些人相容於他們用來扭曲生命體的手段。以他們的人數判斷，我認為這支軍隊來到這裡是為了捕捉半永生精靈，或消滅日後可能給他們帶來的威脅。」

如果這些半永生精靈無法被改造成亞達蘭的奴隸，就很可能日後為溫德林打仗，也很可能成為溫德林軍中的菁英戰士——給亞達蘭帶來不少麻煩。

她抬起下巴，「那現在——現在，我們去海灘，用魔法對付他們，趁他們睡覺的時候。」

她轉身，雖然靈魂因為這個念頭而踢打掙扎。

羅紋揪住她的手肘。「如果我認為辦得到，我老早讓他們全數窒息。但我們辦不到——如果出手就可能喪命。」

「相信我，我辦得到，也會出手。」他們是亞達蘭士兵——他們燒殺擄掠，幹過的惡行連她都不忍目睹。她辦得到，也**會**出手。

「不，妳無法對他們造成傷害，艾琳。起碼現在不行。他們對那些命運之痕的用法十分熟悉，他們整片營地都不受我們的魔法影響。結界——跟要塞周圍那些石頭類似但不同。他們盡量以鐵遮身，包括武器和盔甲，他們非常清楚自己與誰為敵。妳我或許是高手，但如果闖入洞穴就不可能活著走出。」

瑟蕾娜來回踱步，雙手撫過被雨水浸溼的頭髮，然後意識到他還沒說完。「說。」她追問。

「奈洛克在洞穴的最深處，有個私人房間。他跟那種怪物一樣是身披人皮的特殊生物。他派出那三隻怪物把半永生精靈捉回洞穴——讓他進行實驗。」

她這才明白羅紋為何引她深入林中、遠離海灘。不是為了避開那些士兵的偵測範圍，而是因為——因為有一名半永生精靈就在洞裡。

「我試過切斷她的氧氣——讓她解脫，」羅紋說：「但他們在她身上綑綁太多鐵鍊，而且……就算我們現在進去，她也活不過今晚。她只剩一副空殼，幾乎無法呼吸，牠們造成的傷害已經無法逆轉。牠們以她的生命為食，把她困在她自己的心靈中，讓她重溫往日恐懼和痛苦。」

就連她的血中火焰也結凍。「那天在古墓，那怪物確實把我當食物。」她喃喃自語。「如果我沒逃走，也會像那樣被吸乾。」羅紋發出喉間低吼，表示同意。

感覺作嘔，瑟蕾娜揉揉臉——仰頭面向從樹冠滴下的雨水，然後深吸一口氣，看向羅紋。「他們在營地裡，我們就沒辦法用魔法解決他們。溫德林的軍隊太遠，而奈洛克會用那三隻怪物外加兩百名士兵捉拿半永生精靈。」她說出心中想法，羅紋點頭。「霧守有多少哨兵有實戰經驗？」

「三十，或更少。其中一些，例如瑪拉凱，年紀已經太大，但他們到時還是會戰鬥——而且戰死。」

羅紋走向林中更深處。她跟著他，就算只是因為她知道如果自己朝海灘走近一步就會忍不住去救那名女子。從羅紋的緊繃肩膀判斷，她知道他也有同感。

大雨平息，瑟蕾娜脫下兜帽，讓水氣滲入滾燙的臉龐。這個區域到處都是牧羊人、農民和漁夫。除了半永生精靈，這裡沒人能對付那些怪物。除了比敵人更熟悉這裡的地形之外，他們沒有任何優勢。他們當然會通知溫德林，而或許……援軍或許會在下星期抵達。

羅紋舉起一拳，立定觀察前方及更遠處的樹林，她也跟著停步。他以專家級的無聲動作從護臂拔出一把刀。那股氣味在一秒後向她襲來——披戴凡人肉身的怪物傳來的惡臭。

「只有一隻。」他的聲音輕得幾乎讓她的永生精靈聽力無法察覺。

「這沒讓我比較安心。」她拔出匕首，嗓門跟他一樣輕。

羅紋伸手一指。「牠朝我們迎面而來。妳去右方二十碼，我往左。等牠來到我們中間，在我的號令下出手。別用魔法——如果附近還有其他敵人，可能會引起太多注意。動作務必迅速無聲。」

「羅紋，那怪物——」

「**迅速無聲。**」

他的綠眸透出怒火，但她回視對方。那種怪物曾把我當食物，差點就把我變成空殼，她無聲表示。我們現在很可能落得那種下場。

妳之前沒做好準備，他似乎在說。而且我當時不在妳身邊。

這麼做太瘋狂。我曾經面對那種怪物的瑕疵品，也差點被殺。

害怕了，公主？

沒錯，而且害怕才是明智反應。

但他說得有理，這是他們的樹林，而他們是戰士，這次將有所不同。所以她如士兵聽命般點頭，沒道別就潛入林中。她保持腳步輕盈，計算距離，聆聽周遭森林的動靜，維持呼吸均勻。

她蹲在一棵布滿苔蘚的樹後，拔出另一把刀。那種氣味加劇，化為穩定的惡臭，令她頭痛欲裂。隨著上空雲層持續消散，星光微微照亮飄於軟土的低矮霧氣。沒動靜。

她開始懷疑羅紋是否判斷錯誤時，那隻怪物出現在前方的樹林——比她預料的更靠近她。非常、非常靠近她。

她先感覺到對方的存在：一團黑影，周身被死寂氣氛包裹，彷彿披上第二層披風。就連霧氣也似乎遠離牠。

在牠的兜帽下，她只能瞥見蒼白皮膚和肉感嘴唇。牠連武器都懶得帶。真正令她屏息的原因是牠的指甲，她清楚記得那種又長又尖的指甲——在圖書館時如何向她揮來。

不同於圖書館那隻怪物，眼前這隻的指甲完整無缺，打磨的黑色弧面閃閃發光。手指的皮膚蒼白完美，光滑得反常。的確，她相當確定自己看到怪物身上的烏黑血管，那彷彿對曾經流於體內的血做出嘲弄。

怪物朝她的方向轉頭，兜帽隨之挪移，她連眼睛都不敢眨一下。羅紋還是沒做出指示。他到底知不知道這怪物有多近？

她的一邊鼻孔噴出的暖意飄上嘴唇。她繃緊身子，做好準備，好奇那怪物有多敏捷、自己手上這雙長刀必須切得多深。身上的劍將是最後選擇，因為長劍遠比小刀笨重，就算用刀就表示她得埋身近戰。

怪物掃視林木，瑟蕾娜更靠向提供掩護的這棵樹。圖書館那隻怪物把金屬門如簾布般撕開。而且如果牠會使用命運之痕——

她向外窺視，剛好看到牠朝她的樹走來，動作優雅得致命，而且保證讓受害者死得漫長又痛苦。這怪物沒發瘋，依然保有思考和計算的能力。這種怪物顯然戰力拔群，國王似乎認為三隻足矣。還有多少怪物躲在她來自的那片大陸？

林中寂靜得讓她能聽見吐氣聲，牠正在嗅察她的氣味。她立刻壓抑體內攀升的法力。不管羅紋如何指示，她不想讓自己的魔法接觸那怪物。怪物再次嗅察——朝她的方向再走一步。跟古墓那天相同，空氣開始變得稀薄，在她的耳邊脈動。她的另一邊鼻孔開始滲血。媽的。

她在心中咒罵時，周遭世界開始搖晃。如果怪物已經先解決了羅紋？她逼自己再從樹後往外窺視一眼。

怪物不見蹤影。

第四十七章

瑟蕾娜無聲咒罵，掃視樹林。怪物到底在哪？雨水再次降下，但那種死亡氣味依然殘留於四處。她把手中的長匕首對準羅紋的方向，以刀身反光向他打信號，要對方表示自己是否依然健在。他一定還活著，她拒絕接受其他可能。刀身皎潔，她能看到自己的臉龐倒影、樹林、天空，還有——

怪物就站在她身後。

瑟蕾娜倏然轉身，朝牠未設防的腰側揮砍，一把刀瞄準牠的肋骨，另一把刀劈向咽喉。這是她演練多年的招式，就跟呼吸一樣自然。

但牠的無盡黑眸對上她的雙眼，她徹底僵住，身心靈全數癱瘓，體內法力晃動熄滅。她幾乎聽不見手中雙刀落地時發出的潮溼撞擊聲，幾乎感覺不到打在臉上的雨滴。周遭黑影擴張，投來熱情擁抱，令人感到舒適。怪物拉下披風兜帽。

那是張年輕的男性臉龐——完美得不屬塵世。牠的頸項套有一圈黑石——命運之石，她依稀想起——因為沾染雨水而閃爍。這是死神的化身。牠微笑開口時，表情和嗓門完全不像凡人。「妳。」

她無法轉頭。黑暗中傳來幾聲尖叫——她掩蓋多年的尖叫。此刻，尖叫聲朝她招手。牠的嘴咧得更開，露出過度潔白的牙齒。牠朝她的咽喉伸出一手，冰涼手指動作溫柔，拇指擦過她的頸項。為了更看清楚她的雙眼，牠把她的臉往後仰。「妳的痛苦嘗來如葡萄酒般甜美。」牠低語，窺視她的核心。

強風撕扯她的臉龐、雙臂和腸胃，咆哮她的名諱，但牠的眼中滿是永恆與平靜，保證給她帶來無比甜美的黑暗，她無法轉頭。放手就能享有安息。她唯一要做的，就是遵照牠的吩咐、臣服於黑暗。拿去吧，她想說出口，也試圖說出口。拿走一切。

一道鋼鐵銀光刺穿漆黑帷幕，另一隻怪物出現——以利爪、怒火和狂風組成——正在把她撕碎。她朝他揮動手爪，但他是冰——他是……羅紋。

羅紋呼喊她的名字，試圖把她拖走，但她抓不住他，也無法阻止自己被那隻怪物牽走。牙齒刺穿她的肩頸交接處，她渾身一震，立刻緊抓這種痛楚，彷彿這是把她拉出麻痺之海的繩索，她不斷被往上拉，直到——

羅紋手持長劍，以一臂將她緊緊抱住，下巴滴著她的血。他帶她後退，遠離逗留於樹旁的怪物。疼痛——這就是為什麼今早發現的那具屍體有外傷。那名半永生精靈試圖用肢體傷痛讓自己掙脫怪物的控制，讓身體得以判斷哪些景象是幻覺。

怪物哼笑一聲。諸神在上，她被牠瞬間奴役，如此輕而易舉，根本無法招架。而羅紋沒出手攻擊是因為——

因為在這片黑暗中，以少量武器對付一名無需刀刃就能奪命的敵人，就連羅紋也沒勝算。真正的戰士知道何時該避免戰鬥。羅紋低語：「我們非跑不可。」

怪物走近，又一聲輕笑。羅紋帶她持續後退。「儘管試試。」怪物的嗓門顯然不屬於這個世界。

這句挑釁足矣。瑟蕾娜發動魔法。

火牆噴發的同時，她和羅紋快步逃離。她把每一分意志力、恐懼和羞愧灌入那道盾牆，完全不理會這麼做的後果。怪物嘶吼，但她不知道這是因為牠的視線被火光刺痛，還是只是出於惱怒。

她不在乎。火牆提供寶貴時間，他們倆在林中往上坡整整狂奔一分鐘。撞擊聲接著從後方傳來，黑暗惡臭如網般擴散。

羅紋熟悉這片樹林，知道如何隱藏蹤跡，這讓他們倆獲得更多時間、拉開更多距離。怪物尾隨在後的同時，羅紋用風息吹散己方氣味。

兩人跑過一哩又一哩，直到她感覺肺中空氣如碎玻璃般扎人，就連羅紋似乎也出現倦態。他們的目的地不是要塞——不，他們不可能把這怪物引去要塞的十哩範圍內。相反的，他們跑進坎布里恩山脈，空氣愈加寒冷，山勢愈加陡峭，那怪物依然窮追不捨。

「牠就是不放棄。」瑟蕾娜喘道。兩人費力爬上一道令人驚悚的陡峭山坡，幾乎趴在地上以四肢攀爬。她逼自己別下跪嘔吐。「牠就像追蹤氣味的獵犬。」她的氣味。那怪物遠在山下，仍在持續追來。

羅紋亮出牙齒，雨水沿臉龐流過。「那我就跑到牠累死為止。」

電光照亮山丘上的一條鹿徑。「羅紋，」她喘道：「我有個主意。」

瑟蕾娜懷疑自己是不是有尋死的念頭。

又或許死神只是太喜歡逗她。

她走過另一條上坡道，來到一片林中，這裡的樹都被剝掉樹皮。她在一條荒道的路旁生起一團暖火，再燃起一支火炬，火光從這些無皮樹之間穿透而出。

她祈禱山下的羅紋正在以她吩咐的方式轉移那怪物的注意力——用她的外袍散發的氣味帶牠打轉。

她棲息於一塊大石，用磨刀石劃過匕首，每一下都發出嘶嘎聲。雖然渾身不停顫抖，但她邊磨邊哼唱一首交響樂，她在被抓去勞動營之前每年都會在裂際城去聽的演奏。她控制呼吸，專心計算時間，判斷自己在這裡停留多久之後就該轉移位置。嘶嘎。

某種腐臭灌入她的鼻腔，原本已經十分安靜的森林變得更加死寂。

嘶嘎。這道磨刀聲不是出自她的刀，而是另一人，彷彿對她做出回應。

她安心得放鬆身子，再磨一下刀，然後站起身，逼體力灌入雙膝。看到那五隻怪物站在無皮樹林的後方、高䠷纖瘦而且亮出猙獰工具時，她沒允許自己退縮。

快逃，身軀尖叫哀求，但她待在原地。她抬起下巴，朝黑暗微笑。「很高興你們收到我的邀請。」牠們沒出現絲毫動靜。「我上一次燃起營火的時候，你們有四名夥伴決定不請自來——結果下場頗糟。但我相信你們已經知道那件事。」

其中一隻怪物磨刀，火花在鋸齒金屬上顫抖。「永生婊子，我們會慢慢料理妳。」

她微微鞠躬，雖然被腐屍味搞得反胃。她揮動火炬，彷彿朝在下方等候的某人做出信號。「噢，我非常希望你們說到做到。」

牠們還來不及展開包圍，她已經疾奔而去。

瑟蕾娜之所以知道牠們緊隨在後，不是因為樹叢劈啪作響或牠們揮刀時發出的颼颼聲，而是因為牠們的惡臭如枯指般撕裂她的感官。她以一手緊抓火炬，另一手讓身子保持平衡，沿陡坡飛奔而下，閃避大石、灌木和地面碎石。

這裡離她吩咐羅紋把那怪物引去的地點有一哩路，她在黑暗中狂奔。腳踝和膝蓋痛得抗議，她連跑帶跳，身後那幾隻皮行者如狼群逐鹿般持續逼近。

關鍵就是別驚慌——驚慌使人愚笨，害人送命。一聲刺耳呼喊——獵鷹尖嘯，羅紋就在事先安排的位置，而國王那隻怪物大約在一分鐘的路程外，正穿梭於樹叢之中。目的地就在溪旁，她丟下火炬的位置，就在山路沿一塊巨石拐彎之處。

這條古道通往某個方向，但她跑向另一個方向。一陣風從旁吹來，沿道路的方向飄去。她衝到一棵樹後，一手摀嘴，遮住急促吐息，讓那陣風把自己的氣味帶走。

幾秒後，一副堅實身軀包圍她，為她抵禦威脅，也為她遮風蔽雨。接著，五雙赤腳沿路面滑過，追蹤被風帶往山下的氣味，而國王的怪物則朝牠們迎面而去。

她把臉埋於羅紋的胸膛。他的胳臂宛如銅牆鐵壁，身上的各式兵器也一樣令她安心。

最後，他拉扯她的衣袖，用手肘將她往上方頂——要她爬樹。她以幾個靈巧的動作爬到接近樹頂的一根粗枝上。幾秒後，羅紋跟上，背靠樹身而坐。他把她拉向自己，她的背脊貼於他的胸膛，他以雙臂環抱她，避免讓她的氣味飄向下方的狂怒怪物群。

打從尖叫聲開始響起，時間經過一分鐘——兩種怪物發出嗚咽尖嘯、吶喊和咆哮，牠們知道自己的死期將近，而且死神的面容毫不和善。

怪物們在漆黑雨夜纏鬥將近半小時，直到那些惡毒尖嘯歡呼勝利，另一方的神祕咆哮則不再出現。

瑟蕾娜和羅紋緊緊依偎，整晚不敢闔眼。

第四十八章

兩人說明情況後，要塞人員既沒騷動也沒驚慌。瑪拉凱立刻派出幾批信使，一批前往溫德林向國王尋求協助，一批前往其他半永生精靈聚落、命令無法戰鬥者立刻逃離，一批前往醫者宅院、協助所有可以走動的病患撤離。

向國王求助的信使們返回，表示國王保證派出需要的人馬、數量不拘。這項消息令人安心，瑟蕾娜心想——但也有點令她害怕。如果迦蘭來到這裡，如果她母親那邊的任何親戚來到這裡……她不在乎，她告訴自己，現在有更嚴重的問題要處理。因此她祈求他們盡快抵達，也跟所有要塞居民一起做準備。他們將首當其衝的面對來犯，在伴隨奈洛克的兩百名凡人士兵以及三隻怪物離開洞穴所提供的保護後予以殲滅。

羅紋取得要塞的控制權，沒人反對——而是表示感激，就連瑪拉凱也向這位王子道謝，因為羅紋開始安排糧食配給，分配工作，為大夥的生存做安排。援軍再過幾天才到，要塞的人馬雖然可以主動出擊，但如果敵軍先發兵而來，羅紋想讓對方在援軍抵達之前盡量折損。要塞的半永生精靈並不是軍隊，所擁有的物資也不如其他要塞充足，因此羅紋宣布他們必須多加利用自己擁有的資源：智力、決心，以及對地形的了解。從那晚在樹上聽到的動靜判斷，那幫皮行者似乎成功擊殺那隻怪物，所以那種生物並非堅不可摧——但因為他們倆在天亮時沒發現屍體，也因此無法得知牠是如何被殺。

羅紋和瑟蕾娜跟幾支小隊外出，這些小隊負責在森林安排防禦工事。如果奈洛克的軍隊打算沿鹿徑而來，就會發現自己必須穿越十面埋伏的地形：藏於深坑的有毒生物、布滿尖刺的地洞陷阱，以及設於每個轉角的圈套。這種防禦未必能殺掉敵方，但能拖慢其步伐，以利援軍及時抵達。如果要塞被包圍，還有一條祕密通道能通往要塞外頭。那條通道既古老又荒廢，大多數的居民根本不知其存在，直到瑪拉凱提起。有總比沒有好。

幾天後，羅紋召集一小群隊長，圍坐於食堂餐桌。「巴斯的偵查小隊指出，那些怪物似乎即將在幾天後出動。」他指向一張地圖。「第一和第二哩路上的陷阱大多設置完畢？」隊長們點頭。「很好。我要你們的手下明天也開始準備接下來的幾哩路。」

瑟蕾娜站在羅紋身旁，看著他在會議中引導眾人，討論計畫的所有細節──更別提他記得所有隊長及其底下所有士兵的姓名，以及每個人的責任。他維持沉穩冷靜──態度甚至可說強悍──就算一場血戰恐怕即將到來。

她瞥向在座的半永生精靈，他們的注意力全在羅紋身上，她看得出他們以羅紋的穩重為寄託，那種冰冷決心和敏銳心智──以及累積幾世紀的經驗，她為此羨慕他。而且在這種情緒底下，連同她無法控制的沉重感，她希望自己離開這片大陸時……不是獨自一人。

「去睡一會兒。你們如果精神不濟，就根本幫不了我。」

她眨眼，發現自己一直在盯著他。會議結束，隊長們紛紛離開，忙著去處理各自的任務。

「抱歉。」她揉揉眼睛。他們從天亮前就一直忙到現在，確認最後幾哩路的陷阱已經完成而且狀況良好。跟他合作的感覺非常順利，沒有批評，也不需要為自己辯解。她知道永遠沒人能取代娜希米雅，她也永遠不想讓誰取代那位摯友，但是羅紋讓她感覺自己……變得更好，彷彿窒息數月後終於能呼吸。而現在……

他還在看著她，眉頭皺起。「有話就說。」

她查看彼此之間桌面上的地圖。「我們能應付凡人士兵，但那些怪物和奈洛克……如果我們有永生精靈戰士——例如你那位夥伴，上次來找你刺青的那位——」她不認為這次用**喵友**一詞形容那人能帶來幫助。「或甚至把你的五人團體全員找來，應該可以扭轉局面。」她的手指沿地圖上的群山滑過，那是這片土地和遠方的永生者領土之間的分界線。「但你沒派人通知他們。為什麼？」

「妳知道為什麼。」

「玫芙會因為討厭半永生精靈而命令你回去？」

他的下顎繃緊。「出於幾種原因，我認為。」

「而你選擇侍奉她。」

「我喝下她的血、完成誓約時，知道自己在做什麼。」

「那麼，希望溫德林的援軍能盡快趕到。」她一噘嘴脣，轉身準備回房。他抓住她的手腕。

「別那麼做。」他的下顎肌肉抽動。「別用那種眼神看我。」

「哪種眼神？」

「那種……鄙視。」

「我沒有——」但他狠狠瞪她一眼。她嘆氣。「這……這一切，羅紋……」她揮手，意指地圖、半永生精靈剛剛走過的門口，以及在中庭忙著準備物資和防禦工事的人們發出的喧鬧。「我說這話或許只是發牢騷，但這一切只是證明她不值得擁有你。我認為你也知道這點。」

他撇開頭。「這與妳無關。」

「我知道，但我還是想告訴你。」

他沒反應，甚至拒絕看她的眼睛，所以她走離。她回頭瞥一次，看到他仍埋首於案，雙手撐於桌面，後襟底下的厚實背肌線條清晰可見。她知道他其實沒在看地圖。

但就算跟他說她希望他能一起回去亞達蘭、回去特拉森，這麼做也只是徒勞之舉。他沒辦法違背對玫芙許下的誓言，而就算他做得到，她也無法對他提出誘因。她不是女王，她也沒打算成為女王，而就算他是自由之身，就算她能以一國之主的身分向他提出要求……跟他說那些也沒用。

所以她讓羅紋待在廳裡，雖然她還是希望自己能留住他。

翌日下午，在羅紋的房間裡洗了臉，而且給前臂的一道燙傷綁好繃帶後，瑟蕾娜正要下樓幫忙準備晚餐時，感覺到——而非聽見——沉默氣氛在要塞之中擴散，比這幾天來的緊張又安靜的氣氛更深沉。

要塞上一次如此緊繃的時候，是玫芙來到這裡的第一晚。

姨媽應該沒這麼早回來看她。她現在沒什麼特殊能力可以展示，除了幾種還算有用的把戲以及各式護盾。

她一次跨兩階的奔向廚房。如果玫芙知道敵軍壓境而命令羅紋離開……呼吸，思考——這兩者是熬過這次難關的關鍵工具。

高溫和酵母味迎面而來，她跳過最後幾階，放慢腳步，抬起下巴，雖然她很懷疑姨媽會願意屈尊在廚房見面，除非對方想攻她個措手不及。不過——

玫芙不在廚房。

羅紋在場，背對她站在廚房內的另一端，正在跟艾姆瑞斯、瑪拉凱和路迦輕聲談話。看到艾姆瑞斯一臉蒼白、一手揪住瑪拉凱的胳臂，瑟蕾娜渾身僵住。

羅紋轉身面向她，嘴脣抿起，瞪大的雙眼滿是——震驚、驚悚和悲痛——整個世界也彷彿靜止。

羅紋的雙臂垂於腰側，雙手握起又鬆開。有那麼一秒，她認為自己應該回樓上、他接下來想說的話不會是事實。

羅紋朝她走來——才一步就讓她開始搖頭、舉起雙手似乎想把他推開。「拜託，」她的聲音顫抖。「拜託。」

羅紋繼續前進，帶來避無可避的噩耗。她知道自己無法逃避，無法下跪扭轉事實。

羅紋來到她面前，但沒碰她，表情又變得嚴肅——不是出於殘酷。她意識到，這是因為他知道他們倆其中一人必須保持鎮定。他必須維持冷靜——必須為了這項消息而穩住陣腳。

羅紋吞一次口水，兩次。「在……卡拉酷拉勞動營發生暴動。」

她的心臟蹣跚跳動。

「娜希米雅公主遇刺後，聽說有個奴隸女孩因此殺了工地監督，結果引發暴動，奴隸控制了營地。」他淺吸一口氣。「亞達蘭國王派出兩支軍團去鎮壓奴隸。全被殺了。」

「奴隸滅了他的軍團？」她吐口氣。卡拉酷拉有幾千名奴隸——團結起來就能成為強大力量，甚至能跟兩支亞達蘭軍團抗衡。

羅紋抓住她的一手，動作溫柔得令人驚悚。「不。那些士兵殺掉卡拉酷拉的每一名奴隸。」

世界出現裂痕，一陣尖銳哭號如海浪般從中湧出。「有幾千人在卡拉酷拉為奴。」

羅紋點頭，鎮定姿態開始瓦解。看到他張開又合上嘴，她意識到事情還沒結束。她唯一能吐出的幾個字是「安多維爾？」這是愚者的哀求。

羅紋極為緩慢的搖頭。「亞達蘭國王聽說伊爾維也發生暴動，因此另外派了兩支軍團去北方，安多維爾無人倖免。」

羅紋揪住她的雙臂，彷彿這麼做就能阻止她跌落深淵。她沒看到他的臉龐，不，她只看到自己丟下的那些奴隸、那片灰白群山、他們每天挖的亂葬坑、她的人民的臉龐，曾經跟她一起做苦工——她丟下的人民。她允許自己忘記他們、讓他們受苦；他們曾祈求救贖，希望某人、任何人會記得他們。

她拋棄了他們——已經太遲。

娜希米雅的人民，其他幾個王國的人民，還有——她自己的人民。特拉森的百姓，她的父母和朝臣深愛的蒼生。安多維爾的囚犯許多曾是反抗軍——那些人為她的王國而戰時，她……她當時……

安多維爾有兒童，卡拉酷拉也是。

她沒保護他們。

廚房的牆壁和天花板壓來，空氣稀薄又滾燙。羅紋的臉龐變得模糊，她不斷喘氣，越來越快——

他呼喚她的名字，輕得讓其他人聽不見。

聽到那個名字，曾對世界帶來某種承諾的名字，被她吐口水侮辱的名字，她不配擁有的名字……

她掙脫他的手，走出廚房門口，走過中庭，走過結界石，然後沿隱形屏障而行——直到她在要塞消失於視線後發現的某個地點。

這個世界充滿尖叫和慟哭，響亮得讓她溺於其中。

瑟蕾娜不發一語，朝屏障釋放魔法，衝擊波使得樹木搖晃、大地震動。她把法力灌入無形護牆，哀求古石吸收而且使用這些力量。結界彷彿察覺到她的企圖，因此將她的魔法徹底吞噬，吸收所有餘燼，直到屏障閃爍、渴望更多法力。

因此她不斷燃燒，烈焰未曾平息。

第四十九章

這幾星期來，鎧奧沒跟那些友人——盟友（不管到底屬於哪類）有任何往來，也因此，他最後一次忙於平日勤務。雖然在國王的午餐會負責維安要比之前更困難，雖然他得動用所有意志力才能寫報告，但他還是完成分內工作。他沒從艾迪奧或雷恩那裡聽到任何消息，也還沒要求鐸里昂在他們的法術實驗中提供協助。他開始懷疑，自己在艾琳這場持續擴大的反抗之戰中已經功成身退。

他蒐集了夠多情報，跨過太多界線，或許他現在該查明自己返回安尼爾後還能如何幫忙。他到時候將更靠近莫拉斯，或許能揭發國王在那裡有何陰謀。國王已經接受他的要求，讓他重拾安尼爾繼承人的身分，對此幾乎沒表示任何反對。不久後，他必須提出交接人選。

此刻，鎧奧站在主廳，負責在皇室餐會上站崗，艾迪奧和鐸里昂都有出席。所有出入口都為了迎入新春空氣而敞開，由鎧奧的部下們手持武器在門邊看守。

一切正常，一切順利，直到國王站起，手上的黑戒指似乎吞下從高窗投入的正午陽光。他舉起高腳杯，會場一片沉默，跟艾迪奧開口時的反應不同。鎧奧無法停止思索將軍叫他選邊站，以及鐸里昂批評他無法接受瑟蕾娜和王子的真實身分，這些事情令他揮之不去。

但沒有任何事情能讓鎧奧或寂靜會場中的每個人做好心理準備。王座高臺上的國王朝下方所有席位微笑道：「今早從伊爾維和北方傳來好消息，卡拉酷拉的奴隸叛軍已被處理。」

他們之前根本沒聽說這項消息，鎧奧只希望自己能摀住耳朵，因為國王接著道：「我們必須盡快補充鹽礦以及安多維爾的人員，但是叛軍已被肅清。」

鎧奧慶幸自己斜靠在柱旁。一臉蒼白如骨的鐸里昂開口：「你在說什麼？」

父王朝王子微笑。「我忘了說明。娜希米雅公主不幸遇害後，卡拉酷拉的奴隸似乎決定發動叛亂，而我們也決定不予容忍，連同其他任何潛在叛亂。既然我們沒有足夠人手專門負責審問每一名奴隸、揪出叛徒……」

鎧奧在心中盤算，知道大概有多少人慘遭屠殺，也明白鐸里昂必須如何自制才沒驚悚得搖頭。

「艾希里弗將軍，」國王開口，艾迪奧一動不動的坐著。「你和你的凶煞軍團會喜歡這項消息：安多維爾被肅清後，你那塊地盤上的許多叛徒再也不敢……胡鬧，他們似乎不想跟那些鹽礦友人落得同樣下場。」

鎧奧不知道艾迪奧從哪弄來的勇氣和意志力，但將軍只是微笑鞠躬。「謝陛下。」

鐸里昂衝進索莎的工作室，坐在桌邊的她嚇一跳，一手貼於胸口。「妳聽說了嗎？」他把門在身後關上。

她的雙眼通紅，顯然已經知道消息。他用雙手捧起她的臉，額頭互觸，他需要冷靜下來。他不知道自己如何有辦法忍住痛哭、嘔吐，或當場殺掉父王。但現在看著她，嗅入她的迷迭香與薄荷氣息，他明白原因。

「我要妳離城，」他說：「我會給妳盤纏，但我要妳盡快離開這裡，而且別引起旁人注意。」

她掙脫他的手。「你瘋了？」

不，他的腦袋未曾如此清晰。「如果妳留下，如果我們的事被發現……我會負責妳的任何花費——」

「你沒辦法以金錢說服我離開。」

「如果得把妳綁在馬背上才能逼妳走，我就會這麼做。我必須把妳弄出去——」

「到時候誰照顧你？誰製作你需要的藥水？你甚至不再跟那位隊長有任何往來，我現在怎麼可以一走了之？」

他揪住她的雙肩，她必須明白——他必須讓她明白。她的忠誠是他深愛的品德之一，但現在……她只會因此喪命。「他一口氣就殺掉成千上萬的民眾。想像一下，如果他知道妳一直在幫我，他會有何反應。有些事情比死亡更可怕，索莎。拜託——**求求妳**，快走。」

她牽住他的手，十指緊扣。「跟我一起走。」

「我不能離開這裡，否則局面就會更嚴重，我的弟弟會成為繼承人。而且我認為……我認識一些人，他們可能正在試圖阻止我父王。如果我留在這裡，或許能以某種方式幫助他們。」

噢，鎧奧。他這才徹底明白鎧奧為何把瑟蕾娜送去溫德林——為何即將返回安尼爾……鎧奧出賣自己，是為了救瑟蕾娜一命。

「如果你留下，我也留下。」索莎說：「沒得商量。」

「拜託，」他說，因為他無力吶喊，尤其因為想到那麼多人的死。「拜託……」

但她以拇指輕撫他的臉頰。「一起，我們一起面對。」

雖然知道自己這麼做既自私又過分，但他沒再爭辯。

鎧奧來到墓穴，為了隱私、哀悼，也為了尖叫。但他並非獨自一人。

艾迪奧坐在螺旋樓梯間的階面，雙臂撐於膝上。鎧奧放下蠟燭，在他身旁坐下，他沒轉頭。

「你認為，」艾迪奧低語，凝視黑暗，「其他大陸的人民、大海彼岸的蒼生，對我們作何感想？你認為他們恨我們？還是因為我們如何對待彼此而憐憫我們？或許其他地方也一樣糟，或許更糟。但我被迫做過的那些事、忍受那些事……我必須相信其他地方更好。在某個地方，情況比這裡好。」

鎧奧沒有答案。

「我……」艾迪奧的牙齒在燭光下閃爍。「我被迫做過許多、許多事情，令人髮指的惡事，但沒有哪件事讓我今天覺得自己如此骯髒，我居然感謝那傢伙殺害我的同胞。」

鎧奧完全無法以言語或承諾予以安撫，只能讓艾迪奧繼續凝視黑暗。

當晚，皇家戲院座無虛席，所有包廂和階梯式座位都擠滿買得起門票的貴族和商人。珠寶首飾和綾羅綢緞在玻璃水晶燈的照映下閃閃發光，象徵征服天下的帝國財富。

奴隸遭屠殺的消息在當天下午傳開，以竊竊私語的形式在城中擴散，所經之處只留下沉默。戲院的上層座位安靜得反常，彷彿觀眾是來此尋求安慰，讓樂聲洗淨這項消息留下的汙漬。

只有包廂充斥談話聲。那些人坐在緋紅天鵝絨厚椅上，討論奴隸被殺的消息對自己的財富有何影響，哪些地方會提供新奴隸以避免勞力短缺，以及他們日後該如何對待自己的奴隸。雖然鈴聲響起，水晶燈上升而且轉暗，包廂人士還是比平常花了更多時間才安靜下來。

他們仍在談話時，紅簾拉開，揭露出就座的交響樂團。樂團指揮蹣跚走上舞臺時，包廂人士居然願意鼓掌，這已算是奇蹟。

注意到臺上每一位樂手都身穿黑色喪服，他們這才閉嘴。指揮舉起雙臂時，充斥這個洞穴般的空間的並不是交響樂。

而是伊爾維之歌。

然後是芬海洛之歌，梅勒桑德之歌，特拉森之歌，子民曾在那些勞動營奴役的每個國家。最後，不是為了炫耀或表示勝利，而是為了哀悼自己變成什麼樣的人，樂團演奏亞達蘭之歌。

最後一道音符結束時，指揮轉身面向觀眾，樂手們紛紛站起，一起望向包廂，看著那些以這塊大陸之血買下的珠寶。樂團成員不發一語，也沒做出其他舉動，直接走下舞臺。

第二天早上，奉皇家法令，戲院被查封。

沒人再見到那些樂手和那位指揮。

第五十章

一陣涼爽微風吻過瑟蕾娜的頸項。森林變得安靜，彷彿鳥群和昆蟲被她在無形護牆上釋放的攻擊嚇得噤聲。屏障吞下她拋去的每一絲魔法，現在似乎因為能量充沛而嗡嗡作響。

松雪氣息包圍她，她轉身看到羅紋站在附近的一棵樹旁。他在那裡已經站了一段時間，讓她有充足空間把自己累死。

但她不累，也不打算罷手。她的心中仍有野火，蠢蠢欲動、無窮無限，而且殺氣騰騰。她讓野火黯淡成餘燼，讓悲痛和恐懼也隨之平息。

羅紋開口：「溫德林剛傳來消息，援軍取消。」

「他們十年前沒派出援軍，」她的咽喉灼痛，雖然幾小時都沒說過話，血管裡現在只有閃爍如冰的鎮定。「現在又怎會願意高抬貴手？」

他的目光閃爍。「艾琳。」看她只是凝視轉暗的森林，他突然改口道：「妳不需要留下——我們可以今晚去朵拉奈爾，妳能從玫芙那裡問到妳需要的答案。我願意帶妳過去。」

「別拿要求我離開這種話來侮辱我，我要留在這裡打一場。娜希米雅會留下，我父母也會留下。」

「但他們死時也知道自己的血脈不會隨著自己的死亡而滅絕。」

她咬牙。「你經驗豐富——這裡需要**你**，這裡只有你能讓半永生精靈有機會活下來，他們信任你，而且尊重你。所以我會留下，因為這裡需要你，也因為我會跟你一起奮戰到底，無論結局如何。」就算那些怪物將吞噬她的靈魂與肉身，她也不會介意，她本來就該接受這種命運。

他沉默許久，但眉間微微皺起。「無論結局如何？」

她點頭。他不用提起那場屠殺，不需要試圖安撫她。他知道——她不用多說一字，他已經明白那是何種感受。

她的法力在血中隆隆作響，渴望被釋放，渴望**更多**，但它會等待——必須等到適當時機，等到奈洛克和那幫怪物出現在她的視線中。

她意識到羅紋清楚看到她那些思緒，因為他從懷中取出一把匕首。她的匕首。他把匕首遞給她，狹長刀身閃閃發光，似乎這幾個月來都被他打磨保養。

她接過匕首，感覺重量比印象中更輕，羅紋看著她的眼睛，直視她的核心，吐出一詞：

「火心。」

溫德林不會派出援軍——並非出於惡意，而是因為一支亞達蘭軍團襲擊北方邊境，三千名船載敵軍發動全面攻擊。溫德林把所有士兵派往北海岸，那些人員日後也將在當地駐紮。如此一來，要塞的半永生精靈必須獨自面對奈洛克的軍隊，羅紋以平靜的態度鼓勵所有非戰鬥人員逃離要塞。

但沒人照做。就連艾姆瑞斯也拒絕離去，而瑪拉凱只是說自己永遠不與伴侶分離。

為了因應無援戰局，他們花費幾小時改變作戰計畫。到最後，他們其實不用改變多少內容，也為此感到慶幸。瑟蕾娜也對作戰計畫提供一己之力，看著羅紋發號施令、調整在他那顆傑出腦袋中的高明戰術。她試著別去想安多維爾和卡拉酷拉，但那項消息依然在她心中悶燒，在他們討論作戰計畫的漫長時間中不斷醞釀。

他們的討論持續進行，直到艾姆瑞斯從廚房拖來一口大鍋，拿勺子敲擊，命令他們出去，因為黎明即將到來。

一回到共用的房間，瑟蕾娜立刻更衣，隨即倒在床上。羅紋倒是慢條斯理，脫下襯衫後大步走向洗臉盆。「妳在今晚的作戰會議上幫了我很多忙。」

她看著他擦洗臉龐和頸部。「你聽起來很驚訝。」他用毛巾擦臉，然後斜靠在梳妝檯，雙手撐於檯面兩端。木頭吱嘎呻吟，但他的表情毫無變化。

火心，他那樣叫她。他知不知道那個稱呼對她有何意義？她想詢問，她對他還有太多疑問，但今天經歷了這麼多消息，現在的她需要睡覺。

「我有派人送信，」羅紋放開梳妝檯，走向床鋪。她把從山洞取得的那把長劍放在床柱邊，他以一指撫摸金色劍柄，柄中的悶燒紅寶石此刻在昏暗光線下微微閃爍。「通知我的……**小團體**，如妳給他們的稱呼。」

她用手肘撐起身。「什麼時候？」

「幾天前。我不清楚他們每個人的下落，也不知道他們是否能及時趕來。玫芙或許不會讓他們來——或許其中幾人根本不會徵求她的同意。他們很……捉摸不定。我也可能接獲返回朵拉奈爾的命令，然後——」

「你真的有找他們幫忙？」

他瞇起眼睛。我剛剛才說過。

她站起身，他後退一步。什麼原因讓你改變心意？

有些事情值得冒險。

她走向他，開口之前從破碎的心中召集每一絲殘存餘燼，他這次沒後退。「我要你，羅紋・白棘。我不在乎你想說什麼或多麼想反對，我要你成為吾友。」

他只是又轉身面向洗臉盆，但她聽到他試圖不讓她在他臉上看到的無聲文字。那並不重要。就算我們活下來，就算我們去朵拉奈爾，妳依然會獨自走出玟芙的國度。

第二天早上，艾姆瑞斯加入他們倆的行列，連同霧守所有沒外出擔任信使的半永生精靈，前往醫者宅院，幫忙用手推車把傷患送去安全地點。無力戰鬥者則留下幫助傷患，而且艾姆瑞斯宣稱自己不會離開這裡。所以他們倆留下他，連同一小隊哨兵——為了面對局面嚴重惡化的那一刻。跟羅紋進入樹林時，瑟蕾娜沒費心向留在此地的人道別，他們大多也沒這麼做——道別聽來彷彿邀請死神到來，瑟蕾娜也相當確定自己不討眾神歡喜。

當晚，一隻布滿繭皮的大手抓住她的肩膀，把她搖醒。死神似乎早已等候多時。

第五十一章

「拿起妳的劍和其他武器，**動作快**。」羅紋指示。瑟蕾娜立刻起身，抓起床邊的匕首。

他已經走到房中另一端，以致命效率套上衣服和武裝。她沒浪費時間發問——他會讓她知道她該知道的狀況。她迅速套上長褲和皮靴。

「我認為有人出賣我們。」羅紋開口的同時，她以指頭勾住劍帶的環扣，望向窗外。寂靜。森林中一片死寂。

一團黑影沿地平線持續擴張。「他們選擇今晚出兵。」她低語。

「我查看了周遭。」羅紋把一支小刀塞進靴中。「似乎有人讓他們知道每個陷阱和警鐘的位置。他們不到一小時就會抵達。」

「結界石還在運作嗎？」她綁好髮辮，背起長劍。

「是的——結界石依然完整。我敲了警鐘，瑪拉凱和其他人正在牆上準備防禦。」想到瑪拉凱看到半裸的羅紋衝進臥室咆哮下令，她不禁莞爾。

她問：「誰會背叛我們？」

「不知道。等我把叛徒揪出來，我要把他們輾死在牆上。但現在，我們有更大的問題要處理。」

地平線的黑影已經吞噬繁星、群樹和所有光芒。「**那是什麼？**」

羅紋的嘴唇緊抿。「更大的問題。」

結界石是要塞外圍的最後一道防線。如果奈洛克打算包圍霧守，要塞人員的物資有限，無法撐得比他更久——但願魔法屏障能稍微耗損那群怪物的體力。半永生精靈佇立於城垛、中庭和高塔。一旦屏障崩潰，弓箭手將盡量試圖削減敵方人數，通往要塞中庭的橡木大門也將提供瓶頸之勢。

但敵軍依然擁有奈洛克率領的怪物群，連同伴隨其身的黑暗力量。飛禽走獸從要塞旁逃離——以振翅於空、腳掌觸地，以及腳爪敲石的聲響組成的大逃亡。這些動物是由小精靈引往安全之處，那些小精靈的一隻隻眼睛發出微光，能在黑夜中清楚視物。不管奈洛克和那幫怪物帶來什麼樣的黑暗……只要陷入就無生路。

她跟羅紋站在中庭大門的幾步外，要塞和結界石之間的草地面積感覺小得可憐。幾分鐘前，動物和小精靈的身影已經消失，連風都隨之平息。

「一旦屏障瓦解，我要妳用箭貫穿牠們的眉心，」羅紋指示，弓垂於雙手。「別讓牠們有機會對妳——或任何人施展迷魂術。讓其他人處理敵方士兵。」

他們還沒聽到或見到那兩百名士兵的動靜，但她點頭，抓緊手中的弓。「魔法呢？」

「省著點用。但如果妳認為妳能用魔法宰了牠們，那就別客氣。別用花俏的攻擊方式，盡一切手段殺掉牠們。」如此冰冷盤算，徹頭徹尾的戰士。她幾乎能摸到從他身上散發的殺氣。

一陣惡臭從屏障之外浮現。在他們倆身後的中庭，一些哨兵開始竊竊私語。那是來自異界的臭味，來自披戴人皮的魔物。幾隻落後的動物衝出林中，嘴角冒出唾沫，其身後的黑影持續加重。「羅紋，」感覺到而非見到牠們的存在時，她開口：「牠們來了。」

在樹林邊緣，離結界石不到五碼處，怪物現身。

瑟蕾娜一愣。三隻。

三隻，不是兩隻。「可是那幫皮行者——」看到那三隻披以男子外表的怪物正在觀察要塞，她欲言又止。牠們一身漆黑衣物，外袍敞開，露出套住咽喉的命運之石。皮行者那晚沒殺掉牠，因為那名完美男子正在盯著她，對她微笑，彷彿已經嘗到她的滋味。

一隻野兔衝出灌木叢，奔向結界石。怪物後方那團黑影伸出，宛如巨獸的腳掌，席捲試圖脫逃的野兔。

野兔立刻倒地，毛皮變得黯淡無光，骨線突起，彷彿生命被抽取。看到此景，牆上和高塔上的哨兵們嚇一跳，有些吐出咒罵。如果只是面對一隻怪物，她還有一絲生還機會。但三隻怪物同時出現，情況就完全不同，牠們的集體力量強得無法估計。

「屏障絕不能垮。」羅紋對她說：「被牠們的黑影碰上，那就必死無疑。」他說話的同時，那團黑影沿要塞外圍伸展，包圍他們。屏障嗡嗡作響，發出的震動傳到她的鞋底。

她換上永生精靈型態，因變身的疼痛而皺眉。她需要更敏銳的聽力，連同更強大的腕力與癒合力。三隻怪物依然站在森林邊緣，黑影持續擴散，但沒看到那兩百名士兵。

三隻人皮怪物同時轉向身後陰影，站到一旁，低下頭。奈洛克大步走出樹林。

奈洛克跟那三隻怪物不同，他並不俊美，渾身是疤，身軀魁梧，而且全副武裝。但他的皮膚也布滿烏黑血管，而且頸戴黑曜石項圈。就算相隔一段距離，她還是能看到他眼中的噬物虛無，如血染河流般朝她滲來。

她等奈洛克開口，他八成會叫他們選擇臣服於強大的國王或選擇受死，不然就是發表演說來試圖瓦解他們的士氣。奈洛克卻只是以近乎喜悅的眼神掃視霧守要塞，然後拔出鐵劍，指向結界石拱門。

瑟蕾娜和羅紋只能眼睜睜看著一條黑影鞭向無形屏障。空氣震動，巨石呻吟。

羅紋立刻衝向橡木大門，命令弓箭手做好準備而且盡量用自身法力抵擋黑影來襲。瑟蕾娜待在原地。又一道鞭擊，屏障波動。

「艾琳，」羅紋咆哮，她回頭看他。「快進去要塞。」

但她把弓背回身上，舉起被火包圍的一手。「在林中那晚，那怪物被火焰牽制。」

「如果想放火，妳得去屏障外頭，否則火焰會向內彈回。」

「我知道。」她輕聲道。

「上一次，妳只是看那怪物一眼就被牠的法術制伏。」

黑影再次鞭來。

「那是上一次。」她開口，眼睛盯著奈洛克和那三隻怪物。她有仇必報。感覺血液加溫，但她說：「除了這麼做，我不知道還能怎麼辦。」

因為如果那團黑影接觸他們，所有刀劍與箭矢都將化為廢鐵，他們根本沒出手的機會。

一陣哀號從身後傳來，接著又傳來幾聲，然後是金屬互擊聲。某人吶喊：「地道！有人讓他們從地道進來！」

有那麼幾秒，瑟蕾娜只是站在原地、難以置信得眨眨眼。逃生地道。他們**確實**遭到背叛，而且他們現在知道士兵在哪：從地道潛行而來。擁有詭異靈性的結界石或許太專注於地面的威脅，而沒能制止地底的入侵。

吶喊和打鬥聲加劇。為了保護較弱的士兵，羅紋把他們安排在要塞內部——就在地道入口處，那裡將成為屠宰場：「羅紋——」

黑影繼續襲擊屏障。她開始走向巨石時，羅紋低吼：「給我停下——」

她繼續前進。要塞內部開始傳出尖叫，出自痛楚、死亡和驚恐。持續遠離那些尖叫的同時，她雖然感到痛心，但還是繼續走向巨石拱門。羅紋揪住她的手肘。「我**命令**妳回去。」

她拍開他的手。「裡頭的人需要你，屏障由我負責。」

「妳根本不知道那麼做是否有效——」

「有效，」她咬牙。「能被犧牲的人是我，羅紋。」

「妳是王位繼承人——」

「這一刻，我只是個女人，擁有或許可以救命的力量。讓我去吧，你去救其他人。」

羅紋看著結界石，再看向要塞以及匆忙趕去下方、試圖幫忙的哨兵。評估計算後，羅紋終於開口：「別跟牠們交戰。專心對付那團黑影，別讓它靠近屏障，就這樣。守住陣線，艾琳。」

但她不想只是守住陣線——因為敵人就在眼前，因為卡拉酷拉和安多維爾的眾多亡魂壓在她身上，尖嘯聲跟要塞裡那些夥伴一樣淒厲。她辜負了他們每一位，她來不及救他們。**夠了**。但她點頭，態度如羅紋所希望的那般像個聽話的好士兵。「知道了。」

「妳一踏出屏障，牠們就會出手。」他放開她的胳臂。她的法力開始在血管內沸騰。「備好護盾。」

「我知道」這三個字是她唯一的回應。她走向屏障以及在其後方旋轉的黑影。弧形石門立於前方，她以右手拔出身後長劍，另一手裹於火中。

娜希米雅的人民被屠殺，她自己的人民也被屠殺。**她的**人民。

瑟蕾娜走到拱門下方，屏障的魔法嗡嗡作響，吻過她的肌膚。只要再走幾步，她就會離開屏障。她能感覺羅紋仍未離開，他想看她能不能撐過敵方的第一波攻擊。但她撐得下去——她要把那些怪物燒成灰燼。

這是她欠安多維爾和卡拉酷拉受難者的債。她辜負了他們這麼久，這是她起碼該做的——讓怪物來消滅怪物。

瑟蕾娜走過拱門，進入朝自己招手的深淵，左手烈焰因此更加耀眼。

第五十二章

瑟蕾娜走過無形屏障的瞬間，黑影鞭來。

火牆焚過黑矛。如她大膽預料那般，黑影退縮，但旋即再次出擊，速度迅如毒蛇。

她以火擊迎接每道黑影鞭擊，命令火焰擴散，以赤紅和亮金雙色組成的火牆包圍她身後的屏障。她無視怪物散發的惡臭、耳邊的稀薄空氣，以及因為走出結界而更為劇烈的頭痛，尤其因為現在三隻怪物集結於此。但她毫不退讓，就算鼻血開始滴下。

黑影朝她撲來的同時襲擊火牆，把火焰打出一個洞。她以本能反應修補火牆，允許法力獨立行動，但命令它提供保護——保護屏障。她朝石門外再走一步。

奈洛克不見蹤影，但那三隻怪物正在等候。

跟在林中那晚不同，牠們以詭異的優雅動作拔出長型細劍，隨即出擊。

很好。

她沒看牠們的眼睛，也無視鼻血和耳中壓力，只是在左前臂召喚一面火盾，而且開始揮動上古長劍。

她不知道羅紋是否在場看到她違抗所有命令。

三隻怪物朝她而來，動作敏捷沉穩，彷彿從萬古以來練劍至今，彷彿三者同心同體。她撥擋其中一隻的攻擊時，另一隻已經出現；她以火焰與鋼鐵攻擊一隻的同時，另一隻彎腰埋身試圖抓她。她不能被牠們碰到，不能回視牠們的視線。

覆蓋屏障的火盾在她身後熊熊燃燒，黑影朝火盾刺咬，但她的魔法堅守崗位。她沒對羅紋說謊——在保護屏障這方面。

一隻怪物朝她揮劍——不是為了奪命，而是為了讓她癱瘓。

出於某種本能，她在反擊的同時命令火舌灌入手中長劍，烈焰因此沿劍身跳躍。她的長劍與怪物的黑鐵互擊時，青藍火花舞動，明亮得讓她斗膽瞥向怪物的臉龐——看到的表情是驚訝。恐懼。狂怒。

她手中的劍柄觸感溫暖——而且令人安心。柄中紅石綻放光芒，彷彿本身也擁有火焰。

三隻怪物同時停止動作，優雅的嘴角往後拉，咆哮時露出過度潔白的牙齒。中間那隻，曾經嘗過她的那隻，朝她的長劍嘶吼：「金帝。」

趁黑影停頓而且轉移注意力時，她修補火盾。雖然烈焰帶來暖意，一道寒意卻爬過她的脊椎。她把長劍舉得更高，而且往前再走一步。

「但妳不是幽暗女王所愛的艾希瑞爾。」其中一隻開口。另一隻說：「妳也不是野火布蘭農。」

「你們怎麼知——」但她突然說不出話，因為某個回憶襲來，來自幾個月前——來自另一個人生。來自夾界，來自曾棲息於凱因體內的魔物。那魔物曾對她說話，還有對——伊琳娜。伊琳娜，布蘭農之女。妳是被帶回來這裡，那魔物說過。一場尚未結束的遊戲中的參賽者。

那場遊戲從歷史之初開始，某個惡魔種族打造出命運之鑰，利用這種工具侵入這個世界，玫芙則透過命運之鑰的力量將惡魔驅逐出境。但一些惡魔被困在艾瑞利亞，數世紀後掀起第二次大戰，伊琳娜起身對抗。至於其他惡魔？被送回原本世界的那些惡魔？如果亞達蘭國王在得知命運之鑰的同時也知道去哪裡找牠們？去哪裡……控制牠們？

諸神在上。「你們是法魯格。」她低語。

藏於凡人軀殼的三者綻放微笑。「在那個國度，我們是王子。」

「什麼樣的國度？」她把法力灌入身後的火盾。

中間那位法魯格王子似乎朝她而來，雖然身子絲毫沒動。她朝牠揮出火拳，對方退縮。「以永恆黑暗、寒冰和狂風組成的國度，」牠說：「為了再次嘗到你們的陽光，我們已經等候非常、非常漫長的歲月。」

亞達蘭國王若不是遠比她想像得更為強大，就是史上最愚蠢之人——他居然以為自己能控制這些惡魔王子。

鼻血滴上她的外袍。牠們的首領溫柔道：「只要妳讓我進去，姑娘，就不再有流血或痛苦。」

她再朝牠們釋放一道火牆。「布蘭農和其他人曾經把你們打入虛無，」她開口，雖然肺臟正在燃燒。「我們也做得到。」

對方的笑聲低沉。「我們當時沒被打倒，只是被壓制。直到某個凡人男子蠢得邀請我們回來，讓我們使用這幾副華麗軀殼。」

這幾副軀殼的原主還在裡頭嗎？如果她砍掉牠們的腦袋——連同命運之石的項圈——這幫怪物是就此消失，還是以另一種型態現身？

這種局面遠比她預料的嚴重。

「沒錯，」首領朝她走近一步，嗅聞她的氣味。「妳是應該怕我們，而且迎接我們。」

「迎接這東西吧。」她咬牙低吼，把藏於護臂的匕首射向牠的腦袋。

牠迅速閃開，匕首只是擦過牠的臉頰，而非嵌於牠的眉心。黑血從那條傷口滲出擴散，牠抬起白皙如月的一手檢查臉部。「我會好好享受把妳從內而外吞噬的過程。」牠開口，黑影再次撲向她。

要塞內部依然戰況激烈。這是好現象，這表示那些夥伴還沒死光。瑟蕾娜也還在朝三名法魯格王子揮舞金帝——雖然這把劍感覺越來越沉重，而且她身後的火盾開始破損，她沒時間挖掘體內的法力或考慮減量使用。

法魯格帶來的那團黑影持續攻擊火牆，因此瑟蕾娜不斷拋出一道道護盾。火焰燒過她的血液、氣息和心靈。她讓法力獨立運作，只要求它維持那道火牆。它照做，也因此大量消耗她的儲備。

羅紋沒回來幫忙。但她告訴自己他會回來、他會幫她，因為「坦承自己需要他」並不是軟弱的行為，她需要他的幫助以及——

她的下背抽筋。法魯格三王子朝她的頸項揮劍時，她只能勉強抓住手中的傳奇兵器。糟糕。

靠近脊椎的一條肌肉傳來劇痛，不斷扭轉，痛得她在撥擋對手攻擊時強忍尖叫。不可能是燃盡狀態，不可能這麼快，她明明做過大量練習，不可能——

她身後的火盾被撕出一個洞，黑影撞擊屏障，魔法因此波動尖嘯。她朝火盾投以意念，火焰修補洞口的同時，她體內的血流開始沉重脈動。

王子們再次逼近。她發出低吼，朝牠們拋出一道熾白火牆。牠們被推向後的同時，她深吸一口氣。

但她吐出的不是空氣，是血。

如果她逃回要塞，火盾在三名王子及隨行的萬古黑影面前能撐多久？要塞的夥伴們能撐多久？她不敢回頭看哪方正在獲勝。從聲響判斷，情況不妙。沒聽見勝利歡呼，只有因痛楚和恐懼而哀號。

膝蓋顫抖，但她吞下嘴裡的血，再吸一口氣。

她沒想到會是以這種結局收場。或許這是她活該，因為她背棄自己的王國。

其中一名法魯格王子以手揮向相隔彼此的火牆，黑影讓牠的皮肉免於熔化。她準備朝牠再釋放一團火焰時，注意到林中某個動靜。

遠在山丘頂部，彷彿一路從群山跑來、未曾停步飲水、進食或睡眠的，是一名高大男子、一隻巨禽，還有另外三隻巨型掠食者，她從沒見過那麼龐大的體型。

一共五位。

他們對友人的求救做出回應。

他們迅速穿越樹林，跳過地面石塊。一黑一白的兩隻狼、身材魁梧的男性、在他們上頭低空飛行的巨禽，以及緊跟在後、令她眼熟的那隻山貓，跑向擋在他們和要塞之間的黑影。

接近黑影時，黑狼猛然停步，彷彿察覺黑影帶來何種威脅。要塞內的尖叫加劇。如果那五位幫手能殲滅亞達蘭士兵，倖存的要塞成員就能在黑影吞噬一切之前從地道逃離。

汗水刺痛瑟蕾娜的眼睛，痛楚強烈得讓她懷疑這種劇痛是否永不停止。但她在救人性命這方面並沒有對羅紋說謊。

所以她沒多加考慮，而是把剩餘的魔法朝羅紋五友的方向拋去，一座火橋貫穿黑影，將它一分為二。

那條路直通她身後的要塞大門。

羅紋的友人倒是沒猶豫，直接衝向橋口，雙狼領頭，巨禽——她發現那是魚鷹——緊跟在後。她把法力灌入那座橋，咬牙忍痛。那五位迅速通過，沒朝她瞥一眼。她因為胸腔一緊而咳嗽，吐在草地上的鮮血反映光芒。看到這一幕，金色山貓在衝過要塞大門時放慢腳步。

「他在裡頭，」她勉強開口：「去幫他。」

大貓在原地逗留，打量她、火牆，以及對抗火焰的三名王子。「**快去**。」她喘喘。貫穿黑影的火橋崩塌。闇黑力量撞上她，撞上護盾，撞得她天旋地轉，她踉蹌後退一步。

耳中脈動極為響亮，她幾乎沒聽到山貓衝進要塞時的腳步聲。羅紋的五友到來，這是好消息，他不再需要單打獨鬥，他有戰友支援。

她再次把血吐在地上——沾染法魯格王子的腿。

幾乎動都沒動，她已經被他迅速壓在她自己的火牆上，連帶撞上火焰後方的魔法屏障，質地堅硬得彷彿以石塊砌成。進入要塞的唯一方法就是穿過結界。她揮動金帝，但動作有氣無力。對抗法魯格，對抗亞達蘭國王擁有的恐怖力量與大軍……徒勞之舉，正如她在娜希米雅墳前立的誓，正如她身為破碎王座與破碎名號的繼承人。

體內血液因法力而沸騰。那團黑影——屈服於它，總好過忍受在血管內悶燒的地獄。法魯格王子上前，她的本能正在尖叫——叫她起身奮戰到底、對抗這恐怖結局，但移動四肢，甚至只是呼吸，已成為過重負荷。

她好累。

要塞成了以吶喊、打鬥和鮮血組成的地獄，但是羅紋繼續揮劍，在蜂擁而上的敵軍面前堅守地道入口。路迦告訴羅紋，放敵軍進來的是斥候隊長巴斯。與巴斯共謀的那些半永生精靈想要那三隻怪物願意提供的權力──想在這個世界有一席之地。從滿身血汙的路迦眼中判斷，羅紋知道巴斯已死，也希望下手的不是路迦。

敵軍持續進攻，這些訓練有素的男子不懼怕半永生精靈，沒把他們擁有的少許魔法看在眼裡。敵軍披戴鐵甲，手持鐵刃，把對手一一劈砍斃命，不分男女老少。

羅紋並不疲憊，一點也不，他多次在更糟的環境下進行更長時間的戰鬥。但其他戰鬥人員早已疲憊不堪，尤其因為敵軍持續從地道湧入要塞。羅紋從倒下的敵兵身上拔回長劍，另一手的匕首已經劃開另一名敵兵的脖子，這時一陣低吼令要塞的石塊搖晃，一些半永生精靈嚇得僵住，但是羅紋差點安心得顫抖，因為兩隻狼沿階梯飛奔而下，咬住兩名亞達蘭士兵的咽喉。

巨翼拍打，一名滿臉怒火的黑眸男性隨即站在羅紋面前，手中的劍比霧守居民更歷史悠久。沃恩向來不說廢話，只是點個頭，加入戰線。

他身後的雙狼毫不留情，也懶得變回永生精靈型態，而是將對手一一擊殺，把通過他們倆的敵兵留給身後的那名男子處理。確認局面由戰友處理後，羅紋立刻衝上階梯，閃過癱瘓又滿身是血的半永生精靈。

黑影仍未到來，這表示她一定還在呼吸，一定還在堅守陣地，但是──

山貓在樓梯轉折處急忙停步，轉換型態。羅紋瞥一眼賈維爾的黃褐眼眸，問道：「她在哪？」

賈維爾伸出一臂，彷彿想阻止他。「她的狀況很糟，羅紋。我認為——」

羅紋拔腿就跑，推開認識最久的老友，跟一名高大男子擦肩而過——洛坎。連**洛坎**都回應他的呼召。現在不是向他們道謝的時候。羅紋奔往城垛大門時，那名黑髮的半永生精靈不發一語。羅紋差點因為眼前的景象而屈膝跪地。

火牆四分五裂，但仍在保護屏障。但那三隻怪物……

艾琳站在牠們面前，駝背喘氣，手中長劍垂下。牠們走上前，一道微弱藍焰在牠們面前竄出，但牠們只是揮個手，藍焰隨之熄滅。又一道火焰燃起，她的膝蓋癱軟。

火盾起伏，如她周身那團光芒那般脈動。她正在燃盡。她為什麼不撤退？

牠們又上前一步，說了些什麼，她因此抬頭。艾琳凝視面前的怪物時，羅紋知道自己來不及趕到她身邊，甚至來不及喊出警告。

她對他說謊。沒錯，她想救人性命。但她走出要塞時，根本沒打算救自己的命。

他吸口氣——準備奔跑、吶喊、召喚魔法，但一團銅牆鐵壁般的肌肉從身後撞來，把他撲倒在草地上。雖然羅紋試圖掙脫賈維爾，但對方以四世紀的訓練以及貓科動物的本能壓制他，不讓他衝過大門、進入那團毀滅無數世界的黑影。

怪物以雙手捧起艾琳的臉龐，她的長劍咚一聲落地，已經被她遺忘。

怪物把她擁入懷中，羅紋尖叫。她停止戰鬥，火焰熄滅，黑影將她徹底吞噬。

第五十三章

到處都是血。

跟以前一樣，瑟蕾娜站在兩張血染床鋪之間，惡臭鼻息撫過她的耳畔、頸項和脊椎。她能感覺三名法魯格王子在她身旁打轉，以掠食者的步伐盤旋，一口口吞下她的憂傷和痛苦，細細品嘗。

這裡無路可逃，她輪流看著兩張床時動彈不得。

娜希米雅的遺體，被破壞得面目全非。因為她太晚出現，也因為她是懦夫。

還有她的父母，咽喉被徹底割開，屍身灰白死透，死於他們原本應該可以察覺的襲擊，**她**原本應該可以察覺的襲擊。或許她**有**察覺到，也因此那晚溜進父母的臥室，但也一樣太晚出現。

兩張床，她的靈魂中的兩道裂痕。深淵從裂痕湧出，遠在她被法魯格王子擒住之前就已存在。一隻爪子刮過她的脖子，她連忙後退，蹣跚逃往父母的屍體。

黑暗包圍並熄滅她的疲憊火焰的瞬間，就開始吃下逼她走出屏障的那團魯莽怒火。這團黑暗一片寂靜——直至永恆。她能感覺法魯格慢慢圍著她行走，感覺到牠們的飢餓、渴望而且充滿冰冷而古老的惡意。她原以為自己的生命會被立刻吸乾，但牠們只是在黑暗中緊緊包圍她，如貓群般在她身旁磨蹭，直到一道微光出現，她才發現自己在兩張床之間。她無法移開視線，無法做出任何舉動，只覺得作嘔，而且驚慌感慢慢攀升。而現在……現在……

娜希米雅的身軀雖然靜靜躺在床上，但低語聲傳來，懦夫。

瑟蕾娜嘔吐。一道微弱的沙啞笑聲在她身後出現。

她後退，持續遠離娜希米雅所躺的床鋪。然後她佇立於一片紅海——紅色、白色、灰色，還有——

此刻，她如幽靈般站在父母的床上，她十年前躺的那個位置，十年前因為女僕的尖叫而從父母的屍體之間醒來。她現在能聽到那些尖叫，尖銳無盡，而且——懦夫。

瑟蕾娜跌撞在床頭板上，跟印象中的那塊板子一樣真實、光滑又冰涼。她沒有其他地方可去。這是回憶——不是真實之物。

她把兩掌撐在木板上，壓抑在體內持續攀升的尖叫。懦夫。娜希米雅的嗓音再次充斥四處。瑟蕾娜緊閉雙眼，朝牆壁開口：「我知道，我知道。」

冰冷手爪撫過她的臉頰、額頭和肩膀，她沒反抗。一隻爪子把她轉過身，俐落切斷她的長辮。被黑暗徹底吞噬、拉向下方深處時，她沒反抗。

黑暗無始無終。

這是騷擾她十年的那道深淵，她墜入其中，也欣然接受。

這裡悄然無聲，她只依稀感覺到自己墜向可能不存在的淵底，或許抵達淵底就表示她徹底死去。或許法魯格王子已經吞噬她，讓她化為空殼。或許她的靈魂永遠被困在這，這片黑暗深淵。

或許這裡就是地獄。

黑暗開始波動，在她經過時發生聲音和色彩的變化。她經歷每一幅畫面，回憶一個比一個更糟。鎧奧看到她的真實身分時出現的表情、娜希米雅的殘屍；她在跟摯友最後那場談話中說過的氣話：妳的人民血流成河時，別來找我哭訴。

一語成讖──伊爾維的數千名奴隸因勇氣而遭屠殺。

她墜過以一幅幅畫面組成的漩渦、她以自己的頹廢證明摯友所言不假的每一刻。她浪費空間，浪費空氣，她是世界上的一塊汙垢。她不配擁有繼承權。

這裡是地獄──看起來也像地獄。她看到自己血洗安多維爾的那天，瀕死哀號──被她切開的男子們──那些尖叫如鬼手般朝她抓來。這是她應得的下場。

重溫在安多維爾的第一天時，她發了瘋。

下墜的速度放緩。她被扒掉衣服，綁在兩根染血柱子之間。寒風啃咬她的裸露乳房，但這根本比不上鞭笞帶來的恐懼和痛苦──

她試圖掙脫身上的繩索。她幾乎來不及吸氣，鞭笞再次傳來，如雷霆般撕裂世界，撕裂她的皮肉。

「懦夫，」娜希米雅在她身後開口，鞭子也再次揮來。「懦夫。」她痛得盲目。「看著我。」

但她無法抬頭，無法轉身。「**看著我**。」

她癱軟於繩索和柱子之間，但勉強回頭一瞥。

娜希米雅完整而美麗，雙眼透出強烈恨意。接著，山姆在娜希米雅身後出現，姿態英俊挺拔。他的死狀跟娜希米雅非常相似，卻更慘烈，因為他是被慢慢凌虐至死。她也沒救他。看到他手中的鐵尾鞭，看到他從娜希米雅身後走出，把鞭子甩向碎石地時，瑟蕾娜發出低沉而安靜的笑聲。

他深吸一口氣，揮手甩鞭，衣服隨著這個動作而挪移時，她欣然接受痛楚。鞭尾的鐵端——老天，她的皮肉被俐落劃開，她跪倒在地。

「再一次，」瑟蕾娜告訴他，嗓門粗嘎。「**再一次**。」

山姆照做。周遭一片寂靜，只有皮革擊中潮溼皮肉的悶響。山姆和娜希米雅輪流動手，兩人身後有一堆人在排隊，等著領取應得的報復。

這麼長的隊伍。她不是奪取了他們的性命，就是沒能保護他們。

再一次。

再一次。

再一次。

她走出屏障時，並不認為自己能打倒法魯格王子。

她走出屏障的原因，跟她在安多維爾失控的原因相同。

但是法魯格王子還沒殺她。

她乞求鞭刑時，能感覺到牠們樂在其中。牠們以此為食。她的肉身對牠們毫無意義——她的痛苦才是牠們追求的獎品。牠們會讓這種折磨永遠延續下去，把她當作寵物。

沒人能救她，沒人在進入牠們的黑暗後還能保命。

牠們一一探索她的所有回憶。她餵養牠們，拿出牠們想要的一切，而且有過之而無不及。跟法魯格王子揪成一團、持續墜入黑暗的同時，她一年年的重溫往日回憶。她不在乎。

當時看著法魯格王子的眼睛，她就沒打算再見到日出。

她不知道自己跟牠們墜落了多久。

但底下有一種翻騰流水聲——是條冰河。低語聲和模糊光芒正在攀升、前來迎接。不，不是攀升——這裡是盡頭。

深淵的盡頭。大概也是她的盡頭，終於。

法魯格王子撞上她的靈魂盡頭的冰河時，她不知道牠們的嘶聲是出自憤怒還是喜悅。

第五十四章

樂隊的小號手宣布他的到來，陡峭的街道擠滿安靜不語的歐林斯人民。沿這些蜿蜒街道上坡而行，就能通往俯視全城的白色宮殿。今天是幾星期來天空第一次放晴——鵝卵石街道的積雪正在迅速融化，不過風中仍帶有最後一絲冬意，足以讓亞達蘭國王及龐大的隨行隊伍以皮草披蓋一身華服。

隊伍的金色與緋紅旗幟飄蕩於清風，護旗兵騎在隊伍前方，手中的金色旗桿跟身上的盔甲一樣閃亮。她從王座間的露臺俯視他們經過，身旁的艾迪奧不斷對隊伍的馬匹、盔甲和武器做出評論——連同騎在隊伍前段、坐在一匹巨型黑色戰馬上的亞達蘭國王。國王身旁是匹小馬，載著一位較小身影。「他的愛哭鬼兒子。」艾迪奧告訴她。

整座城堡安靜得令人難受。每個人都在四處張羅忙碌，但是態度既沉默又緊繃。早餐時，她的父親神情緊張，母親則若有所思，朝臣個個情緒急躁，而且比平常攜帶更多武器。只有伯父似乎跟平常一樣——只有歐隆朝她微笑，誇她這身藍禮服、戴金冠的模樣非常漂亮，還拉拉她剛捲好的一縷鬈髮。沒人跟她說明這些訪客是誰，但她知道這是大事，因為就連艾迪奧都穿上乾淨的衣服，戴上冠冕，**連同**一支新匕首，此刻被他拋甩在半空中。

「艾迪奧、艾琳。」王座間裡的某人嘶吼——瑪莉詠夫人，母親的摯友與侍女。「去高臺上，**快點**。」某人的如夜黑髮和黑瑪瑙眼眸從美麗的夫人身後探頭出來——伊萊德，夫人的女兒。她平常懶得搭理這位過度安靜又脆弱的女孩。瑪莉詠夫人，她的保母，總是把自己的愛女呵護得無微不至。

「老鼠蛋蛋。」艾迪奧咒罵。瑪莉詠氣得臉龐漲紅，但沒開口責備。這足以證明今天很不一樣——甚至很危險。

雖然感覺腸胃抽搐，但她還是乖乖跟瑪莉詠夫人走進室內，艾迪奧跟平常一樣緊跟在後。她在父親身旁的小小王座坐下，艾迪奧隨侍在旁，抬頭挺胸，儼然是她的守護者與戰士。

亞達蘭國王進入這座山城時，歐林斯一片寂靜。

她討厭亞達蘭國王。

他的臉上毫無笑容——不管是大步走進王座間向她的伯父和父母致意，介紹長子鐸里昂・赫威亞德王儲，還是一起進入主廳、享用她這輩子見過最豐盛的饗宴。目前為止，他只有瞥她兩眼。第一次是在初次見面時，他凝視她許久，她父親因此質問他為何對她如此感興趣，所有朝臣因此神情緊繃。但她沒避開他的陰沉瞪視。她討厭他那張殘酷的帶疤臉龐以及身上的獸皮，也討厭他無視自己的黑髮兒子，那孩子像個漂亮洋娃娃般坐在他身旁，舉止高貴優雅，白皙雙手的動作宛如雛鳥。

國王第二次看她是在這張大桌旁。她坐在離對方幾個座位外的位置，身旁的瑪莉詠夫人最靠近國王，艾迪奧則坐在另一旁。她知道瑪莉詠夫人的大腿綁有幾支匕首、以禮服遮蔽，因為她老是撞到那些武器。瑪莉詠的另一旁是其夫婿卡爾爵士，身上的鋼鐵閃閃發光。

伊萊德，連同其他孩童，已被送上樓，只有她和艾迪奧——以及鐸里昂王子——允許出席。亞達蘭國王第二次打量她時，彷彿視線能直入骨髓，艾迪奧的態度顯得趾高氣揚，而且幾乎沒控制自己的脾氣。國王隨即被捲入席間談話，跟她的父母、伯父，以及包圍皇室成員的所有男女朝臣閒聊。

她知道這些朝臣向來謹慎，尤其在保護她、她父母和伯父這方面。就算在此刻，她注意到父親最親密的友人們在跟旁人談話的同時，一直在監視所有窗戶和出入口。

會場剩下的空間擠滿來自亞達蘭的人員以及歐隆的非核心朝臣，連同來自城中、想跟亞達蘭拉攏關係之類的重要商人。但她的注意力都在對面的王子身上，他跟她以及艾迪奧都被安排在桌尾，似乎完全被他的父親及隨行朝臣忽視。

看著他拿刀切開烤雞，她心想：他的吃相真好看。沒一滴肉汁亂灑，沒一塊肉掉到桌上。她自己的餐桌禮儀十分得體，艾迪奧則是無可救藥，餐盤堆滿骨頭，碎屑撒得到處都是，有些甚至撒在她的禮服上。她為此踹他，但他的注意力完全集中在桌子另一端的皇室成員。

看來她也跟對面的王儲一樣被忽視。她又看著這位男孩，猜他的年齡應該跟自己差不多。他的肌膚白裡透紅，藍黑頭髮修剪整齊。他的藍寶石眼眸從餐盤往上移，回應她的目光。

「你的吃相像淑女。」她告訴他。

他抿起嘴唇，白如象牙的臉頰染上紅暈。聽到這話，坐在對面的奎恩，聽命於伯父的侍衛隊長，被嘴裡的水嗆到。

王子瞥向他父親——對方正忙著跟她的伯父談話——不是為了尋求同意，而是出於恐懼。

「我的吃相像王子。」鐸里昂輕聲答覆。

「麵包不需要拿刀叉切開。」她說。這時一種微弱敲擊在她的腦袋裡出現，緊接著是一絲暖意，但她沒理會。會場十分溫熱，因為所有窗戶都出於某種原因被關上。

「在北方這裡，」她說下去，王子的刀叉依然停在小麵包上。「你不需要這麼正式，我們不擺架子。」

幾張座位外，奎恩的手下亨恩意有所指的乾咳幾聲，她幾乎能聽到對方的訊息：說我們不擺架子的這位小姑娘不但把頭髮小心翼翼的弄成鬈髮，還威脅如果我們弄髒她這件新衣服就要剝光我們的皮。

她朝亨恩回以意有所指的一眼，再把注意力移回外國王子。他已經把視線移回食物上，彷彿早已準備被忽略整晚，而且他看起來好寂寞，所以她開口：「如果你願意，你可以當我的朋友。」周遭沒任何人說話或咳嗽。

鐸里昂抬起下巴。「我有朋友。他以後會成為安尼爾領主，以及全地最強的戰士。」

她猜艾迪奧大概不會喜歡這種宣言，但表哥依然把注意力集中在桌子另一端。她真希望自己沒開口，就連這麼廢的外國王子都有朋友。腦中疼痛持續加重，她喝下一口水。水——水總是能冷卻她的五臟六腑。

但在伸手拿杯子時，熾熱劇痛貫穿她的腦袋，她因此臉龐扭曲。「公主？」向來先知先覺的奎恩開口。

她眨眨眼，視線浮現黑斑，但是痛楚消失。

不，沒消失，只是暫停。然後——

就在眉心，那種疼痛壓迫她的腦袋，試圖入侵。她揉揉額頭，感覺咽喉封起，她伸手拿水，想著涼意，想著平靜冰冷，正如她的家教和朝臣所吩咐，但她體內的魔法正在翻攪——燃燒。腦中每道痛楚悸動都讓情況更惡化。

「公主。」奎恩再次呼喚。她站起身，兩腿搖晃，視線中的黑斑隨著每次痛楚襲來而擴大，她搖搖欲墜。她聽到瑪莉詠夫人呼喚她、朝她伸手，對方的聲音模糊，彷彿自己身陷水中，但她想要的是母親的冰涼觸感。

母親在座位上轉身，一臉疲憊，黃金耳環反映光芒。她伸出一臂，要女兒過去。「怎麼了，火心？」

「我覺得不舒服。」她幾乎吐不出這幾個字。她抓住母親以天鵝絨衣袖覆蓋的手臂，這麼做是為了尋求安慰，也為了避免自己的膝蓋徹底癱軟。

「哪裡不舒服？」母親問，同時把手貼上她的額頭。母親露出一絲擔心的神情，然後回頭瞥向父親，他坐在亞達蘭國王身旁、朝這裡看來。「她在發燙。」她輕聲道。瑪莉詠夫人突然來到她身後，母親抬頭道：「派醫者去她的房間。」瑪莉詠立刻離開，匆忙走向側門。

她不需要醫者。她抓住母親的胳臂，試圖說明這點，但她說不出話，因為法力攀升燃燒。母親痛得嘶吼後退——被母親抓住的禮服部位開始冒煙。「艾琳。」

她的腦袋悸動一下——強烈痛楚，然後……

她的腦中有某種東西扭轉。

某種黑暗蛆蟲，正在強行侵入。她的法力翻騰扭動，試圖逼出而且焚燒那團黑暗，試圖拯救自己和主人，但是——「**艾琳**。」

「把它弄出來。」她沙啞道，壓住太陽穴，退離桌邊。其中兩名外國貴族揪住鐸里昂，把他帶出會場。

蛆蟲持續鑽入的同時，她的法力如野馬般狂跳。「**把它弄出來**。」

「艾琳。」父親站起，一手置於佩劍。現場有半數人員也起身，但她伸出一手——警告他們別過來。

青焰噴發。其中兩人撲倒在地，及時閃過火焰。看到空椅燃燒，其他人也立刻站起。

蛆蟲即將侵入她的心靈，永不離開。

她抓住腦袋，法力尖叫，響亮得能震碎世界。然後她開始燃燒，化為青綠火柱，黑暗蛆蟲在她啜泣的同時持續入侵，她的心靈護牆開始瓦解。

她能聽到父親的咆哮壓過她自己的聲音和現場的吶喊聲——父親對母親做出指示，母親跪在地上，以懇求的姿態朝她伸手。「**快啊，艾芙莉！**」

火柱愈加灼熱，熱得讓周遭人群開始逃離此地。

母親凝視她的眼睛，眼中滿是懇求和痛楚。

接著——水牆朝她砸下，把她撞倒在石地上，水滲入她的眼睛，灌入她的咽喉，使她窒息。

使她溺水。直到她的火焰沒有空氣可用，只剩水的冰冷擁抱。

亞達蘭國王第三次看她——綻放微笑。

法魯格王子很享受這道回憶、這些恐懼與痛苦。牠們為了細細品嘗這道回憶而停頓時，瑟蕾娜恍然大悟。那晚，亞達蘭國王以自身魔力施加於她。她的父母根本不曉得那隻黑暗蛆蟲其實來自於坐在他們身旁的那名男子，而那隻蛆蟲在她失去意識的瞬間就立即消失。

此刻，第四位法魯格王子在場——棲息於奈洛克體內的惡魔開口道：「士兵即將拿下地道。隨時做好出擊準備。」她能感覺牠正在俯身觀察她。「你們找到了咱們的主君會感興趣的戰利品。別浪費她，只可啜飲淺嘗。」

她試圖召喚驚悚——試圖讓自己因為不知道會被牠們帶往何方又如何對待而出現任何情緒，卻無法出現任何感受。另外三位王子低聲表示遵命，這道回憶繼續墜落。

母親以為這次的襲擊是來自玫芙。玫芙施以如此惡毒的手段，是為了讓她記得自己欠下的債務，也為了讓他們一家顯得脆弱不堪。在之後的幾小時內，她躺在臥室旁的冰冷浴缸裡，透過永生精靈之耳偷聽父母在套房裡跟朝臣討論此事。

一定是玫芙。沒其他人有如此能耐，沒其他人知道鬧出這種事——在痛恨魔法的亞達蘭國王面前——會造成嚴重後果。

她不想說話，就算她恢復行走、說話而且表現得像個公主的能力。母親堅稱恢復日常活動能帶來一些幫助，因此要她在第二天下午跟鐸里昂王子共享下午茶。茶會過程被旁人嚴密監視，艾迪奧坐在她和鐸里昂中間。鐸里昂的無瑕舉止出現破綻——他打翻茶壺，把茶水灑上她的新衣，她刻意叫艾迪奧做出要把他揍扁的威脅。

但她根本不在乎王子、茶水或新衣，她幾乎無力走回臥室。當晚，她夢見蛆蟲侵入心靈，因此尖叫醒來，嘴裡噴火。

黎明時分，父母帶她離開城堡，前往兩天路程外的莊園別墅。醫者的看法是，宮中的外國賓客可能給她帶來太多壓力。她提議讓瑪莉詠夫人帶她去，但父母堅持同行，伯父也贊同這項行程。而且亞達蘭國王顯然也不願意繼續待在被她的魔法沾染的那座城堡。

艾迪奧留在歐林斯。父母向她保證，等她恢復正常，他們就會派人去接他。但她知道他們是為了保護他而讓他保持距離。瑪莉詠夫人與他們同行，留丈夫和伊萊德在宮中——這麼做也是為了他們的安全著想。

她是怪物，必須被監控的怪物。

待在別墅的前兩個晚上，父母一直在吵架。瑪莉詠夫人陪伴她，念書給她聽，幫她梳頭，還把家鄉波朗斯的故事說給她聽。瑪莉詠從小就在宮中負責洗熨衣物，但是艾芙莉來到宮中後跟瑪莉詠成為好友——主要是因為這位新嫁公主不小心把墨水灑在新婚丈夫最喜歡的襯衫上，想在他發現之前趕快弄乾淨。

不久後，艾芙莉指派瑪莉詠擔任自己專屬的侍女。之後，拉肯領主因輪調而從南方邊境返回宮中，不知道為什麼，英俊的卡爾·拉肯成了宮中最骯髒的傢伙，老是需要瑪莉詠指點如何清除各種汙漬。某日，卡爾向這位非婚生的侍女求婚——而且不只成為妻子，而是波朗斯夫人，特拉森境內的第二大領土。兩年後，瑪莉詠給丈夫生下伊萊德，波朗斯繼承人。

她非常喜歡瑪莉詠的故事。在接下來安靜又緊繃的幾天，冬季依然緊抱全世界；別墅在冬風中呻吟時，她把這些故事緊抓於心。

那晚，房子在寒風中吱嘎作響，母親走進她的臥室——遠不如宮中臥室奢華，但一樣美麗。他們平時只有在夏季才會來這裡，因為這棟房子在冬季太過寒冷，而且前來這裡的旅途也危險重重。他們之所以來到這裡……

「還沒睡？」母親問。床邊的瑪莉詠夫人起身。幾句溫暖寒暄後，瑪莉詠離開房間，朝母女倆微笑。

母親跟她倚偎在床墊上，把她抱緊。「我很抱歉。」母親朝她的腦袋低語，因為她的惡夢也包括溺水——冰水淹過她的頭。「我真的很抱歉，火心。」

她把臉埋於母親的胸口，享受此處的暖意。

「妳還是不敢睡覺？」

她點頭，把母親抱得更緊。

「那麼，我有個禮物。」看她沒動，母親說：「妳不想看看？」

她搖頭，她不想要禮物。

「但是這東西能讓妳不受到傷害——能永遠保護妳。」

她抬頭，看到母親微笑著從睡袍懷中拿出一塊串以金鎖的沉重圓形動章。

她看著護符，然後看向母親，雙眼瞪大。

歐林斯護符，這是他們家族最重要的傳家寶。這塊圓盤跟她的手掌一樣大，天藍色的正面是一隻由犄角刻成的白色雄鹿——來自森林君主的贈禮。雄鹿的弧形鹿角之間是一頂燃燒的金色冠冕，那是守護他們、指向返回特拉森家園之路的永恆之星。她熟悉這塊護符的每一吋表面，她撫摸過不知道多少次，她記得刻在背面的所有符號的形狀——那是無人能懂的怪異語言。

「妳還在溫德林的時候，妳父親把這東西給妳，為了保護妳。」

母親依然微笑。「而在那之前，他的伯父在他成年時把這東西給他。這個禮物是要給我們家族裡的人——給需要它指引方向的人。」

母親把鎖鍊套過她的頭，把護符擺在她的身前，她震驚得無法抗議。護符幾乎垂於她的肚臍，溫暖而沉重的負荷。「永遠別拿下來，永遠別弄丟。」母親吻她的額頭。「戴著它，知道妳被關愛，火心——妳很安全，而這裡的力量——」母親把一手貼於她的心口，「才是最重要的。無論妳身在何方，艾琳，」母親低語，「無論多麼遙遠，這東西都會帶妳回家。」

她弄丟了歐林斯護符，就在當晚。

她無法承受這項打擊。她試圖哀求法魯格王子讓她解脫、把她吸乾成空殼，但她在這裡無法發出聲音。

母親把歐林斯護符交給她的幾小時後，一場風暴來襲。

這場風暴黑暗得反常，她能在風暴中感覺到那不斷扭動的恐怖**之物**又在推擠她的心靈。父母跟別墅裡的其他人一樣昏睡不醒，就算空中瀰漫一股怪味。

她在一片漆黑和雷聲中醒來時，把護符緊抓於胸前——緊抓不放，朝她知道的每一位天神祈禱，但是護符沒賜予她力量或勇氣。她悄悄走進父母的房間，這裡跟她的房間一樣黑，除了窗戶在強勁風雨中搖晃。

雨水浸溼一切，但是——他們一定因為處理她的事、因為試圖隱瞞焦慮情緒而過度疲憊。所以她幫他們關上窗戶，再小心翼翼爬上他們的溼床，避免弄醒他們。他們沒抱她，沒問怎麼回事，而且床鋪極為冰冷——比她的床鋪還冷，而且散發銅鐵味，她不喜歡那種氣味。

女僕尖叫時，她在那股氣味中醒來。

瑪莉詠夫人衝進臥室，兩眼瞪大，但是腦袋清晰。她沒看向兩位喪命的友人，而是直接來到床邊，身子越過艾芙莉的遺體。這位侍女雖然骨架嬌小，卻能把她從她父母之間扛起，緊緊抱住，快步離開房間。別墅裡只有幾名僕人，他們驚慌失措，有些急忙前往一天路程外的地點求救——有些逃離此地。

瑪莉詠夫人留下。

瑪莉詠不但留在這裡，還放好熱水，幫她脫下一身冰涼又染血的睡袍。她們倆沒說話，也沒如此嘗試。瑪莉詠夫人幫她洗好澡，幫她洗淨再擦乾身子，再把她抱去寒冷的廚房，把她放在長桌邊的椅子上，用毛毯裹住她的身子，然後在壁爐生火。

她今天都沒說話，至少沒發出任何聲音或文字。

僅存的一名男僕衝進來，朝空蕩的房屋喊道歐隆國王也已喪命，在自己的床上慘遭謀殺，正如——

瑪莉詠夫人走出廚房，齜牙警告，拒絕讓那名男僕進入廚房。她沒聽到脾氣溫和的瑪莉詠賞他一巴掌、命令他出去求助——尋求**真正的**幫助，而不是毫無幫助的新聞。

謀殺。她的家人——死亡。死者不能復生，而她的父母……僕人們如何處理她的……她的……她劇烈顫抖，毛毯因此落地。她無法讓上下兩排牙齒停止互撞。她還坐在椅子上，這已經是奇蹟。

這不可能是真的。她在作夢，又一場惡夢，父親會摸她的頭髮讓她醒來，她會看到母親的微笑，她會在歐林斯醒來，然後——

溫暖而沉重的毛毯再次包裹她，瑪莉詠夫人把她抱到膝上，搖晃身子。「我知道。我不會離開——我會一直陪著妳，直到救援到來。他們明天就到，拉肯領主、奎恩隊長、妳的艾迪奧——他們明天都會到，甚至可能天亮就到。」但是瑪莉詠夫人也在顫抖。「我知道，」她不斷重複這幾個字，輕聲啜泣。「我知道。」

爐火漸漸平息，連同瑪莉詠的哭聲。她們倆彼此依偎，待在那張廚房椅子上。她們倆等候黎明，等候其他可能伸出援手的人。

一陣馬蹄聲從外頭傳來——微弱，但因為周遭世界一片死寂，她們倆能聽到那匹馬的聲響。天色依然黑暗，瑪莉詠夫人掃視廚房窗戶，聽到那匹馬在屋外緩緩盤旋，直到——

她們倆立刻躲到桌底，瑪莉詠把她壓在冰涼的地板上，用嬌小身軀遮蔽她的身子。那匹馬來到房屋的漆黑正門。

正門，因為——因為廚房的火光可能讓這人暴露蹤跡，正門更適合讓這人潛入……完成從昨晚開始的差事。

「艾琳，」瑪莉詠低語，以強壯的小手捧起她的臉，逼她看著自己的雪白臉龐和血紅嘴唇。「艾琳，聽好。」瑪莉詠雖然呼吸急促，但嗓音平穩。「妳得逃去河邊。妳還記得怎麼去那座步橋嗎？」

橫越深谷及下方的弗若茵河急流，以繩索和木板組成的窄橋。她點頭。

「好孩子。我要妳去那裡，而且過橋。妳還記得路上那片無人農場嗎？在裡頭找個地方躲起來——而且別出來，別被**任何人**發現，除非是妳認識的人，就算對方聲稱自己是朋友。等朝臣去找妳——他們會找到妳。」

她又開始顫抖，但是瑪莉詠揪住她的肩膀。「我會盡量幫妳爭取時間，艾琳。不管妳聽見什麼、看見什麼，別回頭，別停下來，直到妳找到地方躲起來。」

她搖頭，無聲眼淚終於奪眶而出。正門吱嘎作響——接著某人的身影在門口一閃。

瑪莉詠夫人拔出靴中匕首，刀身在低光下微微閃爍。「我說跑的時候，妳就趕快跑，艾琳。明白嗎？」

她不想跑，一點也不想，但還是點頭。

瑪莉詠夫人輕吻她的額頭。「跟我的伊萊德說……」她的聲音哽咽，「跟我的伊萊德說我非常愛她。」

低沉腳步聲從正門逼近。瑪莉詠夫人把她從桌底拖出，輕輕打開廚房門，縫隙只足以讓她鑽出。

「**快跑**。」瑪莉詠夫人吩咐，把她推入黑夜。

門在她身後關上，周遭只有寒冷黑夜，以及通往步橋小徑的樹林。她蹣跚奔跑，兩腿沉重，赤腳被地面劃傷，但她來到林中——這時屋內傳來撞擊聲。

她揪住一旁的樹身，膝蓋癱軟。透過敞開的窗戶，她能看到瑪莉詠夫人雙手各持一把匕首卻不住顫抖，站在一名戴兜帽的高大男子面前。「你找不到她的。」

男子說了些什麼，瑪莉詠因此退到門邊——不是為了逃跑，而是為了擋路。

這位保母是如此嬌小，尤其在那名男子面前。「她還是**孩子**。」瑪莉詠咆哮。她從沒聽過瑪莉詠那般尖叫——充滿怒火、鄙視和絕望。瑪莉詠舉起兩把匕首，正如其夫婿多次示範那般。

她應該去幫瑪莉詠，而不是躲在林中。她學過如何拿刀和短劍，她應該去幫忙。

男子衝向瑪莉詠，但她閃開——隨即撲上前，刀割，手撕，牙咬。

然後某個東西斷裂——裂得徹底，她知道那種聲響造成的傷害將無法復原，不管是對她還是對瑪莉詠夫人。男子抓住瑪莉詠，把她砸向桌邊，一聲骨裂，他的劍隨即揮向癱瘓的瑪莉詠——瞄準首級。鮮血狂湧。

她對死亡並非一無所知，她知道一旦腦袋被那樣砍下就徹底結束，她知道深愛丈夫及女兒的瑪莉詠夫人已經喪命。她知道這就是——這叫作犧牲。

她奔跑，踩過貧瘠樹林，樹叢朝她的衣物和頭髮撕裂啃咬。男子懶得隱藏行蹤，而是用力推開廚房門，縱身上馬，朝她急速追去。馬蹄聲沉穩有力，似乎在森林中迴響——那匹馬一定是怪物。

她被一條樹根絆倒，重重摔在地上。在一段距離外，半融河川翻騰咆哮，如此接近，但是——她的腳踝傳來劇痛，她被卡在泥濘和樹根之中。她拉扯擒住她的樹根，木身撕裂她的指甲。發現如此掙扎毫無幫助，她抓向泥地，指頭灼熱。

長劍出鞘的哀鳴傳來，地面隨著那匹馬的雷霆鐵蹄而震動。馬蹄聲持續逼近。

犧牲——瑪莉詠的自我犧牲即將成為徒勞之舉。

更令她痛恨的不是死亡——而是瑪莉詠夫人白白犧牲。她抓向地面，拉扯樹根，然後——

一隻隻小眼睛在黑夜中浮現，一隻隻小手抓住樹根，把樹根不斷往上拉。腳終於脫困，她再次起身，無法向已經消失的小精靈道謝，她什麼都不能做，只能**逃跑**，儘管步伐一瘸一拐。男子很近，馬蹄穿越蕨叢的喀喀作響就在後方不遠處，但她知道路，她來過這裡許多次，黑夜不會造成障礙。

只要抵達橋口就行。他的馬無法過橋，她的腳程比他徒步快，而且小精靈或許會再幫她。只要抵達橋口就行。

林中有塊缺口——急流奔騰聲愈加響亮，她離那裡好近。她感覺到而且聽見——而非看見——那匹馬穿過她身後的樹林，他舉劍時發出颼聲，準備當場砍掉她的腦袋。

她看到那兩根柱子，在無月黑夜下顯得輪廓模糊。那座橋。她成功了，現在只剩幾碼，幾呎，然後——

那匹馬的灼熱鼻息拂過她的頸子。她撲向橋口的兩根柱子之間，撲向橋面木板。撲進半空中。

她沒弄錯位置——她清楚看到那兩根柱子——

他早已砍斷這座小橋。

這是她的唯一思緒。她往下墜，快得讓她還來不及尖叫就已墜入冰水，被往下拉。

那一刻。

那一刻，瑪莉詠夫人選擇為王國保留最後一絲希望，而不是選擇自保，不是選擇跟丈夫和女兒團圓，他們將永遠等不到團圓的一天。

那一刻粉碎了艾琳．加勒席尼斯的身分與未來。

瑟蕾娜躺在地上——世界的底部，地獄的底部。

那就是她無法面對——也未曾面對的一刻。

因為就算在當時，她明白那種犧牲的意義是多麼重大。

她掉進河裡之後雖然還有其他回憶，但那些回憶很模糊，混雜冰塊、黑水和詭異光芒，然後她就一無所知，直到艾洛賓蹲在蘆葦河畔，俯身看她，那是在某個很遙遠的地方。她在某個寒冷要塞中的陌生床鋪醒來，歐林斯護符遺失於河中。不管那東西擁有什麼魔法，提供哪種保護，都在那晚消耗殆盡。

再來是她的恐懼、內疚和絕望被轉化成新東西的過程。之後是恨意——恨意改造了她，怒火提供燃料，她把那段回憶壓抑於心中的某座墳墓，永不釋放。

她接受了瑪莉詠夫人的犧牲，成了怪物，幾乎跟殺害她全家以及瑪莉詠夫人的那名男子一樣邪惡。

這就是她為何不能回家，也未曾回家。

她未曾查詢那場屠殺一開始的幾星期或之後幾年的死亡人數，但她知道拉肯領主被處決，奎恩和那些手下，還有太多兒童……如此明亮的光芒，應該由她保護，但她辜負他們。

瑟蕾娜緊抓地面。

這就是她無法告訴鎧奧、鐸里昂或伊琳娜的真相：娜希米雅安排自己的死亡，就為了激她做出行動，但那種犧牲……無意義的犧牲……

她無法放開地面。地底下空無一物，這裡無處可去，她無法逃避這個真相。

她不知道自己在這所謂的底部躺了多久，但是法魯格王子又開始做出行動，牠們化為幾抹意念和惡意的陰影，在一道道回憶之間漫步，彷彿品嘗盛宴的一盤盤佳餚。牠們小口啃咬，小口啜飲。牠們甚至懶得看她一眼，因為牠們已經獲勝。她也為此感到慶幸。讓牠們想怎樣就怎樣，讓奈洛克把她扛回亞達蘭、丟在國王的腳邊。

鞋子刮地，吱嘎作響，然後一隻光滑小手伸向她的手。但躺在她面前、以那雙憂傷青綠眼眸看她的，不是鎧奧、山姆或娜希米雅。

對方的臉頰貼於苔蘚，那是她曾經身為的小公主——艾琳．加勒席尼斯——朝她伸手。

「起來。」對方輕聲道。

瑟蕾娜搖頭。

艾琳拚命朝她伸手，越過位於世界底部的這條裂痕。「起來。」這是承諾——承諾更好的人生、更好的世界即將到來。

法魯格王子停頓。

她浪費了自己的生命，浪費了瑪莉詠的犧牲。那些奴隸被屠殺，是因為她失敗——因為她沒及時前往。

「起來。」小公主身後的某人開口。山姆。山姆，就站在她的視線範圍外，綻放淡淡微笑。

「起來。」另一人說——是個女子。娜希米雅。

「起來。」兩人異口同聲——她的父母，表情嚴肅但眼神明亮。她的伯父站在父母身旁，銀髮頂著特拉森王冠。「起來。」他溫柔的告訴她。

他們一一浮現，宛如從迷霧走出的身影，她以野火之心深愛過的每個人。

然後是瑪莉詠夫人，在她的丈夫身旁微笑。「起來。」她低語，口氣充滿為了世界、為了她再也無法見到的女兒而保存的希望。

一陣震動從黑暗中傳來。

艾琳依然躺在她面前，手依然伸來。法魯格王子返回此處。

那幾名惡魔王子移動時，母親走向她，臉龐、髮色與身形跟她如此相似。「妳真令我失望。」她嘶吼。

父親把粗壯的雙臂交叉於胸。「妳是讓我痛恨這個世界的所有原因。」

伯父，依然戴著被燒成灰燼之前所戴的鹿角王冠：「妳當時應該跟我們一起死，總好過給我們帶來侮辱、讓我們在世人心中蒙羞，總好過背叛我們的人民。」

他們的聲音混成一團。「叛徒。殺人犯。騙徒。盜賊。懦夫。」不斷重複，就像亞達蘭國王的魔力如蛆蟲那般鑽進她的心靈。

國王當時那麼做，不只是為了製造混亂而且傷害她，也是為了讓她的家族成員分開，讓他們一家離開城堡——讓這筆帳不會被算到亞達蘭頭上，讓事件看起來像是來自外界的襲擊。

她曾經責怪自己，家人是因為她才會前往莊園別墅而遭到殺害。但是國王安排了一切，計畫了所有細節，除了讓她活命的這個錯誤——或許護符的力量確實救了她。

「跟我們走，」她的家人低語。「跟我們進入永恆黑暗。」

他們朝她伸手，臉龐陰暗扭曲。但是——雖然這些臉龐因為恨意而如此扭曲……她還是愛他們——就算他們恨她，就算她因此心痛。她愛他們，直到他們的嘶吼淡去，直到他們如煙霧般消失，只留下艾琳依然躺在她身旁。

她看著艾琳的臉——她曾經擁有的容貌——看著她依然伸來的手，如此嬌小而且沒帶疤痕。法魯格王子的黑影閃動。

她的下方是堅實地面，苔蘚和草葉。不是地獄——而是地面。她的王國所在的大地，青綠而多山，跟王國之中的人民一樣屹立不搖。**她的**人民。

她的人民，長達十年的等候到此為止。

她能看到覆以雪冠的鹿角山脈，山腳下那片原始而茂密的歐克沃森林，還有……歐林斯，光明與學識之城，一度是全世界所仰望的力量來源——也是她的家園。

歐林斯將獲得重生。

她不會讓那道光芒熄滅。

她會讓世界充滿那種光芒，以及她的光芒——她的天賦。她會照亮黑暗，明亮得讓所有迷失、受傷或崩潰之人都能前往光明之處，成為讓依然棲息於深淵之人能找到方向的烽火臺。消滅怪物的不是怪物——而是光明，驅逐黑暗的光明。

她毫無所懼。

她會重建世界——為了他們，為了她以這顆榮耀與燃燒之心愛過的人。明亮又繁榮的新世界將讓她在來世與他們重逢時不帶一絲羞愧。她會為她的人民重建世界，他們煎熬這麼久，她不會拋棄他們。她會給他們打造一個前所未有的王國，直到嚥下最後一口氣。

她是他們的女王，她不會辜負他們。

艾琳・加勒席尼斯朝她微笑，手依然伸來。「起來。」公主說。

瑟蕾娜的手伸過彼此之間的大地，手指擦過艾琳的手指。

她站起身。

第五十五章

屏障瓦解。

但是黑影沒越過結界石。被賈維爾和洛坎壓制於要塞外頭草地的羅紋明白其中原因。

那三隻怪物和奈洛克已經抓到遠比半永生精靈珍貴的戰利品，牠們會好好享受以她為食的樂趣。其他任務都是次要——彷彿牠們沉醉於吸食的快感，忘了繼續進攻。

在牠們身後，已經持續二十分鐘的戰鬥仍在繼續。風息與寒冰對黑影毫無效果，雖然羅紋在屏障崩潰的瞬間就立刻施展兩者。他持續施法，只希望能打穿那團永恆黑影、查看公主是何狀況，就算他開始聽見一道輕柔又溫暖的女子嗓音從黑影中向他呼喚——他花了幾世紀試圖遺忘的嗓音，此刻把他撕成碎片。

「羅紋，」賈維爾輕聲道，更用力抓住羅紋的胳臂，這時雨水開始落下。「要塞的人需要我們。」

「不。」他低吼。他知道艾琳還活著，因為他們這幾星期來嗅入彼此的氣息，兩者之間已經產生羈絆。她還活著，但不知道承受何種程度的折磨或損傷。這就是為什麼賈維爾和洛坎拉住他，否則他會衝進黑影、莉芮雅的呼喚所在之處。

但他為了救艾琳而試圖掙脫夥伴。

「羅紋，其他人——」

「**不**。」

洛坎的咒罵壓過傾盆大雨。「她已經**死了**，你這蠢蛋，她不是已死就是快死，你還來得及救其他人的命。」

他們開始把他拉起身，遠離她所在的位置。「如果你不放開我，我就要扯下你的腦袋。」他朝洛坎咆哮，儘管洛坎這位指揮官在他一無所有時讓他加入戰士團。

賈維爾瞟向洛坎，彼此無聲交談。羅紋繃緊身子，準備甩開這兩名夥伴，他們寧可把他打昏也不會讓他進入那團黑影。莉芮雅的呼喚轉為求饒尖叫。這不是真的，這只是幻覺。

但是艾琳**確實**存在，而且在他受困於此的每一秒都被抽走生命力。要讓這兩位夥伴昏厥，他必須讓賈維爾放下魔法護盾——賈維爾壓制他的瞬間就以護盾對抗羅紋的魔法。他必須進入那團黑影，必須去找她。「**放開我**。」他再次咬牙咆哮。

大地搖晃，他們三人僵住，某種強大力量從地底攀升——彷彿來自深淵的巨獸。

他們轉身面向黑影。羅紋確信自己看到一道金光從黑影竄出閃過。

「不可能，」賈維爾低語：「她明明已經燃盡。」

羅紋不敢眨眼。她之前的燃盡都是自作自受，她的恐懼連同「希望自己是凡人」的這一絲欲望在體內形成某種屏障，讓她無法面對自己法力的真正深度。

那幫怪物以絕望、痛苦和驚恐為食。但如果——如果那名受害者放下那些恐懼？如果那名受害者從中走過——而且接受那些恐懼？

彷彿做為回應，一團火舌從黑影之中噴發。

烈焰伸展，充斥雨夜，如紅色蛋白石般耀眼。洛坎咒罵，賈維爾撐起額外的魔法護盾，羅紋沒多此一舉。

他輕鬆掙脫夥伴的手，猛然站起，那兩人沒反抗。火焰沒燒傷他任何一根毛髮，而是從他上方和旁邊流過，壯觀、永生而且堅不可摧。

就在那裡，在巨石後方，艾琳站在其中兩隻怪物之間，額上一道怪異符號綻放光芒。她的頭髮飄於周身，比之前短，而且跟自身火焰一樣明亮。而且她的雙眸——雖然眼眶泛紅，但眼中金澤正在熊熊燃燒。

兩隻怪物衝向她，周身黑影做出掃擊。

羅紋剛跑出一步，她已揮出雙臂，抓住兩隻怪物的無瑕臉龐，以雙掌覆蓋牠們張開的嘴，同時迅速吐氣。

彷彿體內核心被她吐入火息，牠們的眼耳四孔與指尖噴火。兩隻怪物還來不及尖叫，已經被她燒成炭渣。

她放下雙臂，一身魔法劇烈燃燒，雨水碰到她之前就已化為蒸汽，她是因鍛造而散發光芒的兵器。

他忘了賈維爾和洛坎的存在，朝她奔去——那團亮金、赤紅與青藍火焰確實屬於她，屬於這位火焰繼承人。終於注意到他時，她淺淺一笑。女王的微笑。

但那道微笑帶有疲憊，她的耀眼魔法開始閃爍。在她身後，奈洛克和剩下那隻怪物——她和羅紋在林中面對的那隻——把黑影召回體內，彷彿為後續進擊做準備。她轉身面向敵方，身子微晃，膚色蒼白。牠們在她身上覓食一段時間，她在粉碎其中兩隻後已經虛脫，最終燃盡狀態正在持續逼近。

敵方的黑牆膨脹，準備以最後一記重擊將她滅絕，但她毫無畏懼，整個人化為黑暗中的金光。看到這裡，羅紋已經知道該怎麼做。風息與寒冰在這裡派不上用場，但還有另一個辦法。

羅紋抽出匕首，從石門之中疾奔而過時劃開掌心。

黑影持續擴張，她知道對方的攻擊將帶來痛楚，知道那團黑牆砸下時很可能讓她和羅紋喪命，但她拒絕逃跑。

羅紋來到她身旁，氣喘吁吁，渾身血汗。他伸出流血的手掌，在她法力徹底耗盡前提供自身法力，她也沒以叫他逃命的這種方式來羞辱他。她知道這麼做行得通，也早就懷疑他們倆是**靈友**。

他是為她而來。她回視他，也拔出匕首劃開掌心，劃過她在娜希米雅墳前給自己留下的疤痕。彷彿知道他能看懂自己臉上的情緒，她開口：「一起面對任何結局？」

他點頭。她牽住他的手，血對血，靈對靈，他以另一臂緊緊抓住她。兩人十指緊扣，他在她的耳畔低語：「我也要妳，艾琳．加勒席尼斯。」

宛如銅牆鐵壁的黑浪砸下，翻騰咆哮，準備吞噬他們倆。

但這不是結局——不是她的結局。她熬過喪失親友之痛，熬過痛楚和折磨，熬過奴役、憎恨和絕望，她也能熬過這場危機。她的故事並不黑暗，所以她不害怕那團黑浪，尤其因為身旁有這位戰士扶持。擁有一位真正的朋友，這給她帶來勇氣。跟這位朋友在一起，人生不再那麼糟。

羅紋的法力灌入她體內，古老、陌生又浩瀚得讓她的膝蓋癱軟。他堅定的扶住她，打開心中最深處的層層屏障，讓法力湧入她體內，讓她控制他的狂野力量。

黑浪落到一半，已被金光粉碎。奈洛克和剩下那名王子目瞪口呆。

她沒給牠們召回黑影的機會。她從羅紋體內那口無盡之井抽取法力，召喚火焰與光明，餘燼與暖意，萬千黎明與夕陽之光。既然法魯格渴望艾瑞利亞的陽光，她會如牠們所願。

奈洛克和王子發出尖嘯。法魯格不想被逐回老家，不想被終結，牠們為了回到她的世界而等候多時。但她把光明塞入牠們的咽喉，焚燒牠們的黑血。

她緊抱羅紋，咬牙忍受牠們發出的刺耳聲響。一陣寂靜突然到來，她看向奈洛克，對方靜止而立，正在凝視，正在等候。一記黑槍穿入她的腦袋──在一秒內讓她看到幻覺，不是往日回憶，而是一窺未來。那幅景象的畫面、聲音和氣味如此真實，只有她抱住的羅紋讓她知道自己究竟身在何方。那幅景象消失，光明仍在擴張，包圍在場所有人。

光明強烈得讓人難以忍受時，她命令它進入跪在地上的兩名法魯格，灌入牠們體內的所有黑暗角落。她相當確定自己看到奈洛克眼中的黑暗消失，他的眼眸變回凡人的棕色，而且閃過一絲謝意。幾秒後，她把奈洛克及其體內惡魔燒成灰燼。

剩下那名法魯格王子只在地上爬行兩步就領受同樣下場，那張完美臉龐被焚化時發出無聲尖叫。光明與火焰消退後，奈洛克和三名法魯格只在溼草地留下四只命運之石項圈。

第五十六章

那場針對奴隸的卑劣大屠殺發生幾天後，索莎正要寫完寄給朋友的信，這時某人敲工作室的門。她嚇一跳，一條筆墨因此劃過信紙。

鐸里昂探頭進來，露齒而笑，但在看到那封信時收起笑容。「希望我沒打擾妳。」他溜進房間，回頭把門關上。他轉身面向她時，她把寫壞的信紙揉成一團，丟進垃圾桶。

「一點也不。」她回答。他把嘴脣湊進她的頸窩，一手摟住她的腰，害她舒服得彎起腳趾。「小心有人進來。」她抗議，掙脫他的擒抱。他放開她，但以眼神讓她知道等今晚獨處時，他恐怕不會如此輕易被這種理由說服。她綻放微笑。

「再笑一次。」他低語。

索莎照做，還發出笑聲。看他目瞪口呆，她問：「怎麼了？」

「我從沒見過這麼美的笑容。」

她羞得撇開頭，故意找些事情忙碌。跟這陣子一樣，他們倆無聲工作，因為鐸里昂已經很熟悉這間工作室，他喜歡幫她製作其他患者需要的藥水。

某人的咳嗽聲從門口傳來，他們倆立刻繃緊身子，索莎的心臟飛上咽喉。她這才發現門被打開——侍衛隊長站在門邊。

隊長直接走進，她身旁的鐸里昂一愣。

「隊長，」她開口：「你需要我的協助嗎？」

鐸里昂不發一語，表情格外嚴肅——漂亮的雙眼顯得心煩意亂。他以溫暖的一手摟住她的腰，掌心貼於她的側背。隊長輕輕關上門，似乎傾聽走廊幾秒後才開口。

他的神情比她的王子更嚴肅——那雙寬肩似乎被無形重擔壓垮，但他以清澈的金棕眼眸凝視鐸里昂的雙眼。「你說得沒錯。」

鐸里昂答應這項請求，鎧奧猜這已經算是奇蹟。看到鐸里昂今早那副悲痛神情，鎧奧知道自己可以提出這項請求，知道鐸里昂會答應。

鐸里昂要鎧奧解釋一切——向王子以及索莎。這就是鐸里昂提出的價碼：該知道真相的不只是他，也包括身旁這名女子，她有權知道自己到底為何冒生命危險。

鎧奧輕聲而迅速的解釋一切：魔法、命運之鑰、三座塔樓……毫無遺漏。索莎倒是表現得十分鎮定，也沒質疑他這些說詞的真實性。他懷疑她是否其實震驚得搖搖欲墜，是否因為鐸里昂向她隱瞞而生氣，但她絲毫不動聲色，不愧是訓練有素而且自制力優秀的醫者。但是王子看著索莎，彷彿能看穿她的厚實面具，能看到在那底下醞釀的情緒。

王子必須前往某處。他在離開前親吻索莎，在她耳畔輕聲說些什麼，讓她笑容滿面。鎧奧沒想到鐸里昂如此……跟負責照顧他的這位治療師在一起是如此開心。索莎。鎧奧今天才知道對方叫什麼名字，也為此感到羞愧。而從鐸里昂和索莎互望的眼神來看……鎧奧很高興這位老友的生命裡有了她。

鏵里昂離去後，索莎依然面帶微笑，儘管得知鎧奧說出的種種真相。這讓她更顯耀眼奪目——整張臉綻放光芒。

「我認為，」鎧奧開口。正準備繼續忙碌的索莎轉身，納悶得挑眉。「我認為，」他重複這幾個字，微微一笑，「這個王國用得著一位身為醫者的王后。」

她沒如他所願的回以微笑，而是顯得無比哀傷，繼續埋首於工作。鎧奧沒再說一字，轉身離開這裡，準備進行跟鏵里昂合作的試驗——這座城堡中，或許整個世界上，只有鏵里昂能幫他，幫助每個人。

瑟蕾娜說過，鏵里昂擁有原始法力，能按意念塑造成任何型態。這項特質是與命運之鑰的力量唯一相似之處，既不善良也不邪惡。還有水晶，鎧奧曾在瑟蕾娜的魔法書中讀到，水晶很適合做為魔法導體。他在市集買到幾支水晶，過程並不困難，每一支都跟他的手指一樣長，潔白如初雪。

鏵里昂終於來到祕密地道，在地板坐下時，所有準備已經大致完成。蠟燭在他們周遭燃燒，鎧奧解釋這項計畫的同時撒下最後一條紅沙——那名商人宣稱這種紅沙來自赤紅沙漠——倒在三支水晶之間。三支水晶彼此之間的距離相同，按照莫爾塔在大陸地圖畫下的輪廓排列，三角形中間擺放一小碗水。

鏵里昂瞪他。「如果水晶碎裂，別怪我。」

「我有備用。」此話不假，他買了十二支水晶。

鏵里昂凝視第一支水晶。「你只是要我……把我的力量集中在上頭？」

「然後輪流向第二和第三支水晶畫出一條魔法線，想像你的目標是讓碗裡的水結冰。就這樣。」

對方挑起一眉。「這根本不算法術。」

「就當幫幫我，」鎧奧說：「要不是非這麼做不可，我也不會如此請求。」他把一指浸於碗中，水面因此泛起波紋。他的直覺總認為或許這道法術只需要法力和意志力。

王子的嘆息聲充斥石廳，反彈於石面和拱形天花板。鐸里昂凝視第一支水晶，這東西大略代表裂際城。一開始的幾分鐘，水晶毫無反應，但是鐸里昂開始冒汗，不斷嚥口水。

「你──」

「我沒事。」鐸里昂倒抽氣，第一支水晶開始綻放白光。

光芒愈加明亮，鐸里昂流汗呻吟，彷彿身陷痛楚。鎧奧正想叫他住手時，一道光線從第一支水晶射向另一支──迅速得幾乎令人無法追蹤，除了沙面微微波動。水晶綻放強光，然後又一道光線爆發，往南而行，沙面又一次隨之起伏。

碗中清水依然呈液態。第三支水晶發光，最後一道光線讓三角形因此成形，三支水晶同時閃爍片刻，然後……碗中清水輕輕劈啪作響，緩緩結冰。鎧奧強忍驚恐──驚恐與敬畏，因為鐸里昂的控制力已經如此提升。

鐸里昂的肌膚蒼白，因汗水而閃爍。「他就是用這個方法，是不是？」

鎧奧點頭。「十年前，透過那三座塔樓。塔樓都是在十年前建成，為了在他的軍隊即將大舉入侵之時產生這種效果，為了讓對手毫無反擊之力。你父親的法術想必更為複雜，才能凍住全地魔法，但就原理來說應該跟我們的發現相同。」

「我想知道它們在哪──三座塔樓。」鎧奧搖頭，鐸里昂接著道：「你已經讓我知道其他事情，快把該死的地圖拿出來。」

鐸里昂的手一揮，如滅世之神般推倒一支水晶，釋放其中法力。碗中冰塊融解，清水在碗中波動翻攪。就這樣。鎧奧震驚得眨眼。

如果能破壞其中一座塔樓……其中的風險何其重大，他們在行動前必須再三確認。鎧奧取出莫爾塔做過記號的地圖，這種東西他除了隨身攜帶之外都不放心。「這裡，這裡，還有這裡，」他指向裂際城、亞瑪洛斯和諾爾。「這是我們所知的塔樓位置。三座瞭望塔，但都有相同特徵：黑石、石像鬼……」

「你的意思是，花園那座鐘樓是其中之一？」

鎧奧點頭，無視對方難以置信的發笑。「就我們所知。」

王子俯視地圖，一手撐於地板，另一手從裂際城劃到亞瑪洛斯，再從裂際城劃到諾爾。「北線劃過菲力安峽谷，南線貫穿莫拉斯。你曾經跟艾迪奧說過，你認為我父王派羅蘭和嘉爾黛前往莫拉斯，連同其他任何血中擁有法力的貴族。如果那只是巧合，可能性有多高？」

「還有菲力安峽谷……」鎧奧不禁嚥口水。「瑟蕾娜說她在菲力安峽谷聽過振翅聲。娜希米雅說她派去的探子無一生還，而且那裡顯然正在醞釀某種陰謀。」

「這兩個地點讓他得以培育他試圖打造的某種軍隊，或許利用的就是貫穿其中的法術能量。」

「三個地點。」鎧奧指向死亡群島。「根據情報，那裡用來培育某種怪異生物……而且那種生物被派去溫德林。」

「但我父王把瑟蕾娜送去那裡。」王子咒罵。「沒有任何方法能警告他們？」

「我們已經試過。」

鐸里昂擦掉額上汗水。「所以你在跟他們合作——你站在他們那邊。」

「不……我也不知道該怎麼說，我只是跟他們交換情報，但這些都是能幫助我們的情報，幫助你。」

鐸里昂的眼神變得嚴肅。一陣冰冷微風吹來，鎧奧凍得臉龐扭曲。

「所以你打算怎麼做？」鐸里昂問：「就那麼……拆毀鐘樓？」

破壞鐘樓將被視為戰爭行為——這個舉動可能讓太多人陷入危險。一旦下手，就無法回頭。他甚至不想讓艾迪奧或雷恩知道這點，因為那兩人不知道會出現什麼舉動，他們在焚毀鐘樓之前不會多做猶豫，恐怕還會因此殺掉城堡所有人員。「不知道，我不知道該怎麼做。你在這方面的判斷正確。」

他希望自己對鐸里昂還有更多話要說，但現在就連閒聊都變得勉強。他即將選出接替侍衛隊長一職的人選，他最近每星期都把更多行李寄去安尼爾，他甚至覺得無顏面對自己的手下。至於對鐸里昂……彼此之間還有太多未完之事。

「現在不是時候。」鐸里昂輕聲道，彷彿看穿鎧奧的思緒。

鎧奧嚥口水。「我想向你道謝。我知道你冒的險很——」

「我們都在冒險。」從小一起長大的這位老友說話的口氣幾乎像陌生人。王子一瞥懷錶。「我得走了。」鐸里昂走向階梯，開口時表情不帶任何恐懼或懷疑。「今天你給了我真相，所以我也會回以真相：就算這麼做意味著我們再次是朋友，我也不認為我想回去之前的關係——我以前是什麼樣的人。而這一切……」他的下巴撇向散落於地的水晶和小碗。「我認為這也是好的改變。別對此感到害怕。」

鐸里昂離開此處，鎧奧張嘴但震驚得說不出話。鐸里昂剛剛說話時，看著鎧奧的不是王子。

而是國王。

第五十七章

瑟蕾娜睡了兩天。

她幾乎不記得自己焚化奈洛克和法魯格王子之後發生的事，雖然依稀知道羅紋的夥伴和其他人員成功守住要塞。要塞一共只有折損十五人，因為敵軍的目標是為法魯格王子捉拿半永生精靈回去亞達蘭，而非將其殺害。倖存的敵方士兵被制伏而且丟進地牢的幾小時後，要塞人員前去檢查，發現所有俘虜都已死亡，其身上藏有毒藥——而且顯然沒打算接受審問。

瑟蕾娜蹣跚走上樓梯，倒進床鋪。看到自己的頭髮被法魯格王子的利爪削短至鎖骨處，她皺眉幾秒，接著終究沉沉睡去。醒來後，她發現要塞內部的血汙已被清洗乾淨，敵兵已被埋葬，而且羅紋把那四只命運之石項圈藏在林中某處。他原本可以飛向大海、把項圈丟進海中，但她知道他是為了照顧她而留在這裡——而且他不放心把項圈交給友人處理，因為他們會把那些東西直接交給玫芙。

她終於醒來的同時，羅紋的小團體也正準備離開，那幾人這兩天都在幫忙修理毀損設施和處理傷者，不過只有賈維爾願意跟她打招呼。她以蠻橫的方式逼羅紋讓自己下床後，兩人走向林中去散步時，遇到逗留於後門的那名金髮男子，羅紋因此僵住。

羅紋之前已經質問過她，他那些友人來到要塞時有沒有試圖對她伸出援手。她原本打算避而不答，但他再三追問，她終於答覆只有賈維爾表現出那種意願。她並不怪他那些友人，他們不認識她，不欠她任何人情，而且羅紋當時在要塞內部、身陷險境。她反問這項疑問的答案為什麼對羅紋那麼重要，他只說那不關她的事。

此刻，賈維爾在後門等他們倆。因為羅紋板著臭臉，她在接近賈維爾時向對方堆起額外笑容。

「我以為你已經走了。」羅紋開口。

賈維爾的黃褐眼眸閃爍。「雙胞胎和沃恩在一小時前啟程。洛坎在天亮時離開，他要我跟你說聲後會有期。」

羅紋點頭的方式，清楚表示自己知道洛坎根本沒說這種話。「你有什麼事？」

她不太確定他們對**朋友**一詞的定義是否與她相同。賈維爾把她從頭到腳打量一番，然後看向羅紋。「面對玫芙的時候，務必小心，她到時已經收到我們每個人的報告。」

羅紋宛如風暴的神情沒有改善。「一路順風。」他丟下這句，隨即繼續前進。

瑟蕾娜留步，打量這位永生精靈戰士，看到那雙金眸中的一抹憂傷。跟羅紋一樣，賈維爾也是玫芙的奴隸——卻願意好心提醒他們倆。在血誓的約束下，玫芙大可命令賈維爾說明所有細節，包括這一刻，而且為此懲罰他。但他願意為了好友……

「謝謝你。」她向金髮戰士道謝。他眨眨眼，一小段距離外的羅紋也因此停步。她的胳臂從內到外徹底痠痛，割傷的手纏上繃帶而且依然敏感，但她還是向他伸手。「謝謝你的提醒，也謝謝你當時有考慮幫我一把。」

賈維爾凝視她的手幾秒，然後以令人意外的溫柔動作跟她握手。「妳幾歲？」

「十九。」她回答。他吐口氣，可能出於哀傷，可能出於安心，也可能兩者皆是。他說她年紀輕輕卻擁有如此強大魔法，格外令人欽佩。她考慮是否該說明如果你知道我給你取了什麼綽號，大概就不會這麼欽佩我，但還是決定朝對方眨個眼就好。

她追上羅紋時，他正在皺眉，但不發一語。兩人走離時，賈維爾低語：「祝你好運，羅紋。」

羅紋帶她來到一片她從沒來過的林中池塘，清澈池水來自一道宛如在陽光下翩翩起舞的美麗瀑布。他在一片被太陽晒暖的扁石坐下，脫下靴子，捲起褲管，把腳浸在水中。她坐下的同時，肌肉和骨頭感到無比痠痛，她不禁臉龐扭曲。看到她的反應，原本不允許她下床的羅紋因此繃起臉，但她以眼神讓他知道他最好別叫她回去休息。

她的雙腳也泡在水裡，兩人傾聽森林之中的自然樂曲時，羅紋開口：「奈洛克的下場已定，無法扭轉。等全世界都知道艾琳．加勒席尼斯起身對抗亞達蘭，他們就會知道妳還活著。**他**會知道妳還活著，知道妳在哪，知道妳不打算畏縮屈服。他會追殺妳一輩子。」

「我踏出屏障的時候，就已經接受那種命運。」她輕聲道。她踢打池水，池面漣漪擴散。單是這個動作就讓法力耗盡的身軀疼痛不已，她痛得嘶吼。

羅紋拿出隨身攜帶卻沒碰過的水袋。她啜飲一口，發現裡面含有她從今早醒來就一直在大口灌下的止痛藥水。

*祝你好運，羅紋，*賈維爾剛剛對這位友人說過。她必須向羅紋道別的那一天遲早會來，而且比她願意的更早。她在道別時要說什麼？也只是對他說聲*祝你好運*？她希望自己能給他什麼——能在他面對奴役他的那位女王時提供保護。伊琳娜之眼已經交給鎧奧，至於歐林斯護

符——如果沒弄丟，她會把這東西交給他。不管那塊護符是不是傳家寶，如果知道那東西在保護他，她會比較安心。

護符的其中一面嵌以聖鹿……另一面是命運之痕。

瑟蕾娜停止呼吸，不再看到身旁的王子，不再聽到周遭的森林鳴唱。特拉森曾是天下第一王朝，未曾被入侵，未曾被征服，繁榮強盛，其他王國都知道與之挑釁乃愚昧之舉。特拉森的世代君主無一腐敗墮落，他們將艾瑞利亞的所有知識積累於城中的大圖書館。那個王朝是座燈塔，吸引最傑出及最勇敢之人前往。

她知道第三把、最後一把命運之鑰在哪。

她掉進河裡那晚，那把命運之鑰就掛在她的脖子上。

那把命運之鑰曾掛在所有祖先的脖子上，最早就是布蘭農本人。他曾來到太陽女神之殿，從瑪菈的高階女祭司手中接過勳章——然後摧毀整座神殿，就為了避免讓任何人查出他的所經之處。

天藍勳章，其中一面是戴著永恆之火冠冕的金色太陽雄鹿——賜火者瑪菈所掌管的雄鹿。布蘭農在離開溫德林海岸之前偷走那些雄鹿，把牠們帶去特拉森，安置在歐克沃森林。布蘭農把第三把命運之鑰藏在護符裡，沒讓任何人知道這項祕密。

命運之鑰本身非善非惡，端看其主人如何使用。那把鑰匙曾掛於特拉森每一位男女君主的頸項，在其主人不知情的狀況下用來行善，而且護主千年。

它也保護過她，就在她掉進河裡的那晚。她當時在冰水中看到的光芒就是命運之痕，彷彿她以嗆水求救聲召喚了那些符號。但她遺失了歐林斯護符，那東西掉進河裡而且——不。

不，不可能，因為如果那東西真的留在河裡，她就不可能活著上岸，更別說在岸上躺了幾小時而沒死於寒冷失溫。這表示她原本還戴在身上，直到……直到……艾洛賓・漢默爾從她身上取下，這些年都把那東西藏於某處，他從沒猜到這件戰利品到底有何能耐。

她必須拿回來，從他那裡奪回，而且確保沒人知道護符裡究竟有什麼東西。而且如果她拿回那東西……她不讓自己想那麼遠。

她必須盡快去找玫芙，取得所需情報，然後回家。不是返回特拉森，而是裂際城。她必須面對將她打造成兵器的那名男子，是他毀了她的另一段人生，而且他可能是她這輩子的最大威脅。

羅紋開口：「怎麼了？」

「第三把命運之鑰。」她咒罵。她不能說，因為如果被誰知道……對方就會立刻前往裂際城，直攻刺客要塞。

「艾琳。」他的眼中是恐懼？傷痛？抑或兩者？「告訴我，妳發現什麼。」

「你和她綁定的一天，我就不能告訴你。」

「我和她綁定到**永遠**。」

「我知道。」他是玫芙的奴隸——比奴隸更糟。他必須服從每一項指示，無論內容多麼惡劣。

他俯下身，把一隻大手浸於水中。「妳說得沒錯，我不希望妳告訴我，不管是什麼事情。」

「我討厭那樣，」她低語：「我討厭她。」

他轉開頭，看向放在身後石頭上的金帝。今早，她忙著吞下足以餵飽三名成年永生精靈戰士的食物時，向他說明這把劍的歷史，他沒顯得特別感興趣。她展示在劍鞘裡發現的那枚戒指時，他只說了一句「希望妳用得上這東西」。一針見血。

但在兩人之間持續累積的沉默氣氛令她難受。她清清喉嚨。或許她不能讓他知道關於第三把命運之鑰的真相，但可以讓他知道另一件事。

她的故事，純粹又完整。而且他們倆一起經歷了那麼多事，她願意繼續跟他去冒險……因此她鼓起勇氣。「我從沒跟任何人說過這個故事，世上沒第二個人知道。這是我的故事，」她眨掉眼中的灼熱感，「現在應該由我說出來。」

羅紋背靠石塊，雙手交叉於腦後。

「很久很久以前，」她對他、全世界，還有她自己開口：「在一片日後被燒成灰燼的土地上，住著一位小公主，她很愛自己的王國……非常。」

然後她描述那位公主的心燃燒著野火、北方的強大王國、國破家亡，以及瑪莉詠夫人的犧牲。這個故事十分漫長，有時她會欲言又止而且哭泣——他就會在這時俯身擦掉她的淚水。

她說完後，羅紋只是遞來更多藥水。她朝他微笑，他凝視她一會兒，接著也回以微笑，跟之前給過她的微笑都不一樣。

兩人沉默一段時間。她不知道自己為何這麼做，但她伸出一手，掌心面對下方的池水。

然後，緩慢而搖晃的，一滴彈珠大小的清水從池面升起，飄進她彎起的掌心。

「如果妳只能召喚這麼一點點水，也難怪妳的自我保護意識這麼差。」不過羅紋輕彈她的下巴，她知道他明白這代表什麼：她能召喚水元素，哪怕只是一滴。她能感覺母親在某個遙遠世界朝她微笑。

她無視淚水，朝羅紋咧嘴笑，把那滴水甩到他臉上。

羅紋把她丟進池裡。幾秒後，帶著歡笑，他也跳進池中。

休養一星期後，她和其他在戰鬥中負傷的永生精靈已經恢復不少，能參加由艾姆瑞斯和路迦舉辦的慶祝會。準備走出房間和羅紋下樓參加宴會之前，瑟蕾娜窺視鏡中——不禁愣住。

變短的頭髮只是最小的變化。

現在的她容光煥發，雙眼清澈明亮。而且雖然她在冬季減輕的體重已經回復，臉龐卻比以前削瘦。女人——在鏡中回以微笑的是個女人，因身上每道傷疤、瑕疵以及求生存所留下的記號而美，因為這抹微笑發自內心而美，而且她感覺到這抹微笑點燃在她心中沉睡已久的喜悅。

那晚她跳了舞。翌日清晨，她知道時候已到。

跟羅紋一起向其他人一一道別後，她在林邊停步，望向這座破舊的石砌要塞。艾姆瑞斯和路迦正在林邊等他們倆，臉龐在晨光下顯得蒼白。年老男子已經把他們倆的行囊塞滿糧食和其他物資，但他和瑟蕾娜對望時，還是把一條熱騰騰的麵包塞進她的手裡。

她開口：「雖然會花上一些時間，但如果——等我奪回我的王國，半永生精靈永遠可以在那裡安身立命。而且你們倆——還有瑪拉凱——如果願意，將成為我的家庭成員，以吾友的身分。」

艾姆瑞斯點頭，眼眶溼潤，抓起路迦的手。這名年輕人只是瞪大眼睛看著她，臉上是一條這場激戰所留下的深疤，但他選擇予以保留而非去除。看到他臉上的幾抹陰影，她不禁有些心痛，她知道巴斯的背叛會糾纏他的心靈。但是瑟蕾娜朝他微笑，揉亂他的頭髮，接著轉身準備離開。

「妳的母親會以妳為榮。」艾姆瑞斯說。

瑟蕾娜把一手貼於心口，鞠躬道謝。

羅紋清清喉嚨，瑟蕾娜朝一老一少最後一次微笑道別，隨即跟王子進入林中——前往朵拉奈爾，前往玫芙所在之處，終於。

第五十八章

「總之，準備好在兩天後前往蘇利亞。」艾迪奧命令雷恩。艾迪奧、雷恩和鎧奧三人於午夜在這間祕密公寓集合，雷恩和莫爾塔到現在還是不知道屋主到底是誰。「從南面城門出去——那道城門到時候最少人看管。」

他們已經幾星期沒見面。而在三天前，莫爾塔收到索爾從蘇利亞寄來的一封信，內容模稜兩可，只是友善的邀請這位多年不見的老友去見他。他們從信中用字一眼就看出那位年輕領主想試探他們，對方在信中暗指自己對莫爾塔在上一封信提到的「機會」頗感興趣。在那之後，艾迪奧評估前往北方的每條路線，計算路上每一支軍團和駐軍的所有動靜和地點。再等兩天，這個王朝或許就能開始重建。

「那我為什麼覺得我們好像在逃命？」跟平常一樣總是在來回踱步的雷恩停步。這位年輕的奧斯布魯克領主已經順利復原，雖然他為了重建體能而把主廳的部分空間改造成私人健身房。艾迪奧很想知道女王**對此**會作何感想。

「你們**是在**逃命，」艾迪奧慢條斯理道，咬一口他在市集幫雷恩和老頭買來的蘋果。「你們在這裡待越久，」他說下去，「就越可能被發現，所有計畫也將因此毀於一旦。你們已經引來太多注意，而且你們在特拉森對我來說更有幫助。這事沒得商量，你也別浪費口水。」

「那你呢？」雷恩朝坐在老位子上的隊長問道。

鎧奧皺眉，輕聲道：「我再過幾天就要前往安尼爾。」為了履行約定。他以自己的自由換取讓艾琳前往溫德林的機會。如果艾迪奧對這件事過度思索，艾迪奧知道自己會覺得不好受——甚至可能試圖說服隊長留下。艾迪奧並不喜歡隊長，連尊重也談不上；事實上，他希望鎧奧永遠沒在樓梯間發現自己在哀悼那些被屠殺的勞動營同胞。但他們倆的關係已經走到這裡，也無法改變。

雷恩停步，低頭瞪隊長。「做為我們的間諜？」

「你會需要有人擔任內應，不管我在裂際城還是安尼爾。」

「我已經有內應。」雷恩說。

艾迪奧不以為然的揮手。「我不在乎你那些眼線，雷恩。總之做好離開這裡的準備，別再拿一大串疑問來找我麻煩。」如果必要，他到時會拿鐵鍊把雷恩綁在馬背上。

艾迪奧轉身正要離開公寓時，一陣上樓的如雷腳步聲從門外樓梯傳來，他們立刻拔劍備戰。門被推開，莫爾塔現身，氣喘吁吁，抓住門框，眼神狂野，嘴巴一開一合。他身後的樓梯間沒出現任何威脅或追兵，但是艾迪奧依然持劍，側身向外窺視。

雷恩匆忙來到莫爾塔身旁，一臂扶住對方的肩下，但是老人杵在地墊上。「她還活著，」他對雷恩、艾迪奧，也對自己宣布。「她——她真的還活著。」

艾迪奧的心臟停止。接著跳動，但又立刻停止。他緩緩收劍入鞘，等混亂思緒平定後再開口：「快給我說清楚，老頭。」

莫爾塔眨眨眼，發出窒息的歡笑。「她在溫德林，還活著。」

隊長大步上前。要不是兩腿不聽使喚，艾迪奧大概也會朝老頭走去。莫爾塔居然聽到關於她的消息……隊長開口：「說明一切。」

莫爾塔搖搖頭。「這項消息已經傳遍全城，民眾在大街小巷討論這件事。」

「快說重點。」艾迪奧發火。

「奈洛克將軍的軍團確實抵達溫德林，」莫爾塔說：「沒人知道事情的來龍去脈，但是艾琳……艾琳在那裡，在坎布里恩山脈，跟一群人在那裡迎戰。聽說她這些日子都躲在朵拉奈爾。」

活著，艾迪奧必須告訴自己——活著，沒戰死，就算莫爾塔之前在關於她的下落這方面提供錯誤情報。

莫爾塔一臉笑意。「他們殺掉奈洛克及其手下，而且她救了許多人——用魔法。聽說是用火——那種力量從布蘭農之後就沒再出現在世上。」

艾迪奧的胸腔緊繃得隱隱作痛。隊長只是凝視老頭。

這是給全世界的訊息。艾琳是戰士，能以兵器與魔法作戰，而且不再躲藏。

「我今天就騎往北方，事情不能再如我們計畫的那般耽擱。」莫爾塔轉身走向門口。「在國王試圖封鎖這項消息之前，我必須讓特拉森知道。」他們跟他下樓，進入下層的倉庫。就算在室內，艾迪奧的永生精靈之耳還是聽到街上的騷動。等他踏進宮殿，他必須謹慎考慮自己的每一步、每道呼吸。現在會有太多人觀察他。

艾琳，他的女王。艾迪奧緩緩綻放微笑。國王永遠不會料到自己究竟把誰送去溫德林——就是自己的御前鬥士殺掉奈洛克。沒幾個人知道加勒席尼斯家族跟玫芙之間的嚴重嫌隙——所以一般人**確實**有理由相信那位年輕女王這些年都躲在朵拉奈爾。

「等我離開這座城，」莫爾塔走向被他綁在倉庫裡的駿馬，「我會派騎士去找所有聯絡人，從芬海洛一路到梅勒桑德。雷恩，你留在這裡，我會去處理蘇利亞。」

艾迪奧揪住老頭的肩膀。「轉告我的凶煞軍團——叫他們在我回去之前保持低調，但務必盡一切手段維持跟反抗軍之間的補給線。」他沒放手，直到莫爾塔點頭。

「爺爺，」雷恩扶對方上馬。「還是讓我代勞吧。」

「你留在這裡。」艾迪奧命令，這令雷恩火冒三丈。

莫爾塔咕噥贊成艾迪奧的吩咐。「盡量蒐集情報，然後在我準備好的時候來找我。」

艾迪奧幫莫爾塔拉起倉庫門，沒給雷恩抗議的機會。夜風輕快湧入，帶來城中喧囂。艾琳——是艾琳引起這陣騷動。駿馬以蹄扒地，吐出鼻息。要不是隊長匆忙上前抓住轡繩，莫爾塔恐怕已經飛奔而去。

「伊爾維，」鎧奧低語。「傳消息去伊爾維。叫他們忍耐——叫他們做好準備。」或許是因為光線反射，或許是因為天氣寒冷，但是艾迪奧相當確定隊長在開口時眼中帶淚。「告訴他們，反抗的時候到了。」

莫爾塔．奧斯布魯克及眾多騎士將這項消息如野火燎原般散播四處。每條道路，每條河道，往南，往北也往西，穿越飄雪、大雨和迷霧，他們的坐騎以馬蹄翻起各個王國的塵土。

他們把消息帶去每座城鎮、每間酒館和祕密集會之後，更多騎士被派出。

消息持續擴散，直到傳遍每條大街小巷，無人不知艾琳．加勒席尼斯仍在人世——而且願意起身對抗亞達蘭。

消息傳遍白牙山脈和勒恩山脈，一路傳往西部荒野，連同在某座破舊城堡中統治當地的紅髮女王。消息傳至沙漠半島，連同靜默刺客的綠洲要塞。馬不停蹄的聲響在全大陸迴響，鐵蹄在鵝卵石地擦出火花，把消息帶往班加利，連同仍是一身烏黑喪服的伊爾維國王與王后所在的的河濱宮殿。

撐下去，眾騎士向全世界宣布。

撐下去。

鐸里昂從沒見過父王如此大發雷霆的模樣。今早已有兩名大臣被處決，罪名只是試圖安撫國王的情緒。

艾琳在溫德林有何事蹟的這項消息傳來一天後，父王依然勃然大怒，逼手下說明這到底怎麼回事。

要不是打從內心感到害怕，鐸里昂原本會覺得這件事很好笑——不愧是瑟蕾娜，把自己的凱旋歸來搞得有聲有色。她已經在沙地畫下界線，不只如此，她還擊敗國王最恐怖的一員大將。

沒人這麼做之後還能活下來，從來沒有。

在溫德林某處，他的那位好友正在改變世界。她正在履行對他的承諾。她沒忘了他，沒遺忘這裡的任何一人。

等他們找出辦法摧毀那座鐘樓、釋放被父王囚禁其中的魔法，或許她就會知道她在這裡的好友們也沒忘了她，他沒忘了她。

因此，鐸里昂讓父王慢慢去發怒。坐在會議中，看著父王把第三位大臣送去砍頭時，他關閉作嘔及驚悚的情緒。為了索莎，為了繼續保護她，為了自己有一天或許不用再隱藏自身的真實力量，他繼續戴著早已習慣的面具，在被問及該如何對付艾琳時提出一些平庸意見、繼續演戲。最後一次。

等瑟蕾娜回來，等她如承諾的那般歸來……

他們就會一起著手改變世界。

第五十九章

經過一星期的長途跋涉，瑟蕾娜和羅紋終於抵達朵拉奈爾。兩人翻過由玫芙的野狼日夜看守、地形陡峭而且環境惡劣的群山，下山後進入蒼翠山谷，穿越森林與原野，這裡的空氣瀰漫香料和魔法的味道。

越往南行，氣溫越高，但是陣陣微風吹來，讓天氣不至於炎熱難耐。不久後，遠方一座座美麗石村開始進入視線，但是羅紋帶她保持距離、匿蹤而行，直到兩人來到一座岩丘頂部，朵拉奈爾出現在眼前。

這幅景象美得令她窒息。連歐林斯也無法與之相比。

難怪朵拉奈爾被稱作「河域之城」。那座白石之城聳立於一座巨島，剛好就在幾條河的正中間，來自周遭山丘及群山的一條條洶湧支流在此匯集。在巨島的北端，幾條河川湧過斷層，形成一道巨型瀑布，其下方的水池極為龐大，散發的大量水氣飄於晴空下，掩蓋圓頂建築、散發珍珠光彩的尖塔，以及一片片閃閃發亮的藍色屋頂。城邊無船停泊，不過有兩座造型優雅的石橋橫越河面——而且戒備森嚴。永生精靈們在兩座橋上來來往往，推車裡裝滿貨物，從蔬菜到乾草再到葡萄酒一應俱全，想必來自位於某處的田園、農場和城鎮。雖然她敢打賭玫芙一定囤有大量物資。

「我猜你平常都是直接飛進城中，不願屈尊過橋。」她朝羅紋開口，對方正在皺眉望向城市，看起來實在不像即將返家的戰士。他冷淡的點個頭。從昨天開始，他變得安靜——不是無禮，而是沉默，彷彿又在彼此之間建立隔閡。今早，她在山頂的營地醒來，看到他正在凝視日出，彷彿正在跟太陽談話。她不敢問他是否向賜火者瑪菈祈禱，或是他對太陽女神有何祈求。但某種熟悉得近乎詭異的暖意包圍營地，她敢發誓自己的法力欣喜得躍動回應。她不讓自己多想。

因為她昨天也陷入沉思，忙於讓自己鼓起勇氣，而且保持思緒清晰。昨天的她也不禁寡言，就算在此刻，她也耗費不少精神才成功逼自己專注於當下。「好吧，」她誇張的深吸一口氣，拍拍金帝劍柄，「咱們去見見可愛的姨媽，我可不想讓她久等。」

入夜時，兩人終於走到橋口，瑟蕾娜也為此感到慶幸，因為這裡的永生精靈沒白天那麼多，沒那麼多人目睹他們倆的到來，就算造型優雅的蜿蜒街道現在到處都是樂手、舞者以及販賣熱食與飲料的小販。這種畫面在亞達蘭一點也不少見，但這裡沒有來自帝國的壓迫，沒有陰鬱，沒有寒冷，也沒有絕望。玫芙十年前沒派出援軍——永生精靈在這裡跳舞又暢飲溫熱的蘋果甜酒時，瑟蕾娜的人民正在被屠殺焚燒。她知道那不是這些永生精靈的錯，但在走向靠近瀑布的城中北端時，她實在無法對城中的歌舞昇平綻放微笑。

她提醒自己：同胞受苦的這十年來，她也是舞照跳、酒照喝，隨心所欲的過日子。她沒立場怨恨這些永生精靈或任何人，除了統治這座城的女王。

沒有任何衛兵攔住他們倆，不過她注意到在屋頂和小巷跟蹤而來的幾抹人影，還有幾隻猛禽在空中盤旋。羅紋沒理那些人，雖然她看到他亮出的牙齒在金色街燈下微微閃爍。那些護送人員顯然也令這位王子頗為不悅。他認識其中多少人？他曾經跟其中多少人並肩作戰、勇闖未知異域？

他那些戰友的身影沒在周遭出現，他也沒說明那些夥伴是否可能現身。雖然他凝視前方，但她知道他沒漏掉正在觀察己方的任何一名哨兵，或是從附近飄來的任何一縷鼻息。

她的體內已不再有空間容納懷疑或恐懼。兩人繼續前進時，她把玩口袋裡的戒指，不斷翻轉，提醒自己有何計畫、在離開這座城之前必須完成哪些目標。她跟玫芙一樣是不折不扣的女王，她是統領某個強國及其堅強人民的君主。

她是灰燼與火焰的繼承人，拒絕向任何人下跪。

在衛兵的護送下，他們倆走過以白石砌成的閃亮宮殿，穿過一道道天藍薄紗門簾，地板以描述眾多場景的精巧瓷磚拼湊而成，畫面從起舞仕女到田園風光再到夜空星辰包羅萬象。流經宮中的河川分成幾條小溪，在幾處匯集成一片片綴以睡蓮的水池。茉莉花沿巨柱纏繞交織，以彩釉玻璃包覆的燈火從拱形天花板懸垂而下。宮中不少區域都採露天式設計，顯然表示這裡的天氣總是如此溫和。遠方的房間飄來樂聲，跟宮殿的大理石巨牆外的城中喧囂相比顯得微弱而平靜。

哨兵無所不在。他們潛伏於視線無法觸及之處，但她的永生精靈感官能察覺他們的氣息，嗅到他們身上的鋼鐵以及想必在兵營使用的清新肥皂。這裡跟玻璃城堡沒太多不同，但是玫芙的據點是以大量石材砌成——到處都是覆以雕紋、經過打磨拋光的白石。她知道羅紋在這座宮中有私人房間，而且白棘家族在朵拉奈爾城中有多處住所，但他們倆沒見到他的任何親戚。來朵拉奈爾的路上，他曾說明自己的家族之中另外還有幾位王子，聽命於他父親的兄長。對羅紋來說幸運的是，他的伯父有三個兒子，他因此不用幫忙處理任何跟政治有關的事務，不過那些親戚確實試圖利用羅紋的職位來跟玫芙拉攏關係。就跟亞達蘭的皇室家族一樣愛打小算盤又虛偽，她在心中做出評論。

彷彿默默走了一輩子後，羅紋帶她來到一座橫越河面的寬廣遊廊。他繃緊身子，顯然嗅到也聽到她無法察覺的動靜，但他沒提出任何警告。宮殿外頭的瀑布奔騰作響，但不足以淹沒談話聲。

在遊廊盡頭，玫芙坐在石王座上。

雙狼分別趴在王座兩側，一黑一白，以狡黠金眸看著他們倆走近。這裡沒有其他人在場——走過瓷磚地板時，她沒聞到羅紋的其他友人。她希望羅紋能讓她先在他的房間整理儀容，不過……反正這次見面也不是那種性質。

她大步走向位於雕紋護欄前方的小型王座高臺，羅紋走在身旁。兩人停步時，他下跪低頭。「陛下。」他輕聲道。

姨媽沒瞥羅紋一眼，沒叫他平身，而是讓這位外甥慢慢跪著，那雙宛如星空的紫眸轉向瑟蕾娜，綻放蜘蛛般的微笑。

「看來妳已經完成了任務，艾琳．加勒席尼斯。」

又是試探——看她對自己的名字產生何種反應。

她對玫芙回以微笑。「確實如此。」

羅紋依然低頭凝視地板。玫芙如果高興，叫他跪個一百年都行。王座旁的雙狼動也不動。

玫芙屈尊的朝羅紋一瞥，接著又向瑟蕾娜綻放那抹淺淺微笑。「我承認，我沒想到妳這麼快就贏得他的許可。那麼，」玫芙慵懶的癱坐於王座。「讓我瞧瞧吧。展示一下妳這幾個月都學了些什麼。」

瑟蕾娜抓緊口袋裡的戒指，拒絕低頭。「我倒是想先取得妳私藏已久的情報。」

對方溫柔的嘖嘖幾聲。「妳以為我會違背諾言？」

「如果妳無法證明妳會履行承諾，我也不可能滿足妳的要求。」

羅紋繃緊肩膀，但依然垂頭。

玫芙微微瞇眼。「命運之鑰。」

「如何銷毀那幾把鑰匙、它們的下落，以及妳知道的其他相關情報。」

「那種東西無法被破壞，只能放回命運之門。」

瑟蕾娜的腸胃糾結。她已經知道這點，但聽到對方親口證實，還是感覺難受。「如何放回命運之門？」

「如果有人知道方法，妳不認為那種東西早就被送回老家？」

「妳說過妳接觸過命運之鑰。」

對方露出奎蛇般的笑容。「我**確實**接觸過那種東西。我知道它們可以用來製造、破壞和開啟傳送門，但我不知道怎麼把它們放回去，我未曾聽說這方面的情報。那些鑰匙被布蘭農拿走、帶去大海彼岸後，我就再也沒見過它們。」

「鑰匙是什麼模樣？什麼樣的**感覺**？」

玫芙拱起一掌，凝視掌心，彷彿看到鑰匙躺於其中。「烏黑閃耀，看起來就像碎石，但它們不是石頭——完全不同於這個世界或其他任何世界的物質。拿在手裡，感覺就像拿著一塊活生生的天神肉身，裡頭彷彿同時容納所有世界的眾生氣息，集瘋狂、喜悅、驚恐、絕望與永恆於一身。」

想到玟芙曾經同時握有三把鑰匙，就算只是暫時，瑟蕾娜已經驚悚得不敢繼續想下去。她只是說：「還有什麼事情是妳能告訴我的？」

「我恐怕只記得這麼多。」玟芙靠坐回王座。

不——不，一定有**某種**辦法。她這幾個月不可能只是白忙一場，不可能被玟芙耍得**這麼**慘。但如果玟芙確實沒有其他相關情報，那她必須問清楚其他事情，她拒絕空手而回。

「法魯格王子——妳有什麼事情能告訴我？」

有那麼幾秒，玟芙沉默不語，似乎正在評估提供額外情報是否有任何好處。對方開口時，瑟蕾娜不太確定自己想知道玟芙為何終於決定順自己的意。「啊——沒錯，我的手下有描述牠們的到來。」玟芙再次停頓，顯然正在從記憶深處的某個古老角落取回資料。「法魯格有許多種族——連妳最黑暗的夢魘都不想碰上那種生物。法魯格由眾多王子統治，而那些王子是以黑影、絕望與憎恨組成，沒有肉身，除了寄宿的軀殼。王子為數不多——但我曾經目睹一整支永生精靈軍團在幾小時內被六名王子吞噬殆盡。」

一陣寒意爬過她的脊椎，就連雙狼也豎起鬃毛。「但我用火焰和光明殺了牠們——」

「妳以為布蘭農為何能贏得榮耀、給自己打下一片江山？他原本只是個被爹娘棄養的小子，但他特別蒙瑪菈垂愛，因此他的火焰一度是對抗法魯格王子的唯一武器，直到我們召集大軍把那幫惡魔驅逐出境。」

她開口想提出下一個疑問，但猶豫停頓。玟芙不是會隨便吐出其他情報的那種人。因此瑟蕾娜緩緩問道：「布蘭農不是出身皇室？」

玫芙歪起頭。「沒人跟妳說過妳額上那道符號有何涵義？」

「我聽說那是聖痕。」

笑意在玫芙的眼中舞動。「神聖？純粹只是因為那道符號的持有人建立了妳那個王國。在那之前，那道符號一文不值。布蘭農生下來就帶著私生子印記——所有被父母拋棄的孩子都有那個記號，把他們標示為無名小卒。從那之後，布蘭農的每一名後代，儘管出身貴族，都被賜予那道記號——無名者之痕。」

而且那道印記在她跟凱因決鬥那天燃燒，在亞達蘭國王面前燃燒。她不禁打顫。「我跟凱因決鬥之日，還有面對法魯格王子那天，那道印記為何發光？」她知道玫芙對曾經棲息於凱因體內的黑暗生物非常了解。或許凱因體內不是法魯格王子，而是較小的惡魔，僅以手上的命運之石戒指就足以控制，無需項圈。那惡魔認得伊琳娜——曾對伊琳娜和瑟蕾娜說過，妳是被帶回來這裡——妳們每一位。一場尚未結束的遊戲中的所有參賽者。

「那種反應或許只是妳的血脈認出法魯格的存在而試圖警告妳，也可能什麼都不是。」

她不這麼認為，尤其因為她在父母遇害的那天早上在那間臥室中聞過法魯格專屬的惡臭。那名刺客如果不是被惡魔附身，就是利用惡魔的力量讓她父母在被殺之際昏迷不醒。等她離開玫芙這裡，她就要開始拼湊這些線索。如果玫芙讓她離開這裡。

「只有火和光能消滅法魯格王子？」

「那些傢伙不好殺，但並非殺不死，」玫芙坦承。「按照亞達蘭國王驅使牠們的方式來看，砍掉牠們的腦袋，切斷項圈的控制，這麼做或許有效。如果妳打算回去亞達蘭，我猜那恐怕是對付牠們的唯一辦法。」

因為亞達蘭境內的魔法仍被國王囚禁。如果她再次面對其他法魯格王子，她就必須以刀劍擊殺，以戰術智取。「如果國王確實把法魯格召入軍隊，有什麼辦法能阻止牠們？」

「亞達蘭國王正在做的，似乎就是我當時短暫擁有鑰匙時一直不敢做的事。既然他沒同時擁有三把鑰匙，能做的就有限，只能在兩個世界之間暫時開啟一道傳送門，大概只足以讓一名王子進入他準備好的一具軀殼。但如果擁有三把鑰匙，他就能隨心所欲的開啟傳送門——召喚所有法魯格大軍，交由占據肉身的惡魔王子率領，而且……」玟芙的表情更顯好奇而非驚恐。「他可能就不需要為法魯格準備擁有法力的宿主軀殼。法魯格之中有無數低階惡魔渴望進入這個世界。」

「那他就得為牠們準備無數項圈。」

「只要三鑰在手，他就不需這麼做。他將擁有絕對控制權，而且不再需要依然存活的宿主——屍體即可。」

瑟蕾娜的心跳漏掉一拍，跪在原地的羅紋繃緊身子。「他可以建立一支由法魯格附身的不死大軍。」

「無需進食、睡眠或呼吸的軍隊，將如瘟疫般橫掃妳的大陸，以及其他國度，甚至其他世界。」

但他需要三把鑰匙才能這麼做。她的胸腔緊繃。雖然這裡是開放空間，但這座宮殿、這條河以及天上繁星似乎朝她壓迫而來。面對那種不死大軍，無論她建立哪種軍隊都無法與之抗衡，加上沒有魔法可用……那將是末日浩劫。她的浩劫。她——

某種令人平靜的暖意包圍她，彷彿有人擁抱她，感覺像女性、喜悅，而且力量無限。那場浩劫還沒成真，那個聲音似乎在她耳邊低語。還來得及。別屈服於恐懼。

玫芙以貓科動物般的好奇眼神盯著她，瑟蕾娜懷疑這位幽暗女王看到什麼——是否也察覺到那種古老又充滿關愛的存在感。但是瑟蕾娜再次感到溫暖，驚慌情緒平息。雖然被擁抱的感覺消失，她相當確定那種存在感依然逗留於此。**確實**還來得及——國王還沒得到第三把鑰匙。

布蘭農——他曾同時擁有三把，卻選擇將它們藏起而非歸回原位。不知道為什麼，這突然成了最重要的問題：為什麼？

「至於三把鑰匙的下落，」玫芙說：「我不知道它們在哪。它們早已漂洋過海，我最近十年間才再次聽說相關消息。看來國王至少擁有其中一把，大概兩把。至於第三把……」瑟蕾娜被她上下打量一番，但拒絕畏縮。「妳似乎知道那東西大概在哪，是吧？」

瑟蕾娜開口，但是玫芙的指尖抓進王座扶手——足以讓瑟蕾娜瞥向石面。這裡這麼多石材——無論是這座宮殿還是整座城市。而且玫芙之前用的字眼，被拿走……

「是不是？」玫芙追問。

石材——沒有任何木材，除了周遭的植物和家具……

「不，我不知道。」瑟蕾娜回答。

玫芙的頭歪向一邊。「羅紋，起身，給我說實話。」

他握起雙拳，站起身，眼睛看著女王，嚥口水。兩次。「她發現一道謎語，而且她知道亞達蘭國王至少擁有第一把鑰匙，但不知道國王把鑰匙藏在哪。她也得知布蘭農如何處理第三把——及其下落。她拒絕告訴我。」他的眼中閃過一絲恐懼，而且雙拳顫抖，彷彿某種無形力量逼他說出。雙狼只是繼續觀看。

玫芙嘖嘖幾聲。「隱瞞祕密，艾琳？我可是妳的姨媽哦。」

「就算妳挾持全世界，我也不會說出第三把鑰匙的下落。」

「噢，我知道。」玫芙溫柔道。她彈個響指，雙狼站起，一陣閃光後變身成她這輩子見過最俊美的男子。從體型以及致命而優雅的舉止來看，他們是戰士，色澤一淺一深，但同樣令人驚豔——同樣完美。

瑟蕾娜的手伸向金帝，但是雙胞胎走向羅紋。羅紋沒做出任何行動，甚至沒掙扎，他們抓住他的胳臂，逼他再次下跪。另外兩人從他們身後的陰影現身。賈維爾，那雙黃褐眼眸謹慎的保持冷漠，還有洛坎，表情冰冷如石。在他們的手中……

看到那兩人都拿著鐵尾鞭，瑟蕾娜不禁屏息。洛坎扯下羅紋的外套、外袍和襯衫，動作毫不猶豫。

「打到她說為止。」玫芙的口氣平淡，彷彿只是點了一杯茶。

洛坎甩下皮鞭，鐵尾擦過石地時叮噹作響。他接著把胳臂往後揚，粗獷臉龐不帶任何慈悲，對這位跪地友人沒有一絲情誼。

「拜託。」瑟蕾娜低語。一聲鞭笞，羅紋因為背脊被皮鞭劃開而彎下身子。他咬牙嘶吼，但沒哀號。

「**拜託**。」瑟蕾娜哀求。賈維爾的皮鞭急甩而來，羅紋只來得及吸一口氣。賈維爾的俊美臉龐不帶任何懊悔，完全不像她在幾星期前道謝過的同一人。

在遊廊另一端的玫芙開口：「這種場面要持續多久，完全由妳決定，我的外甥女。」

瑟蕾娜不敢把視線從羅紋身上移開。他接受鞭刑的態度彷彿這不是第一次——彷彿他知道如何應對，知道要承受多少痛楚。他的友人也各個目光冷漠，彷彿曾多次執行及承受這種懲罰。

玫芙以前**確實**傷害過羅紋。他身上有多少傷疤來自於她？「住手。」瑟蕾娜低吼。

「就算我挾持全世界，艾琳？那如果我挾持羅紋王子？」

又一鞭，血濺石地。那種聲響——皮鞭的聲響……在她的夢魘中迴響，令她的血液冰涼……

「告訴我第三把命運之鑰在哪，艾琳。」

啪。在雙胞胎的鐵尾鞭下，羅紋的身子抽動。這就是他今早向瑪菈祈禱的原因？因為他知道玫芙會如何處置他？

她張嘴，但是羅紋抬頭齜牙，因痛楚和怒火而表情野蠻。他知道她能看懂自己眼神中的訊息，但還是清楚告知：「**別說**。」

這個反抗字眼打破她從昨天開始給自己加諸的束縛，給自身魔法施加的限制。她潛入體內的法力核心，拚命抽取力量。

她散發熱氣，石地迅速加溫，羅紋的鮮血因此化為赤紅蒸氣。他的夥伴們咒罵，幾乎無形的護盾在他們以及君主周遭波動。

她知道自己眼中的金澤化為烈火，因為在她看向玫芙時，那位女王一臉蒼白如骨。

瑟蕾娜點燃世界。

第六十章

玫芙沒起火燃燒，羅紋及其友人也是，雖然他們的護盾在瑟蕾娜略動意念下已被撕裂。但是廊下河水正在化為蒸汽，吶喊聲在宮中及城中四起，因為這團烈焰包圍一切卻沒燒傷任何人或物。整座島陷入野火。

玫芙站起，大步走下王座高臺。瑟蕾娜走向姨媽的同時，讓少許高溫從受限的火焰之中竄出，玫芙的肌膚因此加溫。羅紋瞪大眼睛，垂於友人們的胳臂之間，灑在石地上的血跡嘶嘶作響。

「是妳要求我展示。」瑟蕾娜輕聲道。汗水沿背脊流下，但她繼續全力控制魔法。「只要我心念一轉，妳的城池就會陷入火海。」

「這座城是石頭做的。」玫芙怒罵。

瑟蕾娜一笑。「妳的人民不是石頭做的。」

玫芙的鼻孔微張。「妳願意濫殺無辜，艾琳？或許吧。妳有好幾年的時間都在忙著四處殺人，不是嗎？」

瑟蕾娜的微笑未曾動搖。「儘管嘗試，儘管惹我，**姨媽**，然後等著看有何下場。這就是妳的目的，不是嗎？不是為了讓我精通我的魔法，而是因為妳想知道我到底有多少能耐。妳想知道的並不是妳的小妹有多少血統在我的體內——不，妳從一開始就知道我幾乎沒有瑪帛的力量。妳想知道的是我擁有多少布蘭農的能力。」

火勢持續加劇，吶喊聲——出於驚嚇而非痛楚——也隨之攀升。烈焰不會傷害任何人，除非她下令。她能感覺到其他魔法正在對抗她的魔法、把她的力量打出坑洞，但是遊廊周圍的大火依然猛烈。

「妳根本沒把那三把鑰匙交給布蘭農，妳也沒與試圖從法魯格手中奪取鑰匙的布蘭農和艾希瑞爾同行，」瑟蕾娜說下去，火焰在頭上形成一頂冠冕。「而是自行前往竊取，妳想把鑰匙據為己有。布蘭農和艾希瑞爾意識到這點，因此跟妳發生衝突。而艾希瑞爾……」瑟蕾娜拔出金帝，握柄綻放血紅光芒。「妳摯愛的艾希瑞爾，布蘭農的摯友……艾希瑞爾與妳對決，結果死在妳手上。妳，而非法魯格。妳因為悲痛和羞愧而弱化，讓布蘭農得以從妳手中奪走鑰匙。太陽女神之殿並不是毀於某個敵方勢力，而是布蘭農之手。他把自己留下的蹤跡焚燒殆盡，讓**妳**無法追蹤他的去向。為了紀念摯友，他只有留下艾希瑞爾的劍，而且未曾讓妳知道這件事。他把劍藏在某座洞穴，艾希瑞爾就是在那裡挖掉可憐的湖中水怪的一隻眼睛。布蘭農離開這片海岸後，妳不敢去找他算帳，因為他有鑰匙在手，外加一身強大魔法——**我的**魔法。」

這就是布蘭農為何把命運之鑰藏在傳家寶之中——為了讓持有者擁有更多力量優勢，不是為了對付普通敵手，而是為了提防玟芙追來。或許他沒把鑰匙放回命運之門，就是為了準備動用鑰匙的力量——如果哪天玟芙決定自封為全地之主。

「這就是為什麼妳遺棄山麓領土，任憑那裡荒廢。妳在流水之間建造石城，因為妳怕哪天被布蘭農的後代找上門、燒成焦炭。妳想見我，還試圖跟我母親做出約定，因為妳想知道我會帶來何種威脅，妳想知道布蘭農的血統與瑪帛的血統混合之後有何結果。」瑟蕾娜展開雙臂，金帝熾燃於一手。「目睹我的本領吧，玟芙。目睹我在體內的黑暗深淵與何者搏鬥，目睹潛伏於這身軀殼的力量。」

瑟蕾娜吐氣，熄滅城中每一道火焰。

真正的力量並非蠻力或技巧，而在控制——控制**自身**。她向來知道自己的火焰多麼猛烈致命，而在幾個月前，她會願意為了履行誓言而殺掉任何礙事者。但那不是力量——只是破碎心靈懷有的怒火和悲痛。此刻，她終於明白母親在把護符交給她的那晚為何輕拍她的心口。

城中所有燈火熄滅，朵拉奈爾陷入黑暗，瑟蕾娜這時走向羅紋。在她的瞪視及亮牙警告下，雙胞胎立刻放開他。羅紋癱在她身旁，輕喚她的名字，染血皮鞭依然在手的賈維爾和洛坎沒朝她走去。

燈火復燃。玫芙站在原地，一身裙裝沾染煤灰，臉龐因汗水而閃爍。「羅紋，過來。」羅紋僵直身子，痛得呻吟，但蹣跚走向王座高臺，鮮血從背部的醜陋傷口涔涔流下。雖然膽汁翻到喉頭，但是瑟蕾娜依然盯著女王。玫芙咆哮，幾乎沒瞥瑟蕾娜一眼。「把劍交出來，然後**給我滾**。」她朝金帝伸手。

瑟蕾娜搖頭。「我不這麼認為。布蘭農把劍藏在洞穴，就是為了不讓**妳**找到。所以這把劍屬於我，出於血統、烈火和黑暗。」她把金帝收進腰間劍鞘。「妳的要求被當作放屁，這種感覺很差吧？」

羅紋只是站在原地，雖然負傷但表情平靜，不過眼神之中——似乎是哀傷？他的友人們仍在默默旁觀，準備在玫芙下令時出手。她歡迎他們放馬過來。

玫芙抿起嘴脣。「妳會為此付出代價。」

但是瑟蕾娜再次走向玫芙，牽起對方的手。「嗯，我不這麼認為。」她朝女王敞開心靈。

應該說一部分的心靈——奈洛克被她焚燒時給她的一幅幻象。他知道怎麼回事。出於某種原因，他已經看到潛在的未來，彷彿那三名法魯格王子瀏覽她的回憶時，他已經整理出答案。這幅幻象並不是既定的未來，但她沒讓姨媽知道這點。她傳送這道回憶，彷彿這幅景象就是事實與計畫。

群眾的如雷吶喊在歐林斯皇城的白石迴廊之中迴響。他們正在高喊她的名，幾乎聲淚俱下。**艾琳**。在她走上陰暗階梯的每一步，她的名字化為雙音節的同步節奏。背於身後的金帝感覺沉重，陽光從上方的樓梯轉折處投射而來，劍柄中的紅寶石宛如火焰悶燒。她的外袍美麗而樸素，不過那雙藏有袖劍的鋼鐵臂鎧極為華麗，也絕對致命。

她來到轉折處，從中大步走過，經過潛伏於拱門外陰影處的眾多魁梧戰士。不是一般戰士——而是她的戰士、她的朝臣。艾迪奧在場，連同另外幾名臉龐被陰影遮蔽的戰士，但他們朝她露出野性笑容時，牙齒微微閃爍。即將改變世界的宮廷成員。

群眾的呼喚愈加響亮，她的頸上護符隨著每道步伐而在乳房之間輪流彈跳。她直視前方，終於走上露臺時略帶微笑。群眾的吶喊聲變得瘋狂，跟集結於宮外街道、高喊她的名字的上萬民眾同樣狂熱。在中庭，侍奉瑪菈的年輕女祭司們隨著那陣吶喊的節奏起舞，以狂熱態度表示崇拜。

以這種力量——以她獲得的這幾把鑰匙——她為他們開創榮景，建軍驅敵，深耕豐收，逐出黑暗……這些成就只能以奇蹟二字形容。她不只是人類，不只是女王。

艾琳。

受人愛戴。永生不朽。蒙神祝福。

艾琳。

野火艾琳。火心艾琳。光明使者艾琳。

艾琳。

她高舉雙臂，仰頭面向陽光，群眾呼喊聲令整座白色宮殿震動。在她的額上，那道印記——布蘭農血系的聖痕——綻放藍光。她露出微笑，朝她的群眾、她的人民、她的世界——天下等著被她征服。

瑟蕾娜退離玫芙。女王的臉龐蒼白。

玫芙以為這幅假象是真實預言，沒看出這其實是給瑟蕾娜的警告而非挑釁——她如果真的找到三把鑰匙而且據為己有將有何下場。這項警告是一份禮物，來自奈洛克曾一度擁有的人性。

「我提議，」瑟蕾娜朝永生精靈女王開口：「妳在威脅我、我的人民，或是再次傷害羅紋之前，最好多加而且再三考慮。」

「羅紋是我的人，」玫芙嘶吼：「我想怎樣對他都行。」

瑟蕾娜看著王子，他的站姿堅定，因痛苦而眼神空洞。痛苦，並非出自背脊之傷，而是因為他跟瑟蕾娜的離別之時，隨著來到朵拉奈爾的每一步而持續逼近。

動作緩慢而小心翼翼，瑟蕾娜從口袋掏出戒指。

這幾天，她緊抓在手裡的並不是鎧奧的戒指。

而是留在金帝劍鞘中的這枚造型簡單的金戒指。這幾星期來，她一直小心保存這枚戒指，她要求艾姆瑞斯訴說一個個有關玫芙的故事，拼湊出關於姨媽的真相，就為了現在這一刻，為了這項任務。

瑟蕾娜以兩指夾起戒指時，玫芙如死屍般僵住。

「我猜妳找這東西已經找了很久。」瑟蕾娜開口。

「那東西不屬於妳。」

「是嗎？這是我找到的哦。布蘭農從艾希瑞爾的遺體取下這枚戒指，放入金帝的劍鞘——艾希瑞爾原本打算送給妳的家族戒指。既然在那之後的幾千年來妳都沒能找回，那麼……誰撿到就是誰的囉。」瑟蕾娜以拳頭握住戒指。「不過，誰能想到原來妳這麼多愁善感？」

玫芙抿起嘴唇。「把它給我。」

瑟蕾娜爆出笑聲。「妳沒資格跟我要任何東西。」她收起笑容。在玫芙的王座旁，羅紋轉身面向瀑布，表情莫測難解。

這一切——她這麼做都是為了他。他那天在山洞裡清楚知道自己想找到誰的劍，他把劍滑過冰面交給她，就是為了讓她能在日後以此劍做為談判籌碼——這是他能讓她在面對玫芙時擁有的唯一保護，如果她聰明得能想出答案。

她終於明白他的安排——發現他其實早就知道這把劍的來歷——是她在幾星期前向他提及

這枚戒指時，他跟她說聲「希望妳用得上這東西」。但他當時不知道的是，她沒打算拿這枚戒指換取力量、庇護或同盟。

因此，瑟蕾娜說下去：「不過呢，我願意跟妳交易。」這話令玫芙皺眉。瑟蕾娜的下巴一撇。「妳摯愛的戒指──換取羅紋脫離血誓。」

羅紋整個人僵住。他的友人們立刻轉頭看她。

「血誓的效期直到永恆。」玫芙的口氣緊繃。瑟蕾娜猜他的友人大概各個停止呼吸。

「關我屁事。放了他。」瑟蕾娜再次遞出戒指。「由妳決定。放了他，否則我當場熔了這玩意兒。」

一場豪賭，經過這麼多星期來的大膽謀算、小心計畫和暗自希望。就算在此刻，羅紋還是沒轉身。

玫芙依然緊盯戒指。瑟蕾娜明白原因──這就是她為何敢如此嘗試。沉默許久後，玫芙站直身子，裙裝隨之窸窣作響，臉龐蒼白緊繃。「也行，反正我這幾十年來也對他覺得膩了。」

羅紋轉身面向女王──動作緩慢，彷彿不太相信自己聽見什麼。回視他的是瑟蕾娜而非玫芙，他的雙眼閃爍。

「以流於汝身之吾血宣告，」玫芙開口：「汝無羞恥罪衍，亦無變節背叛，羅紋‧白棘與吾立下之血誓就此解除。」

羅紋只是繼續瞪著她，瑟蕾娜幾乎沒聽到玫芙以古語說完剩下的臺詞。但是羅紋拔出一把匕首，把血灑於石地──天知道這個舉動代表什麼意義。她以前未曾聽說血誓可以破除，但還是決定冒險一試。或許這是全世界的漫長歷史中第一次有血誓光榮解除。他的友人們瞪大眼睛、沉默不語。

玫芙接著道：「你不再受制於我，羅紋·白棘王子。」

聽到這句話，瑟蕾娜把戒指丟給玫芙。羅紋立刻上前，以雙手捧起瑟蕾娜的臉頰，額頭互觸。

「艾琳。」他喃喃自語，這並非責備，也不是道謝，而是……祈禱。「艾琳。」他再次低語，露齒而笑，一吻她的額頭，隨即屈膝下跪。

他的手伸向她的手腕時，她連忙退後。「你自由了，你現在是自由之身。」

兩人身後的玫芙看著這一幕，眉頭挑起。但是瑟蕾娜無法接受——無法同意。

完全而徹底的服從，這就是血誓。他會把一切交給她——自己的生命，任何財物，任何自由意志。

但是羅紋表情平靜——沉穩自信。相信我。

我不要你成為我的奴隸，我不想成為那種女王。

妳沒有朝臣——無人保護妳，妳沒有土地，也沒有盟友。她或許今天讓妳活著離開這裡，但很可能明天就追殺妳。她知道我有多麼強大——妳我在一起有多麼強大。這會讓她在對妳出手前再三猶豫。

拜託別這麼做——你想怎樣我都答應你，但別做出這種要求。

我要妳，艾琳。無論結局如何。

她原本可能繼續跟他無聲爭辯，但她今早在營地感覺到的那種怪異的女性暖意包圍她，彷彿向她擔保她現在因為渴望答應對方的要求而出現的難受情緒是正常反應，彷彿讓她知道她可以相信這位王子，而且不只如此——更重要的是她可以相信自己。因此，羅紋再次伸向她的手腕時，她沒反抗。

「妳我一起，火心，」他拉起她的外袍袖口。「我們會一起想辦法。」他的視線從她裸露的手腕往上移。「即將改變世界的宮廷。」他承諾。

她點頭——點頭而且微笑。他從靴中拔出匕首，交給她。「說吧，艾琳。」

她接過匕首，把刀身壓於手腕，不敢讓自己的雙手在玫芙或是羅紋的震驚友人面前顫抖。「你是否承諾侍奉於我的宮廷，羅紋．白棘，從今日直到你斷氣之時？」她不知道正式臺詞，也不懂古語，但是血誓本來就無關華麗詞藻。

「我願意。直到我的最後一口氣，直到來世。無論結局如何。」

她原本想在此停頓，想問他是否真想這麼做，但是玫芙依然在場，如黑影般潛伏於兩人身後。這就是為什麼他必須挑選此時此地——讓瑟蕾娜無法反對，無法試圖說服他別這麼做。果然是羅紋的風格，這傢伙頑固得要命，頑固得讓她只能咧嘴笑、用匕首在手腕劃出一條血痕。她把手臂伸向他。

他以雙手牽起她的手腕，把嘴貼於她的肌膚，動作意外的溫柔。

有那麼一秒，某種如電火般耀眼的光芒貫穿她周身，接著平靜下來——某條細線將兩人綁定，隨著羅紋喝下她的血而持續拉緊。三口血——他的尖牙刺穿她的肌膚——然後他抬頭，嘴脣因為沾染她的血而閃耀，他的雙眼明亮有神，而且充滿鋼鐵意志。

沒有任何文字能形容兩人在這一刻的交流。

玫芙的斷吼讓他們倆回過神。「既然你們倆已經把我羞辱夠了，那就快滾。全給我滾。」

他的友人們立刻離開，輕輕走向陰暗處，把那些猙獰皮鞭一併帶走。

瑟蕾娜扶羅紋起身。他的背傷自動癒合的同時，她讓他治療她手腕上的傷口。兩人並肩而立，朝永生精靈女王瞥最後一眼。

只看到一隻白色倉鴞振翅飛入銀月夜空。

他們迅速離開朵拉奈爾，未曾停步，直到在數哩外的一座荒涼小鎮找到一間安靜旅館。羅紋甚至不敢在出城之際回自己的房間收拾行李，他聲稱反正自己也沒什麼值錢財物。他們快步過橋、進入遠方的夜幕大地時，他的友人們沒追來，沒試圖向他們道別。經過幾小時的奔跑，瑟蕾娜癱倒在床上，睡得像個死人。但在天亮時，她懇求羅紋從背包裡拿出紋身針和墨水。

她沐浴的同時，他準備所需道具。在這個狹窄的旅館浴室中，她用粗鹽搓洗身體，直到肌膚泛光。她走回臥室時，羅紋不發一語。她脫下浴袍，裸露至腰，然後趴在他要求旅館人員搬進來的工作臺上時，羅紋幾乎沒瞥她一眼。他的紋身針和墨水已經放在桌上，他的袖子挽至手肘，頭髮往後綁，讓他臉上既優雅又殘酷的刺青線條更清楚可見。

「深呼吸，」他吩咐。她照做，下巴枕於雙手的同時逗弄爐火，以自己的火焰交織於爐中餘燼。「妳吃飽喝足了？」

她點頭。她在進浴室前吞下一大堆早餐。

「如果妳需要起來，跟我說一聲。」他沒侮辱她——沒問她是否確定要這麼做，沒警告她接下來有何痛楚。相反的，他以穩健的手拂過她的背疤，如藝術家查看畫布那般，他以強壯的帶繭手指撫過每一條疤痕，她的肌膚因此發麻。

然後他開始畫下線條，他將在接下來的幾小時中按照這幅輪廓上墨。吃早餐時，他已經畫下幾張設計圖，讓她過目。每一張都如此完美，彷彿他在她的靈魂中找到這些線條，她一點也不感到驚訝。

他畫完輪廓後讓她去上廁所。不一會兒，她再次趴回桌上，下巴枕於雙手。「從現在起別動，我要開始了。」

她悶哼一聲表示明白，把視線集中於爐火和餘燼，感覺他的體溫游移於她的體溫。她聽到他稍微吸口氣，然後——

第一針傳來刺痛——諸神在上，墨水混合鹽巴和鐵粉，這真的很痛。她咬緊牙根，掌握痛楚，也欣然接受痛楚。鹽巴在這種刺青中就是這種作用，羅紋跟她說過，為了讓自己記得痛失所愛。很好——很好。痛楚在背脊擴散時，她的腦中只有這兩個字。很好。

羅紋開始進行下一道記號時，她開口祈禱。

這是她早該在十年前說出的祈禱，以古語平穩訴說的一大串文字，向諸神說明她父母之死、伯父之死、瑪莉詠之死——在那兩天內被扼殺的四條生命。在羅紋的針刺下，她向那些不知面貌為何的永生天神哀求，希望祂們把她所愛之人的靈魂帶進祂們的樂園，希望祂們守護他們平安。她向諸神說明他們有何功勞——他們做過什麼好事，說過什麼好話，有過什麼英勇舉動。她除了吸氣之外未曾停頓，她以女兒、朋友和繼承人的身分吟唱她欠他們的祈禱。

忙著紋身的這幾小時內，羅紋的動作進入與她的吟唱相同的節奏。他沒說話，他的小錘和針頭為她的吟唱打鼓，合力交織出圖案。她的嗓音沙啞，喉嚨痛得必須改以低語時，他沒問她要不要喝水，因為這種疑問無異於羞辱。如果是在特拉森，她會跪在碎石地上從日出唱到日落，不進食，不喝水也不休息。在這裡，她會唱到刺青完成為止，背部的痛楚就是她向眾神獻上的祭品。

紋身結束後，她的背脊既敏感又刺痛，她嘗試幾次才成功從桌面起身。羅紋跟她走入附近的黑夜原野，跟她一起跪在草地上，她仰頭面向銀月，唱出最後的歌曲，她的家族聖詩，她欠了他們十年的永生精靈哀歌。

她以破碎沙啞的嗓音唱歌時，羅紋不發一語。他陪她在原野待到天亮，跟她背部的記號一樣屹立不搖。三條文字捲過她的三條大疤，她的摯愛與死別的故事現在寫在她身上：一條描述父母和伯父，一條獻給瑪莉詠夫人，一條留給她的朝臣和人民。

在較小而短的疤痕上，文字訴說娜希米雅和山姆的故事，她摯愛的逝者。

他們將不再深鎖於她的心中。她將不再羞愧。

第六十一章

戰爭遊戲到來。

所有鐵牙氏族都可以在開賽前一天休息，但沒人這麼做，而是把握時間進行練習或整理作戰計畫。

來自亞達蘭的官員和議員在幾天前抵達，準備在北牙峰頂觀戰，之後向亞達蘭國王報告這些女巫和坐騎的狀況——以及何族勝出。

幾星期前，亞貝克薩斯成功挑戰關口後，曼儂回到俄梅戛，由笑容與掌聲迎接。外婆不見蹤影，但這也在意料之內。曼儂並沒有達到什麼成就，只不過完成分內工作。

她沒見到囚禁於俄梅戛山腹的克拉坎俘虜，沒聽說任何相關消息，而且夥伴們似乎都對那人一無所知。她有點想去詢問外婆，但這位族母並沒有傳喚自己，她也沒心情再被體罰。

這幾天，她自己的情緒也越來越緊繃，因為三族成員之間無法保持距離。所有女巫都待在自己所屬的廳堂，彼此之間也很少交談。隨著戰爭遊戲到來，三族女巫在亞貝克薩斯飛越關口那晚所表現出的團結一致也早已消失，取而代之的是數世紀的競爭與仇恨。

戰爭遊戲的場地是兩座山峰本身、之間及周圍，包括最近的一條峽谷，從北牙峰頂端清晰可見。每支氏族都將擁有一座巢窩，置於鄰近的峰頂——所謂的巢窩確實是巢窩，由粗細不一的樹枝組成，巢中放有一顆玻璃蛋。

這些玻璃蛋將決定她們獲勝或戰敗。每支氏族將試圖奪取另外兩族的玻璃蛋，但也必須留下一隊人員保護自己的玻璃蛋。如想獲勝，就必須從敵巢中奪取玻璃蛋。負責保護巢窩的守護者或任何人員皆不許觸摸己方的玻璃蛋。如果玻璃蛋碎裂，其攜帶者的氏族將被當場取消資格。

曼儂穿上輕甲和飛行皮衣，在肩部、手腕和大腿戴上金屬護具——可能被敵方的箭矢、翼龍或刀劍接觸的部位。她已經習慣這種重量以及受限的活動力，亞貝克薩斯也是，多虧她在這幾星期中逼所有黑喙女巫進行的負重訓練。

雖然她們奉命絕對不可重殘或殺害對手，但每人可攜帶兩把武器，所以曼儂帶上削風者以及最精良的一把匕首。影衛、艾絲特琳、琳恩和惡魔姊妹將攜帶弓箭；經過訓練後，她們能從翼龍背上射出致命一擊——她們在峽谷中多次進行標靶練習，現在每次都能正中靶心。今早，艾絲特琳大搖大擺的走進食堂，清楚知道自己所向無敵。

每支氏族成員都戴上染色的皮編頭環——黑、藍、黃——各自的翼龍則在尾部、頸部和側身塗上相同色彩。所有女巫團起飛後在空中集結，向位於下方山峰的渺小凡人展示三族空軍。十三人眾位於黑喙女巫團的最前方，隊形整齊完美。

「那幫傻子，他們根本不知道自己放出什麼樣的怪物。」艾絲特琳咕噥，這番話由天風帶進曼儂的耳中。「愚蠢的凡人傻子。」

曼儂嘶聲表示同意。

她們編隊飛行，由曼儂領頭，再來是艾絲特琳和薇絲妲並肩排列，然後是三排騎士，每排三人：伊莫珍連同左右兩位綠眼惡魔，接著是吉絲蘭、卡雅與席雅，再來是兩名影衛與琳恩，最後是索蕾爾獨自殿後。隊伍形如攻城槌，平衡無瑕，足以突破敵方陣型。

敵方就算沒被曼儂擊落，也會被艾絲特琳和薇絲妲的凶惡劍擊打下。就算倖存，也逃不過中段那六人組成的死亡陷阱。敵兵大概根本不會碰到以銳眼觀察四周的影衛和琳恩，或是負責防禦後方的索蕾爾。

她們將把敵隊各個擊破，以空拳、手肘和雙腳取代兵器。任務目標是取得玻璃蛋，不是殺害敵方，她不斷提醒自己和十三人眾這點，再三重複。

俄梅戛某處傳來響亮鐘聲，表示戰爭遊戲開始。幾秒後，空中擠滿巨翼、利爪和尖嘯。

曼儂帶隊先朝藍血的玻璃蛋所在處發動攻擊，因為她知道黃腿會先攻向黑喙巢窩，那幫人也確實這麼做。曼儂朝其他同族女巫打個手勢，三分之一的軍力立刻迅速回防，以鐵牙和巨翼在陣地組成堅實防禦，準備迎戰黃腿。

藍血似乎平常更忙於各種儀式和祈禱而疏於安排作戰計畫，她們也把軍力投向黑喙陣地，似乎想知道人多是否就能擊潰那面銅牆鐵壁。大錯特錯。

不到十分鐘，曼儂與十三人眾已經包圍藍血巢窩——陣地守護者因此乖乖交出寶藏。

歡呼響起——並非來自表情冷漠、眼神閃亮的十三人眾，而是其他黑喙，先前回防的三分之一黑軍離開陣地，迴旋而來，與曼儂以及奪蛋歸來的隊員夾擊藍血和黃腿。

女巫們和各自的翼龍四處俯衝，但這種進攻不只是為了炫耀戰技，更是為了獲勝，而且曼儂對敵方毫不退讓。她率領夥伴從前方與後方壓迫，如空中鐵鉗般逼得敵方翼龍幾乎驚慌得甩掉背上騎士。

這種場面——她就是為**此**而生。她騎掃帚打過的戰役都沒這麼迅速、精采又致命。等她們面對真正的敵人，等她們獲得大批空中武器……曼儂露齒而笑，把藍血玻璃蛋放進位於扁平山頂的黑喙巢窩。

不久後，曼儂和亞貝克薩斯滑翔飛過混戰所在之處，十三人眾從後方趕來集結。艾絲特琳——從頭到尾只有她一直緊隨在旁，此刻正在開心的咧嘴笑——及其翼龍飛過北牙峰和那群觀眾時，從鞍座跳起，助跑跳下翼面。

在下方的空中，那隻翼龍上的黃腿女巫根本沒看到艾絲特琳，直到被對方壓在身上，咽喉被空手而非匕首壓制。看到那名黃腿女巫舉手投降，就連曼儂都欣喜得驚呼。

艾絲特琳放開對方，高舉雙臂，由她自己的翼龍以腳爪接回，經過令人毛骨悚然的拋甩後，艾絲特琳回到鞍座，向下俯衝，回到曼儂和亞貝克薩斯身旁。亞貝克薩斯晃向艾絲特琳的藍龍，以翅膀擦過對方——嬉鬧甚至有些挑逗的舉動，搞得那隻母龍開心得尖嘯。

曼儂朝這位副手挑眉，呼喊道：「看來妳最近勤於練習。」

艾絲特琳咧嘴笑。「我能爬到副手的位置，訣竅可不是成天坐著發呆。」

艾絲特琳再次降低高度，但沒脫離隊伍，跟曼儂之間只有振翅一次的距離。亞貝克薩斯吼出命令，十三人眾在曼儂周圍編隊而行，四支女巫團跟在後方。接下來要做的就是奪取黃腿玻璃蛋，帶回黑喙巢窩，比賽就能結束。

她們從交戰的女巫團上方飛過，來到黃腿陣線時，十三人眾停住——而且後退。後方的四支女巫團如箭羽般從旁高速飛過，打穿敵方屏障，十三人眾緊接著迅速入侵。

黃腿巢窩最靠近北牙峰，在上空盤旋看守的不是三支而是四支女巫團，她們為了保護陣地而把大批軍力分撥於此。那些黃腿女巫從巢窩處往上爬升——不是各自出擊，而是集體行動——曼儂不禁面露微笑。

曼儂帶隊進擊，黃腿堅守陣線，直到……

曼儂吹口哨，和索蕾爾一個爬升，一個下降，這支女巫團分成三隊，完全按照演練的內容行動。如巨獸的四肢般，她們攻擊黃腿的層層陣線——所有黃腿女巫團的成員都混雜其中，現在被陌生人及其翼龍入侵壓迫。十三人眾接著散開，把敵方女巫推向四處，所造成的混亂因此加劇。黃腿們喊出命令，尖叫彼此的名字，但這場混亂已經一發不可收拾。

十三人眾逼近巢窩時，另外四支藍血女巫團不知從何處俯衝而來，領頭的是佩特菈，跨坐在名為琦莉的坐騎上。佩特菈幾乎以自由落體的角度衝向巢窩，此刻的巢窩因為黑喙和黃腿正在激戰而門戶洞開。她一直在等候這一刻，就像伺機而動的洞中狐狸。

佩特菈急俯而下，緊追在後的曼儂拚命咒罵。一抹黃影出現，一陣怒嘯傳來，伊絲克菈飛過巢窩——而且撞上佩特菈，曼儂和亞貝克薩斯連忙急停轉向。

那兩名繼承人及其翼龍打成一團，滾落空中，朝彼此撕抓啃咬。山頂和空中的女巫們傳來咆哮聲。

曼儂喘氣，讓暈眩的腦袋恢復正常時，亞貝克薩斯在巢窩上方恢復水平飛行，隨即迴轉，準備拿下勝利。她正準備推牠一把、命令牠下降時，佩特菈的尖叫傳來，不是出於怒火，而是痛楚。

聽來彷彿讓靈魂碎裂的劇痛，曼儂從沒聽過那種叫聲。伊絲克菈的翼龍以腳爪掐住琦莉的頸項。

伊絲克菈發出勝利的嗥叫，胯下公龍搖晃琦莉——佩特菈緊抓鞍座。

現在。現在就是奪取玻璃蛋的時機。她推動亞貝克薩斯。「**快去**。」她嘶吼，壓低身子，準備俯衝。

但是亞貝克薩斯沒照做，而是滯留空中，看著琦莉徒勞掙扎、雙翼幾乎動彈不得，佩特菈再次尖叫，哀求——哀求伊絲克菈住手。

「**快啊**，亞貝克薩斯！」她以靴刺扎牠的側腹，但牠還是拒絕俯衝。

伊絲克菈朝坐騎喊出命令……那隻公龍放開琦莉。

另一道尖叫傳來，來自山頂，來自藍血族母，尖叫著目睹自己的女兒墜向下方岩谷。其他藍血女巫掉頭而來，但她們距離太遠，她們的翼龍速度太慢，來不及阻止佩特菈墜向死亡。

但是亞貝克薩斯一點也不慢。

曼儂不知道自己是否喊出這道命令，或只是閃過這個念頭，但那聲尖叫，她從沒聽過的那種母親的尖叫，讓她壓低身子。亞貝克薩斯立即疾飛而去，化為亮翼流星。

兩者不斷俯衝，衝向那隻重傷的翼龍和牠背上依然存活的女巫。

強風襲向臉龐和衣服，曼儂在接近對方時意識到琦莉仍在呼吸，而且牠拚命試圖穩住身子。琦莉這麼做不是為了求生存，牠知道自己隨時會斷氣，牠這麼做是為了挽救背上的女巫。佩特菈纏於鞍座，失去意識，可能是因為急墜或缺氧。她以驚險的姿勢垂於座位，而琦莉以最後的生命力盡量減速，讓下墜過程保持平穩。牠的翅膀癱軟，也痛得哀號。

亞貝克薩斯飛馳而去，伸展雙翼，在對方身旁迴轉一次，又一次，下方的峽谷急速逼近。牠在第二次滑翔盤旋後、近得幾乎能接觸對方的染血皮膜時，曼儂明白怎麼回事。

牠無法拉住琦莉——自己的體格太小，而對方太重，但牠和曼儂能救佩特菈。牠剛剛也目睹艾絲特琳那番空中跳躍。曼儂必須把昏迷的女巫帶離鞍座。

亞貝克薩斯朝琦莉吶喊，曼儂幾乎敢發誓牠是以某種異族語言跟對方說話、喊出某種命令，因為琦莉為自己的騎士做出最後一次掙扎，成功恢復水平姿態，為了讓曼儂能跳到牠身上。

我的琦莉，佩特菈如此說過，而且帶著微笑。

曼儂告訴自己，這麼做是為了盟友，為了炫耀技術。

但她只在那隻瀕死翼龍的眼中看到無條件的愛。她解開束帶，從鞍座站起，跳離亞貝克薩斯。

第六十二章

曼儂重重落在琦莉身上，對方尖叫但穩住身子。曼儂對抗迎頭強風，爬向佩特菈所在的鞍座，用刀割斷佩特菈身上一條條皮革時感覺雙手僵硬，動作因手套而更為笨拙。亞貝克薩斯咆哮警告。峽谷底部持續逼近。

願黑暗賜她慈悲。

曼儂終於解開佩特菈的束帶。藍血繼承人沉重的癱於她的懷中，髮絲如千刀般鞭打她的臉龐。她用一條皮繩把自己跟佩特菈綁在一起，一圈，兩圈。她綁好皮繩，以雙臂抱住佩特菈的身子。琦莉依然保持水平姿態。她們被峽谷包圍，陰影布於四處。曼儂吆喝出力，把沉重的女巫拖出腳鐙和鞍座。

岩壁從旁飛過，但是一抹黑影遮蔽太陽，嬌小而流線的亞貝克薩斯朝她急速俯衝而來。所有翼龍中，她只見過亞貝克薩斯能以這種高速在這條峽谷中急轉爬升。

「謝謝妳。」她對琦莉說，隨即帶佩特菈跳進空中。

兩人墜落一秒，在空中旋轉、急速掉落，但是亞貝克薩斯衝來，伸出腳爪，將她們倆橫掃截取，沿岩壁迴轉，飛越谷底，爬升回到安全的空中。

琦莉撞上谷底，發出的巨響傳遍群山。

牠沒再爬起。

黑喙贏得戰爭遊戲，曼儂在那些一身華服、渾身冷汗的亞達蘭男子面前獲封為空軍領隊。他們叫她英雄、真正的戰士和其他狗屁稱號，但她把佩特菈放在觀景臺時看到外婆的表情，看到鄙視。

曼儂沒理會向自己下跪道謝的藍血族母，甚至也沒在佩特菈被抬離時瞥對方一眼。

第二天，聽說佩特菈拒絕下床，她們說她因為琦莉喪生而大受打擊。

黃腿族母宣稱這是翼龍的野性造成的不幸意外，伊絲克菈也附和這項說法。但是曼儂親耳聽到伊絲克菈下令擊殺。

要不是佩特菈也聽到那道命令，曼儂自己或許會把伊絲克菈叫出去單挑。復仇權屬於佩特菈。

當晚，外婆朝她尖叫、罵她應該任憑那名女巫摔死，而且不斷毆打她，因為她缺乏服從。缺乏殘酷。缺乏紀律。

曼儂沒道歉，她到現在還聽到琦莉撞擊地面的巨響。而且一部分的她，大概是軟弱又缺乏紀律的她，並不後悔自己幫了那隻護主心切的龍獸。

曼儂接受來自其他每個人的讚美，接受所有女巫團的鞠躬致謝，無論族內族外。

空軍領隊。跟艾絲特琳走向在食堂舉行的慶祝會，半數的十三人眾緊隨在後時，她默默對自己重複這項稱號。

另一半的成員們已提前抵達會場，確保這裡沒有任何威脅或陷阱。既然她成為空軍領隊，還羞辱了伊絲克菈，外族女巫將更為狠毒——她們會想辦法殺了她，奪取她的地位。

群眾陷於愉悅氣氛，到處都是鐵牙以及在酒杯翻攪的麥芽酒——貨真價實又新鮮，由來自亞達蘭的那些噁心男人送上。一杯酒被塞進曼儂的手中，艾絲特琳搶來試喝一大口，稍等幾秒後才遞回酒杯。

「她們不是不可能用下毒這種卑鄙手段。」副手開口，朝她眨個眼。兩人繼續走向會場前方，三族母正在等候的位置。在戰爭遊戲中觀賽的那些男子已經在賽後舉行一場小型頒獎儀式，但現在這一刻屬於女巫——屬於曼儂。

群眾讓路給她時，她藏起微笑。

毒蛇般的微笑。

三位高階女巫坐在三張臨時王座上，也就是在這裡所能取得的幾張華麗椅子。曼儂以兩指觸額時，藍血族母綻放微笑，黃腿族母倒是毫無反應，坐在中間的外婆則是淺淺一笑。

「歡迎妳，空軍領隊。」外婆開口，歡呼聲在群眾之中爆發，只有向來冷靜又沉默的十三人眾例外。她們不需要歡呼，因為她們永生不朽、力量無限，而且極度致命。

「為了表揚妳將於日後為我們立下的功勞，我們應該給妳什麼禮物？賜下什麼冠冕？」外婆沉思。「妳已經有一把好劍，一支令人生畏的女巫團——」十三人眾全員允許自己顯得有些得意洋洋，「還有什麼是我們能給妳的？」

曼儂低頭。「我不要任何獎勵，除了您已經給了我的榮譽。」

外婆笑出聲。「送妳一件新披風如何？」

曼儂一愣。她不會拒絕，但是……身上這件披風已經跟了她這麼久。

「妳那件看起來實在破舊，」外婆說下去，朝群眾之中的某人揮個手。「所以這就是我們給妳的禮物，空軍領隊：新披風。」

悶哼聲和咒罵聲傳來，但是群眾倒抽一口氣——出於飢餓，也出於期待——因為三名黃腿女巫把一名以鐐銬束縛的棕髮女巫拖上前，逼她在曼儂面前跪下。

就算她的破臉、碎指、撕裂傷和燒傷沒說明其身分，身上的血紅披風也清楚表明。

克拉坎女巫抬頭看曼儂，眼眸的色澤彷彿剛被翻起的土壤。她渾身傷痕累累，眼神卻如此明亮，而且沒當場癱軟或開始求饒，這實在令曼儂費解。

「這份禮物，」外婆開口，以鐵爪指向克拉坎。「才配得上我的孫女。殺了她，拿走妳的新披風。」

曼儂明白這項挑戰的用意，但還是抽出匕首，艾絲特琳走近而且緊盯克拉坎。

有那麼幾秒，曼儂低頭凝視這名女巫、凡人仇敵。克拉坎一族詛咒她們，迫使她們流亡。克拉坎都該死，無一例外。

但在她的腦海中說出這些話的，並不是她自己的聲音，不知道為什麼，而是外婆的嗓門。

「妳慢慢來，曼儂。」外婆輕柔道。

呼吸困難、嘴唇裂傷滲血的克拉坎女巫抬頭看曼儂，咯咯發笑。「曼儂・黑喙，」她低語，這話原本應該聽來慢聲慢氣，要不是因為她的牙齒被打碎，咽喉布滿一圈圈瘀傷。「我知道妳是誰。」

「殺了那婊子！」一名女巫的吶喊從會場後方傳來。

曼儂凝視這名仇敵的臉龐，納悶得揚眉。

「妳知道我們怎麼稱呼妳嗎？」克拉坎咧嘴笑，血從中滲出。她閉上眼，彷彿細細品嘗血味。「我們叫妳『白惡魔』。妳在我們的名單上，一旦遇上就當場擊殺的名單，妳們這幫怪物都在那上面。而妳……」她睜眼，咧嘴笑，態度顯得反抗又憤怒。「妳在那份名單上**排名第一**，都是因為妳做過的事。」

「我的榮幸。」曼儂對克拉坎說，因咧嘴笑而亮牙。

「割掉她的舌頭！」某人呼喊。

「殺了她。」艾絲特琳嘶吼。

曼儂翻轉匕首，準備把刀子深深刺入克拉坎的心臟。

女巫發笑，但轉為咳嗽，接著因此不斷嘔吐，直到把藍血吐在地上，直到眼眶滲淚。曼儂一瞥她的胸口，布滿感染多時的嚴重傷口。女巫抬頭時，血染嘴角，又露出微笑。「想看就儘管看，看看妳那些姊妹對我做了什麼。她們一定很難過，因為我就是打死不招。」

曼儂低頭瞪她，看著她的殘破身軀。

「妳明白這是怎麼回事嗎，曼儂．黑喙？」克拉坎說：「因為我明白。我聽到她們討論妳在所謂的遊戲中做了什麼。」

曼儂不確定自己為何放任這名女巫說話，但自己就是動彈不得。

「這個場面，」克拉坎確保全場聽見，「是個提醒。我的死——由妳**親手謀殺**，是個提醒，不是為了提醒她們，」她低語，以土褐視線讓曼儂定身。「而是為了提醒妳，讓妳記得她們把妳變成什麼樣的人。是她們把妳**變成**這種人。」

「妳想知道最重要的克拉坎祕密？」她說下去。「我們向妳們隱瞞、我們以生命守護的重大真相？那個真相不是我們藏身於何方，或如何破除那道詛咒。其實妳們一直知道如何破除——這五百年來，妳們知道自己的救贖只在自己的手中。不，我們的重大祕密是：我們憐憫妳們。」

現場鴉雀無聲。

但是克拉坎沒避開曼儂的瞪視，曼儂也沒放下匕首。

「我們憐憫妳們，妳們每個人，因為妳們如何對待自己的孩子。妳們的孩子並非天性本惡，但妳們逼她們殺戮、傷害、憎恨，直到她們——妳們——內心一片空虛。這就是為什麼妳今晚在這，曼儂，因為妳給妳稱作『外婆』的那怪物帶來威脅，因為妳選擇慈悲、拯救外族性命而帶來的威脅。」她大口喘氣，齜牙時盡情釋放眼淚。「她們把妳們變成怪物。**變成**，曼儂。**我們為妳感到難過**。」

「夠了。」族母的聲音從身後傳來。但是會場一片沉默，曼儂慢慢抬頭看向外婆的雙眼，看到對方保證自己如果抗命就一定會領受暴力和痛楚，而在那道承諾之後只有心滿意足的目光，彷彿克拉坎說的確實是事實，而現場也只有黑喙族母知道克拉坎說出真相。

克拉坎的眼睛依然炯炯有神，出於曼儂無法明白的勇氣。

「動手。」克拉坎低語。曼儂懷疑現場還有誰知道這兩個字並非挑釁，而是懇求。

曼儂再次翻轉手中匕首。她沒看克拉坎，沒看外婆，沒看任何人，而是揪住女巫的頭髮，把對方的腦袋往後仰。

然後把對方的喉中鮮血灑滿一地。

曼儂坐在勒恩山脈其中一座山峰的高原上，兩腿垂於崖邊，亞貝克薩斯趴在身後，嗅聞這片春季草原的夜綻花朵。

她別無選擇，只能接受那名克拉坎的披風，把舊披風丟在倒地的屍體上。其他女巫立刻蜂擁而上，把屍體撕成碎片。

她們把妳們變成怪物。

曼儂望向翼龍，那條長尾如貓尾般揮舞。沒人注意到她離開會場。就連艾絲特琳也因為暢飲克拉坎之血而醉醺醺，沒看到曼儂從群眾之間溜走。不過她有讓索蕾爾知道她要去看亞貝克薩斯。出於某種原因，那位二副放她獨自出門。

她和亞貝克薩斯不斷飛行，直到銀月高升，直到她不再聽見俄梅戞那些女巫的尖嘯和笑聲。兩者坐在勒恩山脈的最後一座山峰上，她凝視群峰和西海之間的浩瀚空間。在那裡某處，地平線之後，是她未曾接觸的家園。

克拉坎都是騙子，而且惹人厭的愛說教。那名女巫大概很享受發表最後那場演說——給自己的人生畫下完美句點。我們為妳感到難過。

曼儂揉揉眼睛，把手肘撐在膝上，窺視下方的深谷。

她原本不會把那女人當一回事，不會對那番話多想，要不是她當時目睹琦莉的眼神，牠為了拯救佩特茹而用盡最後一絲力氣，要不是因為她知道亞貝克薩斯曾以翅膀為自己遮蔽凍雨。

翼龍生來應該殺戮，應該重殘對手，應該讓敵方嚇得魂飛魄散。但是……

但是……曼儂望向星光點點的地平線，把臉迎向溫暖的初春微風，為了自己擁有趴在身後這位沉穩又可靠的夥伴而感恩。這種感覺真怪，她居然因為牠的存在而心懷感激。

還有另外那個怪異情緒，它不斷拉扯她，讓她不斷重播在食堂的那一幕。

她向來不知何謂後悔——起碼不是真正的那種後悔。

但她現在後悔自己不知道那位克拉坎的名諱。她後悔自己不知道肩上這件新披風的原主人是誰——那人從哪來，曾經擁有什麼樣的人生。

不知道為什麼，雖然她的長生不老已經消失十年……

不知道為什麼，那種後悔讓她覺得自己非常、非常像個凡人。

第六十三章

在瑟蕾娜的公寓屋頂上，艾迪奧低聲吹口哨，把放在彼此之間的一瓶葡萄酒遞向對方。鎧奧搖頭，完全沒心情喝酒。

「可惜我沒能在場親眼目睹。」他朝鎧奧綻放狼般微笑。「你沒因為我說這種話而譴責我，這倒令我頗感驚訝。」

「不管國王派出何種怪物與奈洛克同行，我相信那種東西死有餘辜，」鎧奧開口：「可能根本不是人。」

她做到了——而且贏得漂亮，漂亮得讓艾迪奧在幾天後仍在慶祝，當然是私下。

鎧奧今晚來這裡，是打算讓艾迪奧和雷恩知道他已經發現國王如何用法術壓抑魔法，而且或許可以加以破除。但他還沒開口，他還在考慮是否該讓艾迪奧知道這項祕密，尤其因為他在三天後就要返回安尼爾。

「她回來之後，你必須在安尼爾保持低調，」艾迪奧拿起酒瓶豪飲。「世人會意識到她這些年其實都待在哪。」

全世界遲早會知道她這些年究竟身在何方，鎧奧明白這點。他正在安排讓鐸里昂和索莎出城，就算那兩人並無過錯，但仍是她的友人。如果國王知道瑟蕾娜就是艾琳，後果可能就跟國王知道鐸里昂擁有魔法一樣嚴重。等她返家，一切都將改變。

沒錯，艾琳會回來，但不是回到鎧奧身邊，而是回到家鄉特拉森，回到以她的名義而再次聚首的艾迪奧、雷恩和其他朝臣之中。她會回來面對戰爭、流血和責任。他還是有些無法想像她如何解決奈洛克，她以此舉從大海彼岸傳來戰吼，他無法接受她如此嗜血又強悍的一面。瑟蕾娜的個性有時已經讓他很難接受，他也試圖容忍，但是艾琳的個性……自從他發現她的真實身分，他就明白這點：雖然瑟蕾娜永遠會選擇他，但是艾琳不會。

而且到時回到這片大陸的並不是瑟蕾娜．薩達錫恩。他知道這需要時間——平復自己的傷痛，放下過去。痛楚不會持續一輩子。

「有沒有……」艾迪奧的下顎一緊，彷彿考慮是否該說下去。「你有沒有什麼話要我轉告她？或是把什麼東西交給她？」艾迪奧隨時可能逃往特拉森，回到女王面前。

頸邊的伊琳娜之眼綻放暖意，鎧奧差點朝這東西伸手，但他實在無法向她傳達那道訊息，也無法徹底放下她——起碼現在還不行。正如他實在無法向艾迪奧說明鐘樓的祕密。

「告訴她，」鎧奧輕聲道：「我跟你之間毫無交情，你跟我和鐸里昂很少交談。我在安尼爾過得很好，我們都很平安。」

艾迪奧沉默許久，鎧奧因此決定起身離開。這時將軍開口：「你願意付出何種代價——只要能再見她一面？」

鎧奧無法轉身。「這已經不重要了。」

索莎把頭枕在鐸里昂的柔軟頸窩，嗅入他的氣息，他已經陷入熟睡。差點——兩人今晚差點把關係帶往下一步，但他問她是否準備好時，她雖然想回答是，但她又感到猶豫，又讓那愚蠢的疑慮鑽進腦袋，因此她必須回答不。

她清醒的躺著，腸胃緊繃，思緒煩亂。她有好多事情想跟他一起去做，一起去目睹，但她能感覺到這個世界正在改變——風向改變。艾琳·加勒席尼斯還活著。就算索莎願意向鐸里昂獻上一切，接下來的數週和數月也將給他帶來不少煩惱，她實在不願讓他為自己額外費神。

如果隊長和王子決定把實驗成果付諸行動，如果這片大陸的魔法被釋放……到時將會天下大亂。人民可能因為魔法突然回歸而發瘋，正如他們在魔法當年突然消失時那般精神錯亂。她不願去想國王可能會怎麼做。

然而，不管明天、下週或明年會發生什麼事，她都心懷感謝。感謝諸神，感謝命運，感謝自己那晚勇敢的吻他，能跟他共度這一小段時光。

她常想起隊長在幾星期前說的那番話——說國家用得著她這種王后。

但如果鐸里昂想熬過當前局面，就需要真正的王后。或許有一天，她必須選擇為了大局著想而離開他。她依然文靜，依然弱小。如果她連反抗阿米堤的勇氣都沒有，又如何能為自己的國家奮戰？

不，她不是當王后的料，因為她的勇氣有限，能力不足。

但就目前來說……她可以再自私一段時間。

鎧奧花了兩天時間為鐸里昂和索莎安排逃亡計畫，艾迪奧也從旁協助。鎧奧向鐸里昂和索莎解釋這項計畫時，他們倆沒反對——王子的眼中甚至顯得有些安心。鎧奧明天前往安尼爾時，其他夥伴也將一併啟程。這是讓他們離開城堡的完美藉口：他們想在跟鎧奧道別時在路上陪伴對方一、兩天。他知道鐸里昂會試圖返回裂際城，也知道自己會因此跟對方發生爭執，但兩人至少都同意索莎必須離城。艾迪奧的一些行李已經搬去祕密公寓，雷恩則繼續為大家蒐集所需物資，以防萬一。

鎧奧已經向國王提出繼任人選的正式候選名單，而且將於明早公布。經過這麼多年，經過這麼多計畫、希望和努力，他即將離開此地。雖然他應該把佩劍留給下一任隊長，但他實在做不到。明天——他只需要挨過明天。

但在接到亞達蘭國王的傳喚、要求他去國王的私人會議室時，鎧奧完全無法做好準備。抵達會議室時，艾迪奧已經在場，被鎧奧不認識的十五名衛兵包圍，他們的外袍都以黑線繡上雙足翼龍皇家紋章。

亞達蘭國王正在咧嘴笑。

鐸里昂在幾分鐘後就知道艾迪奧和鎧奧被召去父王的私人會議室。一收到消息，他拔腿就跑——不是去找鎧奧，而是索莎。

在她的工作室找到她時，他幾乎放心得癱倒在地。但他逼膝蓋出力，跨出幾個大步，來到她面前，抓住她的手。「我們離開這裡，現在。妳必須立刻離開城堡，索莎。」

她抽手。「發生什麼事？告訴我，到底——」

「我們**現在**就得離開。」他喘道。

「噢，我不這麼認為。」某人的輕柔嗓音從敞開的門邊傳來。

他轉身看到年長的治療師阿米堤站在那裡，她交叉雙臂，微微一笑。鐸里昂無能為力，因為六名陌生衛兵在她身後出現。她接著道：「國王要你們倆去他的寢房見他。現在。」

第六十四章

在玻璃城堡高塔內的會議室中，艾迪奧已經記下所有出口位置，考慮哪些家具可以用來防身反擊。衛兵去他房間逮捕他時已經拿走他的劍，不過沒給他上鐐銬，這是嚴重錯誤。隊長也沒上鐐銬，那幫傻子甚至沒拿走他的武器。國王從玻璃王座上看著他們時，隊長盡量裝得一頭霧水。

「今晚真有意思，我的探子給我帶來的情報實在有趣。」國王開口，輪流看向艾迪奧、鎧奧、鐸里昂和王子的女人。

「原來我最優秀的將軍半夜在裂際城鬼混——把本王的大把金幣砸在一場場宴會上，自己卻懶得出席，還跟我的侍衛隊長成了哥倆好，雖然這麼多年來明明看彼此不順眼。至於吾兒——」艾迪奧並不羨慕王儲獲得國王的笑容以對。「顯然在跟賤民攪和，又一次。」

鐸里昂居然有膽咬牙低吼。「說話小心點，父王。」

「噢？」國王揚起帶疤的一道濃眉。「我有理由相信你打算跟這位治療師私奔。你怎麼會打算做這種事？」

王子感覺咽喉抽搐，但依然昂首挺立。「因為我實在不願讓她在你稱作『宮廷』的這口腐臭糞坑多待一秒。」艾迪奧不禁為此欽佩他——在國王攤牌之前臨危不亂。聰明人——而且有勇有謀，但這恐怕不足以讓他們逃出生天。

「很好，」國王說：「我也不願。」

國王揮個手，艾迪奧還來不及吶喊警告，衛兵已將王子和女孩分開。四名衛兵揪住鐸里昂，兩名衛兵一踹索莎的膝後、逼她下跪。

她跪倒在大理石地時發出哀號，但立刻噤聲——全場沉默——因為第三名衛兵拔出長劍，輕輕放在她的纖細頸後。

「**你敢**。」鐸里昂低吼。

艾迪奧看向鎧奧，但對方渾身僵住。這些衛兵不是隊長的手下，他們的制服與追捕雷恩的那些人相同，眼神一樣冰冷，氣質一樣汙穢，讓艾迪奧一點也不後悔在那條小巷殺掉他們的同僚。那晚他殺掉六人，自己幾乎毫髮無傷——現在能殺掉幾人？他的視線對上隊長的目光，隊長瞥向一名衛兵，那人持有艾迪奧的劍。這將是隊長的第一步——艾迪奧有劍在手，兩人才能開打。

因為他們倆絕對會奮戰到底，殺出血路，成功或成仁。

國王朝鐸里昂開口：「說話小心點，王子。」

* * *

鎧奧無法動手，因為那把長劍枕於索莎的頸後。他的首要目標是讓那女孩平安逃離此地，然後才是艾迪奧。國王不會殺掉鐸里昂——起碼不是在這裡，不是以這種方式。但是艾迪奧和索莎必須逃離這裡，但如想這麼做，就必須先讓國王撤下衛兵。

「放她走，我就向你說明一切。」鐸里昂向父王走近一步，攤開雙手。「事情與她無關——

不管這種場面到底是為了什麼事情，不管你以為發生了什麼事情。」

「但與你有關？」國王仍在微笑。一顆經過雕鑿的圓形黑石躺在國王身旁的小桌上，令人眼熟。因為相隔一段距離，鎧奧無法認出那到底是什麼東西，但還是感到反胃。「告訴我，**吾兒**：艾希里弗將軍和韋斯弗隊長這幾個月為何私下見面？」

「我不知道。」

國王嘖嘖幾聲，那名衛兵舉劍。鎧奧正要上前的同時，索莎倒抽一口氣。

「不——住手！」鐸里昂連忙伸手。

「那就回答問題。」

「我正在這麼做！你這混蛋，我**正在回答問題**！我不知道他們為何見面！」衛兵的長劍依然高舉，準備落下，鎧奧將來不及阻止。

「你知不知道有個奸細已經在我的城堡裡待了好幾個月，王子？有人向我的敵人提供情報，跟一名已知的叛軍首領密謀對付我？」

媽的。**媽的**。所謂的叛軍首領一定是指雷恩——國王知道雷恩是誰，因此派那些人去追殺他。

「說出那個奸細是誰，鐸里昂，你就能帶走你的朋友。」

看來國王不知道——不知道所謂的奸細到底是他，艾迪奧，還是他們倆都有去見雷恩，不知道自己的計畫以及囚禁魔法的力量被他們掌握多少。出於某種原因，艾迪奧依然沉默不語，而且鬥志高昂。

艾迪奧，在了無希望的情況下熬了這麼久，盡可能保存自己的王國……將永遠見不到深愛的女王。他有資格見她，她也有權擁有他這位朝臣。

鎧奧吸口氣，準備迎接將給自己帶來浩劫的答案。

但開口的是艾迪奧。

「你想知道誰是奸細？誰是叛徒？」將軍慢條斯理的說，把手中的假戒指甩在地上。「正是在下。你想知道我和隊長為何見面？因為你這個愚蠢又幼稚的隊長發現我跟一名反抗分子合作，因此這幾個月來一直勒索我，要我提供情報，好讓他轉交給他父親，等安尼爾領主有事相求時再拿來跟**你**交易。而且你猜怎麼著？」艾迪奧朝每個人咧嘴笑，北方之狼的人形化身。如果國王對戒指失效感到震驚，也沒有表現出來。「你那些怪物等著下地獄吧，因為我的女王即將到來——她會把你釘在你自己的城牆上，而且我等不及幫她把你這隻豬開膛剖腹。」他朝國王的腳邊吐口水，就吐在假戒指彈滾之後停定的位置。

他的表現完美無瑕——怒火、傲慢和勝利。但他瞪視每個人時，鎧奧的心出現裂痕。

因為那雙綠眸看著鎧奧時，怒火和勝利消失一秒，取而代之的是向自己永遠見不到的女王傳達的訊息，而且那種訊息無法以文字描述——那種愛、希望與尊嚴，他將因為自己無法目睹她成為什麼樣的女人而感到的悲傷。這是艾迪奧送給她的禮物，他以為自己這麼做就能救鎧奧的命。

鎧奧微微點頭，因為他知道自己無法幫忙，起碼現在不行——只要那把長劍遠離索莎的頸後，他就能開打，或許還能讓他們活著離開。

衛兵們在他的手腕和腳踝鎖上鐐銬時，艾迪奧沒反抗。

「我一直對那枚戒指深感納悶，」國王說：「是因為距離太遠？還是某種強大的精神力讓你對它提出的暗示毫無反應？不過呢，我還是很高興你坦承犯下叛國罪，艾迪奧，」他的口氣帶有緩慢而刻意的欣喜。「而且還是在這麼多證人面前，這會讓你的處決順利許多。不過我認為……」國王微笑，看向假戒指。「我認為我會等一段時間，或許等一、兩個月，說不定有哪位姍姍來遲的賓客大老遠趕來目睹你的死刑，說不定有哪個女人以為自己能救你。」

艾迪奧咆哮。鎧奧強忍自己的反應。或許國王根本沒抓到他們的任何把柄——或許這只是一場戲，為了讓艾迪奧不打自招，因為國王知道這位將軍不願意讓無辜者代為受死。國王想好好享受這場遊戲，享受給艾琳設下的圈套，就算這麼做會讓他折損一員大將。因為等她知道艾迪奧被捕，知道死刑日期……她會回到裂際城。

「等她來找你的時候，」艾迪奧向國王保證，「他們得從牆上慢慢刮除你的碎屍。」

國王只是微笑，接著瞥向鐸里昂和幾乎無法呼吸的索莎。這位醫者依然跪地，沒抬起頭。

國王把粗壯的前臂撐在膝上，「妳可有話要說，姑娘？」

她顫抖搖頭。

「**夠了**，」鐸里昂發火，額上汗水閃爍。法力被體內鐵質壓抑，王子痛得臉龐扭曲。「艾迪奧已經認罪，放她走。」

「我為何要放走這座城堡裡真正的叛徒？」

***

國王說話時，索莎無法停止顫抖。

多年來的透明感，連同大量訓練，先是由芬海洛那些反抗軍傳授，然後是由他們送往她的裂際城家中的那些聯絡人……全毀於一旦。

「妳寄給妳那位友人的那些信件還真有趣。說真的，我原本大概永遠不會過目，」國王接著道：「要不是妳把其中一封丟在垃圾桶裡，被妳的上司發現。妳知道──你們這些叛徒有探子，但本王也不缺。一旦妳決定開始利用吾兒……」她能感覺國王正在朝她竊笑。「妳把他的多少舉動向妳的叛國友人通報？這些年來，我有多少祕密被妳洩漏？」

「放過她。」鐸里昂低吼。這足以讓她開始哭泣，鐸里昂到現在還以為她無辜清白。

而或許，或許他能逃過此劫，如果他因為得知真相而顯得驚訝，如果國王看到自己的兒子露出既震驚又鄙視的神情。

因此索莎抬頭，怒瞪亞達蘭國王，就算嘴角顫抖，眼眶灼熱。

「你毀了我的一切，你應該遭到報應。」她開口，然後看向鐸里昂，對方確實瞪大眼睛，臉色蒼白如骨。「我不該愛你，我卻愛上你，現在也一樣愛你。有好多事情是我希望……我希望我們能一起去做，一起目睹。」

王子只是瞪著她，然後走到王座高臺邊，屈膝下跪。「說出你的價碼，」他對父王說：「向我索討，但饒她一命，把她驅逐出境，發放邊疆，怎樣都好──說出你的懲罰，我願意照做。」

她開始搖頭，試圖以言語說明自己沒背叛他──沒背叛她的王子，但確實背叛國王。多年來，她在謹慎寫下的信件中向那位「友人」報告國王的一舉一動，但未曾出賣鐸里昂。

國王凝視兒子許久，再看向隊長和艾迪奧，這兩人如此沉默而挺拔──為未來帶來希望的燈塔。

國王再看向跪在王座前、為她屈膝的兒子，接著開口道：「不。」

「不。」

鎧奧以為自己沒聽到這個字，這個字比衛兵的劍搶先一秒劃過空中。

重劍劈下。

一劍斷頭。

鐸里昂爆發的尖叫，是鎧奧這輩子聽過最悽慘的聲音。

比她的腦袋掉在紅色大理石地時發出的溼潤又沉重的悶響更悽慘。

艾迪奧咆哮——朝國王怒吼咒罵，對身上的鎖鍊踢打掙扎，但是衛兵們把他拖走。鎧奧震驚得動彈不得，只是看著索莎的身軀頹然倒地，然後看向鐸里昂，他仍在尖叫，匆忙踏過血泊朝它奔去——衝向她的頭顱，彷彿能把它歸位。

彷彿能把她拼湊復原。

第六十五章

從衛兵砍下索莎的腦袋，到跪於血泊的鐸里昂停止尖叫時，鎧奧一直動彈不得。

「叛徒就是這種下場。」國王對沉默的全場宣布。

鎧奧看向國王，再看向崩潰的老友，接著拔劍。

國王翻白眼。「把劍收回去，隊長，我對你的高貴演出不感興趣。明天乖乖跟你父親回家，別帶著羞愧離開這座城堡。」

鎧奧沒收劍。「我不去安尼爾，」他咬牙道：「我也不再侍奉你。這裡從頭到尾只有一位真正的國王——此刻並不坐在那張王座上。」

鐸里昂僵直身子。

鎧奧說下去。「北方有一位女王，她曾經擊敗過你，也將再次戰勝你，一次又一次，因為她所代表的，還有你兒子所象徵的，是你最懼怕的『希望』。你無法奪取希望，不管你逼多少人離家為奴。你無法粉碎希望，無論你屠殺多少生靈。」

國王聳肩。「或許吧，但我可以先從你下手。」他朝衛兵彈個響指。「把他也殺了。」

鎧奧立刻轉向身後的衛兵，壓低身子，準備為自己和鐸里昂殺出血路。

一把十字弓發出彈弦聲，他這才意識到還有其他人在場——躲在異常深厚的陰影中。

他只來得及扭轉身子——看到弩箭以致命精確度朝自己飛來。

只來得及看到鐸里昂瞪大雙眼，全場瞬間結冰。

弩箭停在半空中，接著落地，徹底粉碎。

鎧奧以無聲恐懼瞪視鐸里昂，老友的眼眸綻放深藍強光。王子朝國王咆哮：「**不准碰他**。」寒冰蔓延，震驚的衛兵們被凍住腿部，索莎的血也隨之結凍。鐸里昂站起，舉起雙手，指頭綻放微光，髮絲被寒風吹動。

「我就知道你有這種本領，小子——」國王站起。但是鐸里昂伸出一手，國王被一道強勁寒風壓回王座，王座後方的窗戶粉碎。狂風在場中呼嘯，淹沒所有聲響。

只聽見雙手和衣物沾滿索莎之血的鐸里昂轉身朝鎧奧開口：「快逃。等你回來的時候……」國王試圖起身，但被鐸里昂的另一波魔法衝擊撂倒。鐸里昂的血染臉頰帶有淚痕。「到時候，」王子說下去，「**把這裡燒成廢墟**。」

一團黑影之牆翻騰湧現，從王座後方朝他們倆衝去。

「**快逃**。」鐸里昂命令，轉身面對來自父王的突擊。

光芒從鐸里昂體內爆發，淹沒黑浪，整座城堡隨之搖晃。

尖叫四起，鎧奧的雙膝癱軟。有那麼幾秒，他考慮是否該留在此地、與老友並肩奮戰。但他知道這其實也是眾多陷阱之一。第一個陷阱為艾迪奧和艾琳而設，第二個用來對付索莎，而第三個陷阱——為了引出鐸里昂的力量。

鐸里昂也明白這點，卻願意自投羅網，就為了讓鎧奧逃命——讓鎧奧去找到艾琳，讓她知道今天這些遭遇。必須有人逃離此地，必須有人保住性命。

他看著老友，這可能是最後一次凝視對方，他說出打從兩人相識、打從他明白這位王子就是自己的靈魂兄弟以來的事實。「我愛你。」

鐸里昂只是點個頭，再次朝父王舉起雙手，眼眸依然璀璨熾烈。兄弟。摯友。國王。

國王以另一波闇力席捲全場時，鎧奧從結凍的衛兵之間推擠而過，逃離此地。

城堡搖晃時，艾迪奧知道情況極為不妙，但他正在前往地牢的路上，從頭到腳被綑綁束縛。

當時那個決定一點也不困難。隊長準備扛下所有罪名時，艾迪奧只想到艾琳，她如果知道自己的好友被殺將多麼悲痛。就算他永遠見不到她，總好過親自向她解釋隊長如何遇害。從騷動的情況判斷，王子似乎製造某種場面好讓隊長逃亡——國王下令殺害那女人，絕不可能被王子輕饒。因此艾迪奧·艾希里弗讓自己被帶往黑暗地牢。

他懶得祈禱，不管是為自己還是隊長。這十年來，諸神未曾對他出手相助，此刻也不會例外。

他不介意受死。

雖然他還是希望能有機會見她——哪怕只有一面。

鏵里昂重重倒在大理石地上，索莎的血泊已經融化。

父王以一波令人盲目的灼熱闇力壓向他，灌入他的嘴和血管，他因此尖叫，但他只看到那一刻——利劍切肉，斬筋斷骨。他還能看到她瞪大的雙眼，髮絲被一併切斷時微微閃爍。

他當時應該救她。事情發生得太快。

但弩箭朝鎧奧飛去時……那將是他無法承受的死訊。鎧奧已經畫下界線——而且把鏵里昂畫在同一邊。鎧奧稱他作國王。

因此，他不怕向父王展示力量。

為了拯救摯友，死有何懼。

闇力衝擊消退後，鏵里昂癱於石地，氣喘吁吁，徹底虛脫。

鎧奧成功脫身，這已足夠。

他朝索莎所躺的位置伸出一手，雖然胳臂灼痛——或許骨折，或許父王的灼熱闇力仍死纏不放——但還是向她伸手。

父王聳立於一旁時，鏵里昂的手已經挪移幾吋。

「動手吧。」鏵里昂的嗓門粗嘎，呼吸困難——被血液和天知道什麼東西阻塞氣管。

「噢，我不這麼認為，」父王以一膝重壓他的胸腔。「等候你的不是死亡，天賦異稟的吾兒。」

父王的手裡拿著某個東西，綻放黑光。

衛兵們壓住鐸里昂的雙臂。父王把命運之石項圈移向他的頸項時，他拚命掙扎，試圖召喚任何一絲力量。

項圈，鎧奧說過死亡群島的那些**怪物**就是戴這種東西。

不——不。

他尖叫出「不」字——尖叫，因為他見過圖書館地穴的那怪物，聽說過羅蘭和嘉爾黛的遭遇。他知道區區一枚戒指就擁有何等力量，更何況這是項圈，而且看不到任何鎖孔……

「壓住他。」父王咆哮，膝蓋更用力戳入胸腔。

肺中無氣，肋骨痛得呻吟，鐸里昂完全無力阻止。

他從衛兵的手中成功抽回一臂，伸向某處，不斷吶喊。

接觸索莎的癱手時，他的咽喉被冰涼石環掐住，微弱喀聲和嘶聲傳來，黑暗湧入，將他撕碎。

鎧奧奔跑，拚命衝向鐸里昂的房間。除了身上現有的東西之外，他來不及收拾任何行李。已經等候整晚的飛毛腿正在房中等候，他把牠抱起，放在肩上，衝進瑟蕾娜的臥室，進入祕密通道。深入地底的一路上，肩上獵犬異常溫順。

城堡隨著三道強擊而搖晃，石質天花板的塵埃隨之飄落。他持續奔跑，知道每道魔法衝擊表示鐸里昂依然存活，緊接而來的寂靜無聲則令他擔心。

希望——他帶在身上的是希望，希望更好的世界終將到來，艾迪奧、索莎和鐸里昂為了這份希望而自我犧牲。

他只在某處停步，飛毛腿依然緊攀於肩。向諸神默默祈求寬恕後，鎧奧快步進入墓穴，抓起達瑪利斯，將此聖劍塞入腰帶，再抓起幾把金幣、塞進披風口袋。雖然顱型門環毫無動靜，他還是向莫特清楚說明自己即將前往何方。「如果她回來。如果……如果她不知情。」

莫特依然靜止，但是鎧奧總覺得對方還是有聽進去。他抓起裝有鐸里昂和瑟蕾娜的魔法書的背包，奔向通往下水道的通道。幾分鐘後，他升起下水道出口的沉重鐵柵，外頭的世界漆黑寂靜。

他把飛毛腿抱回身上，跳出水道，落在外頭的溪岸上，城堡這時一片死寂。雖然仍傳出尖叫聲，但是死寂氣氛潛伏於那些聲響底下。他不想知道鐸里昂是死是活。

他不知道哪種下場更糟。

鎧奧來到祕密公寓，雷恩正在來回踱步。「怎麼只有你——」

鎧奧意識到自己身上染血，索莎的斷頸噴出的血。鎧奧向雷恩說明情況，雖然不知道自己如何成功開口。

「所以現在只剩我們？」雷恩輕聲問，鎧奧點頭。飛毛腿四處嗅聞，檢查完畢，判定雷恩這人不值得讓牠吃下肚——就算雷恩抗議這隻狗可能會引來太多注意。但是鎧奧堅持帶牠同行，這點沒得商量。

雷恩的下顎肌肉抽動。「那我們想辦法救艾迪奧，盡快，你和我。你熟悉城堡，我有內應，我們能想出辦法。」他壓低嗓門，「你說鐸里昂的女人是——醫者？」看到鎧奧點頭，雷恩彷彿即將嘔吐，但接著問：「是不是名叫索莎？」

「你就是她通信的友人。」鎧奧低語。

「我一直向她追問情報，一直……」雷恩掩面，顫抖的吸一口氣，眼睛終於迎向鎧奧時綻放光芒。他緩緩伸出一手。「你和我，我們會想出辦法救他們，艾迪奧和你的王子。」

鎧奧沒猶豫，握住這位反抗分子的手。

第六十六章

「前往莫拉斯，」曼儂懷疑自己是否聽錯。「為了作戰？」

桌邊的外婆轉身，目光閃爍。「為了侍奉公爵，如國王所吩咐。他要空軍領隊帶半數軍力前往莫拉斯，在當地隨時待命。剩下的軍力留在這裡，由伊絲克菈指揮，監控北方。」

「那您——您會在哪？」

外婆嘶吼起身。「妳成了空軍領隊就敢這麼多廢話？」

曼儂低下頭。她和外婆沒提起那名克拉坎。曼儂清楚明白外婆的訊息：下一次將換十三人眾成員跪在那裡。所以她繼續低著頭開口：「我這麼問，只是因為我不想跟您分開，外婆。」

「鬼話連篇，而且演技極差。」外婆轉身面向書桌。「我留在這裡，但會在夏天跟妳在莫拉斯會合。這裡還有些事情要處理。」

曼儂抬起下巴，新的紅披風垂於周身。「我們什麼時候飛往莫拉斯？」

外婆咧嘴笑，鐵牙閃爍。「明天。」

就算黑夜籠罩，溫暖的春風仍充斥新草和融雪百川的氣息，只有被振翅聲打擾——曼儂率軍沿白牙山脈南下。

她們待在群山提供的陰影中，陣型配合山形變化，匿蹤而行，避免被任何人準確估算數量。曼儂從鼻孔嘆氣，嘆息聲被天風扯離，紅披風飄於身後。

艾絲特琳和索蕾爾飛於兩側，跟長時間飛行的其他女巫團一樣沉默。她們將飛越鄰近莫拉斯山脈的歐克沃森林，之後的路程將飛於雲幕之上。盡量避人耳目——國王要求她們以這種方式飛抵公爵的山中要塞。她們沿白牙山脈往南徹夜飛行，如飛影般迅捷流線，所經之處的大地因振翅聲而微顫。

索蕾爾面無表情的監視周遭空域，但是艾絲特琳面帶淺笑。不是狂野的咧嘴笑，不是即將奪人性命的那種笑容，而是平靜的微笑，享受翱翔於空、輕掠雲海的感受。每一名黑喙都屬於天空，包括曼儂。

注意到曼儂的瞪視，艾絲特琳笑得更開心，彷彿身後沒跟著一大群女巫，彷彿莫拉斯不在前方。這位表親以面迎風，吸入風息，享受狂喜。

曼儂沒讓自己享受這陣甜美微風，沒向這種喜悅敞開心靈。她有職責在身，每個人都是。不管那名克拉坎說了什麼，曼儂確實生來無心無魂，她不需要這兩者。

等她們打完國王的仗，等他的敵人在她們周遭流血至死……她們到時才能飛向荒野，奪回破碎王國。

她到時終於能回家。

第六十七章

日出在艾弗利河面染上金光，一名披風男子大步踏上貧民窟的歪斜碼頭。漁夫即將出港，徹夜狂歡者們蹣跚返家，裂際城仍在熟睡──不知昨晚發生何種變故。

這名男子拔出一把精美兵器，鷹隼劍首在第一道黎明下閃閃發光。他凝視此劍許久，思索此物的種種象徵。但他的腰間有一把新劍──上古王者之劍，來自仁者侍奉明君、天下為之繁榮的時代。

他將確保那種世界重生降臨，就算嚥下最後一口氣。就算他現在無名無職，除了違誓者、叛徒和騙徒之外別無稱號。

沒有第二人看到鷹隼長劍被拋過河面，劍首反映晨光，燃如金火，一陣閃爍後被黑水吞噬，從此消失於世人眼中。

第六十八章

事實證明，血誓中的「臣服」一詞是由羅紋隨心定義。在前往溫德林港口的兩星期路上，他對瑟蕾娜頤指氣使的程度比之前更厲害——他似乎認為既然自己成了一員朝臣，就被賦予某些不可動搖的權利，能在她的人身安全、一舉一動和決策計畫方面大加干涉。

走向位於鵝卵石街尾的碼頭時，她開始懷疑自己是否犯了小錯——把自己跟他永遠綁定。兩人在這三天來一直在爭論她接下來的行動——關於她雇來載自己返回亞達蘭的這艘船。

「這項計畫根本荒謬，」羅紋說了第一百次，在碼頭旁的酒館陰影下停步。海風輕盈又清新。「獨自返回，簡直找死。」

「首先，我是以瑟蕾娜的身分回去，不是艾琳——」

「瑟蕾娜，沒完成國王交代的任務，等著被他們追殺的對象。」

「伊爾維的國王和王后現在應該獲知警告。」和羅紋為了調查那些命案而前往某座城鎮時，她在當地寄出那封信。雖然信件幾乎都被拒於亞達蘭國門外，溫德林的信差似乎就是有辦法規避。至於鎧奧……這就是她為何在這座碼頭、即將上船的原因之一。她在今早醒來後，摘下紫水晶戒指，感覺彷彿鬆了一口氣，心中的最後一抹陰影消失。但她跟鎧奧仍有未盡之語，而且她需要確認他平安無恙——而且永保平安。

「所以妳要從前任師父手中取回鑰匙，還要找到隊長，然後呢？」

還真是完全臣服。「然後我去北方。」

「我猜我得在接下來的天知道幾個月裡枯坐發呆？」

她翻白眼。「你這個人很難保持低調，羅紋。就算你的刺青不引來注意，你的銀髮、尖耳、尖牙……」

「妳也知道我有另一種型態。」

「而且**我已經說過**魔法在那裡行不通，你會被困在那種型態。雖然我聽說裂際城的老鼠特別美味啦，如果你打算吃上幾個月。」

他瞪她，然後掃視船上——雖然她知道他昨晚溜出旅館房間、檢查過這艘船。「我倆在一起比分開更強大。」

「早知道你是這種煩人精，我絕不會讓你發下那種誓言。」

「艾琳。」至少他沒叫她陛下或是夫人。「不管妳用的是真實身分還是瑟蕾娜的身分，他們都會追殺妳，可能正在追蹤妳。我們可以現在就去瓦雷希，去見妳母親的凡人親戚，艾希里弗家族，他們或許知道該怎麼做。」

「想從裂際城帶走命運之鑰，我就必須以瑟蕾娜的身分做為掩護。」

「拜託。」

但她只是抬起下巴。「我非去不可，羅紋。我會召集剩下的朝臣——**我們的**朝臣——然後我們要建立一支前所未有的大軍。我要動用所有關係，取回他們向瑟蕾娜．薩達錫恩、我父母和我的血脈欠下的所有恩情。然後……」她看向大海，望向家鄉。「然後我將撼動繁星。」她以雙臂摟住他——做出承諾。「很快。我很快就會派人來接你，等時機成熟。在那之前，你也盡量別閒著。」他搖頭，但以碎骨勁道回抱。

他後退一小段距離，看著她。「或許我會去幫忙修理霧守。」

她點頭。「你一直沒告訴我，」她說：「我們進入朵拉奈爾的那天早上，你向瑪菈祈求什麼。」

有那麼一刻，他似乎拒絕透露，但終究低聲道：「我祈求兩件事。我求她確保妳在跟玫芙的會面中安然生還——引導妳，賜下妳需要的力量。」

當時那陣令她安心的奇異暖流，讓她獲得安慰的那種存在感……彷彿做為確認，日落餘暉輕吻她的臉頰，她的脊椎打顫。「第二件事？」

「那是個自私的願望，愚者的希望。」她在他的眼中看到剩下的話語。但那個願望成真。

「冰風王子向賜火者祈禱，這麼做可真危險。」她勉強開口。

羅紋聳肩，綻放神祕微笑，擦掉滑過她臉頰的淚珠。「不知道為什麼，瑪菈喜歡我，也同意妳我是強大組合。」

但她不想知道——不願去想太陽女神有何企圖。她投入羅紋的懷抱，嗅入他的氣息，記住他的感覺。他是她的第一位朝臣——加入**絕對**會改變世界、重建世界的宮廷，同心協力。

夜幕降臨時，她登上小船，跟其他乘客一起被趕進廚房，以免讓這些人知道如何通過堡礁。小船順利啟航。乘客終於獲准離開廚房後，她來到甲板，望向周圍的空曠黑海。飛於上空的一隻白尾鷹俯衝而下，以如星銀翼擦過她的臉頰、表示道別，接著尖鳴一聲，迴旋離去。

在無月星光下，她撫摸掌中疤痕，向娜希米雅許下的誓言。

她會從艾洛賓手中取回命運之鑰，追蹤另外兩把，然後想辦法把三鑰放回命運之門。她將釋放魔法，消滅國王，解放同胞。無論多麼困難，無論要花多少歲月，無論還有多少路要走。

她抬頭面向星辰。她是艾琳・艾希里弗・加勒席尼斯，兩條強大血脈的繼承人，一度繁榮民族的守護者，特拉森女王。
她是艾琳・艾希里弗・加勒席尼斯——而且她絕不畏懼。

銘謝

要不是因為我的朋友們，這本書就不會存在。我尤其要感謝我最好的朋友，我的機甲獵人副駕駛，我的**靈友**，蘇珊．丹納。

我欠她最多恩情，她跟我在長達數日的集體討論中決定哪種方式最適合訴說這個故事。她牽著我的手，帶我走過寫這本書的低潮，她在我的心中不斷告訴我堅持下去。這本書只能獻給她，只有她給我帶來最大的挑戰、鼓舞和激發。所以，謝謝妳，小蘇，謝謝妳成為我原以為不可能存在於這個世界的那種朋友。愛妳唷，夥計。

我也欠傑出又才華洋溢的朋友亞莉珊卓．布拉肯一份大人情，謝謝妳的高明評論、頁數爆多的電子郵件，還有對我無比、無比的支持。我無法向妳說明我多麼慶幸我們倆的人生在那麼多年前交錯——這場旅程是多麼瘋狂。

而這一切都要感謝既可愛又強悍的經紀人塔瑪．李津斯基，妳從一開始就支持我，而且妳的辛苦努力讓這個系列成真。我很慶幸有妳這位經紀人，但我更因為有妳這個朋友而備感光榮。

致布魯姆斯伯里出版社的全球團隊——我該如何表達能跟你們大家合作是多大的喜悅？謝謝，謝謝，謝謝你們為我和《玻璃王座》做的一切。致我的編輯瑪格麗特．米勒——如果沒有妳，這本書將是一團亂。致凱特．昂德、辛蒂．羅，以及蕾貝嘉．麥可納利——妳們棒透了。致艾瑞卡・巴爾馬、哈利・巴姆斯坦、艾瑪・布萊蕭、凱特琳・法拉爾、克莉絲提娜・吉伯特、寇特妮・格烈芬、愛麗絲・格瑞格、娜塔莉・漢米頓、碧姬・哈茲勒、查理・赫恩茲、艾瑪・霍普金、麗納特・金、麗希・梅森、珍娜・波修斯、艾蜜莉・瑞特、艾曼達・席普、葛蕾絲・胡利，以及布雷特・萊特：我打從心底感謝你們的努力、熱情和投入。

致Audible公司的團隊，以及《玻璃王座》有聲書的配音員伊莉莎白・伊凡斯，謝謝妳以全新的方式給瑟蕾娜的世界賦予生命，也感謝妳讓她擁有聲音。謝謝珍娜・卡德薩旺，妳的《玻璃王座》珠寶設計到現在依然讓我驚豔。

致可愛的艾琳・波曼，謝謝妳為我打氣，總是鼓勵我，謝謝妳的視訊通話，還有史詩級的（無寫作）忙裡偷閒。英雄天團萬歲。

致曼蒂・哈伯、丹・克羅格斯、比利亞娜・里奇克、凱特・張，還有Publishing Crawl的團隊——謝謝你們提供的指引。

致我的父母——我的頭號粉絲——謝謝你們帶給我的許多冒險，那成為書中的許多靈感來源。致我的家人，謝謝你們的愛與支持，也謝謝你們向各自的朋友和讀書俱樂部大力推薦本系列。我愛你們每一位。致我棒透的康妮奶奶——我很想念妳，真希望妳能看到這段話。

致拿起這本書、擁護這個系列的每一位讀者——我無法以文字描述我的感激。我真的很幸運，能有你們這些粉絲，你們讓我的辛苦努力完全值得。

致吾狗安妮：雖然妳不識字（如果妳私底下識字我也不驚訝就是了），但我還是要寫在這裡——永久紀錄——妳是全天下最棒的狗伴。謝謝妳依偎在我身旁，在我試著寫作時坐在我的大腿上，也讓我隨時有個說話對象。妳試著打盹的時候我還把音樂放得那麼大聲，真抱歉。愛妳，愛妳，愛妳到永遠再永遠。

致我的丈夫喬許：我最後才提到你，因為你在我心中占第一位。能跟你共享這趟瘋狂旅程，我永遠為此感激。

HEIR OF FIRE

奇炫館

火心傳人（玻璃王座系列三）

（原名：HEIR OF FIRE）

著者／莎菈・J・瑪斯（Sarah J. Maas）　譯者／甘鎮隴
發行人／黃鎮隆　副總經理／陳君平
總編輯／洪琇菁　國際版權／黃令歡
執行編輯／許凰翎　美術編輯／許晉維、李政儀
企劃宣傳／邱小祐、劉宜蓉　文字校對／施亞蒨

出版／城邦文化事業股份有限公司　尖端出版
台北市中山區民生東路二段一四一號十樓
電話：（〇二）二五〇〇—七六〇〇
傳真：（〇二）二五〇〇—二六八三
E-mail：7novels@mail2.spp.com.tw

發行／英屬蓋曼群島商家庭傳媒股份有限公司城邦分公司　尖端出版
台北市中山區民生東路二段一四一號十樓
電話：（〇二）二五〇〇—七六〇〇（代表號）
傳真：（〇二）二五〇〇—一九七九

中彰投以北經銷／楨彥有限公司（含宜花東）
電話：（〇二）八九一九—三三六九
傳真：（〇二）八九一四—五五二四

雲嘉經銷／威信圖書有限公司　嘉義公司
電話：（〇五）二三三—三八五二
傳真：（〇五）二三三—三八六三
客服專線：〇八〇〇—〇二八—〇二八

南部經銷／威信圖書有限公司　高雄公司
電話：（〇七）三七三—〇〇七九
傳真：（〇七）三七三—〇〇八七

香港經銷／城邦（香港）出版集團有限公司
香港灣仔駱克道一九三號東超商業中心1樓
電話：（八五二）二五〇八—六二三一
傳真：（八五二）二五七八—九三三七
E-mail：hkcite@biznetvigator.com

新馬經銷／城邦（馬新）出版集團Cite（M）Sdn. Bhd.
E-mail：cite@cite.com.my

法律顧問／王子文律師　元禾法律事務所
台北市羅斯福路三段三十七號十五樓

二〇一五年十月一版一刷
二〇一八年六月一版二刷

■中文版■

郵購注意事項：
1.填妥劃撥單資料：帳號：50003021戶名：英屬蓋曼群島商家庭傳媒(股)公司城邦分公司。2.通信欄內註明訂購書名與冊數。3.劃撥金額低於500元，請加附掛號郵資50元。如劃撥日起 10～14日，仍未收到書時，請洽劃撥組。劃撥專線TEL：(03)312-4212　・ FAX：(03)322-4621。E-mail：marketing@spp.com.tw

國家圖書館出版品預行編目(CIP)資料

火心傳人（玻璃王座系列三）/
莎菈·J·瑪斯（Sarah J. Maas）作 ; 甘鎮隴 譯.
— 1 版. — 臺北市：尖端出版，2015.10
面 ； 公分.
譯自 : HEIR OF FIRE
ISBN 978-957-10-6153-5(平裝)

874.59 104016494

HEIR OF FIRE

HEIR OF FIRE